Scarlet
스칼렛
www.b-books.co.kr

Scarlet
스칼렛

www.b-books.co.kr

플라워걸

flower girl

flower
플라워걸
Urabi 장편 소설
girl

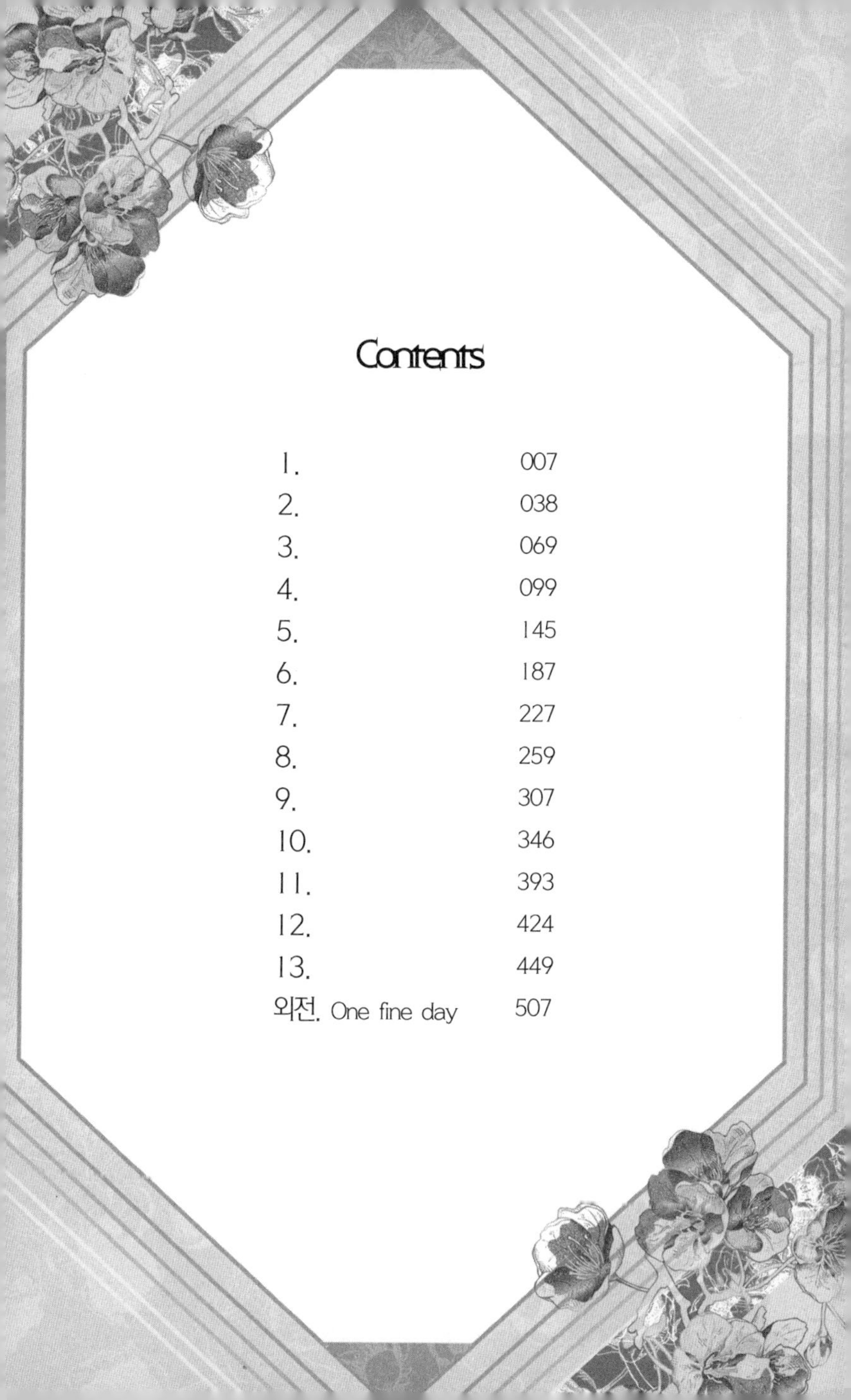

Contents

1. 007
2. 038
3. 069
4. 099
5. 145
6. 187
7. 227
8. 259
9. 307
10. 346
11. 393
12. 424
13. 449

외전. One fine day 507

1

다연이 윤재민이란 남자를 처음 본 건 벚꽃이 사방에 꽃망울을 틔우던 3월 중순이었다. 본인은 전혀 기억하지 못하겠지만, 심지어 알지도 못하고 있겠지만 그녀는 사방이 하얗게 보일 정도로 밝은 봄, 그만큼이나 화려한 결혼식장 안에서 윤재민이란 이름을 처음 들었다.

"생각보다 사람이 많네."

들어가자마자 축의금부터 투척한 한 여사가 주위를 휘휘 둘러보며 말했다. 새 구두를 신느라 이미 뒤꿈치가 까진 다연이 볼멘소리로 중얼거렸다.

"그러게, 난 안 온다니까."

그때 다연이 나이가 스물넷, 막 대학을 졸업한 해였고 운 좋게 바로 들어간 회사에서 신명 나게 계산기를 두드리느라 하루가 어떻게 지나가는지 모르는 때이기도 했다. 그녀의 오른쪽 책상에 앉은 신 대리님께서 어제도 엊그제도 환영식을 빙자한 술자리를 권유하사 사람 속이 이래도 되나 싶을 만큼 엉망인 매일매일. 그 철옹성 같은 직장에서 처음 받은 연차가 얼굴도 모르는 양반 결혼식에 쓰이고 있으니 좋은 표정이 나올 리 만무했다.

"얼굴 안 펴? 고모네 사돈처녀 결혼식인데 당연히 와야지."

"엄마, 고모네 사돈처녀면 그냥 남이야."

"사돈처녀네 하객이 기운다잖아."

"그건 그쪽 사정이고."

아무리 화장을 해도 가려지지 않는 다크서클을 탐탁지 않은 눈으로 보던 한 여사가 솥뚜껑 같은 손을 들어 그녀의 등을 내리쳤다.

"엄마랑 사람 많은 데 가는 게 싫으면 남자 친구를 데려오라니까? 나도 다 큰 딸 얼굴도장 찍으러 데리고 다니는 거 귀찮아."

다연의 표정이 우울하게 변했다. 듣다 보면 한숨부터 나오는 주제라 손이 먼저 움직였다.

"알았어. 알았어. 알았으니까 그만."

귀를 틀어막아 버린 딸을 보고 한 여사가 눈을 흘겼다. 스물셋에 결혼해서 지금껏 험한 일 한 번 안 해 본 다연의 모친께서는 여자 나이 스물다섯이 넘으면 선 자리에서도 한물가는 거라고, 두 딸이 대학에 들어간 순간부터 인이 박이게 말씀해 오셨다. 얼마나 반복해서 들었는지, 이제는 숫제 귀에서 단내가 다 나고 지방으로 도망간 다경이 부러울 지경이었다.

전날 회식이 지나치게 거했던 터라 아직도 입에서 술 냄새가 나는 것 같다. 세상 무상한 얼굴로 껌을 꺼내 씹던 다연이, 뒤통수를 한 대 얻어맞고서야 고개를 돌려 한 여사를 쳐다봤다.
“아, 왜 자꾸 때려.”
“좀 잘 봐 둬. 웨딩업체에서 일하면 이런 것도 다 공부지.”
“난 계산만 잘하면 돼.”
“그렇게 나태한 정신머리 가지고 직장 생활 할 수 있겠어?”
“그래서 뭐. 시집가라고?”
“얘는 말을 해도.”
“엄마 말은 끝이 다 그래요.”
심드렁한 목소리로 답을 던진 다연이 주위를 휘휘 둘러봤다. 여기 앉아 있는 내내 잔소리를 들을 것 같아서 주례사만 목이 빠져라 기다리고 있는데 대관절 이놈의 행사는 언제 끝나려고 이러는지 시작할 기미조차 안 보인다. 신부 측 부모석은 여전히 공석이고 급기야는 잘 앉아 있던 신랑 측 부모까지 밖으로 나가 돌아오지 않는다. 주례도 나타나지 않고 사회를 보는 사람도 어느새 자리를 비운 걸 보니 이건 뭔가 잘못됐다는 생각이 들었다.
“식 진행이 너무 늦는데.”
마당발이라 어지간한 친척 결혼식은 다 가 본 한 여사 역시 탐탁지 않은 어조로 한마디를 던졌다. 말투를 보아하니 잘하면 이대로 도망갈 수 있겠단 생각이 들어서 고개를 쭉 빼서 사방을 훑어봤다. 누구한테 말하고 튀어야 하나. 좌우로 눈만 굴리는 다연을 보고 한 여사가 옆구리를 찔렀다.
“나가서 고모 좀 찾아보고 와.”
남의 잔치에서 밉보이지 말라고 구두까지 사다 신기던 위인일지라도 같은 자리에 40분씩 앉아 있는 건 지겨웠던 모양이다. 이번만큼은 시키지 않아도 그럴 생각이라 재빨리 자리에서 일어섰다.

대리석이 깔린 문밖의 바닥은 식장 안보다도 더 수선스러웠다. 높은 구두를 신은 여자 두세 명이 다급하게 오가는 로비에서, 누군가 지나가듯 말했다.

"신부가 도망갔대."

두 다리가 저절로 멈춰 서는 말. 안쪽에선 사회자가 마이크를 잡았는지 쨍한 소음과 함께 사람들의 웅성대는 소리가 커졌다. 그러나 그때 다연의 머릿속을 가득 채운 건, 달아난 신부도 아니고 저 안에서 영문도 모르고 앉아 있을 한 여사도 아니고, 황금 같은 휴일을 이렇게 황당하게 날린 스스로에 대한 것도 아니었다. 고모네 사돈처녀 한다정보다 먼저 본 이름, 윤재민. 오지랖이라고 생각하면서도, 입 안에서 참 부드럽게 구르던 이름의 주인을 먼저 찾게 됐다.

화장실을 지나고 신랑 대기실도 지나서 신부 대기실 앞에 갔을 때 턱시도를 입고 황망히 서 있는 남자를 발견했다. 그 자리에 망부석처럼 멈춰 있던 사람이, 비틀비틀 걸어 한적한 기둥 뒤로 사라질 때도 조용히 따라갔다.

"다정아."

양복이 어색하다 싶을 만큼 앳된 얼굴이 곧 주르륵, 벽에 기댄 채 미끄러졌다. 숨죽인 목소리를 들으며, 다연도 그 자리에 멈췄다.

"다정아……."

대리석 위에 점점이 물방울이 쌓였다. 창밖은 잔인할 정도로 화창하고 이 안에선 누군가의 깊은 바다가 소리도 없이 출렁이는 봄.

그 봄과, 윤재민이란 남자.

하늘이 두 쪽 난다 해도 절대 사라질 리 없는 기억이었다.

과장실에 있는 시계가 숫자 6을 향해 맹렬히 질주하는 중이었다. 어떤 선이건 한 줄이 되기 직전의 순간을 잘 보지 못하는 성격인 다연이 1분 정도, 눈을 꾹 감았다가 떴다. 그사이 정확히 일자를 그리게 된 시침과 초침을 만족스레 보다가 팔짱을 끼고 자신을 노려보는 승아에게로 시선을 돌렸다. 웬일로 5년이나 지난 일이 꿈에 나온다 싶더니 일이 꼬여도 대판 꼬일 거란 걸 알려 주는 흉몽이었던 모양이다. 다저녁때 저렇게 도끼눈을 치뜨는 김 과장을 만나는 걸 보면.

"눈 감은 거 봐라. 편집증 있다고 확성기에 대고 소리를 지르지, 왜?"

기가 차단 얼굴로 말하는 목소리가 오늘따라 강경했다. 슬슬 불길한 예감이 들어 뒤축만 긁작이는데, 성격답게 빈말이라곤 모르는 상사께서 직구를 던져 주신다.

"이번에도 승진하기 싫단 소리 할 거면 차라리 퇴사해."

아, 역시. 시작부터 강속구네. 이마가 띵한 기분이 들어 눈부터 피했다. 승아는 다연이 입사 초, 이쪽 부서로 옮기면서부터 옆에 끼고 가르쳤던 사람이라 이 원수 같은 성격에 대해 누구보다 잘 안다. 부장님도 한 수 접고 들어가는 성질머리라 우선은 대답 없이 뭉개 봤으나 그건 고작해야 10초도 못 갔다. 김 과장의 목소리가 슬슬 마녀처럼 변해 갔기 때문이다.

"연차대로 가는 게 제일 맘 편한 거 몰라? 밑에 직급이 올라가면 강 대리도 욕먹고 나도 욕먹는다고."

팔짱을 낀 승아의 눈빛이 날카롭게 변했다. 다연은 오늘도 슬슬 말을 피하는 것으로 대화를 끝내려는 모양인데 자신은 이 복장 터지는 도돌이표를 오늘 반드시 끝낼 작정이었다. 입사한 순간부터 5년간 휴가 한 번 안 타 먹고 일에 골몰하는 걸 알면서도 불러다 놓고 혼낼 수밖에 없는 상황이 안타깝기 그지없어, 요즘 이쪽도 오지게 속이 시끄럽다. 말이 주 6일 근무이지 실상 주 7회 근무나 다름없는 상황. 업체마다 기근을 겪는 와중에도 대단한 광고 한 번 없이 고객을 불러 모으는 인재인데 저놈의 성격 때문에 앞날이 가시밭길이었다.

"그냥 하던 일 계속하고 싶어요."

결국 먼저 백기를 든 다연이 고분고분하게 말대꾸를 한다. 승아는 그 말을 기다렸다는 듯 받아치며 도끼눈을 치떴다.

"언제까지? 뭐 죽을 때까지 하려고? 메이크업 상담하는 자리에 쭈그렁 할망탱이가 앉아 있으면 신부들이 참도 좋아하겠네."

다연은 물끄러미, 얼굴만 봐선 서른넷이란 나이를 짐작할 수 없는 김 과장을 쳐다봤다. 처음 이쪽 부서로 옮긴 다연을 보고 당시 대리였던 승아가 제일 처음 한 일은 피부 관리실과 미용실 명함을 건넨 것이었다.

'강다연 씨 가치관은 내 알 바 아닌데, 여긴 예쁜 걸 파는 사람들이 모인 부서야. 당연히 파는 사람이 예뻐야 물건에 손이 가지.'

드레스나 헤어, 메이크업, 그리고 주얼리까지 유행에 뒤처지면 아무도 관심을 안 갖는다고 일갈한 뒤론 시즌별로 패션 잡지를 열 권도 넘게 가져다주곤 했다. 여동생인 다경이 네일 아티스트라서 기본적인 화장은 배웠는데도 그게 승아의 눈엔 영 차지 않는 모양이었다.

오늘은 그냥 보내 줄 생각이 없는지 본격적으로 자리를 깔고 앉는 승아를 보고 다연이 슬쩍 문 쪽을 쳐다봤다.

"앉아."

그러나 옆통수에도 눈이 달린 김 과장을 이길 수 있을 리 만무했다.

"저 7시에 스튜디오 가 봐야 해요."

"그 전까진 보내 줄 테니까 앉아."

한숨을 쉬고 소파에 앉자마자 승아가 두꺼운 스크랩북을 두 권이나 내던진다.

"사무실 책장에 가져다 놔. 다들 휴대폰 들여다볼 시간에 저거 한 번씩 보라고 얘기도 하고. 특히 신 대리한테는 꼭 말해."

다연은 파일의 첫 장만 한 번 넘겨본 뒤 한쪽에 잘 쌓았다. 승아는 회사에 있을 때면 일분일초도 허비하지 않는 사람이었다. 잔소리하려고 부른 와중에도 가서 할 일을 만들어 주는 위인이니까 마리아쥬의 상담 시스템을 이만큼 갈아엎을 수 있었던 거다.

초창기에만 하더라도 중산층만 겨냥하던 영업 방식이 지금은 고급화와 박리다매, 둘 다 챙기는 쪽으로 가기까지 근 9할 이상이 김 과장의 노력이었다. 부서가 확대되니까 힘도 세졌고 직급도 체계화되어 버렸다.

"본인이 적격이라는 건 스스로가 더 잘 알지 않아?"

실은 그래서 저 자리가 더 부담이다. 앞에 서서 가던 사람이 아예 고속도로를 뚫어 놓은 통에 뒷사람은 제 속도와는 상관없이 발바닥에 불이 나도록 달려야 하는 쳇바퀴 같은 자리니까.

"연차로 따지면 신 대리님이 저보다 반년이나 빨리 입사했잖아요."

승아의 눈에 본격적으로 짜증이 서리기 시작했다. 주제를 잘못 택했단 생각에 다연이 아차, 하는 찰나 새빨간 입술이 따발총처럼 움직인다,

"진짜 이럴래? 이게 중간에 일 년이나 쉬다 온 사람한테 떠넘길 일이야? 그리고 그럴 거면 사람 기 좀 작작 죽였어야지. 신 대리가 자기 무서워서 일이나 제대로 하겠어?"

"신 대리님이 저 무서워서 할 일 못 할 성격인가요, 어디."

다연이 어색하게 웃었다. 빌어먹을 놈의 입방정. 이 대화에 신윤정 대리를 끌고 들어오면 죽도 밥도 안 될 걸 알고 있었으면서 왜 얘길 꺼냈을까. 승아는 최근 신 대리 이름만 들어도 미간을 찌푸리곤 했다. 부서 안에서 브랜드나 유행을 읽는 게 제일 빠삭한데도 그 장점이 다 깎여 나갈 만큼 섬세함이 부족해서였다.

가뜩이나 부유한 집에서 태어나 일에 대한 목적의식을 심어 주기가 힘들고 거기다가 자존심도 세서 남이 하는 말, 특히나 본인보다 밑에 있다고 생각하는 사람이 하는 말은 귓등으로 흘려버리고 마는 타입이다.

그런 사람이 상사가 된다고 생각하면 벌써부터 숨이 턱턱 막히는 것 같지만 그렇다고 대신 책임질 자신도 없었다. 승아가 천년만년 과장 해 먹을 줄 알고 이 부서에 뼈를 묻기로 한 건데 왜 갑자기 공석이 되는 건지, 사실은 다연이 제일 울고 싶은 기분이다.

"긴말 필요 없고, 난 두 달 안으로 인수인계 끝낼 거야."

"……."

"승진 아니면 사표야. 어차피 신 대리가 과장 되면 자기 발로 나갈 거 아냐."

속을 빤히 읽어 내는 걸 듣고 우울하게 화분만 쳐다봤다. 저 말

그대로, 윤정이 과장이 되면 아마 회사 생활을 계속하는 데 어마어마한 애로 사항이 꽃필 듯했다. 과장 대리 직함을 달기도 전인데 어디서 무슨 냄새를 맡았는지 벌써부터 못 잡아먹어 안달인 게 보였다. 1년 먼저 들어왔다는 이유로 갖은 꼰대질을 다 하는 사람과 앞으로 두 달씩이나 기 싸움을 할 걸 생각하니까 피로가 몰려왔다.

"이제 나가 봐. 7시까지 스튜디오 가야 한다며."

자리에서 일어난 다연이 꾸벅, 인사를 하고 밖으로 향했다. 그 뒷모습과 스치듯 들어온 성후가 안경테를 밀어 올렸다.

"방금 나간 거 강 대리 맞지?"

"어."

"어깨가 왜 저렇게 축 처졌어? 혼냈어?"

"혼날 일도 아닌데 혼나는 게 재 특기잖아."

아주 지긋지긋하다고 쓴 소리를 뱉는 승아의 얼굴이 어두워서 달래듯 말하는 성후의 목소리도 걱정이 서렸다.

"강 대리한테 아직 말 안 했어?"

"못 했어. 들으면 고민 한번 못 해 보고 덥석 받을 것 같아서."

"그게 낫지 않나?"

"내 사정 때문에 괜히 닦달하는 것 같으니까 그렇지."

"닦달해야지. 배 나온 채로 드레스 입을 거야?"

"세상에, 그거 댁이 할 말은 아니지 않아?"

적반하장이 따로 없는 말에 절로 눈에서 서릿발이 날렸다. 상황을 이렇게 만든 원흉인 성후를 노려보자 본인도 찔리는 구석이 있는지 고개를 슥, 돌린다. 그 꼴에 결국 승아만 체념하듯 냉수를 벌컥벌컥 마셨다.

"시간 좀 줘. 강 대리 본인도 스스로 뭐가 문제인지 아니까 안

하겠다고 버티는 거야.”

한동안 침묵하던 승아가 결국 답답함을 못 이기고 먼저 말했다. 부서가 자리를 잡는 동안 많은 사람이 그만두고 이직하느라 난리였는데 그 사이에서 묵묵히 5년이나 일했던 건 다연뿐이었다. 가뜩이나 하는 일이 많은 와중에 틈틈이 공부해서 이것저것 자격증을 딴 것도 다연뿐이고. 무엇보다 비혼주의자라 움직일 일이 없어서 일찌감치 후임으로 찜해 놨더니 저놈의 성격이 발목을 잡는다.

“알면 고쳐야지.”

고민하는 승아의 곁에서 성후가 태평하게 말했다. 남 일이라고 오지게도 쉽게 말한단 생각이 들어 승아의 말투도 저절로 퉁명스럽게 변했다.

“고칠 수 있으면 벌써 고쳤게.”

“문제가 뭐데.”

“일 욕심이 너무 많아. 그래서 정이 없어.”

승아의 목소리에 맥이 탁 풀렸다. 그 소리를 들은 성후의 표정이 더더욱 이해가 안 간다는 쪽으로 변한다.

“일 꼼꼼히 하는 것도 문제가 돼?”

“고객 별점이 10점에 수렴하는 직장 동료는 너무 재수 없잖아.”

5년간 사내 홈페이지에 올라온 후기 중 다연과 동행한 신부들이 올린 게 백 건이 넘는다. 사진까지 첨부해 가면서 공을 들여 후기를 작성해 주는 신부들도 많았다. 결혼 준비 하다가 신랑 신부끼리 싸우는 건 다반사고 웨딩업체와도 손발이 안 맞아 고소가 비일비재한 마당에 이 정도면 미담에 가까운 사례였다. 직업의 목적을 봉사와 희생으로 아는 다연의 삐뚤어진 가치관이 자신에겐 이렇게나 고마울 수가 없었으나 그건 어디까지나 그녀가 다연의 상사이기 때문에 할 수 있는 말이었다.

"하여간 내가 마흔 전에 혈압 약 먹으면 다 강 대리 탓이야."

사람들이 막 바뀌던 초창기엔 없던 갈등이 3, 4년 차들이 생기니까 슬슬 시작됐다. 다연은 상사와 고객한테 예쁨 받고 동기들이랑 못 지내는 유형의 전형이었다. 일 처리 좀 늦어도 되니까 사람 사이를 유연하게 하는 재능이 필요한 마당에 본인에게 들이대는 잣대도 꺾지 못하고 있다. 안 그래도 이직률 많은 직장에서 그런 상사는 재앙이나 다름없었다. 어려서 티가 안 나는 거지, 나중 되면 지금의 딱 두 배만큼 큰 폭탄이 매일매일 터질 게 눈에 훤했다.

"시간이 해결해 주겠지. 어찌 됐건 밀어붙일 생각이잖아."

성후의 손이 단단하게 뭉친 그녀의 어깨를 주물렀다. 긴 한숨을 쉬며 지끈대는 이마를 짚는 걸 보더니 걱정스런 목소리가 뒤를 따른다.

"근데 그럼 강 대리 일 양 좀 줄여야 하는 거 아니야? 인수인계하려면 지금보다 더 바쁠 텐데."

"그 화상이 줄이란다고 줄이겠어?"

"그건 그렇네."

흠, 하고 숨을 삼킨 성후가 눈썹을 살짝 찡그린 채 승아를 바라봤다.

"두 달 정도 두고 본다고 했던가?"

"응."

"그동안만이라도 괜찮으면 인턴 하나 붙여 줄까?"

철없는 성후의 말에 승아가 대놓고 인상을 썼다.

"걔 신입까지 받을 정신 없어."

"말이 인턴이지, 일하다 온 애라 경력직이랑 똑같아. 나이도 많고."

"몇 살인데?"

"서른."

"서른?"

"뭘 그렇게 놀라?"

"당연히 놀라지. 그게 무슨 인턴이야?"

"말했잖아. 경력직이랑 똑같다고."

"말이 되는 소리를 해. 상전 모시고 살 일 있어?"

일찍 입사해서 늦게까지 남았다는 죄로 나이 많은 여자들의 텃세를 감당하며 사는 다연이다. 써먹으라고 붙여 줘 봤자 자기보다 연상인 걸 알면 불편해할 게 뻔하다.

"걔가 사정이 있어서 오래 쉬느라 그래."

"걔? 뭐야, 아는 사이네? 낙하산이야?"

"낙하산이든 뭐든 도움 많이 되는 놈이면 됐지."

"어라, 심지어 남자?"

끝없는 추궁에 곤란해진 성후가 뒷목을 주무르며 살짝 옆을 쳐다봤다. 말을 하면 할수록 수렁이다. 안 그래도 무서운 고양이 눈이 딱 두 배 더 앙칼지게 변해 자신을 노려보자 오금이 다 저렸다.

"진짜 일은 잘한다니까."

기어들어 가는 목소리를 들은 승아가 코웃음을 쳤다.

"고맙지만 사양할게. 서른이나 잡수신 경력직 인턴은 너희 부서에서 알아서 처리해."

결국 축객령을 듣고 나서는 성후의 발걸음이 무거웠다. 요즘 들어 되는 일이 없는 건 이 방에서 앞서 나간 다연이나 자신이나 매한가지인 것 같았다.

빼근한 어깨로 자리에 돌아온 다연이 탕비실 쪽에서 웃음소리가 들리는 걸 듣고 작게 한숨을 내쉬었다. 저 안에 몇 명이 있건 그중 하나는 신윤정 대리일 것이라는 데 오른쪽 손모가지를 걸 수 있었다. 하는 꼴을 보아하니 오늘도 정시에 퇴근하려고 각을 잡고 있는 것 같은데 인센티브 포기하고 자기 시간을 갖겠다는 의지는 개인의 자유라지만 저녁 시간만 가능하다는 고객은 절대 안 받겠다고 말하는 건 주변 동료들에게 민폐였다. 엊그제는 9시, 어제는 8시 반, 오늘은 7시가 넘는 시간까지 미팅이 잡혀 있는 다연이 점점 마르다 못해 핼쑥해지는 지금처럼.

시계를 보니 벌써 6시 40분이었다. 한창 차가 막힐 시간이라 짐도 챙기지 못하고 바로 자리에서 일어섰다. 때맞춰 탕비실에서 나오던 신 대리가 다연을 보고 눈을 동그랗게 뜬다.

"강 대리 퇴근 안 해?"

"아직 일이 하나 남아서요."

"적당히 해. 누가 보면 강 대리 혼자 일하는 줄 알겠다."

다연은 표정이 무너지지 않게 애를 쓰면서 웃었다. 지난주, 백 년 만에 하루 야근한 걸 가지고 이달의 웃는 얼굴이란 포상금까지 타 먹은 인간은 어디의 누구시더라. 하는 짓도 밉상인데 하는 말은 더 밉상이다. 나이 차가 나니까 똑같은 대리 직함을 달았어도 저쪽은 반말, 이쪽은 존댓말 하는 건 이해를 해도 아랫사람 부리듯이 충고에 지적질을 하는 건 참아지질 않는나.

“그러게요. 대리님은 일 벌써 끝나셨나 봐요.”

벌써, 라는 말에 강약을 실은 것을 느꼈는지 신 대리의 표정이 샐쭉하게 변한다. 더는 실랑이하고 있을 시간도 없어서 옆을 지나치는 사이 속삭이듯 중얼대는 소리가 귓바퀴를 잡았다.

“퇴근 시간을 다 같이 지켜 줘야지 혼자서 저러면 어쩌라는 거야. 일 많이 한다고 유세하나.”

이마 옆에 핏대가 서려는 걸 참으며 소리 내어 걸어 나간 다연이 차에 올라타자마자 핸들에 머리를 박았다. 아, 진짜. 저 밉상을 어떻게 조져야 하지. 김 과장이 자리 비우는 일이 많아져서 대신 일 처리를 하다 보니까 단점이 더 많이 보인다. 나이 먹으니까 남 욕하는 것도 피곤한 일이라 되도록 입을 닫고 살았는데 반년간 신 대리가 저지른 사고를 수습하느라 스스로도 감정이 많이 상했던 모양이다.

“내가 진짜 두 살만 위였어도…….”

기어를 바꾸며 부드럽게 차를 출발하면서도 입 안으로 질겅질겅, 나오지 못한 말을 껌처럼 씹었다. 여기도 오래된 업체라 은근히 꼰대 기질이 남았다. 일을 잘하는 것보다 회사에서 오래 굴러먹은 사람이 신의가 있다고 생각해서 기본급을 그쪽으로 몰아주다 보니 도통 젊은 애들 의욕이 안 생긴다. 다 같이 앉은 회식 자리에서 은근히 연차 강조하면서 상석에 앉는 것도 너무 꼴불견이고.

결국 5분 지각이란 오점을 남기고 그 자리에서 기다리던 예비 신부의 비위까지 살살 맞춰 촬영을 끝냈을 땐 10시를 훌쩍 넘긴 시간이었다. 뱃가죽이 등에 붙은 수준이라 편의점으로 차를 몰던 다연의 눈앞에, 버스 정류장에 앉은 지원이 보였다.

“지금 집에 가?”

창문을 내리자 아직 앳된 기가 남은 얼굴이 이쪽을 본다. 귀에 무심하게 꽂고 있는 이어폰도 그렇고, 대강 입은 트레이닝복도 그렇고, 겉만 봐선 고시 준비하는 학생 같은 몰골이었다. 저 꼴을 승아가 봤다면 불호령이 떨어져도 백 번은 떨어졌을 거다.

"태워다 주실 거예요?"

뒤에서 버스가 오는 걸 가리키며 불퉁하게 묻는다. 다연이 차문을 열었다. 옆 좌석에 냉큼 올라탄 지원의 손에 큼지막한 비닐봉지가 들려 있었다. 살짝 벌어진 안을 보니 삼각김밥과 탄산음료만 한가득이다.

"그게 저녁이야?"

"네."

"오늘 휴무일인데 잘 챙겨 먹지."

"혼자서는 입맛도 없어요."

"너 그러다 스물일곱 지나면 훅 간다."

"그럼 대리님이 저녁 사 주실래요? 같이 먹어 드릴게요."

다연이 피식 웃었다. 하여간 무뚝뚝한 얼굴로 밥 타 먹는 솜씨가 선수 저리 가라다. 팍팍한 사회생활 중에 이런 후배 하나 있는 것도 복이란 생각에 지갑이 저절로 열렸다.

"뭐 먹고 싶은데."

지원은 대학교 4학년 때부터 웨딩 플래너 자격시험을 준비해서 졸업하자마자 회사에 들어온 후배였다. 무신경한 데가 있어서 고객들 비위는 잘 못 맞춰도 웨딩박람회나 이벤트 같은 굵직한 일들을 처리하는 게 능수능란했다. 대학 때 경리 알바를 오래 했다더니 돈 쪽으로 머리 굴리는 게 비상해서 승아가 눈여겨보는 인재였다.

"고기 사 주시면 안 돼요?"

슬쩍 운을 띄우는 걸 보고 피식 웃은 다연이 늦게까지 하는 삼겹살집으로 차를 몰았다. 쉬는 날이면 헬스장에서 사는 다연과 달리 지원은 늘 책상 앞에만 앉아 있는 인종답게 손목이 아기 것처럼 가늘다. 없던 살림도 쥐어짜서 거둬 먹이고 싶게 생겼으므로 가자마자 3인분을 시키는 것에도 별 거부감이 안 들었다.

"잘 먹겠습니다아."

지원이 볼이 터지도록 쌈을 싸 먹는 동안 다연은 그 앞으로 된장국이며 자잘한 반찬을 밀어 줬다. 입을 꾹 닫고 오물거리는 얼굴이 아직도 풋풋하다. 얘는 대체 언제 클까.

"많이 먹고 빨리 커서 내 일 좀 나눠 가."

제법 피곤이 묻은 말에 지원의 짙은 눈썹이 살짝 올라간다.

"지금까지 일하신 거예요?"

"응."

"대리님 월요일에도 밤까지 일하셨잖아요."

"그러게."

그렇게 몸 바쳐 일해 봐야 야근 수당도 안 챙겨 주는 회사라고 혀를 차는 동안 지원이 인상을 썼다.

"그러지 말고 대리님도 신 대리님처럼 하세요."

"어떻게?"

"적당히 하시라고요. 적당히 휴일도 챙기고, 인센티브도 잘 챙겨 먹고, 주위 사람한테 일 미루기도 하고."

"스읍, 까분다."

이마를 툭 밀면서 말을 돌리긴 했어도 까마득한 후배한테 저런 충고를 받을 정도로 호구처럼 살았나 싶어 고민이 된다. 다연은 사이다를 콸콸 부은 맥주잔을 든 채, 전투적으로 밥을 먹는 지원의 모습을 안주 삼아 지난 반년을 돌이켜 봤다.

직장 생활 시작할 때만 해도 업무가 제일 힘든 것일 줄 알았는데 사회생활이 어지간한 업무 왼뺨, 오른뺨을 다 친다는 걸 뒤늦게 알았다. 여자끼리 있으면 참 묘한 게, 아무리 직장이어도 기가 센 사람 밑으로 다시 모임이 만들어진다. 꼭 고등학교 때 사람 모아서 친목질 하는 것처럼. 불행히도 다연이 속한 팀에선 신 대리가 그런 걸 참 잘하는 사람이었다. 집에 돈이 꽤 많아서 일 안 해도 된다는 말을 달고 사니까 빈정 상하는 한편 또 그런 걸 동경하는 여자들이 꼬이기도 했다.

지원이 1인분을 더 시키는 것을 보고 다연도 사이다 한 병을 더 시켰다. 신 대리는 입사 후 2년간 일을 하다가 1년을 나가 있었고 그 후에 경력직으로 다시 입사했다. 남자는 결혼하고 싶어 했는데 신 대리가 아직 일을 더 하고 싶다고 설득하고는 다시 들어왔다고 했다.

그때까지만 해도 일손이 딸려서 고맙다고 생각했던 게 제발 좀 결혼해서 나가 달라는 바람으로 바뀌기까지 딱 반년 걸렸다. 신 대리만 없어도 나머지는 기가 약한 인종이라 잡을 자신이 있는데 그 미꾸라지가 물을 다 흐리고 다닌다. 다연이 일에 미친 사람처럼 보이고, 또 그래서 다연이 과장이 되면 컨설팅부 일대가 폭정과 탄압으로 인한 쑥대밭으로 변할 것처럼 보이는 것도 다 그 주둥아리의 솜씨였다.

이제는 이쪽도 오기가 생겨서 진짜 과장 자리에 오르면, 다른 사람은 몰라도 신 대리한테는 공포 정치가 뭔지 제대로 보여 주려고 이를 갈고 있다. 그걸 생각하니 승진이 꼭 나쁜 것만은 아니지만, 승진을 하는 순간 자신이 이 일을 택한 이유가 아예 사라져 버릴까 봐 이러지도 저러지도 못하는 중이다.

"대리님 안 드세요?"

된장찌개에 밥까지 야무지게 비벼 먹던 지원이 묻는다. 다연이 고개를 젓자 다시 밥그릇에 집중하는 눈동자. 저렇게 마른 몸 어디에 블랙홀 같은 위장을 숨겨 놓은 건지, 누가 보면 석 달 열흘 굶은 사람처럼 먹어 댄다. 열심히 먹고 열심히 사는 지원이 기특해서 계란찜도 하나 시켜 줬다.

'요즘 시대에 누가 대학 때 낭만 찾고 청춘 찾아요.'

최종 면접을 보고 나서 첫 회식을 할 때, 이력서에 빼곡하게 적혀 있는 알바 경력이 다 진짜냐고 묻는 승아에게 지원이 저런 말을 했다. 졸업한 지 한 달밖에 안 된 여대생 입에서 나온 말치곤 참 건조하기 짝이 없었다.

'요즘 애들 무섭다, 강 대리.'

승아는 폭탄주를 만들면서 분위기를 띄우는 지원의 모습을 그렇게 한 줄로 평했다.

"밥 다 먹었으면 일어나자."

지원의 숟가락질이 멈춘 것을 본 다연이 슬슬 자리를 털고 일어나며 말했다. 밥을 다 먹고 나오니 어느새 11시. 시침이 시계의 끝으로 넘어가는 걸 보고 아주 기함을 했다. 하루하루가 이렇게 미치도록 빨리 갈 수가 있나. 내일은 오후까지 비몽사몽이겠단 생각에 기함을 한번 넣는 동안 지원이 딱 붙어서 따라왔다.

"저 대리님 줄 탈래요."

시동을 걸던 다연이 무슨 뚱딴지같은 소리냐는 얼굴로 돌아봤다.

"여기 줄이 어디 있어."

"있어요. 대리님 줄, 아님 신 대리님 줄."

어이가 없어서 헛웃음이 나왔다. 밥값이 6만 원이나 나온 데다 커피는 자기가 사겠다는 것도 말렸더니 감동했나 보다.

"그냥 신 대리님 줄 타."

짧게 답한 뒤, 답답한 마음을 가리려 창문을 내렸다. 들어온 지 1년밖에 안 된 신입이 벌써부터 줄타기를 할 만큼 살얼음판이 된 건가. 김 과장 하나가 부재할 뿐인데 개판 5분 전이 따로 없었다.

"저 신 대리님 싫은데요."

딴생각을 하다가 지원의 목소리에 뒤를 돌아봤다. 못 본 사이 여기다도 한 방 갈기셨나 싶을 만큼 날이 선 어조였다.

"왜?"

'어차피 그 산더미 같은 뒤처리를 내가 하지, 네가 하니.' 라는 표정으로 말하는 다연을 보고 지원이 왜 모르냐는 투로 답했다.

"길만 걸어도 남자들이 줄줄 따른다고 신부 앞에서 푼수를 떠는데 누가 좋아해요? 얼굴도 다 뜯어고친 것 같아. 화장 떡칠한 것만 벗기면 솔직히 대리님이 훨씬 나아요."

쌓인 건 이쪽이 더 클 것 같은데 욕은 지원이 한다. 말려도 들을 것 같지가 않아 사람 하나를 옹골차게 씹어 대는 걸 연료 삼아 골목골목을 누볐다. 집 앞에 내릴 때까지 투덜대는 마른 몸을 내일 보잔 말로 들여보냈을 땐, 이쪽도 침대 생각이 간절할 만큼 피곤했다. 그러나 뻑뻑한 눈을 한 번 누르고 다시 출발하려고 할 때 휴대폰이 울렸다.

[언니, 모레 교회 언니 차례다? 까먹지 마.]

메시지를 확인한 다연이 또 한 번 핸들에 머리를 박았다. 상사가 닦달하고 동료가 질투하고 엄마는 결혼하라고 못 잡아먹어 안

달인 걸 보면 올해가 아홉수가 맞긴 맞는 모양이었다.

"그럼 주기도문으로 예배를 끝마치겠습니다."

주말 교회의 풍경은 언제나 그렇듯 왁자지껄한 한편, 참 엄숙하기 짝이 없는 분위기로 흘러가는 중이었다. 목사님이 경건한 마무리를 하실 때까지 눈을 뜬 채 졸고 있던 다연이 옆에서 아예 흰자를 보이고 있는 다경의 어깨를 툭툭 두드렸다. 입가에 침 흘린 자국만 없길 바라며 계단을 내려가는 동안 잘 해 봐야 한 달에 두 번밖에 없는 휴일을 고이 삶아 잡수신 한 여사께서 웃으며 담소를 나누는 게 보였다. 맞은편에 서 있는 사람이 이 교회 안에서 무려 다섯 쌍이나 결혼을 시킨 집사님이란 걸 알고 나니 피곤이 무한대로 증식하는 기분이었다. 다연은 옆에서 비슷하게 피곤한 몰골로 서 있는 다경에게 물을 건네며 말했다.

"오늘은 내가 올 차례 맞지 않아?"

주말 교회 출석률에 목숨 거는 모친 덕분에 다연과 다경은 이런 식으로 소집령에 동원되는 경우가 종종 있었다. 저번에 다경이 한 번 갔으니 오늘은 다연의 차례가 맞는데 웬일로 이번 주는 두 딸을 쌍두마차처럼 끌고 오고 싶으셨던 모양이다. 생수를 벌컥벌컥 들이켠 다경이 제법 심상한 어조로 답했다.

"한 여사 마음을 누가 알아. 나도 문자 보낼 때까진 내가 안 올 줄 알았어."

그날의 내가 분명히 오늘의 나한테 그런 신호를 보냈었는데 죄다 헛꿈이었네. 씁쓸하게 말을 뱉는 걸 보니 여기 오기 전까지 이 인간도 얼마나 닦달을 당했는지 알 것 같았다.

"살 빼느라고 그냥 양식도 안 먹는 마당에 주말마다 영적인 양식을 챙겨 먹어야 하다니. 무슨 삶이 이렇게 박복하냐."

다연은 다경의 말을 한 귀로 흘리며 어깨를 두드렸다. 온몸 마디마디 안 쑤시는 곳이 없었다.

"운동 갈래?"

무심코 한 말에 생수병의 남은 한 방울까지 탈탈 털어 먹던 다경이 눈을 치켜뜬다.

"싸우자는 거야?"

운동을 시작했더니 덜 피곤하단 다연의 말만 믿고 딱 세 달 같이 헬스장을 다닌 적이 있다. 결론부터 말하면 근육이 녹을 것 같아서 때려치웠다. 다연은 성격상 10시까지 일을 하든 5시까지 일을 하든 하는 운동의 양이 똑같은데 다경의 저질 체력으로 그걸 따라갔으니 몸이 멀쩡할 리가 없었다. 사람이 이 정도로 융통성이 없으면 좀 맞아도 될 것 같다고, 병원에서 링거 맞고 나오는 내내 전화통에 대고 욕에 욕을 퍼부었었다.

다경의 표정을 본 다연이 요즘 들어 실언이 잦다며 자기 입을 찰싹찰싹 때렸다. 둘이 붙어 실없이 떠드는 동안 한 여사가 이쪽으로 다가온다. 그리고 한 여사의 곁에 붙은 권 집사님도 부담스러울 정도로 활짝 웃으며 걸어왔다.

"다연이 오랜만이네?"

"네, 안녕하세요."

사교를 담당하는 안면 근육을 다 끌어와도 차마 잘 지내시냐는 말까진 나오질 않는다. 그 말을 하는 즉시 그 뒤로 달라붙을 무수한 말의 물꼬를 트는 꼴이기 때문이었다.

"그래, 어떻게 좋은 사람은 있고?"

그러나 이어지는 말을 듣자마자 뭐 하러 그런 도움 안 되는 발버둥을 쳤는지, 어째 허탈한 심정이 터져 나왔다.

"아……."

"다연이 낼모레 서른이라며. 빨리 좋은 사람 찾아 가야지."

"그게……."

"그래야 어머니도 걱정이 없으신 거야. 너 가야 다경이도 가는 거지."

"저도……."

"주말에 시간 되니? 요새 애들은 주말도 없이 일해서 약속 잡기 힘들더라."

못 본 사이 남을 배려하는 데 한층 무뎌진 권 집사님을 보며 다연이 쓰디쓴 미소를 지었다. 왜 어른들은 대답을 들을 생각도 없으면서 질문을 퍼붓는 걸까.

"요새 계속 바빠서 시간이 안 나네요. 다음에 말씀드릴게요."

말을 원천 봉쇄하고 옆으로 고개를 돌리니 그새 입을 내민 한 여사의 얼굴이 거기 있었다.

"왜 또."

"너도 이제 매주 와."

물만 먹은 속이 다 뒤집히는 말이었다. 안 그래도 주말 없이 사는 인생, 이제 하나 남은 휴식 시간까지 뺏기나 싶어서 식어 빠진 목소리로 말했다.

"엄마, 여기 온다고 나 결혼하는 거 아니야."

"권 집사님 딸 십일조 2년 내고 의사 남편 얻은 거 몰라?"

"그런 세속적인 목적을 가지고 다니는데 이뤄 주실 리가……."

말이 끝나기도 전에 찰진 손이 등짝을 내리쳤다. 눈물이 찔끔 난 다연을 두고 한 여사가 식당으로 걸어 들어간다. 몸이고 정신이고 몽땅 벌집이 된 다연이 등 뒤에 숨어 있던 얄미운 머리를 잡아당겼다.

"아파."

휴대폰에서 시선도 떼지 않고 대답하는 다경의 모습에 한숨이 나왔다. 딸 둘이 있는데 하나는 웨딩업체에 근무하는 주제에 결혼 생각이 전혀 없고, 다른 하나는 만나는 남자마다 원나잇이라 한 여사 속이 타들어 간 것도 이해는 한다. 오죽했으면 사람으로도 모자라 신앙의 힘에 기대려고 할까. 보다 보니 마음이 아플 지경이지만 그보다 더 절망적인 사실은 십일조를 골백번을 내 봐야 둘 다 바뀔 여지가 전혀 없다는 점이었다.

"이럴 때 좀 도와주면 안 돼?"

"다 언니 업보야. 누가 가짜 남친 만들래?"

"일 년도 지난 일을 가지고."

"엄마는 언니 결혼할 때까지 우려먹을걸. 사골마냥 계절별로 힘 딸릴 때 한 번씩."

"이제 먹을 것도 없어. 직장에서 골수까지 다 빨려서."

핼쑥한 얼굴로 걸어가는 뒷모습을 보고 다경이 고개를 살래살래 저었다. 스물다섯부터 결혼하란 소리에 들들 볶이던 다연이 대학 동기에게 남친 대행을 부탁했다가 제대로 걸린 게 올 봄이었다. 없는 사람을 일 년씩이나 유지한다는 게 엄청 쉬운 얘기 같겠지만 그건 진짜 사기꾼들이나 할 수 있는 짓이었고, 그래서 한 여사가 받은 배신감도 다른 때와는 비교도 안 되게 컸다.

'너 이제 엄마가 부르면 무조건 나와. 알았어?'

한 열흘간 말도 안 하던 한 여사가 저 말을 뱉으며 분연히 자리를 털고 일어난 직후, 다연은 교회며 모임이며 시간 날 때마다 자신을 불러서 얼굴도장을 찍게 하는 모친의 횡포를 고스란히 감내해야 했다. 평소라면 조용히 뒤로 내뺐을 다연이라도 불같은 기세의 한 여사는 어쩔 수 없는지 매번 목줄 매인 개의 심정으로 뒤를 따라다니는 게 훤히 보였다.

그리고 다경은 그 모든 난리통을 보며, 실은 언니가 비혼주의자라는 걸 미리 알고 있었다는 것과 그래서 남자가 허구의 인물이란 말에도 별반 놀라지 않았다는 것을 현명하게 삼켰다. 공범이란 걸 알면 새 되는 건 한순간이니까.

"엄마 언제까지 저러실까."

눈가를 꾹꾹 누르며 한숨을 쉬는 다연의 모습에, 다경이 다시 휴대폰으로 시선을 던진 채 짤막하게 답했다.

"언니가 결혼할 때까지."

한 여사는 여자가 시집 안 가고 혼자 살면 하늘 무너지는 줄 아는 사람이었다. 그리고 다연은 바늘 하나 들어갈 틈도 안 남긴 비혼주의자. 이건 타협점을 찾으려야 찾을 수가 없는 문제였다.

"결혼 안 한다니까."

"그럼 남자라도 만나."

"네가 만나. 나 혼전순결주의자야."

"난 프리섹스주의자인데."

"여기 교회……!"

황급히 주위를 둘러본 다연의 이마가 빨갛게 달아올랐다. 그래도 장녀라고 책임감은 남은 다연과 달리 다경은 아무런 생각이 없어 보인다. 딱 자기 일과 지금 만나는 남자 말고는 관심도 없다.

옆이 텅 빈 걸 보고 가슴을 쓸어내리던 다연이 휴대폰 진동을 느끼고 그 자리에서 전화를 받았다.

"여보세요."

— 강 대리, 지금 잠깐 회사로 올 수 있어?

번호를 확인해 보니 승아다. 전에 없이 목소리가 딱딱해서 바로 대답했다.

"알겠습니다."

일요일에 부르는 경우도 가끔 있긴 했지만 오늘은 어째 더 불길한 예감이 든다. 점심 못 먹고 간다는 말을 들은 한 여사가 미간 사이를 찌푸렸다.

"너희 회사는 일요일도 없다니? 이러니까 네가 시집을……."

"안 간다잖아."

시기적절하게 끼어든 다경이 말을 끊어 줬다. 이내 불똥이 그쪽으로 튄다.

"너 가만 못 있어?"

둘이 투닥거리는 걸 보던 다연이 슬쩍 주차장 쪽으로 나왔다. 차에 타서 시동을 켜자마자 바로 문자가 왔다.

[도와줬으니까 3만 원.]

친동생 인증을 이따위로 하는 게 기특한 나머지 열불이 터졌다. 그러나 회사에 도착해서 굳은 얼굴의 승아와 그 앞에서 대역죄인 같은 표정으로 앉아 있는 신 대리를 본 순간 그 기특함이 한순간에 바닥으로 쑥 내려갔다. 곁에 다가서자 승아가 팔짱을 낀 그대로 꽤 날카롭게 물었다.

"이유경 신부 강 대리가 맡았던 거 맞아?"

혼란한 와중에도 머릿속으로 고객 명단을 차분히 넘겨 봤다.

"10월에 결혼하시는 분들이요?"

"어. 신랑 이름이 강중우."

신랑 이름을 듣는 순간 절로 윤정에게 시선이 갔다. 누군지 생각이 안 날 수가 없다.

"제가 처음 맡았던 건 맞는데 그분들이 신 대리님 쪽을 선호하시길래 중간에 담당자를 바꿨습니다."

이유경, 강중우. 올 4월에 개최한 웨딩박람회 때 다연에게 상담을 신청했던 예비 부부였다. 초반 한 달은 잘 따라왔는데 예물을 고르러 가던 날 옆에서 다른 커플을 담당하던 윤정이 다가와 끼어드는 바람에 어쩔 수 없이 넘겼던 케이스다. 안 그래도 남자 쪽 가풍이 검소해서 예비 신부가 예물에 불만이 많았다. 그걸 좋게 달래서 끌고 가던 중에 옆에서 부채질 몇 번 하니까 신뢰가 그야말로 폭풍처럼 무너졌다. 결국 쓰디쓴 속으로 일을 넘긴 후 한 소리 했지만 언제건 윤정이 다연의 말을 들어 처먹을 리가 없었다.

'신부가 직접 고른 건데 그걸 강 대리가 무슨 자격으로 감 놔라 배 놔라야. 능력 되면 당연히 좋은 거 해 줘야 하는 거 아냐? 다른 선택지가 있는데 모르면 속고 하는 결혼이게?'

다연이라고 비싼 거 모르고 유행 몰라서 그 매장을 선택한 게 아니다. 남자 쪽 집안 성향까지 다 생각해서 머리 터지게 찾아 놓은 예물이었다. 그래 봐야 본인이 원했다는 말 한마디면 끼어들 수 없는 게 맞아서 차라리 잊자, 하고 한쪽 구석으로 밀어 놨던 일인데 오늘 보니 아마 좋지 않은 쪽으로 결론이 나 버린 모양이다.

"신랑한테 계약 파기하자고 연락 왔어. 위약금이고 뭐고 다 물어 줄 테니까 없던 일로 하자고. 신부 측은 플래너가 하라는 대로 했다가 결혼 엎어졌다고 책임지라는데 둘이 뭘 어떻게 했길래 초반 예산의 두 배를 잡아먹어?"

승아의 날카로운 목소리가 고막을 찢을 듯이 울렸다. 다연도 눈을 감고 속으로 욕을 뱉었다. 이 정도면 좋지 않은 수준이 아니라 최악에 가깝다. 아무리 스몰 웨딩이 대세라고 하지만 대부분의 예식은 플래너를 끼고 하는 게 정석이다. 요즘엔 인터넷으로 눈에 불을 켜고 찾은 다음 오는 마당에 고객이 작정하고 물고 늘어지기 시작하면 이미지 망치는 건 한순간이었다.

"강 대리 이번 주에 야근 몇 번이나 했어?"

꿀 먹은 벙어리처럼 버티는 두 여자를 보며 승아가 도끼눈을 치뜨고 물었다. 뭐라고 답해야 할지 몰라서 머뭇거리는 동안 화살이 신 대리에게 향했다.

"신 대리는 이번 달에 야근을 하긴 했어?"

조금만 더 건드리면 울 기세로 서 있는 윤정을 보고 다연이 승아에게 눈짓을 했다. 그러나 화가 머리끝까지 난 김 과장을 말릴 수 있는 사람은 이 회사를 통틀어 단 한 명도 없었다.

"일찍 들어온 게 벼슬이야? 일찍 들어온 만큼 잘해야 한단 생각이 조금이라도 있으면 그게 벼슬로 보이겠어? 책임으로 보이지?"

기어이 윤정의 눈시울이 붉어진다. 보고 있는 다연도 울고 싶은 심정이었다. 올해 진짜 아홉수가 맞는 건가. 아닌데도 이런 거면 굿이라도 해야 할 판인데.

"과장님, 우선은 제가 신부를 만나 보고……."

"신 대리만 욕할 거 없어. 강 대리도 마찬가지야."

일단은 이 자리를 파하게 해야겠단 생각에 말을 꺼내던 다연이 신경질적인 목소리를 듣고 입을 닫았다.

"직장이 학교도 아니고 잘못된 게 보이면 싫은 소리, 쓴소리노

할 줄 알아야지. 둘이 친목 다지려고 직장 다녀? 싸우기 싫으면 아예 집에 틀어박혀서 살든가, 아니면 사회생활을 제대로 하든가!"

다연의 손끝이 곱았다. 평상시 혼날 일이 별로 없던 터라 이렇게 깨지는 게 낯설었다. 이 일은 혼자 노력해서 되는 게 아니라고 전부터 잔소리를 듣긴 했지만 누가 직접적으로 퍼부은 건 이번이 처음이었다. 그간 참았던 승아의 화가 제대로 폭발한 것 같았다.

"신 대리는 나가 봐. 이거 책임 단단히 물을 거니까 앞으로 정신 똑바로 차리고 일해."

부들부들 떨리는 다리로 걷는 소리가 사라지자 빈 공간에 둘만 남았다. 고개도 못 드는 다연에게 승아가 차가운 목소리를 쏟아붓는다.

"내가 강 대리 붙잡고 제발 과장 자리 맡아 달라고 했던 걸 얼마나 후회했는지 알아?"

"……."

"무르다고 다 좋은 거 아니야. 월급 많이 받으면 그만큼 일을 해야지. 그중에 악역을 맡아야 하는 일이 있으면 그것도 해야 하는 거고. 누군 착하게 살기 싫어서 이래?"

묵묵히 듣고만 있는 다연의 모습에 승아가 보이지 않게 한숨을 내쉬었다. 지금은 다연이 혼날 일이 아니지만 직책을 맡게 되면 결국 그 책임을 떠안아야 하는 입장이 된다. 그게 사회생활의 불합리한 점이고 여기다 다연 혼자 두고 떠날 수 없는 이유이기도 했다.

"밑에 신입 하나 붙여 줄 테니까 어떻게든 써먹어 봐."

다연이 고개를 쳐드는 걸 보고도 꼼짝 않고 눈을 맞췄다. 이 난리가 난 걸 처음 듣자마자 바로 세운 계획이었다.

"일 잘한다니까 이제 컨설팅부 일이건, 타 부서 일이건 직접 말

섞지 말고 무조건 걔 통해서 보고하라고 해. 내가 나중에 다 확인할 거야."

다연의 얼굴이 아연하게 변했다. 컨설팅부만 해도 대리가 넷이나 된다. 승아가 직급을 정리하는 데 집중하면서 얼결에 승진한 사람들이라곤 해도 엄연히 같은 직책이었다. 거기다 그중 둘은 다연보다 나이도 많다. 사내에서 제일 심하게 족보가 꼬인 나머지 회식 때마다 대리끼리 앉은 자리만 불꽃이 튀는데, 이 와중에 승아에게도 붙어 있지 않았던 보조를 자신에게 붙이다니. 이건 완전히 어불성설이다.

"과장님, 이러면 저 진짜 그 자리 못 맡아요."

안 그래도 일하는 유세 혼자 다 떠냐는 소리를 듣는 마당에 도와주는 사람까지 있으면 눈총이 두 배가 될 것 같다. 진짜 내가 피 말라 죽는 꼴이 보고 싶은 거냐고, 눈으로 고함을 치는데도 김 과장의 태도는 단호했다.

"그 정도도 못 버티면 나야말로 그 자리 못 맡겨. 몇 번이고 말했지. 승진 아니면 퇴사라고."

"……."

"선택은 강 대리가 해. 이제 더는 안 말려."

이 세상에서 김승아를 말릴 수 있는 건 김승아뿐이란 걸 너무 잘 안다. 이미 배수의 진을 치기로 한 걸 깨달은 다연이 멀어지는 승아의 뒷모습을 보며 머리털을 쥐어뜯었다.

월요일, 승아가 보낸 인턴이 9시에 컨설팅 부서로 오겠다고 메

신저를 보냈다. 축 처진 몸과 그보다 더 바닥에 가서 기고 있는 정신머리를 주워 모아 어찌어찌 출근까진 했는데 그다음 일을 떠올리면 당장이라도 도망가고 싶었다. 생전 싸운 적 없다던 커플이 예물 고르다가 파혼 직전까지 갔으니 승아의 분노가 하늘을 찌르는 것도 이해는 한다. 그러나 그 날벼락을 왜 자신이 맞아야 하는지에 대해선 아직도 억한 심정이 올라왔다.

책상에 머리 박고 누워 있던 다연의 어깨를 누군가 톡톡 친다. 돌아보니 얼굴이 보여야 할 곳에 가슴팍이 보였다. 넥타이를 보고 멍해진 시선이 그 위로 어깨와 목을 지나 짧은 머리카락을 향했다.

"강다연 대리님?"

다연은 아직도 가끔, 예전 그날을 꿈속에서 보곤 했다. 벚꽃 잎이 날리던 결혼식장, 도망간 신부. 창백하고 시원한 봄과 바닥에 고여 있던 깊은 우울.

"……."

그 꿈을 꾸고 일어난 날은 평소보다 몸이 무겁고 눈꺼풀이 가물거렸다. 무력하고 슬픈 무중력 속에 하루 종일 같이 고여서 누군가의 바다를 헤엄치며 보냈다.

"……윤, 재민 씨?"

그래서 지금 이 남자의 얼굴이 낯설지가 않다. 반달을 그리며 웃는 눈이, 부드러운 표정에 흰 얼굴이 드라마에 나오는 배우처럼 후광이 비치는 것만 해도 놀랄 판인데 심지어는 그날로부터 조금의 시간도 지나지 않은 것처럼 맑다. 다연은 알고, 상대방은 절대 알 수 없는 얼굴. 그 얼굴을 사색이 된 채 올려다보는 자신의 모습에 재민이 살짝 난감한 표정을 짓는다.

"되게 놀라시네요."

한순간에 기억이 5년 전 봄날로 돌아간 기분이 들었다. 이 남자가 왜 여기 있지? 스트레스 때문에 헛것을 보나?

"대리님."

고개를 돌리니 지금 뭐 하고 있냐는 듯한 지원의 얼굴이 보였다. 다연을 빼고는 전부 돌아가는 상황을 알아먹는 것 같은 분위기였다. 그리하여 다시금, 꽤나 멍청한 표정으로 남자의 얼굴을 올려봤다. 반대여야 하는 거 아니야? 나만 빼면 아무도 이 사람을 몰라야 정상 아닌가? 생각을 굴리고 또 굴리며 입만 벌리고 있는 다연을 보다 못했는지, 지원이 옆에 다가왔다.

"대리님, 오늘 인턴 온다고 했잖아요."

그제야 극단적인 현실 부정을 향해 달려가던 머리가 멈췄다. 정적이 흐르는 걸 본 재민이 먼저 입을 열었다.

"김승아 과장님이 말씀하셨다고 했는데."

"……."

"혹시 남자란 건 못 들으셨어요? 그래도 이름 들으면 알 텐데."

머릿속에 벼락이 치는 것 같았다. 처음 만난 사람이 왜 자신을 보고 귀신 같은 얼굴을 하는 것인지, 영문을 모르는 윤재민이 꽤 당황한 얼굴로 웃는다. 그러나 다연은 거기에 답해 줄 정신이 일푼도 없었다. 상사한테 쪼이고 집에선 볶이고 회사에선 윤재민을 만났다. 아홉수의 마지막을 장식한 남자를 보니 누가 복부에 어퍼컷이라도 날리는 것 같은 기분이었다.

2

다연이 속한 컨설팅 부서는 기본적으로 남녀의 성비가 13 대 0인 곳이었다. 악명 높은 김 과장 덕분에 다들 꽃이라기보단 독초들로 자라나긴 했다만 그래도 사내에서 여성 비율이 가장 높은 마리아쥬의 꽃밭.

"그럼 이번 달에 입사하신 거예요?"

"그렇죠."

오늘 그 꽃밭에 꿀벌이 하나 입성했고, 그로 인해 단 한 번도 진행된 적이 없던 단체 점심 식사라는 진풍경이 연출되었다.

"다들 빨리 드세요."

다정하게 울리는 말을 들은 다연이 옆으로 고개를 돌렸다. 바라본 곳에는 오늘의 주인공 윤재민 씨가 식당에 들어온 순간부터 지금까지 한시도 쉬지 않고 떠드는 신 대리에게 붙잡혀 갖은 질문

세례를 받고 있는 게 보였다. 사방에서 시선이 모여드는 와중에도 부지런히 숟가락을 놓고 물을 따르는 손이 참 씩씩했다. 실은 아직도 꿈인가 싶었는데 저걸 보니 이제 현실이라는 게 실감 난다. 인턴이 온 것도, 그 인턴이 윤재민이라는 것도.

울적한 얼굴로 숟가락을 들자니 이번 주부터는 정말 십일조라도 내야 하나, 하는 생각부터 들었다. 정말이지 한 종교의 절대자 정도가 아니면 방패막이도 안 될 것 같은 하루하루였다.

"재민 씨 피부 진짜 좋다. 화장품 어디 거 써요?"

윤정이 순진한 눈망울로 재민의 얼굴을 빤히 본다. 밥 한 숟갈 넘기기도 부담스러운 눈빛인데 재민은 대견하게도 숟가락을 놓지 않았다.

"그냥 스킨로션 아무거나 바르죠."

덧붙여 응대까지 열심히 해 준다.

"와, 근데도 피부가 이렇단 말이야? 젊어서 그런가?"

뒷말을 듣기도 전에 다연의 눈이 먼 산을 향했다. 아는 사람에, 남자에, 잘생겼고, 심지어는…….

"저 서른이에요."

나보다 나이도 많은 신입이라니.

"말도 안 돼, 진짜?"

신 대리를 비롯한 여자들이 입을 가리고 놀라는 동안 다연은 집던 김치를 내려 두고 밥에 물을 말아 버렸다. 저 목소리를 계속 들었더니 내 밥맛이 다 떨어지네.

"진짜 그렇게 안 보이는데? 거짓말하는 거 아니에요?"

여자들이 호들갑을 떠는 걸 보고 재민이 난감하다는 듯 웃는다. 예의상 하는 말도 있고 진짜 못 믿어서 하는 말도 있을 것이다. 그만큼 윤재민의 겉모습이 참 풋풋했다. 예전과 비교해도 손색이 없을 만큼. 5년 전이니까 그때 저 사람 나이가 스물다섯이었을 텐데 변함이 없다는 게 더 무섭다.

다연은 가만히 스물다섯이란 나이를 곱씹어 봤다. 너무 어렸기 때문인지 신부인 한다정의 집에서 심하게 반대하는 결혼이었다고 했다. 그 나이에, 그것도 반대하는 결혼을 왜 그렇게 하려고 했나 봤더니 식장에 가기도 전 신부가 임신 중이었단 얘기를 한 여사가 고모 댁까지 가서 덥석 물어 왔다. 원치도 않게 많은 이야기를 들었던 터라 저기 앉아서 신 대리의 말을 받아 주고 있는 남자가 신기루처럼 느껴졌다. 물론 다연보다도 윤재민이 훨씬 원치 않았던 일이겠지만.

다연은 우울한 기색을 감추지 못한 채 오이장아찌를 입에 처박았다. 결혼이라면 이제 치가 떨릴 줄 알았더니 어떻게 고르고 골라 여길 입사할 수가 있지? 저 해맑은 남자가 실은 우울의 바다에 혼자 파묻혀서 눈물을 뚝뚝 흘렸을 거라고는 다들 상상도 못 할 거다.

"삼재라니까, 삼재……."

중얼거리며 습관처럼 남은 음식을 정리하다 문득 느껴지는 시선에 옆을 돌아봤다. 어느새 주제가 운동으로 넘어갔는지 신 대리가 재민의 어깨에 살짝 손을 얹고 있었다. 구조 요청이라도 하는 것처럼 사방을 훑어보는 윤재민의 눈빛에 다연이 자리에서 일어났다.

"그만 일어날까요?"

한창 이야기에 열을 올리던 윤정이 불퉁하게 말한다.

"점심시간 끝나려면 아직 멀었는데?"

"멀긴 뭐가 멀어요. 다 같이 커피나 한잔하고 나면 딱 떨어질 시간인데."

여성 혐오증에 걸려도 이상하지 않을 일을 겪은 사람한테 지금 뭐 하는 짓이냐고, 말해 봐야 알아먹을 턱이 없으니 대신 업무에 관한 채찍질을 시행했다. 이마에 핏대가 선 걸 본 건지, 아니면 신입 앞에서 실랑이하는 모습을 보이기 싫었는지 신 대리도 평소보단 얌전히 일어섰다. 벗어 놨던 구두를 찾는 여자들을 피해 얼른 다연의 곁으로 온 재민이 말갛게 웃으며 말했다.

"그럼 밥 사 주셨으니까 커피는 제가 사겠습니다."

저쪽은 위험 지대로 이미 낙인찍힌 모양이다. 그러나 이쪽 입장에선 이 남자가 위험 지대라 슬금슬금 옆으로 도망치게 됐다. 간신히 다섯 걸음쯤 떨어졌을 때 긴 다리로 세 번 만에 다가온 얼굴이 작게 속삭였다.

"감사합니다."

말갛게 짓는 미소를 보고 있자니 등 뒤로 식은땀이 조용히 흘렀다. 이 남자는 나를 절대 알 리가 없는데, 그럼에도 더럽게 눈치가 보인다. 어색하고 불편하고 근데 상대는 내가 왜 이러는지도 모르고. 말 한 마디 한 마디가 이렇게 곤혹스러울 수가 있나. 이 정도도 못 버티면 그 자리 못 맡긴다고, 승아는 그렇게 말했지만 아마 이 고비를 넘기고 나면 신 대리 정도는 가볍게 찜 쪄 먹고 사장님과의 면담에서도 여유롭게 승기를 잡을 수 있게 될 거란 것까지 예상하진 못했을 것이다.

"커피 뭐로 사다 드릴까요?"

"……그냥 아메리카노요."

"비싼 거 드셔도 되는데. 그리고 말도 적당히 놓으셔도 돼요.

저 나이 완전히 허투루 먹은 놈이라."

계속 거절해서인지, 재민이 민망해하는 게 느껴진다. 그래서 다연도 말을 많이 섞지 않는 것이 좋을 것이란 마음의 소리를 무시한 채 대꾸했다.

"서른이면 많지도 않은데요, 뭘."

아무렴, 그 난리를 겪고도 마음잡고 사는 것 자체가 대견하지, 나이가 뭐가 중요해. 딴에는 속마음을 잘 감춘 대답이었다고 생각했는데 정작 재민은 다연의 얼굴을 빤히 쳐다보다가 재미있다는 듯 눈매를 접었다.

"왜 웃어요?"

"그냥. 다른 사람 같으면 예의상 하는 말이라고 할 텐데."

"……."

"대리님은 진심이신 것 같아서요. 아까 식당에서도 안 놀라셨고."

빌어먹을, 역시 촉이란 놈이 그냥 오는 게 아니구나. 생각보다 눈치 빠른 윤재민 씨가 왜 안 놀랐는지 캐묻기라도 할까 봐 재빨리 말을 돌렸다.

"그나저나 앞으로 괜찮으시겠어요? 여자가 많은 부서라."

"아, 좀 당황하긴 했어요. 다들 질문 엄청 많으시네요."

뒷머리를 긁적이며 하는 말을 보니 당황하긴 했으나 별문제는 안 된다는 투였다. 위기감을 느낀 다연은 평소에는 서로 간에 그렇게 많은 관심을 두지 않는 부서라는 것. 그리고 이 관심은 본인이 남자인 데다 잘생겼기 때문이라는 것을 함축하여 한마디로 답했다.

"혹시 적응하기 너무 힘들면 말씀하세요."

승아에게 들들 볶이는 한이 있더라도 다른 팀으로 보내 버릴 테니까. 안 올라가는 입꼬리를 열심히 올리고 있자니 조금 전보다 환하게 미소 지은 재민이 밝은 목소리로 대꾸했다.

"에이, 말 놓으셔도 된다니까요."

앞의 말은 아예 묵살이었다. '저 인간 못 들은 척 넘기는 솜씨가 보통이 아닌데.' 라는 불길한 예감이 든 다연이 터벅터벅, 지원이 있는 쪽으로 걸었다. 제발 멀리 좀 가 줬으면 소원이 없겠고만 재민은 다연이 오른쪽으로 가면 오른쪽, 왼쪽으로 가면 왼쪽으로 따라오는 행보를 계속했다. 뒷머리가 비죽 서려고 할 때쯤 등 뒤에서 윤정의 목소리가 들렸다.

"재민 씨 뭐 해요. 커피 사 준다면서. 물주가 여기 있으면 어떡해."

평소엔 원수 같다고 생각한 음성이 이렇게 반가울 수가 없었다. 밝아진 다연의 얼굴이야 안중에도 없는 신 대리가 딱 붙어 있는 둘을 보고 눈을 흘긴다.

"뭐야, 강 대리 따라온 거야?"

벌써부터 불쾌한 기색이 서렸다. 처음 보는 신입 앞에서 기 싸움 하는 걸 계속 보일 필요는 없단 판단 아래 이쪽도 적당히 웃음기를 섞어 대답했다.

"따라오긴 뭘 따라와요. 그냥 걷다 보니까 같이 있는 거지."

곁눈질로 신 대리를 따라가라고 신호를 보냈는데 싱긋, 미소를 머금은 재민이 그 얼굴 그대로 윤정에게 폭탄을 집어 던졌다.

"따라온 거 맞아요. 김승아 과장님이 강 대리님 따라다니면서 도와주라고 하셨거든요. 일이 제일 많다고."

말 끝나기가 무섭게 윤정의 표정이 김장철 시어머니처럼 변했다. 졸지에 고부 갈등을 겪는 며느리 심정이 된 다연이 재민의 등을 꾹꾹 밀었다.

“그런 거 아니에요. 윤재민 씨, 가서 계산하셔야죠?”

말할 때는 여유 있는 척 웃어 보였으나, 그건 바로 뒤에 택할 행보가 줄행랑인 것을 알기에 나온 허세였다. 흙먼지를 날리며 달아나는 다연의 뒤에서 재민이 뺨을 살짝 만지는 게 보였다. 그러거나 말거나 나도 제 살길을 찾아야 하지 않겠냐는 변명 아래 제일 앞에서 걷던 지원의 곁으로 경보하듯 다가갔다. 볼이 빨개져서 헉헉대는 자신의 모습에 지원이 뒤를 돌아봤다.

“반가워요, 대리님.”

“그래, 나도 반가워.”

“참, 아까 들으셨어요?”

“뭘?”

“엄뭐, 재민 씌 피부 쥐인짜 조타. 화장품 어디 꺼 써어어어?”

입술을 쭉 내밀고 신 대리의 말을 따라 하는 걸 보고 화들짝 놀라 옆구리를 찔렀다. 그래 봐야 지원은 여전히 무심한 어조로 말을 이었다.

“저 정도면 그냥 관종 아니에요? 솔직히 결혼할 사람 있단 말도 못 믿겠어요. 만나는 남자마다 저러고 다니는데 받아 주는 애인이 있다는 건 사기를 쳤거나 아님 사기를 당한 거지.”

“…….”

“앞으로 시끄러울 것 같네요. 신 대리님 하는 짓 보니까.”

굳이 집어 주지 않아도 충분히 절망스러우니까 그만하련? 그늘진 눈을 감추려고 하늘을 한 번 쳐다본 다연이 짧게 숨을 뱉었다.

사람이 나이를 먹을수록 철이 드는 이유는 진짜로 철이 들어서

가 아니라 네 나이면 이 정도는 할 수 있을 거라는 전제 아래 이런 저런 책임이 몰려오기 때문이다. 지독한 방향치라 평생 운전대를 안 잡을 줄 알았더니 일 때문에 잡고 있고, 무뚝뚝한 성격이라 영업 관련된 업무는 못할 줄 알았더니 누구보다 많은 사람을 만나는 일을 5년째 하고 있는 지금처럼. 다 그렇다. 본인이 원해서 되는 것도 그걸 할 능력이 있어서 일을 맡는 것도 아니다.

그러니까 결국엔 내가 원치 않는 만남이라도 잘 이끌어 가는 게 스물아홉의 강다연이 해야 할 일이란 거겠지.

다연은 주위에서 깔깔 웃는 여직원들을 상대하느라 고군분투하는 재민의 듬직한 어깨를 돌아봤다. 그래, 어차피 나만 입 다물면 누가 알겠어. 저 인간이 미쳐서 파혼 경력도 경력이랍시고 이력서에 쓴 게 아닌 이상.

그만 생각하자고 머리를 한 번 흔드는 사이 눈앞에 커피가 배달됐다. 단체 주문이라 카페 직원들이 바깥까지 테이크아웃 트레이를 들고 나와 줬다. 멈춰 있던 부서 사람들이 하나씩 자기 음료를 찾는 동안 무념무상, 나뭇잎이 떨어지는 걸 보며 쉬던 다연이, 뒤통수에 따라붙는 시선을 느낀 것도 바로 그때였다.

"……."

누군가 했더니 이번에도 윤재민이다. 아까보다 두 배쯤 더 미안하단 얼굴로 웃고 있다. 이젠 웃는 것만 봐도 경기가 날 지경이었다. 왜 또 저렇게 웃어? 불길한 예감이 든다고 생각하고 있는데 이쪽으로 다가온 직원을 보고, 지원이 고개를 갸웃거렸다.

"강 대리님 뜨거운 커피 시키셨어요? 이 날씨에?"

황당한 소리에 다연도 아래를 내려다봤다. 난감한 얼굴의 직원과 작열하는 태양을 배경 삼아 펄펄 끓고 있는 커피가 보였다. 주는 사람도 받는 사람도 말 한마디 못하고 있는 타이밍에 재민이 끼어들었다.

"아, 잘못 시켰나 보네요. 뜨거운지 차가운지 말씀을 안 해 주셔서."

"……."

"다시 가서 사 올게요. 대리님도 같이 가실 거죠? 카페 주문은 복잡해서 잘 못 하겠어요."

묵묵히, 너스레를 떠는 윤재민의 얼굴을 한번 봤다가 멀리 서 있는 신 대리의 손을 쳐다봤다. 생크림은 빼고 원두까지 고르고 당도를 낮게 해 달라고 말했을 아이스커피.

"강 대리님."

저걸 시켰으면서 아이스 아메리카노 한 잔 사 달란 주문이 어렵다고 한 건가, 지금.

"빨리 안 가면 점심시간 다 끝나요."

다연은 사무실로 떠나는 인파를 간절한 눈으로 쳐다봤다. 당장이라도 그 뒤를 졸졸 따라가고 싶은 마음이 굴뚝이었다. 그러나 눈앞에서 거절은 생각도 안 한다는 얼굴로 서 있는 윤재민을 이길 길이 만무했다. 힘없이 카페 쪽으로 걸음을 옮기고, 도착한 곳에 이미 차가운 커피가 준비되어 있는 걸 본 다연이 쓴웃음을 지었다.

"죄송합니다. 이렇게 안 하면 따로 말도 못 붙이게 할 것 같아서."

커피 잔을 들고 앞서 걷는 다연의 곁에서 재민이 말했다. 한숨이 나오는 한편 미안한 일이었다. 따지고 보면 재민은 오늘 처음으로 이 부서에 출근한 거고 다연을 만난 것도 이게 처음이다. 그런

데 상사랍시고 나타난 사람의 태도가 첫판부터 이러면 당하는 쪽에선 걱정될 법도 했다.

"제가 많이 불편하세요?"

예의 난감한 표정으로 이쪽을 보는 얼굴에 양심이 사정없이 찔려 왔다. 결국 먼저 이성의 끝을 붙잡은 다연이 '사실은 불편해 미치겠어요.' 라는 마음의 소리를 꾹꾹 누르며 답했다.

"그게 아니라, 과장님이 말을 제대로 안 해 주셔서 그래요. 인턴 온다는 소리도 주말에 처음 들었고."

"……."

"시간 지나면 괜찮을 거예요."

윤재민이 입을 다문다. 다연의 표정이 어지간히 복잡해 보였는지 한동안 답도 없었다. 둘이 사거리 코너를 돌 때쯤이 돼서야 점심시간 내내 안테나에 예민하게 걸리던 낮은 음색이 들려왔다.

"김 과장님이 좀 막무가내인 면이 있으시긴 하더라고요."

그 성격이 마녀라는 걸 나만 느끼는 게 아니었구나. 공감해 주는 사람이 나타나니 한결 마음이 편하다. 이참에 분위기도 살살 풀려 가는 것 같았는데, 그건 다 뒤의 말을 듣기 전까지의 얘기였다.

"저한테도, 강 대리님이 이렇게 불편해하든 말든 꼭 붙어 다니라고 협박하고 가셨거든요."

어느새 바닥을 보인 재민의 잔에서 달그락거리는 소리가 들렸다. 얼음을 깨무는 소리가 꼭 머릿속에 대고 하는 것처럼 선명해서, 다연 역시 메어 오는 목소리를 억지로 가다듬어 가며 간절히 물었다.

"아까 그거 농담인 줄 알았는데요."

말이 끝나기 무섭게, 재민이 그럴 줄 알았다는 듯 소리 내서 웃는다.

"농담으로 해 드리고 싶어도 제가 낙하산이라 선택의 여지가 없네요."

"……."

"오후 일정 빡빡하던데 빨리 들어가야죠."

앞장서는 발걸음이 가볍다 못해 경쾌하다. 그 뒤로 구두를 질질 끌고 가는 다연의 깊은 구덩이는 아랑곳하지 않는 모습이었다.

"……."

그 뒤통수를 빤히 쳐다보던 다연이 울적한 마음을 감추려 커피를 쭉 들이켰다. 머리가 찡할 정도로 시원한 커피도 가라앉혀 줄 수 없을 만큼 속에서 잿더미가 피어오르고 있었다.

그날 오후 내내, 재민은 식당에서 보인 모습이 얼마나 새 발의 피였는지를 보여 주겠다는 듯, 매시간 파격 그 자체의 행보를 보여 다연을 기함하게 만들었다.

"확실히 여자분들이랑 일하니까 분위기가 좋네요."

"아, 재민 씨 그만하라니까."

"진짜예요. 사무실 공기부터 다른데요."

박 터지는 웃음소리가 벽 전체에 울렸다. 다 알고 하는 립서비스라도 미남이 하면 다른 건지, 다들 재민이 10분 동안 똑같은 말을 하든 30분 동안 똑같은 말을 하든 전혀 개의치 않은 채 한결같은 태도로 좋아했다. 다연은 턱을 괸 채 누가 보면 이 사무실에서

10년은 구른 줄 알 정도로 유들유들하게 돌아다니는 얼굴을 빤히 쳐다봤다.

저기 죄송한데, 아까 분명히 질문 많아서 힘들다고 하지 않으셨나요?

그러나 그새 분위기 파악이 끝났는지 매시간마다 적응력 만렙을 찍는 윤재민의 목소리가 여기까지 들린다. 윤정을 비롯한 청새치 떼가 하는 말을 하나하나 귀담아 듣고 활어처럼 생생한 리액션을 선보이고 있는 통에 다들 단체 최면이라도 걸린 것 같았다. 그 모든 과정을 지켜본 다연의 감상은 '김 과장이 저걸 미리 봤다면 내가 아니라 저 인간을 과장 자리에 밀어 넣었을 텐데.' 로 아주 짤막하게 귀결되었다.

이리저리 돌아다니며 사무실 구조를 파악하던 재민이 다연이 있는 쪽을 쳐다본다. 눈이 마주치자마자 저도 모르게 슥, 고개를 돌려 버렸다. 와, 후광이 진짜 장난 아니네. 무슨 형광등 켰나. 칙칙하기 짝이 없는 이쪽과 너무 대비되는 미소라 본능적인 거부감이 들었다.

다연이 하는 짓을 본 재민이 서류로 입을 가리며 반대편으로 걸어간다. 저 종이 밑에는 구김살이라곤 하나 없는 미소가 물려 있겠지. 푼수 떠는 신 대리만큼은 아니더라도 다연 역시 무너지는 법이 없는 말간 웃음에는 감탄을 금치 못하는 중이었다.

"……."

그리하여 생각을 하면 할수록 아무래도 기억에 오류가 있는 것 같단 확신이 몰려왔다. 윤재민은 그날 그렇게까지 슬펐던 게 아니고, 그 일은 트라우마로 남지 않았으며, 한두 달쯤 지나자마자 웃으면서 '맞다, 나 파혼했었지.' 하고 넘길 수 있는 정도의 사건이었던 게 분명하다. 그게 아닌데 저렇게 마냥 밝다는 건 트럭에 치여 기억 상실증이라도 걸리지 않는 한 불가능한 일이었다.

판단을 끝낸 다연이 적응력뿐만 아니라 회복력도 상당히 좋은 저 남자에 비해 남의 일에 다리 한쪽 걸치고 5년씩이나 굴을 판 스스로가 얼마만큼 한심하고 오지랖이 넓었는지, 고찰을 시작했다.

"차라리 그놈의 결혼식을 안 봤으면 얼마나 좋아……."

재민을 다시 만난 이래로 백 번쯤 떠올린 말을 다시 곱씹으며 마우스 커서를 움직이는 동안 사무실 곳곳이 텅텅 비기 시작했다. 한창 웨딩 시즌일 땐 사무실이 꽉 차는 걸 보기도 힘든 직종이었다. 다연만 해도 오후에 미팅이 두 건이나 있었다. 앞서 들었던 선전 포고가 귓전에 아른거리는 나머지 절로 시선이 재민의 자리로 향했다.

"좋았어."

의자가 비어 있는 걸 보자마자 뒤도 안 돌아보고 나와 비상구로 향했다. 그러나 엘리베이터까지 포기하고 주차장으로 달려가 봤자, 눈치 빠른 신입께선 이미 다연의 차 앞을 점령한 뒤였다.

"어디로 가면 돼요?"

차 키 달라며 손을 뻗는 얼굴을 보자마자 부담감이 태풍처럼 몰려온다. 급한 마음에 웃는 것도 잊고 발을 옮기며 말했다.

"제가 운전하면……."

"저 김 과장님한테 보고해야 한다니까요."

운전석 문 앞에 버티고 서선 윤재민이 화사하게 웃는다. 아예 작정하고 내려온 인간을 이기는 건 불가능했으므로 할 수 있는 일이라곤 묵묵히 차 키를 건네고 옆 좌석에 올라타 내비게이션에 목적지를 입력하는 것뿐이었다. 기다렸다는 듯 시동 걸고, 운전하고,

옆에 가져다 놓은 웨딩 사진까지 챙기는 손을 보며 악덕 상사가 된 기분에 미간 안쪽이 쓰렸다. 삼재에 아홉수가 겹친 다연의 올해도 참 팍팍하지만, 보기만 해도 짜증 날 웨딩업체에서 자기보다 어린 상사 뒤치다꺼리를 하고 있는 윤재민의 팔자 역시 박복한 것 같단 생각이 들어서였다.

"이거 완전히 술래잡기네요."

……물론, 제아무리 박복해 봤자 이 차 안에 산소가 남아 있긴 한 건가 싶을 만큼 숨이 막혀 오는 다연에 비하면 상팔자였지만.

"김 과장님이 왜 그런 말을 했는지 알겠어요."

도망치듯 나간 다연을 떠올렸는지 재민의 말에 웃음기가 서린다. 계속 말 거는 걸 보니 어떻게든 대화를 이어 가고 싶은 모양이었다.

"무슨 말을 했는데요?"

그래서 결국 다연도 아무 의욕 없는 문답을 이어 갔다. 이쪽이라고 이보다 더 어색한 사이가 되고 싶은 건 아니었으니까.

"강 대리님이 일을 시키면 점수를 주고 혼자 일하면 점수를 빼서 일주일에 한 번씩 보고하라던데."

"……."

절로 입이 조개처럼 다물렸다. 승아야 원래부터 일 문제에 있어선 종종 핀트가 나갔다 치더라도 그걸 이렇게 귀담아듣는 인간은 또 뭔가, 싶었기 때문이다.

"김승아 과장님이 대리님을 후임 포지션으로 정해 놓으신 거 맞죠?"

다연은 짧은 고민을 한 뒤, 속여 봐야 남는 것도 없단 생각에 조용히 대답했다.

"아직 다른 데 가선 말하지 마세요."
"맞아요?"
"네, 어쩌다 보니."
"와, 그럼 나 줄 잘 탔네."
재민이 해맑게 웃는다. 그놈의 줄. 듣기만 해도 머리가 아파서 어설프게 마주 웃고 유리창에 머리를 박아 버렸다.
40분 뒤 스튜디오에 도착한 다연이 기합을 단단히 넣고 안으로 들어갔다. 리허설 스냅을 찍고 나서 몇 주째 컴플레인을 제기하는 예비 신부를 만나러 가는 길이다. 스튜디오 측은 이 정도면 컴플레인 걸 일이 아니라고 하소연했지만 윤 부장이 지인이라며 끝까지 책임져 달라는 바람에 여기까지 온 거였다. 상황이 좋은 것도 아니고, 내 담당인 일도 아니고. 그러니 이쪽도 나름대로 없는 시간 쪼개서 결정한 건데 정작 도착해선 스튜디오 문턱을 넘지도 못하고 멈춰 서야 했다.
"신부가 강 대리는 싫다는데."
입구에서 팔을 붙든 사진작가가 곤란하단 표정으로 말하는 것에 다연의 표정이 딱딱하게 굳었다. 아무리 기분이 상했더라도 아예 초장부터 들어가지도 못하게 막을 줄은 몰랐다. 이유를 따져 묻는 다연에게 예비 신부가 직접 와서 말했다.
"비혼주의자라면서요."
"네?"
생각지도 않은 주제에 다연이 눈만 깜박거렸다.
"결혼 생각 한 번도 안 해 보신 분한테 맡겼다가 또 대충 찍어 주면 어떻게 해요."
저걸 어디서 들었지? 아니, 어디서 들었건 저게 말이나 되는 소리야? 머리를 망치로 한 대 얻어맞은 기분이었다. 비혼주의자에게 맡기면 결혼사진을 대충 찍는다니. 자존심 문제를 차치하더라도 이렇게 앞뒤 안 맞는 억지를 부리는 고객을 본 적이 있던가.

사진 다시 안 찍으면 고소한다고 난리 칠 때만 해도 그냥 좀 예민한 사람인가 보다, 했던 게 지금은 온라인에서 싸우다가 오프라인에서 제대로 한판 뜨려고 하는 걸로밖엔 안 보였다. 물론 제일 먼저 떠오른 건 윤 부장의 얼굴이었고. 지인이라면서. 그게 지인이니까 온갖 짜증 다 받아 주고 오란 뜻이었으면 미리 말이나 해 주던가.

목소리에 힘이 실리려는 걸 간신히 누른 다연이 앞으로 다가섰다.

"신부님, 전 제가 결혼 생각 없다고 일을 소홀히 한 적은 한 번도 없습니다. 결혼해 봤다고 자기 주관대로 끌고 가는 사람들보단 제가 나을 수도 있고요."

"……."

"제가 5년간 동행한 분들 중에 이 스튜디오에서 작업한 신부님들만 뽑아 온 포토 북입니다. 한번 넘겨 보시……."

"내 말이 우스워요?"

인내심 있게 포토 북을 꺼내던 손이 멈췄다. 신경질이 난 어조를 굳이 숨기지 않고 다 드러낸 예비 신부가 다연을 노려보며 힐난하듯 말을 뱉었다.

"전화했을 때도 계속 무시하더니 여기서도 그러네?"

"무시하는 게 아니라 저도……."

"아니, 그쪽 사정이 어떻건 난 바꿔 달라잖아요! 당신 말고 다른 사람이랑 한다고!"

다연도 천천히 입을 다물었다. 그동안 뭐가 얼마나 쌓였던 건지 혼자 폭발해서 본사에 연락할 때까지 촬영 안 할 거라고 소리를 지르고는 안으로 들어간다. 본사는 개뿔. 내가 본사야. 내가 본사라고, 인간아. 치미는 분노를 누르며 고개를 한번 휘젓는 사이 등 뒤에서 기가 막힌다는 목소리가 들린다.

"말이 너무 심한 거 아니에요?"

돌아본 곳엔 본인이 대신 한 대 때려 주기라도 할 것처럼 씩씩대는 윤재민이 보였다. 그걸 보고서야 다연도 퍼뜩 정신을 차렸다. 이 인간도 있었지, 참. 하도 혼자 다녔더니 눈 한번 돌리면 깜박 잊어버린다.

"원래 다들 저렇게까지 말해요?"

"……그럴 리가요."

대답과 함께 혈압이 올라 띵한 뒷목을 주물렀다. 근 1년이 넘게 유순한 신부들만 봐서 그런지 다연도 신선한 충격을 받는 중이었다. 지인 소개면 보통 저렇게까진 못하는 건데 아마 이번 일 끝나면 윤 부장과도 연 끊을 모양이다.

"무시하고 그냥 가요. 어차피 이거 대리님 잘못도 아니잖아요."

"……"

"사무실로 돌아가는 거죠?"

화내야 할 사람이 입을 다문 터라 재민도 더 떠들지 못한다. 다만 분이 안 풀린 얼굴로 짐을 챙긴다. 당연히 돌아가는 것 아니냐는 어조인데, 예비 신부 측이 원체 완고하니까 이쪽도 '그럼요. 윤 부장, 이 개새끼.' 라는 말을 하고 싶긴 했다.

"강 대리님?"

그러나 그건 함부로 뱉어선 안 되는 말이었다.

"……."

옆에 김 과장이라도 있었으면 좋겠는데. 이럴 때 승아는 어떻게 했을까.

"……그럼 안 돼요."

한참을 고민하던 입에서, 본인이 말하고도 꽤나 답답한 내용이 튀어나왔다. 남아 봐야 뾰족한 수가 있을까 싶긴 하다만 승아라면 이런 답을 했을 것 같다. 하여간 무시무시한 김 과장. 자리에 있건 없건 이놈의 전두엽을 꽉 잡고 놔주질 않네.

"포토 북만 좀 가져가서 보여 주실래요?"

다연은 스튜디오 마당 한복판에 서서 머리만 긁적이는 직원에게 먼저 다가갔다. 난감한 눈으로 이쪽을 보는 것에도 굴하지 않고 기어이 가슴팍에 두꺼운 종이 뭉치를 넘기며 말을 이었다.

"그리고 촬영 안 하고 불만 사항 접수만 할 테니까 30분만 얘기하자고 말 좀 해 주세요."

상대가 불쾌해하지 않을 선에서 어떻게든 자기 어필을 하는 다연의 모습을 재민이 계속 쳐다본다. 혼자였으면 무슨 창피를 당하든 상관없는데 지금은 무지무지하게 신경이 쓰였다. 삼고초려도 그게 성공했을 때나 멋있는 거지, 첫 일부터 너무 모양 빠지는 것 같아서 재민에게 넌지시 말을 걸었다.

"먼저 사무실에 가 있어도 돼요. 오래 걸릴 것 같아요."

고개를 저은 재민이 한 발도 떼지 않고 버틴다. 절반쯤 예상했던 바라 하는 수 없이 다 보는 앞에서 다음 타임에 잡힌 미팅을 취소해야 했다. 죄송하다 소리를 스무 번쯤 하고 하루 있는 주말을 반납하는 것까지 보이고 나니 이제 볼 장 다 봤다는 생각이 들었다.

1시간을 더 기다리고 나서야 굳게 닫혔던 스튜디오의 문이 열렸다. 들어가 보니 갱년기가 아닐까, 의심될 만큼 서릿발이 날리는 신부께선 이 날만을 기다렸다는 냉기를 뿜는 얼굴을 한 채 기다리고 계셨다. 이것도 불만 저것도 불만, 무엇보다 네가 온 게 제일 불만. 표준어로 욕하는 걸 40분 넘게 들어 주고서야 밖으로 나왔다. 어찌 됐건 사진은 찍겠다고 해서 다행이었다. 집에 가서 귀 씻어야겠다고 생각하며 어깨를 두드리자니, 이 촌극을 처음부터 끝까지 지켜본 신입이 살갑게 다가와 짐을 대신 든다.

"일 열심히 하시네요."

표정이 언제 굳었냐는 듯 서글서글하게 웃는 얼굴. 그러나 다연의 입장에선 저게 어깨를 두 배쯤 무겁게 하는 웃음이었다.

"열심히 해야죠. 오래 했는데."

민낯을 보인 기분이라 피곤했다. 다들 호수 밑에서 얼마나 물장구를 치는지 모르고 잘한다, 잘한다 하는 거지 늘 남들보다 시간이 배는 걸린다. 오늘 일만 해도 만약 승아가 왔다면 이거보단 요령 있게 대처하지 않았을까. 자책이 먼저 들었다.

터덜터덜 걷고 있자니 역시나 재민이 먼저 달려가 운전석을 차지한다. 말릴 기운도 없어서, 이번엔 네 맘대로 다 하시란 얼굴로 그냥 보조석에 올라탔다. 시동을 건 이후에도 재민은 눈치 빠른 인간답게 다연에게 말을 붙이지 않다가 회사 근처에 다 와서야 부드러운 목소리로 물었다.

"강 대리님."

"네?"

"진짜 비혼주의자세요?"

주제가 다소 파격적인 나머지 휴대폰 자판을 누르던 손가락이 삐끗했다. 다연은 어색한 순간을 자연스럽게 메운 후 빠르게 답했다.

"네."

"그럼 상담할 때 힘들지 않으세요?"

"보통은 말 안 하죠."

"말해야 할 때는요?"

"오늘처럼 말해요."

재민이 손끝으로 입술 근처를 매만진다. 해갈이 안 된다는 얼굴이다.

"뭐 하나 물어봐도 돼요?"

아, 역시. 질문이 다 끝난 게 아니었어.

"비혼주의자면 결혼에 관심 없다는 건데 왜 하필 이 일을 선택하셨어요?"

고민 끝에 나온 말인지 묻는 어조가 가볍지는 않지만 예민한 주제란 점은 어차피 변하지 않는다. 휴대폰에 시선을 고정하던 다연이 결국 고개를 옆으로 돌려 재민을 쳐다봤다.

"보람 있는 일인 것 같아서요."

교과서에서 튀어나온 것 같은 대답에, 재민의 미간이 살짝 좁아졌다. 질문을 던진 사람도, 답을 내린 사람도 절반의 납득밖에 하지 못하는 문답이었다. 심지어는 조금 전 보람이라곤 한 푼도 없어 보이는 일과를 끝마치고 온 다음이라 더 그랬다. 그럼에도 할 수 있는 이야기가 없었다. 사실은 사람을 좀 이해해 보고 싶었다고, 그게 엉망으로 파투 난 결혼식에서 혼자 우는 누군가를 본 다음부터 생긴 두려움 때문이라고 말할 수는 없으니까.

다연이 비혼주의자가 된 건 전적으로 윤재민의 탓이 컸다. 원래부터 심했던 사회생활의 결벽이, 재민의 결혼식을 본 이후로 아예 극단적으로 변해 버렸다. 사람이 사람을 그렇게까지 상처 줄 수 있다는 것에 대한 두려움. 왜 그런 상처를 주고받으며 함께 살아야 하는지에 대한 의문.

그 두려움과 의문 때문에 비혼주의자가 되었고, 모순되게도 또한 그 때문에 웨딩 플래너가 되었다. 다치고 깨질 걸 알면서도 결혼을 택하는 사람들의 마음을 이해하고 싶었다. 집으로 돌아온 후에도 소리 죽여 우는 윤재민의 모습이 계속 그녀의 발목을 잡고 놔주질 않았기 때문이다.

답을 들은 재민은 오전 내내 온갖 리액션을 다 보이던 사람답지 않게 입을 닫고 있었다. 다연이 입 다물 때와 달리 적막의 깊이가 다른지라 누가 명치끝을 꾹 누르는 것 같은 감각이 한참 동안 계속됐다. 제 무덤 파는 걸 알면서도 기색을 살피는 일을, 또 눈치 보는 일을 멈출 수가 없었다. 다연은 앞으로 윤재민과 일을 하면서 벌어질 갖은 애로 사항을 다 예측할 수는 없었지만, 최소한 재민이 밝든 어둡든, 말이 많든 말이 없든 상관없이 '읏차, 자리 깔아 볼까.' 하고 오지랖을 펴는 스스로의 상태는 한마디로 일축할 수 있었다.

"……제가 여고 나와서 남자 많은 직장은 불편했거든요."

완전 망했다, 고.

"운 좋게 바로 취업이 되기도 했고."

"……."

"요즘 불경기인데."

이유를 쥐어짜 내는 다연이 기특했는지 굳어 있던 입매가 제자리를 찾는다. 그걸 보고 나서야 마음이 놓였다.

설령 지금 윤재민이 미스 코리아 빰치는 여자를 만나 누구 못지 않은 결혼 생활을 하는 걸 봤다 하더라도 이런 마음이 들 게 뻔했다. 자신이 웨딩업체에 근무하는 이상, 이 인간이 도와준다고 따라붙는 이상. 드레스를 보고 턱시도를 보며 스튜디오, 식장, 부케 같은 단어를 매일같이 접하게 만드는 이상, 한 번 신경 쓸 일을 두 번씩 신경 쓰며 저 얼굴을 살필 게 뻔했다.

난 참 여러모로 글러 먹은 인생이구나.

복장 터지는 소리가 여기까지 들려서 마른세수를 했다. 다음에 다경을 만나면 주말에 예수님을 만나는 것 정도로 박복하네 어쩌네 하는 배부른 소리는 집어치우라고 한마디 할 생각이었다. 요즘 불행하다고? 어휴, 이리 와. 한 대 맞고 얘기하자, 우리.

얇은 복부로 어퍼컷을 날리는 상상을 하다가 휴대폰이 울리는 걸 듣고 정신을 차렸다. 번호를 보니 신 대리다. 벌써 퇴근했는지 받자마자 시끄러운 소리가 울린다.

— 강 대리, 일 끝났어?

"네."

— 재민 씨랑 같이 있지? 그럼 둘이 여기로 좀 올래?

다연의 입가가 경련하듯 떨렸다. 딱 들어도 술집인데 반년에 한 번 있을까 말까 한 회식도 죽어라 피해 다니는 양반이 이러니까 얄미움이 두 배였다. 웬일로 전화했나 싶었을 때 그냥 끊어 버렸어야 하는데.

"저희 일 지금 끝났어요."

— 끝났으니까 오라는 거지.

"내일 출근해야죠."

— 강 대리 웃긴다. 우리도 내일 똑같이 출근이야. 윤재민 씨도

신입인데 환영식을 해 줘야지.

"점심에 한 건 환영식이 아니라 뭐 송별회예요?"

다연의 목소리가 점점 날카로워지는 걸 듣고 옆에서 살짝 옷깃을 당긴다. 재민이 웃으며 괜찮다는 손짓을 했다. 절로 한숨이 나는 광경이었다. 주책은 신 대리가 떠는데 왜 민망함은 나의 몫인가. 위치를 듣고 가겠다는 말과 동시에 전화를 끊어 버린 다연은 회사 주차장에 도착하자마자 아직 저녁도 못 먹은 남자를 끌고 편의점으로 향했다.

"뭐라도 좀 먹고 가요. 거기 안줏거리가 마땅치 않아서."

이 인간 주량이 얼마나 되는지 모르겠네. 윤정은 생각보다 술이 세서 주변 사람이 대신 죽어나는 일이 잦았다. 재민이 도착하는 순간부터 그 옆에 찰싹 달라붙어 앉을 게 빤한 위인이시기도 하고. 안 봐도 비디오인 상황이라 라면에 김밥에 숙취 해소제까지 모조리 사서 재민의 품에 떠안겼다.

"이러면 배불러서 술 못 먹겠는데요."

플라스틱 의자에 앉아 기다리던 재민이 봉투를 열더니 피식 웃는다. 다연은 자기 몫으로 산 에너지바 하나만 입에 물고 라면에 물을 부어 젓가락과 함께 건넸다.

"그 핑계 대고 좀 빼도 돼요. 신 대리님 취할 때까지 마시는 편이라 힘들 거예요."

세상만사 귀찮다는 얼굴로 에너지바만 씹어 대는 다연을, 재민이 물끄러미 쳐다봤다.

"대리님은 밥 안 드세요?"

일이 고된 날은 밥맛도 없다. 오늘은 유독 힘들어서 집으로 들어갔다면 저녁을 걸러 버렸을 정도의 상태지만 밥상 차려 줘도 고사만 지내는 재민의 모습을 보니 절로 젓가락을 들게 된다. 말없이 김밥을 집어 먹는 다연을 보고서야 저쪽도 급한 식사를 시작한다.

밥 한 덩이를 입에 물고 세월아 네월아 씹는 동안 오만 가지 생각이 다 들었다. 김 과장도 신경 써야 하고 신 대리도 신경 써야 하고 엄마에 권 집사에 이제는 윤재민까지. 올해를 잘 넘기고 나면 어지간한 컴플레인은 그야말로 코웃음을 치며 넘길 수 있을 것 같다.

다연은 눈을 들어, 연한 갈색으로 빛나는 머리카락을 빤히 쳐다봤다. 배불러서 못 먹겠다고 너스레를 떨더니 바닥까지 싹싹 긁어 먹는 모습에 입가가 조금 올라갔다. 질문을 폭격하는 여자들 사이에서 점심도 먹는 둥 마는 둥. 일중독인 사수한테 치여서 오후도 그냥 날린 데다 이번엔 저녁도 못 먹고 회식에 불려 가고. 그녀만큼은 아니어도 재민 역시 올해가 녹록지는 않으리란 생각이 든다.

"다 먹었어요?"

"네."

결국 다연의 몫까지 다 먹은 남자가 민망한 듯 웃었다. 다연은 절반쯤 남은 에너지바를 쓰레기통에 버리고 하루 종일 운전한 재민 대신 운전대를 잡았다.

"30분쯤 걸리니까 잠깐 눈 좀 붙여요."

어느새 눈앞에 퇴근길 지옥이 펼쳐져 있다. 쉼 없이 클랙슨을 울려 대는 차들 사이에서 다연이 피곤한 눈을 깜박였다. 그 모습에 잠시 시선을 던지던 재민은, 목적지에 도착하기 전까지 불빛으로 가늑한 거리를 보는 대신 시곗줄에 가려진 다연의 마른 손목만 바라보고 있었다.

“그럼 앞으로 과장님이라고 부르면 되나? 강 과장님?”

혀가 반쯤 풀린 신 대리의 말이 울리자 다연이 쥐고 있던 맥주잔에 선명한 손자국이 남았다. 길지도 않은 시간에 벌써 두 번이나 저 얘길 꺼내는 걸 보아하니 오늘 술자리 내내 가시방석은 떼어 놓은 당상인 듯했다. 다연은 딱 10분 전으로 돌아갈 수 있다면 이 술집에 발도 들여놓지 않을 거란 생각과 함께 차가운 맥주를 쭉 들이켰다. 그런 다연의 행동에, 자청해서 신 대리 옆에 앉은 재민이 시원하게 웃었다.

“신 대리님 또 그러시네. 오늘 제가 주인공이라면서요.”

서글서글한 미남이 술기운이 묻어난 미소를 짓자 사방에서 시선이 꽂힌다. 화살을 한 번씩 대신 맞는 재민을 보면 인당수에 심청이를 갖다 바친 심 봉사가 된 기분이라, 다연의 미소가 더없이 씁쓸해졌다.

들어올 때부터 분위기가 싸하다 했더니 오후에 승아가 사무실에 나왔다고 한다. 윤재민 입단속시킬 생각만 했지 그쪽에서 먼저 폭탄을 날리고 떠날 거라곤 상상도 못 했다. 날 그냥 절벽에서 떠밀린 독수리 새끼로 만들 셈이냐고, 이젠 상사고 친분이고 다 갖다 버리고 물어보고 싶을 정도다.

“에효, 이제 이런 날도 별로 없겠다. 그죠?”

깔깔 웃다가도 한 번씩 맥주잔 테두리를 매만지며 뱉는 윤정의 목소리 때문에 분위기가 오락가락, 하늘과 땅을 오갔다. 그 정도로 오지게 깨졌으면 정신을 차릴 줄 알았더니 사람 쉽게 변하는 거 아니었다. 방어 기제가 제대로 발동해서 다연을 쥐포처럼 잘근잘근 씹는 데 쓰고 있다. 진짜 저 인간은 뭘 먹고 자랐길래 저렇게 낯이 두껍냐. 그 성깔 나한테 반만 주지. 그럼 미친 척하고 머리끄뎅이라도 잡아 보겠고만.

"외근 나갔다가 퇴근할 일도 없고, 일도 지금보다 훨씬 많아질 테고……."

힐끔, 이쪽을 보고 하는 말에 뒷목이 뻣뻣하게 굳어 온다. 간신히 이성의 끈을 붙잡고 있던 다연의 귓가에 불퉁한 목소리가 울렸다.

"야근시키는 상사가 파혼시키는 상사보다는 백번 낫거든요."

누가 이렇게 속 시원한 소리를 겁도 없이 하나 싶어서 돌아보니 앞에 소주잔을 둔 지원이 신 대리를 똑바로 보며 말하고 있다.

"안 그래요? 솔직히……."

"지원아, 그만."

말이 아예 비난조로 바뀐 걸 느끼고 얼른 입을 틀어막았다. 나 좀 살려 주라. 내가 이 와중에 네 입까지 막아야겠니? 행여 재민이 파혼이란 단어를 듣기라도 했을까 봐 곁눈질로 그쪽부터 살폈다. 다행히 다른 사원들이랑 떠드느라 이쪽은 관심 밖인 듯했다.

"신 대리님, 잠깐 저 좀 봐요."

팔짱을 끼고 지원을 응시하던 윤정이 그녀의 말에 기다렸다는 듯 자리에서 일어났다. 다연은 여전히 불퉁한 지원의 입술을 한번 쭉 당기고 먼저 나서는 등을 따랐다. 화장실 쪽 복도로 나가 보니 벽에 기대 자신을 쳐다보는 얼굴에 전투 의지가 한가득이다.

"벌써부터 과장 행세 하려고?"

다른 사람한테는 그래도 걸러 가면서 하는 말이 자신에겐 한 마디 한 마디 전부 주옥같은 것들뿐이었다. 다연이 한숨을 내쉬며 말했다.

“저도 지난주에 처음 들었어요.”

“웃기지 마. 강 대리 몇 달 전부터 계속 과장실 들락날락거리는 거 다들 봤어.”

속이 삭다 못해 썩을 지경이네. 다른 사람이 어딜 가고 뭘 하는지, 그거 쳐다볼 시간에 자기 할 일 했으면 과장실에 들어갔던 건 본인이 됐을 거란 걸 이렇게 모르나. 할 말을 고르고 고르는 다연의 이마에 대고 신 대리가 빙빙 손가락질을 한다.

“상사랑 속닥속닥거리면서 다른 사람들 은근히 왕따시키고. 그러니까 옆에 김지원 같은 애밖에 안 남지.”

“다 같이 얘기하고 회의하는데 그런 게 어딨어요, 대체.”

지원이까지 끌어들이는 걸 보자 이쪽도 표정이 굳었다. 신 대리는 술이 들어가서 그런지 남의 말을 귓등으로도 안 듣는다.

“자기도 그래. 김승아 과장이랑 개인적으로 친하다고 회사 일에 사적인 관계 끌고 들어오는 건 좀 아니지 않아?”

“대리님이야말로 그럴 거면 호칭부터 똑바로 하세요.”

“뭐?”

“김승아 과장이 아니라 김 과장님이라고 하시라고요.”

웃음기를 완전히 뺀 얼굴로 윤정을 쳐다보던 다연의 음성이 기어이 높아졌다. 꼬투리 잡는 것도 하루 이틀이지 이제 받아 줄 힘도 안 남았다. 세상 사람들이 다 자신한테만 짜증을 내고 있는 것 같아서 슬슬 인내심의 한계가 오고 있었다.

“강 대리가 나한테 그런 말 할 자격이 있어?”

윤정의 눈이 슬슬 신경질적으로 변했다. 과장실 드나들었다는 소리 한 번만 더 하면 아예 뒤집어엎을 셈으로 대기하고 있는데, 다음 말을 듣자마자 쥐고 있던 주먹에서 스르르 힘이 풀렸다.

"상사가 임신해서 자리 비운 틈에 날름 과장 자리 먹은 주제에 나한테 그런 말 할 자격 있냐고!"

윤정이 뭐라고 더 쏘아붙이는 것 같은데 하나도 들리질 않았다. 다만 며칠 전에 보았던 승아의 얼굴, 유독 까칠해 보이던 그 얼굴이나 워커홀릭이나 다름없는 사람이 주 2회씩은 비우던 사무실 같은 게 떠올랐다.

"강 대리도 책임 맡기 싫어서 계속 질질 끌고 있는 거……."

"김 과장님이 임신하셨다고요?"

말허리를 끊고 들어오는 것에 윤정이 눈을 깜박거린다. 곧 무슨 상황인지 알아차렸는지 목소리에 힘이 실렸다.

"뭐야, 몰랐어?"

다연이 모르는 사실을 본인은 알았다는 것에 기분이 고양된 신 대리가 이내 의기양양한 표정을 짓는다.

"그렇게 사석 공석 칼같이 따지다가 못 들었나 보네."

"……."

"아무튼 못 맡겠으면 다른 사람한테 빨리 넘겨. 나도 맞는 자리만 주면 잘할 자신 있으니까."

나무처럼 그 자리에 못 박힌 다연을 두고 구두 소리가 또각또각 멀어진다. 벽을 타고 주르륵, 미끄러진 다연이 팔에 고개를 파묻고 눈을 감았다.

"진짜 나한테 왜들 이러냐……."

머리 왼쪽에서 박동이 쿵쿵 뛰는 게 느껴졌다. 다연은 지긋지긋

한 편두통이 다시 시작되려는 기색에, 차가운 벽에 머리를 기댄 채 한참을 앉아 있었다.

정신 붙들고 자리로 돌아온 다연과 달리 신 대리는 그대로 집에 갔는지 보이질 않았다. 적당히 자리를 파한 뒤 주차장까지 가서 차 키를 꽂을 때가 돼서야 술을 먹었다는 사실을 기억해 내고 밖으로 나왔다. 빨리 집에 가서 눕고 싶은 마음뿐이건만 오늘따라 택시도 더럽게 안 잡혔다. 보도블록에 쭈그려 앉아 네온사인을 보고 있자니 서러움이 물씬 올라왔다.

승아가 아이를 얼마나 바랐는지 알고 있다. 일만 하고 살았더니 지금 애를 낳아도 노산이라고, 답지 않게 농담하는 걸 빤히 들었으니까. 그러니 왜 그렇게 몰아붙이듯 승진 애길 꺼냈는지 이제야 이해가 가지만, 사정 설명 없이 지금껏 본인 입장만 고수해 온 건 역시 속상했다.

나는 아직도 누군가가 고민을 말하고 기댈 수 없는 사람인가. 최소한 그 노력을 옆에서 계속 보아 온 승아만큼은 다를 거라고 생각했는데.

"2차 가실래요?"

등 뒤에서 울리는 목소리에 어깨를 좁혔다. 어느새 옆에 다가와 웃차, 소리를 내며 앉은 재민이 양손에 쥔 물병 중 하나를 그녀에게 건넸다.

"무슨 회식이 40분 만에 끝나요? 이런 건 또 처음 보네."

"……."

"신윤정 대리님은 성격 진짜 특이한가 봐요. 본인이 사람 모아 놓고 혼자 사라져 버리고."

그 정신 나간 발랄함을 예쁘게 포장해 주는 걸 보면 윤재민 씨는 착한 사람이 분명한데, 그런 사람이 하필 이럴 때 들어와서 개고생을 같이 한다. 고래 싸움에 있는 대로 등이 터졌을 재민의 하루도 다사다난했으리란 생각에 쓴 입 안으로 물을 콸콸 흘려 넣었다.

"분위기가 좀, 그렇죠."

누구 한 사람 꼽을 필요 없이, 부서 분위기 자체가 이렇게 뒤숭숭한 건 처음이었다. 다연은 습한 밤공기에 끈적해진 앞머리를 넘기며 짧게 말했다.

"부서 이동하고 싶으시면 말하셔도 돼요. 진짜로."

"……."

"원래 이런 상태였던 건 아니에요. 김 과장님이 휴직하셔서 그래요. 이럴 때 사람 받으면 안 됐는데 제가 처신을 제대로 못해서……."

승아가 밀어붙여도 안 된다고 딱 잘라 막았어야 한다. 어쩌면 그편이 분위기 잡기는 나았을지도 모르겠다. 복잡한 눈으로 말하는 다연의 옆모습을 재민이 말없이 쳐다봤다. 한참 뒤, 빈 물병을 구기는 소리와 부드러운 목소리가 함께 울렸다.

"저 아직 하루밖에 안 됐어도 대리님이 얼마나 열심히 처신하면서 사는지는 알 것 같던데요."

생각지 않았던 칭찬에 어깨가 굳었다. 뻣뻣하게 긴장한 옆모습을 보며 재민의 목소리가 조금 더 옅어졌다. 가볍게. 긴장하지 말라는 듯이.

"그렇게 사는 사람은 나중에 가서 다 티가 나게 돼 있어요. 지금만 좀 시끄러운 거지."

"……."

"무시하세요, 그냥. 어차피 이 일 쉽게 관두실 건 아니잖아요."

하루 사이 무시하란 말을 두 번이나 들은 다연의 입가가 소리 없이 무너졌다. 사실 지금은, 옆에 재민이 있어서 기분이 더 가라앉았다. 이런 모습보다는 좀 더 똑 부러지고 멋있는 사람으로 있었으면 얼마나 좋을까. 5년간 정말 열심히 살았는데 지금 같아선 그랬다고 말하는 것도 창피할 정도로 인간관계며 사회생활이며 다 개판이다. 울컥하는 마음에 입단속이 안 될까 싶어 호흡을 조심조심 다잡았다.

"그럼요, 안 그만둬요."

하루가 참 오지게도 길다. 재민이 여기 있는 내내 그럴 것 같다. 그 생각만으로 팍팍해지는 밤이었다.

"윤재민 씨도 오늘 고생 많았어요. 내일 뵙겠습니다."

바로 자리를 털고 일어서는데 금방 대답할 줄 알았던 목소리가 들리질 않았다. 돌아보니 이쪽을 올려다보는 재민의 표정이 묘했다. 난감한 것 같기도 하고 답답한 것 같기도 하고, 조금은 화가 난 것 같기도 하고. 한순간에 모든 표정이 다 지나가서 읽을 수가 없었다.

"네, 대리님도 들어가서 쉬세요."

그러나 그건 아주 찰나의 순간으로, 마지막으로 눈에 남은 표정은 결국 다시 만난 이후 내내 그랬듯 웃는 얼굴이었다.

3

“대리님 오늘 의욕 철철 넘치시네요. 저 다리 찢어지겠어요.”

오전 내내 모니터만 붙들고 있던 지원이 툴툴댄다. 저게 ‘당 떨어진다.’의 다른 표현인 것을 알고 있는 다연이 그쪽으로 시선도 돌리지 않은 채 초코바만 하나 건넸다. 입금 전후가 확실히 다른 인간답게 바로 입 다물고 포스팅을 작성하는 데 심혈을 기울이는 게 보였다.

서랍 연 김에 다연도 에너지바를 하나 꺼내 씹었다. 다 먹은 봉지를 구겨서 쓰레기통에 넣을 때쯤, 이번엔 입금을 안 해 줘도 알아서 출력이 가능한 인재 하나가 말을 건다.

“강 대리님, 포스트잇 다 붙였는데 더 할 거 없어요?”

고개를 돌리자 불과 30분 전에 시킨 일을 벌써 다 해치운 재민이 반듯하게 서 있다. 불편한 것과 별개로 바로 밑에 사람이 붙으니 일의 효율이 달랐다. 일단은 실수가 줄었고 스케줄 관리가 잘 된다. 미팅도 시간별로 딱딱 맞아서 밀리는 일 없이 컴플레인이 해결됐다. 단순히 사람 하나 더 들어왔다고 된 일이라기보단 이 눈물겨운 신입 사원께서 모든 일에 적극적이기 때문에 가능한 수순이었다.

"잠깐 쉬다 오세요."

그리하여 재민은 입사 일주일 만에 워커홀릭 강다연의 입에서 쉬는 시간을 가지라는 말을 뽑아내는 유일한 인물로 등극했다. 한 달이 아니라 반년은 일한 것 같은 능숙함을 선보이는 터라 '일 잘한다니까 써먹어 봐.' 라고 했던 승아의 말이 십분 이해 가는 순간이 한두 번이 아니었다.

"그러지 말고 그거 넘기셔도 되는데."

정신없이 자판을 두드리는 다연을 보고 재민이 웃으며 말한다. 습관인지, 늘 말에 눈웃음을 섞는다. 어느 직원을 상대하든 그건 변하질 않아서 들어온 지 일주일 만에 사무실 안을 점령했다 말해도 손색이 없을 만큼 인지도가 올라갔다.

"쉬랄 때 쉬어, 재민 씨. 강 대리 입에서 저런 말 나오는 게 쉬운 줄 알아?"

물론 그 눈웃음에 제일 직격탄을 맞은 건 윤정이지만. 저러다 파혼하지 않을까 싶을 만큼 치근덕대는 걸 보고 지원이 한 번씩 '역시 사기당한 거야. 저런 인간이랑 결혼한다는 남자가 제정신일 리가.' 라는 눈빛을 보내는 걸 진땀을 흘리며 막는 중이다.

"저번에 커피 너무 맛있더라. 내가 한번 쏠 테니까 점심 먹고 같이 갈래?"

다연은 여느 때처럼 재민의 어깨를 살짝 때리고 입을 가리며 웃는 윤정의 모습을 묵묵히 지켜봤다. 난리통이 따로 없던 술자리 다음 날부터, 윤정이 대놓고 시비를 거는 일이 줄었다. 아무래도 김 과장의 임신 사실을 혼자만 안 것에 기분 째지는 모양이었다. 얼굴에 의기양양이라고 써 놓고 돌아다니긴 했지만 어찌 됐건 열 번 싸울 일이 다섯 번이 됐으니 다연의 입장에서도 나쁜 결과는 아니었다.

다만 딱 한 가지 문제는, 다연이 업무 면에서 다른 직원들한테 압박을 가하면 중간에서 한마디씩 하는 일이 잦아졌다는 것 정도일까. 정의의 용사처럼 옆에서 튀어나오는 걸 볼 때면 그 동그란 머리를 쥐어박고 싶은 때가 한두 번이 아니다. 과장실을 차지하고 있어야 할 사람이 거의 사직에 가까운 안식년에 들어가고 나니 남아 있는 다연만 동네북처럼 이리 치이고 저리 자빠지는 나날이 계속됐다. 탕비실에 옹기종기 모여서 자신을 마녀에서 마왕쯤으로 승급시키는 걸 하도 많이 봤더니 이제 '오냐, 네 소원대로 해 줄 테니 한 대만 맞자.' 하는 오기까지 들었다.

"그나저나 재민 씨, 생각해 봤어?"

거기다 그렇게 다연을 갈구고 돌아다니는 와중에, 잊지 않고 재민의 옆에 붙어 살랑거리는 걸 볼 때면 두통이 치밀기도 했고.

"말씀드렸잖아요."

"그러지 말고 한번 하라니까?"

"저 남 입에 오르내리는 거 별로 안 좋아해요."

"에이, 안 그러게 생겼으면서 또 빼고 그런다."

저거 또 시작이네. 잊을 만하면 나오는 주제를 듣자마자 후, 하고 앞머리를 불어 넘겼다. 재민이 여러 번 정성 들여 거절하고 있는 건이었다. 그러나 신 대리는 성격상 상대방이 난감해하건 말건,

면박을 주건 말건 본인의 말을 들어줄 때까지 계속 치댄다. 몇 번이나 대거리를 끝낸 다연도 못 이길 정도였으니 윤재민이 저걸 받아 낼 수 있을 리 만무했다.

편두통의 원흉 둘이 붙어 떠드는 걸 듣고 있던 다연이 한숨과 함께 자리에서 일어섰다. 평소라면 '또 푼수 떠는구나.' 하면서 대수롭지 않게 넘겼을 일이지만 상대가 재민인 걸 본 순간 가만히 앉아서 저 촌극을 두고 볼 수가 없었다.

"대리님, 화원에 전화해 보셨어요?"

신이 나서 떠들던 윤정이 이쪽을 힐긋 돌아본다. 팔짱 끼고 버티는 다연의 모습에서 희미하게 김 과장의 후광이 보였는지 미간 사이가 급격히 좁아진다.

"아침에 했는데 안 받아서 좀 이따 다시 하려고."

"지금 해 주세요."

싫다는 사람 붙들고 헛소리하지 말고. 표정으로 말하는 걸 윤정도 딱 알아듣고 인상을 구겼다.

"재민 씨 쉬는 시간이라며."

"대리님 쉬는 시간 아니잖아요."

"와, 강 대리 밑에 사람 하나 들어왔다고 완전히 달라졌네."

같은 대리끼리 허락받고 쉬어야 하냐고 비아냥대는 걸 보자마자 '아, 나 진짜. 내가 무슨 부귀영화를 보겠다고 저 여우 짓을 참고 살아야 돼, 대체.' 라는 길고도 한 맺힌 푸념이 단전서부터 올라왔다.

"화보 모델 되면 금일봉도 나오고 연차도 준다는데 윤재민 씨한테도 좋은 거잖아."

그놈의 화보 모델, 안 하면 경찰이 잡아가기라도 하는 모양이다.

아무리 말해 봐야 씨알도 안 먹힌다는 걸 깨닫고 나니 저 소식을 물고 온 양 대리가 원망스러울 지경이었다. 튕겨 내는 기술만 줄창 성장하는 인재이신지라 이젠 면박을 줘도 기도 안 죽는다. 신 대리 같은 딸 하나만 있었어도 혈압으로 오래전에 사망했을 것이란 데 자신 있게 한 표 던질 수 있었다.

다연은 어느새 주변에서 '한동안 조용하더니 또 시작이네.' 하는 시선으로 쳐다보는 것을 알고 우울한 마음을 애써 감췄다. 졸지에 싸움닭이 된 것 같아 기분이 한없이 처졌지만 어차피 그런 모욕적인 타이틀까지 짊어진 이상, 재민이라도 구출하고 가야겠다.

"윤재민 씨, 가서 김지원 씨 좀 도와주세요."

싸움을 한 방에 끝내는 말에 신 대리의 얼굴에 심술이 단단히 올라왔다. 중간에 끼어서 자리를 지키고 있던 재민도 다연의 단호한 말을 듣자마자 살짝 웃어 보이고 자리를 떴다. 이다음에 얼마나 털리든 간에 일단 구출 끝내 놨으니 됐다. 그리고 이 김에 나도 좀 도망가고.

[지원아, 윤재민 씨랑 홈피 작업 끝내 놔. 되도록 천천히.]

출근하면서 외근 나갈 짐을 차에 옮겨 둔 다연이 지원에게 문자 하나만 남긴 채 재빨리 사무실을 나섰다. 끝내려면 적어도 2시간은 더 걸릴 일이었다. 스스로의 안위를 위해 철판 깔기로 하고 밀어내는 것까진 좋았으나 예의 난감한 웃음을 짓는 윤재민의 얼굴이 망막에 새겨질 지경이라 얼굴 보기가 민망했다. 고로 다연이 할 수 있는 선택은 도망뿐이었다. 안 그래도 스트레스 받는 마당에 대체 윤재민을 어떻게 하지, 라는 조미료까지 얹을 수는 없으니까.

회식이 있던 날부터 거의 사흘이 넘게 이리 피하고 저리 피하는 다연을 보며 긍정으로는 따라올 사람이 없을 것 같던 재민도 조금씩 피곤해하는 게 느껴졌다. 다른 일을 주긴 하지만 다 빨리 끝날 일들뿐이라 시간이 남는 모양이다. 일하는 속도가 빨라서 더 그렇다. 다른 사람한테 붙었으면 옳다구나 써먹고 저쪽도 날아다닐 기세로 일할 텐데 돼지 목에 진주 목걸이가 딱 이런 격인가 싶었다.

주차장에 들어서서 차에 오르고 나니 이제야 좀 숨통이 트였다. 내가 미안해. 많이 미안해. 근데 역시 너랑은 일 못 하겠어. 김 과장은 인수인계 과정을 밀어붙이고 있고 윤정은 저런 식으로 옆에서 갖은 장단 다 떨잖아. 그 와중에 오늘 아침 윤 부장이 한 숟가락 더 얹었는데, 내가 댁을 어떻게 받아 주겠어.

윤 부장 이름 석 자를 떠올리자마자 쥐고 있는 핸들을 부숴 버리고 싶은 충동이 들었다. 그 개고생을 해 가며 사진 찍어 줬더니 컴플레인이 또 들어왔다. 이건 내가 감당할 건수가 아닌 것 같다고, 그런 생각 아래 정중히 거절했음에도 김승아 과장이 없는 컨설팅부에서 덤터기를 쓸 사람은 강다연 대리 한 명뿐이었다.

이번엔 강 대리가 와도 된다고 했으니 안심하란 말을 듣고 하마터면 뇌혈관 다 터질 뻔했다. 선심 쓰듯 말하는 꼴이 꼭 '아이고, 첫날은 문전 박대 하시더니 이젠 와도 된다고 해 주시다니 감읍할 따름입니다.' 이러면서 가길 바라는 본새였다.

이럴 때 중간에 쳐 낼 사람은 승아밖에 없는데, 이래저래 김 과장의 컴백이 절실한 순간이었다. 임신했다고 했으니 앞으로도 복귀는 영 가망 없는 이야기가 될 테고, 그럼 결국 향후 이런 골치 아픈 일은 다 다연의 앞으로 쏟아진단 뜻이다. 마흔 넘기 전에 복장 터져 요절하는 건 시간문제겠단 생각에 울고 싶은 기분이 다 들었다.

다연이 아무리 눈치코치 다 없어도 이게 좋은 의미에 주선이라기보단 폭탄 떠넘기기 식의 처리란 걸 모르지 않는다. 이러다 결혼식 엎어지기라도 하면 욕은 이쪽이 다 먹는 거란 것도. 그걸 알면서도 업체가 고객을 고를 수는 없는 노릇이었다. 컴플레인이 심해서 그렇지 선택한 패키지도 제일 고가 패키지에 할 수 있는 옵션은 꾸역꾸역 잘도 집어넣어 놨다.

이런 마당이니 윤 부장 입장에선 끝까지 좋게 끝내고 싶어 하는 것도 이해 못 하는 건 아니다. 다만 그렇게 좋게 끝내고 싶으면 하다못해 예비 신부한테 혈압 약 하나라도 먹여 보내라는 충언이 도통 입 밖으로 나가지 않기 때문에 울분이 터지는 거였다.

신호에 걸려 대기하던 다연의 차가 브레이크등을 끄고 빠르게 달아나는 앞차의 꽁무니를 따라 맹렬히 질주했다. 이제는 체력이 뚝뚝 떨어지는 걸 알면서도 오기로 야근하고 오기로 고객들을 만난다. 다 같이 엎고 죽어 보자는 고집이 오뉴월에 한 품은 여자처럼 서리서리 이어지고 있기 때문이다.

그래, 한번 보자고. 누가 먼저 죽나. 김 과장이 죽을지 신 대리가 죽을지 윤 부장이 죽을지. 그것도 아니면 내가 죽을지.

스튜디오 앞에 도착하자마자 우울한 공기가 사방을 뒤덮은 게 보였다. 다연도 안전벨트를 풀고 잠시 심호흡을 시작했다. 점심시간을 피해 온 탓에 운전은 수월했으나 목적지 근방 1km 안에 들어온 순간부터 발이 액셀러레이터 밟기를 거부하여 꽤 빠듯하게 도착했다. 이젠 그 폭탄 같은 예비 신부님의 담당이 된 것이나 다름없기 때문이었다.

지난번엔 AS개념의 사진촬영 및 비위 맞추기만 잘 하면 됐다지만 오늘은 얼마나 힘들든 간에 일이 끝날 때까지 자리를 뜰 수가 없다. 웃음기 하나 없던 예비 신부의 얼굴이 너무 또렷해서 심적 부담이 두 배였다.

"또 다연 씨가 왔어?"

프로필에 빼곡히 적힌 사항을 읽고 또 읽은 후에야 스튜디오 안에 들어서는 다연의 앞에 담배와 라이터를 쥔 작가가 다가왔다. 꽤나 시달렸는지 여기 안색도 안 좋다. 다연은 어깨만 한 번 으쓱해 보인 뒤 조심스레 물었다.

"상태 좀 어때요?"

"오늘도 죽상이지 뭐."

"어디가 마음에 안 든대요?"

"이건 사진에 문제 있어서 클레임 거는 게 아니라니까. 컴플레인 계속해서 한몫 챙길 작정이든가, 아니면 그냥 뭔가에 짜증 나서 다 엎을 생각이든가. 둘 중 하나야."

차라리 전자면 좋겠지만 패키지에 윤 부장 옵션까지 있는 걸 보면 후자일지도 모르겠다. 한숨과 함께 고개를 끄덕였다. 사실 컴플레인이 또 들어왔다고 했을 때부터 절반쯤 직감한 일이었다. 이 스튜디오는 다연이 발굴했던 곳이라 속사정을 누구보다 잘 안다. 기본 실력이 받쳐 주는 데다가 얼마 전에 포토샵을 담당하는 직원 하나를 뽑으면서 고객 만족도가 더 올라간 업체였다. 그런데도 불만이 계속 나온다는 건, '이거 잘하면 계약 파기까지 갈 수도 있겠는걸.' 하는 상황을 염두에 두어야 한단 뜻이었다.

"신부님, 안녕하세요?"

꼬리에 꼬리를 무는 우울함을 감추고 가장 안쪽 스튜디오의 문을 연 다연의 눈앞에 서릿발 날리는 얼굴로 드레스를 장착한 예비 신부가 보였다. 있는 힘을 쥐어짜 밝게 인사했건만 여전히 찌푸린 낯으로 고개만 까닥. 절로 입가에 경련이 이는 행태였다. 아, 빌어먹을. 윤 부장. 윤 부자앙!!

"저번에 드렸던 포토 북입니다. 제가 설명하면서 다시 말씀드리는 게 좋을 것 같아서요."

예비 신부가 코웃음을 치는 게 보였다. 애써 못 본 척, 손끝이 바들대는 걸 감추며 포토 북을 폈다. 그때가 딱 20분 전이었고, 그 뒤로 다연은 자신이 무슨 질문을 하건 딱 세 마디로 주둥이를 원천 봉쇄하는 대화에 위장을 총살당한 기분을 맛보게 되었다. 글쎄요. 그건 좀. 별론데요. 길지도 않은 이 세 마디.

"……."

아마 '내일 지구가 멸망한다는데 뭘 하실 거예요?' 라고 질문해도 저 세 마디로 끊어 먹고 말겠지. 울고 싶은 심정을 감추고 이마만 한번 꾹 눌렀다. 나한테 왜 이러세요. 대체 뭘 바라세요, 신부님. 명찰 떼고 직접적으로다가 묻고 싶은 마음이 굴뚝이었다. 그러나 그 질문을 하기엔 예비 신부의 분위기가 너무나 흉흉했다. 어느 정도냐 하면은, 일주일 후 결혼하는 사람이라고는 도저히 믿을 수 없는 얼굴. 본인이 행복하긴커녕 지나가던 남의 행복까지 1톤짜리 망치로 때려 부술 것 같은 기세의 우울.

"강진경 신부님."

얼굴에 읽히는 감정이 거의 그 정도 급이었다. 기 싸움에 지친 다연이 결국 자폭 스위치를 눌렀다.

"사진 말고, 이 결혼 자체를 어떻게 생각하고 계신지 여쭤봐도 될까요?"

포기하자. 포기하면 편해. 내가 무슨 뚫어뻥도 아니고 지인도 해결 못한 일을 어쩌겠어. 달관한 눈으로 보는 걸 알았는지 한참 동안 침묵하던 예비 신부가 곧 담담한 음성으로 말한다.

"지금 그만두면 위약금 엄청 물겠죠?"

최악의 시나리오가 예비 신부의 입을 통해 그려진다. 역시 폭탄이었어. 기가 막힌 아홉수. 남의 불행까지 돌고 돌아 내 품으로 오네. 어차피 먹을 폭탄을 공중제비까지 넘어 가며 먹었단 생각에 다연의 마음도 제법 씁쓸해졌다.

"한 주 전이라 꽤 무셔야 할 것 같긴 하네요."

머릿속으로 아침나절 훑어본 계약서들을 떠올렸다. 애초에 이런 식으로 판을 엎는 것 자체가 말도 안 되는 일이고, 그런 이유로 도무지 견적이 안 나온다. 사정사정해서 위약금을 줄인다고 해도 계약금은 한 푼도 빠지지 않을 것 같다. 드레스 가봉도 다 끝났고 촬영은 옵션까지 다 넣어서 이번이 세 번째. 웨딩홀은 취소가 가능할지 몰라도 맞춤으로 준비한 것들은 답이 없다.

진작 솔직하게 말했으면 이런 식으로 빵이 안 돌았을 텐데. 다연은 눈 화장 한 것을 무시한 채 피곤한 눈두덩이를 꾹꾹 눌렀다. 그나마 식장 들어가서 깽판 치고 나오지 않은 게 천만다행이라고 생각하고 말아야지, 안 그러면 화병으로 죽게 생겼다.

"윤 부장님 지인이시니까 최대한 뺄 수 있는 건 빼서 드릴 거예요. 그래도 이건 전적으로 신부님 책임이라 제가 해 드릴 게 많이 없네요."

결혼식을 어떻게 이끌어 가면 좋을까요, 란 말엔 살쾡이처럼 반응하던 예비 신부는 결혼식을 어떻게 끝장내면 좋을까요, 란 말에는 도리어 순한 양처럼 따라오기 급했다. 이미 안면을 있는 대로 구기면서 내던 짜증까지 받아 낸 전적이 있던 터라 이렇게 입 다물고 묵묵한 게 더 무서웠다.

"제가 내일 다시 찾아뵐 테니까 신랑이랑 같이 오세요."

주섬주섬 짐을 싸는 것에 박차를 가하며 슬쩍 운을 띄웠다. 금전적인 부분은 거의 다 예비 신랑 측에서 해결한 걸로 알고 있다. 전에 담당하던 플래너도 혹시 스튜디오에서 추가 금액이 발생하면 거기로 연락하라고 했고. 솔직히 이 정도면 플래너나 업체를 엿 먹이기보단 신랑한테 엿을 주는 것이나 다름없는데 둘이 얘기는 된 거겠지?

"저 혼자 해결할게요."

그러나 예상과 달리 냉하게 들려오는 목소리에, 다연이 휙 소리가 나게 뒤를 돌아봤다.

"네?"

"돈이 됐건 법적 책임이 됐건 제가 진다고요. 그러니까 신랑한텐 연락하지 마세요."

연락하지 말라고 해 봤자 그게 될 리가. 일주일 뒤, 신랑 혼자 바보처럼 식장에 걸어 들어가길 바라지 않는 이상은.

"어차피 두 분이 어지간히 얘기가 되셨어야 하는데……."

"저 혼자 해결한다니까요!"

왈칵 내지르는 소리를 듣고 이번엔 다연도 입을 굳게 다물었다. 아무리 이쪽이 서비스를 하는 입장이라지만 돕겠다는 마음으로 밤새서 준비한 자료는 제대로 보지도 않고 이제 정리하는 마당까지 성질 부리는 건 문제가 있었다. 다연의 눈빛이 싸하게 변한 걸 느낀 예비 신부가 손톱 끝을 틱, 틱 부딪힌다.

"죄송해요. 진짜 제가 알아서 할 수 있어요."

"아무리 그래도 저희 입장에선 양쪽에 사정 설명을 해 드려야……."

참을 인 자를 새기며 말 사이사이 이를 갈아 넣던 다연이 문득, 예비 신부의 손을 쳐다봤다. 네일 팁을 붙였단 걸 본인도 알 텐데 벗겨지든 말든 상관도 없이 안간힘을 다해 뜯고 있다.

"……신랑은 어디 계세요?"

"……."

"그동안 한 번도 동행 안 하셨어요?"

다연의 질문에 새파래진 얼굴로 드레스 밑단만 꾹 쥐고 있던 예비 신부가 눈썹을 일그러트린다.

"……오빠가 바빠서 그래요."

울음을 터트리는 걸 보고서야 머릿속에 경고등이 들어왔다. 허공에서 줄타기하듯 오락가락하는 성격인 것도, 짜증 내다 울다 하는 것도 여기까지 와서야 이상하단 생각이 들었다.

"저, 신부님."

이름을 불러도 대답 없이 눈물만 뚝뚝 흘린다. 눈 화장이 번지는 걸 본 다연이 '윤 부장, 이 개새끼.'를 열다섯 번쯤 읊고 예비 신부의 옆자리로 다가갔다. 어깨를 토닥토닥 두드리니 흐느끼는 소리가 더 커졌다.

"알았으니까 진정하세요."

이 일 한두 해 한 것도 아니고, 이쯤 되면 우선순위 정도는 파악할 수 있다. 내 코가 석 자인 마당이라도 지금은 파혼보다 사람 걱정을 먼저 해야 하는 때였다. 앙상한 어깨뼈가 금방이라도 얇은 레이스 천 사이로 튀어나올 것만 같다. 화장으로 가린 낯빛이 얼마나 안 좋은지 깨달은 순간, 다연은 눈물을 삼키며 오후에 있던 미팅 하나를 또다시 취소했다.

지원은 외근 후 바로 퇴근할 줄 알았던 다연이 다시 사무실로 돌아오는 것을 보며 '강 대리님은 밥도 안 먹고 잠도 안 자고 일만 하나 봐.' 하는 말을 다시는 농담으로 써먹지 않겠다는 결심을 굳혔다. 오늘은 또 어디서 뭘 하고 왔는지 얼굴 곳곳에 피곤이 덕지덕지 묻어 있다. 그 상태로 터벅터벅 걸어와선 아직 컴퓨터 앞에 앉아 있는 지원을 보고 말을 건다.

"밥 아직 안 먹었어?"

"대리님은 저 보면 밥 생각밖에 안 나시나 봐요. 제가 밥통처럼 생겼나요?"

무뚝뚝하게 반문하는 모습에 다연이 바람 빠지는 소리를 내며 웃었다.

"그러게, 어째 너만 보면 허기가 지네."

얼굴색이 저 정도면 그냥 집에 가면 될 텐데 기어이 지원의 옆에 와서 하고 있는 일을 본다. 저것도 병은 병이라고 생각하며 고개를 젓는 동안 마우스 몇 번 움직인 것으로 대강 확인을 끝낸 다연이 짤막하게 물었다.

"홈페이지 작업은?"

"생각보나 빨리 끝났어요. 천천히 하라고 하셨는데 윤새빈 씨

속도가 너무 빨라서."

한가로이 말을 잇던 지원이 딸깍, 하는 클릭 소리가 멈춘 걸 느끼고 옆을 돌아봤다. 재민의 이야기를 듣자마자 하얀 손끝이 멈춰 있다. 못 본 척하기엔 너무 티가 나는 움직임이라 묵묵히 입을 다문 채 다연의 얼굴을 빤히 쳐다봤다. 마음 약한 직장 상사가 왜 새로 들어와 적응 중인 신입에게 철벽을 치는 건지, 다연에 대해 다른 사람보다는 많이 알 지원도 도통 감이 안 왔다.

해사하게 웃고 늘 예스맨인 데다 누가 봐도 다연에게 친절한 재민을 두고 정작 당사자가 이렇게나 불편해한다. 이건 옆에 서서 그 상황을 관전하기만 하는 사람마저 기가 빨리는 일이었다. 물론 제일 속 터지는 건 가방 들고 날라 버린 다연의 자리를 보고 한숨을 내쉬던 윤재민이겠지만.

"그만 퇴근해. 나머지는 내일 하고."

수정 사항이 한 바가지는 나올 것 같았는데 다연은 금세 홈페이지 작업창을 꺼 버렸다. 윤재민 이름 석 자에 일할 의욕이 사라진 모양이었다. 효능 한번 놀랍다. 신 대리를 포함한 상어 떼가 그렇게 물어뜯어도 사무실을 떠나지 않던 사람인데.

저녁이나 먹자고 밖으로 나서는 다연의 뒷모습이 참 하늘하늘하다. 그러나 보아 온 세월이 1년이 넘어가자 얇디얇은 블라우스 아래 어지간한 남자보다 악력이 강한 팔이 있다는 걸 알 수밖에 없었다. 채찍을 휘두르는 김 과장 밑에 있다 보니 저절로 체력이 늘었다고, 다연은 늘 농담처럼 말하지만 없는 시간 쪼개서 덤벨을 휘두르고 오는 걸 보고 난 뒤엔 전혀, 절대, 그게 다가 아니라고 생각한다. 그냥 체력이 떨어지면 밤낮없이 야근하는 이 직업을 견디기 힘드니까 그러는 거다. 예쁘고 깔끔한 사람이 인상 좋으니까 때마다 피부 관리 받고 헤어숍에 들르는 거고.

그런데도 정작 다연 본인은 스스로를 꾸미는 데 도통 관심이 없다. 밥이 아니라 영양제를 먹는 감각이라 때 되면 하는 거지, 하고 담백하게 넘기기 일쑤였다. 보통은 스트레스도 풀고 예뻐진 본인의 모습에 만족도 하고 그런 긍정적인 결과가 있어야 하건만 이 워커홀릭 상사에게 그런 감각이 남아 있긴 한 건지 모르겠다.

묻지도 않고 초밥집에 들어간 다연이 메뉴판을 보고 이것저것 주문을 한다. 얻어먹는 입장이라 먼저 나온 샐러드를 뜯고 있는 사이 물 한 잔만 마신 물주께서 가볍게 일어선다. 가방까지 들고 가는 걸 보고 지원이 물었다.

"어디 가세요?"

"오늘은 혼자 먹어."

"왜요?"

"아직 할 일 남았어."

어이가 없어서 입만 쩍 벌리고 다시 되물었다.

"저만 사 줄 거면 뭐 하러 나오셨어요?"

다연은 지원의 이마를 톡톡 밀면서 말했다.

"너 또 그냥 편의점 음식 사서 들어갈 것 같으니까 그렇지."

맛있게 먹으라고 한마디 하더니 카드를 긁는다. 저렇게 배려심이 넘치는 사람이 사무실에서 갖은 구박 다 받는 걸 보면 얼마나 요령 없이 사는지 알 수 있다. 한숨을 내쉰 지원은 다시 불이 꺼진 사무실로 돌아가는 다연을 보며 전투적인 식사를 시작했다. 언제나 그렇듯 한 조각도 남김없이 싹 먹을 작정이었다. 사 준 사람 성의를 봐서라도.

다연은 회사 앞 광장에 서서 불이 꺼진 사무실을 올려다봤다. 지원을 마지막으로 내보냈으니까 아마 남아 있는 사람은 한 사람도 없을 사무실. 가방을 단단히 메고 그곳으로 올라가면서 몇 번이나 넣었는지 모를 기합을 다시 넣었다. 집에 가서 쉬고 싶은 마음이 굴뚝이지만 아직 오늘의 메인이벤트가 남아 있었다.

티슈 반 통 정도는 써 가면서 우는 예비 신부를 달래 돌려보낸 뒤, 다연은 바로 그간 이들이 골랐던 옵션의 목록부터 살폈다. 기존 패키지에 있는 것 말고 순수하게 옵션으로 골라 놓은 것들만 봤는데 웬만한 웨딩 상품 기본 가격과 맞먹는다. 선택은 예비 신부가 하고 결제는 신랑이 하는 식으로 빼곡하게 적혀 있었고, 플래너 역시 다연이 맡기 전부터 이미 두 번이나 교체된 뒤였다.

"진짜 폭탄이었네."

왜 윤 부장이 그렇게 사정사정해서 결혼식을 진행하려 했는지, 다른 의미에서 깨달음을 얻을 수밖에 없는 행보였다. 이 일만 5년 넘게 한 다연조차 어디서부터 손을 대야 할지 감이 안 올 지경이었으니까.

웨딩이라고 땅 파서 장사하는 건 아니니까 일단 고객이 오면 고가의 라인을 권해 주길 바라는 게 회사 입장이긴 하다. 하지만 승아가 군림하는 컨설팅부 내에서는 저런 식으로 영업하는 게 거의 불가능했다. 요즘이 어떤 시대인데 고객들 등쳐먹으려 드냐며 서릿발 날리는 걸 보면 알아서 자제하게 된다. 실적 올리고 싶어? 그럼 배우고 준비해. 스스로도 납득 안 되는 패키지 무턱대고 권했다가 고소당하지 말고. 신입이건 대리건 상관없이, 얼굴 보는 순간 저런 식으로 쇠몽둥이를 후려치는 승아 때문에 윤 부장이 속 꽤나 썩었었다.

어찌 됐건, 그간의 환경이 저러했으니 결국 이 말 같지도 않은 웨딩플랜의 대부분은 예비 신부의 손끝에서 나온 계획이라는 건데. 하루에 다 소화할 수도 없는 일정을 긁어놓은 걸 보면서 이게 무슨 돈지랄인가 싶기도 하고. 무슨 횡포인가 싶기도 하고. 예비 신부는 저 지경이고 계약 및 위약금은 또 이 지경이고.

"……."

결국 비빌 언덕은 이날 이때껏 신부 혼자 모든 일을 결정하게 만든 예비 신랑뿐이란 사실에 소리 없이 좌절하며 여기 올 수밖에 없었다.

다연은 뻑뻑한 눈을 비비며 오늘 해야 할 일을 간략히 정리해 보았다. 어떻게 설명해야 최대한 기분이 상하지 않을까. 이것저것 생각해 봤지만 각이 잡히질 않았다. 본인도 모르는 사이에 파혼당했다는 이야기를 본인이 기분 나쁘지 않게 전달하라는 건 여기서 동전을 던져 칠레에 당도하게 만들라는 행패와 같았다. 그리하여 자신이 할 수 있는 것이라곤 불이 꺼진 사무실에 경건한 마음으로 꿇어앉아 고사 지내는 심정으로 휴대폰을 꺼내 드는 것뿐이었다.

제발 이야기가 좋은 쪽으로 풀리길.

다연은 의사도 아니고 심리학자도 아니고 그렇다고 부처님이나 보살 같은 전지전능한 존재도 아니다. 일개 웨딩 플래너에 불과했다. 맡은 일은 반드시 좋게 완수하고 싶은 가엾은 회사원에 불과했고. 처음부터 맡았던 것도 아니고 중간에 들어온 다연이 분탕질을 하기엔 너무 큰 감정의 골이라 괜히 끼어들었다가 사표 쓰게 될 일이 생기진 않을지, 걱정돼서 머리가 다 빠질 지경이었다.

그래도, 그럼에도 다시는 이렇게 예쁘고 좋은 행사에 우는 사람을 보고 싶지 않은 마음. 그 마음이 기어이 휴대폰 번호 열한 자리를 누르게 한다. 어차피 여기서까지 운빨 떨어지면 절에 가서 십일조라도 투척할 예정이었다. 교회 가서 시주하고, 스님 앞에서 주기도문을 외운다던지.

잡생각을 하는 귓가에 다섯 번 정도 신호음이 간 뒤 꽤나 건조한 목소리가 울렸다.

— 여보세요?

다연은 입술 안쪽이 뻣뻣하게 말라 오는 것을 간신히 축이고 밝게 입을 열었다.

"안녕하세요, 강진경 신부님과 동행하고 있는 마리아쥬 강다연 대리라고 합니다. 한동우 신랑님 맞으시죠?"

— 아, 네…….

"스튜디오 촬영 건으로 같이 의논드릴 일이 있어서 연락드렸습니다. 혹시 내일이나 모레 신부님과 함께 잠깐 뵐 수 있을까요?"

— 아…… 제가 지금 서울에 없어요. 신부 측에서 알아서 한다고 했는데.

신랑의 목소리가 몹시도 떨떠름했다. 그럼 혹시 신부가 '알아서' 파혼을 결정한 것도, 위약금도 '알아서' 지불하겠다고 하신 것도 다 아냐고, 시큰둥하기 짝이 없는 태도에 대고 질러 주려다 꾹 참았다.

"신부 혼자 결정할 수 없는 사안도 많아서요, 아무리 바쁘다고 해도 한 번은 와 주셔야 할 것 같아요."

다연은 상대편 쪽에 들리지 않게 조심하면서, 수화기를 틀어막고 한숨을 내쉬었다. 돈도 많은 사람들이 왜 여기로 왔나 했더니 지인인 윤 부장을 끼지 않으면 결혼까지 갈 수 없는 판국이라 그랬던 모양이다.

부드럽게 권하는 걸 듣고도 침묵하던 상대가 꽤 단호한 어조로 말을 막아 버린다.

— 제가 그쪽에 전화 한번 해 보겠습니다.

"네? 아니, 저, 신랑……!"

이쪽 대답은 듣지도 않고 끊어 버린 휴대폰을 허망하게 들여다보다 오열하고 싶은 심정을 참으며 책상에 엎드렸다. 마지막까지 절대 신랑에겐 말하지 말라고 신신당부하던 예비 신부의 얼굴까지 스치니 엄마 소원대로 직장 때려치우고 선이나 보러 다니게 생겼다는 암담함이 든다. 이거 제대로 파투 난 것 같은데. 나 어쩌자고 이랬지.

다연이라고 이런 식의 행동이 민폐일 수도 있겠단 생각을 안 한 건 아니다. 안 하긴커녕, 오후 내내 뭐에 씌인 사람처럼 돌아다닐 정도로 충분히 했다. 그렇지만 어쨌든 플래너 역시 처음 결혼을 생각한 순간부터 함께 동행하는 사람들이었다. 아무런 책임도, 권리도 없다고 말하는 걸 들으면서, 그게 맞는다는 걸 매 순간 확인받으면서도 이럴 때면 한없이 작아지는 기분이었다.

그냥 뒀어야 하나? 어차피 그 사람들 인생을 내가 책임질 수 없는 건데. 아니, 연락하는 게 맞는 거야. 예비 신부는 결혼 직전까지 말할 생각이 없어 보였잖아. 혼자 버진 로드를 밟아야 하는 신랑은 무슨 죄냐고. 게다가 어떻게든 식을 치른다고 쳐도 애초에 신부가 저 지경인데 행복한 결혼 생활이 될 리도 없고.

아무리 합리화를 해 봤자 우울하다. 우울해. 너무 우울해.

'꼬르륵.'

우울한데 배까지 고파. 오지랖 떨지 말고 아까 그냥 밥이나 먹을걸. 서러움이 물씬 몰려와서 책상에 엎드려 배를 움켜쥐고 있자니 누군가 책상을 톡톡 두드린다.

"어……."

옆을 돌아보니 재민이 서 있다. 누워 있던 그대로 얼음이 된 다연을 보고 여전히 말갛게 웃는다.

"김지원 씨가 연락해서 왔어요. 식사 못 하셨다면서요."

마디가 길쭉한 손이 봉지를 풀어 헤친다. 지원에게 사 줬던 것과 똑같은 메뉴였다. 이 와중에 거기까지 갔다 온 건가. 거기 길 꽤 복잡한데. 다른 사람은 하루를 마감할 시간에 여기까지 찾아온 윤재민을 보는 게 고맙기보단 미안했다. 입술을 깨무는 다연을 보고 재민이 천천히 말했다.

"저번에 찾아갔던 고객이에요?"

"네?"

"방금 전화한 사람."

묘하게 말이 짧은 느낌이지만, 지은 죄가 많아 그런 사소한 문제를 짚기엔 염치가 없다. 그러니까 그냥 꺼내 주는 젓가락이나 입에 물고 닥치고 있자고, 힘없는 판단 아래 입을 봉했다. 그런 다연을 보고 재민이 담담하게 말을 이었다.

"파투 난 거예요?"

"네?"

"그날 봤을 땐, 신부가 결혼할 생각이 없어 보였거든요."

입 안에 있던 젓가락이 삐끗, 잇몸에 상처를 낸다. 와, 이 인간은 대체 뭐지? 점쟁인가? 어찌 됐건 이쪽은 당사자가 울면서 생난리를 치기 전까진 이 정도의 심각성을 가진 문제일 것이라곤 생각

못 했는데.

"아직 몰라요."

얇은 회를 깔짝거리던 다연이 조용히 대답했다. 눈앞에서 상황이 시원하게 파탄 난 걸 봤지만 저 남자 앞에서 파혼이란 단어를 입에 올리긴 싫다. 고로 꿋꿋하게 모른 척할 수밖에 없었다. 그걸 윤재민은 어떻게 이해했는지 잠깐 사이를 뒀다가 말을 잇는다.

"강 대리님은 되게 신중한 편이신 것 같아요. 남들한테 신경도 많이 쓰고."

뜬금없는 칭찬에 고개를 든 순간, 재민의 웃는 얼굴에 피로가 묻어난다.

"그런데도 저한테 이러시는 건 제가 진짜 어마어마하게 큰 실수라도 저지른 거겠죠?"

등줄기가 싸하게 굳어 온다. 재민은 초밥 하나를 집은 채 입에 넣지도 못하고 놓지도 못하는 다연의 귓가에 연이어 폭탄을 던졌다.

"카톡 안 잠가 놓더라고요, 김지원 씨."

제법 멍청해진 머리가 재민이 했던 말을 그대로 반복했다. 그랬구나. 걔 카톡 안 잠가 놓는구나.

"……."

왜 그랬을까. 그럼 내가 진짜 인간 말종 되는데. 말간 갈색 눈이 이쪽을 빤히 쳐다보는 것에 다연의 고개가 점점 아래로 내려간다.

"이유가 뭔지 여쭤봐도 돼요?"

죄인처럼 구는 다연을 보고 한번 한숨을 내쉰 재민이, 이 와중에도 농담으로 분위기를 풀어 주려 애쓴다.

"처음에 카페에서 있었던 일 때문에 그러나? 너무 약은 놈같이 보였어요? 저 그런 성격은 아닌데."

그러나 재민이 저러면 저럴수록 다연의 양심은 불에 달군 쇠꼬챙이로 푹푹 찔리는 것처럼 괴로워졌다. 입 안으로 뭐가 안 넘어가는 다연과 달리 초밥 하나를 우물우물 씹어 삼킨 재민이 잠깐의 간극을 뒀다가 말을 잇는다.

"그래도."

"……."

"대리님이 계속 불편해하시는 것 같으니까 조만간 사표 쓰겠습니다."

다연의 눈이 커졌다. 올려다본 곳엔 이미 마음을 정했는지 홀가분한 얼굴로 웃는 윤재민이 보였다.

"힘들게 얻은 직장이라 아깝긴 한데, 여기 저보다는 강 대리님이 꼭 필요한 곳 같아서 어쩔 수가 없네요."

대체 왜 이렇게 괴롭히냐고 짜증 내는 것보다 더한 충격이었다. 다연은 더듬더듬, 불안한 음성으로 말했다.

"꼭 제가 아니어도 필요한……."

"저 대리님 따라다닐 때 말곤 할 일 없어요."

늘 부드럽게 말하던 사람이 조금 빨리, 그리고 단정하게 답한다. 그걸 듣자 젓가락을 쥔 손에 힘이 들어갔다.

사실 알고 있었던 것 같다. 한계가 있을 거란 걸. 여긴 컨설팅부고, 윤재민은 플래너로 고용된 게 아니니까 인수인계해 줄 사람도 없다는 걸. 아무리 일을 찾아서 한다 해도 늘 혼자 붕 뜬 기분이었을 것이다. 솔직히 그런 상황이 반복되다가 재민이 먼저 다른 부서로 옮겨 가길 바랐던 마음도 분명히 있었다.

"……."

그렇지만 일을 관두길 원했던 것은 아니다. 그냥 다연을 뺀 나머지와 잘 지내길, 나하고만 말 안 하면 되니까 다른 일 하면서 즐겁게 지내길 바랐던 거지.

"잡음 없이 정리할게요."

창밖의 경적 소리만 한참을 들은 끝에, 재민이 먼저 입을 열었다.

"대신 그만두기 전에 이유는 말해 주시면 안 돼요? 사회생활 열심히 하는 것밖에 장점이 없는데 앞으로 어떻게 해야 하나, 좀 걱정돼서."

서른 넘어서 안 그래도 취업이 힘들다고, 혼자 너스레 떠는 걸 듣고 있자니 세상에서 제일 나쁜 상사가 된 것 같은 기분이었다. 바로 조금 전, 되도 않는 오지랖을 부리다 한 커플의 미래와 남아 있는 다연의 직장 생활을 지옥으로 보내 버렸는데 그 충격이 회복되기도 전에 윤재민이 이런다. 그건 이 방향이 맞는 거라며 쥐고 있던 다연의 가치관을 송두리째 흔드는 일이었다.

곱아 드는 손끝을 느끼며 물로 손을 뻗자 그 와중에 앞에다 마실 것을 놓아 줬다. 말도 못 꺼내는 자신을 보는 시선이 그 순간마저 여지없이 다정하고 맑아서 다연의 작은 가슴이 쿵, 하고 내려앉았다.

그리하여 다음 날, 밤새 잠을 설친 끝에 다른 때보다 늦게 출근한 다연이 자기 자리에 앉아 조용히 기다리던 재민의 곁으로 다가갔다.

"윤재민 씨."

딱딱하게 부르는 걸 듣고도 표정에 변함이 없다. 무슨 말을 할지 다 안다는 얼굴이었고 한편으론 괜찮으니 편하게 말하라는 얼굴이기도 했다. 그 얼굴을 본 다연이 오기 전까지 백 번 정도 되뇌었던 말을 입 밖으로 뱉었다.

"오늘……."

"재민 씨! 여기 있었네!"

아니, 뱉으려 했다. 멀리서 도끼눈을 하고 달려온 신 대리가 말허리를 댕강, 잘라먹은 채 재민의 팔을 붙들기 전까지는.

"이리 와 봐, 얼른. 우리 얘기 좀 해야지."

다연은 탕비실로 질질 끌려가는 윤재민의 뒷모습을 벙찐 눈으로 쳐다봤다. 오전에 미팅이 많으니까 같이 좀 가 달라고 말하려던 문장이, 채 입 밖으로 나가기도 전에 삭제되어 버렸다. 짧아 보이지만 밤새도록 베개에 머리 파묻어 가며 연습했던 대화였다. 본인은 기억도 못 하는 사건 하나 때문에 멀쩡한 사람 하나 실직 상태로 만들지 말자는 게 지난밤 다연이 내린 결론이었기 때문이다.

"생각해 봤어?"

그러나 콧소리로 하늘을 날고 있는 신 대리를 앞에 두자 그 장황했던 결심이 사방팔방 치여 들리지도 않는다. 심지어는 그 이유가 아무리 약을 쳐도 죽질 않는 망할 놈의 화보 촬영 건이고.

"대리님, 저 안 한다고 몇 번이나 말씀드렸는데."

"딱 사진만 찍자니까? 찍고 나서도 아니면 나도 포기할게. 너무 아까워서 그래. 응?"

윤재민이 한숨을 쉰다. '그' 윤재민이 한숨을 다 쉰다. 그건 다연으로 하여금 '힘들어 죽겠으니까 오지랖 좀 그만 부려, 주인 놈아.' 라며 울먹이는 마음의 소리를 누르고 탕비실로 향하게 하는 놀라운 힘이 있었다.

홀린 듯 닫혔던 문을 밀자 방긋 웃고 있는 신 대리와 난감하게 웃고 있는 윤재민이 보인다. 두 사람의 시선이 이쪽을 향하는 걸 본 다연이 귀신처럼 걸어 둘 사이로 섰다.

"신 대리님."

"왜? 오늘은 할 일도 없고 둘 다 쉬는 시간인데 이래도 불만이야?"

말 한마디 딱 꺼냈을 뿐인데 팔짱을 끼고 이쪽에 짜증을 부린다. 어차피 다연 역시 빙 둘러말할 생각도 없다. 그냥 이 문제에 대해선 뿌리 뽑을 생각이니까.

"본인이 싫다잖아요."

"원래 이런 일은 누가 등 떠밀어 줘서 하는 거야. 나 잘났다고 나가는 사람 봤어?"

"본인 입으로 아니라는데 그것만큼 확실한 게 어디 있어요?"

무표정한 얼굴로 살벌하게 읊조리는 동안 벽에 기댄 재민에게 눈짓했다. 돌아가는 상황을 가만히 관전하던 재민이 조금 웃으며 밖으로 나섰다. 문이 닫히자마자 신 대리가 미간 사이를 팍 좁혔다.

"강 대리는 진짜 바뀔 듯 바뀌질 않아. 말투에 문제 있는 거 알 때도 되지 않았어?"

"대리님이 사사건건 다른 사람 하기 싫다는 일만 물고 늘어지시니까 그렇죠."

피곤한 낯으로 이마를 문지르는 다연의 모습에 부아가 치밀었는지 윤정이 씩씩댄다. 대꾸도 없이 빤히 보고만 있자니 결국 약점을 꺼내 든다.

"그렇게 배려심 있는 척하면 뭐가 달라지는데. 강 대리 주변 사람한테 좋은 소리 못 듣는 거 본인이 더 잘 알잖아. 솔직히 나보다 훨씬 오래 붙어 있으면서 김 과장 임신한 거 눈치 못 챘다는 게……."

말을 잇던 윤정의 표정이 일순 변했다. 왜 저러지. 긴장한 낯빛이 역력하여 고개를 갸웃거릴 무렵, 등 뒤에서 가을 서리도 이보다는 덜 차갑다 싶을 만큼 매서운 목소리가 들렸다.

"왜? 계속해 봐, 어디."

익숙한 음성에 등허리가 쭈뼛 선다. 뒤를 돌아보니 염라대왕 같은 표정으로 서 있는 김 과장이 보였다.

"강 대리 저러는 거야 하루 이틀 아닌데 그러는 신 대리도 어지간히 변함이 없네? 내가 분명히 강 대리한테 과장 대리 직함 주고 갔던 것 같은데 혼자만 못 들었나 봐?"

이를 한번 뿌득 간 승아가 곧장 이쪽으로 다가왔다.

"아예 책상에 써 붙이고 갈 걸 그랬나?"

그 후론 물밀듯 터지는 잔소리의 향연이었다. 지난번 일로 인해 이와 같은 상태에 돌입한 승아를 막는다는 건 불가능하단 걸 깨달은 다연이 달관한 표정으로 깨지는 신 대리와 깨부수는 김 과장을 쳐다봤다. 덧붙여 가운데서 한 열흘 죽어 나갈 스스로의 등짝도 매만졌다. 미안하다, 내 새우 등. 또 터질 일만 남았구나.

10여 분이 지난 뒤, 윤정이 용케 안 운다 싶은 얼굴로 어깨를 좁힌 채 떠났다. 그쪽을 빤히 쳐다보다 아직 분이 덜 풀린 것처럼 이를 가는 승아에게 고개를 돌렸다. 임신했다더니 볼이 푸석푸석하다. 쉬고 온 사람 얼굴이 아니긴 한데, 아직까지 승아 입에서 임신 얘길 듣지 못한 나머지 먼저 아는 티를 내야 하나 말아야 하나부터 고민이 시작됐다.

"신 대리님 너무 혼내지 마세요. 저 힘들어요."

어떡하지. 분위기 어색해지는 건 싫은데. 그 생각 끝에 먼저 윤정에 대한 이야기로 대화의 물꼬를 텄다.

"걱정 마. 원래 저 정도는 갈궈야 일하는 사람이니까."

그리고 돌아오는 승아의 말은 아주 단칼이었다. 원래가 사람을 어르고 달래고 협박해서 품고 가는 게 김 과장의 특기 중 하나였다. 그럼에도 그건 어디까지나 방망이를 휘두르는 게 김승아니까 가능한 얘기지, 다른 사람 있는 데서 윤정이 그렇게 깨졌으면 다연도 좋은 눈총 못 받았을 게 뻔하다. 주변을 둘러보는 다연의 모습에 승아가 한숨을 내쉬었다.

"걱정하지 말라니까. 상황 다 세팅 됐다고 해서 온 거야."

"네?"

"서른 살 먹은 인턴이라길래 얼마나 곰 같은가 했더니 완전 여우더만."

아, 여우. 앞뒤 잘라먹은 말이라도 그게 윤재민이란 건 알아들을 수 있었다. 그럼 재민이 연락해서 왔다는 건가? 상황 파악을 못 하고 눈만 깜박거리는 사이, 한참 동안 입술을 잘근잘근 씹던 승아가 말을 뱉었다.

"미리 말 못 해서 미안해."

여기서 일하는 5년간 한 번도 들어 본 적 없는 말에, 다연이 놀란 눈으로 고개를 들었다. 말 같지도 않은 프로젝트에 밀어 넣어 2주 내내 야근하는 걸 볼 때도, 스트레스로 8개월이나 생리 불순이 생겼을 때도 눈 하나 깜박하지 않던 게 김승아란 인간이었다. 그런 사람이 웬일이래. 자식 생긴다니까 맘이 약해진 건가?

"내가 상황이 좀 급했어. 평생 이렇게 계획 없이 살았던 적이 없는데 유산 직전까지 간 거 붙들어 놓느라 정신이 없었네."

제대로 굴러가질 않는 사고 회로를 안간힘을 써서 굴리다가 승아가 무던한 표정으로 후려갈긴 다음 폭탄에 입을 쩍 벌렸다. 말만 들으면 감기 걸려서 약 좀 먹고 왔다는 식의 가뿐한 어조였다. 그러나 내용은 그렇지가 않다. 기겁한 다연의 표정을 보고 느긋하게 웃던 승아가 곧 그 심정 다 안다는 얼굴로 천천히 말을 이었다.

"내 성격 알지? 다른 사람이었으면 이렇게 맡기고 못 가. 강 대리 믿으니까 그냥 갔던 거야."

"……."

"덕분에 아기 살았어. 고마워. 나중에 이모 덕분이라고 한마디 하게 해 줄게."

진심으로 안도하는 승아의 표정이 보였다. 가슴 밑으로 간질간질한 기분이 들어서 손끝만 꾹 마주 잡고 말았다. 다연의 반응을 지켜보던 승아가 못 말리겠다는 듯 고개를 한번 내젓다가 바로 인상을 쓴다.

"그나저나 난 그 인턴 좀 신경 쓰이는데."

재민의 이야기에 다연이 고개를 들었다.

"왜요?"

"왜긴. 눈치가 너무 빠르잖아. 처신도 그렇고. 남자가 이러기 쉽지 않거든."

이러기 쉽진 않겠지. 왜냐면 스물다섯이란 어린 나이에 남들 다 보는 앞에서 신부가 날라 버렸으니까. 과연 김 과장. 입 밖으로 뻥끗도 안 하고 행동으로도 티 하나 안 나는 사람을 앞에 두고 전생까지 꿰뚫어 본다. 다연은 등 뒤로 돋는 소름을 모른 척하며 조심스레 답했다.

"전, 착한 사람인 것 같은데."

머리를 굴리다 더 확고한 어조로 말했다.

"착한 사람이에요."

승아가 팔짱을 낀 채로 자신을 위, 아래 쫘악 훑어본다. 흐음, 하는 추임새까지 한껏 넣어 가며 입꼬리를 올리더니 어깨를 톡톡 두드리는 게 어째 음흉하기 짝이 없었다.

"난 강 대리 나중에 항아리 파는 종교 같은 데 붙잡혀 있을 것 같아서 걱정이다. 아님 결혼 사기를 당한다든가."

결혼, 이란 말에 악센트가 붙어 있는 걸 보니 놀릴 기색이 만연한 대화란 각이 나온다. 말 더 섞었다간 말릴 것 같은 기분이 들어 애매하게 웃는 얼굴로 승아를 돌려보낸 다연이, 천하의 김 과장을 신경 쓰이게 한 용사의 자리를 찾았다.

"윤재민 씨."

부르는 소리에 재민이 고개를 돌렸다. 색이 옅은 눈이 다정하게 빛나는 걸 보고 안 열리는 입술을 달싹이며 진심으로 말했다.

"과장님 불러 줘서 고마워요."

"……."

"고맙습니다, 정말."

다른 사람에게는 들리지 않을 정도로 작게 속삭이는 다연의 모습에 한 번, 그리고 두 번. 남자치곤 긴 속눈썹이 왔다 갔다 한다. 그러더니 곧 눈가가 반달로 접혔다.

"다행이네요."

재민이 웃는다. 다연의 입장에선 처음 보는 웃음이었다. 저 웃음은 언제든 다른 사람을 향해 있었다. 발밑에 '곤란함'만 쌓아 놓고 날라 버리는 신 대리를 보고도 재민은 늘 저렇게 웃었건만 이 사람한텐 적당한 거리감이 얼마인질 모르겠단 이유로 그간 혼자 북 치고 장구 치고 널까지 뛰는 바람에 그녀로선 난감한 웃음밖에는 기억나지 않는다.

"지금 하는 일 없죠?"

"네?"

이렇게 그냥 말하면 되는 거였는데. 그럼 괜히 자학하는 말도, 관두겠다는 쓸쓸한 표정도 보지 않을 수 있었는데.

"저 외근 나가야 하는데 5분 후에 내려오실 수 있어요?"

아무렇지 않은 척 말을 걸었지만 마주 잡은 제 손끝은 꽤나 차가웠다. 한껏 긴장하고 있단 걸 눈치챘는지 얼떨떨한 표정으로 바라보고만 있던 재민이 곧 힘차게 대답했다.

"네, 알겠습니다."

짐을 챙기기 시작하는 걸 보고 먼저 밖으로 나섰다. 한 사흘쯤 후엔 이 선택을 후회하며 다시 벽 보고 앉아 있을 스스로가 눈에 훤하다. 그러나 불행히도 다연의 인생에는 중도가 없었다. 중도를 택하려다 밀당에서 망했다는 표현이 맞긴 하지만 어찌 됐건 대부분이 모 아니면 도, 자의든 타의든 못 먹어도 고였다. 적당히 받아들일 수 없을 것 같아서 밀어내다가 이젠 밀어낼 수 없단 결론이 떴으니 적당하지 않게 받아들일 수밖에. 그게 좀 우울하고 힘 딸리는 방향일 거란 예감은 일단 구겨서 한구석에 던져 놓는 게 정신건강에 좋을 듯했다.

핸들에 머리를 박고 있는 사이 반대편 창문에서 재민이 톡톡, 창문을 두드린다. 난감하게 웃는 얼굴 대신 저렇게 즐거운 얼굴로 내려왔다는 것. 다연은 그 하나만을 생각하기로 하며, 문을 열고 저 남자를 안으로 들였다.

4

사무실 통유리 안으로 7월의 햇빛이 쏟아져 내렸다. 올 여름은 장마가 길어서 여름 느낌이 제대로 안 났는데 중순이 넘어가자 예년과 다름없이 습하고 더운 공기가 사방에 머물렀다. 외근 한번 나갔다 오면 다들 죽겠다고 엎드려서 끙끙대는 모습에 총무과에서 단체로 음료수를 돌릴 만큼 더운 여름의 한복판. 잠이 노곤하게 쏟아지는 오후 2시가 넘어서야 사무실로 돌아온 다연이 금세 컴퓨터를 켜고 밀린 일을 하나하나 처리하기 시작했다.

"강 대리님."

"……."

"강 대리님?"

"아, 네?"

그리고 징그럽게 많은 양의 부케 사진을 하나하나 살피다가, 계속 부르는 소리를 듣고 옆을 돌아봤다. 언제 왔는지, 파티션에 기대 웃고 있던 재민이 쇼핑백을 넘긴다.

"……."

안에 뭐가 들어 있을지 안 봐도 비디오였다. 그럼에도 가만두면 하루 종일 옆에 버티고 서서 불러 댈까 봐 일단 받았다. 어색하게 웃으며 안에 든 도넛과 초콜릿을 꺼내 책상 한쪽에 얌전히 놓자 기다렸다는 듯 다른 손에 들고 있던 것도 넘긴다.

"자요. 여기 커피도."

테이크아웃 트레이를 받아 든 다연이 평소보다 가볍게 웃는 윤재민을 보며 쓰디쓴 속을 달랬다. 써서 잘 먹지도 못하는 아메리카노만 벌써 다섯 잔째 선물 받고 있다.

"저기……."

대관절 적절한 거리감이라는 게 뭘까. 첫 주엔 그래도 제법 융통성 있게 지켜 나갔다고 생각했는데 예고했던 대로 벽 보고 앉기까지 고작 일주일밖에 안 걸린 이유는 또 뭘까. 아침마다 이렇게 간식 사다 바치지 말라고, 말하려던 입이 결국 조개처럼 닫혔다.

"왜요?"

"아무것도 아니에요."

재민이 웃는 낯 그대로 다연을 빤히 본다. 요즘 들어 윤재민의 기분은 그래프 곡선이 따라가질 못할 정도로 상한가를 치고 있었다. 죽이 되건 밥이 되건 둘이 같이 해 보자고 결심한 후로, 다연이 거의 이틀 정도 모든 스케줄을 다 미루고 재민에게 붙어 작은 것까지 조목조목 알려 주었기 때문이다. 회사 구조, 주로 하는 일, 맡아 줬으면 하는 일, 그동안 방치해 둔 것에 대한 사죄의 의미로 주변 맛집 리스트까지 넘겼다.

방심하면 파혼, 이라든가. 신부, 라든가. 눈물, 같은 단어가 어퍼컷을 치며 들어오곤 했지만 그래도 배에 힘을 딱 주고 버텼다. 민망하건 불편하건 이젠 도망치지 않겠다고 약속했으니까.

"오늘 끝나고 저녁 같이 먹을 거죠?"

다만 재민이 일에 익숙해지는 게 보이면서부턴 슬슬, 다시 전처럼 거리를 두기 시작했다. 저쪽도 내가 불편하고 어차피 나도 저쪽이 불편한 마당이니 피해 주는 게 피차 좋을 거야. 그런 변명을 하며 사적인 대화도 줄이고 사무실에 오가는 동선까지 바꿨다. 배려심 넘치는 척했지만 솔직히 말하면 재민보단 다연이 살 구멍을 파야 했기에 치른 노력이었다.

"우리 어제도 같이 밥 먹지 않았어요?"

"어제는 어제고요."

"……."

문제는 그런 다연에 비해, 재민은 둘 사이 거리를 벌리는 데 그 어떤 노력을 안 한다는 것이었다. 우리 한번 사무적으로 달려 볼까요, 하는 기색을 상당히 노골적으로 비쳤다고 생각하는데 애써 조합한 내용물의 상태가 별로 좋질 않다. 처음엔 어미 닭을 따르는 병아리를 보는 것처럼 귀여운 기분이었으나 이젠 스토킹당하는 것 같은 심정이라 복도를 걷다가도 등골이 오싹오싹하다.

저 눈치 빠른 인간이 내가 뭔 생각을 하고 있는지 모를 리가 없는데. 혹시 복수하느라고 저러나.

별생각이 다 올라오는 걸, 도통 끝날 생각을 하지 않는 시말서를 붙들고 눌렀다. 결국 파혼 수순으로 질주해 버린 강진경 신부님 탓에 이쪽으로 배달되어 온 폭탄이었다. 컨설팅부에선 파혼이나 고소처럼 큰일 한번 터진 후엔 반드시 이 죽일 놈의 시말서를 써야 했다. 이거 쓰기 싫다고 나간 플래너도 여럿이고만 승아가 기어이 밀어붙인 사안이라 피할 수가 없다. 아직 말발이 서던 초반 무렵, 꼭 이렇게까지 해야 하냐고 따지던 다연에게 도끼눈을 치뜬 김 과장이 다음과 같이 말했다.

'타산지석 몰라, 타산지석?'

그래서 결국 오늘도 쓴다. 남의 일에 새우 등 터진 감이 없지 않았지만, 어차피 윤 부장 지인이라 그 앞에 불려 가서 한 소리건 두 소리건 들을 텐데 그 얼굴 보느니 지면에서 통곡하는 게 백번 나았다. 설레발 친 전적이 있다는 걸 인지하고 있는 고로 안 잘린 게 어디냐 싶기도 하고.

"그거 진짜 쓰네요."

파일을 들고 지나가던 지원이 놀랍다는 듯 말한다. 대답 대신 도통 떠오르지 않는 문장만 쥐어짰다. 절반쯤 채우자 이번엔 화장실에 갔다 온 윤재민이 팔짱을 끼고 이쪽을 빤히 본다. 다들 왜 그래. 반성문 쓰는 거 처음 보니.

"대리님 탓도 아닌데 그걸 써야 해요?"

힐긋 옆을 쳐다봤다. 재민이 내가 다 억울하단 얼굴로 말을 잇는다.

"할 만큼 하셨잖아요. 설득도 하고 위로도 하고."

저 남자는 확실히 남이 무슨 말을 듣고 싶어 하는지 잘 알고 말하는 재주가 있단 말이지. 흠뻑 젖어 있던 마음을 말려 주는 기분이라 피식 웃으며 대꾸했다.

"설득이나 위로만으로는 납득이 안 됐나 보죠."

예비 신부도, 김 과장도, 윤 부장도. 솔직히 윤 부장은 껴 주고 싶지 않지만.

“제 탓도 분명히 있고요.”

선선하게 말하는 걸 묘한 얼굴로 보던 재민이 묻는다.

“왜 그러셨어요?”

“뭐가요?”

다연은 종이 위에 시선을 고정한 채 볼펜 끝을 잘근잘근 씹으며 답했다.

“신부가 말하지 말아 달라고 했다면서요.”

무던하게 묻는 말을 들은 후에야 고개를 돌렸다. 다연의 플래너 인생 중 다섯 손가락 안에 들 만큼 갖은 스트레스를 다 던져 주시던 강진경 신부님께선 신랑 신부를 함께 보기로 했던 오후, 사무실 앞에서 누구 뺨이라도 한 대 때릴 기세로 대기하고 계셨더랬다. 눈 한번 마주치고 난 후엔 욕을 안 듣고도 이만큼이나 욕먹은 기분이 들 수 있단 걸 몸소 체험시켜 준 뒤 안에 들어가 버리셨고.

조증과 울증을 오가는 신부의 정신 상태가 심히 걱정되어 들어 먹은 말은 뒷전으로 넘긴 다연과 달리 재민에겐 퍼붓듯 말한 폭언이 꽤나 충격이었던 모양이다. 왜 그런 소리까지 들어 가며 시말서 쓸 짓을 자청했는지 묻는 걸 보니.

다연은 차분한 갈색 눈을 잠시 바라보다 말했다.

“나중에 후회할까 봐요.”

“대리님이요?”

“아니요, 신랑 신부가.”

“…….”

“평생이 걸린 일이잖아요. 무를 수도 없는 일이고.”

말을 곱씹던 재민이 못 말리겠다는 듯 픽 웃는다. 그 얼굴 보며 묵묵히 ‘난 그렇다 치고 저 사람은 왜 그랬을까.’ 하는 생각을 삼켰다. 지금이야 이렇게 가볍게 얘기해도 당일에 있던 일만 생각하면 아직도 심장이 막 멈출 것 같고 그렇다. 옆자리에 동행한 재민이 상담 도중 꽤나 날카롭게 나왔기 때문이다.

'갑자기 왜 이래?'

상담실에서 처음 만난 예비 신랑은 전화했을 때부터 느꼈던 인상 그대로였다. 어쩐지 명문대 나와서 좋은 직장 다니고 돈은 어지간히 벌지만 자기보다 못한 사람한텐 예의를 챙길 것 같지 않은 인간.

'문제없이 진행한다며. 못하겠으면 애초에 남한테 맡기던가. 시일 촉박한데 이게 뭐야.'

플래너건 뭐건 어찌 됐건 남이 둘이나 앞에 앉았는데 보이지도 않는다는 투로 예비 신부를 윽박지르는 걸 보면 알 수 있었다. 초조한 기색으로 손톱을 무는 신부에게 애도 아니고 그만하란 말까지 하는 걸 본 순간 다연이 먼저 중재를 하려고 했다.

'남한테 맡기는 게 아니라 신랑이 도와주셨어야죠.'

근데 그 말을 윤재민이 채 가 버렸다.

'원래 자기 일 잘하던 사람이라도 결혼 준비 혼자 하긴 쉽지 않아요. 준비해야 할 게 너무 많아서.'

구구절절 옳은 말씀. 그러나 말투가 거칠다. 수비보다 공격에 치중하는 게 딱 김 과장 과였다. 그러니 앞에 앉은 예비 신랑 얼굴이 점점 굳어지는 것도 당연했다.

'옆에서 조금만 지켜봤어도 알 텐데.'

이건 윤재민이 아니라 내가 사표 쓸 각이로다. 사무적인 표정으로 절망하고 있던 다연이 예비 신랑의 다음 말에 등을 굳혔다.

'결혼해 보신 분처럼 말하네요.'

빠르게 흰자를 치켜뜬 뒤 강진경 신부가 아닌 윤재민의 표정부터 살폈다. 그리고 재민이 아무 타격도 받지 않은 얼굴인 것을 확인하고서야 안심과 확신을 동시에 했다. 역시 동일 인물이 아니라거나. 트럭에 치여 기억 상실증에 걸렸다거나…….

'결혼 안 해 봐도 알 수 있는 거 아닌가요.'

다른 때보다 조금 낮은 목소리를 들은 순간, 다연은 윤재민을 쏘아보는 시선을 이쪽으로 돌리기로 했다. 예비 신부께선 파혼할 거라고 하시는데 알고 계시냐고, 조심히 묻는 자신에게 예비 신랑이 목소리를 높였다.

'말도 안 되는 소리 하지 마세요. 청첩장까지 다 돌았는데 무슨 파혼이야.'

그러고는 화난 기색을 숨기지 않은 채 예비 신부에게 말을 이었다. 중간중간 내쉬는 한숨과 푸념이, 아주 사람 맥 빠지게 만드는 재주가 있었다. 가시방석이 따로 없는 자리를 버티는 동안 마찬가지로 조용히 기다리기만 하던 예비 신부가 예비 신랑의 말이 끝나기 무섭게 고개를 들었다.

'파혼해요.'

그리고 아무렇지 않은 표정으로 그 얼굴에 엿을 던졌다.

'파혼해 줘요.'

한참의 침묵 후, 두 분은 나가 보시라는 축객령을 듣고 사무실로 돌아왔다. 어제부로 파혼을 선언한 채 위약금을 입금했지만 중간 과정이 너무 과하게 생략되어서 지금도 이해가 안 간다. 대체 무슨 사연이 있었던 걸까.

"전 대리님처럼 못 했을 것 같아요."

상상의 나래를 펴 가던 다연에게 재민이 툭, 칭찬인지 뭔지 모를 것을 던졌다.

“잘릴지도 모르는데 남 도와주는 거.”

못 하시긴요. 그런 사람치곤 판을 제대로 엎으려는 경향이 없지 않아 있으셨는데요. 눈빛으로 말하는 걸 알아들었는지 재민이 살짝 민망하게 웃는다.

“진짜예요. 그날도 엄청 떨리는 거 참고 말한 건데.”

“아, 네…….”

그러셨구나. 누가 봐도 안 믿는단 얼굴로 조용히 사라지려 하자 등 뒤로 대형견 하나가 졸졸 따라온다.

“저 아니었으면 대리님이 나쁜 소리 다 들으셨을 거 아니에요. 어차피 나갈 몸인데 제가 듣는 게 낫죠.”

다연이 발을 멈췄다. 오늘은 좀 조용히 지나가나 했더니만.

“나갈 일 없다니까요.”

“대리님 마음이 언제 바뀔지 모르니까.”

“안 변해요.”

“저야 파리 목숨이고.”

“아니에요.”

내가 인사권이 있길 하니, 아님 회사 주식이 있길 하니. 사표도 본인이 쓴다고 그랬으면서 하루에 한 번은 아니라는 말을 들어야 속이 시원한 모양이었다. 어쩐지 신 대리를 대할 때랑 나를 대할 때 성격이 좀 다른 것 같다고, 아려 오는 머리를 문지를 때쯤 윤재민이 종이 한 장을 흔들면서 나른하게 말했다.

“그럼 각서라도 써 주시던가요.”

저건 또 어디서 가져왔어?

“무슨 각서요.”

"앞으로는 어딜 가든 윤재민을 데리고 다닌다."

어딜 가든, 이란 말이 발목을 잡는다. 그냥 종이 쪼가리 하나 쓰는 것뿐인데 어쩐지 보증이라도 서는 것처럼 위험천만한 기분이 들었다. 머뭇거리는 걸 보고 재민이 또 쓰게 웃는다.

"역시 그냥 하는 말……."

번득 정신을 차렸을 땐 이미 유려한 필체가 종이 위를 날아간 뒤였다. 낙장불입이라는 얼굴로 종이를 채 간 윤재민이 기분 좋게 웃는다.

"아, 든든하다."

다연은 그 해맑은 얼굴을 보며 말을 정정했다. 이건 보증을 섰다기보단 신체 포기 각서에 서명한 기분이었다.

"대리님, 저 상담이요."

돌려 달라고 말할까 고민하는 사이 지원이 파일 하나를 들고 자신을 찾는다. 승아가 출산할 때까진 인수인계만 해서 좀 널널할 줄 알았더니, 안 되는 문제가 있으면 여지없이 이리로 들고 온다.

"왜?"

"조보경 신부 때문에요. 그 대학생."

"신부가 왜?"

"본인이 원해서 1차 가봉 때 좀 타이트하게 했는데 요즘 살이 더 붙었어요."

다연의 미간이 살짝 좁아졌다. 얼마 전부터 지원이 입에 달고 사는 인물이라 잘 안다. 스물두 살의 어린 예비 신부였는데 쾌활하고 에너지가 넘치고 가끔은 엉뚱했다. 거기에 생긴 것도 무슨 모델 같아서 사진 찍을 때부터 스튜디오에 걸어 놔도 되냐고 말도 많았다. 본인도 그런 시선을 한껏 즐기는 성격이었던 걸로 기억하는데 갑자기 살이 찐 게 이해가 안 간다. 그것도 결혼식 3주 앞둔 이 마당에.

"스트레스 때문에 폭식하나?"

"그런 것치곤 얼굴이 너무 밝던데요."

"어디 아픈 곳 있는 건 아니고?"

"그것도 아닐 거예요."

툭툭 던지는 지원의 말이, 묘하게 성급한 감이 있었다. 그럼에도 지금껏 지원이 일 문제로 속 썩인 적은 없고 결혼을 코앞에 둔 신부의 속을 읽는 건 친정 엄마가 와도 불가능하므로 이 대화는 이쯤에서 그만두기로 했다. 묵묵히 고민하는 뒤편에서 재민이 이해가 안 간다는 듯 묻는다.

"살을 빼든가 드레스를 바꾸면 되지 않아요?"

그러게요. 당연히 살을 빼든가 드레스를 바꾸면 되겠지만 그게 안 되니까 이러는 거겠죠? 마음속으로만 중얼거린 다연과 달리 재민의 눈치는 고사하고 상사 눈치도 안 보는 지원이 퉁, 하게 한마디를 던진다.

"알면 뭐 해요. 빼지도 않고 드레스도 안 바꾸는데."

"안 바꾼대?"

"곧 죽어도 머메이드라인으로 입고 싶대요."

한숨을 내쉰 지원의 어조가 짜증스런 말투로 변한다. 피곤한 얼굴로 저러는 걸 들으니 짠하긴 했다. 아마 플래너 교체를 원했겠지만 일손이 딸려서 그렇게 해 줄 수가 없었다.

"그럼 어쩔 수 없네. 혼자 못 빼면 도와줘야지. 전에 다이어트 식단표 짜 놓은 거 있으니까 찾아다 줄게."

표정이 썩어 가는 게 보였다. 작은 소리로 '물어보지 말걸.' 하고 중얼대는 것도 들리고. 그럼에도 네 맘 다 안단 표정으로 어깨를 토닥토닥해 주자 결국 반문 대신 풀 죽은 목소리로 대꾸하기 시작했다.

"해도 안 되던데."

"이건 따라가기 좀 쉬워."

"알았어요. 주세요."

"점심시간 전에 찾아 줄게. 참, 박람회 준비는 잘 돼 가?"

슬쩍 더하는 다연의 물음에 지원의 표정이 더없이 우울해진다. 점차 하는 짓이 김 과장처럼 변해 가는 기분이라 이쪽도 우울했다. 그러나 지원의 커리어를 생각하면 마냥 받아 주기만 할 수가 없었다. 다음에 맛있는 거 사 주겠단 말로 다독여서 돌려보내자 전보다 더 가늘어진 것 같은 어깨로 힘없이 걸어간다. 쟤는 왜 뭘 먹여도 살이 안 붙지. 보는 사람 맘 아프게.

"요새 김지원 씨 일 많아요?"

재민이 보기에도 수척해진 모양이다. 고개를 끄덕이면서도 시선은 지원의 마른 등을 향했다.

"보통은 제가 하는데, 너무 많아서 지원이한테 넘겼거든요."

승아가 한 말이 이제야 이해가 간다. 이렇게 오랜 시간 함께 일했는데도 생각보다 믿고 맡길 수 있는 사람이 몇 안 된다던 말이. 신 대리 포함 나이 많은 여성들께서 너무 비협조적으로 나오는 통에 그 사이에 낀 지원이만 죽어나는 중이었다. 안 그래도 툭 치면 부러질 것같이 생긴 애가 저러니까 죄책감이 두 배로 커진다.

"얼굴 보니까 도와줄 수 있는 건 같이 해 줘야 할 것 같네요."

까짓것, 살도 뺄 겸 점심시간 좀 줄이면 되지. 그나저나 내가 식단표 만든 걸 어디다 뒀더라. 고민하며 책상 위를 뒤지던 다연이 곧 등을 돌려 과장실 쪽을 바라봤다. 다연의 책상에 자리가 없어서 승아 허락을 받고 과장실에 넣어 뒀던 것 같기도 하다. 뚜벅뚜벅 걸어 문손잡이를 당기는 다연을 보고 재민도 바로 뒤에 따라붙었다.

"대리님, 제가……."

……하고 말을 걸던 윤재민이 박스 두 개를 아무렇지 않게 들어 올리는 다연을 놀란 눈으로 쳐다봤다. 보기엔 금방이라도 박스에 깔려 죽을 것처럼 가녀린데 정작 물건을 든 다연의 표정은 평온하기 그지없었기 때문이다.

"왜요?"

"지금 힐 신고 그거 드신 거예요?"

"어…… 그렇겠죠?"

뭐, 힐 신고 박스 들면 큰일 나나요? 그런 눈으로 척척 걸어가서 소파에 안착하자 등 뒤에서 피식, 웃음이 터진다.

"운동하세요?"

"그냥 헬스 조금."

"어쩐지. 강 대리님 가끔 모든 일에 초연한 것 같더니. 자기 관리를 잘해서 그런가."

자기 관리. 듣기엔 몹시도 신여성스러운 어감이었다. 그러나 그런 고상한 이유를 붙여 준 게 망극할 정도로 이쪽의 사유는 단순하다 못해 절박했기 때문에 입만 꾹 다물고 말았다. 다연의 입장에선 그냥 살려고 시작한 운동이었기 때문이다.

입사 1년 차에 열흘간 해외 연수를 보내 준다고 해서 옳다구나 신청했더니 그때부터 싹수가 남달랐던 승아가 거기까지 일감을 가져왔다. 연수 오면 좀 놀고 그러는 거 아니냐고 했다가 잘리고 싶냐는 덕담만 들었던 게 기억난다. 말이 9박 10일이지 무박 30일쯤 있다 온 기분이었고 마지막 날엔 코피까지 터졌다. 지금 생각해도 참 쓰디쓴 추억이었다.

아련한 눈빛으로 자료를 찾는 다연의 곁에 재민이 다가왔다.

"저도 요새 스트레스 쌓여서 힘든데."

분주히 파일을 넘기던 손이 딱 멈췄다. 설마 따라오겠다는 건 아니겠…….

"저녁에 헬스 따라가 봐도 돼요?"

"……."

이 인간은 오는구나. 눈치라곤 약에 쓸래도 없는 지원이도 이런 표정 한번 지으면 안 오던데.

"안 돼요?"

"……맘대로 하세요."

처음엔 안 그랬는데, 어느 순간부터 스트레스 주는 방향이 은근히 김 과장과 비슷한 것 같다. 세상에 김승아를 이길 수 있는 사람이 김승아밖에 없듯, 윤재민을 이길 수 있는 사람도 윤재민밖에 없는 것 같은 그런 느낌. 그런데도 기분 나쁘지 않은 걸 보면 난 진정 호구로 태어난 건가.

"그럼 이따 점심때 봐요."

벌써 오전 일정을 꿰뚫고 있던 윤재민이 빠릿하게 일을 하러 떠난다. 왜 저 웃는 얼굴만 보면 안 된다는 말이 입 안 가득 찼다가 그냥 목으로 넘어가는 거지? 다연은 제법 복잡한 심정으로 파일철을 하나하나 넘겼다.

재민은 진짜로 퇴근길에 헬스장으로 직행하는 다연의 뒤를 따라왔다. 저 헬스 오래 해서 꽤 힘드실 거예요. 저녁도 안 먹고 해서 당 떨어지실 거예요. 완곡한 거절의 표현을 몇 번 던졌지만 윤재민은 웃는 얼굴로 그 말들을 다 묵살했다.

"근육 다 터질 것 같아요……."

그 결과, 1시간쯤 지난 후엔 죽겠다는 표정으로 매트 위를 기어다니고 계셨다. 다연이 이온 음료를 건네자 마실 기운도 없는지 받아서 볼에다 대고 끙끙 앓는다.

"솔직히 여자가 하는 운동 못 따라가겠냐고 무시했었는데 말 들을 걸 그랬네."

물병에 대고 있던 입술이 자꾸 올라가려고 들어서 힘으로 꾹 눌렀다. 늘 반듯하게 일 잘하는 모습만 봐서인지 저게 새삼 참 인간미 있게 느껴진다. 사람 이미지가 좋으면 그냥 뭘 하든 다 좋게 보이는구나. 실제로 윤재민이 컨설팅부에 잘 녹아든 이유도 잘생긴 얼굴에 둥글둥글한 성격이 시너지를 일으켰기 때문이었다. 세상에 저런 인간이 존재하다니. 거기다 나와 같이 일해 주신다니. 이러한 감동이 컨설팅부의 사기 증진에 크게 이바지하고 있었다.

그 점만큼은 참 고맙다. 그러니 약간의 거리만 다시 회복해 주면 더할 나위 없을 것 같다. 덧붙여 사약 같은 아메리카노도 좀 그만.

"어떡하죠, 저 더 못 할 것 같은데."

아직 쌩쌩해 보이는 다연을 경이롭다는 듯 바라보던 남자가 눈을 질끈 감고 일어나서 중얼거리기 시작했다. 미안함이 가득 묻은 목소리라 두 번 고민할 필요 없이 대답했다.

"저도 이 정도만 하려고 했어요."

사실 30분쯤 더 하려고 했다. 그러나 다경의 사례를 통해 배운 바가 있었다. 응급실 앞에서 걸었던 다경의 전화 한 통으로 자매간의 연이 끊길 뻔한 날을 생각하니 절제란 단어가 새삼 소중하게 느껴졌다.

수건으로 땀을 톡톡 닦아 내는 동안 옆에서 다행이라고 중얼거리며 눈가를 누르는 게 보였다. 땀에 젖은 턱을 훔치는 게 보통 자극적인 게 아니었다. 덤으로 평소답지 않게 나른한 목소리까지 더해지니까 뭐랄까 꼭 돌쇠를 훔쳐보는 마님이 된 것 같은 기분이…….

"……."

나 지금 뭐라는 거니.

"아, 근데 너무 한심하다. 스트레스 푼다고 온 건데 스트레스가 더 쌓이네요."

시기적절하게 말 거는 걸 듣고 허벅지를 지그시 꼬집었다. 29년을 모태 솔로로 살았더니만 바지 입은 남자들만 봐도 가슴이 뛴다는 슬픈 예화가 자신에게 적용되는 것 같아 씁쓸했다.

"굳이 운동 안 해도 되지 않아요?"

간신히 정신을 차린 다연이 물병을 잠그며 물었다. 이쪽 인생이라고 꽃길인 건 아니다만 윤재민은 처음 보는 회사에, 승냥이처럼 날뛰는 상사들의 싸움에, 심지어 제일 중요한 헤드 자리는 공석이고 직속 상사는 본인을 방치하는 일을 근 일주일 만에 다 겪었다. 스트레스로 위에 구멍이 나도 이상하지 않을 정도였는데 보다 보면 술이나 담배 같은 걸로 푸는 걸 본 적이 없다. 언세든 싱격도 화사했고.

"윤재민 씨 지금도 충분히 일 잘하는데."

근데 뭐 하러 운동을 해. 산에 들어가서 면벽 수행을 했다 그래도 믿을 기세구만.

"더 노력해야죠."

다연의 말을 듣고 기분 좋게 웃더니 은은하게 저런 말을 한다. 그걸 들은 순간 지원의 목소리가 떠올랐다.

'그 사람 좀 이상해요.'

며칠 전 사건에 대해 이야기하며 앞으로 메시지 같은 건 좀 잠가 놓으라고 푸념을 하는 다연의 앞에서, 지원이 인상을 찌푸린 채 저런 말을 했다.

'전 상상도 못 했어요. 초밥 사 갈 때도 웃으면서 갔거든요.'

세상 모든 것을 의심스런 눈으로 보는 김지원 양의 견해에 따르면 이유 없이 친절하거나 인내심이 깊은 사람은 일단 취조하고 볼 필요가 있다고 했다. 그러면서 만약 본인이 문자를 봤다면 그 시간에 비싼 초밥 사 들고 회사로 다시 가진 않았을 것 같단 짤막한 의견도 덧붙였다. 재민과 지원의 성향이 양극단에 서 있다 보니 저 말만 곧이곧대로 다 듣는 건 아니지만 그건 다연도 분명히 느낀 바라 무시하기 어려웠다.

재민이 꼭 쿠션처럼 모든 충격을 받아 내는 사람 같단 느낌. 그런 인상이 꽤나 자주 밀려오고 있기 때문이다. 다른 사람들은 그걸 좋게만 생각하는 것 같은데, 자신은 이상하게 뒤가 걸렸다. 그도 그럴 것이 만약 다연이 스물다섯의 나이에 파혼을 겪었다면 주변에서 행복하게 웃는 신랑 신부 얼굴만 봐도 부아가 치밀었을 테니까.

짧은 고민을 반복하던 다연의 입술이 조심스레 열렸다.

"지금도 충분해요."

정말 도라도 닦아서 상처를 안 받는 건가. 아마 그렇다고 해도 남들은 다행이라고 말했을지 모를 일인데,

"진짜 충분해요."

그런데 다연은 아니었다. 이 사람이 어떤 충격에든 강한 사람이라면, 더 넘길 수 있는 사람이라면 더더욱 넘길 상황을 아예 만들지 않아서 평범하고 평화롭게 살았으면 좋겠다. 그래서 이상한 사람이란 말 같은 건 듣지 않고 살았으면 좋겠다.

재민은 평소보다 조금 단호한 어조로 말하는 다연의 옆모습을 한참 보다가 담담하게 대꾸했다.

"전 대리님처럼 되고 싶어요."

"네?"

"곤란할 때마다 몇 번이나 구해 주셨잖아요. 저도 그렇게 해 드리고 싶다고요."

당황한 얼굴로 보고 있자니 빙긋 웃는다. 모성애가 바닥에 고여 있던 사람이라도 감격할 정도의 말이라 황급히 물을 마시면서 달궈진 볼을 식혔다.

"제가 모델로 삼을 만한 사람은 아닌 것 같은데요."

목소리가 기어들어 가는 다연을 보며 재민이 깔끔하게 말을 맺었다.

"성격이 그래서 더 좋아요."

아무래도 이 대화는 이쯤에서 그만두는 게 정신 건강에 이로울 것 같구나. 도인처럼 허허롭게 생각한 다연이 입을 꾹 다물었다. 재민도 더 몰아붙일 생각은 없는지 벽에 기대 다연의 옆모습만 빤

히 쳐다보고 만다. 가끔 저렇게 살갗이 따끔할 정도의 시선을 보낼 때가 있다. 그럴 때면 어떻게 대응해야 할지 모르겠다. 쌀쌀맞게 대하고 싶진 않지만 그렇다고 너무 가깝게 지낼 수도 없고. 사실 지금도 좀 과하게 가까운 거 아닌가.

"씻고 올까요?"

물병 입구를 잘근잘근 씹고 있는 다연에게, 짐을 대강 챙긴 재민이 배가 고프다는 제스처를 취하며 일어선다. 시계를 보니 벌써 8시 반. 저번에 편의점에서 먹던 걸 생각하면 지금까지 참은 게 용할 정도였다.

"그럼 20분 후에 봐요."

오늘은 뭘 먹지. 지원이를 거둬 먹일 때 빼곤 먹는 것에 대해 별반 생각을 안 했는데 요새는 종종 재민과 먹는 때가 많아서 근처에 맛있는 집을 고민하게 된다. 아무래도 저 사람보다는 내가 여길 잘 알 테니까 좋은 데 데려가 줘야 하는데.

"저기요."

고민하며 탈의실을 향해 걷던 다연이, 등 뒤에서 들려온 목소리에 고개를 돌렸다.

"이거 떨어뜨렸어요."

처음 보는 남자가 말을 건다. 들고 있는 수건도 처음 보는 거라, 뭘 잘못 봤나 보구나 싶어서 담담하게 대꾸했다.

"제 거 아니에요."

"아, 그렇구나."

대답은 바로 나왔다. 근데 표정이 아주 옅게 웃고 있는 얼굴 그대로, 변하지 않는다. 쌍꺼풀이 짙은 인상이라 오래 보고 있자니 약간 부담스러웠다.

"여기 얼마나 다니셨어요?"

"네?"

"제가 온 지 얼마 안 돼서 그런데 몇 가지 좀 물어봐도 될까요?"

다연의 눈이 제법 심상하게 변했다. 이렇게 사방팔방 알려 달라는 인물만 몰리는 걸 보면 원통하게 죽은 교육자의 혼이라도 맴돌고 있는 게 분명했다.

잠깐 대화를 나눈 사이에 5분이 흘렀다. 처음 본 사람보단 지금 자신을 기다리고 있을 재민이 더 중요했기 때문에 정중히 거절하려는 찰나 또 등 뒤에서, 이번엔 아주 익숙한 목소리가 들렸다.

"대리님."

벌써 탈의실에 들어간 줄 알았던 사람이 이쪽으로 걸어온다. 여느 때처럼 화사한 얼굴로 다연과 그 앞에 선 남자를 한 번씩 돌아보고 웃는다.

"아직도 안 들어가고 뭐 해요. 이러다 저녁 못 먹겠네."

잠시 고민하던 다연은 그러는 댁은요, 라는 반문 대신 재민이 깔아 준 멍석을 고이 밟으며 빠르게 여자 탈의실로 향했다. 고개 한 번 꾸벅 숙이고 사라지는 등 뒤에서 두 남자가 몇 마디 대화를 나누는 게 보인다. 무슨 얘길 하는지 모르겠지만 반대편에 보이는 남자의 표정은 자신을 대할 때와 달리 까칠해 보인다.

순간 신랑 속을 있는 대로 박박 긁던 윤재민의 화법이 떠올라 발을 멈췄으나 그걸 귀신같이 알아챈 인간이 뒤를 돌아보고 들어가라며 손짓하는 것에 결국 걸음을 옮겼다. 다연은 평소의 두 배 빠르기로 샤워를 끝냈고, 그러고도 입구에 나가니 머리가 젖은 윤재민이 기다리고 있는 것에 감탄했다.

"빨리 가요. 배고파요."

실례지만 아까 무슨 대화를 하신 건가요. 저 여기 계속 다니고 싶은데. 이런 말을 곱씹으며 식당 안에 도착했을 때 재민이 먼저 말문을 텄다.

"뭐 하나 물어봐도 돼요?"

숟가락을 내려놓고 물끄러미 바라보자 잠깐 고민하더니 말을 잇는다.

"비혼주의자면 연애도 안 하시는 거예요?"

"……갑자기 그건 왜요?"

생각지도 못한 주제에 목소리가 삐끗한다. 재민은 미간 사이를 살짝 좁혔다가 곧 진지한 어조로 답했다.

"저랑 같이 다니면 대리님 연애 못 하실 것 같아서요."

눈앞에 두 개의 점이 생겼다. 연애랑 윤재민이란 점이었는데 아무리 이으려고 해도 도통 이해가 안 가서 따로 논다. 눈만 깜박이는 다연을 보고 재민이 난감하다는 듯 웃는다.

"아까 그 사람 여기 다닌 지 두 달 넘었대요."

"두 달이요?"

"네, 근데 물어볼 게 뭐가 있겠어요. 애인 생긴 줄 알고 급하게 말 지어낸 거 같던데."

그럼 방금 그게 작업이었던 건가? 이런, 젠장. 뭐도 먹어 본 놈이 안다고 내 평생 한 번 있을까 말까 한 기회를 알아먹지도 못하고 날리다니. 바지 두른 놈한텐 다 가슴이 뛴다던 강과부는 어디로 갔어?

"저 따로 다닐까요?"

다연의 표정이 꽤나 착잡했는지 상대도 조심스럽게 묻는다. 이제야 저 말이 이해가 간다. 윤재민과 함께 다니는 한 그런 식으로 썸 타는 건 기대도 못할 테니까. 그러나 고백 받아 봤단 사실 자체가 의미 있는 거지 애초부터 다연에게 연애는 불가능한 이야기였다.

"괜찮아요."

거기다 어차피 저 고집을 꺾을 길도 없고. 뭘 물어. 오지 말라고 해도 올 거잖아, 댁은.

"아쉬워하시는 것 같아서요."

말이 장난스럽게 바뀌었다. 오늘도 어김없이 강다연표 변명 타임이 시작될 모양이었다. 이젠 아주 이골이 나서 별다른 표정 변화도 없이 무덤덤하게 대꾸했다.

"이런 일 처음이라 그래요."

반찬을 입에 넣고 우물거리는 동안 한쪽 볼이 동그랗게 부풀었다. 재민은 열심히 먹느라 상기된 다연의 얼굴을 빤히 쳐다보다 아예 숟가락을 내려놓고 물었다.

"진짜 처음이에요?"

"네? 아, 네."

헬스장에 다니던 5년 동안에도, 그 전에도 이런 경험은 해 본 적이 없다. 사기 치느라 대학 동기 하나한테 부탁해서 1년간 가짜 연애를 했던 때를 빼면 남자 손도 잡아 본 적이 없었다. 아주 가끔 누군가 옆에 있으면 좋겠다는 생각이 들 때도 있지만 결승선이 빤한 경주에 다른 사람을 끌어들이지 않겠다고, 이미 오래전에 결심했다.

"왜 그렇게 봐요?"

어느새 밥을 반 공기쯤 비운 다연이 맞은편에서 반찬을 깔짝이는 손을 보다 물었다. 무슨 생각을 그렇게 하는지, 밥 먹으러 가자고 한 사람이 진도가 안 나간다. 재민은 눈 화장이 지워져 평소보다 끝이 둥근 다연의 눈을 보며 천천히 입을 열었다.

"안 믿겨서요."

"뭐가요."

"이런 일이 한 번도 없었다는 게."

고개를 갸웃. 이해가 가지 않는다는 제스처를 취하자 재민이 픽, 힘 빠진 웃음을 짓는다.

"대리님 예뻐요."

한동안 재민과 눈을 맞추던 다연이 아무렇지 않은 표정으로 밥을 먹었다. 사무실에서도 남 좋은 얘기를 입에 달고 살았던 사람이라, 다연을 닮고 싶은 롤 모델로 삼았다는 말보다 더 신뢰가 안 간다.

"진짜예요."

"네, 네."

제가 퍽 예쁜 편이죠. 착실히 그릇을 비워 나가는 다연을 보며 재민이 평소보다 큰 소리로 웃는다. 딱히 웃길 생각은 아니었는데.

"예쁘다는 말 싫어하는 사람도 있네."

잔잔한 말. 고개를 들자 이제야 제대로 먹을 생각이 들었는지 시선을 아래로 내리는 게 보였다.

"여자들은 보통 그래요? 저도 제대로 된 연애는 해 본 적 없어서."

차근차근 음식을 넘기던 입술이 잠깐 멈췄다. 씹던 고기가 그대로 목에 걸리는 기분이었다. 저게 결혼식장 입구까지 갔던 사람 입에서 나올 말인가. 턱시도를 입고 있던 등이 아직도 이렇게 생생한데, 저 말을 하면서 얼굴색 하나 안 변하는 재민이 꼭 다른 사람 같았다.

하긴, 여기서 이상한 건 윤재민이 아니라 나지. 이번이 첫 만남이란 전제 아래선 저게 거짓말이 될 수 없는 거니까. 다만 이럴 때면 아직도 윤재민이란 사람에 대해 잘 모르겠다고, 그런 문장이 머릿속에 떠오르곤 한다.

침묵하며 별별 감정을 다 누르던 다연의 귓가에 벨 소리가 들렸다. 액정을 보니 지원이었다.

— 대리님.

통화 버튼을 누르자마자 착 가라앉은 목소리가 들린다. 어쩐지 감이 안 좋다고 생각하며 답을 한 다연은 다음 이야기를 듣는 순간 그대로 자리에서 일어섰다.

병원에 도착한 건 9시였다. 저녁을 먹는 둥 마는 둥 해서 허기가 질 법도 한데 지원의 얼굴을 본 순간 그런 생각이 저편으로 날아간다.

"김지원 씨."

딱딱한 호칭에 환자 침대 옆에 서 있던 지원이 뒤를 돌아본다. 오전에 봤을 때도 힘이 없더니 이젠 애 얼굴이 아예 반쪽이 됐다. 그 옆으론 침대에 누워 울고 있는 예비 신부와 낯빛이 창백해진 신부 어머니도 보였다.

"무슨 일이야?"

딱딱한 다연의 목소리에, 지원의 표정이 어두워졌다. 이쪽도 상냥하게 물어 주고 싶지만 앞에 예비 신부와 친정 엄마가 버티고 있는 통에 그럴 수가 없었다. 지원은 전화로, 신부 측이 컨설팅부 책임자를 만나길 원한다고 말했다. 과장인 승아가 부재하기 때문에 지금 올 수 있는 건 과장 대리인 다연밖에 없었다. 성격이 삭막해서 그렇지, 일하는 데는 실수가 없는 애였는데 무슨 일로 죄인처럼 앉아 있는 건지 감이 안 왔다. 다연의 질문에 신부 어머니가 떨리는 목소리로 말한다.

"오늘 우리 애가 갑자기 하혈을 해서 병원에 왔는데 임신 9주라네요."

잔뜩 긴장한 채 서 있던 허리에서 일순 힘이 풀렸다. 눈을 커다랗게 뜨는 다연을 보고 저쪽도 만만치 않게 동요하기 시작했다.

"그동안 이 아가씨가 계속 살 빼야 한다고 해서 밥도 제대로 안 먹고 운동도 과하게 했는데 유산되면 이거 책임져야 하는 거 아닌가요?"

몰아붙이듯 말하는 어조는 아니었지만 사안 자체가 쉽게 넘어갈 수 있는 문제가 아니다. 그나마 다행이라면 하혈이 바로 유산으로 이어지지 않았다는 것 하나일까. 눈앞이 어찔한 기분이 들어서 잠깐 말을 잇지 못하는 동안에 예비 신부가 울음 섞인 목소리로 친정 엄마 치맛단을 잡는다.

"엄마, 그만해……."

그 모습을 보고 나서야 예비 신부가 스물두 살밖에 안 됐다는 게 실감이 난다. 무슨 일이 터졌을 때 화를 내지도, 억울해하지도 못하고 마냥 울기 바쁜 어린애의 얼굴. 그런 딸을 시집보내는 엄마의 심정도 흔들리긴 매한가지였는지 둘 다 안 우는 게 용하다 싶을 만큼 정신이 나간 게 보였다. 일단 말이 안 통할 정도의 상대는 아니란 걸 확인하니 그다음엔 대화를 어떻게 풀어 나가야 할지, 그 고민부터 시작됐다.

“우선은 출혈 여부를 며칠 지켜보신 후에…….”

“우리 사위 삼대독자예요. 혹시라도 유산되거나 해서 다음 임신 어려우면 어쩌려고 그랬어요? 그럼 우리 딸 시집가서 첫 단추부터 잘못 꿰는 건데.”

다연의 말허리를 끊으면서도, 보내오는 시선은 지원을 향해 있었다. 파랗게 질려 입도 못 떼는 얼굴이 죄책감 때문이라는 걸 아는 다연과 달리 예비 신부와 친정 엄마에겐 그저 책임을 회피하기 위해 묵비권을 행사하는 괘씸함으로 보였던 것 같다. 조금씩 격앙되려는 어조에 다연이 황급히 중재를 시작했다.

“신부님 컨디션을 제대로 파악 못 한 건 죄송합니다. 하지만 이쪽도 드레스 디자인 때문에 사정이 좀 있었습니다. 아직 확실한 건 아무것도 없으니까 우선 결과 나온 후에 다시 만나서 이야기해 보시는 게 낫지 않을까요? 물론 예식에 관련된 스케줄은 저희 쪽에서 조정하겠습니다.”

백번 사죄한다는 어투로 몇 번이나 말을 돌리고 10시가 넘어서야 병실을 나섰다. 입에서 단내가 날 정도로 사과한 다연이 심호흡을 한 뒤 문을 닫고 복도를 걸어가자 저쪽 휴게실에 넋이 나간 채 자리에 앉은 지원이 보였다. 볼 때마다 자기 얼굴이 밥통처럼 생겼냐며 툴툴댔지만 이 와중에도 ‘밥은 먹었니.’ 라는 말이 떠오르는 걸 보면 저 몸뚱이도 확실히 문제가 있었다. 병실에 누워 있는 신부의 혈색이 지원보다는 좋아 보일 정도였으니까.

“…….”

어떻게 해야 할까. 플래너가 의사도 아니고, 예비 신부의 모든 건강 상태를 꿰뚫고 있는 건 불가능하단 걸 안다. 그렇지만 최소한의 관심만 있었어도 짚고 넘어갔을지 모르는 문제였다는 것 역시 안다. 결혼 준비를 하는 도중에 예비 신부가 임신하는 건 다연도 두, 세 번 겪은 문제였다. 대부분은 본인이 몸 상태를 체크해서 플래너에게 먼저 알려 주는데 이 예비 신부는 나이도 어리고 관심이 예식 쪽에 가 있어서 미처 알아채지 못했던 것 같다. 그럼 몇 번의 경험과 경력이 있는 지원이 이 일을 먼저 캐치해 주는 게 정석이지만…… 그건 이미 엎질러진 물이었다.

"무슨 일 있어?"

생기라곤 없는 이마를 한참 동안 쳐다보던 다연이 결국 호통 소리 대신 한숨 소리를 뱉었다. 신부 몸 상태는 괜찮냐고 물었던 자신의 질문에 의욕 없이 대꾸하던 걸 생각하면, 지금이라도 화를 내서 저 정신머리를 고쳐 놔야 하는 게 맞다. 일이 터지면 혼낼 줄도 알아야 한다는 승아의 말 역시 생각났고.

"일이 너무 많아?"

그러나, 그럼에도, 아직 이런 문제에 있어 전적으로 김 과장처럼은 못 하겠다.

"전보다 꼼꼼하게 일을 못 하는 것 같아서 그래. 내가 내 일을 너무 많이 넘겼나 싶고."

타박이 맞긴 한데 워낙 조심조심해서 혼나는 티도 안 난다. 그런 다연을 바라보던 지원이 조금 쓰게 웃는다.

"전 대리님이 걱정돼요."

"응?"

"그렇게 착해서 앞으로 이 험한 세상 어떻게 살려나 걱정돼요."

저게 나보다 네 살이나 적은 후배한테, 심지어 잔소리하는 중에 들을 말인가. 한마디 하려는 찰나 지원이 고개를 푹 숙이고 말한다.

"이건 전적으로 제 잘못인데 왜 혼내지도 못하세요."

네 얼굴이 하얗다 못해 죽어 있으니까 그렇지. 그렇게 말하려다 대답 대신 한숨을 내쉬었다. 소식을 듣자마자 저녁도 못 먹고 동동거리며 뛰어다녔을 게 눈에 훤하다. 지원은 책임감이 강한 편이라 되도록 다연의 손을 빌리지 않고 일을 마무리하는 성격이었다. 그런 애가 상담까지 청해 왔던 걸 왜 쉽게 넘겨 버렸을까. 몇 번이고 혼자 해결해 보려다 도저히 안 돼서 손을 뻗은 걸 텐데.

"대리님, 만약에 진짜 유산되면 저 어떻게 해요?"

일 처리가 아무리 깔끔해 봐야 지원 역시 고작 스물다섯에 불과하다. 입사 이후 이렇게 큰 일은 겪어 본 적이 없었다. 담담한 말끝이 떨리는 걸 느낀 다연이 말없이 따뜻한 우유를 챙겨다 주었다.

"먹어. 저녁도 못 먹었을 텐데."

이런 와중에도 밥 얘기냐고 설핏 웃는 걸 보니 그나마 안심이 된다. 어차피 지금 발 굴러 봐야 해결되는 일이 없단 충고에 지원도 고개를 끄덕이고 집으로 돌아갔다. 택시까지 태워 보내고 나니 주차 된 차 안에서 기다리는 재민이 생각난다. 먼저 가라고 말했는데 일 터지면 도와야 하고, 도우려면 처음부터 아는 게 낫다는 논리로 여기까지 따라붙은 정성이 참 눈물겨웠다.

"끝났어요?"

"네."

나도 나지만 이 인간은 대체 잠을 언제 자는 걸까. 언제 나왔는지 차 밖에 기대 있던 재민의 눈에 피로가 묻어 있다. 플래너라는 직종이 원래 낮밤 없긴 하다만 들어온 지 채 한 달도 안 된 사람까지 피골이 상접하도록 굴리는 곳은 아닌데.

"무슨 일이에요?"

다연은 운전석에 타려는 재민을 먼저 올라타는 걸로 막은 뒤 지끈대는 머리를 감쌌다.

"신부가 임신 중이었대요. 지원인 그걸 모르고 드레스 때문에 다이어트를 무리하게 권했고. 그래서 유산기가 있다나 봐요."

말로 뱉으니 정말 간단하면서도 절망스러웠다. 아직 어리니까 유산까진 안 가지 않을까, 하는 바람이 절반. 아직 어린데 진짜로 유산이 되면 그 트라우마를 어떡하지, 하는 좌절이 절반이었다.

"임신 중인 걸 말 안 한 건가요?"

재민이 진지한 표정으로 말한다. 그 얼굴에 대고 한숨을 푹 내쉬며 드문드문 말을 이었다.

"본인도 몰랐대요."

"설마요."

"나이가 어려요. 아마 임신 생각도 없었던 것 같은데."

신랑은 나이가 많아서 결혼을 서두른 거라 몸이 달았겠지만 예비 신부는 결혼하고도 2년간은 둘이 신혼 생활을 즐길 거라 호언장담을 하고 다녔다. 상황을 보아하니 결혼하자마자 시부모가 불같이 닦달할 텐데 그걸 어떻게 이길 생각이었던 건지.

"아무리 그래도 그렇지."

미심쩍음이 잔뜩 묻은 어투에 다연이 고개를 돌렸다. 살을 빼거나 드레스를 바꾸면 되지 않냐고 천진난만하게 물었을 때와 같은 얼굴. 다연은 그 얼굴을 빤히 쳐다보다가 그럼 알고도 그랬겠냐는 말 대신 기어를 내렸다. 지금은 도저히 기운이 나질 않으니 내일 오후 정도에 대답을 해 줘야겠다고 생각하며 넘긴 건데, 정작 다음 날이 돼서는 다연이 저 대화를 잊어버리는 바람에 답을 못 해 줬다. 오전 내내 귀신 같은 얼굴로 돌아다니는 지원의 일거수일투족을 지켜봐야 했기 때문이다.

"지원아, 그거 그쪽 아니야."

과장실로 갈 화분 하나를 들고 정처 없이 헤매는 지원의 등 뒤에서, 다연이 한숨과 함께 말을 뱉었다. 말을 듣고 나서야 퍼뜩 정신을 차린 마른 몸이 종종걸음을 쳐 방으로 들어간다. 그러나 이렇게 말려 주는 것도 한두 번이지 문서를 수정하다가 날려 먹고 컵을 떨어뜨리고 실내화 바람으로 밖에 나다니는 걸 보면 정신머리를 아예 집에 두고 온 것 같아서 도통 감당이 안 됐다.

"쟤 진짜 어떡하지……."

다연의 입에서 막막한 목소리가 터졌다. 여전히 정신 못 차리는 지원의 모습을 쳐다보다 오늘도 여지없이 배달된 아메리카노를 쪽 빨며 자리에 앉았다. 입사 때부터 봐 왔던 애라 저러는 게 십분 이해가 간다. 매번 다연에게 일 중독자라고 한마디씩 하지만 맡은 일에 한해서만큼은 지원이 좀 더 결벽증 환자처럼 굴었다. 5년간의 통계를 내면 다연의 컴플레인 수치가 낮더라도 초반 2년간의 통계만 생각하면 지원의 실적이 좀 더 안정적이다. 그랬으니 이런 대형 사고가 터지는 데는 면역력이 없는 것도 당연했다.

"오늘은 외근 나가지 말고 그냥 자리에 앉아서 일해, 김지원."

복잡한 일 시켰다간 사고 한번 거하게 칠 것 같아서 단순 노동 쪽으로 빼 버렸다. 일이 끝나면 또 다른 일을 주면서 굴리다 점심시간이 돼서야 휴게실로 들여보내자, 잡생각 말고 자라는 소리에도 시선이 말똥말똥한 채 휴대폰만 본다. 조보경 신부의 연락을 목 빠지게 기다리는 모양이었다.

"대리님, 식사 안 하세요?"

그 모습을 안쓰럽게 쳐다보던 다연은, 재민의 재촉에 서둘러 밖으로 나섰다. 점심 한술 뜨고 나니 벌써 1시 반이다. 돌아가는 길에 도시락집에 들른 다연을 보고, 재민이 다가와 물었다.

"누구 주게요?"

"지원이요. 아마 밥 안 먹었을 거예요."

누가 밥 먹자 소리를 해 줘야 간신히 밥숟가락을 드는 기특한 위인이시니 이런 상황이라면 애저녁에 곡기를 끊었을 게 뻔했다. 지금 생각해 보면 아침도 안 먹었을 것 같다. 귀차니즘도 그 정도면 병이라고 생각하면서 포장을 받아 들고 나오자 그늘에 가서 햇볕을 피하는 커다란 몸이 보였다. 가만히 서 있어도 땀이 줄줄 흐르는 날씨인데 재민이 서 있는 곳만 유독 청량한 느낌이었다. 스물다섯의 김지원보다 서른의 윤재민이 훨씬 생기 넘치고 빛난다니. 저 인간은 요정인가, 아니면 냉동 인간인가. 봐도 봐도 나이를 안 먹는 얼굴이 기가 막혔다.

"8월인데 뻐꾸기가 우네요."

곁에 다가온 다연을 보고 재민이 한마디를 던진다. 얘기를 듣고 보니 매미 소리에 섞여서 희미하게 새소리도 났다. 도심 한복판에서 저 소리를 듣는 게 신기하단 생각에 주변을 두리번거리는데 재민이 먼저 발을 옮긴다.

"뭐 하러 찾아요. 별로 좋은 새도 아닌데."

농담처럼 말하면서도 걷는 걸음이 빠르다. 싫어하나? 궁금증을 못 이기고 드물게 다연이 먼저 물었다.

"저 새 안 좋아해요?"

재민의 얼굴이 미묘하다. 난감한 것 같기도 하고 대답하기 싫은 것 같기도 했다. 그래도 계속 쳐다보고 있으니까 졌다는 듯 말을 잇는다.

"다른 둥지에다 알 낳잖아요. 책임감 없어서 싫어요."

윤재민의 입에서 싫다는 말을 들은 건 이게 처음인 것 같다. 이 인간도 호불호가 있긴 하네. 정작 저렇게 열 내는 상대가 말도 못 알아듣는 동물이란 점에서 삐끗하긴 해도.

답을 끝낸 재민이 천천히 발을 옮긴다. 듣고 싶은 걸 말해 줬으니 이제 됐냐는 느낌의 걸음걸이였다. 구두 뒤축이 닳아 있는 걸 눈으로 좇다가 다시 울리는 새소리에 잠시 뒤를 돌아봤다.

"……버리고 간 새가 나빠서 그렇지, 기르는 새는 기특하잖아요."

첨언이라고 생각하면서도 윤재민의 표정이 마음에 걸려서 말을 덧붙였다. 버린 쪽이야 남의 둥지에 자식을 밀어 넣는 불량한 새라고 해도 남아 있는 다른 둥지의 새가 고생하는 걸 무시하는 것 같기도 했고.

다연의 시선을 따라 나무 사이를 보던 재민이 문득 입을 연다.

"대리님은 자기 둥지에 들어온 건 잘 못 버리죠?"

여전히 가로수 길을 바라보던 얼굴이 곧 이쪽을 향한다.

"거기에 정말 믿을 만한 사람만 있다고 확신할 수 있어요?"

분위기가 좀 달라진 것 같다. 그래서 중요한 질문인가 싶었지만 그런 것치곤 꼭 대답해 달라는 얼굴이 아니다. 확실히 대답할 수 있는 질문이 아니라고, 스스로 생각하고 있는 사람처럼.

"그거야……."

"……."

"모르죠, 당연히."

한참 고민한 끝에 짤막한 결론을 내렸다. 다연의 대답을 들은 재민이 맥없는 웃음을 짓는다.

“그럼 나쁜 게 섞여 있다는 걸 알면 버릴 거예요?”

역시, 하고 읊조리는 뒷말이 스며든 웃음이었다. 그러나 재민의 자조와 달리 이번 답은 저 말을 듣자마자 빠르게 나왔다.

“아니요.”

별것도 아닌 것 같았던 앞의 질문은 심사숙고해 놓고 뒷질문은 속전속결이다. 처음엔 의아한 표정이던 재민은, 중요도를 가늠해 보듯 미간을 한번 좁힌 뒤 이해가 안 간단 얼굴로 되물었다.

“왜요?”

어쩐지 기시감이 든다. 왜 예비 신부의 부탁을 거절하면서까지 신랑에게 말을 전했냐고, 웨딩촬영을 하다 파혼까지 간 강진경 신부의 일을 물을 때도 말투가 꼭 저랬다.

“버리면 거기 있는 다른 사람들도 갈 데가 없어지잖아요.”

어쩌면 윤재민뿐만이 아니라 그때나 지금이나 앞뒤 꽉 막힌 소리를 뱉는 나한테 드는 기시감인가. 생각하는 동안에도 도로에는 바람 소리만 울렸다. 이렇게 정적이 흐르라고 한 말은 아니었기 때문에 다연도 당황한 상태였다. 평화로운 점심시간에 나누기엔 대화가 너무 심도 깊은데, 이거. 평소라면 알아서 수습했을 윤재민의 표정이 도통 풀릴 생각을 안 하기에 먼저 큰맘 먹고 분위기 좀 풀어 보기로 했다.

“근데 그건 내가 아니라 저 뻐꾸기한테 물어봐야 하지 않아요?”

“…….”

“애초에 저는 둥지 같은 것도 없고.”

무뚝뚝한 얼굴로 식은땀을 흘리는 다연을 보며 재민이 거의 봐

준다는 식으로 피식 웃는다.

"제 눈엔 보이는데요, 둥지."

"어디에요."

"대리님 머리 위에. 일단 김지원 씨는 확실히 들어가 있네요."

그러고는 다연의 손에 들린 도시락을 빤히 쳐다본다. 좀 탐난다는 눈이었다. '그래? 그렇다면 옜다, 댁도 받아.' 하는 심정으로 반대편 손에 있던 쇼핑백을 건넸다. 음료수와 간식이 들어 있는 걸 보고 재민이 눈을 둥그렇게 뜬다.

"제 것도 사셨어요?"

"매번 저만 얻어먹잖아요."

지원의 것을 사다 보니 자연히 밖에서 기다리는 윤재민도 눈에 들어왔다. 그 집에서 디저트까지 파는 걸 보면 사다 바치라는 계시였던 것 같다.

"괜찮겠어요?"

쇼핑백을 받아 들고 잠깐 멈칫하던 손이 도시락을 바리바리 싸 들고 있는 다연의 팔을 가리켰다. 요즘 버틸 만하냐는 얼굴이라 조용히 시선을 피했다. 안 그래도 문자로 날아오는 카드 명세서를 확인 안 한 지 오래였다. 무슨 허세가 들어 둘이나 거둬 먹이고 있는 건지. 정작 내 지갑이 얇다 못해 뚫어질 지경이고만. 대답 대신 입을 꾹 다무는 다연을 보고 재민이 살짝 한숨을 내쉬며 묻는다.

"대리님 성격 어떤지 알긴 하는데, 이럴 때까지 받은 만큼 돌려주려고 안 해도 돼요."

다연의 미간이 살짝 좁아졌다. 저게 무슨 헛소리람. 지금까지 본인이 남한테 사다 나른 간식 생각하면 이거 열 배를 사 줘도 모자란데, 계산이 안 되나?

"받은 만큼 돌려줬다고 하기엔 좀……."
"좀?"
"제가 양심 없어 보이는데요."
그 말에 재민이 입을 가리고 고개를 돌리는 게 보였다. 웃으라고 한 농담에는 식어 빠진 미소만 짓더니 있는 사실을 그대로 전달하자 소리 내어 웃는다. 어느 장단에 맞추라는 건지 모르겠다. 어찌 됐건 이쪽을 보는 눈이 반달로 굽어 있으니 됐지, 뭐.
"기왕 사 주신 거니까 맛있게 잘 먹을게요."
시원하게 목을 축이는 걸 보니 잘 샀다는 생각이 든다. 어차피 정 급하면 얼굴에 철판 깔고 한 여사 옆구리에라도 기어들어 가면 된다. 괘씸죄로 몇 대 맞긴 하겠지만.
"그럼 전 지원이한테 가 볼게요."
쌓여 있던 문제 중 하나를 해결하고 나니 마음이 좀 가벼웠다. 엘리베이터가 5층에서 열리자마자 다연은 남아 있는 애물단지 하나를 해치우기 위해 휴게실로 향했다. 눈 빠져라 휴대폰만 들여다보거나 아니면 애꿎은 손톱만 물어뜯고 있을 것 같아 걸음을 재촉하는데 사무실 쪽으로 향하던 재민이 갑자기 방향을 틀어 다연의 곁으로 다가왔다.
"그런데요, 대리님."
"네?"
"그 조보경이라는 신부, 정말 자기가 임신한 줄 몰랐을까요?"
어지간히 납득이 안 가나 보다. 어젯밤부터 오늘 아침까지 해대는 질문을 듣자마자 다연이 힘 빠진 웃음을 지었다.
"알고도 그랬으면 문제 있는 거죠."
"그렇긴 한데…… 그래도 진짜 몰랐을까요."

혼자 묻고 혼자 대답하더니 고개를 갸우뚱거리며 뒤로 돌아 멀어진다. 설마 혼잣말하러 여기까지 온 건가. 싱겁기는.

"……."

……라고 넘기면 그만인 상황이었는데 지난밤과 달리 별것도 아닌 그 말이 계속 걸렸다.

'진짜 몰랐을까요?'

휴게실 쪽으로 느릿느릿 발을 옮기던 다연이 결국 그 자리에 멈췄다. 강진경 신부 때도 재민은 그 커플이 파혼 수순으로 나갈 것이라 이미 예측했었다. 윤재민의 감을 맹신하는 건 아니지만 자꾸만 뭔가가 켕긴다. 말을 곱씹다 보니 난리를 치는 신부 엄마와 달리 놀라서 울기만 하던 예비 신부가 생각났기 때문이다. 나이가 워낙 어려서 그걸 가볍게 넘겼는데 지금 생각해 보면 딱 죄지은 사람이 뭘 걸렸을 때 지을 만한 표정이었다.

"대리님, 예비 신부한테 연락 왔는데……."

그래서 시체도 이거보단 안색이 좋겠다, 싶을 만큼 피가 쭉 빨려 온 지원을 보고도 놀라기보단 무언가를 골똘히 생각하고 있었다.

"방금 병원에서, 이러다 진짜 유산까지 갈 수도 있다 그랬대요. 저 당장 가 봐야 하는 거 아니에요?"

"……."

"대리님?"

진짜 몰랐을까요, 라니. 그러게, 진짜 몰랐던 걸까. 다연은 눈밑이 거뭇한 지원의 얼굴을 앞에 두고 고사를 지내다 결국 입술을 잘근잘근 씹으며 말했다.

"일단 찾아가는 거 오후로 미뤄."

"네?"

"내 말대로 해. 내가 책임질게."

조금이라도 빨리 가야 하지 않겠냐는 얼굴로 머뭇거리던 지원이 도시락을 받아 자리로 돌아간다. 앞에서는 십만 대군이라도 다 물리칠 것처럼 말했지만 뒤로 돈 순간 다리가 후들후들 떨린다. 우와, 결국 이런 말을 뱉을 수밖에 없는 위치로 가는구나. 그간 승아가 책임이란 단어를 뱉을 때마다 겪었을 중압감이 명치끝으로 올라왔다.

파티션 너머로 지원이 여전히 새파란 얼굴로 앉아 컴퓨터를 들여다보는 게 보인다. 묵묵히 앉아 있는 어깨가 오늘따라 참 작아 보였다. 저걸 볼수록 진실을 밝혀야겠다는 어떤 오기와 의욕 같은 게 활활 타올랐다.

지원에게 그간 예비 신부와 연락했던 내용과 프로필을 전해 받은 뒤론 이쪽도 휴대폰 화면에 시선을 고정했다. 자신이 다가온 걸 모를 정도로 집중하는 다연의 곁에, 재민이 살짝 간식을 두고 떠났다.

조보경 신부와 만난 건 오후 4시쯤이었다. 병실에 들어가지도 못하게 하는 친정 엄마와 예비 신랑의 아우성을 겨우 뚫고 온지라 의자에 앉은 순간 이미 피곤했다. 마리아쥬에서 일한 5년간 이렇게 잘못했다 소리를 입에 달고 산 계절이 또 있었던가 싶다.

"안 오셔도 되는데……."

다 죽어 가는 얼굴로 누워 있는 예비 신부가 미안하다는 듯 말한다. 다연은 어디로 보나 참 착해 보이기만 하는 표정에 대고 꽤나 날카로운 어조로 답했다.

"뭐 하나 여쭤보려고 왔어요."

"뭘요?"

"임신 사실을 안 게 정확히 언제였는지."

대화 내용이 생각했던 것과 다른지 커다란 눈에 당황이 서린다.

"그야 어제죠. 같이 계셨잖아요."

"그럼 그 전까진 모르셨다는 거죠?"

"네."

답변이 참 천연덕스럽다. 옆머리에서 쿵쿵 박동이 뛰는 걸 느낀 다연이 더 볼 것 없이 휴대폰을 침대 위로 세워 둔 트레이 위에 올렸다.

"제가 신부님 프로필을 확인하다가 뭘 좀 봐서요."

조보경은 흔히 말하는 인스타 스타라 계정에 팔로우가 3천 명이 넘었다. 그만큼 사진도 많았는데 2주 전에 찍힌 사진에 이게 있었다.

"임신은 생각도 안 했다면서 이걸 왜 챙겨 먹고 계셨어요?"

테이블 위에 엽산이 올라가 있는 사진을 보자마자 예비 신부 얼굴이 사색이 된다. 그냥 영양제로 먹었다는 핑계를 댈 수도 있지만 저 표정을 보니 이미 답이 나온다.

"다시 한번 물을게요. 진짜 임신한 거 모르셨어요?"

기세에 눌린 예비 신부가 입술만 달싹이더니 결국 죄송합니다, 라는 사과를 뱉는다. 다연은 누가 머리를 양옆에서 누르는 듯한 감각을 한참 겪다가 결국 한 손으로 이마를 짚었다.

혼전 임신을 한 예비 신부들 중 간혹 드레스 가봉이 끝난 후에,

혹은 심한 경우엔 예식이 마무리될 때까지도 플래너에게 말을 해 주지 않는 경우가 있다. 본인은 부끄러워서 그랬단 가벼운 말로 넘겨 버리지만 일을 진행하고 책임지는 입장에선 지뢰나 다름없는 사안이었다.

멀리 갈 것도 없이 이번 일이 그렇다. 애가 잘못될 게 걱정됐으면 식단을 조절하고 운동하는 대신 안정을 취했어야 한다. 그리고 주변 사람들에게, 이 경우엔 지원에게도 말을 해 줬어야 한다. 9주면 먹는 것도 조심해야 하는 판인데 임신 사실을 알게 된 이상 과한 운동을 하고, 높은 구두를 신고, 가봉 때문에 허리를 졸라매는 일 따윈 당연히 시키지 않았을 거다.

"왜 말을 안 하셨어요?"

도저히 이해가 가질 않아서 사무적인 말만 하고 나가자고 한 결심을 잊고 되물었다. 강진경 예비 신부 때와는 또 결이 다른 문제였다. 나이가 어려서 창피했을 수는 있지만 친정 엄마조차 모르게 입 꼭 다물고 숨긴 건, 너무하다고밖에 할 수 없는 일이다. 문밖에서 쥐 잡듯 잡히는 중이라 안에 발도 못 붙인 지원을 생각하면 뒷골이 당기다 못해 아렸다.

"임신하셨다고 결혼식 못 하는 것도 아니고, 저희도 훨씬 신경 써서 케어 해 드렸을 텐데. 거기다 시댁에서 아이를 원하신다면서요. 미리 알았으면 얼마나 기뻐하셨겠어요."

"……그래서 말 못 했어요."

"네?"

"자꾸 살쪄서 드레스 핏이 안 나는데, 임신까지 한 거 시어머니가 알면 살 못 빼게 할 것 같아서."

기가 차서 말도 못하고 있는 동안 예비 신부가 눈물이 그렁그렁

해서는 이쪽을 쳐다본다. 아직 어린 신부라고는 하지만 이렇게나 철이 없을 수가. 지금껏 엽산이라도 챙겨 먹은 게 되레 신기할 정도였다.

"제가 볼 땐 진짜 무서운 게 뭔지 모르시는 거 같아요."

다연은 두개골이 열두 개로 쪼개지는 듯한 심정을 꾹꾹 누르며 말을 이었다. 귀신 꼴로 돌아다녔던 지원이 생각나서 이가 안 갈릴 수가 없었다.

"드레스 핏이 안 예쁜 건 무섭고 아기 잘못되는 건 안 무서워요?"

빤히 알고 있었으면서도 지원이 속수무책으로 당할 동안 입 한 번 떼지 않은 걸 눈앞에서 봤다. 세상엔 그럴 생각은 아니었다는 가벼운 핑계가 통할 일이 있고 아닌 일이 있는 건데, 이 경우엔 전적으로 후자에 해당했다.

"설마 유산할까 싶기도 했고…… 그리고 아기는 나중에 다시 가지면 되잖아요. 결혼식은 평생 한 번인데."

진짜 웃기는 소리 하고 자빠졌네. 어린 나이에 예쁘장한 얼굴로 스타 소리 들으며 사니까 본인이 연예인이라도 된 줄 아는 모양이었다. 현실은 그 나이에 돈 많고 나이 많은 남자 물어 편하게 살려는 철없는 대학생에 불과하면서.

"모르는 척해 주시면 안 돼요? 부탁드릴게요. 시댁에서 알면 저 진짜 큰일 나요. 전 책임 물을 생각 없었는데 엄마가 그런 거잖아요."

"지금 신부님 때문에 저희 플래너는 고소를 당하네 마네 하는 소리를 듣고 있는데 그런 말이 나오세요?"

예비 신부와 지원의 나이가 고작해야 세 살 차이다. 누구는 나고나길 험한 일은 겪지 않을 팔자라 이런 잘못을 저지르고도 솜이불에 파묻혀 있고, 누구는 죽을힘을 다해 자기 할 일 하고 살면서 매일 욕먹고 뛰어다니는 삶이라는 게 다연의 심지에 불을 붙였다.

"결혼은 가정을 위해서 본인을 포기하는 거예요. 그만한 각오가 없으면 시작하지 마셨어야죠."

말을 끝으로 자리에서 일어서자 다급한 손이 옷깃을 붙든다. 다연은 그 손을 힘주어 떼어 낸 후 문을 열었다. 거칠게 삐걱거리는 문짝에 세 사람의 시선이 이쪽을 향하는 게 보였다. 배에 힘을 주고 기합을 한번 넣은 몸이 구두 소리를 선명히 내며 그 사이로 향했다.

"김지원 씨 좀 부럽네요."

지치다 못해 피폐해진 몰골로 차에 드러누워 있던 다연이 옆에 앉은 재민의 말에 힘없이 고개를 돌렸다. 이십 대 초반에는 '갈등을 피하며 살자.' 가 좌우명이었는데 요즘엔 가는 곳마다 부싯돌처럼 분란을 일으키고 있다. 제정신이냐고 소리를 지르던 예비 신랑, 그걸 말리던 친정 엄마, 울면서 다연을 노려보던 예비 신부까지 다 겪고 나오니 이쪽도 한 번에 열 살 정도 먹은 기분이었다.

"뭐가 부러워요."

그 가운데서 안심과 분노를 동시에 하던 지원은 지금 시말서를 쓰러 사무실로 돌아갔다. 이게 파혼까지 갈지 안 갈지 알 수 없지만 그래도 길이길이 남길 사례는 되기 때문에 다연이 시켰다. 지원은 부려 먹든 아니면 풀어 주든 둘 중 하나만 해 달라는 간결한 부탁과 함께 자리를 떴는데, 다연 역시 몸을 딱 절반으로 나눠서 한 쪽은 김 과장 한쪽은 강다연 상태인 것 같아서 요즘 몹시도 혼란스러운 상태였다.

어찌 됐건 결론적으로 고소당할 뻔하다가 알고 보니 사기였고, 이제 시말서를 쓰러 간 삶인데 그게 대체 뭐가 부럽다는 걸까.

"그러게요, 그게 왜 부러울까요."

그런 생각을 하고 있는 사이 윤재민이 먼저 대답한다.

"강 대리님이 김지원 씨 편애하는 것 같아서 그러나 본데요."

다연의 고개가 목각 인형처럼 딸깍댔다. 부끄러운 말을 하고 있단 자각이 없는지 재민은 여느 때처럼 웃는 얼굴로 말을 잇는다.

"저도 좀 챙겨 주세요. 지금은 제가 더 많이 도와드리지 않아요?"

"……나름대로 열심히 챙겨 드리고 있는 것 같은데요."

본인 때문에 신 대리와 싸운 게 몇 번인데. 거기다 원하는 대로 데리고 다녀, 일 가르쳐 줘, 밥 사 줘, 이젠 운동까지 같이 다니는 마당에 뭘 더 해 달라는 건지 모르겠다.

"대리님 보면 김지원 씨 엄청 신뢰하는 게 보이거든요. 그래서 질투 나요."

저도 모르게 입이 벌어지려는 걸 손으로 막았다. 저걸 진심으로 말한다는 게 놀라울 따름이다. 지원과는 이래저래 같이 지낸 게 1년이 넘는다. 신뢰라는 게 하루아침에 쌓이는 것도 아니고 그걸 욕심내는 윤재민도 정상은 아니라고, 그렇게 답을 해 줘야 하는데…… 어쩐지 재민의 눈이 너무 쓸쓸해 보여서 변명을 덧붙이게 된다.

"지원이 보면 그냥 맘이 좀 그래서 그래요."

작게 속삭이는 말에 재민이 입을 다문다. 지원의 성향 자체도 걸리지만 아마도 그 나이가 너무 풋풋하고 어려서 신경 쓰이는 것 같다. 다연에게 스물다섯이란 처음으로 세상에 깨지는 나이와 같은 말이었으니까.

그 원인이 된 남자가 조용히 바라보는 것을 보며 다연도 살짝 눈을 감았다.

"항상 배고프고 항상 힘들고 그런데도 악착같이 노력하니까 뭐라도 더 해 주고 싶어요. 내가 스물다섯 때는 그러지 못했던 것 같아서."

재민에게 속절없이 약한 이유를 지금에야 깨달았다. 그때부터 지금까지 이 남자의 인생을 모두 보진 못했지만 다른 사람 상처 주지 않고 살기 위해 노력했을 윤재민의 모습이 그냥, 마음에 걸렸다.

"……그럼 어쩔 수 없네요. 제 스물다섯은 벌써 한참 전에 지났으니까."

가끔은 아프기까지 한 것 같다. 조용히 사그라드는 끝말이 이렇게 오래 남는 걸 보면.

"그때 만났으면 좋았을 텐데."

잠깐 다른 눈을 하고 있던 재민이 금세 쾌활한 어조로 말을 돌렸다.

"그나저나 대리님은 이런 일 많이 없다고 하셨는데 제가 볼 땐 거의 반절은 이런데요."

다연은 그냥 헛헛한 눈으로 하늘만 쳐다봤다.

"그게 다 제가 아홉수라……."

"네?"

"아닙니다."

박복한 운명을 떠올리니 새삼 윤재민의 선견지명이 탐난다. 몇 번 눈치를 본 끝에 먼저 말꼬를 텄다.

"저기."

"네?"

"일 터질 거란 걸 미리 아는 거예요?"

머뭇거린 것치곤 표정이 아주 진지했다. 그도 그럴 것이 이건 다연이 아홉수를 지나는 동안 갖추어야 할 아주 중요한 능력 중 하나였으니까. 올해가 아직 다섯 달 가까이 남았는데 그 전까지 피할 수 있는 악운은 좀 피해 가야 하지 않겠냔 말이다.

"말씀드리기 좀 그런데. 기업 비밀이라."

눈웃음을 지은 윤재민이 가까이 오라고 손짓한다. 다가가자 귓가에 손을 모은 재민이 낮은 목소리로 살짝 속삭였다.

"저희 집 점집 해요."

……무슨 사기를 이렇게 성의 없게 쳐? 그 말 한마디에, 재민을 바라보던 다연의 눈빛이 짜게 식었다. 입까지 살짝 내민 걸 보고, 윤재민의 입가가 허물어진다.

"그런 거 없어요. 다 때려 맞춘 거지."

말해 줄 생각 없구나. 포기하고 나니 마음이 편해지고 그때쯤 당이 떨어진 게 느껴졌다. 참아 보려다가 결국 가는 길에 카페에 들러 간단히 샌드위치와 커피를 사기로 했다. 본능적으로 생크림이 잔뜩 올라간 커피를 주문하고 돌아오니 재민이 어쩐 일로 침묵한 채 기다리고 있다.

"그거 좋아하세요?"

"네? 아, 네."

별생각 없이 한 대답이었는데 작게 한숨 소리가 들린다.
“말해 주시지. 그럼 그걸로 사 왔을 텐데.”
빨대를 빨다가 컥, 하고 헛기침을 했다. 사레가 들려 기침하는 등 뒤로 토닥토닥, 커다란 손이 오갔다.
“커피 취향도 말해 주기 싫으셨어요?”
피식 웃으며 쓰게 말하는 재민의 모습에 다연이 식은땀을 흘렸다.
“……아메리카노도 먹을 수 있어요.”
“알아요. 매번 하나도 안 남기셨잖아요. 그래서 다시 물을 생각도 못했네.”
저 말을 하면서 납득을 한 걸까, 아니면 기분 나빠서 비꼬는 걸까. 윤재민이 입사한 이래로 사람 표정을 분석하는 기계를 눈에 달고 사는 기분이다. 백배 사죄한다는 눈으로 올려다보는 다연에게 재민이 한숨과 함께 말을 건넨다.
“대리님.”
“네.”
이제껏 윤재민의 말에 이만큼 빨리 답했던 적이 있나 싶을 만큼, 반응이 신속하게 나온다. 지금이라면 어지간한 질문에 다 좋게 대답할 자신이 있었다.
“이유가 뭐예요?”
“네?”
“처음에 저 피한 이유. 지금도 이렇게 거리 두는 이유.”
“…….”
“말하기 싫은 것 같아서 그냥 좋게 생각하고 끝내려고 했는데 지금은 알고 싶어요. 일 못해서 그러는 것도 아니고. 인간적으로 싫어하나 했는데 누구 미워할 수 있는 성격도 아닌 것 같고. 그런데도 왜 자꾸 날 피할까."

왜 다른 사람들처럼 날 대하질 못하는 거냐고, 그렇게 묻는 듯한 눈을 보자 목 안이 꽉꽉 틀어막히는 것 같다. 처음 이유를 물을 땐 지나가는 바람 같았다. 그렇지만 지금은 그 자리에서 답해 줄 때까지 나무처럼 기다릴 게 보인다. 더는 피할 수 없다는 걸 깨달은 다연이 말라 오는 입가를 한번 축이고 담담히 답했다.

"좀 달라요, 윤재민 씨가."

"……."

"저한테는 의미가 있는 사람이라 편하게 대하기가 힘들었어요."

과거뿐만 아니라 지금도 확실한 의미를 띠고 있다. 앞으로 다시 어떤 의미로 변해 갈지 모르겠지만 다연에게는 시작점부터 다른 사람들과는 비교도 안 되게 예민한 직선 위에 서 있는 사람이었다.

"이제 괜찮아요."

그래도 이젠 괜찮다. 많이 둥글어졌고 또 익숙해졌다고 생각한다.

"다음엔 이걸로 사 주세요. 되도록 제 카드로."

설핏 웃는 다연을 보고 재민이 가만히 그 눈을 본다.

"생크림은요?"

"……올리고."

심사숙고한 말에 재민이 피식 웃었다.

"안 되겠다."

허물어지는 입매가 전과 다르다. 무엇이 다르냐고 물으면 대답힐 수 없지만 어쩐지 달랐다.

"아, 진짜 안 되겠네."

다연의 시선이 이쪽을 향한 걸 알았는지 윤재민이 예의 밝은 웃음으로 돌아온다. 옷깃에 붙은 먼지를 떼어 주더니 다정한 눈으로 이쪽을 바라본다.

"내일부터 어떡하죠."

눈가를 살짝 좁혀 봤자 뭐가 안 되겠다는 건지, 뭘 어떡하겠다는 건지 말해 주지 않는다.

"책임져요, 대리님이."

그런데도 이제야 처음 윤재민을 만난 것 같다는, 그런 기분이 들었다.

5

주말이 한 번 지나고 난 후부터 비 한 방울 오지 않는 잔인한 폭염이 시작됐다. 모처럼 야근이 없는 목요일, 다경이 디저트 카페 쿠폰이 생겼다며 퇴근 시간에 맞춰 회사 앞으로 찾아왔다. 여기까지 온 걸 보니 저 쿠폰을 해결해 줄 사람을 일주일 내내 찾아다닌 모양이었다. 단걸 달고 사는 다연과 달리 다경은 생각보다 입맛이 까칠해서 달지 않은 빵이나 쿠키가 아니면 입에 넣지도 않는다.

"기운 없어 죽겠네. 보약이라도 먹어야 하나?"

카페에 도착하자마자 테이블로 드러누운 다경이, 눈 화장을 짙게 그어 놓은 눈을 깜박이며 힘없이 말했다. 다연은 그 앞에 케이크를 세 개나 집어 와 입으로 욱여넣으며 그 얼굴을 빤히 바라봤다. 다이어트 노래를 부르더니만 진짜 굶기라도 했는지 볼이 홀쭉하다. 저러면 가을쯤 돼선 신경질이 극도로 심해지는 걸 아는 터라 찻잔을 내려놓자마자 짤막하게 권했다.

"너도 운동하라니까."

말이 끝나기 무섭게 다경이 아주 징글징글하단 눈으로 소리를 질렀다.

"언니처럼 운동하면 내 허벅지 다 터진다고!"

다연은 늘 자신을 환자처럼 보지만, 다경의 입장에선 가만히 있어도 녹초가 되는 이 여름에 헬스장에서 1시간이나 빼기다 온 저 몸뚱이야말로 진정 사람 같지가 않았다. 한 주 내내 일하다 기껏 얻은 자유 시간을 운동으로 써먹다니, 이건 변태라 불려도 무방하다는 게 자신의 주관이지만 이런 말을 가감 없이 전한 게 벌써 5년, 다연이 헬스를 지속한 것도 5년째다. 처음엔 버피 테스트 한 번 하는 데도 쩔쩔매던 팔뚝이 이제는 하루에 스무 세트 끝내는 것쯤은 밥 한 술 뜨는 것마냥 쉽게 한다.

"땀 빼면 시원해."

"언니 그럴 때 진짜 오십 대 아저씨 같아."

눈을 부라리는 걸 보던 다연이 피식 웃었다. 어차피 다경에게 잔소리를 할 수 있는 것도 운동하란 소리 하나뿐이었다. 여자는 결국 집으로 귀소한다는 엄마의 편견으로부터 스스로를 보호할 변명거리가 필요했기 때문에 둘 다 이십 대 후반을 개처럼 일하며 보내는 중이다. 심지어 다경은 자신보다 대가 센 편이라 일하는 평일에도 강의를 들으러 새벽까지 나다니는 일이 많았다.

"그나저나 주중이라 아예 못 나올 줄 알았더니 운동까지 갔다오고 웬일이야?"

"요즘엔 시간 많아."

"언니가 시간이 많아? 그럼 회사에 일이 없는 거네."

찻물이 식어 씁쓸해지자 다연은 그걸 트레이에 올라온 커다란 볼 안에 붓고 다시 따뜻한 물을 쏟았다. 찻잎이 우러나길 기다리며 네일 팁이 화려하게 붙은 다경의 손가락을 쳐다보다가 대꾸 좀 하라는 눈빛에 천천히 말을 이었다.

"그게 아니라 도와주는 사람이 생겨서."

"누가 도와줘?"

"새로 온 직원 있어."

"또 여자?"

"아니, 남자."

운동도 그렇고 오늘 다경을 만나는 것도 그렇고 다 재민이 일을 도와줘서 뺄 수 있는 시간이었다. 심드렁한 표정으로 커피를 휘휘 젓던 다경이 손을 딱 멈췄다.

"잘생겼어?"

눈을 반짝이는 걸 보고 접시에 잔뜩 놓인 쿠키를 집어 먹으며 대답했다.

"잘생겼고."

"응."

"성격 좋고."

"응응."

"일도 잘해."

귀찮은 기색도 없이 자판을 두드리는 마른 손가락이 생각났다. 구원 투수 윤재민 씨는 나이를 허투루 먹었다고 빈말을 던진 것이 무색할 만큼 할 줄 아는 게 많은 사람이라 이래저래 도움을 많이 받았다. 진흙탕 같은 아홉수에 빛과 소금이 되어 주시는 윤재민을 떠올리자 지금 먹고 있는 쿠키라도 포장해서 갖다 줘야 하나, 잠깐

헛생각이 들었다.

"웬일이니. 엄마 기도가 하늘에 닿았나 봐."

나도 이제부터 십일조 열심히 내 볼까. 어느새 상상 속의 형부를 만든 다경이 두 손을 붙들고 감격의 눈빛을 보낸다. 다연은 말 같지도 않은 소리를 늘어놓는 다경의 이마를 슬쩍 밀며 말했다.

"엄마가 아는 사람이야."

"진짜?"

"응."

누군지 알면 절대 안 된다고 난리를 칠 사람이고. 생각하니 등골에 소름이 돋아 몸을 살짝 떨었다. 팔짱을 낀 다경이 뭔가 물어보려는 찰나 전화벨이 울렸다. 발신자를 보니 재민이다.

"여보세요?"

— 아, 대리님 지금 밖이에요?

"네, 무슨 일 있어요?"

— 아니요. 일이 다 끝나서 술 한잔 할까 했죠.

시계를 보니 벌써 8시가 훨씬 넘었다. 윤정이 이 시간까지 일할 위인이 아닌데 재민이 살살 꼬드겨서 잘 데리고 다닌 모양이다.

"피곤할 텐데 오늘은 그만 들어가서 쉬세요."

알겠다고 말하는 목소리를 마지막으로 다연도 통화를 종료했다. 주섬주섬 가방을 챙기는 모습을 턱을 괴고 보던 다경이 툭 하니 말했다.

"언니 표정 꼭 그거 같다."

고개를 들자 다경이 틴트를 연하게 칠한 입술을 한번 깨물었다 놓으며 말한다.

"적반하장."

"어?"

전화 한 통 먼저 끊었다고 욕까지 먹어야 하는 건가. 눈을 동그랗게 뜨는 다연을 보고 다경이 부연 설명을 덧붙였다.

"아니, 본인이 거절한 주제에 본인이 더 아쉬운 것 같아서. 내가 배움이 짧은 나머지 이것밖엔 생각이 안 나네?"

"……."

"아까 말한 남자 직원 맞지?"

속눈썹을 깜박이며 하는 말에 다연이 혀를 씹었다. 남녀 관계에 있어서만큼은 타의 추종을 불허하는 저 초능력이 가끔은 무서울 정도였다.

"헛다리 짚지 마. 나 그만 간다. 다음에 또 보자."

내 동생이지만 이럴 땐 진짜 귀신같단 말이지. 더 있다간 입 밖으로 절대 나가선 안 되는 말까지 하게 될 것 같아서 빠르게 자리를 떴다. 여느 때처럼 꽉꽉 막히는 도로 한복판에 갇히자, 빨리 집에 들어가지 못한 몸이 결국 잡생각을 시작했다.

요 며칠 윤정의 일이 밀렸다. 푼수를 떤다느니 어쩌니 해도 윤정의 부모님이 워낙 발이 넓고 본인이 디자인 쪽으론 빠삭하게 꿰고 있어서인지 들어오는 건수가 많은 사람이었다. 좋아하는 주얼리와 부케 사이에 던져 두면 풀이 죽었던 게 언제인 양 신이 나서 일하는 모습이 해맑아서, '신 대리는 딱 사춘기 여자애들 다루듯 하면 돼.' 라고 말했던 승아의 판단력에 감탄을 금치 못하곤 한다.

어쨌든 결론적으로 윤정 혼자선 야근이 불가피한 상황이 되어, 이틀 전부터 재민에게 잠시 신 대리를 도와주라고 부탁해 놓은 상태였다. 예상치 못했던 건 그 인간이 그 바쁜 와중에도 사이사이 다연을 찾아와서 짧은 이야기를 나누고 간다는 것이었다. 예전 같으면 자리에 두고 갔을 물건도 꼭 자기 손으로 건네주고 싶어 한다.

한쪽 일만 하라는 거였지, 양쪽 일 다 하다가 과로로 쓰러져 죽으란 뜻이 아니었기 때문에 그건 몹시 당황스러운 행보였다. 혹시 아직은 일이 서툰데 부담을 얹은 건가 싶어, 다연 나름대로는 재민이 할 일을 대신 빼서 하기도 하고 부를 만한 일도 세 번 중에 한 번은 참아 가며 배려해 줬다.

그런데 딴엔 챙긴다고 하는 일 때문에 재민이 전화를 거는 일이 더 잦아졌다. 대리님, 어디 계세요? 이건 어떻게 해야 돼요? 오늘까지 다 끝낼까요? 이런 식으로 생각도 안 한 일까지 다 꺼내서 들고 오는데, 일감 가지고 오라고 해야 할 사람이 쉬는 걸 권하고 정작 당사자는 서운해하는 걸 몇 번 겪다 보니까, 사고가 이상한 쪽으로 튄다.

"정신 차려라, 강다연……."

뺨을 두어 번 때리고 점멸등이 깜박이는 도로로 시선을 돌렸다. 마냥 웃기만 하던 재민이 요즘엔 꽤 자주, 담백하고 편안한 얼굴을 보인다. 지나가듯 휴일에 뭐 하냐고 묻기도 했다. 대답 대신 사레가 들려 콜록대자 서류로 얼굴을 가리고 떠나던 모습. 그 뒤편에 자리한 얼굴이 웃는 낯이었을 거란 건, 굳이 보지 않아도 알 수 있었다.

"정신 차리라고……."

푸념과 함께 고개를 푹 숙인 채 발개진 귀 끝을 감췄다. 말도 안 된다고 중얼대다가도 자꾸 그 눈이 생각났다. 부드럽게 쳐다보는 눈. 고개를 들고 사방을 둘러보다 다연을 발견하면 안심하는 눈. 때때로 서운해하고 가끔은 누가 봐도 알 만큼 기뻐하는 눈. 윤재민이란 이름이 5년 전 그때와 같은 크기로, 그러나 완전히 다른 방향으로 경보음을 울려 대고 있었다. 물어보고 싶은 건 많고 물을 수 있는 건 없다.

왜 그러는 거예요? 대체 뭐가 변한 거예요?

그런 걸 다 차치하고 가장 묻고 싶은 한마디.

……나한테만 그러는 거예요?

입술을 잘근잘근 씹으며 한숨을 삼키는 동안 밤이 더욱 깊었다. 창문에 머리를 박고 있던 다연은 뒤에서 빵빵대는 소리에 황급히 액셀을 밟으며 깊은 밤공기를 갈랐다.

다음 날은 스케줄이 별로 없던 것치곤 첫 시작부터 장황하기 그지없었다.

"엄마, 나 일하는 중이라니까."

휴대폰 저편에서 바락바락 소리 지르는 걸 듣던 다연이 거의 사정하듯이 말했다. 바쁘다는 핑계로 2주 정도 교회를 빼먹었더니만 난리도 이런 난리가 없다. 왜 약속 안 지키냐고 분해서 어쩔 줄 모르는 한 여사를, 다연도 마찬가지로 어쩔 줄 모르며 달랬다. 저쪽엔 클라이언트가 대기 중이시고 가운데서 재민이 열심히 시간을 끌고 있는 와중이라 뒷목이 바짝 당겨 온다.

— 너 이러면 주말마다 선 자리 잡을 거야!

"아, 엄마 좀!"

유리문 너머에서 빨리 들어오라고 손짓한다. 지금 끊으면 아웃이란 걸 알지만 이 정도로 억지를 쓰는데 더는 받아칠 여지 같은 것은 없었다. 꽤나 냉담하게 전화를 끊어 버린 다연이, 이 일이 끝난 후 벌어질 후폭풍을 애써 머릿속에서 밀어 놓은 채 미팅에 임했다.

1시간 뒤 계약서를 받아 들고 샘플을 챙길 때쯤엔 부재중 전화가 7통이나 와 있었다. 금방이라도 차체에 머리를 박고 죽어 버릴 것 같은 다연을 대신해 재민이 박스를 들었다.

"트렁크 열어 주세요."

업체 측의 인심이 폭발한지라 직원들에게 주라는 간식까지 짐이 아주 한가득이었다. 혼자 두 번씩 오가는 재민을 보고 퍼뜩 정신을 차린 다연이 트렁크를 열고 다시 박스를 가지러 움직이는 그의 등 뒤로 따라붙었다.

"제가 할 수 있는데."

"알아요."

"진짜 들 수 있는데요."

자꾸 도와주시면 제가 또 헷갈리거든요. 그런 이유 때문에 약간 비굴할 정도로 자기 어필을 하고 있는 걸 보고, 재민이 웃음기가 묻은 소리로 대답한다.

"저도 안다니까요. 강 대리님 악력 얼마나 센지 다 봤어요. 우리 헬스장 같이 다니잖아요."

저 한마디로 다연의 입을 틀어막은 남자가 다시금 건물 안으로 향한다. 결국 그 뒤에도 다연이 할 수 있는 일이라곤 윤재민의 뒤를 졸졸 쫓아다니기만 하다 일이 다 끝난 뒤 차에 타는 것뿐이었다. 막힌 도로 위에 갇혀 있는 동안 어느덧 점심때가 지났다. 간단히 먹자는 다연의 말에 재민이 편의점 근처에 차를 세워 두고 샌드위치와 음료수를 사 왔다.

"무슨 전화였어요?"

플라스틱 의자에 앉아 세상에서 가장 의욕 없는 식사를 시작하는 다연을 보고, 재민이 먼저 운을 뗀다. 한 입 넘기는 데 5분씩 걸리는 꼴을 보다 못한 모양이다. 아직도 귓가에 한 여사의 목소리가 쟁쟁한 기분이라 말없이 샌드위치만 우물거렸다.

"뭔데요."

되묻는 말에 다연이 고개를 들었다. 사적인 거 별로 안 묻는 사람이 저렇게 물고 늘어질 정도로 죽상인가. 고민하다 계속 물어볼 것 같아서 사실대로 고했다.

"엄마가 교회 안 나왔다고 뭐라고 하시는 거예요."

물론 선보라고 아우성이란 간략한 사실 하나는 뺀 채로. 자연스럽게 대답 잘 했다고 생각했는데 귓가에 픽, 하는 웃음소리가 들렸다.

"집안이 되게 독실한가 보네요. 아니면 선 자리 대신이거나."

……사레가 들리는 건 너무 당연한 수순이었다. 재민은 죽어 가는 다연의 등 뒤로 다가와 등을 토닥거렸다.

"맞췄어요?"

"……."

점집 한다는 얘길 믿어야 하나. 이제 슷제 무서울 지경인데.

"비혼주의자라고 말씀드리세요. 그게 편하지 않아요? 한 번만 싸우면 되는데."

"벌써 말했어요."

기침이 멈출 때쯤 중얼거리는 소리를 듣고 반쯤 포기한 다연이 힘없이 답했다. 그걸 듣는 순간 재민도 살짝 인상을 찌푸렸다.

"그런데도 계속 부르시는 거예요?"

대답 대신 입 속으로 빵을 욱여넣었다. 그냥 말했으면 뒤끝이 이 정도까진 아니었을지 모른다. 그러나 중간에 사기 치다 거하게 걸려서 그런다고 말하기엔 여러모로 창피했다. 결국 택할 수 있는 건 침묵뿐이었다.

"대리님 입에 묻었어요."

전투적으로 씹고 있던 다연이 멈칫했다. 다 먹고 닦을까, 아님 닦고 먹을까. 그래도 닦고 먹어야겠지? 그 생각으로 휴지를 꺼내고 살살 닦는데.

"아니, 여기."

커다란 손이 다가와 아무렇지 않게 입가를 훔친다. 살짝 닿았다 떨어지는 손끝을 멍청히 보고 있자니 상대도 고개를 갸웃거린다.

"왜요?"

이럴 때면 연애에 대한 다연의 기준점이 막 흔들렸다. 그냥 회사 동료끼리, 심지어는 남녀가 이렇게 입에 묻은 걸 닦아 줄 정도로 친하게 지내는 게 보통인가. 누군가 시원하게 결론 좀 내 줬으면 좋겠다. 혼자 삽질 좀 그만하게. 저쪽은 이미 다른 주제로 넘어가 이야기를 하는 이 마당에.

"이게 이런 데서 맞추는 거구나. 예쁘긴 한데 원래 결혼할 땐 다 왕관 같은 거 쓰지 않아요?"

넋이 나간 다연의 얼굴을 보지 못했는지, 정작 재민은 작은 박스에 담아 온 샘플을 꺼내 들여다보며 감탄하고 있었다. 헤어핀을 들고 설치는 모습을 보고 완전히 입맛이 떨어진 다연이 식어 빠진 목소리로 답했다.

"지금은 이런 것도 많이 해요."

그래, 남자한텐 저 손바닥만 한 머리핀이 신기할 수도 있지. 그렇게 납득하면서도 그딴 보석 박힌 쇠붙이가 방금 전까지 입 닦아 주던 건 세상 남 일인 것처럼 잊어버릴 정도로 신기한 건지, 따져 묻고 싶기도 했다.

"어떻게 하는 거예요?"

머리핀을 이리저리 돌려 보던 재민이 다연에게 건넨다. 말로 설명하다가 영 못 알아먹어서 할 수 없이 직접 머리를 틀어서 보여 줬다. 사실 이때쯤엔 다연의 정신도 그닥 온전치는 않았던 것 같다. 20만 원짜리 스톤이 덕지덕지 붙은 헤어핀을 그냥 갖다 꽂은 걸 보면.

"여기 이런 식으로……."

그러나 언제든 윤재민이 한술 더 떴다. 고개를 옆으로 돌린 순간 찰칵 소리가 나서 눈을 동그랗게 뜨자 휴대폰을 들고 있던 재민이 피식 웃는다.

"대리님 프로필 사진 없잖아요. 보내 드릴게요."

백번 양보해서 보내 주는 건 좋은데 왜 그 휴대폰으로 찍은 거냐고, 묻고 싶은 걸 묻지 못해 열불이 터지는 심정으로 물만 마셨다. 전멸하다시피 한 연애 세포도 이게 이상하단 건 알 것 같다. 근데 정작 당사자가 저렇게 아무렇지 않으니까 하루에도 수십 번씩 기분이 널뛴다. 이상해. 이건 뭔가 이상해. 뭐가 이상한지 모르겠는, 그게 제일 이상해.

차에 타서 이동하는 중간중간 재민이 휴대폰을 들여다본다. 사진 보내 주겠다고 하더니 정작 집에 돌아가고 나서부턴 감감무소식이었다. 다연은 곱씹을수록 손끝이 간질간질한 일과에, 집으로 들어가자마자 베개에 머리를 박고 발버둥 쳤다.

"요새 언니 자주 보네."

이튿날 밤이었다. 엊그제 만났는데 오늘 또 보자는 다연의 전화에, 다경이 처음 꺼낸 말은 저거였다.

"그거 백 퍼센트 썸이야."

그리고 밤새 머리를 쥐어뜯다가 이게 자뻑인 것인지 아니면 더럽게 촉이 없는 것인지에 대하여 객관적인 의견을 내 달라는 질문엔 저렇게 답했다. 다경은 다연이 상담료로 지불한, 평소엔 비싸서 입에도 못 대는 초밥을 잔뜩 집어넣다가 그대로 젓가락을 들어 삿대질을 시작했다.

"썸이라고. 그 정도면 아예 자리 깔고 올라가서 피켓 흔드는 거랑 똑같은데 모른 척하면 욕먹는다?"

연애에 관한 한 다경의 말이 바이블인지라 얼굴이 흙빛이 됐다. 설마 나 지금 그 정도로 눈치 없는 거야?

"그나저나 언니 연애 사주는 완전히 똥이라고 생각했더니 막판에 대어가 있었네?"

목소리는 한없이 상쾌한데 어째 표정이 음흉하다. 꺼림칙한 얼굴로 쳐다보자 다경이 귀신을 속이란 얼굴로 되묻는다.

"맞지? 그 신입 사원?"

"……아니라니까."

차를 마시는 척, 일단 눈을 피했다. 이 변명이 통할 거란 생각은 별로 안 했지만 누가 봐도 속아 준단 표정으로 웃는 걸 보니 속이 타들어 간다. 쟤가 눈치가 빠른 건지, 내가 거짓말을 못하는 건지. 둘 다인 것 같기도 하고.

오늘은 하루 종일 재민을 못 봤다. 윤정의 일이 엄청 몰린 날이었다. 반대로 다연은 평소보다 부담 없는 스케줄이었는데 이상하게 효율이 안 났다. 윤정을 돕는다고 재민이 따로 뭘 얻는 것도 아니고, 심지어는 본인이 시켜서 그쪽에 가 있는 건데도 좀 씁쓸하단 생각이 들 정도였다.

그러다 점심때쯤 문자가 왔다. 일의 진행 상황, 힘들다는 소소한 푸념, 점심 먹었냐는 말. 그걸 읽기 전과 후의 일하는 속도가 두 배 이상 차이 나는 걸 보면 지금 시린 옆구리에 혼자 살고 계시는 강씨 성의 과부 한 분이 얼마나 미쳐 날뛰는지, 단번에 알 수 있었다.

"그나저나 언니는 이걸 진짜 몰라서 물어보러 온 거야?"

팔짱을 끼고 있던 다경이 한심하단 어투로 말한다. 말없이 초밥만 우물거리자 혀를 끌끌 차면서 고개를 내젓는다. 다른 사람이었으면 이렇게까지 고민 안 했을지도 모르지만 상대가 윤재민이다. 이름 석 자 듣는 것만으로 이렇게나 골이 아픈데 그 와중에 사적인 관계까지 늘어나면 어떻게 대처해야 할지, 생각의 범위가 몇 배로 커진다. 거기에 더해 다연은 애초부터 연애 생각은 일절 없던 비혼 라이프를 5년째 살아온 초보 운전자나 똑같고.

"……."

다른 것보다, 파혼 경력까지 있는 사람이라 소홀하거나 대충 넘겨짚어선 안 된다는 강박에서 자유롭질 못하다. 좋아하는 감정만으로 섣불리 발을 뻗어도 되는 걸까. 다른 트라우마를 또 남기긴 싫은데 내가 감당할 수 있는 문제일까. 하루에도 골백번씩 고민한다.

"언니는 생각이 너무 많아."

대꾸를 안 하고 버티는 걸 보다 다경이 꽤나 신경질적으로 말한다. 올려다보니 표정으로 사람 때릴 기세였다.

"대학 졸업하고부터 계속 그런 것 같아. 착하게 사는 건 좋은데 너무 강박증 환자처럼 사니까 이런 문제가 생겼을 때 대처를 못하잖아."

역시 가족 사이는 무시할 수가 없다. 다연의 문제를 본인보다 더 정확히 파악하고 있다. 정확히는 대학 졸업한 후가 아니라 다음 해 봄, 윤재민을 보고 난 후부터였지만 그걸 기억하는 것만으로도 대단하단 생각이 든다.

"아니면 혹시 언니는 전혀 관심 없는데 그쪽에서 들이대는 거야?"

"아니, 그런 건……."

말을 다 끝내지도 않았는데 다경이 실실 웃고 있다. 유도 심문에 넘어간 기분이라 입맛이 썼다.

"관심 있고만."

"그만해, 좀."

"걱정돼서 그래. 요즘엔 좋은 여자보다 좋은 남자를 더 빨리 채간단 말이야. 언니 그러고 있을 때가 아니라고."

정곡만 찔러 대며 재촉하는 목소리에 다연이 한숨을 내쉬었다.

"그 사람이 저번 연애 때 좀 상처를 많이 받았어. 그래서 그래."

결혼식장까지 들어갔으니 연애라고 퉁치는 건 좀 무리가 있나? 고개만 까딱이는 사이, 다경이 의외라는 듯 목소리를 높인다.

"벌써 전 여친 얘기할 정도면 꽤 친해졌나 봐? 근데 보통 썸탈 때는 그런 얘기는 잘 안 할 텐데."

그러게, 안 하더라. 친해지긴 했지만 재민의 입에서 들은 건 아니니까. 고로 이 질문은 묵비권을 행사하기로 했다. 말하자면 기니까 묻지 마.

"그렇다 해도 그건 그 사람 문제지. 왜 그쪽이 감당해야 할 문제까지 본인이 끌고 와서 고민해? 그 사람은 그 고민을 해 달라는 게 아니라 자기를 어떻게 생각하는지, 그걸 알려 달라는 거잖아."

"알려 달라는 거야?"

"그럼 뭐 도 닦는 심정으로 봉사하는 걸까 봐? 세상에 대가 없는 친절이 어딨냐? 그건 연애도 마찬가지야. 내가 이만큼 어필하니까 빨리 답 좀 달라, 이거 아냐."

다경의 말을 들으면 들을수록 그간 너무 눈치 없이 행동한 것 같아서 등이 다 결려 온다. 그냥 듣지 말걸. 내일부터 그 얼굴을 어떻게 보지.

"그냥 한번 사귀어 봐. 사귄다고 닳는 것도 아니고."

"왜 그렇게 못 붙여서 안달이야?"

맘이 복잡해서 삐딱하게 말하자 다경이 너무 당연하단 얼굴로 대꾸한다.

"언니가 시집가야 가정이 평화로워. 그래야 내 일상도 평화롭고."

말하는 걸 듣자 하니 결국 다연을 희생양으로 본인이 편하고 싶단 소리였다. 갑갑하기도 하고, 겁이 나기도 해서 깊은 곳에 있는 고민을 끌고 올라와 다경에게 내뱉었다.

"난 결혼은 절대 안 해."

대전제가 이러하기 때문에 연애도 할 생각이 없었다. 사람들은 서로 말은 안 해도 기색이란 게 있는지, 이런 생각을 가지고 있으면 다가오던 인연도 끊어지기 마련이었다. 그럼에도 지금 다연이 다경을 붙들고 이야기를 시작한 이유는 그 오라를 다 뚫고 이렇게까지 적극적으로 다가온 건 윤재민 하나였기 때문이다.
"언니, 세상에 절대라는 건 없는 거야."
칙칙한 얼굴로 앉아 있는 다연을 보고 다경이 딱 잘라 답했다.
"예전엔 남자 만나는 것도 생각 없었잖아. 가짜 남친까지 만들어서 철벽 쳤던 인간이 강다연인데 지금은 남자 문제로 상담을 다 하고."
"그 얘기가 갑자기 왜 나와?"
잊을 만하면 한 번씩 올라오는 흑역사에 짜증이 불쑥 터졌다. 다경은 그 정도의 짜증은 아주 가소롭단 얼굴로 말을 이었다.
"그러니까 세상에 절대라는 건 없다고."
남의 입을 틀어막는 데는 하여간 도사다. 진이 빠진 얼굴로 초밥 위 회를 뒤집는 다연의 모습에, 다경의 목소리에도 살짝 걱정이 서린다.
"연애 시작해도 문제는 문제다. 언니 나한테 매일 전화 걸 것 같은데?"
주변에 물을 사람이라곤 다경밖에 없으니 저 말은 거의 이백 프로 맞는 말. 그건 다경도 다 아는 바였는지 선심 쓴단 어투로 답을 해 줬다.
"한동안 언니한테 오는 전화는 다 받아 줄게. 비혼주의자 돌부처를 돌아앉힌 의인이신데, 무조건 잡아야지."
"눈물 나게 고맙다."
힘이 쭉 빠진 목소리를 듣고 다경이 생기 넘치게 대꾸한다.
"그러게. 이런 기특한 동생이라도 없으면 어쩔 뻔했어? 그런 의미에서 나 초밥 한 접시만 더 먹자."
다이어트는 포기한 거니? 어이가 없다는 눈으로 쳐다보니 턱받

침을 하고 애교를 떨어 댄다. 귀여워서 피식 웃음이 나왔다. 표정을 본 다경이 대답도 듣기 전에 벨을 누르고 싱긋 웃었다.

집에 도착한 건 9시가 다 되어서였다. 앞쪽에서 접촉 사고가 나는 바람에 평소보다 30분은 늦게 돌아왔다. 주변에서 빵빵거리던 소리가 꿈속까지 따라올 것처럼 우렁찼던지라 아직도 귀가 먹먹하다.

"내일이 일요일이었으면 좋겠다……."

철근보다 무거운 어깨를 두드리며 신음하던 다연이 휴대폰을 들여다보자마자 우울한 기색을 감추지 못하고 하늘을 쳐다봤다. 생각해 보니 아까 한 여사의 부재중 전화가 또 한 통 와 있었던 고로 일요일이라고 해 봤자 교회에 끌려가는 것밖엔 답이 없어 보였다. 이놈의 아홉수는 올해 12월 31일까지 온몸을 물먹은 솜덩이로 만들어 놓고 나서야 떠날 모양이네.

한숨을 쉬며 주차장에서 나오는데 익숙한 인영이 원룸 자동문 앞에 서 있는 게 보였다. 눈을 가늘게 뜨고 쳐다보다가 누군지 깨달은 순간 구두 굽 소리가 날 정도로 빠르게 다가갔다.

"윤재민 씨?"

다연의 목소리에 파일철 하나를 끼고 서 있던 재민이 옆을 돌아봤다.

"밤늦게 죄송합니다."

평소처럼 부드럽게 웃는 얼굴을 보자 멍하니 있던 두뇌 회로가 급히 움직였다. 놀라서 아무 말도 못하는 사이, 재민이 먼저 선수를 쳤다.
"오늘 신규 고객 중에 두 분이 강 대리님 찾으시더라고요. 큰 트러블 없이 지나가긴 했는데 그래도 신 대리님이 따로 보고는 안 했을 것 같아서."
밤이 늦어 조금 갈라진 목소리가 힘들어 보였다. 그래서 더더욱 겨우 그거 하나 말하려고 여기까지 왔냐는 말을 뱉을 수가 없었다. 여기다 대고 '혹시 전화 걸 줄 모르시나요.' 라고 하는 순간 세상에서 가장 공감 능력이 떨어지는 상사로 등극할 것 같았다.
"……고마워요. 보고 못 받았는데."
지원이가 날 볼 때 이런 기분이었겠구나. 자청해서 가시밭길을 가는 재민이 눈에 밟혀 죽을 지경이었다. 도통 당황한 기색을 지우지 못하고 있자 저쪽에서 먼저 말을 건다.
"오늘 어땠어요?"
"그냥 비슷했죠."
"힘든 일은 없었어요?"
"괜찮았어요."
"그래요?"
질문이 끝날 듯 끝나질 않기에 살짝 이마를 좁혔다. 눈으로 묻는 다연을 보고 재민이 피식, 웃음을 물었다.
"좀 아쉬워서요. 나 없어서 힘들었다는 소리 듣고 싶었는데."
듣는 순간 절로 왼쪽 가슴에 손을 올리게 되는 말이었다. 말도 못하게 쿵쿵댄다. 이거 밖에도 들리고 있는 거 아니야? 한참을 입술만 달싹이는 다연을 보고도 재민은 도와주지 않았다. 오히려 뭐든 대꾸해 보라고 느긋하게 쳐다보는 여유에 이쪽만 시선을 아래로 돌린 채 심호흡을 해야 했다.

"아, 혹시 저녁……."

가만있으면 감당이 안 될 것 같아서 주제를 바꾸려던 입이 멈췄다. 저녁 백 프로 안 먹었을 것 같은데. 그렇다고 지금 둘이 남았다간 강과부의 치맛바람에 날아갈 것 같고.

"저녁 못 드셨죠? 잠시만요."

그러나 재민의 얼굴이 많이 까칠해 보여서, 결국 고민 끝에 휴대폰을 켰다. 통화 연결음이 끝남과 동시에 건너편에서 반쯤 잠에 취한 목소리가 들렸다.

— 여보세요? 대리님?

"응, 지원아. 저녁 먹었어?"

대화 상대는 지원이었다. 다연이 태어나 지금까지 만난 인종 중 밥 먹자는 소리에 가장 빠르게 반응하는 인물이라 여기다가 전화를 건 것이다.

— 안 먹고 그냥 잤어요.

"그럼 나와. 같이 밥 먹자."

— 사 주시는 거예요?

아니나 다를까. 벌써 잠기운이 반쯤은 가셨다. 눈을 비비며 침대에서 일어날 지원의 모습이 훤해서, 저도 모르게 피식 웃음이 서렸다.

"어, 사 줄게."

당장 나온다는 말에 대강 어디에서 만나자는 말을 하고 전화를 끊었다. 돌아보니 옆에서 한가로이 그 대화를 듣고 있던 남자가 이쪽으로 고개를 돌린 채 빙긋 웃는다.

"저도 사 주시는 거예요?"

지원의 말을 똑같이 따라 하는 목소리가 그야말로 달달하다. 분명히 나이는 지원이 더 어린데, 심지어 저 남자가 일부러 저렇게 웃는 걸 아는데도 절로 푸념처럼, 이쪽의 가드도 내려갔다.

“네, 사 드리는 거예요.”

살짝 갈라진 음성을 듣자마자 재민의 눈가가 조금 더, 발갛게 변했다. 윤재민을 다시 만난 뒤로 일상이 너무너무 피곤했다. 그리고 또 한편, 이렇게 변할 수 있나 싶을 만큼 색을 띠기 시작했다. 다연은 같은 보폭으로 걸음을 옮기는 남자의 옆모습을 올려다보다 이 밤의 색은 또 무엇일까, 조금은 사치스런 고민과 함께 밤거리를 누볐다.

그로부터 30분 뒤, 다연의 눈앞에는 고기 사 준다는 소리에 자다가 벌떡 일어나서 뛰쳐나온 직장 후배 하나가, 회식 때나 보여 준다는 화려한 폭탄주를 만들어서 안 그래도 지친 사람 앞에 쌓아 놓는 광경이 연출되고 있었다. 소소하게 밥이나 한 끼 먹자고 모인 모임이 점차 열기를 띠는 모습에, 모임을 만든 다연의 표정만 점차 흙빛이 되어 갔다.

“첫잔은 약주. 그러므로 원샷. 다들 아시죠?”

쏘맥치곤 너무 맑은 잔의 위용에 재민이 웃는 게 보인다. 2018년판 잘못된 만남을 지켜보자니 절로 혀끝이 아려 왔다. 안 그래도 ‘술자리에선 오늘만 산다.’ 가 지원의 좌우명인데 심지어 내일이 이인간 휴무 날이다. 이대로 두면 내일 출근인 윤재민 씨까지 오늘만 살지 몰라서, 재민이 화장실 간 틈을 봐 지원의 어깨를 툭툭 쳤다.

“작작 먹여.”

꽤 단호하게 말했는데도 지원은 아무렇지 않게 팔꿈치로 소주병 바닥을 때리며 답했다.

“저 부른 시점에서 각 2병은 결정 났어요.”

“술 퍼먹이려고 부른 거 아니라니까.”

“그냥 두세요.”

정색하고 화내려던 찰나 지원이 불퉁한 목소리로 말한다.

“안 그래도 요새 신 대리님이랑 붙어 다니는 거 얄미워서 얘기 좀 하고 싶었어요.”

속사정을 모르는 사람들 눈엔 그렇게 보였을 수도 있겠구나. 대체 윤재민이란 사람 앞에 쌓인 내 업보는 얼마나 되는 것인가. 낙담과 함께 자연스레 지원에게 잔을 내밀었다.

“맡긴 일은 다 끝냈어?”

애먼 사람 잡기 전에 술을 다 내 배 속으로 넣으면 되겠지. 한쪽에서 ‘취하면 안 마시느니만 못하다.’ 라고 말해 주는 건 조심히 밀어 넣어 버렸다.

“어제 가 봤는데 전 별로던데요. 드레스가 생각보다 낡았어요.”

“그래? 거기 관리 잘했던 것 같은데.”

“이제 아닌가 봐요. 색도 바랬고 밑단도 더러워요.”

다연은 지원의 말을 듣고 잠깐 턱을 괸 채 생각했다. 9월에 있을 웨딩박람회 때문에 업체들 미팅을 계속하는 중이었다. 방금 지원이 말한 곳도 오랫동안 함께 일한 숍이지만 오너가 바뀌면서 관리가 안 되는 모양이었다.

“여기저기 돌려쓰는지 확인해 보고 맞으면 나한테 말해.”

잔을 가볍게 비우며 하는 말에 지원이 한숨을 내쉬었다.

“또 가라고요?”

"부탁 좀 하자."

미안하단 낯으로 부탁하자 어쩔 수 없다는 듯 고개를 끄덕인다. 조보경 신부 때 일을 겪은 후로 일하는 역량이 한층 커졌는지 원래면 이틀에 나눠 할 일을 하루 만에 끝내고 오곤 했다. 아마 그러는 바람에 점점 더 일이 많아진다는 걸 머지않은 시일 내에 깨달을 터였다. 다연이 한 3년쯤 지나서야 '아, 여기 덫이었네.' 하는 느낌으로 승아를 바라봤던 것처럼.

"이런 일까지 하는 줄은 몰랐네요."

언제 왔는지 등 뒤에서 재민의 목소리가 들렸다. 드레스가 찍힌 휴대폰 화면을 뚫어져라 쳐다보는 모습에 지원이 심드렁하게 말했다.

"가져가실래요?"

"네?"

"그렇게 보니까 신경 쓰여서요."

"아, 미안해요. 신기해서. 가져가서 좀 봐도 돼요?"

술자리라 마음이 좀 놓였는지 재민의 말투가 살짝 편해졌다. 지원도 그걸 느꼈는지 눈썹을 치켜뜨다가 여느 때처럼 말갛게 웃는 얼굴을 보고 시선을 피한다. 내가 그 맘 알지. 확실히 저 웃음은 상대를 무장 해제 시키는 능력이 있다.

"그런데 오늘 이건 무슨 자리예요? 나오라니까 나오긴 했는데."

고기쌈을 열두 개쯤 먹고 나서야 물을 정신이 생긴 지원이 다연을 쳐다보며 말했다. 다연이 무슨 말을 하기도 전에 재민이 먼저 너털웃음을 지었다.

"저 오늘 야근해서 강 대리님이 불쌍하다고 밥 사 주는 거예요."

재민의 대답에 지원의 표정이 황망해졌다.

"와, 대리님."

"왜?"

"이런 식으로 차별하기 있어요? 야근은 저도 엄청 하는데."

억울한 척을 하는 게 어이가 없어서 웃음이 나왔다. 저 조그만 배 속으로 대체 얼마만큼의 술과 밥을 부어 넣었는지 기억도 안 난다. 입사 초부터 꾸준하게 식권 취급 당하는 걸 알면서도 저대로 두면 발목이 똑 부러질 것만 같아서 여러 번 데리고 나갔다.

"야근해서 그런 게 아니라, 내가 늦는 바람에 윤재민 씨 밥도 못 먹어서 그랬어."

그래도 행여나 서운해할까 봐 말을 덧붙였다. 그런 사연이 있는 거면 상관없다고 쿨하게 받아친 지원이 다시 고기에 집중한다. 저 인간의 폭주를 막으려면 술을 없애야 한다는 강박이 생긴 나머지 계속 소주잔을 채우는 다연의 손을 재민이 살짝 잡았다.

"왜요?"

난감하게 웃는 얼굴이 자신을 빤히 쳐다본다. 그러더니 곧 쥐고 있던 술잔을 빼어서 내려놓는다.

"저 밥 먹이는 게 아니라 대리님 술 마시러 오신 것 같아서요."

그제야 벌써 한 병 가까이 빈 소주병이 보였다. 밥상 차려 줘도 앞 사람이 안 먹으면 기다리는 사람이니까, 반주 맞춰 줄 사람도 없이 혼자 마시는 다연이 신경 쓰일 법도 했다. 아니나 다를까 작은 삼겹살 한 조각을 집어 들자마자 주변에 있던 반찬을 끌어다 준다. 늘 지원을 챙겨 주기만 하다가 이렇게 챙기는 걸 받아먹자니 뒷덜미가 간질간질했다.

"그만하고 드세요."

늦게 와서 미안하다고 중얼거리는 다연을 보고 재민이 웃었다.

"별로 오래 안 기다렸어요."

말허리가 흐려지는 걸 듣고 다연이 갈색 눈에 의아함을 담았다. 말을 할까 말까, 잠깐 고민하던 입술이 속삭이듯 열렸다.

"사실은 중간에 갈까도 했는데 너무 늦으니까 무슨 일 생겼나 싶어서 자리 못 뜨겠더라고요."

볼이 뻣뻣하게 굳는 기분이 들었다. 거기다 소름도 돋고. 문제는 이게 기분 나쁜 소름이 아니란 사실이었다. 발열만 할 뿐 답을 못하는 다연을 두고 재민이 먼저 상황을 정리했다.

"좀 너무 갔나? 대리님 탓이 아니라 제가 좀 그래요. 기다리는 사람이 안 오면 불안해하거든요. 약속 시간도 늘 먼저 가 있고."

화사하게 웃어 주는데도 쥐구멍이 있다면 들어가고 싶을 정도로 이마가 화끈거린다. 오가는 대화 꼴을 보던 지원이 그 좋아하는 고기도 잠시 미뤄 둔 채 재민을 흘겨봤다.

"저기요."

"네?"

"두 분 혹시 사귀시는 거예요?"

방심하고 있던 다연이 마시던 물을 그대로 뿜었다. 말하는 게 가관이 따로 없어서 먼저 말허리를 자르고 들어갔다.

"아니야, 그런 거."

진짜 잘 키운 후배 하나 열 상사 안 부럽네. 재민을 뚫어져라 보던 까만 눈이 이쪽을 향한다. 그러더니 이걸 봐줘, 말어, 하는 표정으로 다시 묻는다.

"아니에요?"

"아니라고."

"그럼 어장 관리……."
"지원아."
다연은 조용히 옆자리에 놓인 발을 즈려밟으며 지원을 쳐다봤다.
"이제 그만하자?"
지금 터지려는 게 사제 폭탄급이란 걸 깨달았는지, 지원이 얌전히 입을 다문다. 자꾸 이따위로 나오면 내일쯤 내가 시원하게 사표 던지는 꼴을 볼 것이란 신호를 잘 알아들은 모양이다. 하여간 개도 안 물어 갈 팔자 같으니. 내 입이 방정을 떨까 봐 불렀구만 애써 모셔 놓은 인간이 입방정을 떠네. 연애든 결혼이든, 재민에겐 다른 사람보다 몇 배나 거북한 주제일 텐데 이런 대화 힘들지 않을까. 살짝 눈치를 보니 역시 눈빛이 복잡하다.
"대리님은……."
눈이 마주친 순간 불빛에 음영 진 얼굴이 숨을 한번 고르고 웃는다.
"제가 진짜 취향이 아닌가 보네요. 그렇게 딱 잘라 거절하니까 좀 섭섭한데."
이번엔 지원이 먹던 맥주를 그대로 허공에 뿜었다. 기침이 끝나자마자 또다시 이쪽을 보며 해명을 요구하길래 눈빛으로 말했다. 아니라고.
"아, 나이 먹을 만큼 먹은 분들이 너무 밀당하시는 거 아니에요?"
"너 진짜 입조심 안 해?"
평소보다 훨씬 예민하게 반응하는 다연을 보고서야 지원이 입술을 비죽였다. 이렇게 정색하고 혼내는 걸 본 적이 없어서 작은 어깨가 축 늘어진다. 답답한 마음에 소주잔을 들었을 때, 재민의 손이 다시 움직였다. 또 뺏어 가려나 했더니 다연의 잔을 내리는 대신 본인의 잔을 들어 빠르게 술병을 비웠다.

볼이 상기된 채 바닥만 보다가 이마에 닿는 시선을 느끼고 고개를 들었다. 지원의 뺨 옆으로, 비운 잔을 천천히 내려놓는 재민의 얼굴이 보였다. 빗긴 시선에 웃음기가 좀 내려가 있다. 저런 표정을 요즘 들어 자주 본다. 늘 말갛게 웃는 얼굴이 보기 좋다고 생각했는데 담담함이 묻은 미소는 두 배쯤 더 보기 좋았다. 다른 사람에겐 보여 주지 않는 얼굴이란 걸 알아서, 그래서 좋았다.

"대리님 안 드세요?"

다연은 지원까지 합세해서 앞에 고기를 쌓아 놓는 것을 보며 어렵게 젓가락을 들었다. 술은 얼마 먹지도 않았는데 이미 취기가 도는 기분이었다.

술자리는 1시간 만에 끝났다. 들이부은 양치곤 셋 다 멀쩡한 편이었다. 다연은 정신력으로 버티고 지원은 타고나길 술꾼이었다고 치더라도 윤재민의 싱글벙글 주사는 꽤나 놀라운 것이었다. 심지어 다연의 앞으로 간 술잔도 꽤 많이 뺏어 갔는데 웃음이 헤퍼졌다는 걸 빼곤 얌전하다.

지원을 들여보낸 뒤, 더위가 가시지 않은 밤길을 둘이 걸었다. 재민도 적당히 술기운이 올랐는지 기분이 좋아 보였다. 이래저래 다행인 일이었다. 괜히 피곤한 사람 붙잡아 놓고 술판만 벌였다는 죄책감이 기어올라 오던 참이니까.

"한 달 금방 가네요."

재민의 말에 다연도 조용히 고개를 끄덕였다. 일에 치이고 사람에 치이다 보면 한 해가 가는 것도 금방이다. 이렇게 아홉수가 저물고 드디어 삼십 줄에 들어서는구나. 다른 때면 속상하기라도 했을 텐데 지금은 앞자리가 바뀌는 것보다 빌어먹을 악운이 떨쳐지길 바라는 마음이 더 커서 온 힘을 다해 반길 수 있을 것 같았다.

"저 그동안 도움 좀 됐어요?"

"네?"

"민폐만 끼친 거 아닌가 해서."

구두 소리가 멈추고 한 뼘 위에 있는 얼굴이 이쪽을 쳐다본다. 여유롭게 웃는 걸 보니 다 알면서 묻는 거다. 저도 모르게 피식 웃으며 대답했다.

"엄청 든든했어요."

"진짜요?"

"그럼요."

"다행이네. 처음엔 이 일 어떻게 하나 싶었거든요."

아까도 '참 기분 좋아 보인다.'라는 상태였던 윤재민은 이제 '누가 봐도 기분 좋아 보인다.'의 상태에 돌입해서 걷고 있었다. 칭찬받는 거 좋아하나 봐. 자기보다 큰 남자가 저러는 게 웃겨서 한 발짝씩 따라가는 다연에게, 재민이 말을 걸었다.

"남은 한 달간 더 잘해야겠네. 그래야 밥 한 번이라도 더 얻어먹죠."

말을 들은 다연이 어색하게 웃었다. 지금보다 더 잘한다니, 어디 칠성급 레스토랑에라도 모셔 가야 하나. 밥값 대는 건 둘째 치고 저 의욕이 심상이 안 돼서 빠르게 말을 끊었다.

"지금도 충분해요."

그러니까 제발 야근 좀 그만해요. 덧붙이는 소리를 듣던 재민이 피식 웃으며 말을 돌렸다.

"김지원 씨랑 어떻게 친해진 거예요?"

"네?"

"성격만 보면 완전히 반대던데. 둘이 같이 있으면 재밌어요. 한 사람은 폭탄 터트리기 급하고 다른 사람은 막기 급하고."

재밌었구나. 난 살 떨렸는데. 지원은 원래가 남 눈치를 안 보는 성격이고 사적인 자리가 되면 주둥이의 자유분방함이 세 배 정도 더 올라간다. 그런 이유로 승아는 몇 안 되는 회식 자리나 다과회에서 윤정과 지원을 늘 제일 멀리 떨어트려 놓곤 했다.

"재밌었다니 다행이네요."

어쨌든 얻은 것 하나 없는 것보다야, 셋 중 하나라도 득을 본 게 낫지. 술기운에 호구력이 대폭 상승한 다연이 모든 것을 긍정적으로 생각하며 발을 옮겼다. 슬슬 눈도 감긴다. 재민은 조만간 꾸벅꾸벅 졸 것처럼 움직이는 다연의 모습에 소리 없이 웃음을 삼켰다.

"네, 재밌었어요."

밤바람에 섞인 나른한 목소리가 자장가 같았다. 윤재민의 기분이 좋으니 정류장이 다 흔들흔들거리는구나. 붕 떠서 웃던 다연이 다음 말을 듣자마자 발을 멈췄다.

"그래도 다음엔 둘이서만 봤으면 좋겠어요."

다연과 보폭을 맞춰 걷는 등이 평화로운데, 그래서 이쪽도 평소처럼 웃으려고 했는데 도저히 표정 관리가 안 된다. 지금 하는 대화 하나하나가 낯설다. 재민에겐 별것도 아닌 일상의 연장일지 모르지만 다연에게는 지금까지의 관계가 무언가 다른 것으로 변할 것이란 전조나 다름없었다.

입술만 달싹이는 사이에 재민도 걸음을 멈췄다.

"왜 놀라요?"

그리고 담담하게 웃는다.

"단둘이 있으면 안 만나 줄 거예요?"

"……."

"어라, 진심인가 보네."

실망한 목소리라, 작은 머리통이 '은혜를 원수로 갚는다.'는 문장으로 도배가 되기 시작했다. 그럼에도 뭐라고 대답할 말이 없다. 어쩔 줄 모르는 표정으로 마냥 서 있자 재민이 천천히 말을 이었다.

"엄청 서운한데요. 이쪽은 없는 일까지 만들어서 보고하러 왔는데."

깜박, 그리고 또 깜박. 눈만 깜박이는 게 아니라 머릿속 전등도 불이 들어왔다 나갔다 하는 것 같다. 뭐였지? 방금 뭔가 대단히 중요한 말이 지나가지 않았나?

"사 달라는 사람이 둘이나 돼서 그런가? 그럼 앞으론 제가 살게요."

그만 사족은 집어치우고 조금 전에 했던 말이나 다시 해 보라고, 술이 두 잔만 더 들어갔어도 그런 용감한 발언을 했을 텐데 지금은 무리였다.

"……이렇게 붙어 다니는 거."

"……."

"피곤하지 않아요?"

대신 여기저기 묻어 놨던 폭탄 중 하나만 꺼내서 재민에게 건넸다. 진심으로 궁금하다. 이렇게 일하고 저녁 시간까지 뺏기는 이 생활이 힘들지 않은지. 5년간 그렇게 살아온 나는 습관처럼 이 피로를 감당한다 하더라도 얼마든지 다른 방향을 택할 수 있는 당신까지 왜 이 길을 같이 가고 있는 건지.

"피곤하긴 하죠."

대체 왜 그러는 건지.

"그런데 대리님 가끔 저 볼 때."

말끝을 흐리던 재민이 다연의 눈을 빤히 쳐다봤다. 밤바람에 앞머리가 살짝 흔들리고 곧 입술이 열린다.

"괜찮아?"

"……."

"안 힘들어?"

당황한 눈으로 쳐다보는 사이, 재민의 입가가 은은하게 호선을 긋는다.

"이렇게 보는 거 모르죠?"

그리고 다연에게 머물렀던 시선을 살짝 빗기며 말을 이었다. 다섯 걸음만 나가면 시끄러운 시내 한복판이건만 꼭 여기에만 작은 방이 생긴 것처럼 조용하다.

"그 눈 보고 나면 기분이 좀 그래요. 말 안 해도 다 이해하는 것 같고, 내가 모르는 것까지 아는 사람 같아서……."

"……."

"나도 계속, 이상한 것 같네."

마지막 말은 다연에게 하기보단 스스로에게 속삭이듯 흘러나왔다. 벽에서 바람으로, 다시 다연에게로 시선을 돌리는 갈색 눈을 보다 도리어 이쪽이 눈을 피했다. 돌부리를 툭툭 차는 발이 두서없었다. 그걸 보면서 머릿속에 다경의 말이 벌처럼 웅웅대는 걸 느꼈다.

답을 달라는 거야. 빨리.

그 말을 생각하는 것만으로 양쪽 머리가 빠듯하게 조여 온다. 내가 전혀 준비가 안 됐는데도 답을 줘야 해? 여느 때처럼 울먹거리며 나타나는 마음의 소리를 어르고 달래 한구석에 처박아 놓고 숨만 골랐다. 나도 그러기 싫은데 너라면 저 얼굴 보고 대답 안 할 수 있겠어? 얌전히 기다리는 윤재민의 모습이 꼭 강아지 같다. 강아지치곤 엄청 크다는 걸 알면서도 머릿속에서 이미 필터링이 끝난 채로 들어오는 통에 막질 못한다.

아, 난 몰라. 일단 지르고 보자.

그렇게 생각하며 눈을 질끈 감은 순간, 고요하던 골목에 진동 소리가 울렸다. 처음엔 놀라서, 그다음엔 이렇게라도 시간을 벌어야겠단 생각에 황급히 가방을 뒤졌다.

"여보세요."

스치듯 바라본 윤재민의 표정에 진한 아쉬움이 남아 있었다. 그걸 조심조심 쳐다보며 안중에도 없는 상대와 통화를 시작했다.

— 안녕하세요, 저 기억하시죠?

"네?"

— 그새 잊어버렸어요?

근데 최악이라고 해 봤자 스팸이나 한 여사일 거라고 생각한 통화의 방향이 영 딴판이다. 미간을 찌푸린 다연이 다시 액정을 쳐다봤다. 모르는 번호인데. 근데 이 상황이 왜 이렇게 낯이 익지.

"죄송한데, 누구시라고요?"

다연의 말에 상대가 한숨을 푹 내쉬면서 대답했다.

— 오늘 헬스 왜 안 오셨어요. 기다렸는데.

이 문장을 듣고서야 누군지 대강 감이 온다. 그리고 감이 옴과 동시에 등줄기에 소름이 돋았다. 아무리 생각해 봐도 헬스장에서 수건을 주워 주던, 윤재민의 의견에 따르면 이쪽에 호감을 갖고 있다던 그 남자였다.

"이 번호 어떻게 아셨어요?"

저도 모르게 목소리가 올라가는 다연을 보고 재민이 눈을 치켜뜬다. 들켜 봐야 좋은 꼴은 못 볼 것 같아서 살짝 손짓을 하고 골목 구석으로 갔다. 가는 동안에도 가관이 따로 없는 말들이 귓전에 울렸다.

— 차 앞에 번호 적혀 있던데요. 아, 저 나쁜 놈 아니에요. 그때 번호 물어보려고 했는데 기회가 없어서 어쩔 수 없이 본 거예요.

나쁜 놈이 아니기는! 진짜 미친놈의 아홉수. 평생 한 번 있을까 말까 한 썸이라고 생각했더니 상대가 스토커 버금가네. 놀라서 술이 다 깰 지경이었다. 이런 늦은 시간에 번호를 알려 준 적도 없는 남자한테서 전화를 받는 기분은 설레기보단 납량 특집에 가까웠다.

"이거 개인 정보 훔쳐 가는 거랑 똑같은 거 아니에요?"

— 에이, 꼭 그렇게 말해야 돼요? 그냥 관심 있어서 연락하는 건데.

"이보세요."

두려움이 가시자 스물스물 분노가 올라와서 목소리 볼륨도 못 줄인 채 대화를 이어 가는데 뒤에서 누군가 가볍게 휴대폰을 채 간다.

"어……!"

돌아보니 서늘한 눈을 한 윤재민이 휴대폰을 쥔 채 본인의 입술 위로 손가락을 세운다.

"그때 말했었던 것 같은데. 관심 끄라고."

대꾸하지 마요. 입 모양으로 뜻을 전한 재민이 골목 바깥쪽을 향해 간다. 다연을 혼자 두고 가는 게 걸렸는지 멀리 가진 못했는데 그런 이유로 무슨 대화인지 대강 읽혔고 전화를 끊은 윤재민이 이쪽으로 올 때쯤엔 귀가 무슨 불에 달군 쇳덩어리처럼 뜨거워진 후였다.

"내가 한번 경고했죠."

그러나 재민은 그런 감상을 이어 갈 생각이 전혀 없어 보였다. 평소와 달리 조금도 가볍지 않은 목소리에 오금이 다 저렸다. 방금 전까진 분명히 꽤나 달짝지근한 분위기였던 게 지금은 취조 내지는 체벌 같은 느낌이다. 아니, 내가 댁처럼 점집을 하는 것도 아니고 한 번 본 인간 성격을 어떻게 알아? 그리고 번호를 주길 했냐 뭘 했냐. 저쪽이 스토커에 미친놈인 걸 나보고 어쩌라고!

……하며 대꾸하고 싶은 마음은 굴뚝이었으나.

"잘 기억 안 나는데요……."

웃지 않는 윤재민의 얼굴이 너무 낯설어서 이렇게 중얼거리는 게 한계였다. 생각해 보면 저 남자 피하라고 직접적으로 말해 준 적 없지 않나? 그러니까 표정 좀 풀어 줬으면 좋겠는데. 머릿속으로 혼자 묻고 혼자 답하던 다연의 귀에 단호한 한마디가 울렸다.

"했어요."

아, 했었구나.

"……."

언제?

"했어요. 대리님 예쁘다고 말했었잖아요."

"……."

"앞으로 운동 혼자 가지 마요."

다연의 얼굴이 점차 불타는 고구마처럼 변해 갔다. 이러다 볼이 활활 타서 사라지지 않을까 싶을 만큼 화끈거린다. 이 자리에 지원이 있었다면 아까 왜 거짓말했냐고 들들 볶아도 할 말이 없는 분위기. 상황이 거의 그 정도의 판국이건만 정작 당사자인 윤재민은 솥에 걸린 물처럼 끓고 있는 다연의 손목을 잡아채 끌고 갈 뿐이었다.

"그리고 2차 가요."

"네?"

"2차든 3차든 가자고요."

"……그거 오늘 가는 거였나요?"

피부에 닿는 체온이 뜨겁다는 걸 느낄 틈도 없었다. 멍청한 표정으로 되묻자 꽤나 단호하게 못을 박는다.

"네. 가야겠어요. 다른 날 가자고 하면 피할 것 같으니까."

얼결에 발을 옮기던 다연이 위를 올려다봤다. 은근한 피로가 묻은 옆얼굴이 이상하게 빛나 보였다. 세게 쥐고 있는 손목도, 어쩐지 아프지가 않다.

내가 지금 꿈을 꾸나.

그 뒤로 술집까지 어떻게 갔는지 모르겠다. 술집 간판을 넘어가던 기억도 다 구름으로 바닥을 깐 것처럼 두둥실. 말주변이 좋은 이 남자 때문에 속 얘기도 좀 한 것 같고 간혹 피식피식 웃은 것 같기도 한데 기억나는 건 윤재민의 얼굴에서 후광이 비쳤다는 것뿐이다. 그 잔상 하나만 남은 것을 보니 그때쯤 이미 반은 정신이 나갔던 게 아닌가 싶다.

"……."

그래서 다음 날 집 침대 위에서 눈을 떴을 때, 술집을 나온 후 집에 들어오기까지의 기억이 통째로 날아간 것을 알고도 비명을 지르는 대신 멍청하게 누워 천장만 쳐다볼 수밖에 없었다.

"……아, 회사."

시계를 보니 벌써 8시다. 평소라면 차에 시동을 걸고 있을 시간이지만 지금은 욕실로 들어가기 바빴다. 멍청하게 찬물을 맞다가 팔에 소름이 돋은 걸 보고 뜨거운 물을 틀었다. 등 뒤에도 소름이 돋았는데 이게 찬물 때문인지 아니면 아무것도 기억나지 않는 시간이 무서워서인지 구분이 가질 않았다.

"뭐 어쩌다가 필름이 끊긴 거야……."

나 술 약한 편도 아닌데. 울상을 지은 채 험악한 샤워를 끝낸 뒤 사무실에서 윤재민을 만났을 때는 이 질문이 더욱 심도 있는 것으로 변했다.

"다행히 지각은 아니네요."

전날 봤던 것보다 두 배쯤 밝은 웃음에 체기가 다 올라올 것 같았다. 새파란 얼굴로 서 있는 다연을 보고 재민이 가까이 다가왔다.

"컨디션 안 좋은 것 같은데 약 좀 사다 드려요?"

빌어먹을, 대체 어제 얼마나 퍼마셨길래 얼굴 보자마자 약 얘기부터 꺼내니. 식은땀만 흘리던 다연이 까칠한 혀끝을 다잡으며 말을 꺼냈다.

"그게 아니라 어제 제가 실수……."

"네?"

"아니, 실수한 거, 있었나 해서."

실수라고 말한 순간 윤재민의 눈이 반달을 긋는다. 말을 잇는 게 곤혹일 정도라 슬쩍 시선을 피했다. 그걸 기어이 따라오며 눈을 맞춘 재민이 해맑게 물었다.

"기억 안 나세요?"

"네."

"전혀?"

"술집에서 나올 때까진 기억나는데……."

흐음, 하고 추임새를 넣은 입술이 누가 봐도 거짓말인 게 분명한 답을 들려줬다.

"실수 안 하셨어요. 그냥 평상시에 스트레스가 엄청 많았나 보다. 그 정도?"

"……."

웃는 꼴을 보아하니, 차라리 간판을 걷어차고 풍선 인형이랑 포옹을 했다는 말이 훨씬 신뢰가 간다.

"강 대리님은 술집도 혼자 가면 안 될 것 같은데."

고민 많아 보이는 얼굴을 보며 웃던 재민이 말을 덧붙였다.

"그럼 내일까지 대답해 준다던 말도 기억 안 나요?"

처음엔 못 알아듣고 눈만 깜박였다. 그러다 저게 바로 대형 사고라는 걸 깨달은 순간 악 소리가 나려는 걸 간신히 참았다. 저 인간이 오늘따라 왜 저렇게 기분이 째지는 얼굴로 돌아다니나 했더니 다 이 입이 떨어 놓은 방정 때문이었다.

"기다릴게요."

CF 광고처럼 밝게 웃은 윤재민이 귓가에 나지막이 속삭이고 자리를 떴다. 책상에 쿵쿵, 이마를 찧는 동안 지원이 살그머니 비타민 음료를 하나 놓고 옆을 지나쳤다. 평소라면 적당히 무시하고 갔을 애가 저러니까 민망함이 두 배였다. 그래 봐야 나갔다 들어온 재민의 손에 편의점 봉투가 들려 있는 걸 본 거에 비하면 새 발의 피였다.

"아침 못 드셨죠. 간단히 먹을 거랑 음료수 좀 사 왔어요."

"그럼 계산을……."

"이건 제가 사야죠. 술값 혼자 다 내셨는데."

눈만 깜박이는 다연을 보고 재민이 피식 웃었다.

"초코우유도 그렇고."

초코우유?

"매장마다 털어서 열 개도 넘게 사 주셨잖아요."

주접이란 주접은 다 떨었구나. 몸 둘 바를 모르고 앉아 있자 윤재민이 알아서 자리를 피해 줬다.

숙취 해소제를 들이붓고 간신히 정신을 차린 다연이 모니터로 시선을 고정했다. 배려 차원인지 오늘은 재민이 다가와 말을 거는 일이 적었다. 적었지만, 그런 눈물겨운 배려에도 불구하고 기척은 평소의 배로 느껴졌다.

"아, 진짜……."

책상에 머리를 박고 몸부림을 쳐 봤자 달라지는 건 아무것도 없었다. 발소리가 들릴 때마다 흠칫흠칫 놀라느라 퇴근할 때쯤엔 심신이 녹초가 되어 있었다. 그런데도 그날 저녁엔 꽤 늦게까지 남아 야근을 했다. 이 핑계라도 없으면 나가자마자 그 앞에 서서 고해성사를 해야 할 판이었기 때문이다.

당이 떨어져서 서랍을 열자 윤재민이 잔뜩 사 놓고 간 간식이 보였다. 이제는 사방팔방 그 사람 흔적만 가득해서 어디 도망갈 틈도 없다. 차라리 스크랩 정리라도 하자. 그러곤 자료가 있는 과장실에 갔더니 또 같은 얼굴로 이어진다. 승아를 불러 준 날 느꼈던 고마움이나 박스를 드는 걸 보고 짓던 웃음 같은 것.

오늘도 오후 내내 그렇게 웃었다. 대체 어제 무슨 대화가 오갔던 건지 주위에서 무슨 말만 하면 미소로 꽃밭을 뿌려 댔다. 그 웃음에 나가떨어지는 신 대리를 한심하단 눈으로 봤던 게 엊그제구만 이제는 누구보다 다연의 반응이 거세다. 내내 그 사람이 변했다는 생각을 했는데 사실 그쪽은 변한 게 없을지도 모른다. 그냥 재민을 바라보는 이쪽의 시선이 변한 것뿐이지.

책상 위를 손끝으로 살살 매만지며 다경의 말을 떠올렸다. 사실은 이미 결심이 선 것이나 다름없었다. 재민이 웃으니까 기분이 좋았다. 그것만으로 설명 가능할지 모르고 그 이유 하나만으로 발을 뻗는 게 당연한 관계일지 모른다. 예전 일이 걸린다는 건 오로지 이쪽만의 사정인 데다 어쩌면 재민에게 실례가 되는 일일 수도 있고.

"그쪽에서 나한테 원하는 건 지금 자기를 어떻게 생각하느냐는, 그거라고……."

자신을 바라보는 다연의 시선에 색이 묻은 걸, 이미 알고 있는 사람이다. 어쩌면 티가 났을지도 모른다고 생각하면서도 감추지 못했다. 다만 중요한 건 그걸 윤재민이 어떻게 받아들였냐는 거다. 초반에 어색해했던 것도, 나중에 미안해했던 것도 전부 다, 재민의 입장에선 이해가 안 갔을 테니까.

다연이 내추럴 본 호구긴 해도 원래 이 정도까지 소심한 건 아닌데 상대가 재민이니까, 다른 사람은 모르는 걸 알고 있으니까 더 배려해야겠단 생각에 그간 오지랖 한번 대차게 부렸다.

'그 눈 보고 나면 기분이 좀 그래요. 말 안 해도 다 이해하는 것 같고, 내가 모르는 것까지 아는 사람 같아서.'

그래서 저렇게 말해 준 재민의 말을 곱씹을수록, 더 울컥하고 귀 끝이 발갛게 달아올랐다. 그렇게 우유부단했던 날 보면서도 좋아한다는 게, 사람 마음을 부들부들하게 만드는 일이었으니까.

그러니까, 내일.

내일은 꼭 말하자.

한 발 떼겠다는 결심을 굳힌 다연이 그대로 팔 사이에 얼굴을 묻었다. 말로 뱉는 것은 조금 더, 가슴에 가득 차 있던 풍선을 부풀게 만들었다.

회사를 나오자 어느덧 밤이 새카맣게 내려 있었다. 나름대로 큰 결정을 한 날이라 집으로 돌아가 바로 쉬려고 했는데 들를 곳이 생겼다. 수첩이 사라졌기 때문이다. 일정은 휴대폰으로 관리해도 개인적인 일은 수첩에다 적어 놓는 통에 잃어버리면 곤란했다.

"아무리 뒤져도 안 나오네……."

아무래도 어제 정신없이 돌아다니다가 떨어트린 모양이었다. 길바닥에 둔 것만 아니길 바라면서 갔던 곳을 하나씩 되짚던 다연이 마지막으로 재민과 함께 왔던 술집 앞에 도착했다. 주택가에 자리한 술집 간판엔 '이름 없는 집'이라고 적혀 있었다. 밖에서 먼저 전화를 걸고 가게에 분실물이 있다는 걸 들은 후에야 발을 옮겼다.

"중요한 것 같아서 보관해 뒀어요."

카운터를 보는 여자가 밝게 웃으며 말했다. 낡은 수첩을 버리지 않고 잘 주워 준 것만 해도 고마운데 주기 전 겉에 묻은 먼지를 닦아 주기까지 했다. 늦은 밤엔 꽤 북적거렸던 곳이 아직은 한산하다. 저녁 식사 시간이 끝나면 또 붐빌 것을 알아서 빠르게 입구로 나가려던 다연이 입구로 들어오는 윤재민을 보고 아주 자연스레 화장실 안으로 들어갔다.

"……."

죄지은 것도 아닌데 뭘 피하냐고 묻는다면 '글쎄, 누구라도 피했을걸.' 이라고 당당히 대답해 줄 수 있을 것 같다.

"왔냐?"

"어."

다연이 어깨를 굳혔다. 시간 봐서 나가려고 했더니 얇은 벽 너머로 재민의 목소리가 들려온다. 화장실 복도에서 누군가와 이야기를 나누는 것 같았다. 이러면 나 언제 나가지.

"뭐 좀 찾았어?"

"아직. 그래도 얼마 안 걸릴 것 같아."

처음엔 그런 고민만 하다가 들려오는 소리를 들으며 천천히 휴대폰을 들고 있던 손을 내렸다.

"이제 두 달째인데, 소감이 어때?"

열린 틈 사이로 윤재민의 얼굴이 보였다. 피곤이 묻은 눈으로 사방을 훑어보는 시선. 언제든 반짝이는 눈으로 다니던 사람답지 않게 모든 것을 권태로운 표정으로 보고 있었다.

"별거 없어."

그래서 꼭 그녀가 알던 사람이 아닌 것 같았다.

"안에서 보니까 더 엉망이라는 것 말고는."

가시가 돋친 말투에 다연이 숨을 삼켰다. 아주 익숙한 목소리인데 내용만 들으면 이렇게 낯설 수가 없었다. 상대방은 그런 윤재민을 잘 알고 있는 듯 별로 놀란 기색도 없이 이야기를 이어 갔다.

"그런 놈이 일은 열심히 한다?"

"대충 했다가 무슨 소리를 들으려고."

"안 힘드냐?"

"당연히 힘들지."

딱 잘라 말하곤 담배에 불을 붙인다. 입가에 간당간당 물고 있는 담배가 금방이라도 바닥으로 떨어질 것 같다.

"같이 일하는 사람이 공사 구분을 못해서 더 힘들어."

한숨이 많이 섞인 목소리였다. 예전 강진경 신부 파혼 때 오갔던 말처럼 지루하고 막막한 소리. 미약한 짜증까지 묻어나는 걸 느낀 순간 저도 모르게 문을 닫았다. 더 보고 있을 자신이 없어서였다.

"그러면서 뭘 그렇게 잘해 줘."

"일단 가까이 있어야 일을 하든 말든 하지."

그러나 음성은 여전히 벽을 타고 넘어와 다연의 귓가에 머물렀다. 별수 없다는 듯 말을 이어 가던 윤재민이 뭔가 생각났는지 피식 웃는다.

"하도 붙어 다니니까 사람들이 나랑 엮더라."

말이 끝나기도 전에 가방끈을 세게 쥐었다. 손등이 희게 질릴 만큼 힘이 들어간 걸 느끼고 호흡을 가다듬을 때쯤 반대편에 있던 남자가 꽤 진지하게 묻는다.

"넌 관심 있어? 예쁘다며?"

기대고 있던 문에서 진동이 느껴진다. 지금 이 문에 기댄 남자가 웃었기 때문이다.

"내가 미쳤냐."

그리고 금세 덧붙이는 말.

"할 일만 빨리 하고 나갈 거야."

다연은 멀어지는 발소리를 들으며 그 자리에 죽은 듯이 서 있었다. 채 30분도 되지 않는 시간. 그사이에 세상이 한 번 뒤집혔다 제자리로 돌아온 것 같았다.

6

8월의 마지막 금요일은 오전부터 한산했다. 점심시간이 되자마자 한참 동안 타자 소리만 나던 사무실 안에 다연과 재민 둘만 남았다.

"점심 안 드세요?"

의자를 미는 소리가 들리는 순간부터 긴장하고 있던 다연이 침을 꿀꺽 삼켰다. 파티션에 기대 웃는 얼굴이 눈이 부시다. 그에 반해 이쪽은 돌을 씹어 삼키는 기분을 애써 누르며 담담하게 답했다.

"아직 밥 생각이 없네요. 먼저 드시고 오세요."

오늘로 벌써 사흘째 점심 식사를 따로 한 재민이 다연의 얼굴을 한동안 쳐다봤다. 그러다 이내 평소처럼 부드러운 어조로 짧게 답하고 몸을 뒤로 물렸다.

"그럼 먼저 나삽니다. 내리님도 늦지 않게 먹고 오세요."

둔탁한 구두 굽 소리가 멀어지고 나서야 오전 내내 지혜열이 일 정도로 들끓던 머리를 책상에 내려놨다. 시원한 원목에 눈을 감고 엎드려 있다가 그대로 손을 들어 아려 오는 관자놀이를 꾹꾹 눌렀다.

다연은 지난 일요일, 다경을 옆구리에 낀 채 없는 시간을 억지로 쥐어짜 교회에 다녀왔다. 자청해서 교회에 온 걸 보고 한 여사가 뿌듯해했지만 기도가 끝난 후엔 부처님도 좀 찾았다는 걸 알면 등짝 스매싱 정도에서 끝나지 않는 불호령이 떨어질 게 뻔했다. 그래 봐야 다시 가도 같은 짓을 반복할 것을 안다. 교회에서 염불을 외는 망극한 짓을 저지를 정도로, 며칠째 머릿속이 아주 핵이 터진 폐허와 동급이었다.

차가운 표정에 비웃음 가득한 목소리를 뱉던 그날의 윤재민을 떠올리는 순간 얼음 상태가 돼서 제대로 대화를 이어 나갈 수가 없다. 그러니, 전에 하던 것처럼 아무렇지 않게 대하는 것 역시 당연히 불가능한 일이었다.

옆으로 누워 눈을 감고 있던 다연이 다시 바닥으로 고개를 돌렸다. 내 팔자가 아무리 기구해도 이건 너무한 거 아닌가. 하루 이틀 들어 먹는 뒷담화도 아니고 아마 다른 사람이었으면 그냥 그러려니 하고 넘어갔을지도 모른다. 그러나 상대가 재민이었다. 지난 5년간 차곡차곡 쌓아 놨던 벽 안으로 들어왔던 유일한 사람. 그래서 이렇게까지 상처가 되는 거였다. 멋대로 환상을 품은 대가치곤 혹독하단 생각 때문에.

서로 자리가 멀지 않아서 재민이 반듯하게 의자를 넣어 두고 간 게 빤히 보였다. 여전히 남이 보기엔 심하다 싶을 정도로 친절하고 똑바르건만 속마음이 어떤지 다 알게 된 입장에선 참 지독하단 생각밖에 들지 않는다.

다 잊어버린 줄 알았는데, 사실은 인간 불신 걸린 사람처럼 주변을 속이면서 살 만큼 힘들었던 걸까. 그 정도면 차라리 대놓고 말하지.

"……."

그럼 최소한 지금처럼 당신을 좋아하게 되진 않았을 텐데.

말을 끝맺기 무섭게 다시금 책상으로 머리를 박았다. 파혼 후로 살아온 삶이 좋은 쪽이길 바랐건만 지금 심정 같아선 후원하던 어린아이가 소말리아 해적이 된다 해도 이렇게까지 참담할 것 같진 않았다. 엎친 데 덮친 격으로 요즘엔 일도 많았다. 책상 위에 수북하게 쌓인 파일을 보면 절로 한숨이 다 나올 지경이었다. 되도록 재민과 얽히고 싶지 않아서 일을 이쪽으로 뺐더니 생각했던 것보다 훨씬 힘들다. 그동안 재민이 얼마만큼 생활 깊이 침투했는지 알 법한 이야기였다.

결국 지친 표정으로 자리에서 일어나 지갑을 꺼내 들었다. 며칠째 밥맛은 조금도 없는데 점심을 굶으면 소화할 수 없는 스케줄표를 보니 나갈 수밖에 없었다. 제발 주말이 빨리 오기만을 빌며 사무실 문을 미는 찰나, 텅 빈 줄 알았던 복도에 갑자기 말소리가 울렸다.

"좀 전까지 없던 밥 생각이 갑자기 나셨어요?"

바로 옆에서 들리는 산뜻한 목소리에 다연의 어깨가 돌처럼 굳어 버렸다. 돌아보니 주머니에 손을 넣은 채 벽에 기대 있는 재민의 모습이 보였다.

"강 대리님."

"……네."

고개를 숙이고 시선을 피하느라 하얀 가마를 내려다보는 눈이 일순 식었다는 걸 알지 못했다. 재민은 한 번, 눈을 감았다가 뜬 후 가벼운 어조로 말을 꺼냈다.

"일단 밥부터 먹고."

물론 언제나 그렇듯.

"얘기 좀 할까요, 우리."

그 주제가 가볍지는 않았지만.

시간도 없고 날도 더워서 일식집으로 들어갔다. 윤재민은 약속한 대로 '밥부터 먹고.'가 진행될 때까진 아무 말도 없이 다연을 내버려 두다가 빈 그릇이 나가자마자 직구를 던졌다.

"저 또 실수한 거 있어요?"

삼킨 국수가 그대로 목에 얹히는 기분이었다. 그날부터 오늘까지 노골적으로 피한 다연의 입을 틀어막는 말이었다. 뭐라고 대답해야 할지 몰라서 잠깐 물을 마시는 동안에도 시선이 달라붙었다. 이젠 저렇게 웃고 있어도 웃는 걸로 보이질 않는다는 점 때문에 재민을 마주하기가 힘든 거였다.

"그런 거 아니에요."

쥐어짜듯 한 말을 듣자마자 재민이 어이가 없다는 듯 웃는다.

"아니면 왜 그래요."

그간 저쪽도 참았던 모양이다. 어중간한 변명은 안 듣겠다고 아예 못을 박는 표정이었다. 내려갔던 지혜열이 슬금슬금 올라올 만큼 분위기가 빠듯하다. 안 그래도 머리 아픈 마당에 한 숟가락 더 얹는 재민이, 지금은 좀 원망으로 다가왔다.

"할 일을 너무 다 몰아 버린 것 같아서요. 나중엔 다시 혼자 일해야 하는데."

본인이 듣기에도 성의 없는 대꾸라 더는 말을 잇지 못했다. 묵묵히 듣고 있던 윤재민의 얼굴이 바로 다연을 향했다.

"지금은 일 별로 안 많다는 거, 본인이 제일 잘 아시지 않아요?"

"그래도 신 대리님 일까지 하려면……."

"둘 다 일이 있으면 강 대리님을 먼저 도와야죠. 신 대리님 돕는 것도 결국엔 강 대리님 때문인데."

어떤 말을 하든 다 막아 버릴 생각으로 만든 자리였나 보다. 그걸 알아차린 다연이 아예 입을 다물었다. 뭘 말해도 다 변명처럼 들릴 게 뻔해서였다. 답답했는지, 결국 재민이 먼저 입을 연다.

"저 대리님이랑 많이 친해졌다고 생각했는데, 저만 그렇게 생각한 거예요?"

친근하게 대하는 게 더 힘들었다. 실은 화도 좀 나는 것 같다. 느껴 본 적 없는 감정이 울컥울컥 올라와서 결국 이마를 한번 짚고 제법 강하게 말했다

"앞으로는 안 그래도 돼요."

언제든 윤재민을 대할 땐 곤혹스러울 정도의 배려가 깔려 있었기 때문에 이런 말투는 처음이었다. 말없이 듣고만 있던 재민이 한참이 지나서야 되물었다.

"진심이에요?"

다연은 아무 대답도 하지 못했다. 아직도 저 눈이 예전과 같아서, 그래서 아무것도 물어볼 수가 없었다.

재민은 퇴근 시간인 저녁 7시가 되자마자 마리아쥬를 빠져나와 거리로 나왔다. 여름인 걸 차치하더라도 지독히 더운 날이라 잠깐 고민하긴 했지만 결국 하던 대로 이름 없는 집 입구로 향했다.

"너 요새 너무 자주 오는 거 아니냐?"

술집 주인인 성태가 닦던 글라스를 내려 두고 말을 건다. 짤막하게 손 인사를 끝낸 재민의 앞으로, 술이 가득 찬 잔 하나가 놓인다.

"기분 황이다? 전에 그게 잘 안 돼?"

받자마자 한 번에 다 비우는 걸 빤히 쳐다보더니 한마디 한다. 전에 그게 뭐지. 고민하다가 아, 하고 신음을 뱉었다.

"그 일 아니야."

다연의 태도가 신경 쓰여서 정작 할 일은 뒷전이었다. 성후가 알면 난리 날 것 같으니까 이놈 입단속부터 시켜야겠다.

"허들이 높긴 하지? 우리 와이프는 지금도 너 거기서 일하는 거 안 믿어. 네가 미쳤냐고 하던데."

싱글벙글 웃는 걸 보니 죽는소리하길 바라는 모양이다. 오늘은 농담을 받아 줄 기분이 아니라 말없이 맥주만 한 잔 더 시켰다.

재민이 처음 마리아쥬에 입사 권유를 받은 건 올해 6월이었다. 이직 생각이 있단 말을 흘리자마자 대학 선배인 성후 쪽에서 먼저 연락이 왔다. 네가 좀 도와줬으면 좋겠다는 말에 그럼 면접이나 보지 뭐, 하는 가벼운 생각으로 발걸음을 했지만 그건 당연히 거기가 웨딩 전문 업체라는 걸 몰랐기 때문에 한 선택이었다.

'전 형이 일반 회사 다니는 줄 알았죠.'

사정 모르는 것도 아니면서 대체 무슨 생각으로 날 불렀을까. 말에 뼈가 있는 어조로 답하는 동안 성후가 두 손을 모아 사정했다.

'어차피 너 웨딩 관련 업무 안 해. 그냥 재무 쪽 일만 도와주면 돼. 나 좀 살려 주라, 재민아.'

남들 모르게 진행하는 거라 아는 사람이 필요했다고, 굽신대며 싹싹 비는 통에 약속받고 입사했더니 정작 하는 일의 대부분이 웨딩과 관련된 일이었다. 꽃향기 풀풀 나는 부케를 옮기고 눈이 아플 정도로 호화찬란한 스튜디오를 볼 때면 은은히 웃는 얼굴 뒤편에서 받을 돈에 인센티브를 얼마나 붙여야 성후를 안 죽이고 끝낼 수 있을지, 그 생각만 했다.

"살도 좀 빠진 것 같다, 너."

이 회사에서 강다연이란 여자를 만나기 전까지는. 그때까진 분명 그랬다.

"요즘도 일이 많아?"

연거푸 쏟아지는 성태의 질문에 고개를 들었다. 입사 첫날 고객 컴플레인부터 회식 및 사내 암투까지 일사천리로 겪고 온 걸 아는 터라 걸핏하면 저 질문이다. 머릿속에 '마리아쥬=악덕 기업'이란 공식이 이미 성립한 모양이었다.

"일 많지."

짧게 답한 재민이 바로 말을 하나 덧붙였다.

"근데 내가 아니라 내 상사가 일이 많아."

상사라는 말에 성태가 킥킥 웃는다. 그러나 이쪽은 전혀 웃을 기분이 아니다. 재민은 스물여섯 이후로 인간관계 때문에 골머리 썩어 본 적이 거의 없었다. 사람들이 무슨 말을 좋아하는지, 특히

나 여자들이 어떤 식의 화법을 할 때 벽을 무너뜨리는지 확실히 알고 있기 때문이다. 그런데 왜 어제도, 오늘도 다연이 그의 목소리를 듣기만 하면 어깨를 굳히는지, 그 이유만은 도통 감이 오질 않는다.

"아, 진짜 죽겠네."

숨 막혔던 점심을 생각하니 또 머리가 복잡했다. 요즘 한가하다 싶어서 다연이 일 양을 줄인 줄 알았는데 그게 아니라 본인이 하는 일을 늘린 거였다. 감정 상하는 것과 별개로, '자기가 무슨 철인인 줄 아나.' 하는 걱정도 같이 올라왔다.

마리아쥬에 입사한 지 올해로 5년 차. 슬쩍 들춰 보기만 해도 다연의 업무량이 감이 온다. 얼마나 일이 많은지, 다른 사람이 영수증 열 개 올 때 혼자 스무 개씩 오는 여자였다. 소개율도 높다. 밀리고 밀려도 이 사람 아니면 안 하겠다는 고객까지 있을 정도니까.

"일 진짜 많긴 한가 보다. 사수 잘못 둔 죄지, 뭐. 근데 솔직히 나라도 강 대리란 사람한테 상담 받고 싶겠더라."

재민에게 다연의 일과를 전달받은 성태가 당연하단 투로 말한다. 재민 역시 저 말을 이해 못 하는 바는 아니었다. 다연은 가족 친지가 웨딩업체에 거하게 사기라도 당하지 않고서는 나올 수 없을 만큼 일에 대한 태도가 집요했다. 끝도 없이 예비 신부들의 컨디션을 챙기고 조금이라도 더 맞는 업체가 없나 찾으러 다닌다.

그렇게 발굴해서 지금까지 함께 일하는 스튜디오와 수입 드레스 업체도 있다고 할 정도니 단것만 달고 사는 와중에도 살이 붙지 않은 이유를 알 것 같다. 또, 김승아 과장이 왜 그렇게 걱정했는지도 알 것 같고. 회사 일 할 때 체력 딸리기 싫단 이유로 하루에 1시간씩 운동하고. 그러면서 예비 신부 다이어트 스케줄까지 매일매일 관리해 주고. 말 그대로 뼈가 가루가 되도록 일하니까 주변 동기들 시선이 고울 수가 있나.

처음엔 고가의 컨설팅도 아무렇지 않게 탁탁 받아 올 때가 많아서 참 돈 쉽게 번다고 생각했는데 막상 여기 와서는 하는 일에 비해 월급이 적다고 느꼈다. 강다연이 조금만 더 약은 타입이었으면 지금쯤 이미 과장을 달았어도 이상하지 않을 정도였다.

'그 여자 대체 왜 그럴까?'

그런 주제에 도대체 왜 도와주겠다는 손까지 피하는 건지, 이해가 가질 않았다. 그래서 다연과 일을 하고 돌아온 첫날, 재민이 성태에게 제일 많이 했던 질문이 바로 저거였다.

'내가 그렇게 못 미덥나?'

성후가 처음에 재민에게 말한 기간은 고작 세 달이었다. 그 정도면 별다른 스트레스 없이 버틸 수 있을 거라고 생각했는데 고작 이틀 만에 '와, 이거 뭐지.' 하는 막막함이 들었다. 어디 가서 첫인상 나쁘다 소리는 들어 본 적이 없는 재민을 두고 이리저리 눈치 보면서 피하는 다연 때문이었다. 일을 가르치고 넘겨줘야 할 사람이 그러고 있으니 당연히 자리 잡기도 힘들었다. 여러 가지 이유로, 초반에는 도저히 좋은 소리가 안 나갔다. 지금 앉은 곳과 같은 자리에서 술만 퍼마시는 재민을 보며 성태가 때려치우란 소리를 열 번은 했던 것 같다.

심지어는 직속 상사가 아닌 인간까지 옆에서 장단을 맞춰 대는 통에 스트레스가 매일매일 급상승했다. 여자들이 모인 집단 안에서는 다 같이 얼굴이 뻔뻔해지는지 아무렇지 않게 어깨를 때리고 눈웃음을 흘리고 휴대폰 번호를 묻는 일이 잦았다. 그러라고 뿌려댄 웃음이긴 해도 나중엔 감당이 안 될 정도라 신 대리와는 살짝 거리까지 뒀다. 자기는 약혼했으니까 오해하지 말라고 면죄부를 하나 던져 놓고, 하는 짓은 바람피우자며 달려드는 유부녀랑 다를 바가 없었다. 철이 없다는 핑계가 통할 나이는 이미 지났는데도 그러는 걸 보면 그간 옆에서 한 소리 하는 인물이 없었던 모양이다.

'본인이 싫다잖아요.'

딱 한 사람, 강다연을 제외하면.

서늘한 얼굴로 저 대사를 날리던 다연의 얼굴이 떠올라 또 입가가 느슨해진다. 재민의 성격은 겉보기엔 유순하지만 실상 호불호가 굉장히 강했다. 흔한 말로 달면 삼키고 쓰면 뱉는 성격. 그러니 언뜻 보기엔 일감을 미끼로 주고 사방팔방 피하는 다연보다 대놓고 친절한 신 대리가 편할 법도 한데 이 경우에는 전혀 아니었다.

자신에게 어울리는 옷과 어울리는 헤어스타일, 딱 맞아떨어지는 구두, 주얼리를 찾아내기까지 신윤정이란 여자가 얼마나 노력했을지 빤히 보이는데, 그만큼 남자에게 어필할 수 있는 모든 조건을 다 갖춘 여자인데도 윤정보단 다연이 좋았다. 그래서 관심을 갖고 보다 보니 다연의 시선이 오래 머무는 때가 있다는 것도 알았다.

'30분쯤 걸리니까 잠깐 눈 좀 붙여요.'

사사건건 배려하는 다연의 태도가 처음엔 가식으로 보이다가, 나중엔 간질간질하게 느껴졌다. 평소에는 어떻게든 피해 가려고 하면서 모른 척하고 있으면 뒤통수에 눈이 와서 달라붙었다. 신 대리처럼 '나 좀 봐 줘.' 하는 게 아니라 '너 괜찮니.' 하는 눈. 뭘 어필하기보다는 잘 있는지 살피는 눈.

그걸 알고 나서부턴 좀 다른 시각에서 다연을 관찰했다. 피한다고 맥없이 놓치는 게 아니라 따라붙어서 들이대면 거절을 못한다. 원래 저렇게 다 받아 주는지, 아니면 그라서 그러는지 그땐 그걸 따질 겨를이 없었다. 그저 그걸 어떻게든 써먹어야겠단 생각뿐이었지.

'대리님이 계속 불편해하시는 것 같으니까 조만간 사표 쓰겠습니다.'

강수를 뒀던 날, 다연의 눈에 떠오른 당황이 아직도 기억난다. 죄책감을 심어 주는 편이 다가가기 좋은 인물이란 걸 깨달아서 방법을 바꿨던 순간이었다. 역시나 먹혀드는 걸 보고 속으로 쾌재를 불렀다. 그러면서도 이 여자가 진짜 모르는 건지, 아니면 속아 주는 건지 알 수 없다는 묘한 감상도 함께 생겼다.

가까이 다가가서 본 다연의 성격은 초반에 예측했던 성격보다 더 복잡해서, 꽤나 자주 네가 뭘 아냐는 얼굴로 발끈했다가 '그래, 너라면 알 수도 있지.' 하는 얼굴로 수그러들곤 했기 때문이다. 남의 감정을 살피는 데 이골이 난 재민이라도 여러 번 난제를 맞닥뜨려야 할 정도로 잘 읽히질 않는 여자였다. 관심이 있다고 하기엔 심적 거리감이 너무 멀고, 관심이 없어서 그러는 거면 진짜 왜 저러나 싶고.

'결혼은 가정을 위해서 본인을 포기하는 거예요. 그만한 각오가 없으면 시작하지 마셨어야죠.'

그래서 조보경 신부 앞에서 지원의 역성을 들고 일어나는 다연을 본 순간에는 그간의 감상이 한 번에 부서졌다. 그렇게 목소리를 높일 수 있는 사람인지 몰랐다. 일단 한번 시야를 바꿔 보니, 무뚝뚝한 얼굴은 정이 없는 게 아니라 어떤 대답이 제일 나을지 전전긍긍하는 걸로 보였고, 늘 살짝 걸려 있는 미간의 주름은 본인이 떠안은 일들을 어떻게든 해치워야 한다는 중압으로 보였다. 사람을 관찰하는 일에는 도가 텄다고 생각했는데 그가 놓친 게 있었다. 굳이 그런 관찰로 한 번씩 꼬아 생각하지 않아도 될 만큼, 솔직한 사람도 있다는 것. 그걸 몰랐다.

"너 지금 완전 팔푼이처럼 웃는 거 아냐?"

혼자 회상하다 혼자 웃는 재민을 보고 성태가 혀를 끌끌 차며 주방으로 들어간다. 스스로도 이건 병이라고 생각하기 때문에 그러려니 하고 넘겼다. 벌어질 일을 미리 아는 거냐고, 머뭇거리며 묻던 얼굴만 떠올려도 피식, 웃음이 터지는데 이걸 무슨 재주로 막아.

다연은 이쪽이 무슨 점이라도 치거나 아니면 신기가 있는 줄 아는 모양인데 재민이라고 딱히 뭔가를 더 아는 건 아니다. 때려 맞춘 걸 제외하면 나머지는 다 이야기가 끝난 후 주변을 정리하면서 마지막까지 남아 있는다거나 맞장구를 열심히 치면서 속 얘기를 끌어낸다거나 하면서 알아낸 것뿐이었다. 여자들은 앞에서 하지 못하는 이야기를 꼭 뒤에서 하니까, 같이 떠들고 자리가 파하고 난 뒤엔 그대로 웃으면서 헤어지면 그만이었다.

그리고 당연히, 그 과정에 다연이 빠졌을 리 없다. 곁에 붙어 있을 때건 붙어 있지 않을 때건 다연에 대한 뒷말들은 다 담아 들었다. 처음엔 뭔가 하나라도 걸릴까 싶어서 들은 거지만 시간이 지날수록 남는 감상은 하나였다. 앞과 뒤가 다르지 않은 사람이라는 것. 항상 다연만 달랐다. 이야기의 방향이 더 나빠지지 않는 건 강

다연 하나였다. 내 탓이오, 라는 소프트웨어를 장착하고 있는 인물은 강다연 하나.

"아, 웃지 말라니까."

얼음을 잔뜩 들고 나온 성태가 사내새끼의 해맑은 웃음 같은 건 보고 싶지 않다며 치를 떤다. 거기에 대고 더 밝게 웃어 주자 머리에 둘렀던 수건을 휘둘러 쫓아내려고 한다.

"안 되겠어. 장사 잡칠 것 같으니까 너 그냥 나가."

"그 여자가 왜 화난 건지 알아야 나가지."

"아, 너랑 안 맞나 보지! 초반에도 피했다며!"

"그때랑은 완전히 다르다니까. 대놓고 피해."

왈칵 화를 내다가도 재민의 표정이 진지한 것을 보고 결국 푸념하듯 고개를 숙인다. 속으로 착한 놈이라고 중얼거리는 사이, 성태가 곰곰이 고민하던 얼굴 그대로 되묻기 시작했다.

"혹시 그날 뭐 실수한 거 아니야?"

"언제?"

"둘이 여기 온 날."

"안 했다니까. 내가 받아 줬으면 받아 줬지."

"뭘 어쨌는데."

닦달하듯 묻는 성태의 물음에, 재민 역시 한숨을 쉬면서도 머릿속으로 열심히 그날 일을 되돌려 봤다. 하나라도 걸려서 고칠 수 있으면 남는 장사였다.

"전봇대?"

그러나 돌리고 돌려도 남는 장면은 저거 하나뿐이다.

"뭐?"

"나노 보르겠나. 숨어야 한나넌네."

자는 건가 싶을 만큼 얌전하던 다연은 택시 정류장으로 가면서 발견한 전봇대 하나에 순식간에 주정뱅이로 돌변했다. 가야 한다고 아무리 말해 봤자 고개를 도리도리 저으면서 재민을 끌고 그쪽으로 향했다. 그러더니 본인도 쭈그려 앉고 그 옆에 재민을 앉혔다. 사방을 샅샅이 살피는 걸 보면서 설마 지금 첩보 영화 꿈이라도 꾸나, 하는 생각까지 들었다.

'여기 숨으면 돼요.'

이 얘기까지 듣고서는 더더욱. 좀 일어나자고 말해 봤자 그 자리에서 꿈쩍도 않고 버텼다. 결국 제풀에 지친 재민이 옆에 앉자 만족스럽게 웃으며 무릎에 고개 처박고 잠이 들었다. 어이가 없기도 하고 귀엽기도 해서 제법 오랜 시간 그 자리에 남아 다연의 동그란 어깨를 쳐다보고 있었다.

"힘 좋더라."

그때, 네온사인이 빗기던 다연의 옆얼굴이 사실은 아직 어리고 말갛단 사실에, 이 얼굴을 나밖에 모른단 사실에 마음이 술렁였었다.

말끝에 웃음기가 묻은 걸 보고 성태가 계속해 보라는 듯 턱을 움직인다.

"그게 다야. 그다음에 집 앞에서 헤어졌으니까. 생각할수록 이건 아니네."

술에 적당히 취했을 때 그냥 고백할걸. 그럼 그 성격에 책임감 때문에라도 도망 못 갔을 텐데. 다연이 들으면 또 무표정한 얼굴로 닭살을 북북 긁을 만한 생각을 아무렇지 않게 할 만큼 이쪽도 마음이 조급했다. 다음 날 대답해 준다고 했었단 말을 하면 하루 종일 끙끙대며 고민하다 좋은 답을 줄 것 같아서 거짓말까지 질러

놨는데 정작 그날 이후로 다연이 그를 피해서 제대로 된 대화 한 번 못 했다.

글라스 잔을 잘근잘근 씹던 재민이 죽겠다는 얼굴로 바 테이블에 엎드렸다.

이유가 뭘까. 어떻게 해야 전처럼 돌아갈 건데. 좀 알려 줘. 다른 사람들한텐 다 착하면서 나한텐 왜 그러냐, 진짜.

"혹시 비혼주의자면 연애도 안 하는 건가?"

머리 박고 고뇌하는 친구를 보며 성태가 의견을 냈다. 재민의 인상이 더 일그러졌다. 그런 이유로 고민하는 거면 답도 없다. 본인 주관이 그렇다는데 깨부술 수도 없고. 한도 끝도 없이 바닥으로 치닫는 속을 알았는지 여태껏 짜증만 내던 친구 놈이 실실 웃으며 묻는다.

"그 여자가 그렇게 좋냐?"

잠시 대답을 미루고 다연의 이름을 떠올렸다. 다연의 둥지는 따뜻하고 포근할 것 같다. 이 사람은 절대 그를 상처 주지 않을 것 같아서 힘내서 다가갔다.

"좋은 사람이야."

"……."

"믿을 수 있는 사람."

여기 데려온 건 다연이 처음이다. 동물들은 복종하고 싶은 상대가 나타나면 배를 내민다는데, 약점을 보인다는 면에선 재민도 다를 게 없었다. 누군가에게 관심을 표한다는 것도 역시나, 배를 내놓는 감각과 비슷하다. 자꾸 약점이 잡히는 기분이다. 잘 싸고 있던 방패를 하나씩 무장 해제 하는 것 같고. 그래서 좀 무섭다. 이번에 받을 상처는 전보다 좀 더 깊을 것 같아서. 넋나기는 쉽고 넋는 데는 훨씬 더 오래 걸릴 것 같아서.

"그거 너한텐 여자로서 좋아한다는 말보다 훨씬 좋은 말인데."

마지막 남은 컵까지 닦아서 올린 성태가 바에 기댄 채 말한다. 파혼 후 얼마간은 인간 불신에 걸린 사람처럼 가시 돋친 채 살았던 걸 기억하는 놈이라 이러는 거다. 가만히, 다연에 대해 생각하던 재민도 결국 피식, 웃음을 물었다.

"그러게. 난 그 여자 만나고 엄청 많이 바뀐 것 같은데 정작 바꿔 놓은 사람이 혼자 도망가려고 그러네."

예쁘다는 소리 괜히 했나. 그런데 그 순간에는 그걸 알리고 싶었다. 다른 놈들도 다 똑같이 볼 테니까 조심하라고. 내 앞에서나 웃지, 다른 데 가서 그렇게 어린 티, 약한 티 내면서 웃지 좀 말라고. 그때는 눈이 돌아서 질러 버렸는데 아무리 생각해도 다연이 변한 게 그 말을 들은 뒤였던 것 같다. 겉으로 친절히 대해 주고선, 실은 내가 남자로 다가가는 게 싫은가. 결국 그 생각이 안 들 수가 없었다. 마음도 그래서 더 조급한 거고.

"내숭을 너무 떤 거 아니야?"

그간 윤재민의 사회생활이 얼마나 가식적이었는지 알고 있는 십년지기가 진지한 어조로 말한다. 근 한 달이 넘는 시간 동안 하루 종일 붙어 살았으니, 그 정도면 눈칫밥 말아 먹을 사람이라도 언제나 방실방실 웃고 다니는 저 속을 알아챘을지도 모르겠단 생각이 들었기 때문이다.

"이쪽은 꽤 솔직하게 굴었다고 생각하는데."

재민이 쓰게 웃으며 답했다. 이제는 남을 대할 때마다 가면을 쓰고 나가는 인간이 됐다고 생각했는데 이런 자신에게도 진심으로 대하는 사람을 똑같이 진심으로 대할 정도의 마음은 남아 있었다.

그걸 확인시켜 준 다연이 고마웠다. 그리고 그렇기 때문에 더더욱 본모습을 들키고 싶지 않았다.

그럼에도 불구하고, 혹시 은연중에 티가 났을까. 내가 구멍 난 사람이라는 게.

누가 알든 싫지만, 다연만은 절대로 알지 않았으면 좋겠다는 생각이 든다. 상황이든 마음이든 달라진 건 없다. 아직도 누군가를 믿는 게 힘들고 버림받을까 봐 두렵다. 그런데도 이 정도까지 손을 뻗는 걸 보면 그냥 다연이 특별한 거였다. 용기 낸 이유 역시, 의미 있는 사람이라고 말해 준 다연의 목소리가 특별했기 때문이고. 다연에게는 자발적으로 답답하기 짝이 없는 가면을 쓰고 나가고 싶었다. 계속 좋은 사람이고 싶으니까. 진심으로 그에게 뭔가를 기대하는 사람은, 이제 강다연밖에 남지 않은 것 같으니까.

시계가 10시를 가리킬 때가 돼서야 술잔에 반쯤 남은 술을 한 번에 털어 넣고 자리에서 일어섰다. 일을 쉴 때는 몰랐는데 직장을 얻고 나니 업무와 일상을 둘 다 챙긴다는 게 얼마만큼의 시간과 의욕을 쥐어짜 내는 일인지 피부로 와닿는다. 특히 다연처럼 바쁜 사람의 경우엔 물 밑에서 발버둥 치는 백조의 물장구와 비슷한 수준의 고통이 수반된다. 그래서 잘 도와주고 싶었는데 정작 당사자가 틈을 안 준다. 재민은 오랜만에 밀려드는 막막함에 그대로 미간을 좁힌 채 한숨을 내쉬었다.

"지원아, 점심 같이 먹을래?"

장마가 끝난 지 오래인데 습기가 물밀듯 몰려오는 오후였다. 시계를 보고 밥 먹으러 나갈 준비를 하던 지원이 갑자기 다가온 다연의 말에 고개를 갸웃거렸다.

"윤재민 씨는요?"

"사정이 있어서."

깊이 묻지 말아 달라는 신호를 읽었는지 군말 없이 따라나선다. 비가 올 듯 우중충한 하늘을 머리에 지고 있자니 슬슬 편두통이 시작될 기미가 보인다. 식욕이 떨어져서 가게 선택은 지원에게 맡겼다.

"뭐 먹을까?"

지원이 질문을 듣자마자 별 고민도 없이 대답했다.

"고기요."

익히 예상한 답이긴 했지만 이 미치도록 후덥지근한 날씨에 굳이 뜨거운 걸 먹어야 하나 싶다.

"넌 고기 말곤 관심 분야가 없어?"

"없어요. 전 세상에서 치킨이 제일 재밌고 삼겹살이 제일 잘생겼고 등심이 제일 섹시해요."

그것참, 한결같은 짝사랑이라 뭐라 말도 못하겠네. 고민하느니 포기하고 가는 게 맘 편하다. 식당가로 향하는 길목에서 지원이 여느 때와 똑같은 어조로 묻는다.

"윤재민 씨랑 싸우신 거예요?"

명치를 후려치는 돌직구에 기침을 한번 하고 묵비권을 행사했다. 역시나 남 눈치 안 보는 데는 지원을 따라갈 인사가 없다. 입을 꾹 다문 다연을 보고 지원도 더 캐묻지 않고 거기서 대화를 종결했다. 무심한 눈으로 거리를 활보하는 옆모습을 한번 보니 속에서 한숨이 터졌다. 재민을 대하기 껄끄러운 이유는 예전부터 참 무수히 많았지만 이번 일로 정점을 찍었다 해도 과언이 아니다.

"날씨 너무 덥죠."

"그러네."

"그래서 싸우셨어요?"

아닌 척하더니 역시 답을 듣고 싶긴 한 모양이다. 다연이 하늘로 시선을 던지며 꽤 착잡한 목소리로 말했다.

"안 싸웠어."

"그럼 그때 술자리에서 무슨 일 있으셨어요?"

그놈의 술자리. 차라리 다 잊어버리면 속이나 편하겠는데 대뇌 귀퉁이에 묻어 둔 그날 밤의 일들이 하나씩 올라와 말하던 중 음소거가 되는 일이 슬슬 생겼다. 그래도 하도 저지른 일이 많아 그런지 그것 가지고 부끄럽거나 하진 않았다. 그냥 가끔 좀 죽고 싶어서 그렇지.

"내 걱정 말고, 너 옷이나 갖춰 입고 다녀. 그러다 김 과장님 오시면 진짜 혼나."

말을 듣자마자 지원이 힐끔, 본인의 옷을 내려다본다. 원래도 구색 맞춰 입는 스타일은 아니었던 게 승아가 부재하니 아예 남방에 청바지에 운동화에, 난리도 이런 난리가 없다. 좀 과하다 싶을 만큼 겉모습을 중시하는 김 과장도 문제가 있지만 대놓고 무시하는 지원도 늘 싸움에 불을 지핀다.

"오늘 외근 안 나가요."

"그렇다고 출근 안 한 거 아니잖아."

"옷 사러 나가기도 귀찮아요."

"귀찮아서 밥은 어떻게 먹니."

"그러니까요. 대체 밥 먹는 과정은 왜 그렇게 복잡한 거예요?

손도 쓰고 눈도 쓰고 입도 써야 되잖아요. 힘든데.”

심드렁하게 툭툭 던지는 혓소리를 라디오 삼아 길을 걸었다. 낮고 조곤조곤한 지원의 음성이 듣기 좋았다. 식당들이 모여 있는 좁은 골목으로 들어가자 왁자지껄한 소리에 금세 그 낮은 목소리가 묻혔다. 고소한 음식 냄새를 맡으며 가게 안으로 가다 앞에서 담배 피우는 남자를 쳐다봤다. 멋쩍었는지 금세 불을 끄고 반대편으로 향하는 모습에 조금 전, 다연을 도망치듯 회사 밖으로 나오게 만든 대화가 새록새록 떠올랐다.

‘아, 저 담배 안 피워요.’

여느 때처럼 복사기 옆을 지나갈 때였다. 탕비실 안쪽에서 울리는 익숙한 음성에 흠칫 놀라며 벽에 붙어 있는데 재민이 저런 말을 했다. 말을 듣는 동시에 술집 복도에서 익숙하게 담배를 물고 있던 입술이 떠올랐다.

‘난 요새 너무 더워서 힘들던데 재민 씨는 괜찮아?’

‘괜찮아요. 일하는 거 재밌어서 힘든 줄도 모르겠던데요.’

그리고 이 말을 들었을 때는 가슴이 씁쓸하다 못해 쓰린 것 같았고. 회사 사람들을 한 뭉치로 묶어 불만을 토하는 소리가 아직도 이렇게 생생하건만 입만 열면 거짓말이다. 저렇게 입으로는 계속 거짓말을 뱉으면서 한층 살갑게 구는 윤재민 때문에 요즘 두 배로 더 힘든 거였다.

“대리님, 안 드세요?”

냉면 그릇을 밀어 주는 지원의 목소리에 간신히 정신을 차렸다. 다연의 컨디션을 생각해 준 건지, 아니면 본인이 당겨서 그런 건지는 모르겠지만 천만다행으로 지글지글하는 고깃집으로 가진 않았다. 다연은 맛있게 양념 된 살을 집어서 냉면과 함께 후루룩 먹어

치우는 지원의 모습을 쳐다보다 젓가락을 내려놨다. 반도 비우지 못한 다연의 그릇을 보고 지원이 눈을 동그랗게 뜬다.

"설마 그 몸으로 다이어트 하시는 거 아니죠?"

"신경 쓰지 말고 먹어."

"음식 버리면 벌받아요."

고심하던 지원이 제 몫으로 나온 고기를 반절 덜어서 다연에게 건넸다. 큰맘 먹고 준다는 얼굴이라 피식 웃음이 난다.

"제가 냉면 먹을 테니까 고기라도 드세요."

따지자면 신 대리가 제일 아끼는 악세사리 하나를 뚝 떼 준 것과 같은 격이었다. 감동이 쓰나미처럼 밀려온다. 내가 그나마 재라도 있으니까 웃지. 그렇게 생각하며 아직 따끈한 기가 남아 있는 고기를 억지로 씹었다.

한 번 씹을 때마다 재민은 점심이나 제대로 챙겨 먹었을까, 그런 잡생각이 같이 든다. 한쪽으로 밀어 놓으려고 해도 생각이 계속 올라왔다.

구하라, 그리하면 너희에게 주실 것이요.

근엄하게 읊조리던 목사님 말씀이 빈말이 아니었던지 점심시간을 끝내고 회사로 돌아온 다연의 눈앞엔 재민이 서 있었다. 점심시간 내내 머릿속으로 저 얼굴만 떠올린 고생이랄지 체념이랄지, 그런 것이 보상받는 순간이었다.

"점심 먹고 왔어요?"

지원과 함께 들어오는 걸 보며 부드럽게 묻는 음성. 눈치를 보던 지원이 살짝 몸을 비켜 먼저 사무실 안으로 들어갔다. 두 사람만 남은 복도 위로 햇빛이 쏟아지듯 내리쬐었다. 평소보다 창백한 재민의 얼굴을 보자 정말로 많은 감상이 한꺼번에 지나갔다.

"아직도 뭐에 화났는지 말해 주기 싫어요?"

살짝 떨리는 음성에 다연이 길게 한숨을 내쉬었다. 전에는 다연이 피하는 걸 알아도 그냥 난감하게 웃고 끝이었는데 이젠 자주, 이런 식으로 기다리고 있었다. 그리고 이럴 때면 언제고 마음이 무너진다.

"화난 거 아니에요."

부질없는 변명을 들었음에도 재민은 표정 하나 변하지 않고 이쪽을 쳐다보고 있었다. 윤재민을 다시 만나면 어떨까. 그쪽은 기억도 못하겠지만, 그 만남이 내 인생의 많은 부분을 바꿔 놓았다고, 나중에라도 말할 수 있으면 좋겠다는 생각을 해 왔는데 그렇게나 순수했던 바람이 저번 주를 기점으로 박살도 이런 개박살이 없게끔 가루가 나 버렸다. 그것도 바로 사연의 당사자 손에 의해.

"……난 차라리, 나한테 화나서 이러는 거였으면 좋겠는데. 그럼 고칠 방법이라도 있으니까."

묵묵히 그 거리를 유지하는 다연의 모습에 재민의 목소리가 가라앉는다.

"전에는 대리님이 내 마음을 진짜 잘 읽는다고 생각했는데 이젠 모르겠어요. 나에 대해 정말 많이 아는 건지, 아니면 모르는 건지."

"……."

"하긴. 잘 알아서 이렇게 괴롭히나?"

누가 봐도 다연이 고집부리고 있는 상황인데 이 와중에 어떻게든 분위기를 풀려고 노력하는 건 재민이었다. 다연이 이대로 대화를 이어 갈 생각이 없단 걸 알았는지, 재민은 웃는 낯 그대로 테이크아웃 트레이를 건넨 채 발을 물렸다.

"밥 맛있게 먹고 온 거죠? 나한텐 그게 더 중요하거든요."

다연이 좋아하는, 하얀 크림이 소복이 쌓여 있는 커피였다. 정말로 미칠 것 같은 기분이 들었다. 차라리 내가 먼저 사과할까. 난 파혼한 사실을 알고도 입 다물고 있던 거. 그쪽은 다른 사람 다 속이고 있던 거. 하나씩 교환한 다음, 다시는 예전처럼 가까이 가지도 않고 말도 걸지 않으면…….

"……."

그럼 최소한 저렇게 거짓말하는 모습은 그만 볼 수 있을까.

입을 열어 나오는 말이라고 해 봤자 전부 상처 주는 말들뿐이다. 그래서 더 답답하게 굴 수밖에 없었다. 지금보다 더 잔인하게 말하고 매몰차게 걷어 내는 게 맞는 건지, 눈도 안 마주치고 말도 안 섞는 게 덜 상처받고 끝낼 수 있는 방법인지. 어떻게 해야 하냐고, 누구라도 붙잡고 묻고 싶었다.

점심시간 이후 하루 종일 재민을 볼 수 없었다. 부러 다연의 동선을 피해 주고 있다는 걸 알아서 사무실에 있는 게 거북했다. 결국 평소보다 30분이나 일찍 회사를 빠져나왔다. 직장 생활 5년 하면서 단 한 번도 부려 본 적 없는 농땡이와 단 한 번도 자행한 적 없던 칼퇴를 한 번에 저지른지라 뒷맛이 찝찝했다.

습관처럼 헬스장으로 향하던 다연이 잠깐 고민 끝에 뒤로 돌아 터벅터벅 걸었다. 며칠째 운동도 안 나간다. 가면 재민을 만날 것 같아서였다. 이런 식으로 생활 곳곳에 침투한 윤재민을 녹여 없애는 데도 한참 걸릴 것 같아서 시시때때로 암울했다.

왜 그렇게 그 사람을 일상 깊숙이 들인 거야, 대체.

저녁 해가 길게 늘어지는 시간. 한숨을 내쉬며 골목을 돌아 들어가던 다연이 맞은편에 선 그림자를 보고 멈칫했다.

"오늘도 운동 안 가세요?"

눈이 마주친 순간 핸드백을 쥔 손에 바짝 힘이 들어갔다.

"……여긴 어떻게 알고 왔어요?"

대답 대신 상대가 싱긋 웃는다. 헬스장에서 본 그 남자였다. 전화번호는 그렇다 치고 집까지 안다는 건 그동안 한 번이라도 다연을 따라온 적이 있단 뜻이었다. 사는 곳까지 알고 있다고 생각하니 등에 소름이 돋았다.

"오늘은 그 남자 없네요?"

뒷걸음질 치는 다연을 보고 느긋하게 걸어오기 시작했다. 오늘따라 골목에 사람 한 명이 없다. 처음 이 원룸을 택했을 때 입구가 좁고 어둡다며 다들 말렸는데 남의 말 안 듣고 밀어붙인 대가를 이런 식으로 치를 줄은 몰랐다.

"아, 왜 자꾸 도망가요. 그냥 얘기 좀 하자는 건데."

긴 다리로 빠르게 다가온 남자가 다연의 어깨를 붙잡았다. 벌레가 기어가는 느낌이라 있는 힘껏 밀쳐 내자 이번엔 블라우스 자락을 세게 잡는다. 단추 하나가 뜯어지고, 벌어진 옷깃 사이를 보는 눈빛이 탁하게 변하는 모습에 뒤도 돌아보지 않고 정신없이 달렸다.

"강 대리님?"

막 골목을 돌자마자 누군가 팔을 잡는 힘에 본능적으로 뿌리치려던 다연이, 그 얼굴을 확인하고 제자리에 멈췄다. 재민이었다. 어떻게 온 건지 모르겠지만 얼굴을 본 순간 다리에 힘이 풀렸다.

"옷이 왜 이래요?"

달랑거리는 단추를 보고 순식간에 얼굴이 굳어진 재민이 다연의 머리를 세게 끌어안았다.

"혹시 그 남자 만났어요?"

당장이라도 고함치고 싶은 걸 참아 누르는 목소리였다. 아무 말도 안 했는데 이미 상황을 다 파악했는지 다문 입술 사이로 이를 가는 소리가 흘렀다.

"이 개새끼가 진짜."

일을 겪은 건 다연인데 분노로 힘이 들어가는 건 재민이 더했다. 옷에 화장품이 묻을 것 같아서 몸을 뒤로 빼려 하자 다른 팔로 어깨까지 끌어안았다. 아무것도 보이지 않고 아무것도 들리지 않는 순간이 이어지자 놀랐던 가슴이 좀 진정되는 것 같았다.

"잠깐만 있어요."

뒤따라오던 남자가 재민을 확인하고 황급히 도망갔다. 그걸 보고 윤재민도 뛰기 시작했다. 발소리가 서로 가까워진다 했더니 몸싸움이라도 벌이는지 물건이 무너지는 소리가 울렸다. 가 보니 재민이 주먹을 들어 남자의 얼굴을 내리치려 하고 있었다.

"그만해요!"

그대로 나란히 경찰서에 갈 기세라 황급히 팔을 붙잡았다. 그러나 정작 당사자는 이쪽 말을 들을 생각이 조금도 없어 보였다. 멱살을 틀어쥔 손마디가 희게 변할 정도로 힘을 준 재민이 다연을 쳐다보며 이를 갈았다.

"지금 무슨 상황이었는지 몰라요?"

"내가 알아서 할게요."

"내리님은 알아서 못해요. 이 새끼 봐주자고 하는 것만 봐도 답

나와요."

아무리 뜯어말리려 해도 결국 근처 지구대까지 가서야 일이 끝났다. 전부터 알던 사이 아니었냐며 시큰둥한 경찰의 태도에 재민이 얼마나 막말을 퍼부었는지, 마지막에 나갈 때쯤엔 다들 잘못을 저지른 사람이 아니라 신고한 사람을 노려보는 형국이었다.

"혼자 다니지 마요."

앞으로 저기 못 가겠단 얼굴로 한숨 쉬며 걸어 나오는 저녁, 다연의 보폭에 맞춰 걷던 재민이 내뱉듯 말했다. 혼자 다니지 않으면 누구와 같이 다니냐고, 물어봐야 답이 뻔한 질문이었다.

"괜찮……."

"괜찮다는 소리도 하지 마요. 대리님 상황 지금 하나도 안 괜찮으니까."

"……."

"나 피하는 건 기다려 줄 수 있어요."

발을 멈춘 다연이 옆을 올려다봤다. 본인도 오래 참았는지 입을 굳게 다문 옆모습이 꽤 단호했다.

"근데 이건 못 참겠어요. 대리님이 힘들 때 아무 도움도 못 주는 자리로 가긴 싫어요."

한참 고민하던 재민이 이마를 한번 짚고 다연에게 말했다.

"얘기 좀 해요."

"지금은 할 얘기가……."

"강 대리님은 없어도 난 있어요!"

뒷목이 바짝 굳을 만큼 커다란 소리였다. 놀란 다연을 보고, 재민이 어떻게든 목소리를 억누르려 노력하는 게 보였다.

"대리님은 없어도 난 있다고요. 많아요, 할 얘기."

이쪽을 빤히 보는 눈. 거기에 이젠 한계라고 적힌 게 보인다. 손목을 붙잡아 끌고 가는 뒷모습에 다연도 한계라고 느꼈다. 목적지를 보고는 더더욱 그런 깨달음이 몰려왔다.

멀리 보이는 이름 없는 집 간판에 다연의 걸음이 점차 느려졌다. 재민은 제자리걸음을 하듯 머뭇거리는 다연에게 다가왔다.

"그날 여기 다녀온 다음부터죠?"

"……."

"처음부터 다 말해 줘요. 어디서 화가 났는지. 뭐 때문이었는지. 지금 무슨 생각 하는지."

부모님 손에 끌려 놀이공원에 갔던 날이 문득 생각났다. 회전목마에 그려진 사람들의 그림이 무서워서 타기 싫었다. 그런데 다경과 부모님은 그녀를 어떻게든 목마 위에 태우고 싶어 했다. 결국 울음을 터트리는 다연을 보고 다들 왜 그러냐고 물어 왔지만 사실대로 저 그림이 무서워서 그렇다는 말을 할 수는 없었다. 기껏 태워 준 사람들의 고생이 물거품이 되는 기분이었기 때문이다.

"다음에 얘기하면 안 돼요?"

어떻게든 답을 해 달라고 말하는 윤재민을 볼 때면 계속 그 기억이 반복됐다. 여기서 끝을 볼 것 같은 예감도 함께 밀려온다. 오늘 여기서 모든 게 다 끝날 것 같은 기분.

"강 대리님."

"다음에……."

"대리님, 진짜 왜 그래요!"

왜 이렇게 답답하게 구냐는 듯한 얼굴이다. 본인이 그러고 있단 자각도 있다. 그런데도 입을 뗄 수가 없다. 차갑게 변한 손끝을 겹쳐 잡고 있자니 재민의 표정도 점점 더 안타깝게 변했다. 그러기를 한참, 입구가 시끄러운 걸 보고 다가오던 알바가 밝은 얼굴로 말을 걸었다.

"어? 저번에 수첩 가져가신 분이네?"

왜 불길한 예감은 항상 틀리질 않을까. 다연은 천진하게 다가오는 알바생을 본 순간 그 생각이 먼저 들었다.

"혹시 뭐 또 잃어버리셨어요?"

재민의 시선이 두 사람을 한 번씩 오간다. 다시 눈이 마주쳤을 땐, 조금 전과 달리 입술을 살짝 벌리는 모습에 다연의 맥이 탁 풀렸다. 무거워지는 분위기를 읽고 알바생은 들어가고 남아 있는 윤재민이 곧 더듬더듬 입을 열었다.

"언제 왔었어요?"

"……."

"뭐, 들었어요?"

다가와 어깨를 잡는 손이 강했다. 아무 말 하지 않아도 다연의 표정에서 무언가를 읽었는지 얼굴에 핏기가 빠진다.

"……알면 뭐가 달라져요?"

그걸 내 입으로 말하기도 싫고, 왜 그렇게 해야 하는지도 모르겠고, 피하려고 노력했는데 기어이 이 상황까지 몰고 온 재민도 밉고 짜증 나서 말에 물기가 묻었다.

"그만하라고 계속 부탁했잖아요."

목소리를 듣자마자 재민이 다연의 팔을 붙잡는다. 가지 말라고 말하는 것 같아서 울컥울컥, 마음이 술렁였다.

"미안해요."

"……."

"진짜 미안해요. 다 설명할게요. 뭘 들었든 그거 대리님 말한 거 아니에요. 전부 말해 줄 수 있어요. 내가……!"

"윤재민 씨."

붉어진 다연의 눈을 보자마자 재민이 입술을 닫았다. 다연은 떨리는 음성을 간신히 다잡아 말을 이었다.

"사과해 달라는 게 아니라 그냥 없던 일로 하자는 거예요."

"……."

"하고 싶은 말만 하지 말고 내 말도 한 번은, 들어줘요."

다른 사람에게 한 말이라고, 거기에 또 마음이 흔들린다. 그렇지만 이젠 언제든, 이 말이 거짓인지 아닌지 계속 의심하면서 재민을 대할 수밖에 없었다. 다른 어떤 것보다 그 상황이 지옥일 거란 건, 둔한 다연의 성격으로도 다 알 것 같았다.

그 자리에 못 박힌 듯 선 재민을 두고 발을 옮겼다. 배도, 머리도 아파 온다. 온몸이 바늘로 찔리는 것 같아서 결국 원룸 앞까지 와선 그 자리에 쭈그려 앉았다.

왜 그렇게 말을 아꼈는지, 미루고 미루다 사방에 상처를 입으며 알게 됐다. 미워서 그런다는 핑계를 대면서라도 재민을 생각하고 싶었다. 선택을 미루면서까지 얼굴을 보고 싶었다. 윤재민이, 겉과 속이 다른 거짓말쟁이란 걸 알고 난 다음에도.

바람 소리에 신록이 한꺼번에 울어 댄다.

모든 것이 수면 위로 드러나는 걸 보니 이제야 여름이 깊어지려는 모양이었다.

다연은 새벽 내내 얕은 잠을 반복하다 결국 잠에서 깼다. 어쩐

지 배가 너무 아프다 싶더니 생리가 시작되려는 징조였다. 통증이 간간이 있는 편이긴 했지만 이 정도로 아픈 건 처음이다. 그야말로 작열했단 말로밖에 설명이 안 됐다. 평생 먹어 보지도 않았던 약을 구입하기 위해 그 새벽에 검색까지 하고 잤으니 컨디션이 좋을 턱이 없었다.

실혈이든 실연이든, 잃는다는 말은 이만한 통증을 수반하는 건가 봐.

허리가 끊어질 것 같아 도저히 구두를 신지 못하고 낮은 굽의 샌들로 바꿔 신고 나왔다. 어지럽고 식은땀이 나고 이 와중에 손까지 덜덜 떨려서 차 열쇠 구멍도 안 맞고. 요새 차 키 꽂는 사람이 누가 있다고 이런 똥차를 계속 끌고 다녔던지, 화도 나고.

그렇게 엉망진창인 상태로 출근하자마자 재민이 자신을 찾아왔다.

“강 대리님.”

희게 질린 입술을 깨물며 발을 돌리자 팔을 세게 붙잡는다. 수척한 얼굴을 올려다보는 것만으로 두통이 몰려왔다.

“잠깐만 나 좀 봐요, 네?”

윤재민이 어떤 기분인지 모르겠지만 이쪽도 힘들었다. 입만 열면 거짓말을 하는 사람 앞에 서서 평소랑 똑같이 대할 자신이 없다.

“나중에 해요.”

그럼에도 똑같이 대하기 위해서 다시 노력하는 중이다. 거리감이 오락가락해서 현기증이 날 지경이었다. 누군가를 미워하거나 원망하는 데 에너지를 써 본 기억이 까마득하기 때문에 힘들었다. 심지어는 그 대상이 재민이기 때문에 더욱 힘들다. 처음엔 쥐어짜

듯 나오는 다연의 말에도 고집을 피우려던 재민이, 식은땀이 흐르는 이마를 보고서야 목소리를 낮췄다.

"아파요?"

걱정이 잔뜩 묻은 음성이라 억지로 팔을 뿌리쳤다. 차가운 벽에 가서 기대는 모습에 재민도 더는 다가오지 못하고 그 자리에 멈췄다.

"얼굴 좀 봐요."

다만, 평소보다 훨씬 작고 떨리는 목소리가 다연을 붙잡았다.

"보고 차라리 화를 내요. 무슨 소릴 하든지 다 들을 테니까."

다연은 아래로 떨어진 시선을 들어 올리지 못한 채 고개를 저었다.

"그러기 싫어요."

더 차갑고 강경하게 말하고 싶었는데 몸이 아파서 가볍고 거친 목소리밖에는 나오지 않는다.

"그렇게 하는 거 싫다고요. 그러니까 없었던 일로……."

"그걸 더 못하겠다는 거예요, 난."

더 이어지지 않은 말이 허공에서 굴렀다. 잡은 손끝에 힘을 준 재민이 짓눌린 어조로 말했다

"어떻게 없었던 일로 해요."

뱅글뱅글, 지구가 빙빙 도는 것 같은 착각이 들었다. 통증이 밀려오는 아랫배를 움켜쥐고 있던 다연이 저도 모르게 말했다.

"그건, 진심이에요?"

퍼뜩, 정신을 차렸을 땐 이미 손을 떨군 재민이 눈앞에 서 있었다

창백한 얼굴로 하루 종일 돌아다니던 다연은 웨딩박람회 건의 미팅이 물밀듯 닥친 통에 결국 야근을 확정 지으며 나갔다. 간발의 차로 사무실에 들어왔을 때 재민이 할 수 있는 일이라곤 또다시 다연의 집 앞으로 가는 것뿐이었다. 덥고 습한 공기를 헤치고 오고 가는 동안 계속 이 상태로 지내야 할까 봐 걱정이 몰려왔다.

"아, 진짜. 임성후……."

벽에 기대 하늘을 쳐다보던 재민이 멍청하게 중얼거렸다. 내 인생의 암초가 따로 없는 인간이라고 내내 말하긴 했어도 이 정도로 잡아다 죽이고 싶었던 적은 없었는데 진짜로 연 끊어야 하나. 그 인간 덕에 다연을 만났다는 면죄부만 없었다면 정말 그렇게 했을 것만 같다.

빈 공터를 한참 동안 빙빙 돌다가 발에 걸리는 돌부리를 걷어차고 그 자리에 주저앉아 머리를 헝클였다. 다른 생각을 하다가도 금세 진심이었냐고 묻던 얼굴이 자꾸 떠오른다. 그간 가식도 이런 가식이 없게 산 건 맞지만 다연에게는 늘 진심으로 대했다. 다연이 늘 자신에게 진심으로 대해 줬으니까.

그것만은 어떻게든 말했어야 하는데 다연과 하는 일은 왜 이렇게 다 타이밍을 못 맞추는 건지 모르겠다. 가끔 보이던 다연의 단호함이 생각나자 이대로 안 본다고 선 그으면 어떻게 해야 할지, 더 불안했다.

아마 신윤정 얘기할 때 들은 거겠지?

떠올리니 암담해서 바닥을 걷어차다가 벽에 쿵쿵 머리를 박았다. 그걸 들었을 때 얼마나 놀랐을까. 직접적으로 말한 게 아니면 그렇게까지 사람 피할 여자가 아닌데.

때리고 원망하는 대신 바닥으로 향하던 다연의 눈이 기억난다. 이야기의 대상이 본인이라고 생각했으니까 화를 낼 법도 한데 맘약해서 그런 것도 못하고 그냥 피하기로 했던 모양이다. 충격에 몸까지 아플 정도라면 난 진짜 가망이 없는 건가. 그런 생각에 초조하다가도, 만약 김지원이었어도 이렇게 거리를 뒀을까, 진짜 한심한 질문이 터져서 자괴감이 들기도 했다.

좋아한다고 온몸으로 외쳤는데 한 발짝 떨어져서 바라보는 다연의 얼굴이, 그 표정이 어쩐지 예전에도 본 것 같은 기시감으로 다가왔기 때문이다. 같은 감정이라고 여기고 움직이다 결국 길 위에 혼자 남았던 때처럼, 혹시 또 혼자 이상한 방향으로 나아가는 건 아닌지, 자꾸 불길한 생각이 스며들었다.

"왜 이렇게 안 오지……."

오늘까지 제대로 잠을 못 자서 그런지 피로가 몰려온다. 이 모습을 보면 또 부담스러워서 물러날지 모르지만, 그걸 알면서도 전에 이 골목에서 무슨 일이 있었는지 생각하니까 안 올 수가 없었다. 하필 이런 시기에 들켜 다연이 혼자 돌아다니게 한 스스로에게 화가 났다. 조심하라고 말했는데 왜 그 말을 무시해서 험한 꼴을 당하냐고, 전엔 그게 야속했지만 지금은 아니다. 지금은 그냥 그 새끼 한 번이라도 다시 만나면 지구대가 아니라 사거리 신호등 앞에서 둘 다 얼굴 팔려 가면서 주먹질이라도 해야겠단 생각밖에 안 든다.

"죄송한데, 좀 비켜 주실래요."

원룸 앞에 서 있던 재민이 살짝 쉰 듯한 목소리에 뒤를 돌아봤다. 양손 가득 짐을 든 여자가 무뚝뚝한 목소리로 말을 건다. 분

앞을 가로막았다는 걸 알고 잠자코 옆으로 비켰다. 익숙하게 번호 키를 누르고 위로 올라가더니 채 10분도 안 돼서 밖으로 나온다. 재민은 그제야 여자의 얼굴을 정면에서 보고 입술을 벌렸다.

"저기."

부르는 것을 듣고 살짝 찌푸리는 눈썹. 쌍꺼풀 없이 새카만 눈이 누군가와 꼭 닮았다.

"혹시 강다연 대리님 아세요?"

재민이 다연의 이름을 말한 순간 여자의 눈이 그를 위아래로 훑었다. 경계가 가득한 시선이라 얼른 한 발짝 물러섰다. 적당히 거리를 챙기는 것에 여자가 팔짱을 낀 채 묻는다.

"누구세요?"

아는 사이 맞구나. 살았다.

"마리아쥬에서 일하는 윤재민이라고 합니다. 강 대리님이랑 같이 일해요."

"윤재민? 아, 그 신입 사원?"

여자의 표정이 순간 경계에서 흥미로움으로 바뀌었다. 조금 전보다 훨씬 부드러운 눈으로 쳐다보는 걸 보면 아마 다연이 언급한 적 있던 모양이다.

"근데 여기서 뭐 하세요? 언니 아직 퇴근 안 했던데."

"아, 대리님 좀 잠깐 만나려고요."

"그렇구나. 급한 일 아니면 그냥 전화로 하세요. 금방 안 끝날 것 같았어요."

"그게……."

뜸 들이는 모습을 보고 여자가 긴 속눈썹을 깜박거린다. 말을 하는데도 입 안이 바싹 말라 온다.

"아마 제 전화 안 받을 거예요."

초조한 눈으로 부탁하는 재민의 모습에, 다경 역시 입 밖으로 물음표가 백 개쯤 튀쳐나가려는 걸 간신히 참았다. 그러니까 눈앞에 있는 이 남자가 다연의 밑으로 새로 들어온 신입 사원이자 현재 진행형으로 썸을 타는 남자고 29년간 돌부처로 살아온 인간을 돌아앉게 만든 의인이시라 이건데, 그런 용자가 왜 휴대폰 열한 자리를 못 눌러서 목줄 매인 개처럼 여기서 이러고 있담? 둘이 아직 밀당하나?

"언니가 전화를 왜 안 받아요?"

생각이 그대로 말로 이어지는 바람에, 얼결에 묻는 어조가 좀 강해졌다. 그러나 어차피 상냥하게 묻든 따지듯 묻든 재민은 입이 백 개라도 할 말 없는 처지였다. 벌써부터 다경의 눈빛이 '이 인간 대체 무슨 짓을 한 거지?'로 돌변했기 때문이다.

"좀, 싸웠거든요."

재민이 맥이 풀린 목소리로 답했다. 그리고 그 말을 듣자마자 다경의 턱이 아래로 쑥 빠져 버린다.

"언니랑 싸웠다고요?"

다연과 싸움이라니. 세상에는 보통 공적인 영역에서 화를 안 내고 사적인 영역에서 성격 파탄인 경우가 많은데 다연의 경우는 그게 전혀 아니었다. 필요하면 어쩔 수 없이 화를 내는 회사에서의 강다연 외엔 집에서 화내거나 언성 높이는 것 한 번을 못 봤다. 똑같이 돈 벌면서 다경보다 두 배 더 생활비를 내라 할 때도, 몇 날 며칠 고민해서 산 옷을 다경이 먼저 개시했을 때도 얼굴에 인상 한 번 안 쓴 살아 있는 부처의 현신이 강다연이란 인종이다. 거기다 상대 남자가 아주 진상이면 또 모르겠는데 이렇게 사과하러 남의 집 문 앞까지 와 있는 걸 보면 그것도 아닌 것 같고.

"혹시 엄마 만났어요?"

사람들이 문제가 아니면 혹시 사유가 문제인가? 거기까지 고민하던 다경이 은근히 떠보듯 말했다.

"네?"

"엄마가 아는 사람이라던데."

지금 연애 관련 문제로 다연의 심기를 건들 수 있는 건 생물학적 모친뿐이셨다. 당황한 재민의 표정을 보고 다른 오해를 한 다경이 끌끌 혀를 찼다. 듣자 하니 다연의 부서 인턴이라던데 아마 한 여사 눈에 안 차는 신랑감이지 않았나 싶다.

"한 여사가 배가 불렀네요. 시집가 준다고 하는 걸로 감지덕지할 것이지."

재민은 혼자 쏟아 내는 다경의 말을 절반도 이해하지 못하고 있었다. 다연의 엄마와 다연이 동시에 자신을 알 만한 일이 있을 리가. 그러나 미처 거기까지 생각하기도 전에 다경이 말을 이었다.

"솔직히 그 얼굴로 연애 초짜라는 건 안 믿는데요. 그래도 아직 사귀지도 않는 여자 화 풀어 주겠다고 여기까지 온 걸 보니까 나쁜 사람은 아닌 것 같아서요."

다연도 필요할 때가 아니면 대부분 무뚝뚝한 얼굴인데 다경은 한술 더 뜬다. 표정만 봐선 저게 무슨 뜻인지 모르겠다. 난감하단 눈으로 보는 재민에게 휴대폰을 꺼내 든 다경이 한숨과 함께 답했다.

"도와드린다구요."

그 말이 떨어지자마자 안도감에 웃는 재민을 보며 다경이 혀를 찼다. 아주 웃음 한 번에 주변이 사르르 녹는다. 어떡하니, 우리 언니. 연애의 연 자도 모르는 인간이 저런 남자 만나서 잘 되려나. 저렇게 웃음 많은 타입이면 여자도 엄청 꼬일 테고, 거기다 여기까지 와서 기다리는 것이나 초조해하는 표정 같은 게 생판 남인 다경의 심장도 쿵쿵 떨어지게 하는 판인데 다연의 경우라면 매일매일 심장 붙들고 호흡 곤란을 호소하지 않을지, 안 봐도 비디오였다.

"알겠지만 언니가 겁이 많아요."

이런저런 고민 끝에, 친언니가 심장 마비로 죽기 전, 포석이라도 깔아 줘야 할 것 같다고 생각한 다경이 줄기차게 이어지는 통화 연결음만 들으며 말을 이었다.

"안 그래도 인간관계에 약한데 연애는 말할 것도 없어요. 그런데서 일하니까 오히려 볼 꼴 못 볼 꼴 다 보나 봐요. 그래서 지금도, 그쪽이 상처받을까 봐 엄청 걱정하더라고요."

재민이 고개를 숙였다. 다경의 말을 들으면 들을수록 열심히 삽질한 끝에 관까지 짜서 누웠다는 결론이 밀려온다. 안 그래도 겁이 많다는 사람한테 내가 무슨 짓을 한 거지. 표정에서 고뇌가 느껴졌는지 팔짱을 끼고 쳐다보던 다경이 한마디를 덧붙였다.

"전 연애가 엄청 안 좋게 끝났다면서요."

순간 공기가 굳었다. 전화에 정신이 팔려 먼 곳을 보고 있는 다경의 옆모습을, 재민이 서서히 돌아봤다.

"……네?"

목소리가 너무 떨리는 걸 듣고 다경이 고개를 돌렸다. 얼굴이 어찌나 창백한지 말을 꺼낸 쪽이 더 놀랄 정도였다. 처음엔 연애 시작하자는 소리 한마디를 못해서 전전긍긍하는 다연이 갑갑했는데, 이야기를 꺼낸 것만으로 저런 반응이면 한 발 다가가는 데 백번씩 고민하던 다연의 모습도 살짝 이해가 갔다.

"죄송해요. 이상한 말 해서."

다경이 실수해서 미안하단 얼굴로 살짝 손을 들었다.

"근데 썸타는 기간 중엔 그런 말 하지 말지 그랬어요. 언니 성격에 엄청 신경 쓸 텐데."

"……."

"그나저나 왜 이렇게 안 받지."

사무실로 해 볼까. 다른 번호를 찾느라 목록을 뒤지는 중에 다연에게서 전화가 왔다. 고개를 들어 재민에게 휴대폰을 건네려던 다경의 손이 허공에 멈췄다.

"어라?"

그 짧은 시간 동안 눈앞에 있던 남자가 사라졌다. 수화기 너머로 다연의 피곤한 목소리가 들려온다. 별일 아니라고 말하고 끊는 사이 어쩐지 불길한 예감이 몰려왔다.

다음 날 오후 늦게, 재민이 다연을 찾았다.

"강 대리님, 혹시 일산에 블라썸 웨딩홀 아세요?"

파일 하나를 들고 찾아온 얼굴이 수척하다. 의자를 끌어다 맞은편에 앉는 게 자연스러워서 말릴 생각도 못했다. 오늘은 어제처럼 실랑이는 안 하겠구나, 안도 반, 그리고 허무함 반으로 앉아 있었더니 이 시간에 대화를 하게 될 줄은 몰랐다. 오렌지 빛 햇살을 등지고 앉은 터라 재민의 표정을 다 읽기 어려웠다.

"거긴 갑자기 왜요?"

"신랑 신부는 위치가 좋다고 하는데 신 대리님이 거기 너무 오래돼서 안 된다고 하시더라고요. 진짜 그래요?"

처음엔 경계하던 다연이 점차 어깨에 힘을 풀었다. 무슨 생각인지 딱 사무적인 질문만 한다. 어제랑은 완전히 다른 사람 같아서 일이라는 생각에 머릿속으로 명단을 착착 넘겼다. 블라썸 웨딩홀이라. 기억이 가물가물하다. 어떻게 생겼더라? 외벽이 낡긴 했어도 안은 그럭저럭 잘 꾸며 놨었던 걸로 기억하는데.

"제가 전에 갔을 땐 괜찮았던 것 같은데요."

미간 사이를 살짝 좁히면서 고민하는 다연을, 재민이 빤히 쳐다본다. 답이 돌아오질 않아서 천천히 다연도 고개를 돌렸다. 마주친 눈은 평소와는 다른 시선이었다. 미안함이나 따뜻함이 어려 있던 것과는 전혀 다른 눈빛.

"언제 가 보셨는데요?"

"네?"

"대리님이 컨설팅 부서로 옮기기 전에 문 닫은 곳인데 언제 가 보셨냐고요."

순간 목뒤로 소름이 돋았다. 어째 이름이 익숙하다 싶었다. 일산이란 지명이 생각남과 동시에 그날 그곳에 있던 사람들이 하나씩 떠올랐다. 무려 5년 전, 다들 봄옷을 입었고 더없이 화사한 벚꽃 잎이 날리던 곳.

"……이거였구나."

얼어붙은 다연의 옆에서 재민이 일어선다.

"속인 건 피차 마찬가지였네."

의자가 끼익 소리를 낸다. 와이셔츠는 구겨졌고 넥타이는 반쯤 풀려 있다. 여기서부턴 사적인 영역이라고 못 박는 것 같은 모습이라 딱 한 단어만 생각났다.

빌어먹을.

삼재.

7

사무실 창밖에서 퇴근하는 차들의 클랙슨 소리가 한참을 울렸다. 그 덕에 적막이 어느 정도 가려졌다. 시끄러운 소리가 잦아들고 나서야 굳은 표정으로 한곳만 보고 있던 재민이 시선을 돌리지 않은 채 먼저 물었다.

"내 결혼식에 어떻게 왔어요?"

"……."

"강 대리님, 지금 입 닫아 봐야 소용없어요."

고작해야 5분 정도밖에 안 되는 시간 동안, 어떻게 하면 이 상황을 넘길 수 있을지 시뮬레이션을 열 개도 넘게 해 보았다. 그리고 내린 결론은 무엇으로든 피할 수 없다는 것. 도저히 떨어지지 않는 입술을 억지로 열어 한 글자씩 말을 뱉을 수밖에 없었다.

"……신부 쪽 친척이었어요."

말하는 입장에서도 가슴께에 돌을 얹어 놓은 것 같았다. 듣는 사람은 더하겠단 생각이 들자 차마 얼굴을 볼 수가 없다. 한동안 입을 다물고 있던 재민이 다음 순간 피식, 힘없는 웃음을 지었다.

"그럼 처음 봤을 때 다 말했어야죠."

어제 다경을 만나 후, 재민은 망치로 얻어맞은 것 같은 기분을 누르며 새벽까지 생각을 거듭했다. 처음 만난 순간 벌어지던 입술. 소개도 하기 전에 그 입술로 뱉던 이름. 다 알고 나니까 이해되는 것들이 너무 많았다.

'윤재민 씨?'

놀란 얼굴로 자신을 부르던 다연의 얼굴이 아직도 이렇게 생생하다. 갈색으로 빛나는 눈이 왜 늘 그의 등 뒤로 따라다녔는지, 깨닫고 나니 허무함이 짙게 감돌았다.

"……왜 그렇게 금방 발 뺐는지 알 것 같네요."

만난 지 얼마 되지도 않은 사람이 왜 항상 내 마음을 잘 읽고 언제, 어디서든 날 도와주려고 할까. 한동안은 고민했다. 그러다 지나면 지날수록 다연에게 호감이 들어서 그걸 멋대로 같은 감정일 것이라 착각했다. 설마 그 기반에 있는 게 동정일 것이라곤 생각지도 못했으니까.

"나한테 실망했어요?"

책상에 기대 바닥을 쳐다보던 시선 그대로, 재민이 입을 열었다.

"환상 같은 거 품었나? 어떤 환상? 다 딛고 일어나서 멀쩡한 인간으로 사는 거?"

"……."

"그렇게 살지 못해서 미안하다고, 사과라도 해야 하는 건가."

담담하게 잇는 말의 색이 너무 어둡다. 다연은 너무 크게 상처

받은 것 같은 재민의 모습에 어떻게든 변명을 덧붙이려 했다.
"그런 거 아니에요."
"……."
"그냥 좀 더 편하게 살아왔으면 좋겠다고 생각한 거뿐이에요."
그러나 그 말이 기폭제가 된 듯 이쪽을 향한 눈에 슬슬 분노가 들어찼다.
"대리님은 내가 어떤 사람으로 살길 원했는데요."
한 글자씩 짓씹듯 하는 말에 절로 입이 막혔다.
"대체 어떤 사람으로 살아야 했는데요, 내가."
그 자리에 못 박힌 듯 서서 듣고만 있는 다연에게 재민의 칼 같은 말이 와서 박혔다.
"아프다 소리도 못하고 밉다는 소리도 못하고, 늘 그 사람이 불행하게 사는 것만 상상했다는 말, 그것도 못하고. 그렇게 살아야 했어요? 대리님 머릿속에서 난 그런 소리 하면 안 되는 사람이에요?"
자학하듯 말하는 걸 들으면 이쪽도 마음이 좋질 않다. 참다못한 다연이 눈을 질끈 감고 입을 열었다.
"그런 식으로 말하지 마요."
"대리님이야말로 그렇게 쉽게 말하지 마요."
그러나 윤재민의 말이 조금 더 빨랐다. 빠르고 감정적이었다. 턱을 악물듯, 한 번 바닥을 보고 난 재민의 눈이 담담하게 다연을 원망한다.
"의미 있는 사람이라는 말, 함부로 하는 거 아니에요."
"……."
"불쌍한 사람한테 쓰는 말 아니라고요."

불쌍한 사람이라니. 그런 생각 한 적 없다고 말하려던 입술이 눈앞에 드리워진 표정을 보자마자 멎었다.

"그 말 할 때 조금이라도 나 좋아했어요?"

답을 듣기도 전에 그 생각을 다 읽은 사람처럼 쓸쓸한 얼굴이었다. 그래서 함부로 대답할 수가 없었다. 속이는 것 같아서 더 말을 잇지 못했다.

"내가 대리님한테 갖는 감정은 전부 그 말 한마디 때문에 시작됐어요. 그러니까 솔직하게 말해 줘요."

윤재민의 속마음을 모두 알았던 날. 다연은 너무 빠르게 모든 것을 포기했다. 그럼 그렇지. 날 진심으로 좋아했을 리가 없어. 그런 식으로 체념한 근간에는 그렇게 다치고도 다른 사람을 사랑할 여력 같은 건 남아 있지 않을 거란 믿음이 깔려 있었다. 그래서 제대로 눈을 마주치고 물어볼 생각도 하지 않았다. 그러려니 했다. 상대방의 과거를, 상대방이 원하지 않는 방법으로 알고 있었으면서 심지어 그걸로 자만을 떨었다.

입술에 피가 날 정도로 깨물고 있던 다연이 떨리는 음성으로 대답했다.

"미안, 해요."

조금 전까지 밝았던 하늘이 금세 어둡게 변했다. 툭, 툭. 빗소리가 나는 창밖을 보며 한참을 침묵하던 재민이 입을 열었다.

"대리님은 나랑, 시작부터가 너무 달랐네요."

"……."

"그래서인가. 난 지금 이 감정이 도저히 감당이 안 되는데 강 대리님은 언제든 참 편해 보이네."

사정을 듣기도 전에 누가 어떤 사람일 거라고 단정 짓고 잣대

세우는 것. 그게 깨졌다고 태도가 달라지는 것. 모두가 다연답지 않았다. 답지 않다는 걸 알면서도 기다렸다. 연애 감정을 드러낸 순간 끝날 수도 있는 관계라는 걸 인정하고 싶지 않았기 때문이다.

"하긴 나도 만난 지 두 달도 안 된 사람한테 기대 건 건 똑같나."

조용히 읊조린 재민이 다연의 얼굴을 돌아봤다. 작은 뺨이 종이처럼 희게 변해 있다. 만약에, 정말로 다연과 자신의 마음이 같지 않아 포기한다고 해도 최소한 친구로라도 지내고 싶었다. 믿을 수 있는 사람이라고 생각했고 그래서 오랜만에 마음 놓고 웃을 수 있었으니까.

아무 말도 못하는 다연의 이마를 오래도록 바라봤다. 그러면서 천천히 입을 열었다.

"이제 우리 전처럼 돌아갈 수는 없는 거죠?"

눈가가 붉어지는 걸 본 순간 재민이 고개를 숙였다. 저런 식으로 울리고 싶었던 게 아니다. 다만 정말로 소중히 하고 싶었다. 다른 사람은 돌아볼 틈도 없을 만큼, 그만큼 내가 아껴 주고 싶었는데.

"알았어요."

"……."

"다, 알았어요. 이제."

사무실 밖에서 경적 소리가 울렸다. 다연은 등을 돌려 걸어가는 뒷모습을 보며 처음 같이 외근을 나가던 날, 창문 밖에서 말갛게 웃어 보이던 재민의 얼굴을 떠올리고 있었다.

집까지 무슨 정신으로 왔는지 모르겠다. 현관 앞에서 점멸등이 켜지고 꺼지기를 반복하는 동안 신발장에 기대 버티고 서 있다가, 비를 맞았다는 사실을 기억해 내고 안으로 들어갔다. 차가운 바닥을 밟자마자 한기가 올라왔다. 이상했다. 창밖은 저렇게 습하고 더운데, 왜 여기는 이렇게나 춥고 시릴까.

— 언니, 잠깐 통화 돼?

진동이 계속 울리는 휴대폰을 무의식중에 받으면서도 머릿속은 맑게 깨질 않았다. 한구석에 다경에게 받은 물건들이 빼곡하게 놓여 있다. 데이트할 때 쓰라며 챙겨다 준 옷과 신발들이었다. 나이 많은 언니 뒤치다꺼리를 본인이 해야 한다고 생각했는지, 며칠 전부터 양손 가득 짐 더미를 날랐던 게 기억난다.

— 언니, 왜 대답이 없어? 혹시 무슨 일 있어?

다경의 목소리에 당황이 잔뜩 묻었다. 어쩔 줄 몰라 하며 말을 잇는 내내 수화기 너머 목소리가 물속에서 들리는 것처럼 멀게 느껴졌다.

—혹시 그 사람이랑 싸웠어? 아, 어쩐지 그때 기분이 이상하더라니. 미안해. 내가 가서 사과할까? 어떡해. 진짜 미안해.

"……다경아."

호들갑스럽게 떠들던 음성이 뚝 끊어졌다. 물기가 잔뜩 묻은 목소리를 듣자마자 다경이 조심스레 되묻는다.

— 언니, 울어?

왜 이렇게 추운지 알겠다. 방 안의 온도가 아니라 마음의 온도였다. 여기가 사막이나 북극처럼 멀리 있는 공간이라도 지금과 똑같은 온도로 느껴졌을 것 같다. 어쩌면 재민이 있을 어딘가의 온도도 이만큼이나 낮은 게 아닐까, 하는 걱정에 절로 몸을 웅크리게 된다.

"나 어떡하지, 다경아……."

남에게 상처를 준다는 건 정말 무서운 일이었다. 그게 마음인 건 더욱 무섭다. 그 상처의 크기를, 전혀 가늠할 수 없으니까. 차라리 겉으로 보이면 닦아서 치료해 줄 수라도 있을 텐데 지금은 어느 곳을 어떻게 다쳤는지도 모른다. 거길 어떻게 보듬어 주길 원하는지도 흐릿했다.

말없이 휴대폰만 붙들고 있는 사이 다경도 점차 입을 다물었다. 침묵만 한참을 오간 끝에 다연이 먼저 전화를 끊었다. 무릎 사이로 고개를 묻고 있다 깊은 밤이 돼서야 앞을 바라봤다. 불이 꺼진 방 안의 풍경이 오늘따라 외롭게 느껴졌다.

비가 내린 뒤라 유독 날이 맑았다. 기분을 생각하면 지나칠 정도였다. 쨍, 하는 소리가 날 것같이 열기로 가득한 출근길을 지나 사무실에 들어온 다연이, 먼저 와서 서류 정리를 하던 재민을 보고 멈칫했다. 그러나 문소리를 듣고 이쪽으로 고개를 돌린 당사자는 정작 아무것도 담지 않은 눈빛 그대로 짧게 인사를 하고 시선을 피했다.

"윤재민 씨."

말없이 지나가는 모습이 낯설다. 처음 보는 사람 같았다. 그래서 잡을 자격이 있냐고, 스스로에게 수십 번 묻는 걸 무시하고 그의 옷깃을 붙잡았다. 뿌리쳐도 어쩔 수 없다고 생각했는데 재민은 다만 그 자리에 멈춰서 다연을 돌아볼 뿐이었다.

"왜요?"

아무렇지 않게 되물어 오니까 도리어 입이 막혔다. 괜찮아요? 어제 집은 잘 들어갔어요? 잠깐 얘기 좀 할 수 있어요? 말로 하지 않아도 한순간 지나간 표정을 다 읽었는지 이쪽을 빤히 보던 입가에 피식, 웃음이 서렸다.

"나한테 신경 안 써 줘도 돼요."

입꼬리 끝이 평소처럼 올라가 있다. 이 상황에 웃는 게 희극 같아서 말을 잃고 쳐다봤다. 한참을 그러고 있던 재민이 팔을 붙든 다연의 손을 떼어 내고 짧게 말을 잇는다.

"정말 신경 안 써도 돼요. 어차피 이제 내 맘대로 할 거니까."

팽팽하게 잡고 있던 실의 끈이 끊어진 듯한 느낌. 그래서 아주 위험한 느낌이었다. 들은 말을 곱씹으며 파일이 잔뜩 쌓인 재민의 책상을 쳐다봤다.

내 맘대로 할 거라니.

그 말이 무슨 뜻인지, 다연은 그날 오후부터 아주 확실하게 깨달을 수 있었다.

"이런 일까지 할 생각은 없으니까 다 잘라 주세요."

무심하게 복사기를 돌리는 재민을 보고 처음엔 얻어맞은 것처럼 멍하던 신 대리의 표정이 점차 붉으락푸르락하게 변했다.

"윤재민 씨 지금 뭐라고 했어?"

"잘라 달라고요. 어차피 이거 대리님이 하시는 거 아니잖아요. 옆에서 잡일하는 사람도 생각해 주셔야죠."

오후 내내 윤정을 있는 대로 잡아 뜯는 재민의 태도에 사무실

공기가 얼어붙었다. 평소와 달리 추파는 받아 주지도 않고 웃지도 않고 그저 사무적인 태도로 일관하는 데다 심지어는 윤정이 저지른 아주 작은 실수 하나까지 들고 와서 조목조목 따져 들었다. 틀린 말은 하나도 없지만 듣다 보면 사람 신경을 칠판에 분필로 죽죽 내려 긋는 것처럼 날카롭게 만들었다.

"이거 다 원래 하던 일이잖아?"

"원래 하던 일이 어디 있어요. 참고 했던 거지."

그리하여 다연의 머릿속도 터지기 직전 상태가 됐다. 구석에 박혀 있던 양 대리가 조심스레 가방을 챙겨 나가는 게 보였다. 다들 말을 안 해서 그렇지 가시방석이 따로 없는 모양이었다. 오늘 같아선 없는 외근도 만들어서 나갈 판이다.

"이게 신 대리님 탓은 아니잖아요."

팔짱을 끼고 '어디 얼마나 가나 보자.' 하고 버티고 있던 지원이 결국 신 대리 편을 들며 중재를 해 왔다. 다른 사람들은 다 살얼음판 같은 분위기에 입도 못 여는데 혼자 일어서는 게 김지원다웠다. 재민은 그런 지원의 얼굴을 힐긋 쳐다본 후 담담히 말을 이었다.

"그럼 누구 탓인데요."

"결정 장애 있는 신부 탓을 해야죠."

"다섯 번이나 번복했으면 이쪽도 문제가 있는 거예요. 자꾸 받아 주니까 더 그러는 거 아니에요. 무슨 감정 노동 해요?"

차게 웃은 재민이 작은 소리로 폭탄을 터뜨렸다.

"아니면 빵이 친 만큼 돈이라도 받던가."

지원의 얼굴에 '기가 막힌다.' 라는 문구가 두둥실 떠올랐다. 이게 지금 회사 한복판에서 할 소리인가, 하는 심정이 고스란히 드러나는 눈빛이었다. 할 말을 잃은 지원을 대신해, 이마를 싸매고 있던 다연이 미간 사이를 세게 누르며 대꾸했다.

"둘 다 그만해요."

착 가라앉은 목소리를 듣자 재민의 고개가 이쪽을 향한다. 피곤함을 굳이 감추지 않은 그녀의 표정에 재민 역시 미소가 지워진 채 밖으로 나갔다. 지원은 재민의 등이 복도로 사라지는 것을 보자마자 다연에게 다가와 분통을 터뜨렸다.

"저 인간 갑자기 왜 저래요? 잘리고 싶어서 작정했대요?"

신 대리님이 착해 보일 지경이라고 떠드는 걸 한참 듣고 있으니 골이 더 아팠다. 숨 돌릴 겸 자판기 앞으로 가자 멀리 나가지 않았던지, 이온 음료를 마시는 재민이 거기 서 있었다. 발을 돌리기엔 이미 늦어서 어쩔 수 없이 다가가는 사이, 다른 손에 쥐고 있는 물건이 보인다. 가까이 가서 보니 하얀 담뱃갑이었다.

"여기 금연……!"

저도 모르게 목소리를 높이는 다연을, 재민이 가만히 쳐다본다. 그리고 다연의 단말마가 끝나기도 전에 빈 담뱃갑을 쓰레기통에 집어 던진다.

"회사에선 안 펴요."

착각인 걸 알고 나니 뻗은 손이 민망했다. 그 자리에 멈춰 선 다연을 보며 벽에 기댄 재민이 피식 웃었다.

"예전 같으면 당연히 줍거나 버리려는 줄 알았을 텐데 지금은 아니네요."

"윤재민 씨."

"사람 보는 눈이 너무 바로 바뀌는 거 아닌가."

"……그만해요."

결국 이마를 감싸 쥔 다연이 날카로운 어조로 말했다. 오해한 건 미안하지만, 오늘 하루 종일 재민의 태도도 좋질 않았다. 둘 사이에 무슨 일이 있었건 사적인 감정을 일까지 끌고 들어와서 분위기를 엉망진창으로 만드는 건 절대 안 될 말이었다.

"그만 못 하겠는데요."

그러나 그렇게 금을 긋고 못을 박는 태도를 알아채자마자 재민의 눈이 서늘하게 변했다.

"이렇게라도 안 하면 대리님은 평소랑 똑같은 표정으로 거기 서 있을 거잖아요."

"……."

"난 엉망진창인데."

재민은 이제 성후가 일을 잘 처리하건 말건, 뒤에서 욕을 하건 말건 아무 관심도 없었다. 오직 저렇게 침착한 얼굴로 서 있는 다연의 마음을 어떻게 하면 흔들어 놓을 수 있을지, 그 생각뿐이었다. 그러니 다연과 둘이 남았을 때는, 도망가려는 옷깃을 잡아 붙들어 매서라도 둘만 나눌 수 있는 대화로 끌어들이고 싶었다.

한참을 대답 없이 버티던 다연이 까슬한 목소리로 답했다.

"부서 이동 건의해 줄까요?"

재민의 표정이 굳어 간다. 그러나 다연도 고민 끝에 나온 말이었다. 혼자 당하는 거면 참아 보겠는데 사방으로 쏟아 내는 말의 비난이 너무 강해서 이대로 둘 수가 없었다.

"불편한 거 알아요. 내 잘못이니까 내가 가서 말할게요. 오늘이라도……."

"그것도 안 묻고 넘겨짚을 거예요?"

재민의 손에 쥐여 있던 음료수 캔이 사정없이 구겨졌다. 목소리도 평소보다 훨씬 거칠었다.

“이제부터 뭐든 나한테 들어요. 미리 알고 있던 거라도 다시 들어요. 그렇게 나에 대해서 다 안다는 식으로 말하지 말고.”

“…….”

“어차피 전부 틀리잖아요. 지금도 불편해서 그러는 거 아니에요.”

“…….”

“이런데도 대리님 좋아하는 게 짜증 나서 그래요.”

다연의 입술이 멈칫했다. 잠 한숨 못 잔 것처럼 파리한 옆모습이 그제야 눈에 들어온다. 입을 굳게 다물고 무언가 생각하던 재민이 다음 순간 갑작스레 다연을 바라봤다.

“고백을 이런 식으로 할 거라곤 생각도 못 했는데…….”

“…….”

“나 대리님 좋아해요.”

본인이 말하고 본인이 허무하게 웃는다. 처음 마리아쥬에 들어올 때만 해도 지금껏 하던 대로 적당히 거리 두고 가식 떠는 방식으로 세 달을 버티려고 했다. 사람들 앞에서 가면을 쓰고 살아온 지가 근 5년이다. 오래된 만큼, 재민에게도 그게 훨씬 편한 방식이었다.

“좀 됐어요. 좋다고 생각한지.”

그러나 다연의 앞에선 그러고 싶지가 않았다. 이 사람이라면 내 과거를 알아도 밀어내고 도망가는 대신 어떻게든 이해해 보려고 노력해 줄 것 같았으니까. 사실, 다른 어떤 것보다 그 마음이 깨진 게 아팠다.

“내가 대리님 좋아했던 거, 그것까지 몰랐다고 하고 싶으면 그렇게 해요.”

어차피 이럴 바에야, 조금이라도 가까울 때 말할걸. 이 관계가 무너질까 봐 겁나서 제대로 된 고백도 못 해 봤는데 설마 이렇게 다 깨부수듯 말하게 될 줄은 몰랐다.

“건의든 뭐든, 그것도 맘대로 해 봐요. 아마 안 되겠지만.”

대답을 원천 봉쇄해 버린 재민이 안으로 향한다. 다연은 그 뒷모습만 한참을 바라보며 입술을 깨물었다.

스물다섯의 윤재민은 한적한 곳에 가서 혼자 우는 것이라도 할 수 있었다. 지금은 바싹 말라서 그럴 여유도 없어 보였다. 그렇게 만든 사람이 자신이라는 게 무서울 만큼 먹먹하게 다가왔다. 남에게 상처 주는 삶은 살지 말자고 늘 결심했는데, 어쩌면 재민은 5년 전 그날보다 오늘, 더 큰 상처를 받은 게 아닐까. 그걸 생각하면 도저히 앞에 나갈 수가 없었다.

잡아야 하나. 그걸 원하기나 할까. 땡볕에 현기증이 아찔하게 몰려왔다. 시멘트 벽에 등을 기댄 다연이 이젠 아무것도 모르겠단 심정 그대로 습한 숨을 내뱉었다.

컨설팅부에 새로 들어온 인턴이 미쳤다는 얘기는 김승아 과장이 임신했다는 얘기보다 세 배쯤 더 빨리 사내로 퍼졌다. 좁은 회사라 소문이 꼬리에 꼬리를 물고 이어지니 막을 수가 없었다. 결국 오후 근무가 끝날 때쯤 사무실 전화가 울렸다. 오랜만에 듣는 김 과장의 호출이었다.

— 그 인턴 뭐야?

아직 곳곳에 사람들이 있다. 눈치를 보다 전화를 끊고는 휴대폰을 들고 밖으로 나섰다. 수화음이 한 번 가기도 전에 전화를 받은 승아가 닦달하듯 말을 이었다.

— 내가 걔 신경 쓰인다고 했지?

"저 때문에 그래요."

— 강 대리 때문이라니? 뭐야, 혼냈어? 아니, 상사한테 혼났다고 그렇게 막 나가는 놈이 세상천지 어디 있어?

"개인적인 문제예요."

아려 오는 눈썹을 문지르며 답하자 잠시간 침묵이 흐른다.

— ……원래 아는 사이였어?

"네."

또다시 침묵. 뭘 물어봐야 할지 감도 안 오는지 허, 참, 이런 소리만 계속 들렸다.

— 어쩐지 이상하다 했더니. 그래서 챙긴 거야?

"그렇게 티가 많이 났어요?"

— 몰라서 묻는 건 아니지?

둘 다 참 기가 막힌다는 말을 끝으로 한동안 씩씩대기만 하던 김 과장의 불평불만은, 아니나 다를까 마지막엔 성후를 향했다.

— 빌어먹을 임 팀장은 대체 뭘 믿고 그런 인간을 보낸 거야?

평소 싸움이 날 땐 성후 쪽이 더 감정적이라 승아가 이길 때가 많았지만 이 경우는 다르다. 누가 봐도 억지를 쓰고 있는 게 빤해서 다연이 중재에 나섰다.

"임 팀장님 탓 아니에요. 개인적인 이유라니까요."

— 그게 말이나…… 아니, 잠깐만.

"네?"

— 잠깐 전화 좀 끊자. 나 생각나는 게 있어서. 맞으면 임성후는 반 죽었어.

갑자기 심각해진 목소리로 전화를 끊는 걸 보고 잠시 이마를 짚었다. 무슨 일인지는 모르겠지만 낼모레 애아버지 되는 분을 죽이겠다고 하니 이쪽도 마음이 편치 않다.

"누가 누굴 걱정하냐, 지금……."

넋 나간 사람처럼 한번 중얼거린 다연이 다시 사무실로 향할 때였다. 탕비실을 점령한 그녀 덕분에 직원들이 화장실 뒤쪽 코너에 모여 떠드는 게 보였다. 같은 팀이 아니라 그냥 지나가려고 했는데 재민의 이름이 들렸다.

"……."

별별 얘기가 다 나온다. 집안에 일이 있다느니 신 대리가 계속 꼬리 치다 싸운 거라느니 이직 생각이 있다느니.

"지금 무슨 얘기들을 하는 거예요?"

소문 좋아하는 회사라고 해도 저건 심하다 싶을 정도로 떠들어 대는 걸 보고 결국 다연이 앞으로 나섰다. 벽을 두드리며 시선을 끌자 다들 놀라서 쳐다본다.

"이럴 시간에 들어가서 고객 프로필 한 번이라도 더 쳐다봐요."

처음엔 찔리는 표정이었으나 나중엔 평소보다 훨씬 냉랭한 다연의 말투에 대놓고 표정을 굳혔다. 저걸 돌아볼 정도의 정신머리가 없어 막 지를 수 있다는 게, 이 사태의 유일한 장점이었다. 다연 자신의 평판보다는 윤재민의 평판이 훨씬 신경 쓰였다. 헛소문이 도는 것도 싫고 무엇보다 그냥 재민에 대해 아무것도 모르는 사람들이 저렇게 떠들어 대는 것 자체가 불편했다.

사무실로 들어가는 유리문 너머로 자리에 앉아 컴퓨터를 들여다보는 윤재민의 뒷모습이 보였다. 지난 5년간 이곳에서 해 왔던 갖은 고생이 주마등처럼 스친다. 운동하고 꽃집에 가서 따로 꽃 배우고 스냅 사진 때문에 사진동호회에 가입하고. 다연에게 있어 그 모든 보람의 근간은 분명 윤재민이었는데, 정작 당사자에게 이렇게 상처 주고 나니까 그게 다 무슨 소용인가 싶었다.

작게 한숨을 내쉬고 자리로 돌아갔다. 다연의 인기척을 느끼고도 재민은 고개를 돌리지 않았다. 언제든 다연을 따라 움직이던 시선이 사라진 하루는, 평소보다 평화롭고 또한 지루했다.

그렇게 긴긴 저녁이 지난 후, 퇴근 직전이 돼서야 분주한 분위기를 틈타 신 대리가 찾아왔다.

"잠깐 시간 돼?"

회사에서 할 얘기가 아니라며 따로 카페까지 가잔다. 이 인간이 다연과 이렇듯 심도 깊은 대화를 나누고 싶어 한 적이 있던가. 고르고 골라 심신의 컨디션이 최악일 때 맞붙는 걸 보면 역시 신 대리와는 사주가 맞질 않는 모양이었다.

짐을 정리하고 회사 뒤쪽 카페로 나가니 이미 칼퇴를 끝내고 거기 앉아 커피를 쪽쪽 빨고 있는 윤정의 모습이 보였다.

"나 그간 강 대리한테 못한 말 있어."

의자에 엉덩이 붙이기가 무섭게 윤정이 닦달하듯 말을 퍼붓는다. 떼쓰는 것처럼 한껏 눈썹을 내리고 하는 말에 다연 역시 조금 신경질적으로 답했다.

"뭔데요."

"윤재민 씨 좀 이상해."

오늘 하루 종일 이상했던 사람인데 그걸 뭐 말로 해야 아나? 그런 눈빛으로 쳐다보는 다연에게 신 대리가 미간을 심각하게 좁히며 대꾸했다.

“진짜 이상하다고. 나 말고 양 대리도 느꼈대.”

“뭐가 이상한데요.”

“남의 얘기 엿듣는 거 같을 때가 있어. 윤재민 씨랑 같이 다닌 다음부터 휴대폰도 자꾸 잃어버리고.”

떨어진 걸 주워 왔다며 가져다준 것만 세 번이란다. 사진을 보여 달라고 하거나 SNS 구경해도 되냐고 물은 적도 많았다고 하는 걸 듣고 문득 지원의 휴대폰에 관심을 갖던 재민의 모습이 떠올랐다.

“……그렇다고 해도, 그게 문제가 되는 건 아니잖아요.”

더군다나 신 대리 성격이면 재민이 물어보기도 전에 본인이 먼저 보여 줬을 것 같은데 저쪽이 날카롭게 나오자마자 바로 저런다. 예전같이 서글서글 웃는 사람이라면 지금 다들 이런 식으로 대할까. 사람 대하는 태도가 한순간에 변한다고, 재민이 차갑게 말하던 게 떠올라서 마음이 무거워진다. 굳이 이번 일이 아니었더라도, 예전부터 그런 식의 태도를 겪어 온 사람처럼 씁쓸한 눈이었다.

“강 대리가 주의 한번 줘야 하는 거 아니야? 오늘 태도도 안 좋았는데.”

다연의 반응이 시큰둥하자 신 대리가 입술을 비죽인다. 자리를 주면 본인이 알아서 하겠다느니, 남한테 책임감이 없다느니 갖은 막말 다 해 놓고 불편한 일 생기니까 쪼르르 달려와서 일러바치는 게 딱 초등학생 같다. 오늘따라 저 동그란 이마를 진심으로 쥐어박고 싶었다.

“그간 윤재민 씨한테 도움 받은 건 생각 안 하세요?”

“누가 인 한대?”

아주 반말이 입에 뱄네, 뱄어. 내가 과장 자리에 올라도 이 인간이 과연 경어를 써 주려나. 함께 일한 게 4년이라 미운 정 고운 정 다 들어서 이런 인간을 맘 놓고 씹어 대지도 못하는 성격이 원망스러울 다름이었다.

"제가 한번 말해 볼 테니까, 대리님은 티 내지 마세요."

이마를 쥐어 싼 채 대답하자 원하는 답을 들은 신 대리가 빙긋 웃으면서 떠난다. 커피값은 자기가 내겠다고 생색내고 가는 뒤통수가 참 작다. 머리가 작아서 그런가, 뇌도 작고 생각도 작고. 그러니 별수 있나. 저기에 업무 관련 사항을 넣어 주는 것만으로도 감사하다고 해야지.

얼음이 다 녹아 사라진 커피를 보며 가만히 입술을 뜯었다. 카페에 들어오기도 전에 신 대리가 미리 시켜 놓은 것이었다. 딱히 말하지 않아도 윤정은 다연의 취향을 알고 다연 역시 윤정의 취향을 안다. 오랜 시간을 곁에서 보낸다는 건 남은 모르는 아주 사소한 일까지 아는 것이 가능하다는 뜻이었다. 설령 서로를 원수 보듯 하는 상대라 할지라도.

재민과도 어쩌면, 조금 더 시간이 있었다면. 이런 식으로 서로 상처 주지 않고 이야기를 나누는 게 가능하지 않았을까.

생각이 자꾸 꼬리를 물고 윤재민에게로 이어진다. 피로가 몰려와서 바짝 마른 눈을 감았다. 감았다 뜨는 것만으로 안에서 모래가 구르는 것처럼 날카로운 아픔이 느껴졌다.

아슬아슬한 분위기로 사흘이 흘렀다. 터지기 직전의 상황이 몇

번 생길 뻔했지만 기본적으로 냉랭해졌을 뿐, 해야 할 일을 안 한 건 아니기 때문에 다들 재민의 눈치만 보고 있지 화를 내진 못했다.

다연도 평소처럼 일을 했다. 일이라도 해야 저쪽으로 가는 시선을 돌릴 수가 있어서 평소보다 열심히 했다. 그러다 회사 블로그에 글을 올릴 때쯤 돼서야 얼마 전 주얼리 숍 미팅 때 찍은 사진이 저쪽에 있단 걸 깨달았다.

"……."

이 핑계라도 대고 먼저 말을 걸어 볼까. 고민하는 사이 재민에게서 먼저 메일이 도착했다. 그간 본인이 맡았던 부분의 자료를 보냈다는 걸 알자 옆머리가 빠근하게 저렸다. 오늘 윤재민은 하루 종일 창백한 얼굴로 컴퓨터 앞에만 앉아 있었다. 며칠 만에 끝낼 양이 아니었는데 더는 마주칠 일 없게 하려고 무리해서 작업을 해치운 모양이었다.

이렇게까지 한다는 건, 앞으로도 말 안 할 생각인 거겠지?

아랫입술을 한 번 물었다가 다연도 말없이, 쌓인 일만 하나씩 해 나갔다. 말 안 하는 걸 다행이라고 생각하는지, 아니면 이번에야말로 끝날 것이라는 데서 오는 불안인지. 스스로도 답을 내릴 수 없는 질문뿐이었다. 더 불행한 건 이 질문에만 매몰돼서 다른 고민은 한번 들춰 볼 시간도 없다는 거였다.

퇴근 시간쯤 되자 어제와 엊그제에 그랬듯, 휴대폰에 부재중 전화가 찍히기 시작했다. 성격상 오늘쯤엔 폭발하겠다고 예감한 다연이 평소보다 일찍 가방을 챙겨 나갔다.

"언니! 여기!"

입구에는 아니나 다를까 다경이 득달같이 달려와 대기하고 있었다. 완선 미안해 숙겠음, 이란 얼굴을 한 다경에게 요즘 네일 숍

한가하냐고 어설프게 농담을 날렸다. 오늘의 다경은 그 농담마저 황송해서 못 받아먹는 입장이기 때문에 결국 식당에 갈 때까지 서먹한 분위기가 계속됐다.

"내가 말실수해서 그렇지?"

안에 들어가자 이미 예약이 되어 있었는지 수저 세팅에 주문까지 다 끝나 있었다. 평소 뜯어먹던 습관은 아예 삭제하기로 한 건지 다연을 봉양하는 데 여념이 없다. 그럼에도 불구하고 밑반찬 하나 곱게 넘어가질 않았다.

"뭐래? 헤어지재? 어떡해. 나 평소엔 그런 실수 안 하는데. 그날은 왜 그랬나 모르겠어."

묵묵히 듣고만 있던 다연이 저 얘기에 고개를 들었다. 처음 봤을 때도, 같이 지내던 시간에도 다연을 기억해 내지 못하던 남자였다. 다연은 그날 윤재민을 꽤 오래 봤지만, 정작 당사자는 다연의 얼굴을 정면에서 본 적이 한 번도 없으니 당연한 일이었다.

"그날 뭐라고 했는데?"

그랬던 사람이 갑자기 모든 걸 알아챘을 땐, 어쩌면 주변 사람의 입김이 있었을지 모른다고 생각했다. 오피스텔 앞에서 윤재민을 만났다는 다경의 전화를 받고선 더더욱 확신했고.

물어보는 다연의 얼굴이 핼쑥하다 못해 시체 같아서인지, 다경은 대답을 하면서도 발을 동동 굴렀다.

"완전 미친 소리 했어. 언니한테 전 연애 얘기 더 이상 안 하는 게 좋을 것 같다고."

"……."

"내 뺨이라도 치고 싶네. 눈치를 아예 밥 말아 먹고 갔나 봐, 그때."

다연은 넘어가지 않는 음식 대신 물만 마시며 다경의 이야기를 경청했다. 윤재민이 어떤 식으로 상처받은 건지 알고 싶었기 때문이다. 다 듣고 나니 생각보다 무덤덤하고, 한편 허무했다.

"근데 그 사람은 전 여친이 어느 정도였기에 말만 꺼냈는데 이 난리인 거야?"

그런 다연을 보며 다경이 조심스레 묻는다. 테이블 모서리를 보며 한참 입을 다물던 다연이 대답했다.

"결혼이었어."

"어?"

"연애가 아니라 결혼이었다고."

멍하니 있던 다경이 젓가락을 떨어트렸다.

"유부남이야? 이혼했어?"

"이혼이 아니라 파혼. 직전에."

"어쨌든 식장까진 갔단 얘기 아냐!"

다경이 경악 서린 표정으로 꽥 소리를 질렀다. 다연의 연애 사업이 잘되면 잔소리 좀 덜 듣겠단 생각에 등 떠밀었던 게 지금은 사채 빚만큼이나 감당이 안 됐다.

"한 여사 알면 난리 나겠네. 언니 미쳤어?"

다경이 자기 머리를 양쪽으로 쥐어뜯으며 쏘아붙이듯 말했다. 손이 발이 되게 빌어도 모자랄 마당에 저렇게 나오니 다연도 참았던 분노가 조금씩 올라왔다.

"연애랑 결혼이랑 뭐가 달라? 연애면 용서가 되고 결혼이면 용서가 안 되는 거야?"

"그럼 그게 같아?"

"나한텐 똑같아."

"그건 언니가 연애를 안 해 봐서 그래!"

말이 끝나기 무섭게 아예 가방 들고 자리에서 나가려는 다연의 발목을, 다경이 협박조로 내뱉으며 간신히 붙잡았다.

"지금 나가면 한 여사한테 다 꼰지른다!"

"강다경!"

"일단 좀 앉으라고! 나도 말 가려 할 테니까."

무슨 콩깍지가 씌었는지 지금 다연은 역성을 든다는 표현이 딱일 정도로 그 남자를 감싸고 있다. 이러니 다경도 평소보다 열이 올라서 바락바락 악을 쓰게 된다. 한바탕 폭풍이 지나간 후에야 물을 반 통 정도 비운 다경의 입이 먼저 열렸다.

"언니, 연애랑 결혼은 완전히 달라. 내가 왜 연애만 하고 사는데. 책임지기 싫어서 그러는 거야. 그게 보통 무거운 감정인 줄 알아?"

"그럼 책임지려고 노력한 사람이 무겁다는 이유로 욕먹는 건 정상이야?"

"언니, 진짜 이럴래? 나도 남 일이었으면 이렇게 말 안 해."

다경이 답답하다는 듯 인상을 찡그리며 답한다. 그러나 다연도 한 치의 물러섬이 없었다. 신 대리도 그렇고 다경도 그렇고 재민이 얼마나 힘들었을지는 관심도 없는 채로 가볍게 말하는 것 같아서 속이 상했다.

"윤재민 씨 아직 너한테는 남 맞아. 그러니까 그런 식으로 말하지 마. 그 사람한테 상처받은 건 나니까 욕을 해도 나만 할 거야."

말을 뱉은 순간, 다연이 입술을 깨물고 말을 멈췄다. 다경 역시 마찬가지였다. 완벽하게 벽을 치고 그 안에서만 싸우겠다고 하는 태도가 이미 그쪽 편을 들고 있다는 걸, 둘 다 깨달았기 때문이다.

"……일 났다."

다경이 한숨을 푹, 내쉬며 말을 잇는다. 밥맛이 뚝 떨어졌는지 아예 식탁에서 멀어져 의자에 등을 기대는 게 보였다. 다경의 목소리가 사라짐과 동시에 다연은 모든 사고가 재민에게로 쏠렸다. 다연에게 둥지가 있다고 했던 말. 일단 테두리 안에 들어가면 그 사람을 지키려고 노력한다는 말. 재민은 늘 그런 말을 하면서 부럽다는 눈을 하고 아직 거기 들어가지 못한 것 같다고 쓸쓸한 분위기를 풍겼었다.

심호흡을 두어 번 한 다연이 자리에서 일어섰다.

"어디 가?"

"윤재민 씨 보러."

대화를 하면 할수록 재민에게 가야겠단 생각밖에 안 든다. 많이 놀라고 다쳐서 다시는 재민을 안 보려고 하는 건 줄 알았다. 그런데 그게 아니었다. 다 잊은 척 볼 수 있을 때까지 시간을 벌려고 한 것뿐이었다. 상처받은 것보단 즐거웠던 게, 힘들게 한 것보단 다정하게 대해 준 게 기억난다. 언제나 답답하기만 했던 이 성격이 다행이라고 이 순간 처음 생각했다.

멍청한 표정으로 그런 다연을 보던 다경이 여기다도 휘발유를 부었다는 걸 뒤늦게 깨닫고 옷자락을 붙잡았다.

"가는 건 언니 맘인데 한 여사한텐 이 얘기 입도 뻥긋하지 마. 알았지?"

제법 간절한 얼굴로 말하는 걸 보니 다연의 이마에 '결심'이란 두 글자가 써 있기라도 한 모양이었다. 다연은 대꾸를 해 주지 않는 것으로 소심한 복수를 끝낸 채 발을 옮겼다. 요 근래 어딜 가든 달려 있던 무거운 추가 떨어져 나간 것처럼 가벼운 발걸음이었다.

9시쯤 이름 없는 집에 도착했다. 간판을 앞에 두고 쉼 없이 땅을 파다 큰 결심을 하고서 들어갔다. 감정 노동이라고 냉소적으로 뱉어 내던 재민의 말이 가슴에 콕 박혀 있다. 그런 식으로 생각하고 있다는 걸 알고 나니 앞에 나서는 게 무섭다. 다연 역시 신 대리보다 심하면 심했지 덜하진 않았던 감정 노동을 본인에게도, 남에게도 시켜 온 거니까. 그럼에도 몇 번이고 거절당할 걸 각오하고, 풀어 보자고 온 거였다.

저번 알바생과는 다른 직원이 혼자 온 다연을 카운터 쪽 작은 테이블로 이끌었다. 양해를 구하고 자리에 앉아 먹지도 않을 안주를 바리바리 시켰다. 저녁 대신 이거나 씹자, 하면서 무념무상의 상태로 30분, 1시간. 전화 한 통 걸지도 않고서 올지 안 올지 모를 재민을 그냥 내내 기다렸다.

"여기서 뭐 해요?"

그렇게 2시간이 지나서야 재민의 얼굴이 보였다. 들어오자마자 이 자리로 온 걸 보면 아마 가게 주인이라던 친구가 연락한 게 아닌가 싶었다.

"……."

윤재민의 얼굴을 보자마자 조금 전까지는 버튼만 누르면 자판기처럼 쏟아 낼 수 있을 줄 알았던 말들이 혀끝에 묶여 굴러다니기 시작했다. 다른 얼굴에 다른 분위기, 한순간도 이쪽을 똑바로 향하지 않는 표정 때문에 손이 저려 온다.

"할 말 있으면 빨리 해요."

죽을 맛이란 게 이런 거구나. 입술만 달싹이는 사이 전화벨이 울렸다. 꺼내 보니 다경의 전화였다. 이 상황에선 절대 받을 수 없는 전화였고 표정도 조금 굳었다. 그걸 어떻게 이해했는지 조금 전까진 무심하던 재민의 눈동자에 갑자기 빛이 돌아왔다.

"누구 전화예요?"

"네?"

당장이라도 휴대폰을 가져가 대신 받을 기세로 뻗던 손이 귀퉁이만 조금씩 사라진 채로 산더미처럼 쌓인 음식을 보고 멈칫했다. 전에 그 스토커 같은 남자한테 온 전화인 줄 알고 표정을 굳혔단 걸 뒤늦게 깨달은 다연이 조용히 말했다.

"요즘엔 그 전화 안 와요."

"……."

"……걱정돼요?"

대꾸를 하든 안 하든 같은 결론이란 걸 알았는지 재민이 한숨과 함께 고개를 돌렸다. 곧 다른 자리를 찾아 가려는 걸 보고 다연이 황급히 팔을 뻗어 붙잡았다.

"윤재민 씨."

옷깃을 잡자 그 자리에 멈춘다. 부르는 걸 알면서도 입은 열지 않는다. 그런 주제에 또 움직이지도 않는다.

"비혼주의자인데 왜 이 일을 택했냐고, 나한테 물어본 적 있죠?"

다연은 그런 재민의 모습에 작은 희망을 품고 조그맣게 속삭였다.

"윤재민 씨 때문이었어요. 나한텐 의미 있는 사람이란 게 그런 뜻이었어요."

"……."

"다른 사람들의 사정을, 좀 이해해 보고 싶었어요. 사람이 아니라 그 사람의 사정을 미워하고 이해하는 사람이 되면……."

그럼 언젠가, 당신처럼 다친 사람의 마음도 알 수 있을 것 같아서. 위로할 수 있을 것 같아서. 차마 그 말까지 뱉지 못하는 다연을 보고 재민이 담담하게 대꾸했다.

"그래서, 여기도 날 이해해 보려고 온 거예요?"

"……."

"바쁘네요. 집까지 따라온 놈도 이해하고 거짓말한 놈도 이해하고."

"그 사람이랑 비교하지 마요."

그 말에 윤재민의 시선이 흐려진다. 입술을 빤히 쳐다보는 걸 보고 다연의 표정에도 살짝 긴장이 서렸다. 그 모습에 재민이 피식, 소리 나게 웃었다.

"그 새끼나 나나 똑같아요."

마르고 하얗기만 한 다연의 팔이 흰 블라우스 안에서 움직인다. 그 선을 따라서 어디까지 눈으로 훑었는지 안다면 지금 이렇게 가까운 거리에서 경계심이라곤 없이 앉아 있을 수는 없었을 텐데.

"5년 전 그날, 어떤 눈으로 날 봤을지. 그 생각 하는 것만으로 미치겠다가도 대리님 얼굴만 보면, 그냥 다 없던 일로 하고 전처럼 돌아갈 순 없을까, 가까이 갈 순 없을까."

말끝을 흐린 재민이 조금 먼 곳으로 시선을 던진다.

"그런 생각만 해요. 견딜 자신도 없으면서."

짧게 덧붙인 말에 다연의 표정도 흐려진다. 하는 말마다 비틀리고 상처 준다는 걸 안다. 그러나 재민 역시 이 와중에 동정으로라도 예전처럼 돌아갈 순 없는 건지, 그 생각을 떠올린 스스로가 점점 작아지고 비참해져 다연의 말을 좋게 받아들일 수가 없었다.

"그러니까 본인이 겪어 본 거 아니면 이해하겠다고 나서지 마요."

이번엔 다연을 등 뒤에 두고 걸어 나가지 않는다. 그냥 그저 자조 섞인 웃음을 지은 채 벽에 기대 다연을 쳐다보고 있다.

"……싫어요."

그게 꼭, 당장이라도 달아나라고 말하는 것 같아서 더더욱 발을 뗄 수가 없었다. 천천히 자리에서 일어난 다연이 떨리는 목소리로 재민에게 답했다.

"사람이 모든 일을 다 겪어 볼 순 없는 거잖아요."

"……."

"겪어 보지 않아도 참견할 수 있다고, 윤재민 씨도 말했잖아요."

고집스런 눈빛으로 버티는 다연을 보고 재민의 표정이 서서히 굳어 갔다.

"최소한 당사자가 원하지 않는 참견은 하지 말아야죠."

목소리가 싸늘하다. 결코 좋은 징조가 아니란 걸 알 것 같았다. 그렇지만 이젠 뒤로 물러설 수 없다는 걸 알고 있는지라 다연의 입에서 나오는 말도 완강했다.

"잘못 가고 있으면 참견할 거예요."

"……."

"나한테 기회 좀 줘요."

"내가 그렇게 말했을 땐 나한테 기회 줬어요?"

짓씹듯 나온 말에 감정이 많이 묻어 있었다. 다연을 좋아하고 아껴 주고 싶다고 생각했던 만큼 그게 아니라는 걸 알았을 때의 배신감과 슬픔도 컸다. 그 감정을 어떻게든 이겨 보려고 이리저리 피하는데 찾아와서 괴롭히는 다연의 모습이, 지금은 잔인하게 느껴졌다.

"안 줬어요."

다연이 작게 속삭였다.

"그래서 지금도 후회해요."

아주 작은 배신으로도 마음이 아픈데, 완전히 믿고 난 후에는 더 무서울 것 같아 걸음을 뒤로 물렸다. 지금은 시간을 되돌릴 수 있다면 그때로 돌아가 재민과 솔직하게 대화했을 거라고 생각한다.

"윤재민 씨는 그런 후회 안 했으면 좋겠어요. 그런 후회, 안 하게 해 주고 싶어요."

재민은 말없이 그런 다연을 바라봤다. 얼마나 긴장을 했는지, 말아 쥔 손등이 새하얗다. 거기 시선을 두자 곧 가느다란 손가락이 재민을 향해 다가왔다. 거리가 가까워지고 두 손이 포개지기 직전, 그걸 가볍게 쳐 내며 이를 악물고 말했다.

"그만해요."

허공에 뜬 손이 갈피를 잡지 못한다. 예전 같으면 재민의 이런 거절 한 번에 물러났을 여자인데 이젠 면역이 생긴 건지 꿋꿋하게 다시 뻗는다. 조심스레 다가와 옷깃을 붙드는 감각에 재민이 결국 억눌린 고함을 질렀다.

"내가 그만하라고 했죠!"

밀어 내는 힘을 못 버티고 소파에 주저앉은 다연이, 위에서 자신을 노려보는 재민의 눈빛에 숨을 삼켰다. 금방이라도 턱을 붙잡고 억지로 입이라도 맞출 것 같은 표정이었다.

"나랑 얽혀서 한 번 후회했으면 더는 후회할 짓 하지 마요."

"……."

"나와요. 데려다줄 테니까."

다연의 둥근 어깨가 두려움으로 빳빳하게 굳었다. 그걸 본 뒤에야 재민도 숨을 뱉으며 고개를 숙였다. 말을 끝으로 등을 돌려 걸어 나가는 걸 보고 다연이 황급히 가방을 들고 그 뒤를 따랐다.

골목골목을 돌아 한참을 걷는 동안, 재민은 여러 번 숨을 멈췄다. 늦은 밤공기를 타고 다연의 체취나 목소리 같은 게 은근히 건너온다. 이만큼 가까이에서 본 게 오랜만이라 마음이 또 술렁였다.

"오늘처럼 오는 거 하지 마요."

큰길에 나온 후에야 등을 돌린 재민이, 뒤에서 묵묵히 따라오던 다연을 쳐다봤다. 평소보다 조금 가라앉고, 또 어두운 음성에 다연이 흔들리는 눈을 들어 자신을 올려다본다.

"나 지금 엉망진창이에요. 5년 전 그때보다 훨씬 심해서 나도 날 어떻게 해야 할지 모르겠어요."

"……."

"그러니까 제발 이런 식으로 사람 좀 흔들지 마요."

밤바람에 셔츠 깃이 흔들리는 게 느껴졌다. 마음도 이렇게 휘청대고 있다는 걸 알 것 같았다. 그러니 상처 주기 싫다는 뜻을 알고 좀 물러났으면 좋겠는데 다연은 고집스레 입술만 다물고 있을 뿐이었다. 그 모습에 지금 이쪽이 가진 감정의 크기가 얼마나 큰지, 얼마나 오래 앓았는지 모르는 것 같아서 답답했다.

"언젠가 누군가에겐 이런 식으로 깨졌어야 할 벽 아닌가요."

한참이 지난 후에야 다연이 입을 연다.

"상처를 아무한테도 보여 주지 않고 낫는 건 불가능하잖아요.

그럼 내가 하고 싶어요. 내가 보고, 낫게 해 주고 싶어요. 이것도 자만이에요?"

태도가 너무도 담담하고 침착하다. 함께 지낸 시간이 열병처럼 떠올라서 힘든 그와 달리 다연은 어디서든 스스로를 놓지 않는다. 감정의 차이를 이런 식으로 매번 보여 줄 필요가 있는 건지, 따져 묻고 싶단 마음이 들 정도였다.

"진짜 책임질 수 있어요?"

이제 그만 상처 핥기를 끝내자며 충고하는 것에 숨이 막힌다. 그래서 지금은, 어떤 말을 하든 좋은 느낌이라기보단 눌러 놓은 입구가 터질 것처럼 아슬아슬하기만 했다. 그걸 다연도 아는지 그 자리에 발을 멈춘다.

"잘못 가고 있으면 참견하는 게 낫다는 말. 그 말 책임질 수 있냐고요."

그때 다연은 얼마 전 교회에서 들었던 목사님 말씀을 떠올리고 있었다. 우리를 시험에 들게 하지 마시옵고 다만 악에서 구하옵소서. 이 시점에 저 말이 생각났다는 건 재민이 건네는 말들이 다 시험이고 악이라는 뜻일까. 그러나 그런 고민을 하고 있는 게 무색할 만큼, 몸은 빠르게 움직였다. 말간 얼굴로 고개를 끄덕이는 다연을 보고 재민이 조금 더, 참기 어렵단 눈을 한다.

"내일 사무실에서 봐요, 그럼. 어떻게 책임지나 볼 테니까."

더운 공기가 두 사람 사이를 덮쳤다. 몸에 달라붙는 습기가 목 안을 타고 더 이상의 말을 막아 낸 밤이었다. 어쩐지 재민의 표정이 위협보단 자조처럼 느껴져서, 다연은 한동안 그 자리를 떠나지 못한 채 작아지는 등만 바라봤다.

아침부터 부서 전체가 소란스러웠다. 평소보다 훨씬 딱딱하게 옷을 입은 재민이 파일 하나를 들고 컨설팅부를 찾은 직후부터였다. 어제 그렇게 헤어졌으니 오늘이라고 마음이 편할 리 없어서 평소보다 늦게 출근한 다연이, 넥타이를 매고 부서 중앙에 서 있는 재민을 보고 멈춰 섰다.

"강다연 대리님."

눈이 마주친 순간, 재민이 평소보다 훨씬 단호한 어조로 말을 뱉었다.

"여기 명단에 있는 사람들은 오후에 재무팀으로 보내 주세요."

그냥 까칠하다고 설명할 분위기가 아니었다. 그동안 해 오던 모습과는 너무 달라서 다들 아무 말 못하고 있는 걸, 다연이 총대를 메고 먼저 물었다.

"무슨 일이에요?"

"재무팀에서 따로 알아볼 게 있어서요."

한 템포도 쉬지 않고 답을 마친 재민이 등을 돌렸다.

"그렇죠? 양미경 씨, 도윤아 씨."

계급장 떼고 이름으로 호명하는 윤재민의 모습에 두 사람의 표정이 얼어붙는다. 다연은 본능적으로 이게 재민이 설명하겠다고 했던 사정이란 걸 깨달았다. 신 대리가 말했던 이상한 행동의 원인도 이것이라는 것 역시.

점점 차가워지는 공기에도 열심히 상황 파악을 하던 다연이 다음 순간 들리는 소리에 고개를 돌렸다.

"그리고."

"……."

"김지원 씨."

생각지도 않았던 이름이었다. 흔들리는 눈빛의 다연을 보며 재민이 무감한 얼굴로 다른 손에 들고 있던 파일 하나를 건넸다. 목록이 낯이 익다. 9월에 있을 웨딩박람회 때 협업하기 위해 미팅했던 업체들이다. 하나같이 업체 쪽에서 어딘가로 돈을 보낸 흔적이 있었다.

"……이게 뭐예요?"

계좌 주인의 이름을 확인한 다연이 다음 순간 파일을 떨어뜨렸다. 지원의 계좌로 천만 원이 넘는 돈이 입금되어 있다. 돌아본 곳엔 다연의 목소리를 듣고 가뜩이나 핏기 없는 얼굴이 더 하얗게 변한 지원이 있었다.

"지원아."

쨍하고 떨어지는 공기가 부서 전체를 뒤덮었다. 열 개도 넘는 시선이 일제히 다연과 지원을 향했다. 때론 말로 전하는 것보다 눈빛 한 번을 보는 것으로 모든 일을 알게 되는 경우가 있다. 지금이 그렇다. 이름이 입 밖으로 나간 순간, 지원의 표정을 보고 직감했다. 여기 적힌 일은 전부 사실이고,

"……."

아마 앞으로는, 전처럼 저 얼굴을 쳐다볼 수 없으리란 것을.

8

초봄의 한기가 완전히 가시지 않은 4월 저녁이었다. 새로 입사한 신입 사원 환영회를 겸하여 컨설팅부 전체 회식이 있던 목요일. 다연은 그날도 늦게까지 하던 외근을 마치고 8시쯤 회식에 합류했다. 여기가 술 권하는 사회는 아닌지라 나중에 합류했음에도 대부분이 멀쩡한 정신으로 다연을 기다리고 있었다. 고픈 배를 쥐어짜며 구석에 앉자 앞자리에 앉아 있던 신입 하나가 맥주병과 잔을 들고 다연을 찾았다.

"안녕하세요, 강다연 대리님 맞으시죠?"

고개를 들자 아직 애티도 가시지 않은 말간 얼굴이 놓여 있다. 김지원. 올해 스물넷. 대학 졸업하자마자 마리아쥬에 입사한 사회초년생. 대강의 프로필을 줄줄 읊더니 사무적인 미소를 지으며 잔을 권한다. 얼결에 식전주를 받은 다연의 배 속이 싸하게 변했다.

요새 애들은 밥 먹기도 전에 막 술을 마시는구나. 그런 생각을 하면서 새로 하나 시킨 찌개에 공깃밥을 비비는 동안 지원은 이 테이블, 저 테이블 다니며 인사를 드리고 잔을 권했다.

그때쯤 승아의 신조가 이미 '실적 아래 모두가 평등하다.' 였기 때문에 몇 사람 빼곤 선배라고 텃세 부리는 분위기가 아니었다. 그렇다고 자청해서 폭탄주를 말고 꾸벅꾸벅 인사하며 다니는 지원의 모습을 나쁘게 볼 필요도 없었다. 다연은 밝게 웃지도 않지만 얼굴 찌푸리는 법도 없이 이리저리 옮겨 다니는 지원을 신기하단 눈으로 쳐다봤다.

승아의 채근에 결국 2차까지 따라붙은 후에도 허리를 반듯이 편 지원의 태도엔 변함이 없었다. 어마어마한 술꾼이로다. 그런 감상만 삼키며 술 취해서 진상 부리는 인간들을 택시 태워 보내고 나니 어느덧 11시였다. 정신이 말짱하단 이유로 뒤치다꺼리를 함께 한 지원에게, 다연이 어색하게 웃으며 말을 걸었다.

"힘들죠? 새 사람 들어와서 다 신났나 봐요."

"힘들긴요. 어차피 두 달이면 다 끝날 관심인데."

"네?"

"그리고 말 놓으세요, 대리님."

말이 살짝 삐끗한다. 아기 같은 얼굴로 표정은 불혹을 넘긴 듯한 지원을 대하기가, 그때부터 참 쉽지 않았다.

"어, 그럴까? 그럼 지원아."

"네."

"다음부터 이렇게 늦게까지 안 남아도 돼."

딴에는 걱정돼서 한 말이었는데 시선에 경계가 한가득이었다. 의도를 파악하려는 것 같기에 황급히 말을 덧붙였다.

"피곤할 것 같아서 그래. 아직 일도 익숙하지 않을 텐데."

한참 표정을 살피던 지원이 긴장을 풀며 조그맣게 답한다.

"진짜 안 힘들어요."

그 뒤를 이어, 담담하게 했던 말이 아직도 기억난다.

"……배고파서 남은 거라."

낡은 운동화 위로 보이는 발목이나 셔츠 소매 사이로 보이는 팔목이 모두 어린아이 것처럼 가늘었다. 그날 다연은 지원에게 숙취해소제를 사 주는 대신 소화제와 간식거리를 사 들려 집으로 보냈었다.

상담실에 앉은 두 사람 사이로 정적이 흘렀다. 만난 지 벌써 2년 가까이 되는데 아직도 지원의 몸은 처음 만난 그때처럼 마르고 앙상했다. 말없이 바닥만 보고 버티는 모습에 결국 다연이 먼저 입을 열었다.

"왜 그랬어?"

"……."

"지원아, 나중에라도 나 볼 생각이면 솔직히 말해."

목소리는 담담하지만 속은 이렇게 평화롭지 못하다. 사람들이 다 보는 앞에서 지원도, 다연도 낯빛이 새하얗게 질렸었다. 끝까지 입을 다물어 봤자 결국 다 드러날 진실이었다. 예전, 그 어린 예비 신부가 그랬듯이.

"내가 몇억 해 먹은 것도 아닌데 더럽게 뭐라고 그러네요."

다연이 답을 듣기 전까진 나갈 생각이 없단 걸 깨달았는지, 곧 오기 서린 목소리가 울렸다.

"한 건 하고 그만두려고 한 거예요. 뻔하잖아요."

"……지원아."

"그렇게 부르지 마세요. 이제 내 상사 아니거든요? 여기 내 회사 아니고."

다연의 입술이 무언가 말하려는 듯 달싹이다 금세 닫혔다. 공격적으로 나서는 지원을 본 건 잦지만 그 대상이 자신이었던 적은 없었다. 그래서 놀라기보단 낯설다. 눈앞에 있는 여자가 내가 알던 후배가 맞나 싶었다.

지원이 고개를 모로 돌려 버리자 대화가 단절됐다. 낙하하는 먼지가 빛을 받아 반짝이는 사이에 상담실 문이 열렸다. 옆을 돌아보니 성후가 호들갑을 떨며 들어오고 있었다.

"어라? 강 대리가 왜 여기 있어?"

말투가 어색하다. 여긴 다른 사람들에게 맡기라며 그녀의 어깨를 잡아끌고 나가는 걸 보니 밖에서 상황 보고 들어온 것 같았다. 뒤돌아본 곳에선 시선을 바닥에 꽂고 있는 지원이 보였다. 마지막까지 다연을 쳐다보지 않는 것에 속이 먹먹해 온다.

"미안하다, 강 대리."

옥상정원까지 올라간 후에야 성후가 먼저 말문을 열었다. 꽤나 착잡한 목소리로 저 말부터 하더니 주변에 아무도 없다는 걸 알고서야 벤치에 나란히 앉아 대화를 시작한다.

"이거 여기까지 털어 낼 일이 아닌데 재민이가 독이 바짝 올라서."

재민이. 예전부터 알아 왔던 것 같은 호칭에 피식, 웃음이 새어 나왔다.

"윤재민 씨랑 무슨 관계예요?"

지쳤는데도 이건 묻게 된다. 아무것도 모르니까. 몰라서 대체 무슨 감정이 먼저 들어야 하는 건지도 알 수가 없었으니까.

"학교 후배야. 내가 이번 일 때문에 잠깐 도와 달라고 불렀어."

"원래 뭐 하던 사람인데요."

"그냥 이것저것. 처음엔 세무 쪽에서 일했던 놈인데 회사 잘 다니다가 친구 놈이 술김에 파혼했다고 떠벌리고 다니는 바람에 그 자리에서 사표 쓴 뒤론 이리저리 부평초야."

미리 듣고 왔는지 파혼이란 단어를 꺼내면서도 막힘이 없다. 다연이 잔뜩 충혈된 눈으로 성후를 올려다봤다. 양쪽 눈치를 다 보던 성후가 일단 한숨부터 내쉬며 말을 이었다.

"자존심 센 놈이거든. 그 회사에 동창들도 많고 하니까 불쌍하게 쳐다보는 시선을 못 견뎠나 보더라. 나와 가지고 개인 사무실 차리고 적당히 굴러갔는데, 사업하려면 어쩔 수 없이 또 결혼 얘기 나오잖아. 그때부터 후배 한 놈한테 사무실 넘겨 놓고 1년, 짧으면 6개월. 어쨌든 소문 안 돌 만한 곳으로 골라서 단기 일만 해 왔어. 한곳에 오래 뿌리박는 게 부담스럽겠지, 본인도."

팔은 안으로 굽는다고, 이 와중에도 마냥 욕만 할 순 없었나 보다. 들으면 들을수록 피곤이 한순간에 몰려오는 바람에 두 손으로 얼굴을 감쌌다. 다들 아무도 원망할 수 없도록 진을 쳐 놓고 안에 돌이라도 던지는 느낌이었다.

웅크린 다연의 어깨를 보니 성후도 착잡함과 두려움이 한꺼번에 밀려왔다. 승아가 이번 일을 알면 절대 가만있을 리가 없는데. 임신한 틈에 조용히 해결하려고 했던 걸 윤재민이 작정하고 판을 엎은 터라 멱살잡이를 하고 와도 속이 풀리지 않는다.

'너 미쳤냐? 그걸 왜 말해!'

처음 일이 터졌다는 소리를 듣자마자 재민을 불러다 닦달하듯 퍼부은 것도 성후였다. 지원의 일까지는 말할 필요는 없었다. 한 번이었고 심지어 중도에 멈췄던 일이라 나중에 다연에게 따로 귀띔이나 할 생각이었기 때문이다. 그러나 서늘한 눈으로 입을 다문 윤재민의 표정도 참 오지게 사연 있어 보였다. 좌우 사정 다 살핀 성후가 골이 깨진다는 표정으로 이마를 짚었다.

'다른 건 모르겠고, 그건 알아 둬라. 넌 인마, 지금 강 대리한테 용서받을 수 있는 마지막 티켓을 날려 먹은 거야.'

그 말을 끝으로 나갔으니 뒤에 남겨진 놈 표정이 어땠는지 알 바 아니었다. 도리어 눈앞에서 하얗게 질린 채 말을 뱉었다 멈췄다 반복하는 다연의 표정이 훨씬 더 직격으로 다가온다.

"지원이가 뭘 어떻게 한 건지…… 아니, 윤재민 씨는 어떻게 이런 걸 다 찾은 건지……."

뭔가 물어보려고 입술만 달싹이다가 결국 힘없이 웃었다.

"죄송해요. 뭐부터 말해야 할지도 모르겠네요."

"아니야, 아니야. 강 대리 심정 충분히 이해해. 나도 놀랐는데, 강 대리는 오죽하겠어."

성후의 손이 허공에서 여러 번 손사래를 치더니 얌전히 벤치 위로 내려갔다. 탁, 탁 나무를 내리치는 소리가 한참 울린 후 다시금 말이 오간다.

"어디부터 얘기해야 하나. 일단 올 4월에 박람회 크게 했던 거 기억나지?"

"네."

"그때 돈이 빈다고 그러더라고."

"네?"

"정확히 말하자면 신랑 신부가 말한 금액이랑 회사에서 받은 금액이 달랐다고 해야 하나? 무슨 이벤트 같은 거 신청하느라 돈이 더 들었다고, 실제로 그 이벤트도 받았다고 하는 거야. 근데 회사에선 그걸 지원한 적이 없거든. 이상하다 싶어서 제대로 좀 찾아보고 싶어도 이런 데 감사팀이 있을 리도 없고, 거기다 컨설팅부 과장이 승아라 머리가 좀 아팠어. 본인도 직원 관리 못했다고 자책할 것 같고."

"……."

"지금 보면 그때 잘 생각한 거지. 허구한 날 병원 신세 지는 사람이 무슨 일을 하겠어."

미아리에 돗자리 깐 것도 아니고, 어떻게 이 타이밍에 애가 들어섰는지는 모르겠지만 자기 엄마 애먼 데 힘쓰지 말란 계시라도 받고 온 모양이었다. 윤재민 그놈이 도와준다고 했으니 망정이지 아니었으면 또 한 몇 개월쯤 어영부영 넘길 뻔했다.

다만 신이 참 공평하다고 느낀 것은 하나의 일에 선견지명을 주더니 다른 일에는 아예 소 잃고 외양간 고치는 것과 비견될 만큼 감당 안 될 똥 무더기를 던져 주고 갔다는 것 정도일까.

"재민이가 뭐 어마어마한 일 한 건 아니야. 그냥 계산이 빠르니까 누구 영수증이 자주 없어지는지, 누구 돈이 비는지. 그런 데서 이상한 점 있으면 알려 달라고 한 게 다였어. 실제로 강 대리 일 도와주라고 붙인 이유가 반절은 넘고. 그래서 나도 큰 기대 안 했는데……."

진짜로 이런 대어를 물어 올 줄은 몰랐지. 고삐 풀린 주둥이로 좔좔 읊다가 퍼뜩 정신을 차리고 뺨을 한 대 쳤다. 희극 같은 상황에 다연이 힘없이 웃었다. 그걸 본 성후의 눈이 안타깝게 변했다. 며칠 사이에 사람이 홀쭉해진 것이 너무 안쓰러워서 없던 부성애가 치솟을 지경이었다.

"김지원 씨 말인데……."

지원의 이름이 들리자마자 다연이 고개를 들었다. 성후는 그 눈을 바로 보지 못하고 슬쩍 언질하듯 말을 이었다.

"이 일이랑은 전혀 상관없어. 박람회 건으로 로비 받는 것도 하려는 시늉만 했지 결국 하지도 못했어. 윤재민, 그거 대체 뭔 생각인지 강 대리한텐 받은 내역만 보여 준 것 같은데 나중에 보니까 죄다 돌려줬더라고. 조만간 틈 봐서 말하려는 것 같기도 했고. 몇 번 연락 왔었는데 내가 바빠서 못 만났거든."

"……."

"알잖아, 속이 나쁜 사람은 아니라는 거. 아마 욱해서 그랬을 거야. 교통사고 나는 거랑 똑같은 거지. 그게 뭐 운전 못해서 생기나. 잠깐 한눈팔고 실수한 사이에 대형 사고 나는 거잖아."

"……."

"여기 있으면 분수에 안 맞는 결혼식도, 눈 돌아가는 예물도, 평범한 사람은 상상도 못 할 만큼 어마어마한 돈 써 가면서 하는 신혼여행도 보니까. 다른 사람이 그런 식으로 나랑 너무 다른 삶을 살면 허무하지, 뭐."

아마 사정이 있었을 거라고 덧붙이는 말에도 쉽사리 와닿지 않는다. 지원의 이야기는 아직, 어떻게 들어도 그저 남 일 같았다. 보통은 시간이 모든 문제를 해결해 준다고 하는데 지금 이 순간에는 잘 모르겠다. 그녀를 향해 쏘아붙이던 목소리만 생각난다. 그게 재민의 것이든 지원의 것이든.

대답 없는 다연을 두고 성후가 먼저 문을 열고 옥상을 빠져나갔다. 몸에 한기가 들 정도로 오래 바람을 쐬다 시계를 보니 곧 퇴근 시간이었다. 지금 내려갔다간 그대로 여러 사람을 만나야 할 것 같아서 그냥 벤치에 기대 눈을 감았다. 그렇게 30분쯤 버티고 다들 퇴근한 뒤가 돼서야 복도로 내려왔을 때, 언제부터 기다린 건지 자판기 옆 의자에 앉아 있던 재민이 일어서서 다연을 바라봤다.

"……직접 당해 보니까 어때요?"

목소리가 살짝 낮았다. 다연이 옥상으로 올라간 후부터 내내 기다린 모양이었다. 그래서 그 자리에 발을 멈춘 채, 윤재민의 얼굴을 들여다봤다. 무슨 말을 하려고 남은 건지 알고 싶어서였다. 재민은 그런 다연의 시선을 담담히 바라보며 말을 이었다.

"세상일 다 그래요. 혼자 잘한다고 되는 거 아니에요. 혼자 노력해 봤자, 이쪽이 이해한다고 해 줘 봤자, 당사자가 이해받길 원하지 않으면 아무 의미 없다고요."

함부로 자만하지 말라고 했던 말의 의미를 이제야 알겠다. 사실은 가장 가까운 사람에게 속고 있던 다연을 보며, 저 남자는 대체 무슨 생각을 했을까. 한심하다고 느꼈을까. 아니면, 불쌍하다고 여겼나. 그 감상이 어떨지는 모르겠지만, 아마 파혼 사실을 들킨 순간 재민이 느꼈을 감정만은, 지금 다연이 느끼는 것과 아주 비슷하리란 확신이 들었다.

"이제 어떻게 할 거예요?"

앞머리를 내린 재민의 얼굴이 평소보다 초췌했다. 다연은 대답을 미룬 채 평소와 같은 거리에서 그 얼굴을 돌아봤다.

"나한테 한 것처럼 거리 둘 거예요? 아니면 김지원 씨만 뭔가 날라요?"

사랑하는 사람이 자신을 버리는 비참한 일을 겪고도 이 남자는 좋은 사람으로 남아 있다는 사실. 그게 안쓰러우면서도 이상하게 힘이 됐었다. 그런데 어쩌면 그 마음이, 재민에게는 누구도 건들지 않길 바란 가장 얇고 상처 입기 쉬운 부분이었을지도 모르겠단 생각이 든다. 다시 시작하자고 손을 뻗은 다연을, 이런 식으로 상처 주고 밀어낼 만큼.

"……윤재민 씨는 바로 대답할 수 있었나요?"

지금은 그렇게 생각하는 게 차라리 마음 편했다.

"난 지금 아무것도 모르겠어요. 그래서 대답도 못 하겠어요."

담담하게 대꾸하는 다연을 보며 재민의 표정이 조금 옅게 변했다. 아마 재민 역시 마찬가지였을 거다. 파혼 직후에는 그 사람을 미워해야 할지 아니면 그리워해야 할지, 그에 대한 판단도 서지 않았을 거란 걸, 같은 입장이 된 지금에서야 어렴풋이 알 것 같았다.

"얘기 끝났으면 이만 가도 되는 거죠."

어디서 생겼는지 알 수 없는 말들이 한가득 쌓여서 다연의 가슴을 짓눌렀다. 물속에서 숨을 쉬는 기분이라 할 수만 있다면 당장 다 쏟아 내고 싶었다.

"먼저 갈게요."

그러나 지금은 그런 순간이었다. 말을 하면 할수록 서로 상처만 주지 나아지는 건 하나도 없을 것이란 확신이 드는 순간. 저기서 더욱 상처받을 생각으로 왔다는 기색을 숨기지 않고 서 있는, 윤재민의 모습처럼.

내가 좋아한다고 생각했던 사람과 등 뒤에 서 있는 저 사람은 같은 걸까.

하루 종일 아무것도 먹지 못했는데 허기가 지질 않는다. 요 며칠, 꼭 앨리스의 정원에 초대된 기분이다. 그동안 지내 온 곳과 지금 서 있는 곳이 완전히 다르고, 사람들도 모두 같은 얼굴을 한 다른 사람인 것 같았다.

여기는 동화 나라가 맞나 봐.

이 와중에도 머릿속에 글자가 구르는 게 신기해서 헛웃음이 나온다. 꿈에서 깨지 않으면 앞으로도 배고픔이나 목마름은 느껴지지 않을 것이란 생각이 들어, 조금 무서웠다.

출근하자마자 분위기가 뒤숭숭한 것이 느껴졌다. 악재라 할 만한 일이 연이어 일어났으니 다들 떠드느라 마음이 붕 뜨고 일도 착착 진행되질 않았다. 당장 9월 웨딩박람회에서 제일 많은 부분을 할당받았던 지원의 자리가 공석이 되어 모든 부하가 다연에게 떨어졌다.

그 와중에 옆에서 수근대는 것까지 듣고 있으려니까 스트레스가 두 배였다. 사무실 한복판에서 일이 터진 터라 소문을 막을 수가 없었다. 본인들은 걱정돼서 그런다고 하지만 다연의 눈에는 재밌는 가십거리, 그 이상도 이하도 아닌 것처럼 보였다. 비웃음처럼 느껴져서 같이 있기가 힘들고 그래서인지 외로움도 두 배, 세 배 가중됐다.

밥만 먹으러 가도 사람들이 쳐다보는 게 느껴진다. 처음엔 그냥 넘겨 보려다 도저히 견딜 수가 없어서 구내식당을 포기했다. 가뜩이나 외근 많은 일에 먹을 수 있는 선택지까지 줄어드니 점심시간이 확 사라져 버렸다. 몸이 너무 피곤해서, 차에 누워 있으면 자주 정신이 가물가물했다.

날은 덥고 공기는 습하고 그 와중에 나는 혼자네.

그래도 일까지 영향을 줄 순 없단 일념하에 하루 종일 달리고 나니 이번엔 회사에서 연락이 왔다.

"그냥 진짜 형식적인 건데 그래도 물어는 봐야 하니까."

지원의 일로 몇 가지 물을 게 있다며 상담실로 부른 성후가 미안해 죽겠다는 얼굴로 백번 읍소를 한다. 저쪽도 만만치 않게 피로한 눈이라 군말 없이 고개를 끄덕였다. 커피 한 잔 마실 정도밖에 안 되는 기다림의 시간. 그 짧은 순간에도 블라인드 너머로 힐긋힐긋 지켜보는 시선이 따라온다. 곧 있을 질문 세례보다 저게 더 사람을 지치게 하는 판국에 성후까지 10분, 15분이 지나도 들어오질 않는다. 짜증이 올라오려는 찰나, 문밖에서 소란스런 음성이 밀려왔다. 상황을 보려고 한발 나서던 다연의 앞에 이번엔 아예 민낯으로 들이닥친 승아가 보였다.

"그 인턴 어딨어?"

다연은 놀란 눈으로 승아의 얼굴을 쳐다봤다. 평소라면 집 밖으로도 나가지 않았을 만큼 탱탱 부은 볼과 눈을 보니 이제야 좀 임신한 태가 난다.

"왜 과장님이 들어오세요? 임 팀장님은요?"

"몰라, 임성후랑은 한동안 말 안 할 거야. 그 인턴 어딨냐니까? 김지원은? 아니, 문제 있는 애들 놔두고 왜 강 대리를 불러? 이 인간이 진짜 나랑 한판 하자는 거야, 뭐야?"

성후가 아니라 부장이나 사장이 와도 다 막아 줄 기세였다. 집에서 쉬더니 입에서 불 뿜는 능력만 늘었나. 기력 없이 웃는 다연을 보고 승아가 인상을 쓴다.

"강 대리도 너무한다. 이런 일이 있었으면 나한테 말을 했어야지."

"그냥 신경 쓸 틈이 없었어요."

"뭐 때문에."

"이것저것."

지친 기색으로 말하는 다연의 모습에 승아도 조금 누그러졌다. 맥이 풀렸는지 자리에 앉아 한동안 본인 화를 가라앉히더니, 사방이 조용해지고 나서야 다연에게 말을 건다.

"그 인턴은 그렇다 치고 김지원은? 걔 사표 냈다며."

"오늘 가 보려고요."

"뭐?"

답을 듣자마자 간신히 떨어뜨려 놓은 혈압이 쭈욱 오르는 걸 느낀 승아가 불도저처럼 변한 얼굴로 다연을 몰아붙였다.

"강 대리가 거길 뭐 하러 가?"

착하다, 착하다 했더니 이런 결정적인 순간에 사람 복장 터지게 만든다. 금전적인 손해는 보지 않았어도 이건 도의적으로 책임이 있는 문제였다. 회사 입장은 말할 것도 없고, 다연도 이번 기회에 번복 없이 잘라 내는 게 이미지상 좋았다. 두 사람의 개인적인 사이를 생각한다면 더더욱 그래야 했고.

"가지 마. 가 봐야 좋을 거 없어."

부러 표정을 단단히 굳힌 승아가 짧게 일갈했다. 지원이 어떤 성격인지, 이쪽 역시 잘 안다. 정 없고 퉁명스런 주제에 다연에게는 감정적인 부분을 많이 기댔던 후배였다. 그랬던 애가 애써서 독한 말을 하고 간 걸 보면 두 번 상처 주기 싫어서 그런 게 뻔하다.

"다른 말은 안 들어도 되니까 이건 들어. 나이 많은 사람들은 그걸 허투루 먹은 줄 알아? 다 경험상……."

"과장님."

승아가 고개를 옆으로 돌렸다. 만난 이래 다연이 이런 식으로 자신의 말을 끊는 건 처음이라 눈이 좀 커졌다.

"저를 위해서예요."

"……."

"아무것도 모르고 끝나면 제가 다시 누굴 못 믿을 것 같아서 그래요."

담담하게 답하는 모습에 결국 승아의 미간 사이가 좁아진다. 그 표정을 보면서도 다연은 끝까지 말을 뱉었다. 찾아가면 갈수록 더 상처만 입고 올까 봐 승아가 저렇게 악역을 자청하고 찢어 놓으려는 걸 잘 안다. 알아서 더 솔직하게 말할 수 있었다.

고집부리는 다연을 보고 승아의 한숨이 한층 깊어졌다.

"강 대리. 가끔은 차라리 나쁜 인간이 되더라도 절대 보이고 싶지 않은 치부 같은 게 있는 거야. 그걸 잘못 건드리면 지금까지 쌓아 온 게 한 번에 무너지기 십상이고."

착잡한 기색을 굳이 숨기지 않은 목소리였다. 뜯어말리는 승아의 진심을 알아서 다연도 이번엔 말을 맺을 때까지 기다렸다.

"정리된 다음에 가는 게 낫지 않아? 걔도 본인이 잘못한 거 뉘우치면 알아서 찾아올 거 아냐."

살짝 눈치를 보며 묻는 것에 손톱을 뜯으며 답을 미뤘다. 어쩌면 그럴 수도 있다. 그냥 기다려 주는 게, 천천히 상처가 나을 방법인지도 모른다. 하지만…….

"지금 가야 할 것 같아요."

지원의 성격이라면 아주 나중에, 다연이나 승아가 본인을 용서한 후에도 밖으로 나오지 않을 것 같다. 그리고 그렇게 작은 방에 갇힌 채로 또다시 먹지도 마시지도 않은 채 말라 죽을 것 같아서 두고 볼 수가 없다.

"……이럴 때 보면 난 강 대리 평생 못 이길 것 같다니까."

승아가 두 손 두 발 다 들고 혀를 찬다. 그 모습을 보며, 다연 역시 일이 벌어진 후 처음으로 조금 웃었다.

지원의 집으로 향하는 길이 유독 멀었다. 여러 번 갔던 곳이지만 오늘은 새삼 풍경이 낯설었다. 한 해가 넘는 시간 동안 알았던 지원이 다른 사람으로 보인 것처럼, 함께 걸었던 곳에서 새록새록 올라오는 추억도 다 남 일 같았다.

스티커가 잔뜩 붙은 낡은 철제문 앞에 가서야 다연의 몸이 멈췄다. 원룸에 혼자 사는 다연도 위험하긴 했지만, 대문부터 부실하기 짝이 없는 하숙집에 사는 지원도 늘 걱정이라 여기 올 때마다 발이 떨어지질 않았다. 불안한 눈빛으로 쳐다보는 다연의 모습에, 지원은 언제든 안쪽까지 들어올 필요는 없다며 큰길에서 다연을 돌려보내곤 했다. 생각해 보니 이번에도 근 6개월 만에 찾는 것 같다.

심호흡을 하고 초인종을 누르자 주인아주머니가 대답을 한다. 지원을 찾는 소리가 마당에 우렁차게 울렸다. 안 나오려는 것 같아서 나올 때까지 기다리겠다는 문자 한 통을 남겼다. 쓰레기를 버리러 나온 아주머니가 안에 들어가서 한마디를 하고, 걸어 봐야 받지도 않는 전화를 세 번쯤 걸었을 때가 돼서야 지원이 밖으로 나왔다.

"할 말은 임 팀장님한테 다 한 것 같은데요."

평소보다 두 배로 눈이 부었다. 운 건지, 아니면 못 먹은 건지. 그걸 잠시 생각하다가 회사 앞에서 사 온 도시락을 건넸다. 지원의 표정이 기도 안 찬다는 듯 변한다.

"착한 사람 소리가 그렇게 듣고 싶으세요?"

"그런 거 아니야."

"그럼요."

"그냥 알고 싶어서 그래."

"뭘요."

무슨 말이 나올지 다 준비라도 하고 있었던 것처럼 한마디가 끝나면 바로 말을 잇는다. 다연은 까칠하게 일어난 지원의 입술을 쳐다보며 말을 이었다.

"너한테 무슨 사정이 있었는지, 그거."

다연의 말을 듣자마자 지원의 몸에 힘이 들어가는 게 보였다.

"말 다 했잖아요, 이대로는 일해 봐야 큰돈도 못 벌 것 같아서 한탕 하고 그만두려고……!"

"그런 거짓말 들으려고 온 거 아니야."

다연에게서 처음 듣는 어조다. 단호하게 맺는 말을 듣고 지원의 눈이 흔들리는 게 보였다.

"그렇게 돈 좋아하는 애가 매번 편의점 음식으로 끼니 때웠다는 게 말이 돼?"

다연의 시선이 지원의 떨리는 손끝으로 향했다. 손톱이 하얗게 뒤집혀져 있는 걸 본인은 모르는 것 같다. 이럴 때면 가끔, 지원이 아주 어리게 느껴졌다. 숨긴다고 불행이 드러나지 않을 것처럼 어리게 구는 것을 볼 때면.

"지원아, 너도 늘 내가 수저 놓을 때까지 기다렸잖아."

다연은 말없이 버티고 선 하얀 가마를 시선 아래 둔 채 천천히 말을 이었다.

"나 밥 먹는 속도 느린 거 나도 알아. 혼자 먹지 않게 해 줘서 고마워."

"……."

"이번엔 내가 기다릴 테니까 우리 천천히 하자. 가다 보면 너도 언젠가 말하고 싶겠지."

희게 질린 입술을 그대로 깨물며 서성이던 몸이 집 안으로 들어갔다. 다연은 끝내 받지 않은 도시락을 한 손에 든 채 조금 쓰게 웃었다.

발을 돌려 큰길로 나오는 내내, 찾아가면 갈수록 긁어 부스럼일지 모른다는 승아의 충고를 떠올렸다. 그 말을 무시하는 건 아니지만 승아나 성후나, 결국엔 내가 아니라 남이었다. 충고 역시 내 생각이 아니라 남의 생각이고. 남을 따라 하는 건 어차피 잘하지도 못하는 데다 그렇게 사는 게 내 삶일 것 같지도 않다.

그래서 다연은, 그냥 강다연의 방식대로 삶의 작은 언덕 하나를 넘어가기로 했다. 누구에게나 공평한 잣대로 살아가기 위해 해 왔던 습관. 그 깊은 잣대가 지금 다연을 움직이고, 버티게 해 준다.

그러니까 난 그 사람도 미워하지 않을 거야.

창백한 저녁. 다연은 여름을 다 누리지 못한 채 떨어지는 잎을 조용히 바라봤다. 가시를 세우고 사방을 할퀴던 재민의 모습을, 그 눈빛을 바라보다 눈꺼풀을 감았다.

이해할 거고, 똑같이 상처 주지 않으려고 노력할 거야.

늦더위에 매달린 매미가 사방에서 울어 댄다. 날을 잘못 만나 벌써 시든 나뭇잎도 보인다. 그걸 얇은 구두 굽으로 밟고 지나가면서 아직은 끝이 보이질 않는 감정의 터널에 한 걸음씩 발을 옮겼다.

다연에겐 이 모든 일이 꼭 성장통처럼 느껴졌다. 과거의 성장통이 푸른 숲에서 뛰어놀다 생긴 것이라면, 그래서 뒤를 돌아봤을 때 지금까지 지나온 길이 오솔길로 아름답게 펼쳐져 있다면, 성인이 되어 홀로 지낸 성장통은 깊은 바닷속에서 헤엄을 치는 것 같은 중력으로 다가왔다. 다 끝내고 일어나 봤자 칭찬해 줄 어른도 없고 남는 것도 없다. 내가 어른이니까. 그건 참 외로운 감각이라, 자신이 겪어 보지 않은 주제에 남에게 쉽게 해 보라며 권할 수 없는 종류의 것이었다.

분명 작년보단 올해 더 마음이 무뎌졌다고 생각했는데 아직도 지원의 무게 하나를 감당하는 것만으로 이렇게 힘이 든다. 금방이라도 쓰러질 것처럼 휘청거리며 돌아다니고, 아프니까 신경 써 달라고 주위 사람들에게 치대면서 걷고 있다. 그러니 스물다섯에 결혼이라는 방식으로 가장 사랑하는 사람에게서 이런 통증을 처음 겪어야 했던 재민은, 그 깊은 바다에는 대체 무엇이 고여 있을까.

난 그 사람을 미워하지 않을 거야.

그날 윤재민의 마음이 어땠을지 자꾸 거기로 기억이 돌아간다. 사랑하는 여자의 이름을 부르면서 무너지던 등. 스물다섯에게는 너무 커 보였던 어마어마한 무게감이 그를 덮치는 걸 고스란히 지켜봤다. 그래서 미워하고 싶지 않다고, 미워하지 않게 해 달라고 거듭 마음을 다잡으며 걷는 중이었다.

그렇지만 내가 과연 앞으로도, 그 사람을 미워하지 않을 수 있을까.

골목을 빠져나온 다연이 결국 그 자리에 웅크려 앉은 채 먼 마천루를 쳐다봤다. 다들 무슨 사연을 짊어지고 이 깊고 시린 도시를 헤매는 것일지. 거리를 지나가는 수많은 사람들의 삶이 모두 다 버겁게만 보였다.

"강 대리님, 이거 찾으신 거 맞아요?"

"네, 자리에 놔두세요."

"여기요. 그리고 웨딩박람회 때문에 업체끼리 말이 많은데 한번 만나셔야 할 것 같아요."

"따로 미팅 시간 잡아 줄 수 있어요?"

"대리님이 하셔야 돼요. 지금 손 노는 사람이 없어요."

짤막하게 대답하고 다시 불붙은 망아지처럼 사라지는 등에 정신없어 죽겠음, 이란 글자가 보였다. 다연은 자리에 앉자마자 전화부터 붙들고 일을 시작하는 막내 플래너를 보며 한숨을 삼켰다.

요 며칠 컨설팅부는 밥 먹을 정신은 고사하고 서로 얼굴 볼 정신도 없을 정도로 쉼 없이 굴러갔다. 참다못한 신 대리가 따지러 과장실에 들어왔다가 서릿발 날리는 다연의 표정을 보고 조용히 나갔던 게 바로 어제였지만 그 후론 지금까지 누구도 다연의 허락 없이 이 방 문턱을 넘지 않았다. 다연이 아예 과장실에 자리

깔고 아침 일찍 출근했다 저녁 늦게 퇴근한다는 걸 알기 때문이었다.

과장 대리의 몰골이 좀비보다 못하다는 이야기를 들은 승아는 일을 치더라도 박람회는 끝나고 칠 것이지 이게 뭐냐고 성후를 아주 쥐 잡듯 잡았고, 한층 처량한 표정으로 김 과장표 도시락을 배달한 성후는 원한다면 윤재민 멱살이라도 잡아다 눈앞에 가져다 놓겠다며 손이 발이 되도록 빌고 갔다.

팜플렛 마지막 시안을 점검하면서 첨부된 이미지를 살짝, 손끝으로 쓸었다. 재민이 포토샵으로 만들어 준 것이었다. 그날 이후로 재민은 컨설팅부에 출근하지 않았다. 원래는 일이 끝나면 재무팀으로 가려고 했던 것 같은데 성후의 반응을 보니 그냥 공석으로 비어 있는 모양이었다. 남의 부서에 신경 쓸 만큼의 정신은 없었기 때문에 지난주는 술에 물 탄 듯 그냥 넘어갔지만 이렇게 흔적이 하나씩 올라올 때면 꽤나 오래, 윤재민에 대한 생각을 해야 했다.

요즘 뭐 하고 지낼까. 그날 얼굴색이 안 좋던데, 몸은 괜찮은 건가.

"대리님, 점심 안 드세요?"

잠깐 비집고 들어왔던 생각이 문짝에 대고 노크를 하며 묻는 말에 묻혔다. 얼굴을 확인한 다연이 말없이 고개를 저었다. 식욕도 없고 시간도 없다. 거기다 아직도 사내를 지나가다 보면 뒤에서 수군대는 소리가 들렸다. 일 때문에 피폐해진 건데, 그걸 지원의 배신 때문으로 둔갑시켜서 떠드는 통에 안 그래도 피골이 상접한 심신이 한층 더 곯아 간다.

굳이 그런 사태를 직면하고 싶진 않아서 서랍을 뒤져 에너지바와 물을 챙겼다. 이 시간에라도 나가야지, 사무실에 계속 있으면 윤재민과 단둘이 남을 때까지 일하고 떠들던 시간들이 스쳐 지나가서 좀 힘들었다. 덧붙여 지원에 대한 기억도 시시각각 올라와서 괴롭힌다. 사무실 귀퉁이에 놓인 화분 하나에도 지원과 나눈 대화가 묻어 있다. 정말 둘 다 내 속 썩이라는 엄명이라도 받고 온 건지, 제법 멍청하게 굴러가는 머리로 생각했다.

복도에 나서자 점심시간을 맞아 여기저기가 붐비는 게 보인다. 사람이 바글거릴 엘리베이터는 애저녁에 포기한 터라 비상계단으로 터덜터덜 내려왔다. 평소보다 조금 높은 굽을 신었더니 계단 내려갈 때 아슬아슬했다. 1층에 도착해서 밖으로 나갈 때쯤, 다 왔다는 생각에 긴장을 풀었다가 칠이 벗겨진 계단 모서리에 다리를 부딪쳤다.

"아야……."

작게 신음을 뱉으며 내려다보니 긁혔는지 핏방울이 맺혀 있었다. 오늘따라 사람 참 서럽게 한다고 생각하면서 스타킹을 벗어 주머니에 구겨 넣고 나왔다. 점심은 둘째 치고 약국부터 들러야 하나. 힘 빠진 눈으로 걷던 다연이 코너를 돌 때, 누군가 팔을 붙잡았다. 고개를 돌린 곳에 무표정하게 서 있던 재민이, 다연이 들고 있던 쇼핑백 안을 쳐다보더니 꽤나 무감하게 물었다.

"그게 점심이에요?"

목소리를 듣는 순간 몸이 굳었다. 에너지바 두 개에 물 한 통. 그것밖에 안 먹냐는 물음과 함께 이번엔 시선이 아래로 향한다.

"다리는 또 왜 그래요."

오랜만에 봤고, 제대로 인사도 하지 못했고, 또 한편으론 이렇게 스스럼없이 말할 상대인가 싶은데 정작 단단한 손에 잡힌 손목은 얌전하다. 더 묻는 대신 손을 잡은 채로 자신을 끌고 가는 뒷모습을, 다연이 말없이 쳐다봤다. 출근도 안 하는 사람이 대체 어떻게 알고 여기 나타난 걸까.

"제대로 먹어요."

카페 안에 도착해서야 재민의 발이 멈췄다. 본인 것을 주문한 뒤 양해를 구하고는 포장해 온 죽을 테이블 위에 올린다. 한 손에 수저를 쥐게 하고 눈은 다연의 얼굴만 계속 쳐다보는 모습이, 한 숟갈이라도 먹지 않으면 절대 움직일 기세가 아니라 할 수 없이 입을 열었다.

"안 아파요?"

반 그릇 정도 비웠을 때 다연이 앉은 쪽으로 건너온 재민이 한쪽 무릎을 꿇고 조금 전 긁힌 다리를 살폈다. 상처 주위를 살피는 눈이 섬세했다.

"……괜찮아요."

기다렸다는 듯 괜찮다고 말하자 재민이 무심한 표정으로 다연을 올려다본다.

"나한테 괜찮은 척하면 자존심이 좀 지켜져요?"

말은 밉상으로 하면서 정작 종아리를 잡은 손길은 부드럽다. 긁힌 곳을 닦아 내는 중에도 힘이 들어가지 않게 조심조심하는 게 보였다. 다시는 안 볼 사람처럼 등을 돌린 주제에, 이런 작은 상처 하나 무시하지 못하고 다가오는 재민이 씁쓸해 보였다. 그런 윤재민의 마음을 생각하면 자꾸만 목 안쪽이 뜨거워진다.

"요즘 김지원한테 간다면서요."

전처럼 단정하게 정리된 머리가 아니라 바람에 흔들리는 앞머리. 그곳으로 손을 뻗던 다연이 삭막한 목소리에 손끝을 접었다. 대답하지 않자 위를 올려다보던 재민의 눈이 조금 가라앉았다.

"강 대리님 아직도 남 탓 안 하고 있죠?"

"네?"

"내 탓도, 김지원 탓도 안 하고 있잖아요."

지금만큼은 비틀린 어조라기보다 체념에 가까운 말투였다. 그래서 다연도 바로 입을 열지 못했다. 말간 눈으로 쳐다만 보는 다연의 시선에 결국 재민도 무너지는 얼굴로 짧게 답했다.

"그 사람 욕하지 않으면 용서도 못 해요. 이건 진짜, 내가 먼저 겪어 봐서 할 수 있는 말이에요."

"……."

"그러니까 욕해요. 김지원은 이미 다 용서해서 욕하기 힘들면 나라도 욕해요. 그래야 마음 안 다쳐요."

일을 저질렀을 때, 그의 머릿속에는 한 가지 생각뿐이었다. 같은 상처를 주고 싶다는 것. 이해하겠다는 말도 싫고, 이해하려고 노력하는 다연도 싫었다. 배려나 동정 같은 감정 말고 자신과 똑같은 감정으로 힘들어했으면 좋겠다고 생각했다. 그런 식의 배신이 얼마만큼 아픈 건지 알게 되면 그를 받아 줄 것이라고 여겼으니까. 생각해 보면 다연에게 둥지에 있는 사람들을 다 밀어내거나, 아니면 나도 똑같으니까 다시 그 안에 넣어 달라고 시위했던 거다.

"욕하는 걸로 모자라면, 경멸하고 때려도 상관없어요. 그날 명단 듣고 부서로 가면서부터 용서받는 건 포기했으니까."

지금에 와서야 그게 얼마나 의미 없는 짓이었는지 깨달았다. 언젠가 날 이해하고 용서해 줄 때까지 버티겠다니. 무슨 생각으로 그딴 결심을 했을까. 힘들어하는 다연이 눈에 밟혀서 당장 아무것도 할 수가 없는데.

"나 용서하려고 애쓰지 말고 미워하려고 애쓰라고요. 그 말 하려고 온 거예요."

어두운 눈으로 바닥만 보던 재민이 천천히 일어나 다연과 같은 눈높이에 앉았다. 자신과 다연의 시작점이 달랐듯, 마찬가지로 다연의 마음 안에서 지원과 재민의 시작점도 달랐다. 다연에게 지원을 용서했던 것과 똑같이 나도 봐 달라고 말할 수 없는 이유였다. 그가 벌인 일은 결국 설익은 열매를 따려다 나무만 잔뜩 다치게 하는 짓과 똑같았다는 걸, 이제 인정하는 참이었다. 그러니 다시 돌아갈 순 없어도 최소한 다연의 부담을 덜어 내는 일 정도는 하고 싶었다.

"……나한테 용서받을 만한 일 한 적 없어요, 윤재민 씨는."

그러나 별의별 충동을 다 누르고 말을 잇는 재민의 모습에도, 정작 다연의 반응이 담담했다.

"나한테 지원이가 잘못했고, 내가 윤재민 씨한테 잘못한 거죠."

"……."

"해야 할 일을 했던 것뿐이잖아요. 그러니까 있는 자리에서 할 일 하면서 지내도 괜찮아요."

말을 듣던 재민이 속으로 숨을 삼켰다. 원망하지 않으려고 벽을 세우는 다연이 안쓰러워서였다.

"이제 나한테는 괜찮냐는 말도 듣기 싫어요?"

"……."

"강 대리님 얼굴 좀 봐요. 이건 그냥 지나가다 본 사람도 할 수 있는 말이에요. 모르는 사람도 할 수 있는 말이라고요."

안 그래도 마른 손목에 살이 더 빠져선지 전에 봤던 시계가 헐렁하다. 안간힘을 써서 잔잔하려고 노력하는 다연을 적막한 시선으로 올려다봐야 하는 이쪽도, 하루하루가 다 지옥 같았다. 이만큼 쥐어짜고 깎아 가면서 참을 줄 알았다면 몰아붙이지도 않았을 텐데. 일이 터지기 전 다연이 자신을 찾아왔을 때, 그때 다 덮은 채로 그 손을 잡아야 했었다고, 하루에도 수십 번 같은 후회를 반복한다.

"그 사람들이랑 본인이 다르다는 거 알잖아요."

흔들리는 눈으로 계속 바라보고 있자 다연이 한숨과 함께 답했다. 바람이 일순 몰아쳐서, 나뭇잎이 휘돌아 사라지는 광경이 계속됐다. 재민은 그 풍경이 꼭, 길을 잃고 다른 곳만 바라보고 있는 세 사람의 모습처럼 느껴졌다.

"언제까지 그럴 거예요?"

"……."

"언제까지, 다 자기 잘못이라고 탓하면서 그렇게 아파할 거냐고."

답을 다 알면서도 하는 질문이 요즘 유독 많다. 다른 것에는 이미 기대하지 않는 습관이 완전히 정착했는데 다연에겐 그게 되지 않기 때문이었다.

"……모르겠어요."

이렇게, 어차피 생각했던 대로 답이 돌아올 것을 뻔히 알면서도.

답을 들은 순간부터 적막이 시간을 도려낸 채 흘렀다. 재민은 녹아내릴 듯 작열하는 바깥의 풍경을 바라보다 먼저 자리에서 일어섰다.

이런 상황을 만든 게 스스로라는 걸 잘 안다. 다연이 원하지 않는다면 앞으로 그 눈 앞에 나서서는 안 된다는 것도 안다. 지원의 일을 폭로한 순간부터 이뤄지는 모든 것들은 절반쯤, 스스로의 발에 제약을 걸기 위해서 감행한 일이었다. 이렇게까지 망쳐 놓으면 이제 아무리 나라도 강다연이 아프건 힘들건, 미안하단 핑계로 거리를 두지 않을까. 이미 몸이 머리의 말을 듣지 않은 지 오래라는 걸 알면서도 그런 생각을 했다. 그러나 속이고 상처 준 지원은 용서해도 그는 받아들일 수 없다는 것. 그 하나로 일어날 수 없을 만큼 마음이 무너진다.

다정이가 떠난 이후론 다시는 그런 실수 안 하겠다고 다짐하면서 살았는데.

왜 나는 여전히, 사랑을 할 땐 세상에서 제일 쓸모없고 버림받기 쉬운 사람이 될까.

소중하게 아끼고 싶은 마음은 늘, 그걸 다 비춰 보이기도 전에 끝이 난다. 옆자리가 텅 비는 감각 역시 겪고 또 겪어도 익숙해지질 않는 터라 아직, 이 손 안에 다 있는 것 같은 착각이 발목을 감쌌다.

언제쯤이면 자책을 그만두고 그를 미워할 수 있을지, 지금은 답할 수 없다고 말하던 다연의 입술을 떠올렸다. 사실 답할 수 없는 건 그도 마찬가지였다. 이제 그만하란 말에도, 다 잊어버리란 말에도 알겠다는 말을 뱉지 못했다. 두 가지 다 지킬 자신이 없었기 때문이다.

재민은 8월이 저무는 광경을 바라보며, 이제 홀로 남는 이 현실에도 무감해져야겠단 생각과 함께 무거운 걸음을 옮겼다.

재민을 만난 뒤로 한 주 내내 다연도 마음을 못 잡았다. 있던

의욕이나 기력도 전부 다 사라졌다. 상황이 그러니 부서 안에 생기는 자잘한 문제에 관심을 갖지 못한 것도 당연했다. 결국 박람회를 하루 앞둔 저녁, 대형 사고가 터졌다.

"신 대리님, 이거 다 사실이에요?"

포털 사이트 홍보 게시 글에 달린 댓글을 캡처해서 가져온 다연이 사납게 물었다. 요 근래 다른 데 신경 쓰느라 신 대리를 비롯한 플래너들의 일을 돌아보지 않았더니 마리아쥬 홈페이지며 블로그에 불만이 가득 담긴 글이 계속 올라오기 시작했다. 모든 일정에 동행하는 플래너라고 해서 선택했는데 중간중간 혼자서 하거나 다른 사람이 오는 일이 잦아 불쾌하고 불편했다는 내용의 글을 보자마자 다연은 바로 그쪽으로 전화를 걸었고 플래너 이름이 신윤정이란 사실을 알았다.

"이거 다 사실이냐고요."

신 대리는 평소에도 인증 샷을 남겨서 홍보 글을 작성하는 데 목숨을 걸었다. 그걸로 상을 타 먹은 적도 여러 번이었다. 요새는 SNS로 홍보하는 것도 중요하니까 그냥 뒀지만 그 일 한답시고 본식에 도우미만 보낸 뒤 본인이 간 것처럼 꾸며 놓은 건 안 될 일이다. 가뜩이나 웨딩박람회 건으로 말이 많은 와중에 고객 신뢰까지 잃으면 여러모로 힘들다.

"이런 식으로 실수하시는 거 더는 못 봐드려요. 1, 2년 된 것도 아니고 벌써 5년 차인데 이렇게 기본적인 것까지 어기시는 게 말이 돼요?"

평소보다 한층 날카로운 다연의 분위기를 보고 입술만 깨물고 있던 신 대리가 짤막하게 말했다.

"사표 쓰겠습니다."

대답을 듣자마자 다연이 기가 막힌다는 듯 되물었다.

"뭐라고요?"

"사표 쓴다고요. 요즘 분위기 별로라 안 그래도 관두려고 했어요."

윤정의 눈이 도전적이다. 진심을 다한 사과는 아니어도 최소한 죄송하단 말 한마디는 할 줄 알았다. 그런데 이 시점에 저런 말을 꺼내는 걸 보면 지원과 재민의 부재로 업무량이 늘고 또 재민에게 이리저리 지적당한 뒤부터 아예 작정하고 있었던 게 아닌가 싶다.

"……맘대로 하세요, 그럼."

단호하게 말하고 그대로 가방을 챙겨 나가는 다연의 모습에 도리어 윤정이 당황했다. 가뜩이나 일이 제대로 굴러가지 않는 판국이니 이런 식으로 하면 타이르고 붙잡아 줄 것이라 생각한 모양이었다. 사실은 그대로 하는 게 맞다. 지금 벌여 놓은 일만 생각하면, 그리고 아직 신 대리가 맡아서 진행해야 할 수많은 사안들을 생각하면 어떻게든 설득해서 잡아야 한다는 걸 안다. 근데 그러고 싶지 않았다. 언뜻 지난번과 비슷한 것처럼 보였지만 전혀 달랐다. 지금 다연의 마음은 꼭 다른 사람이 몸속에 들어와 있는 것처럼 무기력했다.

이럴 때 재민이 있었다면. 지원이라도 있었다면.

등 뒤로 따르는 시선을 무시하고 비상구로 걸어간 다연이 몸을 웅크리고 앉았다. 왜 하필 당신이, 왜 하필 지원의 이야기를 그런 식으로 알린 거냐고 묻고 싶은 마음이 목까지 올라왔다. 지원에게는 이런 원망을 터트릴 수 없었는데 재민에게는 하게 된다. 정말로 이상했다. 서로 잘못을 주고받았는데도 약한 소리나 진심은 재민에게밖에 안 나온다. 그렇게 길을 들이고 떠나 버린 것만 같았다.

'그 아가씨 집에 없는 것 같던데.'

어제 퇴근길에 다시 들른 지원의 집 앞에서, 오랜만에 만난 아주머니가 저 말을 전했다. 사흘이 넘게 집 앞에서 서성이는 다연의 모양새가 좋지 않았던 모양이다. 알겠다고 말하고도 한동안 낡은 철제 대문 앞을 떠나지 못했다. 불이 꺼진 채 커튼으로 가려진 방. 대답 없이 버티는 지원의 모습이 꼭 자신과 겹쳐 보였기 때문이었다.

그 사람한텐 나도 이렇게 보이겠지. 꼬리에 꼬리를 무는 관계라 누구 하나 원망할 수가 없었다. 지원에게 가는 날이면 이것과 똑같은 모습으로 다연의 원룸 앞에서 기다리던 재민이 기억나곤 했다. 그 사람도 이런 마음이었을 거란 생각에 맘 놓고 미워할 수도 없었고, 그 굴레가 다연을 매일매일 지치게 했다.

그런 표정을 할 거면 그날, 그냥 내 손을 잡아 주지.

이름 없는 집 앞으로 찾아갔던 날 이후로 재민은 만날 때마다 한가득 마음을 다친 얼굴이었다. 그녀는 붙잡으려고 했던 건데 이런 식으로 완벽하게 골을 만들어 밀어낼 만큼 그 말이 상처가 됐을까. 평소처럼 입 다물고 참으면 다 좋은 쪽으로 해결되지 않을까 기대했던 일들이 요즘은 하나같이 마음대로 되질 않는다.

울기 직전 상태로 버티고 있는 동안 진동이 울렸다. 승아다. 정말 이럴 때 어떻게 알고 전화를 하는 건지.

"벌써 거기까지 소문이 돌았어요?"

힘없는 목소리로 전화를 받자 잠깐 침묵하던 승아가 바로 묻는다.

— 무슨 소문?

금시초문이란 말투였다. 다연의 말문이 막혔다.

— 또 일 터졌어? 왜? 무슨 일인데?

말실수했구나. 자책할 새도 없이 승아가 몰아붙이기 시작했다. 그 닦달을 이길 자신이 없어서 그냥 먼저 자진 납세를 하기로 했다.

"신 대리님이 사표 썼어요."

— 뭐?

"고객 컴플레인 건으로 한소리 했더니 사표 쓰겠대요."

— …….

"마음대로 하라고 했어요."

어느새 아는 지인이 아니라 김 과장의 입장으로 돌변한 승아가 입을 다문다. 같은 입장을 여러 번 겪어 봐서 지금 다연의 마음을 이해하는 것 같았다. 비난도 위로도 없이 들어 주는 게 고마웠다. 다연에게는 참고 기다려 주는 법을 아는 사람이 누구보다 간절한 시기였다.

"과장님은 잘 지내세요?"

— 나야 뭐 별일 있겠어.

"몸은요."

— 괜찮아.

말을 하면 할수록 우울할 것 같아서 억지로 주제를 돌렸다. 그럼 무슨 일로 전화 걸었냐고 묻는 대신 조용히 버티자, 승아가 한숨과 함께 말한다.

— 김지원이 찾아와서 전화 건 거야. 걔 아예 서울 뜰 거라고 하더라.

"……."

— 지금은 강 대리 얼굴 볼 자신 없다고 나한테 대신 좀 말해 달래. 이제 찾아오지 말라고.

그간 지원의 이름을 들으면 언제든 어깨가 굳었던 게 거짓말인 것처럼 지금은 아무 감정도 들질 않는다. 적막한 눈으로 허공을 한 번 바라보던 다연이 곤한 눈을 감고 수화기 저편에서 기다리는 승아에게 답했다.

"그런가요."

지원을 찾아갈 때마다 저녁을 걸렀다. 문 앞에서 1시간 가까이 기다린 때도 있다. 오지 않는 상대를 기다리는 시간은 지루하고, 먹먹해서 하루가 꼬박 가는 것처럼 길게 느껴졌다. 그러니 더 오랜 시간, 더 자주 자신을 기다렸던 윤재민의 마음은 어떨까. 나는 그 사람의 하루를 대체 몇 밤이나 잡아먹고 있는 걸까. 자꾸 그것만 생각하는 스스로가 참, 싫었다.

"알겠습니다."

짧게 대꾸한 다연이 걱정스런 승아의 목소리를 들으며 전화를 끊었다. 그 철제 대문 앞에 앉아 있는 내내 지원이 나오길 바라는 마음이 절반, 아직은 나오지 않기를 바라는 마음이 절반이었다. 사정을 다 듣는다 해도 내가 이해할 수 있을까. 용서할 수 있을까. 확답이 나오지 않기 때문이었다.

그런데 아예 서울을 떠난다니.

힘이 빠진 다연이 계단에 웅크린 그대로 무릎에 고개를 묻었다. 지원을 용서하면 윤재민 역시 용서할 수 있을 거라고 생각했다. 그래서 불안한 마음을 안고도 열심히 찾아갔던 건데 이쪽에서 결심하기도 전에 상대가 먼저 다연을 등지고 떠나 버렸다.

당사자가 원하지 않으면 용서할 기회조차도 없는 거란 재민의 말이, 이런 뜻이었을까.

그 생각이 반복돼서인지, 다음 날 박람회장에서 부스를 지키면서도 머릿속에 안개가 낀 것처럼 온통 흐리기만 했다.

"그건 여기보다 두 칸 옆의 부스에 가 보시는 게 나을 것 같아요."

무기력한 다연을 보고 주변에 다른 업체들도 슬금슬금 눈치를 본다. 이 일을 해 온 지가 어언 5년이다. 다른 사람보다 배는 열정적으로 일한 탓에 알음알음 명성이랄지 악명이랄지 모를 것이 퍼졌다. 그래서 이쪽 상황은 전혀 고려하지 않은 무자비한 시선이 쏟아지는 게 느껴졌다.

"대리님, 컨디션 많이 안 좋으시면 제가 대신 있을게요."

벌써 세 커플째 실망한 표정으로 돌아서는 걸 보고 한 대리가 전전긍긍한 얼굴로 다가온다. 다연은 그 얼굴을 빤히 올려 보다 순백의 향연으로 물든 행사장을 돌아봤다. 사방팔방 화려한 코사지로 둘러싸인 곳을 보니 올여름에 있었던 일들이 한순간에 지나갔다. 지원과 함께 정말 열심히 준비했던 행사인데. 재민의 도움은 말할 것도 없고.

"……그럼 부탁 좀 할게요."

2주 전만 해도 여기 혼자 있게 될 거라곤 상상도 못 했다. 다들 그렇게 쉽게, 아무런 미련 없이 등을 돌릴 줄 몰랐으니까. 사실은 두 사람 다 지금까지 있었던 일을 전부 잊고 새로 시작하고 싶어 하는 거라면 그렇게 해 줘야 하는 게 아닐지, 이젠 자연스레 그런 생각이 든다. 이 자리를 지키려고 안달복달하는 건 다연 하나뿐인 것 같았기 때문이다.

제법 시원해진 바람을 맞으러 야외 부스를 한 바퀴 도는 사이, 한 대리에게서 전화가 왔다. 무슨 일이냐고 묻는 것도 귀찮아서 진동이 울리는 걸 무시하다가 끊이지도 않고 계속 거는 것에, 한숨과 함께 안으로 돌아갔다.

"무슨 일이에요?"

쉬라고 하더니 고작 30분도 혼자 못 있는 거냐고, 타박을 섞어 물으려던 다연이 한 대리 옆에 앉아 있는 누군가를 보자마자 발을 멈췄다.

"대리님, 오셨어요?"

다연과 눈이 마주치자마자 싱긋 웃던 재민이 다시 포트폴리오로 고개를 내리고 고객들과 차분하게 이야기를 한다. 뒤늦게야 다연을 발견한 한 대리도 곁으로 다가와 말을 걸었다.

"전화 왜 이렇게 안 받으셨어요. 빨리 오세요, 신부님들 기다리세요."

옆에서 한 대리가 뭐라고 계속 설명하는 것 같은데 반듯하게 앉아 있는 재민의 옆모습밖에 안 보인다. 막 입사했을 당시의 윤재민을 보는 것 같았다. 가짜 웃음. 거짓말. 마음에도 없는 칭찬만 가득했던.

"윤재민 씨가 왜 여기 있어요?"

저걸 또 시키고 싶은 게 아니었다. 자신이 단단히 서 있질 못해서 또다시 재민에게 가면을 씌운 기분이라, 마음이 먹먹했다. 차가운 다연의 목소리에 앞에 앉아 있던 예비 신부들까지 놀라서 위를 쳐다본다.

"왜 여기 있냐고요. 오지 말란 소리 못 들었어요?"

개인사로 고객들의 심기를 거스르지 않는 건 승아가 강조한 사회생활의 기본 중의 기본이었다. 그래서 다연은 컨설팅 부서로 옮기고 난 이후 단 한 번도 일상의 어려움을 일로 끌고 들어와 고객들의 기분을 망치거나 일에 차질이 생기게 만든 적이 없었다. 그러나 지금만큼은 그게 안 된다. 표정이 풀리지 않는 다연 때문에 결국 재민의 입가에도 미소가 사그라든다.

"……강 대리님."

"따라 나와요. 당장."

옆에 있던 한 대리가 제일 당황해서 어쩔 줄 모른다. 그걸 본 척도 하지 않고 재민을 불러 건물 뒤쪽으로 향하는 동안 무슨 말부터 꺼내야 할지, 머리가 터질 것 같았다. 그런 다연의 마음을 알았는지, 재민이 먼저 입을 열었다.

"임 팀장님이 책임지라고 보내서 온 거예요."

"……."

"일 끝나면 이렇게 안 해도 알아서 갈게요."

담담하게 말하는 재민을 한참 동안 쳐다보던 다연이 그 자리에서 전화를 걸었다. 수화음이 네 번 정도 간 뒤, 성후가 전화를 받는다.

"임 팀장님? 저 강 대리예요. 뭐 물어볼 게 있어서요."

다연은 재민에게 고정한 시선을 돌리지 않은 채 말을 이었다.

"혹시 박람회장에 윤재민 씨 보내셨어요?"

다연의 성격을 아는 한, 성후가 보내겠다고 했어도 승아가 무슨 짓을 해서든 막았을 게 뻔했다. 재민 역시 무슨 답이 나올지, 이미 알고 있는 사람의 표정이었다. 성후의 말을 다 듣기도 전에 전화를 끊은 다연이 유리처럼 아무 감정 없는 눈을 올려다보며 물었다.

"내가 한 부탁은 윤재민 씨한텐 아무 의미가 없나요?"

"……."

"신경 쓰지 말아 달라고 분명히 말했는데."

서로가 서로에게 뱉은 거짓말 때문에 일이 이렇게까지 됐다. 그래서 진심으로 대할 수 있을 때까진 만나지 않으려고 결심한 건데, 재민이 이럴 때면 힘든 와중에도 손을 뻗지 않는 다연의 노력이 시시각각 무너지는 것 같았다.

"……신 대리님 사표 쓰셨다면서요."

차가운 말을 계속 듣고 있던 재민이 조금 낮은 목소리로 대꾸했다.

"나 없고, 김지원 없고, 신윤정 대리도 없고. 혼자 있으면 힘들게 뻔한데 어떻게 해요, 그럼."

그렇게 만든 사람이 누구냐고 하고 싶어도 이게 재민의 잘못이 아닌 걸 머리로 알고 있기 때문에 말이 안 나왔다. 언제든 재민의 얼굴을 앞에 두면 마음 놓고 원망할 수도 없었다.

높은 힐을 신고 꿋꿋하게 버티는 작은 어깨가 안쓰러웠는지, 윤재민이 그늘진 눈으로 쳐다본다.

"나 때문에 망친 게 하나라도 덜했으면 좋겠어서 그랬어요. 대리님은 나랑 만난 뒤로, 뭐든 잃어버린 것밖에 없는 것 같아서."

재민의 조용한 답에, 다연이 입술을 깨물었다. 그걸 결정하는 건 재민이 아니라 다연이었다. 뭘 잃고 뭘 얻었는지는 본인만 판단할 수 있는 거였다. 재민은 더 이상 잃지 말라는 뜻에서 도와준다고 하는데 다연의 입장에선 도리어 제일 큰 걸 잃어버린 기분이었다. 그냥 저런 윤재민을 보는 게, 쌓아 온 것들을 다 잃는 것보다 더 마음이 아팠다. 내 마음에 이렇게 뜨거운 부분이 있었나 싶을 만큼 울컥하고 뭔가가 올라온다.

“페어 일정 마무리되면 사직서 제출할 거예요.”

그녀의 말에 재민의 시선이 조금 흔들렸다. 그 얼굴을 피하지 않고 정면으로 쳐다봤다.

“그럼 이제 나한테, 더는 신경 써 줄 필요 없는 거죠.”

“…….”

“윤재민 씨가 원한대로 할게요. 누구한테도 간섭 안 해요. 이해한 척 자만 떨지도 않고.”

이번 여름은 다연에게도 힘든 계절이었다. 무슨 일을 하든, 생각이 전부 다 재민과 지원에게로 이어졌다. 그래서 시간을 벌었다. 상처에 조그맣게 딱지가 질 때까지 얼마의 시간이 걸릴지는 모르겠지만 언젠가 지원이 다연에게 마음을 여는 날, 그럼 다연도 다시 재민에게 말을 걸 수 있을 것 같았다.

“……다들 그걸, 원했던 것 같은데 바보처럼 버텨서 미안했어요.”

그렇지만 상처가 낫는 시간이 너무 더뎠던 모양이다. 나을 때까지 기다려 달라고 하면 늘 저렇게 같은 자리에서 움직이지도 못한 채로 서 있을까 봐 겁이 났다. 그래서 이것마저 욕심이었다는 걸 알 것 같았다.

결국 나도 이 정도밖에 안 되는 인간이야.

인정하고 나니 아주 자연스러운 수순이었다. 스스로가 누군가를 용서하거나 이해할 수 없는 사람이었다는 걸 인정하고 나니까.

가라앉은 말 한마디에 재민의 숨소리가 멈췄다. 다연은 그 자리에 못 박힌 듯 서 있는 재민을 뒤로한 채 침몰하듯 행사장 입구를 빠져나가며 말했다.

“책임지고 싶다고 했죠.”

"……."

"그럼 도와줘요. 오늘 하루만."

마지막 순간, 창백했던 얼굴이 마음에 걸렸다. 다연의 눈가가 젖어 드는 걸 보며, 본인이 더 무너지는 표정을 했다.

올해가 가고, 더 많이 앓고, 훨씬 더 단단해지면 그땐 괜찮을까.

자꾸 눈가가 뜨거워져서 입술을 깨물며 참던 다연이, 이내 북적이는 행사장 한복판을 지나 주차장으로 나섰다. 차에 시동을 걸고 잠시 핸들에 머리를 묻고 있다가 그대로 붉어진 눈을 들어 밖을 바라봤다. 행복하게 웃는 사람들의 얼굴이 다 차 안에서 우는 자신을 쳐다보는 것 같다. 불쌍하다고 혀를 차고, 힘들지 않냐며 위로하는 것 같았다. 다연에게는 그 한 마디 한 마디가 쓰라리게 다가왔다. 그래서 도망치듯, 핸들을 꺾어 빠르게 길을 빠져나갈 수밖에 없는 오후였다.

그 밤 내내, 다연의 전화통에서 불이 났다. 승아의 전화, 임 팀장의 전화. 다경의 전화. 어디서 무슨 소릴 들은 건지 중간중간 한 대리의 전화.

"……."

그리고 무엇보다 끊이지도 않고 울리는 재민의 전화.

시계가 새벽 2시를 가리키는 걸 본 다연이 그대로 머리를 처박고 무음으로 돌려놓은 휴대폰 액정을 아예 뒤집어 버렸다. 처음 재민의 이름이 뜬 걸 봤을 땐 입술을 깨물면서 어렵게 무시했는데 그게 5통이 되고 10통이 되니까 아예 배터리를 분리하고 싶었다.

심지어는 다른 번호로도 전화가 왔다. 누군가 해서 받았더니 길 가던 행인의 휴대폰까지 빌려서 연락한 거였다. 이렇게는 끝이 안 나겠다 싶어서 결국 다연이 먼저 전화를 걸었다.

— 어라. 이제 받네.

수화기 너머로도 술 냄새가 나는 것 같다. 지원보다 더한 말술인데 술을 대체 얼마나 먹은 건지. 누가 걸고 누가 받았는지 구별할 정신도 없는 걸 들으니 절로 한숨이 터졌다.

"지금 어디예요?"

— 강 대리님.

"어디냐고요."

— 강다연.

말 들어 먹지도 않는데 그냥 확, 끊어 버릴까. 전혀 대답할 생각이 없어 보여서 아려 오는 머리만 꾹꾹 누르자 평소보다 조금 낮은 목소리가 귓가에 울렸다.

— 다정이랑 헤어질 때 내가 마지막으로 들은 소리가 뭔지 알아?

"……."

— 좋은 사람이래. 나한테.

한다정. 그 이름 석 자를 알고 있는 다연으로서는 입을 다물 수밖에 없는 대화였다. 좋은 사람이라고 말하는 재민의 목소리가 허무하고 씁쓸했다. 누구라도 저 말이 기쁘기보단 상처로 다가왔다는 걸 알 정도로.

— 근데 이렇게 엉망진창으로 사는 걸 보고도 좋은 사람이란 말이 나오나? 그게 말이 돼요? 어?

그러나 갈수록 싸우자는 투라 이 감상이 오래가질 않는다. 뭉개지는 발음을 듣고 있던 다연이 한숨을 내쉬며 전화를 끊었다. 그러곤 조금 전 걸려 왔던 다른 번호로 전화를 걸어 정말 미안하지만 윤재민을 찾아서 택시 좀 태워 보낼 수 있냐고 부탁했다. 안 그래도 저러다 일 칠까 싶어서 주변에 있었다고 말하는 걸 들으며 감사하다고 열 번은 말했다. 지갑 다 털려도 할 말 없는 몰골로 앉아 있었던 것 같은데, 운이 좋게도 지나가던 행인이 착한 사마리아인이셨나 보다.

40분쯤 기다려 입구에서 택시를 맞이한 다연이 이 시간까지 운행 중이신 직업 정신 투철한 택시 기사님께도 감사 인사를 전했다. 계산하는 동안 뒷좌석에 누워 있던 몸이 알아서 문을 열고 기어 나오더니 다연의 얼굴을 보며 삐딱하게 서 있었다. 다연은 팔짱을 끼고, 평소보다 창백한 재민의 얼굴을 한참 보다가 한숨과 함께 말을 걸었다.

"오늘은 늦었으니까 일단 자고……."

"술 다 깼어요."

"……."

"술 취해서 온 거 아니에요."

목소리가 담담하다. 쳐다보니 조금 전보다는 훨씬 정돈된 안색이었다. 그러나 암만 그래 봐야 야근을 사흘 밤낮 한 사람처럼 피곤에 절어 있는 눈빛인 데다 한술 더 떠 몸도 제대로 못 가누고 계셨다.

정신만 차리면 뭐 하냐고. 몸이 아직 제정신이 아닌데.

다연은 발을 내딛자마자 품 안으로 쓰러지는 재민을 보며 이를 악물고 어깨동무를 했다.

"나 대리님한테 참견받고 싶어서 왔어요."

원수가 따로 없단 다연의 표정을 보지 못했는지, 재민은 이 와중에 한가롭게도 복장 터지는 소리를 해 댄다. 다연의 이마에 빠직, 힘줄이 섰다. 이쪽은 다들 속 한번 참신하게 썩이는 통에 어디 가서 욕도 못하고 있는 판국인데 무슨 배짱으로 참견 같은 소리를 하는 건지.

"이제 참견 안 하겠다고 했잖아요. 그러니까 다른 사람한테 가서 받아요."

엘리베이터까지 가는 그 잠깐 동안에도 온몸에서 진땀이 난다. 누군가를 돕는다는 게 결코 고상한 짓이 아니라는 걸 온몸의 땀구멍으로 깨닫는 순간이니 다연의 입에서도 좋은 소리가 안 나왔다. 참으려고 해도 절로 말소리가 싸늘해진다.

"너무한다."

"이제라도 알았으면 됐어요."

"김지원은 사기까지 쳐도 용서해 줬으면서 나한텐 왜 그렇게 매정해?"

"지금 그게 할 소리예요?"

요즘 들어 위장에 구멍 내는 인물이 둘인데 그중 한 명이 지원이고 다른 하나가 윤재민이었다. 둘 다 듣기 싫은 이름이라 한숨만 푹푹 내쉬는 중에 재민이 조그맣게 속삭인다.

"부탁할게요."

"……."

"또 다른 사람한테 바닥 보이고 싶지 않아서 그래요. 대리님은 이미 내 바닥 다 봤잖아요."

늦어도 한참 늦은 소릴 해 대는 걸 듣고 다연도 담담하게 대꾸해 줬다.

"이미 많이들 봤을 거예요."

안타깝지만 전화로 추린 목격자만 벌써 셋이다. 그녀가 전화를 피하는 동안 또 몇 명이나 더 봤을지 모를 일이고. 고로, 다른 사람에게 바닥 보이기 싫단 윤재민의 말은 애당초 될 법한 소리가 아니었다.

"그러니까 위로해 준다는 사람한테 가서 받아요. 어차피 글렀으니까."

다연의 말에 재민이 피식 웃었다.

"싫어요."

이 인간이 진짜.

"사람들이 말하는 위로라는 건, 결국 나 같은 일 안 겪고 사는 지들이 얼마나 잘났는지, 그 자랑만 하는 거예요. 그리고 왜 그렇게 사람 보는 눈이 없었냐고 몰아붙이는 거죠. 나랑 그 사람 사이에 무슨 일이 있었는지도 모르면서."

"……."

"대리님은 최소한, 그런 짓은 안 하잖아요."

고개를 든 재민이 흐린 눈으로 다연을 쳐다본다. 꽤나 날이 선 어조로 말하는데도, 다연은 바로 답을 할 수가 없었다. 지원이와 어떤 시간을 나눠 왔는지 전혀 모른 채 뒤에서 비웃기만 하던 사람들이 생각났으니까.

"강 대리님, 내가 왜 그 나이에 결혼하려고 했는지 궁금하지 않아요?"

말문이 막힌 채 서 있는 다연의 모습에, 재민이 싱긋 웃었다. 결혼식이 있었던 스물다섯의 봄이 지난 후로 그는 늘 허기가 졌다. 뱃속이 텅텅 비어서 뭔가를 먹지 않으면 견딜 수 없는 상태가 계속됐다. 그래서 주변을 끌어들였다. 끌어들이기 위해 늘 밝고 환하게만 지냈다. 마음에도 없는 웃음을 매 순간 뿌리면서도 그게 얼마나 공허한 짓인지 깨닫질 못했다.

"대학 졸업도 못 한 놈이 부모 도움 받아서 하는 결혼이라니, 지금 들으면 진짜 웃기죠. 말 같지도 않고. 다른 사람들이 보기엔 얼마나 멍청했을까. 얼마나 인생을 쉽게 봤으면 저럴까. 나도 내가, 그렇게밖에 안 보이긴 해요. 그때는 내가 누군가를 구원할 수 있는 사람인 줄 알았거든요. 내 감정에서도 빠져나오지 못하는 머저리인 줄도 모르고."

몇 번이나 무시하려던 다연이 결국 맥이 풀린 얼굴로 재민을 돌아봤다. 저 얼굴에 맴도는 웃음이 다 가짜처럼 보였기 때문이다. 다시 만난 지 고작 세 달밖에 안 됐어도 지금 짓는 미소에 아무런 의미도 없다는 건 알 것 같다. 그냥 이제 와 울 수는 없으니까, 그렇다고 아무 표정 짓지 않을 수도 없으니까 덮어쓰듯 가져온 가면이랑 똑같다는 걸.

왜 사람들은 어느 순간이든 어떤 얼굴을 하고 있어야 한다고 생각할까. 아무것도 생각하지 않고 내비치는 표정이란 것도 있을 텐데.

입술만 잘근잘근 씹고 있는 동안 침묵이 내려앉는다. 한참 동안 말을 고르다가 결국 뜻대로 되지 않는지 재민의 고개가 바닥으로 향한다.

"그런데, 대리님. 내가 아무리 어리고 멍청했어도."

"……."

"다른 사람 아이 가진 여자한테 결혼하잔 말, 쉬웠던 거 아니에요."

다연의 어깨가 확 굳었다. 그 기색을 알아챈 재민이 위를 올려다보며 피식 웃는다.

"그 사람에게만은 진짜 내 바닥, 밑바닥까지 다 긁어서 줄 생각으로, 행복하고 싶으니까 자존심 한 번만 굽히라고 스스로한테 사정하면서 나온 말이었어요."

눈이 커지고 입술이 벌어지는 걸 보면서도 재민의 목소리는 담담했다. 어느 순간부터는 다연에게 말하는 게 아니라 본인에게 하는 것처럼, 허공을 보면서 멍한 눈으로 읊조리는 게 보였다.

"그래서, 더 용서가 안 되더라고요. 도저히 용서가 안 됐어. 내가 어떤 마음으로 포기했는데, 그걸 다 망치고, 그냥 좋은 사람이라는 말로 넘겨 버리니까 피가 거꾸로 솟는 것 같아서."

구두 위로 보이는 재민의 발목 위로 상처가 가득하다. 이리저리 구르다 여기까지 온 것 같아서 마음이 좋질 않았다. 이 말을 뱉기까지 지난 5년 내내 이런 식으로 굴렀을 것만 같아서, 그동안 재민을 볼 때면 명치끝에 얹히던 통증의 원인이 뭔지 다연은 이제야 알 것 같았다.

"대리님은 본인한테 상처 준 사람도 다 이해해 보려고 한댔죠."

한동안 정적이 흐르던 공간에 재민의 목소리가 울렸다. 고개를 들자, 조금 씁쓸하게 웃으며 말을 잇는 얼굴이 놓여 있었다.

"사실 그 말 들었을 때 비웃고 싶었어요. 그렇게 잘난 척해 봤자 본인이 겪으면 못 웃을 거라고 생각했으니까. 근데 대리님이 용서하는 바람에 내가 진짜 천하의 개새끼가 됐네요. 왠지 스물다섯의 강다연은 다 이겨 냈을 것 같아서 부럽고 짜증 나고…… 내가 참, 멋없는 놈이란 생각도 들고."

아무런 대답도 할 수 없어서 입술만 달싹였다. 재민은 쉽게 말하지만, 그녀라고 저런 상황을 겪고 지금처럼 맘 편하게 살 수 있었을까. 당장 지원의 일 하나가 터진 후로 내내 무너져 있었는데.

대답 없이 머무는 다연을 보고 재민이 얼굴을 감싸 쥐었다.

"사실 난 아직도 이해하는 것도 용서하는 것도 싫어요. 그럼 미워할 수가 없으니까. 그런데도 계속 눈이 가요. 그만하라고, 말 대신 행동으로 나한테 매 순간 얘기하는데도 대리님이 자꾸 보이고 본 다음엔 잊어버릴 수도 없어요."

스스로도 도저히 이해가 안 간다고 말하는 입술에 색이 없다. 더는 담아 둘 수 없는 한계에 부딪혀서 쏟아지는 말을 하나씩 들으며 다연도 조용히 마음을 가라앉혔다.

"나 일이고 사람이고 편식 심해요. 한번 싫은 건 죽을 때까지 싫어하고, 나한테 이래라저래라 하는 건 세상에서 제일 싫어해요. 그래서 늘 싫은 건 옆으로 밀어 놓고 살았거든요."

다음 순간, 재민이 말간 눈을 들어 다연의 얼굴을 바라봤다.

"그런데 강 대리님한텐 그게 왜 안 될까요."

낮게 잠긴 목소리가 어딘가 가장 예민하고 얇은 곳을 두드리는 기분이 들었다. 설풋 아프기까지 한 감각을 참아 내고 있는 다연의 귓가에 가피를 긁어서 나오는 것 같은 목소리가 울렸다.

"옆에 있으면 매 순간 힘든 일밖에 없는데, 왜 발은 여길 오고. 눈은 거길 가고."

"……."

"마음은 또, 보고 싶다고 난리 치고 있고."

재민은 바닥만 보고 있던 시선 그대로 힘없이 말을 이었다. 좋은 사람으로 남으려고 노력하면 꼭 끝에는 헤어진다. 그럼 나쁜 사람이 될 테니까 헤어지지 말자고 말하는 건, 내가 너무 이기적인 걸까. 그래서 상처를 주는 스스로가 한심하고 싫다고 생각하면서도 이렇게 해서라도 잡고 싶다는 생각 역시 같은 크기로 간절했다.

"난 그 사람이 왜 도망간 건지 아직도 모르겠어요. 왜 버리고 갔는지 말을 안 해 주니까, 또 똑같은 이유로 버려질까 봐 아무 말도 못 하겠어요. 그래서 대리님을 잡고 싶은데도 이런 식으로 계속 상처 주는 방법밖엔 못 해요."

좋아하는데 다가갈 수가 없다. 여기서 더 다치면, 정말로 다시는 웃지 못하게 될까 봐 무섭다. 볼이 젖는 걸 느꼈는지 작게 욕을 뱉으면서 눈가를 누르는 걸 보고 결국 다연이 한 걸음 더 다가갔다. 다연이 마른 만큼 재민의 얼굴도 푸석하게 말라 있었다.

"김지원 씨 일, 그런 식으로 알려서 미안합니다."

가까이 온 다연의 인기척을 느끼고 재민이 고개를 들었다. 입끝은 웃고 있는데 눈가는 젖어 든다. 마주친 눈이 붉게 충혈되어 있다.

"사과할 테니까. 계속, 강 대리님이 용서해 줄 때까지 빌 테니까, 내 사정도 이해해 줘요. 다른 사람들 사정은 다 이해해 준다며. 나도 그렇게 해 달라고요."

조심스레, 그러나 강한 힘으로 다연의 옷자락을 쥔 재민이 한참 동안 입술을 달싹이다 간신히 말을 잇는다.

"나 좀 옆에 둬 줘요. 강 대리님 옆에 있으면 나도."

"……."

"언젠가 겁이 나서 그랬다는 다정이의 이유도, 그 사정도 다 이해할 수 있을 것 같으니까."

이런 순간까지 시선을 피하지 않는 윤재민의 눈이 참 대단하다고 느꼈다. 이 사람은 날 왜 이렇게 믿는 걸까. 내가 이걸 다 감당할 수 있을 거라고 생각해서인지, 아니면 감당 못해도 좋으니까 나한테 기대고 싶은 건지.

생각하면 할수록 당장 답할 수 없는 말이었다. 아무리 생각해도 답이 나오질 않는다. 다연이 망설이는 동안 재민의 목소리가 밤공기를 타고 울렸다.

"상처 주는 것도 받는 것도 이제 그만하고 싶어요."

재민은 말을 뱉고 나서야 그의 안에서 이 바람이 얼마만큼 컸는지 실감했다. 그 사람을 미워하기 위해 쏟아붓는 시간. 감정. 그게 앞으로 남은 시간 전부를 집어삼킬까 봐 두렵다.

"진짜 그만하고 싶어."

다 잊은 척했지만, 실은 그게 가장 겁이 나서 죽을 것만 같았다. 지금까지 늘 그래 왔으니까.

"나 대리님한테는 다른 사람들한테 하는 것처럼 안 했어요."

"……."

"똑같이 안 했어요."

한 걸음도 더 못 뗄 만큼 지쳐 있는 목소리를 들으며, 다연도 조용히 숨을 내쉬었다. 어쩌면 작은 등을 더 작게 웅크리고 행여나 누군가 볼까 봐, 들을까 봐 숨을 죽인 것을 본 순간부터 재민을 절대 미워할 수 없게 정해져 있었던 것 같다. 어딘가 도망쳐서 숨을 곳. 맘껏 울어도 되는 곳을 찾아 도망쳤던 윤재민을 안 순간부터.

고개를 숙인 윤재민이 낯설다. 그냥 여느 때처럼 웃으면서 이쪽을 봤으면 좋겠다. 그 모습을 한참 생각하던 다연이 조심스럽게 다가가 어깨에 팔을 둘렀다. 차가운 팔이 닿는 것을 깨닫자 굳어 있던 몸이 이내 거칠게 그녀를 끌어당겼다. 손에 잡힌 옷이 전부 다 구겨질 정도로 세게 잡는다. 누가 누구를 안은 건지 알 수 없을 만큼 깊게 섞이고 나서야 다연의 입술이 열렸다.

"……알았어요."

숨죽인 채 우는 모습이 마음 아팠다. 언제든 이 사람이 울 땐 가려 주고 싶었는데 정작 이 순간 재민이 원하는 건 누군가가 그를 숨겨 주는 게 아니라 스스로 팔을 뻗어 다른 사람을 끌어안는 것이었다.

"다 알았으니까, 윤재민 씨도 그만 쉬어요."

"……."

"고생했어요. 지난 5년 동안."

원하는 대로 얌전히 품 안에 있는 동안 여러 사람을 생각했다. 김 과장. 지원이. 신 대리. 그리고 지금껏 일하면서 만나 온 수많은 사람들. 그들의 입에 물린 미소를 하나하나 꽃잎처럼 모아서 이 남자에게 주고 싶었다. 그 꽃의 향은 예전 일을 모두 잊게 해 주는 마법 같은 힘이 있어서 고작 스물다섯, 아직 인생의 절반도 살지 못한 어깨에 얹어 있던 무게를 다 가져가 줬으면 좋겠다고 생각했다.

더웠던 공기도 다 저문 이 계절에, 다연은 꼭 그 봄날로 돌아간 기분이었다. 우는 사람을 보고도 멍청히 서 있는 것밖에 할 줄 모르던 스물넷의 강다연을 생각했다. 지금은 윤재민의 마음을 절실하게 이해한다. 아직 다쳐 보지 않은 이십 대는 그런 힘이 있다. 내가 어떤 사람의 인생을 구원할 수 있을 것 같은 치기. 그 가벼운 위선 같은 게 있다.

여름의 기운이 많이 남은 새벽인데도 재민의 품은 차가웠다. 뺨에 닿은 머리카락도, 물기에 젖은 얼굴도 모두 차갑다. 따뜻한 품 안으로 낮게 흐느끼는 어깨를 끌어당기는 동안 이 사람의 마음에도 빨리 봄이 오고 여름이 왔으면 좋겠다고 생각했다.

"고마워요, 강 대리님."

흐느끼는 윤재민을 더욱 깊이 안아 주면서, 다연은 진심으로, 그 하나만을 바랐다.

9

“대한민국 20대는 전부 빚쟁이라고 하잖아요.”

박람회가 끝난 지 사흘이 지난 오후, 화장기 하나 없는 낯으로 사무실에 찾아온 지원은 그렇게 말문을 열었다.

“근데 저는 조금 더 빚쟁이예요.”

다연은 의자에 앉자마자 배에서 요란한 소리를 내는 지원의 얼굴을 보다가 우유를 내왔다. 고맙다는 소리도 없이 그걸 꿀꺽꿀꺽 마신 후에야, 희미한 표정으로 조금 웃는다.

페어 이튿날, 지원이 박람회장을 찾았다. 그렇게 잔소리를 해도 늘 수수한 차림만 했던 애가 그날만큼은 신 대리만큼이나 화사하게 꾸미고 고객들을 응대하는 데 여념이 없었다. 그냥 옷만 갖춰 입은 게 아니라 헤어와 메이크업까지 어디서 전문적으로 받고 온 것 같은 모습이라 보면서도 낯설었다. 심지어는 혼자서 일당백이라도 하는 것처럼 일을 해치우기까지 해서 다연이 할 일이 따로 없을 정도였다.

"대학교 3학년 때부터 엄마가 저만 만나면 한 소리가 뭔지 아세요?"

그렇게 페어 마지막 정리까지 다 하고 난 후, 이틀이 지나서야 여기 찾아온 거였다. 깨끗하게 비운 유리잔 표면을 매만지던 지원이 조용히 말을 이었다.

"지원아, 5천만 원만 있으면 돼. 그거였어요."

다연은 수척해진 지원의 얼굴을 보며 한숨을 참았다. 어느 정도 예상한 수순의 대화였다. 속사정은 잘 몰라도 돈이 필요했다면 본인이 아니라 남 때문에 벌어진 일일 것이란 건, 애초에 확신을 하고 있었다. 스스로에게 돈 쓰는 걸 한 번도 본 적이 없으니까. 다만, 그걸 지원의 입으로 직접 듣고 싶어서 기다린 것뿐이었다.

"시골에 혼자 있는 동안 이 아줌마가 다단계에 빠졌더라고요. 집에 사업한다고 손 벌리는 인간이 하나 있어서 누가 돈 된다는 한마디만 하면 이리 휘청, 저리 휘청 대던 사람이긴 했어요. 그래도 이렇게 대형 사고는 친 적은 없었는데 상황이 많이 안 좋긴 했나 봐요."

"……."

"그때부터 만나면 저 소리만 해요. 지원아, 5천만 원만 있으면 돼. 넌 돈 벌잖아. 내가 진짜 어이가 없어서. 서울에서 일하면 그 돈이 그냥 모이는 줄 아나 봐. 한 달에 2백만 원씩 부어도 2년 넘게 모아야 하는 돈인데."

애써 가볍게 말하려던 어조가 바라보는 다연의 눈빛에 묻혀 버렸다. 천천히 입을 다물고 따뜻한 컵을 감싸 쥔 지원이 희게 거품이 이는 잔 속을 쳐다보고 조용히 말을 이었다.

"근데 더 웃긴 건요."

"……."

"엄마는 저렇게 기가 막힌 말을 정말 가볍게 뱉고, 또 잊어버리고. 그러면서 너무 아무렇지 않게 살고 있는데."

"……."

"저는 가끔 그 5천만 원이란 소리가 밥도 먹지 말고 물도 마시지 말고 아무리 힘들어도 택시나 버스 같은 거 타지 말란 소리랑 똑같이 들렸다는 거예요."

다연은 아려 오는 이마를 세게 짚었다. 야근을 밥 먹듯 하고 끼니도 제때 챙길 수가 없는 직종이었다. 사비로 나가서 사 먹는 일을 아예 안 했다면 다섯 번 중 두 번을 굶었다고 보면 된다. 해가 쨍쨍 내리쬐는 여름이 될수록 말라 가던 팔목. 그걸 알고 있었으면서도 변변히 묻지 않았던 게 후회로 다가왔다.

도대체 널 어떻게 해야 할지 모르겠단 표정으로 서 있자 지원이 주섬주섬 통장을 하나 꺼내 보여 준다.

"올 초까지 모은 돈이에요. 아무리 안 먹고 안 써도 저 돈은 갚을 수가 없더라고요. 대리님도 나중에 사채나 대출은 절대 하지 마세요. 등골 다 뽑혀요."

5천만 원이란 말은 그냥 상징적인 의미에 불과했다. 밑 빠진 독에 물을 붓듯, 아무리 돈을 벌고 또 벌어도 저 돈은 갚아지질 않았다. 집으로 보낸 돈이 5천이란 숫자를 넘는 순간, 지원도 더는 계산하길 포기했다.

바싹 마른 손이 건네는 통장을 다연의 하얀 손이 받아 들었다. 큰 금액의 돈이 채워지고 빠지고를 반복한 게 보였다. 사회 초년생이, 그것도 박봉에 서울에서 생활하는 애가 이 나이에 이 돈을 모았다는 건, 사는 게 정말 치열했단 뜻이었다. 이렇게 지독한 성격으로도 참지 못하고 발을 삐끗할 정도면 얼마나 힘들었다는 걸까. 지금껏 잘 버티다가 교통사고를 내듯 한 번 실수한 거란 성후의 말이 떠올랐다.

"그런 얼굴 하지 마세요. 그냥 오기 부린 거예요. 돈이 될 일은 따로 있는데."

도저히 웃지 못하는 다연을 앞에 두고 지원이 대신 웃는다. 속이 시원하다는 듯, 도리어 밝은 웃음이었다.

"왜 나는 돈 때문에 하고 싶은 일도 못 해야 하나. 편하게 살지 못하는 것 때문이 아니라 원하는 대로 살 수 없다는 게 너무 억울했어요. 나도 일 끝나면 알바하러 가는 게 아니라 내가 좋아하는 사람들이랑 맛있는 것도 먹고 휴가 땐 여행도 가고 싶은데. 돈 모아서 시집도 가고 싶은데."

그동안 이런 말을 마음껏 꺼내지 못하고, 푸념 한 번 하지 않고 버텨 온 지원의 입술이 너무 말라 있었다. 어설프게 웃다가 붉은 입술이 찢어지는 걸 보니 속에서 자꾸 울컥울컥 뜨거운 게 올라온다. 지원은 피가 묻어나는 입술을 슬쩍 만지더니 픽, 하고 바람 빠지는 소리를 냈다.

"여기 웃어도 찢어지네요. 그건 몰랐는데."

맹하게 중얼거리는 걸 들으니 가슴이 터질 것 같다. 처음 만난 이래로 지원의 입술은 늘 저 꼴이었다. 다만 웃어 보질 않았으니까, 그래서 알지 못한 거다. 꿋꿋하게 입 다물고 있던 다연이 결국 탱탱 부은 눈을 누르며 말을 뱉었다.

"그러게. 나도 몰랐네. 세상에 그거 좀 웃었다고 피 보는 인간이 다 있을 줄은."

지원의 입가에 은은한 미소가 맴돌았다. 퉁명스레 말해 봐야 속상한 게 보인다. 언제든 다연이 무르고 약해서 참 걱정되면서도 이럴 때면 다행이란 생각이 들었다. 저 약한 마음에 기대서 오랫동안 버텼다는 걸 스스로 잘 알고 있기 때문이었다.

"그때 대리님이 제대로 보신 거 맞아요."

"뭘."

"조보경 신부 때요. 저 진짜로 생각이 반쯤 다른 데 가 있었거든요."

"……."

"지금 좀 편하고 나중에 후회할 길로 가면 안 되나. 슬슬 타협보던 때였어요."

다연도 힘들었던 때다. 그래도 말해 줬다면 아마 이쪽에서 감당하려고 했을 터였다. 가뜩이나 힘든 어깨에 짐을 얹었다고 생각하니 자꾸만 후회가 밀려온다. 자책하는 게 눈에 보였는지 지원이 피식 웃는다.

"이래서 말 못했던 거예요. 대리님은 너무 착해서 이것까지 자기 탓 할까 봐."

그렇게 말하는 지원의 눈이 많이도 피로해 보였다. 막 입사했던 스물넷. 대학을 갓 졸업하고 온 풋풋한 초년생이 왜 그렇게 어두운 표정이었는지 궁금했다. 궁금하면서도 한번 되묻지 못한 게 너무 한심하고 후회가 됐다.

"나가기 전에 이거 드리려고요."

스스로를 탓하는 사이 지원이 주섬주섬 무언가를 내민다. 받아보니 도장이 잔뜩 찍힌 쿠폰들이었다.

"제가 대리님을 좀 식권처럼 써먹었잖아요."

주둥이가 슬슬 살아나는 게, 이제야 당이 좀 도는 모양이다. 무슨 소리냐는 얼굴로 쳐다보고 있자니 조용히 말을 잇는다.

"나중에 진짜 내 이름으로 돈 모이면 그땐 엄마보다 먼저 강 대리님한테 밥 사 드리고 싶었는데……."

"……."

"지금은 이것밖에 없네요. 죄송해요."

쿠폰에 찍힌 식당 이름이나 카페가 그간 있었던 일들을 한꺼번에 떠오르게 했다. 아주 짧은 것 같기도 하고 또 한편 일상의 전부였던 것 같기도 한 시간. 그걸 되새기느라 받지 않고 버티는 새 지원이 쿠폰을 만지작거린다.

"신기한 게, 대리님하고 밥 먹으면 그게 삼 일은 가더라고요. 밥 말고 다른 것도 먹고 오는 것처럼. 그래서 자꾸 대리님하고만 밥 먹으려고 했던 거예요."

다시는 보지 않을 사람을 대하듯 자조적으로 내뱉는 말을 듣자 다연의 눈에도 서서히 쓸쓸한 기색이 어렸다. 잘못은 지원이 저질렀는데 그런 지원이 떠난다고 하니까 어마어마한 상실감이 밀려오는 건 오히려 다연 쪽이었다.

도대체 다들 왜 이렇게 쉽게 만나고 쉽게 헤어지는 건지. 파혼한 후에 그 사람이 겪었던 상실감도 이럴까. 이렇게 지난 2년이 통째로 날아가는 느낌이었나.

"김지원."

매끄럽게 울리는 다연의 목소리를 들으며 지원이 말갛게 웃는다.

"네, 대리님."

이때가 돼서야 웃는다는 게 기가 막히기도 하고 슬프기도 했다. 지원의 어깨가 유독 작아 보였던 이유는 잘 웃지 않아서였다. 그랬는데 지금은 왜 저렇게 밝게 웃는 건지 모르겠다. 전보다 훨씬 힘든 일만 남아 있는 지금에 와서야.

"임 팀장님이랑 김 과장님한테 가서 혼나고 와. 용서해 주실 때까지."

"네?"

"일이 있었든 없었든, 지금처럼 솔직하게 말씀드리고 욕먹고 오라고."

일장 연설을 듣는 내내 눈 한번 깜박이지 않고 다연을 뚫어져라 본다. 뭘 그렇게 보냐며 핀잔을 뱉을 때쯤 지원이 바싹 마른 입술을 열었다.

"대리님은요?"

"뭐가."

"대리님은 저한테 화 안 내세요?"

애가 제 나이로 보인 건 처음이다. 지원은 만사가 심드렁한 성격이라 늘 다연의 머리 꼭대기 위에서 노는 것처럼 보일 때가 많았다. 물론 신 대리의 머리는 밟고 선 지 오래고.

"안 내는 게 아니라 못 내. 그래서 그분들한테 대신 혼나라고 하는 거야."

그래 봐야 다연의 입장에선 화도 안 나는 어리광이었단 게, 이럴 때 판명 난다. 저렇게 솔직히 말해 준 것만으로 마음이 풀리는 걸 보면.

무러 퉁명스럽게 말하는 다연의 모습에 멍청히 서 있던 지원이 쿠폰을 꾹 쥐고 고개를 숙였다. 바닥 위로 툭툭, 물방울이 떨어지는 게 보였다. 안아 주면 아예 자리 깔고 울 것 같아서 머리만 한 번 두드려 줬다. 피가 나는 걸 아는지 모르는지 지원은 입술을 한참 깨물고 있다가 감사하다고, 기어들어 가는 목소리로 말한다.

가느다란 지원의 목을 보다 보니 별별 생각이 다 들었다. 좋은 기분만은 아니고, 그렇다고 처절하다거나 슬프다거나 그런 기분만도 아니었다. 꼭 깨지고 발가벗겨져야만 드러나는 것들이 있다. 싸우지 않고 가고 싶다고 아무리 말해 봐야 세상일이 그렇게 되어 주지 않는 것처럼. 자리가 사람을 만든다고, 지난 두 달간 김 과장의 대리를 맡으면서 벌어졌던 소란이 앞으로의 일상을 더욱 단단하게 만들어 주리란 확신이 들었다.

이번 일을 겪으면서 다연의 작은 둥지는 이리저리 다치고 부서졌다. 처음엔 너무 엉망진창이라 어디서부터 손대야 할지 막막했다. 그래도 언젠가 다친 곳을 조금씩 메워서 다시 햇볕이 좋은 날 나무 위에 걸어 둘 거다.

또다시 많은 사람들을 만날 수 있도록.

그 사람들이 쉬어 가도록.

"그럼 얘기 잘 끝난 거죠?"

왁자지껄한 소음을 뚫고 건너오는 소리에 다연이 고개를 끄덕였다. 제 몫으로 나온 자장면을 비벼 다연의 앞에 갖다준 재민이 또 하나를 비비기 시작한다. 요즘 윤재민은 다시 예전처럼 컨설팅부로 출근하기 시작했다. 그리고 사고 치고 뒷수습할 때의 다경을 빼면 누군가 자신을 이렇게 극진히 모신 적이 있나 싶을 정도로 일을 돕는다. 생각해 보면 다경이 평생 친 사고보다 더한 사고들만 쳤으니 그럴 만도 했다. 페어 때도 지원과 함께 행사장을 거의 날아다녔는데 사정 모르는 사람이 보면 환상의 콤비라고 했을 법한 움직임이었다.

"잘 끝났어요."

"사과는 받았어요?"

"나한테 사과해 봐야 뭐 해요. 그냥 임 팀장님이랑 김 과장님한테 보낼 거예요."

역시나 싫은 소리 한 번을 못 하고 왔다는 것에 재민이 혀를 찼다. 이쯤 되니 저 여자가 스스로에게 상처를 준 인물을 용서하는 방법이 뭔지, 대체 얼마만큼 강력한 벽으로 무장하고 있어서 무너지질 않는 건지 궁금할 지경이었다.

"강 대리님은 인내심이 진짜 지장보살급이네요."

한숨 반, 걱정 반을 섞어 한 말인데 그 말을 들은 다연은 시선을 물끄러미 들어 참 양심도 없단 눈으로 윤재민을 바라봤다.

"나 기독교라니까요."

심지어 누구 덕분에 저번 달부터 굉장히 신실한 신도 중 하나로 활동하고 있다. 신앙심을 늘리는 데 마스터키 수준의 활약을 보인 인물을 살짝 노려보는데, 이젠 이런 걸론 상처도 안 받는지 재민은 빙긋 웃으며 같은 말을 되물을 뿐이었다.

"정말로 김지원 씨 안 미워요?"

강적이 따로 없네. 짧게 혀를 찬 다연이 한숨과 함께 답했다.

"어떤 날은 앉은자리에서 3인분도 넘게 먹고 어떤 날은 편의점 도시락 하나로 사흘간 버틴 적도 있었대요. 그런 애를 어떻게 미워해요."

회사에서 세 발만 걸어 나가면 먹을 곳이 널렸는데 그러고 있었다는 게 참 마음 아팠다. 게다가 이번 일을 통해서, 누군가와 돌이킬 수 없는 사이가 되더라도 즐거웠던 때의 기억까지 전부 버릴 필요는 없다는 교훈도 얻었다.

"지원이 때문에 좋았던 시간도 분명히 있어요. 그게 다 거짓말은 아니니까 그냥 생각나면 생각나는 대로 둘 거예요."

세상엔 영원한 아군도 없고 영원한 적도 없다는 걸 깨달은 여름이었다. 마찬가지로 영원히 착한 사람도 없고 영원히 나쁘기만 한 사람도 없다. 기대하고 배신당하고 또 용서하는 경험이 쌓이고 난 후에야 다시 사람을 만나러 나갈 용기가 생긴다는 걸, 지원과 재민 덕분에 알았다. 그 마음을 알려 준 것으로 그간 살이 2kg이나 빠지게 만든 마음고생은 잊어 주기로 했다.

말을 끝낸 다연이 묵묵히 식사에 집중했다. 이마로 시선이 느껴져서 편하게 밥 먹기는 글렀지만 그래도 꿋꿋하게 젓가락을 움직였다. 단무지를 집으며 딴짓하는 다연을 보고 재민이 웃음이 묻은 목소리로 말한다.

"그러게요. 나한테 상처 주고 내가 미워하는 그 사람이 나쁜 사람이었으면 좋겠는데 그래 주질 않더라고요, 세상이."

어쩐지 뒤가 결리는 말인데. 이쪽에 좋은 얘기는 아닌 것 같아서 못 들은 척하려고 했으나 재민이 한발 빨랐다.

"대리님 얘기예요."

다연이 씨름하던 단무지를 대신 집어 올려 주고는 이쪽만 빤히 본다. 결국 한숨을 내쉬며 고개를 들었다. 솔직해진 건지 막 나가는 건지. 아직도 내숭을 떠는 건지 원래 성격인 건지. 아니, 무슨 놈의 인간이 만나면 만날수록 단답이 아니라 사지선다형이야? 보면 볼수록 연구 대상인 재민을 쳐다보다 애써 말을 돌렸다.

"나랑 지원이 사이는 풀렸으니까 이제 윤재민 씨도 사과해야죠."

결혼식을 봤다는 걸 미리 말 못해서 미안하다고, 다연은 분명히 사과했다. 지원도 부서별로 돌아다니며 열심히 욕을 먹고 있다. 그러니 이제 재민이 욕먹을 차례였다. 쪼잔한 복수심까지 더해서 말한 건데 재민이 피식 웃으며 대꾸한다.

"어차피 조만간 기회 있을 것 같던데요."

의아한 눈으로 쳐다보던 다연은 그로부터 열흘 뒤, 경기도 외곽의 한 펜션 마당에 서서 삼겹살 10인분을 한 번에 굽는 재민을 앞에 둔 순간이 와서야 그 말을 이해할 수 있었다.

"다들 접시 좀 주세요."

한 손엔 집게, 다른 손엔 가위를 든 채 열성적으로 고기를 굽는 윤재민의 앞에 여직원들이 옹기종기 모여들기 시작했다. 이번 워크숍은 요즘 부서별로 말이 많다며 윤 부장이 직접 진두지휘한 것이었다. 다연의 입장에선 사람 하나 거두기도 이렇게 귀찮고 힘이 드는 와중에 직원 엠티까지 가라고 하는 회사가 진정 인생의 암초라는 생각밖에 들지 않았지만, 재민에겐 부서 사람들과 한 방에 화해할 좋은 기회였는지 시작부터 지금까지 꽃으로 사방에 미소를 뿌려 대고 있었다.

"그동안 저 때문에 다들 고생 많으셨어요."

한 대리의 접시 위로 고기를 한가득 올려 준 재민이 미안함을 잔뜩 담은 목소리로 말을 건넸다. 그간 저지른 어마무시한 횡포에 대해, 연애사가 안 풀려서 많이 힘들었다고, 대놓고 폭탄선언을 한 윤재민은 여사원들의 질투와 동정표를 동시에 얻었다. 잘못 휘두르면 평판 다 떨어질 양날의 검이었는데 그걸 제대로 이용해서 백 프로 유리한 쪽으로만 쓴 걸 보면, 믿을 건 사회생활 잘하는 것밖에 없다던 그날의 말이 완전히 빈말은 아니었던 모양이다.

거기다 남의 떡이란 걸 안 순간 윤정의 관심도 절반 이하로 뚝 떨어져 부서가 시끄러울 일도 없었다. 이래저래 잘 풀리기만 하는 재민의 행보에 약간 억한 심정이 올라왔지만, 반대편에서 잔뜩 삐친 얼굴로 고기를 주워 먹는 신 대리를 보니 여기서 제일 측은한 인간이 저 인간이란 생각이 들어 절로 마음이 평화로워졌다.

'나 진짜 나가요?'

나가겠다고 난리를 친 이후 자신을 계속 무시하는 다연의 모습에, 윤정은 꼬박 일주일을 전전긍긍하다 과장실 문을 두드렸다. 이쪽 눈치를 보며 살살 묻는 게 아주 같잖아서, 턱을 괸 채 그 꼴만 기다리던 다연 역시 거기다 대고 상냥하게 말해 줬다. 나가라고.

거의 울 기세로 나간 신 대리는 그날 저녁이 돼서야 구구절절 시말서를 써서 다시 다연의 앞에 나타났다. 승아가 시킨 거면 모를까, 다연이 시키는 일은 뭐 하나 제때 해 온 적이 없는 인물이 세 장이 넘는 줄글을 써 온 것에 우선은 지켜보겠다는 말로 넘어갔다. 징징거리는 게 절반이 넘었다 해도 신 대리 입장에선 다연에게 한 풀 꺾인 게 사실이니까.

"대리님은 안 드세요?"

가까이 다가온 한 대리가 접시를 들고 권한다. 다연은 고개를 저은 채, 멀찌감치 서서 웃는 재민을 바라봤다. 지원을 용서할 수 있겠냐고 물었지만 아마 사실은 본인을 원망하지 않냐고 묻고 싶었던 것 같다. 그리고 그건, 각 잡고 물은 게 무색할 만큼 다연에겐 이미 답이 나온 문제였다. 누구 말처럼 사기 수준으로 배신당한 지원에게조차 화를 내지 못했다. 좋다고, 미워하기 싫으니까 자기 좀 받아 달라고 울면서 사정하는 남자를 밀어낼 능력이 있었다면 애당초 이따위 가시밭길에서 위험천만하게 보드 타고 달리고 있지도 않았을 터였다.

부서 사람들이랑 저렇게 잘 섞이는데 뭐.

여자들만 모여 있는 것도 좋은 일은 아니고.

그런 식으로 그쪽에서 요구하지도 않은 면죄부를 차곡차곡 쌓으며 주방으로 들어가자 미리 준비해 놓은 재료들이 보였다. 냄비에 불을 올리고 물이 끓을 때쯤, 삼겹살을 서른 줄 넘게 구운 재민이 다연의 곁에 다가왔다.

"잘돼 가요?"

다연은 바로 옆에서 들리는 목소리에 고개를 한 번 들었다가 말없이 다시 음식에 집중했다. 어묵탕을 끓이기로 했기 때문에 이쪽도 나름 바빴다.

"나 한입 먹어 봐도 되죠?"

가까이 다가온 재민이 다연의 어깨 너머를 보며 한 걸음 더 다가갔다. 어차피 입까지 가져다주는 건 기대도 안 했던지라 알아서 숟가락으로 떠먹었다. 한 숟가락 넣자마자 가게에서 파는 것 같은 놀라운 맛이 났다. 일만 열심히 하는 줄 알았는데 요리까지 잘한다는 것에 감탄이 절로 나왔다. 그리고 이 요리들의 조리 분량 기준이 전부 1인분이라는 데서 또다시 놀라움이 일었다.

"이래서 어느 세월에 다 하게요."

포장지에 써진 물 양 기준을 보는 다연의 눈이 세상없이 진지했다. 저러다 봉투 뚫어지겠단 생각이 들 때쯤, 다연이 이쑥은 져다

보지도 않은 채, 대답했다.

"간을 1인분밖에 못 맞춰요."

무슨 국을 벌써 끓이냐고 했을 때 대답 없이 들어간 이유가 있구나. 곧 프라이팬까지 두 개나 휘두르는 걸 본 재민이 머리를 긁적였다.

"편집증이라고 알아요?"

"네."

"그렇구나. 그럼 혹시 본인이 편집증인 건 알아요?"

"네."

연달아 퍼붓는 질문에도 다연은 한 치의 흔들림 없이 무심하게 답했다. 그나마 알아서 다행이라고 애매하게 웃는 재민에게, 이번엔 다연이 물었다.

"그런데 계속 컨설팅부에 있어도 돼요? 임 팀장님은 뭐라고 안 해요?"

처음엔 컨설팅부 일을 맡기려고 재민을 뽑은 게 맞지만 이제 와선 재무팀 쪽 인력이 부족한 상황이었다. 이달 들어 갑자기 2명이나 개인 사유로 퇴사하는 바람에 성후가 머리를 쥐어 싸고 있다는 건 다연도 들었다.

"아무 말 못하죠. 거기도 나한테 지은 죄가 있는데."

"무슨 죄를 지었는데요."

"성후 형이 그런 전적이 좀 많아요. 혹시나 하고 가면 아, 젠장, 역시나, 하고 뒤통수치는 거."

그러니까 그 빌어먹을 인간 걱정은 안 해도 돼요. 아무렇지 않게 대답하는 재민을 보고 다연이 고개를 살래살래 저었다.

어묵탕이 완성된 건 그로부터 1시간 반이 지나서였고, 그게 점심이 아닌 저녁에 먹을 요리였다는 걸 안 재민은 '데리고 살려면 진짜 힘들겠다.'는 짤막한 감상을 숨기며 밖으로 나갔다. 나가 보니 레크리에이션을 빙자한 야외 회식이 한창이었다. 이번에 들어온 신입 사원들이 가운데 피워 놓은 불 옆에서 자기소개와 장기자랑 같은 걸 하고 있었는데 누가 봐도 윤 부장 재밌으라고 한 행사들이 분명해서 중간쯤, 다연이 편한 사람끼리 얘기나 하라며 판을 깼다. 윤 부장은 툴툴거렸지만 어차피 승아가 있었어도 똑같이 행동했을 것이 빤해, 더 말하진 못했다.

군데군데 사람들이 동그랗게 모여서 술잔을 기울이는 와중에 재민이 다연의 옆자리로 다가왔다.

"피곤해요?"

아직 9시밖에 안 된 시간인데 다연이 작게 하품을 한다. 국 끓이느라 고생했다고 반쯤 놀리듯이 묻자 이내 입을 합, 다문 채로 눈을 흘기는 게 보였다.

"어제 잘 못 자서 그래요."

내 어묵탕엔 아무 문제 없었다며 변호하는 말에 재민이 입을 가리고 웃는다.

"진짜예요. 그러니까 전화 좀 그만해요."

회사에서 하루 종일 얘기하고 밤에 퇴근해서는 저녁까지 다 먹고 헤어진다. 더 할 말도 없을 것 같고만 자기 전쯤엔 재민에게서 꼭 전화가 온다. 별다른 말은 안 하는 것 같은데, 있다 보면 30분 내지는 1시간씩 통화 시간이 오버되곤 했다. 그런 이유로 거의 일주일을 평소보다 늦게 잤더니 벌써 눈꺼풀이 가물가물했다.

"얘 내 말 안 들은 지 오래됐어요. 밤만 되면 번호를 누르네."

찔리라고 한 소리인 걸 빤히 알면서도 재민의 목소리는 여지없이 장난기가 넘쳤다. 한 손을 들어 반짝반짝 흔드는 꼴을 본 다연이 작게 혀를 차며 말했다.

"그럼 번호를 지워요."

"다 외워서 소용없을걸요."

한쪽 팔꿈치를 탁자에 대고 턱을 괸 재민이 술기운에 발개진 볼에서 시선을 떼지 못한 채 말을 이었다.

"어차피 평소에도 그 시간에 전화 많이 하잖아요."

"그건 일이니까 하는 거죠."

"그럼 나도 일이라고 생각해요."

"뭐 결혼이라도……."

할 생각이냐고, 물으려던 다연이 입단속 안 되려던 걸 간신히 막고 바로 다른 말을 꺼내 들었다.

"누가 보면 윤재민 씨 통화 의존증인 줄 알겠어요."

재민이 슬쩍 눈웃음을 지었다. 눈치로는 둘째가라면 서러울 인간이라, 이미 이쪽이 무슨 말을 하려고 했던 건지 다 아는 표정이었다.

"그러는 강 대리님이야말로 마음에 병 있는 거 아니에요? 주정이 예사롭지 않으시던데."

그럼에도 봐준다는 얼굴로 시선을 살짝 내리고 잔을 채워 줬다. 어색한 순간을 넘겨 주려는 걸 알아서 다연도 사양하지 않고 바로 대화를 이어 나갔다.

"내가 뭐요."

"그날 이름 없는 집에서 나올 때 나 엄청 힘들었거든요?"

"실수 안 했다면서요."

"솔직히 다 말하면 근처에도 안 올까 봐 그랬죠."

대화가 농담처럼 오간다. 두 사람 모두 어깨에 힘 빼고 하는 말들이라, 그만큼 맥주병도 산처럼 쌓여 가기 시작했다.

"그만 먹죠?"

앞에 놓인 빈병이 다섯 개를 넘어갈 때쯤 다연이 재민의 얼굴을 쳐다보며 말했다.

"왜요?"

무슨 문제 있냐는 듯한 표정이었다. 하는 수 없이 거기에 대고 다시금 진지하게 답했다.

"우린 술만 먹으면 싸우잖아요."

대답을 듣자마자 재민이 피식 웃었다. 이번엔 참 별 같지도 않은 이유로 고민한단 표정이었다. 그러더니 해맑은 얼굴로 맥주병을 개봉함으로써 답을 대신했다.

"둘 중 하나가 취하면 난리니까 둘 다 취하면 되죠."

명쾌한 해답에 다연의 눈가가 절로 일그러졌다. 판결만은 늘 솔로몬 뺨친다. 그럼에도 다연은 더 이상 성문법의 농간에 놀아날 생각이 없었다. 확실한 판례가 눈앞에 있는데 내가 미쳤다고. 이번엔 엘리베이터도 없으니 저 인간을 업고 계단을 오를지도 모른다.

"오늘은 많이 마셨으니까 나중에……."

"결혼식이 눈앞에서 파투 나면 어떤 기분이 드는 줄 알아요?"

그런 생각을 하며 자리에서 일어나던 다연은 재민이 빙긋 웃으며 꺼내 든 주제에 반쯤 들었던 엉덩이를 다시 의자에 안착시켰다.

"성격 진짜 좋아요. 본인도 알죠?"

달관한 표정으로 잔을 집어 드는 다연을 보고 재민이 빙긋 웃는다.

"잘 알죠. 근데 계속 걸리는 대리님도 문제 있다는 거 알죠?"

"……."

"하던 얘기 계속할까요?"

"기분이 뭐 어떤데요."

"최고예요."

"……."

"안 좋은 쪽으로."

본인이 말 꺼낸 주제에 뭐 그런 걸 묻느냐는 투였다. 보면 볼수록 적반하장이 따로 없었다. 노려보는 걸 알았는지, 재민도 두 손 들고 항복 표시를 한 뒤 나른하게 말을 이었다.

"정정할게요. 기분도 나쁘고 자존감도 엄청 깎여요. 내가 한심한 인간으로 느껴지기도 하고요."

그쯤 말하고 나서야 다연도 눈빛을 바꾸고 조용히 재민을 바라봤다. 농담처럼 꺼낸 얘기지만 사실은 그간 아무한테도 하지 못한 말이지 않았나, 싶어서였다. 그런 다연의 생각을 알아챘는지 맥주잔 테두리를 빙빙 돌던 재민의 시선이 곧 앞을 향한 채 은은하게 빛났다.

"우리나라에서 결혼이란 걸 한다는 건 3개월, 6개월, 심한 사람은 거의 몇 년에 걸쳐서 공든 탑을 쌓는다는 거잖아요. 그것도 나만 쌓은 게 아니라 내 주변 사람들도 다 같이 쌓은 공든 탑. 그게 와르르 무너지면 나한테 아주 큰 문제가 있는 기분이 들거든요."

가벼운 어조로 결코 가볍지 않은 말을 이어 간다. 다연은 턱을 괸 채, 예전에는 보이지 않았던 것들이 너무 잘 보여서 뭉클하단 생각을 하며 잔을 들었다.

"그래서 눈치 보는 법만 늘었죠. 대리님 생각처럼 유능하고, 다른 사람보다 뭘 더 알고, 그런 게 아니라 누가 옆에 없으면 내가 또 아무 의미가 없는 사람이라 버려지는 것 같아서 애쓰는 거예요. 고맙다는 말이나, 도움이 됐다는 말이나. 그런 말 들으면 안심이 돼요. 내가 쓸모가 있는 한은 버려질 일은 없을 테니까."

"……."

"여기 들어오기 전부터 그런 식으로 살았어요."

강바람이 불어와 재민의 볼을 적신다. 재민의 화법은 언제나 상대에게 부담 주지 않는 방향으로 뻗어 있다. 떠올려 보면 어느 순간이건 단정한 모습을 보이려고 노력했던 사람이다. 아주 날카로웠던 때의 윤재민을 빼면 언제든 이렇게 한가로운 어조였다. 그게 얼마만큼 스스로의 마음을 다져 나온 건지 몰랐다. 단순히 늦깎이 취업이라 눈치 보는 건 줄 알았는데 미움받기 싫어서였다니.

"또 실망했으려나."

재민이 설풋 웃으며 말한다. 괜히 마음이 아파서 눈앞에 놓인 맥주잔을 쭉 비우고 시원하단 어조로 말을 뱉었다.

"뭘요. 더 실망할 것도 없어요."

"아, 그건 좀 상처다. 나 때문에 이 부서로 옮겼다면서요."

"이제 직업적 보람을 다른 데서 찾으려고요. 보람을 주던 분께서 너무 막 나가셔서."

"또 뭘 그렇게 막 나갔다고."

"하나씩 읊어 드려요?"

"교통사고쯤에서 끝낼 수 있던 일을 뺑소니로 만든 건 대리님이잖아요."

"해고에서 퇴사로 만들어 준 거겠죠."

저 말에는 도저히 동의할 수가 없어, 살짝 말 같지 않은 소리

집어치우라는 뉘앙스로 말했다. 그걸 본 재민의 입꼬리가 올라간다.

"이제 말 한마디를 안 지네."

말이 끝나기 무섭게 또다시 무뚝뚝한 어조로 바로 말을 받아친다.

"그럼요. 재무팀에선 어떨지 몰라도 여기선 내가 상사예요."

재민은 자꾸 웃음이 터지는 입매를 막으려고 살짝 고개를 돌렸다. 또박또박 대꾸하는 다연이 귀엽게 느껴졌기 때문이다. 평소라면 저러지 않을 텐데 취기가 돌았나. 어쩌면 단순히 분위기에 취해 말이 편해졌을지도 모르겠단 생각도 들고.

"맘대로 해요. 공적으론 어떨지 몰라도 사석에선 내가 오빠니까."

반쯤 풀린 얼굴로 눈을 깜박이던 다연이 그 말에 퍼뜩 정신을 차렸다. 반드시 사적인 자리가 있을 것이라는, 심지어는 자주 있을 것이라는 포석과도 같은 말이었다. 뒤늦게야 오지랖이 과했단 생각에 어색하게 웃으며 철벽을 쌓았다.

"그냥 지는 여자 할게요."

"나한테 여자 해 줄 거예요?"

그러나 재민 역시 이 문제에 관해서 한발도 물러날 생각이 없었다. 거리를 두려고 할 때면 예민하게 알아채고 바로 쫓아갔다. 말 섞어서 이긴 전적이 없는지라, 다연은 이쯤에서 입 다물려고 했으나 기색을 느낀 재민이 싱긋 웃으며 폭탄 같은 말을 던졌다.

"신기하죠. 난 성실한 사람도 싫고 바보도 싫었는데, 왜 강 대리님을 좋아하게 됐을까요."

쪽빛이 깔린 강 너머로 시선을 피하고 있던 다연의 눈이 그대로 재민을 향해 멈칫했다. 재민은 그 시선을 그대로 받으며 자신의 가슴에 손을 대고 살짝 토닥거렸다.

"대리님이랑 같이 있으면 여기쯤 박혀 있던 게 다 녹아서 없어지는 것 같아요."

재민의 얼굴은 만난 이래 가장 편안해 보였다. 잔잔하게 웃는 옆모습이 평화롭다는 게 이렇게나 마음을 적신다. 그렇기 때문에 더욱, 쉽사리 다가갈 수가 없었다. 저 평화를 깨고 싶지 않았기 때문이다. 내가 과연 이 사람을 계속 행복하게 해 줄 수 있을까. 그 물음에 바로 답할 수 없기 때문이기도 했고.

"……윤재민 씨."

다연은 이 남자를 만난 후에야 비로소 연애가 엄청난 감정의 홍수라는 걸 알았다. 일상이 송두리째 흔들리는 경험은 즐겁기보단 두려웠다. 그리고 그건 재민도 마찬가지였으리란 생각이 든다.

"하나만 물어봐도 돼요?"

다연의 말 한마디에 가물가물한 눈을 뜨고 이쪽을 본다. 몇 번 입술을 달싹이다 큰맘 먹고 재민에겐 흉터나 다름없는 이름을 뱉었다.

"한다정."

듣는 순간 윤재민의 표정이 설핏 굳는다. 그걸 보면서도 두 눈을 꾹 감고, 하던 말을 마저 뱉었다.

"많이 사랑했어요?"

잠시 시간에 공백이 생겼다. 가라앉은 눈으로 이쪽을 쳐다보던 남자가 곧 허리를 반듯이 펴고 앉았다.

"좋아했어요. 그 사람 인생을 책임지고 싶을 만큼은."

피하지 않고 정직하게 대답해 주는 재민을 보고 다연도 마주 앉아 한마디씩 곱씹어 들었다.

"약하고 조용하고 남의 말 잘 듣고. 그랬거든요, 늘."

"……."

"그랬는데…… 동아리 선배랑 사귀다, 데이트 폭력을 당했어요."

다연의 손에 잡혀 있던 잔에서 술이 조금 넘쳤다. 놀라서 동그랗게 변한 눈을 보고 재민이 쓰게 웃었다.

"말했잖아요. 나도 제대로 된 연애 못 해 봤다고. 짝사랑하던 여자가 엉망진창이 된 채로 눈앞에 나타난 게 내 첫 연애였어요."

"……."

"고작 한 달 만나고 결혼하겠다고 해서 집안이 완전히 뒤집어졌었죠. 그 쓰레기 같은 놈은 애를 지우라고만 하고. 소문은 퍼지고. 몇 번이고 산부인과 앞까지 갔다가 돌아 나오는 걸 보니까, 구해주고 싶었거든요."

왜 착한 여자가 나쁜 남자한테 걸려서 그 고생을 하고 있는지, 짊어지지 않아도 되는 죄책감을 안고 살아가야 하는 건지, 지켜볼수록 화가 끓어서 견딜 수가 없었다. 결국 인생의 가장 중요한 선택은 이성이 아니라 감정이 판단한다고 하는데, 재민에게는 다정과의 결혼을 결심한 순간이 그랬다.

"그래서 그땐 이해를 못 했어요. 난 정말로 선의로 했던 일들인데 대체 왜 도망간 건지. 그런데 대리님이 내민 손을 못 잡는 나를 들여다보니까 알 것도 같아요. 죄책감 때문에 잡지 못하는 선의도 있다는 걸."

"……."

"강 대리님을 못 만났으면 평생 그 그림자에 갇혀 살았겠죠."

재민이 말을 끝낸 후에도 다연은 무슨 말부터 해야 할지 모르겠다는 얼굴로 가만히 앉아 있을 뿐이었다. 그 마음을 다 알아서 채근하지 않고 기다렸다. 어차피 남의 상처를 듣고 입에 발린 말이나 그럴듯한 위로로 포장하는 여자였다면 꺼내지도 않았을 이야기였다.

"다른 여자를 사랑했었다는 건, 역시 용서가 안 돼요?"

그러나 불안한 건 어쩔 수 없다. 재민도 느끼고 있었다. 일이 정리되고 사이가 가까워져도 은근히 한 발씩 물러나는 다연의 태도를. 과거를 지울 순 없고 또, 원한다면 지워 주겠다고 말해도 그 시간이 없었으면 다연을 만나지 못했을 테니까 쉽게 답할 수 없다. 이래저래 어렵기만 한 상황.

그런 생각을 하면서 앉아 있는데 차가운 손이 다가와 재민의 손등을 살짝 만진다. 바라본 곳엔 조금 전 봤던 그대로 무던한 표정으로 앉아 있는 다연이 있었다.

"나는 윤재민 씨가 누군가를 사랑했었다는 게, 심지어는 그렇게 희생적으로 사랑했다는 게 멋있게 보여요."

재민이 입을 다문다. 이런 말을 들을 거라곤 상상도 못 했던 얼굴이라 다연은 하나도 빠짐없이 다 전해 주려는 마음으로 말을 이었다.

"가벼운 사람이라고 생각했거든요. 윤재민 씨라면 어느 날 애인이랑 헤어지거나 심지어 좋지 않게 끝나도, 그런 데 상처받지 않을 것 같다고 착각했었어요. 결혼이나 연애 같은 건 늘 쉽게 해치울 수 있는 사람이라고."

"내 첫인상이 그렇게 안 좋았어요?"

긴장이 풀렸는지 재민이 설풋 웃는다. 다연은 조금 전까지 창백했던 얼굴에 색이 돌아오는 걸 보고 오랫동안 망설이던 말을 꺼냈다.

"이제 그런 사람 아닌 건 잘 알아요."

"……."

"아는데…… 그래서 더, 그 대상이 내가 되는 건 무서워요."

다연의 말을 듣자마자 올라가려던 재민의 입매가 순식간에 바닥으로 떨어졌다.

"그만큼 돌려주지 못할까 봐 무서워요. 해 보지도 않은 걸, 경험도 없어서 어디로 튈지도 모르는 걸 좋은 사람한테 시험 삼아 하고 싶지 않아요."

밝고 모든 것에 확신 있는 사람이라고 멋대로 상상했었다. 그렇지만 작은 바람 하나에 이렇게 휘청거리고 운다. 울렸다는 사실이 마음 아파서 다른 것으로 생각이 뻗질 않는다.

"상관없다면요?"

이야기 중반부터 조금씩 표정이 굳어 가던 재민이 결국 말을 끊고 들어왔다.

"내가 이용당해도 상관없다고 하면요."

도망치지 못하게 다연의 손목을 붙든 손이 꽤나 진지하고, 또 도전적이다. 다연은 그만큼이나 뚜렷한 재민의 눈을 바라보다 조심스레, 그 손을 떼어 냈다.

"상관없지 않아요. 5년이나 지난 일로도 이만큼 흔들리는 사람이니까."

술에 취해 다연의 집 앞까지 찾아왔던 날, 그날 들었던 재민의 말들은 전부 술기운에 묻힌 척 진심을 토로한 것들뿐이었다. 그래서 다연은 방금까지 오갔던 대화 역시 단순히 취기나 홧김으로 넘길 생각이 없었다. 다연도 인정하고, 재민도 인정해야 했다. 사실은 아직도 상처가 다 나은 게 아니란 사실을.

"우린 처음 만났을 때부터 우리 일 말고도 다른 일이 너무 많았잖아요."

말 한마디 없이 바라만 보는 재민의 모습에, 다연이 부러 씩씩한 목소리로 말을 이었다.

"그래서 서로 흔들렸을 수도 있어요. 첫 만남부터 지원이 일까지 다."

자의든 타의든 5년간 꽉꽉 닫아 놨던 재민의 마음을 다연만 알고 있다. 마찬가지로 다연 역시 어쩌면 가장 예민하고 깊었던 마음 하나를 꺼내 재민에게 보였다. 또 다른 사람을 만나서 그걸 얘기하고 이해받고 진통을 치러야 하는 과정이 싫어서 가까이에 있는 서로를 선택하는 건 아닐지. 지금도 그런 고민에 휩싸이곤 한다.

"그러니까…… 이쯤에서 멈추는 게 나을 것 같아요, 서로."

그리고 그처럼 확신 없는 길에, 재민을 동행시키고 싶지 않았다. 그동안 다연의 삶이 늘 그래 왔던 것처럼, 이건 홀로 짊어지는 게 맞는 감정이었다.

말을 끝으로 입을 다문 다연을 보고, 재민이 침묵한다. 상처 주지 않고 말할 수 있는 방법은 없는 걸까. 고민했지만 그건 될 법한 이야기가 아니었나 보다. 결국 재민이 쓰게 웃고 난 후에야 멈췄던 이야기가 다시 시작됐다.

"이건 처음부터 나한테 너무 불리한 질문인데."

"……."

"그 대답 안 하면 아예 안 만나겠다고 하는 거잖아요."

허공을 보는 윤재민의 시선이 고즈넉하다. 아주 많은 것을 담은 것 같다가도 금세 다 잃어버린 것 같은 얼굴이었다. 다연에게도 그건 마찬가지였다. 어느 날은 세상에서 제일 사랑스럽다가도 어느 날은 다연의 마음을 이보다 더 어두울 수 없는 동굴로 끌고 들어가는 남자. 최소한 그 마음은 이해하는지, 재민은 화를 내기보단 드문드문 말을 이어 가길 택했다.

"난 대리님이 늘 고맙고 항상 웃었으면 좋겠는데……."

"……."

"그런데 가끔 이럴 때면, 나만큼 사랑해서 나처럼 아팠으면 좋겠다고. 어떤 상황에서도 헤어지는 건 상상도 못 하는 나처럼 무너지고 휘청거렸으면 좋겠다고, 그 생각만 해요."

조용히 읊조린 재민이 눈을 감았다. 그러다가 곧 미치겠단 얼굴로 다연을 쳐다봤다.

"알았어요."

제법 단호하게 나온 어조에 다연이 고개를 들었다.

"강 대리님이 하고 싶은 대로 해요. 하라는 대로 다 할게요. 내가 한 짓이 있으니까 친구로 지내게 해 준 것만 해도 감사해야죠."

"……."

"잃어버리는 건 절대 싫어요, 난."

울 것 같은 눈으로 자신을 보는 윤재민의 모습에 다연은 고개를 숙이며, 뱉지 못한 사과만 읊조렸다. 지난여름 내내 그녀를 참 힘들게 했던 사람은 이미 머릿속에 없었다. 동정이건 감상이건 사라진 지 오래다. 지금 눈앞에 있는 재민의 모습만 잔상처럼 남아 있다. 익숙하지 않은 일을 하는 동안 둘 다 힘들었다. 통증 뒤에 찾아온 휴식은 사람을 무력하게 만들기 일쑤다. 그래서 다연은 이제

모험을 하기보단 안전하길 바랐다. 이 사람도, 그리고 그녀 역시도.

억지를 받아들여 준 게 다행이란 생각도 들고, 그런 한편 허전한 마음도 올라왔다. 사실은 내가 행복하게 해 줄 수 있다고, 몇 주 전까지만 해도 그런 치기를 부렸다. 그렇지만 웃는 어깨 너머로 다친 채 주저앉아 있던 마음이 떠오른다. 다시 그러지 말라는 보장이 없단 사실이 다연을 계속 그 자리에 멈춰 서게 했다.

저 남자가 오래도록 행복한 걸 보고 싶단 마음. 다 잃어도 그건 이뤄지길 바란다. 다연은 여전히 자신을 떠나지 못하는 재민의 눈을 보며 조용히 시선을 나눴다.

결국 오늘도 취한 건 재민이었다. 주량이 아슬아슬하게 넘어간다 싶었을 때 지원이 자리를 차지하고 앉은 게 컸다. 이 자리에서 시체가 속출할 것을 깨달았는지 다른 사람은 근처에도 안 왔고, 재민은 거의 벌주에 가까운 지원의 폭탄주를 열 잔도 넘게 받았다.

그리하여 고작 10시밖에 안 된 시간에 다연에게 업히다시피 해서 숙소로 기어들어 가는 중이었다. 일을 친 건 두 사람인데 결국 땀 빼는 건 다연이었다. 언제 한번 계급장 제대로 달고 잡아 죽일 거라고 생각하면서도 이 홧술의 원인이 무엇인지 잘 아는 통에 말리지도 못했다.

"허리 끊어지겠다……."

죽다 살아난 기분으로 바닥에 널브러져 있던 다연이 침대 위에 얌전히 누운 윤재민의 곁으로 다가갔다. 말없이 쳐다보다가 강아지처럼 하얗고 말랑거리는 볼을 쭉 당겼는데도 꿈쩍도 안 한다. 아이처럼 작은 숨소리를 내며 자는 걸 보니 화도 못 내겠다.

이 밤을 기점으로 우리 관계는 어떻게 변할까.

고민하며 재민의 앞머리를 살짝 만졌다. 남자치곤 하얀 얼굴이라 눈가가 붉어진 게 보였다.

"무슨 남자 피부가 나보다 좋아……."

심각하게 고찰하면서 어깨만 토닥토닥해 주는데 어지러운지 몇 번 머리를 흔들던 재민이 미간 사이를 좁힌다. 잠기운이 묻은 눈이 스르르 열리는 걸 보니 아차 싶다.

"강 대리님."

"깼어요? 미안해요. 깨울 생각은 아니었는데. 물 좀 줄까요?"

오늘보다 내일 아침이 더 지옥일 것 같은데 숙취 해소약이라도 사다 줘야 하나. 무릎을 꿇은 채 물끄러미 바라보는 다연의 모습에, 침대 헤드에 기대 있던 재민이 고개를 든다. 자각 없이 웃음을 뿌려 대는 걸 보고 있자니 이쪽이 다 불안하다.

"어디 가서 이렇게 술 많이 먹지 마요."

사이가 틀어진 건 틀어진 거고, 진심으로 윤재민의 정조가 걱정되어 한 말인데 정작 당사자가 피식 웃으며 딴소리만 한다.

"그럼 대리님이 데리러 와요."

"내가 왜요."

"술 마셨으니까."

"대리 불러요."

"그러니까, 대리님이 오라고."

"이 대리랑 그 대리랑 달라요."

술 취한 사람 붙들고 성실하게 대꾸하는 게 과연 의미가 있나. 블라우스 소매 끝을 잡아당기는 손을 본 다연이 한숨을 쉬며 조금 더 가까이 다가가 앉았다.

"……너무 밝아요."

중얼거리던 재민이 옆으로 돌아눕는 게 보였다. 피곤해 보이는데 제대로 잠은 못 드는 게 안쓰러워서 전등을 껐다. 무드 등만 켜놨는데도 계속 눈가를 찌푸려서 손으로 가려 주기까지 했다.

"이제 됐어요?"

차가운 손이 눈 위를 덮자마자 재민의 숨이 일순 멈췄다. 그렇게 잠시 시간이 흐른 뒤 창백한 입술에서 낮은 목소리가 흘렀다.

"그거 모르죠."

잠이 들기 직전일 거라고 생각했는데, 아직도 목소리는 생생했다. 그런 중에 다연의 손을 붙들고 자리에서 일어나기까지 한다.

"대리님 가끔, 사람 진짜 미치게 하는 거."

갑작스런 불평에 눈만 깜박이는 사이, 재민이 다연의 앞으로 다가와 긴 속눈썹을 감았다. 그리고 이내 침대 가에 얌전히 앉아 있던 다연의 몸을 끌어당겼다. 살짝 벌어진 입술 위로 떨리는 입술이 포개진 순간, 멍하니 쳐다만 보다 첫 키스를 뺏긴 다연이 움칠하여 몸을 뒤로 뺐다.

"윤재……."

그러나 멀리 가지 못했다. 무릎 위에 올려놓은 두 손을, 재민이 간절하게 잡고 있었기 때문이다. 도망 안 갈 테니까 손 좀 그만 놓아 달라고, 그 말을 뱉으려 입술을 열자 어깨를 움찔 떤 재민이 다연의 볼을 붙잡고 혀끝을 깨물었다.

"읏……!"

다연이 신음을 뱉었다. 벌어진 입술 사이로 재민이 파고든다. 조금 전까진 영화에서 보던 분위기 좋은 키스였는데 이젠 조금만 어긋나도 입술이 찢어질 것 같은 위험천만한 키스로 변해 버렸다.

우리 왜 이러고 있는 거야? 분명 30분 전만 해도 세상 끝난 분위기 아니었어?

머릿속은 엉망인데 정작 볼에 와 닿는 손이 지독히도 차가워서, 지금 이 남자가 얼마나 긴장했는지 알 수밖에 없었다. 물기에 젖은 소리가 몇 분간 더 울린 뒤에야 재민이 천천히 입술을 떼어 냈다.

"화났어요?"

눈도, 목소리도 상처받은 흔적이 드러난다. 길 가다 벼락 맞은 격으로 봉변당한 건 이쪽인데 립스틱이 번진 다연의 입가를 매만지는 손길은 저쪽이 훨씬 조심스러웠다.

"잘못했어요. 그런데 대리님도 나한테 잘못한 거, 있어요."

재민의 눈가가 붉었다. 다연의 목으로 내려간 입술이 이내 부드러운 살결을 빨아들였다. 이를 내어 잘근잘근 씹기도 했다. 윤재민은 낮게 신음했고 다연도 그 소리를 듣자마자 손으로 입을 가려야 할 만큼 낮고 미약한 신음이 흘렀다.

"그러니까 여기."

"……."

"여기만 나한테 줘요."

손끝이 살며시 문지른 곳은 벌어진 블라우스 사이로 보이는 가슴이었다. 심장이 작게 뛰고 있는 마음의 한복판.

"받고 끝낼게요."

부딪히는 부드러운 감각보다 저 목소리 한 번이 훨씬 위험하다.

귓가에 속삭이는 소리를 들은 다연이 금방이라도 달뜬 숨을 뱉어 낼 것 같은 입을 틀어막았다. 흐린 눈으로 아무 대답도 못하는 다연을 보고 재민이 고개를 숙인다. 작게 빨아들이는 소리가 한 번, 그리고 두 번. 곧 그 부분이 아려 왔다. 보지 않아도 붉어졌다는 걸 알 수 있었다.

"이걸로 끝인 거죠?"

같은 곳에 몇 번이고 입을 맞추던 재민이 작은 어깨 위로 이마를 기댄 채 중얼거렸다. 그 말에 맞춰 천천히, 옷깃이 젖어 드는 게 느껴졌다. 울지 마요, 제발. 이 와중에 울면 나 진짜 이성 못 챙긴다고요.

"나 다시는 좋아한다는 말, 못하는 거네."

"……."

"이제 대답도 안 해 주는 거예요?"

안 하는 게 아니라 못하는 것이었다. 상대방은 애틋하게 중얼거리고 있지만 다연의 상황은 그다지 고상하질 못하다. 있는지도 몰랐던 음란마귀가 머릿속을 완전히 차지한 채 발가벗고 춤을 추고 있다.

이거 안 돼. 이거 진짜 위험해.

육감보다 더 확실한 직감이 든다. 저 눈을 계속 보고 있으면 사고 칠 거라는 확실한 직감. 그것도 아마 윤재민이 아니라 다연 본인의 손으로.

"강 대리님?"

분위기가 이상한 걸 느꼈는지 재민의 말에도 당황이 섞인다. 다연은 그 얼굴을 차마 쳐다보지도 못한 채 떨리는 목소리로 입을 열었다.

"이, 일어나면 안 될까요……."

윤재민이 눈을 둥그렇게 뜬 채 이쪽을 쳐다본다. 망한 것 같다. 말을 안 하느니만 못하다. 거의 울 기세의 다연을 보고 눈꺼풀을 깜박, 그리고 또 깜박. 그러더니 살짝 손을 들어 다연의 입술 위를 매만진다. 스친 것만으로 등 뒤로 소름이 돋았다. 고개를 옆으로 돌리자 이내 턱을 붙잡아 자신을 보게 한다. 바들바들 떨리는 다연의 입술 위로 부드러운 입술이 한 번 더 와 닿았다. 읏, 하고 작게 새어 나온 신음을 삼키는 동안 부딪치는 횟수가 점차 많아지고, 또 빨라졌다. 무언가를 확인하듯 입술을 포개던 재민이 이내 눈을 감고 사이를 가르며 들어왔다. 조금 전과는 방법이 완전히 달라서 꼭 다연을 잡아먹을 것처럼 굴었다.

"잠깐만요, 잠깐……!"

키스도 처음인데 혀를 얽거나 타액을 주고받는 일 따위 할 수 있을 리 만무했다. 그런 이유로, 다연은 제대로 숨도 못 쉰 채 재민의 옷깃을 붙들고 눈을 감기 바빴다. 혀끝을 세게 문지르자 그 안에서 나는 소리가 더 선명했다. 귀를 막고 싶어도 이미 손목을 붙들려 그러기도 힘들었다. 이러다 옷 위로 타액이 흐를 것 같았다.

그리하여 잠시 떨어지려는 재민의 입술 위로 다연이 먼저 키스했다. 자석처럼 따라붙는 순간, 윤재민의 어깨가 굳었다. 그리고 그걸 본 다연 역시 굳었다.

내가 지금 무슨 짓을.

"……진짜."

작게 무언가를 내뱉은 몸이 갑자기 달려들었다. 이불 위로 파묻히듯 누운 다연이 놀라 일어서려 하자 아예 온 힘으로 누르며 입

속을 헤집었다. 몇 번이고 혀를 섞다가 곧 손길이 가슴 위로 느껴졌다. 블라우스 단추를 푸는 손이 급했다. 두 개쯤 열렸을 때 더 기다리지 못한 재민이 그대로 입술을 내렸다. 혀끝이 속옷에 부드럽게 눌린 가슴 윗부분을 지난다. 떨리기도 하고 무섭기도 해서 저도 모르게 재민의 머리를 끌어안았다. 그 순간 움칠한 재민이 고개를 들고 발갛게 상기된 얼굴을 바라봤다.

"……하."

완전히 겁에 질린 다연의 모습에 아래를 내려다보던 눈이 흔들렸다. 미쳐 죽겠다는 얼굴이었다. 거칠게 앞머리를 쓸어 넘기다가 한숨을 내쉬기도 하다가 혼자 바쁘더니 이내 두 팔로 지탱하던 몸을 그대로 다연의 위에 포갰다.

"대리님 가끔."

"……."

"사람 진짜, 진짜 말도 못할 정도로 미치게 해요."

재민의 목소리가 너무 짙었다. 끓어오르는 무언가를 참느라 잔뜩 쉬어 버린 음성이었다. 다연은 자신의 부드러운 몸 위에 놓인 단단한 몸이 버거운 한편, 따뜻하다고 생각했다. 쿵쿵 뛰는 심장이 몸 위로 느껴지는 게 무서우면서도 포근했다.

둥근 어깨를 끌어안고 있던 윤재민은, 다연의 목 언저리에서 한참을 숨 쉰 끝에 곧 말이 없어졌다. 두려움에 전력 질주라도 한 것처럼 뛰던 다연의 가슴이, 더는 아무 짓도 할 생각이 없단 걸 깨달은 후에야 평화로워졌다. 재민이 완전히 잠이 들 때까지 기다린 다음, 그녀도 조심스레 커다란 품에서 빠져나왔다.

밖으로 나왔을 땐, 이미 머리는 산발에 립스틱도 다 지워져 있었다. 거울을 보니 목에 새빨간 자국도 남았다. 보자마자 입술 위에 아직도 감촉이 남아 있는 기분이라 몇 발짝 가지도 못하고 다리가 풀려 계단 위에 앉았다.

난 왜 항상 다음 날 아침이 올 걸 혼자 앉아 걱정하고 있어야 하는 거야?

그 자리에 주저앉은 다연이 고개를 숙인 채 머리를 쥐어뜯었다. 대관절 올해 안에 삼재를 몇 번이나 겪어야 이놈의 아홉수가 끝나는 거냐고, 신이 있다면 그 멱살이라도 붙들고 싶은 심정이었다.

다음 날은 날씨가 참 맑았다. 언제나 그렇듯 다연의 마음에 먹구름이 끼면 세상은 더 화나라고 축제라도 여는 것처럼 화창하기 그지없었다. 익히 알고 있던 일이긴 했지만 역대 최악의 횡액을 겪은 다음 날 뭐 이 정도까지 날이 좋을까, 부아가 치미는 것도 사실이었다.

"다시는 김지원 씨랑 술 먹으면 안 되겠어요. 머리 깨질 것 같아요."

다들 초죽음이 되어 죽어 있는 펜션에서 홀로 아침을 준비하던 다연이 잠에서 깬 순간부터 옆에 붙어 떠드는 종달새 한 마리를 무심히 바라봤다. 실은 무심함을 가장한 폭풍 전야의 상태였지만 이 인간을 붙들고 지난밤 키스는 어땠냐는 식으로 물을 수도 없는 노릇이었다.

"어제 대리님이 나 옮겨 놨어요?"

"그럼 누가 했겠어요."

"힘들었어요?"

"당연하죠."

답이 건성으로 돌아오건 말건 계속 질문하던 재민이 이 질문만은 제대로 답을 듣고 싶었는지 아예 곁으로 다가왔다.

"그랬구나. 그럼 아침도 그래서예요?"

"……뭐가요."

등 뒤로 조용히 식은땀이 흐른다. 행인지 불행인지 재민은 그런 다연의 상태에 대해 알 리 없었기 때문에 꽤나 한가로운 어조로 농담을 건넸다.

"이렇게 정 없는 국 처음 보거든요. 어떻게 국을 딱 1인분만 끓일 수가 있나 했더니 나 먹을 게 아까워서 그랬나 보네."

다연이 소리 없이 한숨을 내쉬었다. 주방에서 만났을 때만 해도 다 잊어서 다행이라고 생각했는데 왜 시간이 지날수록 이렇게 울컥울컥 뭐가 올라오는지. 이래서 사람들이 몸정이란 말을 쓰나. 어제까지 머리 터지게 고민해서 간신히 매듭지었다고 생각한 관계의 향방을 지금은 알 수가 없었다. 육체에 정신을 지배당한 이 기분. 평생 한 번도 겪어 본 적 없던 이 낯선 기분.

"간을 1인분밖에 못 맞춘다니까요."

그 기분에 사로잡혀 있는 터라 말이 도통 곱게 나오질 않았다. 눈을 피하며 답하는 다연을 보고 재민이 바람 빠진 웃음을 짓는다. 그러더니 반쯤 풀려 가는 다연의 앞치마 끈을 단단히 매어 줬다.

"그것도 재주라면 재주야. 오늘 말고도 끓여 줄 수 있어요?"

생각지도 못한 접촉에 잠깐 심장이 멈출 뻔한 다연이 승아가 출산할 때 쓰려고 익힌 라마즈 호흡법을 대신 시행하며 자연스럽게 대꾸했다.

“사 드세요.”
“알았어요. 살 테니까 팔아요, 1인분만. 1인분 좋아하잖아요.”
심경 한번 더럽게 복잡하다. 어젯밤에 나랑 키스했던 남자는 딴 놈인가 싶을 정도로 해맑은 얼굴이 저기 덩그러니 놓여 있었다. 기가 막히기도 하고 다행이다 싶기도 하고. 감정이 아주 미친년 널을 뛴다.
“어제 일, 기억 안 나요?”
그래서 본인 손으로 코르크 마개를 폭파시켜 버렸다. 조심스러우나 어딘지 모르게 분노가 묻어나는 목소리에 재민이 어리둥절한 표정으로 묻는다.
“어제 뭐요? 친구로 지내겠다고 한 거요?”
“그거 말고요.”
“또 무슨 일 있었어요?”
진짜 다 잊었나 보네. 그래, 그럼 잘됐지 뭐. 다시 고개를 돌린 채 부글부글 끓는 것 같은 얼굴로 분노의 칼질만 하고 있자니 윤재민이 조심스레 다가와 속삭였다.
“내가 뭐 잘못했어요?”
“아니요.”
“근데 왜 화났어요?”
“화 안 났는데요.”
“났는데요.”
“그럼 윤재민 씨가 너무 귀찮게 해서 그런가 보죠.”
무를 써는 건지 도마를 회 치는 건지 알 길이 없는 칼놀림이 계속됐다. 지난밤을 혼자만 기억하는 게 이렇게 열불 터질 일인지 상상도 못 했다. 폭발하기 직전 상태로 상자를 내동댕이치는 다연을 보고 재민이 머리를 긁적였다.

"어제 대리님이 화낼 일은 없지 않았나? 내가 다 양보한 것 같은데."

복장이 절로 터지는 말에 다연이 옆으로 팩, 소리가 나도록 고개를 돌렸다.

"뭘 양보해요?"

당연한 말을 하는데 너무 화내는 다연이 당황스러웠는지 재민도 조금은 얼떨떨한 목소리로 답한다.

"친구로 지내자는 말을 반협박해서 받아 냈잖아요. 난 그러겠다고 했고. 이게 양보 아니면 뭐예요?"

얼굴에 의아함, 이라고 쓰여 있는 재민을 보니, 심지어 어젯밤을 기억도 못 하는 윤재민을 보니 머리끝까지 차올랐던 화가 푸쉬쉬 소리를 내며 내려간다. 그러고 났더니 이제 청산유수처럼 말을 쏟아 내는 입술밖에 안 보였다. 지금은 저곳만 보면 얼굴에서 밥솥이라도 폭발하는 것처럼 열이 뻗쳤다. 윤재민이랑 키스를 하다니. 거기다 막판엔 저쪽이 아니라 내가 덮쳤다니. 하나님, 맙소사. 말로는 세상에 이런 쿨한 여자가 없는 것처럼 다 해 놓고선!

"알았으니까, 좀 떨어져요."

뭐 할 말 있냐는 얼굴로 팔짱 끼고 있는 걸 보다 마른 목을 축이며 눈을 피했다. 이 남자가 우는 걸 본 게 이번으로 벌써 세 번째다. 첫 번째로 봤을 땐 가시밭길을 걸을 것이 분명한 컨설팅 부서로 자청해서 이동했고, 두 번째엔 이제 그만 연 끊어야겠다고 생각한 재민을 다시금 둥지에 들였으며, 마지막은 섹스보다 더한 키스를 혼이 쏙 빠지게 했다. 인생 삼세번이라곤 하지만 여태껏 쌓여 온 전적을 보니 다음에 또 우는 걸 목격했을 땐 어디까지 구덩이로 들어갈지 알 길이 없다. 그러니 기왕 이렇게 된 것, 지난 밤 일은 표백을 해서라도 잊는 게 다연의 삶의 질을 위해서도 시급했다.

마음을 굳게 먹은 다연이 경건한 표정으로 숨을 한번 내쉬고 다시 칼질을 시작했다. 팔짱을 낀 채 그런 다연을 지켜보던 재민은, 빤히 보던 시선 그대로 피식 미소를 머금은 채 조금 더 거리를 좁혔다.

"싫은데요."

"네?"

"떨어지기 싫다고요."

다연이 멍청한 얼굴로 고개를 갸웃거렸다. 조금 전까지는 싸움 나기 직전이었는데 상대는 어느새 웃는 얼굴로 소켓을 갈아 끼운 뒤였다.

"모레 시간 괜찮아요? 차 바꾸려고 하는데 대리님이 같이 좀 봐 주면 좋겠거든요."

"제가 왜……?"

그래야 할까요? 되묻기도 전 재민이 당연한 거 아니냐는 투로 말을 끊어 먹는다.

"왜요? 친구끼리 그런 것도 못하나?"

불길한 예감에 사로잡혀 돌아보자 어느새 몸이 가까웠다. 곧 싱크대에 두 팔을 뻗은 재민이 그 안에 다연의 몸을 가둔다.

"원하는 대로 친구로 지내 줄 테니까."

"……."

"나랑 거리 두지 마요."

하염없이 밝은 표정에 기시감이 들었다. 각서에 도장 찍으라고 했던 날의 얼굴과 지금이 매우 흡사했다. 재민은 바짝 굳은 다연을 보며 귀 옆으로 내린 잔머리를 둥글게 넘겨 줬다.

"알죠? 나사 좀 풀린 놈이라는 거."

그러면서 웃었다. 그 순간 살짝 찡그린 미간이 섹시했다고, 머릿속을 점령한 음란마귀가 말했다.

10

9월 초입까지지도 꺾일 생각을 하지 않던 무더위가 중순을 넘어가는 순간 거짓말처럼 사그라들었다. 아침에 출근할 때는 카디건을 하나씩 챙겨야 할 만큼 쌀쌀하단 생각이 드는 더위의 끝물. 다연은 그간 밀어 놨던 일을 하느라 가을이 코앞까지 다가온 풍경도 제대로 못 본 채 과장실에 틀어박혀 있었다.

여름은 봄, 가을에 비해 예식의 수가 적고, 또 재민이 도와주는 터라 시간도 넉넉했다. 그러나 이제 가을 시즌이 되었고 그간 잘 놀고먹었냐는 듯 환하게 웃는 프로필들이 미친 듯이 몰려들었다. 이제부턴 야근이 없을 거라고 호언장담한 주둥이를 한 번씩 비틀어야 할 지경이라 지원이나 신 대리에게도 꽤나 부하가 걸렸다.

"강 대리!"

그러한 연유로, 오늘도 굽이 9센티나 되는 신 대리의 구두가 과장실 문턱을 넘었다. 미간을 좁히며 살짝 노려보는 다연의 모습에 윤정이 깨갱 하며 말을 바꿨다.

"아니, 강 대리님. 저 얘기 좀 해도 돼요?"

댁도 참 안 맞는 짓 하느라 고생이십니다. 다연이 한숨과 함께 고개를 끄덕이자 곧바로 책상 앞까지 걸어와 징징대기 시작한다.

"나 한지영 신부님 일 못 하겠어요."

"해요, 그냥."

이유는 들을 필요도 없이 묵살이다. 어차피 대강 내용이 뻔하다. 이번에 맡은 예비 신부가 꽤 깐깐하고 또 성향이 검소해서 신 대리처럼 화려한 예식을 짜는 데 익숙한 사람은 골머리 좀 썩을 상대였다. 그래도 울며 겨자 먹기로 꾸역꾸역 참아 가며 하더니 결국 올 것이 온 모양이다.

"강 대리님이 설득 좀 해 주면 안 돼요? 그 부케는 드레스랑 진짜 안 어울린다니까."

신 대리가 부케 디자인에 난항을 겪고 있단 이야기는 재민에게 들었다. 원래 본업 자체가 그쪽인 사람이라 일하면서 유달리 고집을 세우는 편이고, 신 대리에게 붙는 예비 신부들도 그걸 알고 오는 사람들이 많아서 부케, 드레스, 슈즈까지 어지간하면 이쪽에다 다 맡겨 버리기 일쑤였다. 그러나 이번 예비 신부는 맨 처음 웨딩 플랜을 짜면서부터 부케에 대한 주장이 확실했다. 은방울꽃. 그것도 꼭 생화여야 한다고 했다. 그 외의 것은 값싼 것들 일색이라 무료 부케 이벤트도 한다고 미리 말했지만 괜찮다고 웃으며 무시하셨다.

"자기 고집 세워서 예쁜 결혼식반 생각하시 말고 신부가 원하는 예식을 조건 안에서 어떻게 만족시킬지 고민해요. 그 생각 하라고 붙여 준 거예요."

"다음부터 그렇게 하면 되잖아요."

"언제까지 프리미엄 라인 고객들만 고집할 거예요? 어차피 시간 지나면 그 신부들 신 대리 안 찾아요."

읽고 있던 계약서에서 시선도 안 떼고 말하는 것에 윤정의 잉잉대는 목소리가 점점 커진다. 능력도 인정하고 요새는 대인 관계도 조금씩 좋아지고 있지만 저렇게 사춘기 여고생 같은 짓을 할 때면 아직도 한숨밖에 안 나온다. 이마를 문지르는 것으로 골치 아프다는 티를 내 봐야 윤정에겐 씨알도 먹히지 않을 일이었다. 꼭 내 안에 잠들어 있던 김 과장의 분신을 깨워야 성이 차시겠습니까. 그런 착잡한 눈으로 보고 있자니 언제 들어온 건지 문에 기대 있던 윤재민이 웃으며 판을 거하게 엎었다.

"신 대리님, 목소리 너무 커요."

소리 나는 쪽을 돌아본 윤정의 입술이 슬슬 비죽대기 시작한다. 요 근래 둘 사이에 치여 지지부진한 싸움을 계속 보던 다연의 입술도 아래로 죽 내려갔다.

"밖에까지 다 들리는데, 혹시 들으라고 한 거면 계속하시고요."

뒤는 안 봐도 비디오였다. 지원이 여러 사정으로 인해 뒤로 빠져 있자 이젠 저 두 인간들이 박 터져라 싸워 댄다. 처음 들어올 때만 해도 엄친아가 따로 없다고 재민을 추켜세워 주던 윤정은 이제 이놈이 엄마 친구 아들이 아니라 엄마 친구라도 들이받을 것처럼 위험천만한 표정을 짓곤 했다.

"윤재민 씨 재무팀 안 가?"

"때 되면 가겠죠."

말싸움이 길어질 것 같은 분위기를 읽은 다연이 둘을 남겨 둔 채 조용히 복사실 앞으로 향했다. 내숭 떨기를 포기한 윤재민은 여전히 사근사근하고 친절하지만 사생활을 위협하는 모든 공적인 일에 관련해서만큼은 다연을 뺀 대부분의 사람에게 가차 없었다. 눈총이 따가운 친절을 받는 다연도 매일매일 잠자리가 결리는 나날이었다. 생각해 보면 틀린 말 하는 거 하나 없건만 참 사람 속 뒤집는 데 일가견이 있는 남자다. 웃으면서 바로 앞사람 무릎을 걷어찰 수 있다는 게 저 남자의 무서운 점이 아닐까. 그러니 여러모로 싸우는 윤재민의 곁에선 멀리 떨어지는 게 낫단 이유로 살짝 거리를 두고 있는 중이었다.

"……."

물론, 아주 솔직히 말하자면 그 이유보단 다른 이유 때문에 피하고 있는 게 더 많지만.

복사기에 몸을 기댄 다연이 오늘도 소리 없이 절규했다. 그날의 윤재민이 머릿속에서 떠나질 않아 매일매일 돌아 버릴 지경이다. 지금은 재민의 얼굴을 보는 게 한 여사를 보는 것보다 더 무서웠다. 보면 입단속도 안 되고 눈 단속, 손 단속 다 안 된다.

대체 키스가 뭐라고.

분쇄기에 종이를 갈아 넣다가도 한 번씩, 아주 진지한 눈으로 그런 주제들을 떠올리곤 한다.

고작해야 점막과 점막의 부딪힘인 주제에 그게 대체 뭐라고 날 힘들게 해?

다연이 생각한 끝은 이런 게 아니었다. 서로 그간의 일을 정리하고, 사과하고, 잘 가라고 축복도 해 주고, 그러다 살짝 눈물도 짓고. 남이 들으면 소설 좀 작작 보라고 말했을지 모르지만, 여하튼 드라마나 영화에서 보던 그런 장면을 생각하고 말을 꺼낸 거였는데 정신을 차려 보니 윤재민과 키스한 기억밖에 안 남았다. 그것도 다연의 연애 회로를 과부하로 다 태워 먹는 짐승 같은 키스가.

"강 대리님?"

"네에?!"

복사기의 일부가 된 것처럼 멍하니 자료를 뽑던 다연이 등 뒤에서 울리는 목소리에 흠칫 놀랐다. 덩달아 놀란 재민이 그런 다연을 보고 눈을 깜박였다.

"뭘 그렇게 놀라요?"

"갑자기 와서……."

"아까부터 있었는데요."

아, 그러십니까. 자괴감에 고개를 푹 숙이고 하던 복사를 마저 하기 시작했다. 그리고 머리도 계속 굴렸다. 처음이라서인가. 아니면 윤재민이라서인가. 저 인간이 잘하는 것인가 내가 숙맥인 것인가. 시간마다 취사 버튼을 눌러 대는 머리통 때문에 살기 너무 팍팍했다.

"신 대리님이랑 얘기 잘 했어요?"

"잘 됐겠어요?"

"자꾸 그러지 말고 도와줘요. 요새 신 대리님도 일 열심히 해요."

무뚝뚝하게 첨언을 덧붙이자 사람 참 무르다고 중얼대더니 짧게 답한다.

"어쨌든 싼값에 은방울꽃 잔뜩 구해 오면 되는 거죠?"

"그거 비싸요."

"아는 형이 화원 하니까 한번 부탁해 볼게요."

복사기가 멈추자 재민이 허리를 숙이고 자료를 꺼내 들었다. 무거운 것도 아닌데 그걸 부득불 과장실까지 들어 주겠다고 한다.

"발 넓네요."

그리하여 고맙다는 말 대신 좀 다른 칭찬을 뱉었다. 옆에 붙어 졸졸 따라오는 다연을 보고, 윤재민이 한가로이 답했다.

"이래 봬도 사업했던 남자거든요."

"열심히 했나 봐요, 사업."

"그럼요. 내 인생에 그렇게 살았던 적이 있나 싶을 만큼 열심히 했죠. 결혼한다고 집안 한 번 뒤집어 놨는데 그것 때문에 먹고살 길까지 끊어지는 건 좀 아니니까."

성후한테 들어서 그때도 애로 사항이 많았던 걸 알고 있다. 그렇지만 어깨를 펴고 당당하게 말하는 편이 듣는 쪽도 좋았다. 대견하다고 툭툭 쳐 주고 싶을 만큼 산뜻한 어조였다.

"주말에 시간 비워 뒀죠?"

그러나 그 산뜻함은 고작해야 1분을 못 갔다.

"네?"

"차 사러 간다니까요. 가 준다면서요."

옆에서 쳐다보는 걸 느끼고 빠르게 시선을 바닥으로 꽂아 버렸다. 아, 시간 없다고 바로 대답했어야 하는데. 안 가면 사람도 아니라는 투라 중간에 끊기가 힘들다. 거기에 윤재민이 쐐기를 박았다.

"안 되면 대리님 되는 날로 다시 잡고요."

혼자 가는 선택지 따윈 애당초 없다는 듯 싱글벙글 웃는 재민을 보며 다연도 애매하게 웃었다. 끝낸다거나 혹은 친구로 지낸다거나, 전에는 그런 얄팍한 상술이 통할 것이라 여겼지만 더 이상은 아니었다. 이젠 그냥 발밑에 초시계라도 하나 달려 있는 기분이다. 곧 폭탄이 터질 거란 예고를 대신한 초시계. 그리하여 근본적인 해결을 하나도 못한 채 매일매일 당일 터질 그 폭탄을 다음 날로 넘기기 급급했다.

"바로 필요한 거 아니에요? 그럼 그냥 저 신경 쓰지 말고 가셔도 되는데."

그래서 할 수 있는 거라곤 말을 돌리는 것뿐이었다. 먹힌 적은 한 번도 없지만, 자기 발로 차 놓고 이 정도도 안 하면 진짜 양심도 없는 것 같아서 열심히 물장구 정도는 치고 있다.

"네, 아니에요. 그러니까 같이 가요."

물론 윤재민은 언제나 그런 다연이 참 귀엽다는 듯 웃으며 다 이겨 먹곤 했지만. 눈가에 사르르 주름이 잡히는 걸 멍하니 보고 있다가 정신을 차렸다. 똑같이 저녁까지 근무하는데 왜 저쪽만 매일매일 미모가 업그레이드를 하는 거야? 인간적으로 저렇게까지 생길 거 뭐 있냐고. 적당히만 생겨도 나같이 면역 없는 사람 죽이기엔 충분한데.

"대리님도 은근히……."

혼자 불타는 다연의 얼굴을 보고 뭔가 말하던 재민이 올려다보는 시선에 얼른 입을 다문다.

"내가 뭐요?"

"아니, 은근히 키가 작은 것 같다고요. 이거 굽이 몇 센티예요?"

구두를 가리키며 덧붙이는 말이 미심쩍다. 분명 다른 걸 말하려고 했던 것 같은데. 그러나 대답하면서도 재민의 입술밖에 안 보이는 판국이라 빠르게 시선을 돌렸다. 어설프게 좋아하는 마음을 품었다가 철퇴로 얻어맞은 게 엊그제다. 설레는 감정이 이제 두려움과 동급이고 제아무리 심장 튼튼 강철맨이라도 몸 사리는 게 당연한 형국.

"주말에 가는 거죠?"

"……맘대로 해요."

그런데도 또 맘대로 하란다. 얼굴만 봐도 왼쪽 가슴이 빠근할 지경인데 뭘 어쩌려고. 이러다 올해 안에 부정맥으로 병원 한번 가야 정신을 차리려나. 씁쓸한 입맛을 감추며 걷던 다연이 누군가를 발견하자마자 재민에게 말했다.

"프린트물 그만 주세요. 그리고 오늘 점심은 윤재민 씨 혼자 먹어야 할 것 같아요."

재민이 고개를 갸웃거렸다. 오후에 외근을 함께 나가기 때문에 같이 먹을 거라고 생각했다. 그러다 다연의 시선 끝에 있는 게 지원이란 걸 알고 아, 하며 되물었다.

"오늘이에요?"

"네."

"알았어요. 그럼 따로 먹을게요."

점심때 재민의 지인이라는 재무 설계사를 만나기로 했다. 물론 상담의 당사자인 지원도 같이 간다. 아직 자신을 보긴 껄끄러울 것 같아서 재민은 처음부터 가지 않겠다고 말했다. 고맙기도 하고 미안하기도 해서 머뭇거리는 다연에게 이건 지원과 자신의 문제라며 못 박아 준 덕택에 한결 가벼운 마음으로 갈 수 있었다.

"저녁때 봐요."

점심시간 빼고는 별로 양보할 마음이 없는지 알아서 약속을 잡고 떠난다. 다연은 나갈 구멍 하나 없는 이놈의 친구 사이를 어디서 어떻게 정리해야 할지, 혼란스럽기 짝이 없는 마음을 끌어안은 채 지원에게로 향했다.

“제가 해 드릴 게 거의 없는데요?”

그날 점심이었다. 근처 카페에서 만난, 자신을 강재영이라 소개한 재무 설계사는 남아 있는 빚과 지원의 수입, 체크 카드 내역까지 꼼꼼히 살펴본 뒤 위와 같이 짧게 결론을 내렸다. 생각과는 다른 말에 지원과 다연, 게다가 일이 있는지 모르고 찾아왔다 합류한 승아까지 모두 고개를 옆으로 돌렸다.

“이 아가씨 한 달 소비가 20만 원 안 넘는 때가 많아요. 이러면 돈이 샐 구멍이 없거든요. 여기서 더 줄이면 그냥 한 끼도 안 먹고 살아야 돼요.”

서울 살고 직장 다니는 애가 한 달 소비 20만 원도 안 된다니. 뭐 어떻게 산 거냐는 말이 절로 입 밖으로 나온다. 그건 지원을 곱게 보지 않던 승아도 마찬가지였는지 기함한 얼굴로 쳐다보고 있다.

“다만 좀 걱정되는 건 이런 식으로 허리띠 졸라매 봤자 빚을 갚고 난 후엔 손에 남은 게 없을 거란 거예요. 아가씨 직장 안정적인 거죠?”

바로 답하지 못하는 지원을 보고 다연이 대신 대답했다.

“네.”

승아가 찌릿하게 눈을 흘겼지만 못 본 척했다. 지금은 지원을 안심시켜 주는 게 더 중요하니까.

“그럼 사채 이자가 더 안 늘어나는 방향으로 가는 게 나아요.

사채는 이자 때문에 등골 빨리는 거거든요. 은행 대출 받아서 빨리 사채부터 갚고, 나중에 은행 이자를 갚는 게 낫죠."

눈치 싸움을 하는 새, 볼펜으로 이마를 북북 긁던 여자가 깔끔하게 결론을 내 줬다.

"더 오래 걸리지 않을까요?"

"장기적으로 편하게 갑시다. 자기 빚도 아니고 남의 빚 갚는 건데."

얼추 정리가 됐다고 생각했는지 지원이 챙겨 온 가계부만 한번 훑어본 뒤 돌려준다. 짧게 자른 머리나 깔끔한 화장이, 꽤 똘똘한 인상을 주는 여자였다.

"그나저나 열심히 모으긴 했네. 본인 생활 챙기면서 남의 빚 갚는다는 게 사실 쉬운 일이 아닌데. 부모님 빚이에요?"

잠깐 고민하던 지원이 다연의 얼굴을 한번 살피고 순순히 대답했다.

"오빠 빚이에요."

다연이 멈칫했다. 질문하던 재무사의 입도 멈춘 채 바싹 마른 지원의 손목과 희게 일어난 피부를 쳐다본다. 그러더니 수첩을 덮고 지원과 눈을 맞췄다.

"지금 하는 일 말고 아르바이트도 많이 해요?"

"네."

"한동안만 고생하면 아르바이트 안 해도 될 거예요. 이 정도면 생각보다 원금이 별로 안 크거든요. 1년만 빨리 시작했어도 지금쯤 손 털었을 텐데 주변에 알려 줄 사람이 하나도 없었어요?"

말을 들으면 들을수록 마음이 아픈 다연과 달리 승아는 이 모든 게 다 지원의 고집 탓으로 보였나 보다. 결국 얌전히 있겠단 약속을 어기고 불퉁한 한마디가 입 밖으로 튀어나온다.

"그게 아니라 혼자 할 수 있다고 잘난 척하다 일이 이 지경이 된 거지, 뭐."

"과장님."

"뭐. 나한테 뭐라고 하면 우리 아가도 듣는다?"

배 속의 아기를 무기로 휘두르니 입이 꾹 닫힌다. 지원은 이러지도 저러지도 못하는 다연을 보고 숨통을 터 주기로 했다.

"저 말 맞아요. 잘난 척하다 말 못 한 거예요. 창피해서."

"이렇게 걸리는 건 안 창피하고?"

"과장님!"

다연의 외침에 그제야 승아도 입을 다물었다.

"혼자 오래 버텼네요. 나이도 어린 사람이."

촌극 같은 상황을 지켜보던 재무사가 지원에게 말을 건넸다. 돌아보자 깔끔하게 정리된 눈썹을 살짝 휘며 웃는 게 보였다.

"나중에 일 다 해결되면 한번 봐요. 왠지 아가씨는 정이 가서."

지원은 아무 말 없이 고개를 숙였다 드는 것으로 대답을 대신했다.

회사로 돌아가는 길, 승아가 집에서 챙겨 온 반찬 꾸러미를 억지로 지원의 가슴팍에 안긴 채 쿵쿵 소리를 내며 떠났다. 지원은 고소한 냄새가 가득 나는 쇼핑백을 끌어안은 채, 배웅하는 다연과 됐다며 택시를 타는 승아의 등을 바라봤다. 타박하는 것처럼 보여도, 승아 역시 지원이 걱정돼서 이 자리에 온 사람이었다. 그리고 아마 그건 지금 이 자리에 오지 못한 재민도 마찬가지일 터였다.

"대리님."

그래서 다연이 다가오자마자 고개를 푹 숙여 인사부터 전했다.

다연은 갑작스레 고개를 숙이는 지원을 보고 당황했는지 그 자리에 바로 발을 멈췄다.

"감사합니다."

"……."

"윤재민 씨한테도 감사하다고 전해 주세요."

처음엔 무슨 일인가 하고 놀랐던 다연이 나중엔 기특하다는 듯 어깨를 살짝 토닥였다. 한 줌도 안 될 것 같은 지원의 다리가 한 발 한 발 걷는 풍경이 어쩐지 단단해지고 가벼워진 것 같아서 마음이 놓였다. 그리고 이상하게 팔불출 같은 기분이 들었다. 이 상황을 재민에게 알려 주고 싶었고 칭찬해 주고 싶기도 했다.

"지원이가 고맙대요."

그런 이유로, 토요일이 되어 윤재민의 소원대로 함께 대리점을 찾아간 다연은 자리에 앉자마자 지원이 시킨 대로 저 말부터 전했다.

"그래서 하루 종일 기분이 좋은 거예요?"

아침을 거르고 나온 다연을 위해 간단한 간식거리를 사 온 재민이 눈을 반달로 접으며 물었다. 그렇게까지 기분 좋은 건 아니라고 말하면서도 평소보다 기분이 붕 뜬 건 감추지 못했다. 턱을 괸 채 그런 다연을 지켜보던 재민이 좀 속상하단 어조로 말한다.

"결국 또 김지원이네요. 강 대리님을 이렇게 밝게 웃게 하는 사람."

뜨끔한 말에 여태껏 마냥 밝기만 하던 다연의 얼굴에 긴장이 서렸다. 느긋하게 웃는 재민의 표정을 보자 어쩐지 등이 결렸다. 가만두면 끝도 모르고 나갈 것 같아서, 그리하여 같은 수순으로 말려들 것 같아서 다연도 철벽을 꺼내 들었다.

"누가 보면 질투하는 줄 알겠……."

"질투 맞아요."

그리고 1초 만에 막혔다.

"친구끼린 질투도 못하나? 친구가 다 그런 거지."

아무래도 다연이 모르는 새 국어사전이 개편되기라도 한 모양이었다. 친구란 말이 인간관계의 만능 드라이버쯤 되는 걸로 변한 게 아닌 이상 이럴 순 없는 거였다. 다연은 조용히 음료수를 마시는 것으로 답을 대신했고 재민은 그런 다연을 보며 즐겁다는 듯 빙글빙글 웃었다.

"잠깐 앉아 있어요. 대충 살펴보고 올 테니까."

자리에 혼자 남은 다연에게 직원이 다가와 커피를 한 잔 줬다. 그리고 윤재민과 마찬가지로 꿈자리가 뒤숭숭할 정도로 해맑은 웃음을 지으며 폭탄을 투척한다.

"애인이세요?"

"……아닌데요."

연달아 2연타를 맞자, 아니라고 하는 말에도 힘이 빠졌다. 이 나이쯤 되는 남녀 둘이 돌아다니면 이런 얘기 듣는 건 그야말로 사회가 정한 수순인 것 같은데, 계속 친구란 말로 둘러쳐도 되는 걸까.

"……어렵다."

종이컵 테두리를 잘근잘근 씹던 다연이 한숨과 함께, 멀찍이 서 있는 윤재민을 바라봤다. 직원이 하는 말을 신중하게 듣고 있는 뒷모습이 보인다. 정말로 좋은 애인이나 남편이 될 수 있는 사람인데 자꾸만 옆에서 시간 낭비 하게 만드는 기분이었다.

결혼이란 대체 뭘까.

이 일만 5년을 해 오고 있으면서 이렇게 근본적인 질문의 답을 찾지 못하겠다. 재민에게는 다른 사람을 보호하기 위한 수단이었고, 다연에게는 일의 연장이었고, 한다정에게는 죄책감으로 결국 한 사람의 마음에 큰 흉터를 남길 만한 일이었고, 다경에겐 부담이고, 신 대리에겐 환상이고…….

"강 대리님?"

생각을 곱씹다 팔에 와 닿는 냉기에 몸을 흠칫 떨었다. 밖은 어느덧 가을을 맞아 선선한데 매장의 에어컨은 아직도 싸늘했다. 계절감을 혼자만 느끼는 것 같아서 너무 예민하게 구나, 했는데 그게 아니라 재민이 다가와 팔을 살짝 만진 거였다.

"안 추워요?"

"그러게요. 저쪽은 에어컨이 세네요."

안 그래도 하얀 재민의 얼굴이 아예 창백하게 변한 게 보였다. 다연은 한숨을 내쉬며 걸칠 용도로 가져온 사파리 재킷을 건넸다.

"잠깐 앉아 있다 가요. 얼마나 골랐어요?"

"대강? 뭐 하나 물어보려고 왔어요. 이 차가 핸들 열선이 안 들어가 있다는데 옵션으로 넣을까요?"

다연의 눈이 살짝 위아래로 흔들렸다. 누가 보면 차를 사는 사람이 다연인 줄 알 만큼 자연스런 물음이었다.

"윤재민 씨가 결정해야죠. 이거 제 차도 아닌데."

눈만 깜박이는 다연을 보고 재민의 웃음이 한층 더 맑아졌다. 보험 사기꾼들이 이 상품 좋다고 말하는 것 같은, 그런 눈빛이었다.

"왠지 나 다음으로 대리님이 많이 탈 것 같아서요."

"……제가 타 봐야 뭐 얼마나 타겠어요."

"생각보다는 많이 탈걸요."

다연은 썩은 동태눈이 된 채 방금 전까지 돌고 돌던 생각을 정정했다. 결혼이고 나발이고 그 이전에 연애는 대체 뭘까. 뭐길래 내 인생의 장르를 멜로에서 신파로, 그리고 다시 스릴러로 만드는 걸까. 생각해 보면 이쪽은 분명 헤어지자는 말도 했고, 거리를 두자는 말도 했었다. 욕먹을 각오로 뱉은 말이었건만 왜 아직도 저 인간이 하고 싶은 대로 다 하고 사는 것처럼 보이는지 모를 일이다.

"부담 없이 말해요. 원래 물건 살 땐 남의 말도 잘 들어야 하는 거니까."

의도는 좋다. 그러나 방향까지 좋을지는 알 수 없다. 그간 윤재민의 수법에 여러 번 당한 다연이 경계심을 풀지 않은 채 조용조용 답했다.

"열선이야 당연히 있는 게 낫죠."

"아, 하긴. 당연히 그런 거였네. 그럼 하나만 더요."

"뭔데요."

"색은요?"

"……."

나는 아무것도 몰라요, 하는 얼굴로 묻는 걸 지켜보는 데도 한계가 있었다. 촌극이 따로 없는 상황에 결국 다연이 한숨을 내쉬며 자리에서 일어났다.

"그냥 한번 가서 볼게요."

"그럴까요."

기다렸다는 듯 일어나는 걸 보니 애초에 이 대답을 바라고 온 것 같다. 미리 말이나 해 주지. 그랬으면 이렇게 수고롭고 의미 없는 문답 같은 건 안 했을 텐데.

도살장에 끌려가는 것 같은 얼굴로 발을 옮긴 주제에 가서는 또 나름대로 진지하게 의견을 주는 다연의 모습이 재민의 시야에 들어왔다. 이것저것 꼼꼼히 따지며 왜 안 오냐고, 재민에게 손짓한다. 재민은 그런 다연을 보고 밝게 웃으며 다가갔다.

"가요."

오후 4시가 돼서야 늦은 점심을 먹었다. 브레이크 타임에 걸리지 않은 식당을 찾아낸 재민이 다연을 그쪽으로 데려갔다. 동행해 준 값이라며 먹고 싶은 건 다 시키라기에 제일 비싼 파스타 하나를 시켰다. 다른 때였다면 반반 돈을 내자며 철벽을 쳤을 테지만 오늘은 이 정도는 먹어도 될 것 같다.

"차 마음에 들어요?"

전투적으로 파스타를 흡입하는 다연을 보고 재민이 턱을 괸 채 웃는다. 절로 한숨이 나오는 광경이었다. 마음에 안 들 리가 있나. 애초에 재민의 취향보다는 다연의 취향이 반 이상 들어갔는데. 이쪽도 똥차를 갈아 치우고 싶었던지라 저도 모르게 관심이 간 건 인정하지만 다 하고 나니까 '저게 왜 내 차가 아니라 윤재민 차지?' 싶을 만큼 취향 일색이었다.

"어쨌든 힘들게 샀으니까 잘 타고 다녀요."

"대리님도 타고 싶으면 타요. 빌려줄게요."

"보험 안 든 차 불안해서 안 타요."

"그럼 같이 들까요?"

켈룩, 하는 기침과 함께 먹던 파스타가 걸렸다. 아니, 대체 뭘 어떻게 하면 저기서 내 얘기로 빠지는 거야? 요즘 윤재민의 화법은 셰익스피어가 와도 이 정도 기승전결을 뽑아낼 순 없을 것이란 생각이 들 만큼 요지경이 따로 없어서 다연처럼 눈치 없는 사람은 멍하니 넋 놓고 있다가 한 번씩 훅을 얻어맞기 일쑤였다.

"그건 좀 과하지 않나요?"

"친구끼리 이 정도는 할 수 있죠. 대리님도 초반에 나한테 엄청 잘해 줬잖아요. 내가 연애 감정으로 오해할 만큼."

아주 말 속에 가시 넣는 방법만 매일매일 연구하는 사람 같네. 지은 죄가 큰지라 이러면 또 할 말이 없다.

"그러긴 했죠."

찝찝한 얼굴로 포크만 계속 돌렸다. 그걸 보고 윤재민이 표정 하나 안 바뀐 채 말을 이었다.

"물론 내가 친구라서 해 준단 얘기는 아니고요."

"……."

어쩌면 좋단 말이냐, 이 진퇴양난의 상황을. 저걸 못 들은 척해야 하는 건지, 못 알아들은 척해야 하는 건지, 알아듣고 난감한 척을 해야 하는 건지 알 길이 없었다. 슬픈 영화를 본 것도 아닌데 목이 다 메어 온다.

"그나저나 대리님은 차 바꿀 생각 없나 보네요. 그거 꽤 오래된 것 같던데."

또 때려 놓고 모른 척하긴. 좀 전까지 오갔던 대화를 사장시켜 버리는 모습에, 다연이 체념하듯 말을 이었다.

"네, 4년 정도."

"밤 운전 할 때 안 불안해요?"

"장거리 뛸 일 없어서 괜찮아요."

다연의 차는 직장 생활 시작하고 1년 뒤에 구매한 거였다. 중고이긴 하지만, 산 지 4년이나 됐지만 지금까지 제일 멀리 나간 게 고작 일산이었던 앙증맞고 귀여운 차라 얼마 전 점검받았을 때도 오래된 것치곤 브레이크가 참 깨끗하다며 칭찬까지 받았다. 4년간 타면서 얼마나 속력 낼 일이 없었으면 그럴까 싶어서 살짝 민망했던 순간이었다.

"장거리 갈 땐 차 빌려줄게요. 진짜로."

그런 이유로 나름 만족하는 다연과 달리 재민은 다연의 작은 자동차가 참 여러모로 불안했던지 무슨 일이 있어도 차 키 꽂게 만들려고 하는 게 보였다. 얽히면 꼼짝 못하겠단 생각이 들어서 절로 식어 빠진 웃음이 입가에 걸렸다.

"그래도 보험이……."

이야기가 끝나기도 전에 땅이 꺼질 듯한 한숨 소리가 테이블 위로 울렸다.

"강 대리님은 본인이 오케이 한 일 아니면 한 발도 안 떼죠?"

"네?"

"주변 사람한테 뭐 맡기면 불안하고."

거절하려는 목적으로 말을 뱉은 건데, 재민에겐 그게 다르게 들렸던 모양이다. 딱히 틀린 말은 아니었다. 안 그래도 제법 박복한 생이 올해 들어 더 고달파진 게 이 성격 탓이란 걸, 굳이 저렇게 송곳처럼 짚어 주지 않아도 실감하고 있으니까.

"뭐, 주변에 피해 주는 건 없잖아요."

그러나 아는 것과 지적당하는 건 엄연히 다른 문제이므로 소심하게 대꾸를 해 봤다. 그걸 들은 윤재민은 무슨 소리냐는 듯 당당하게 대답한다.

"당연히 피해 주죠."

다연의 눈이 동그랗게 변했다.

"누가 피해 봤는데요?"

"나요."

"윤재민 씨요? 왜요?"

"내가 초반엔 얼마나 막막했는데요. 이러면 밑에 사람 어떻게 일하라는 건가 싶어서 술 엄청 먹었어요. 뭐 하나라도 절대 실패 안 하려고 어지간히 기 쓰는구나 싶고, 저런다고 본인은 평생 문제 하나 없이 살 줄 아나, 한숨 나오기도 하고."

그간 쌓인 게 많았던지 말이 아주 청산유수다. 얼결에 꽉 막힌 상사가 된 다연이 먹던 파스타 면을 끝도 없이 말면서 답했다.

"그렇게까지는."

"아니에요, 그럼?"

"……좀 그런 경향이 있긴 하지만."

싫었으면 말을 하지 그랬냐고, 까칠하게 말하고 싶은 마음은 굴뚝이었으나 윤재민의 눈을 본 순간 정신과 의사한테 수 쓰다 들킨 기분이라 입이 딱 다물렸다. 조용히 물만 마시는 다연을 보고 재민이 빈 잔에 물을 따라 주며 슬슬 채찍 대신 당근을 휘두른다.

"근데 사람이 진짜 웃기죠. 그땐 열받았던 게 지금은 걱정돼요. 이렇게 열심히 사는데도 상처받을 일 생길까 봐. 그러면 마음이 너무 심하게 다칠 텐데, 강 대리님이 그렇게 다치는 건 보기 싫은데. 그런 생각이 더 드네."

말은 참 잘해. 정작 제일 크게 다치게 한 원인 제공자가 되어 놓고선. 다연의 눈에서 그걸 읽었는지 윤재민이 쓰게 웃는다.

"나라고 그럴 줄 알았나요. 대리님보다 내가 후회 백배는 더 했어요."

"나 아무 말도 안 했어요."

"다 들려요. 내 욕 하는 거."

"……."

"그래도 그때 약해지지 않았으면 강 대리님하고 이렇게 안 친해졌을 테니까, 아마 난 다시 돌아가도 똑같은 일을 반복할 거예요."

다연이 조금 당황한 얼굴로 재민을 바라봤다. 자신이 윤재민을 거절한 이유 중 하나가 저것이었다. 서로 약해졌을 때 오간 일이라 착각한 것일 수도 있다고, 그 말을 분명 들었음에도 재민의 담담한 미소는 변하지 않았다.

"이해가 안 가요? 하긴, 대리님은 전에도 중간에 너무 이런저런 일이 많아서 그걸 연애 감정으로 착각한 거 아니냐고 했었으니까. 근데 나는 약해졌을 때 파고드는 게 왜 안 되나 싶어요. 흔들 다리 효과든 뭐든 상대방 마음이 안 움직이면 뭐라도 해야죠. 매일매일 누구한테 뺏길까 봐 초조해 미치겠는데."

잠깐 동안은 진지하게 듣던 다연이 이어지는 말에 점차 잘 달궈진 돌이 되어 입을 다물었다. 시시각각 변하는 표정이 재미있었는지 턱을 괴며 빤히 보던 윤재민이 귀 열고 잘 들으라는 듯, 한 글자씩 또박또박 말을 잇는다.

"근데 그게 상대방을 좀 무섭게 하나 봐요. 그래서 이번엔 신중히 다가가려고요. 그쪽에서 겁먹고 달아나는 건 싫으니까. 대리님도 저번에 봤잖아요. 뺏기면 내가 어떻게 되는지."

"……."

"물론 이것도 당연히 대리님 얘기는 아닌 거 알죠?"

살려 달라는 소리가 코끝까지 올라왔다. 앞에 나온 스테이크를 먹기 좋게 잘라 다연의 접시에 덜어 준 재민이 마음 놓고 식사를 시작한다. 음식이 입으로 들어가는지 코로 들어가는지 모르겠는 건 다연 한 사람뿐인 것 같았다. 이 기묘한 식사를 끝내면 오늘도 소화제를 찾겠다는 생각에 포크를 돌리는 다연의 표정이 죽상으로 변해 갔다.

"언니 지금 내 염장 지르려고 불렀어?"

간만에 불러 나와 한참 동안 주절대는 이야기를 듣던 다경이 결국 말을 자르며 왈칵 짜증을 낸다.

"누가 봐도 썸이잖아. 저번보다 주접을 더 떨고 앉아 있는데."

"아니, 그게……."

"이 언니가 말년에 꽃이 들었나, 대체 몇 놈이랑 썸을 타고 있는 거야? 엄마 입 찢어지시겠네, 아주."

비아냥대면서 비싼 술을 벌컥벌컥 마시는 걸 보고 고개를 슥, 돌렸다. 다경은 지난번 일로 재민과 다연이 완전히 쫑 났다고 알고 있어서 지금 말하는 사람은 외간 남자 B 정도로 여기고 있다. 같은 사람이라고 하면 맞아 죽을까 봐 이쪽도 사실대로 밝히지 못하고 있었다. 조용히 사케를 홀짝이며 눈을 피하는 다연의 모습에, 다경이 손가락을 빙빙 돌리며 말한다.

"언니는 진짜 그쪽에서 뽀뽀라도 하기 전까진 이제 썸인지 된장인지 못 알아먹겠다. 서른 다 되도록 뭐 한 거야?"

뽀뽀 얘기를 듣는 순간 다연이 죽을 것처럼 기침을 해 댔다. 그걸 본 순간 다경이 눈을 동그랗게 뜬다.

"뭐야, 벌써 뽀뽀까지 했어? 아니, 썸인지 뭔지도 모르겠다면서 진도는 왜 이렇게 빨라?"

"강다경."

"했지? 했고만?"

계속 되묻는 다경을 보고 다연의 눈이 경극 배우처럼 빼어나게 날이 섰다. 살면서 한번 해 볼까 말까 했던 연애를 있는 대로 파괴해 놓은 인간인지라 다연도 이 만남이 그다지 유쾌하진 않았다. 그러나 이런 얘기를 받아 주는 사람 역시 다경 하나뿐이라 매번 후회할 걸 알면서도 술자리가 성사되곤 했다.

"사이가 애매한 건 나도 알아. 그래서 어떻게 하면 상처 주지 않고 단념시킬 수 있냐고 묻는 거잖아."

오기가 살짝 묻은 말에 다경이 콧방귀를 뀌며 답한다.

"이게 말이야 방구야. 차라리 피 안 나게 총 쏠 수 있는 방법을 묻던가."

오냐, 고맙다 그래. 비유 한번 찰지네. 오늘따라 딴청 피우는 모습을 보니 상담다운 상담을 해 줄 것 같지 않다. 바로 이 자리에 앉아 윤재민이 결혼을 했건 파혼을 했건 상관없다고 지른 게 불과 몇 주 전이다. 그런 주제에 오늘은 또 다른 문제로 찾아왔으니 다경의 입장에서 이 불도저 같은 연애사는 뭔가, 회의감이 들 법도 했다.

"됐어. 그냥 에어컨 바람이나 줄여 줘."

아예 대답 듣기를 포기한 다연이 소름이 돋은 팔을 문지르며 불퉁하게 말했다. 벌써 9월도 중순이 넘었는데 더위를 많이 타는 다경의 성격 탓에 이 방은 에어컨이 쌩쌩 돌아가고 있었다. 지난번 자동차 대리점에 갔을 때 추웠던 게 화근인지, 아침저녁으로 쌀쌀할 때면 으슬으슬 몸살기가 도지곤 했다.

"뭐야, 어디 아파?"

"아픈 것까진 아니고."

"그럼 이제 그만 마셔. 차도 끌고 왔으면서 어쩌려고."

따박따박 잔을 잘도 비우는 다연을 보고 다경이 살짝 걱정스럽단 눈으로 쳐다본다. 저번엔 택시로 왔는데 오늘은 차에 태우고 왔더니 신경 쓰이나 보다. 싸우긴 해도 내 걱정 해 주는 건 역시 가족밖에 없단 생각에 조금 뭉클했다. 그래서 또 한 잔, 술병을 기울였다.

"아, 그만 마시라니까! 차 여기다 두고 간 건 기억해야 할 거 아냐!"

"걱정 마. 대리 부를 거야."

"이 시간에?"

"이 시간이니까 부르지."

"요즘 세상이 얼마나 흉흉한데."

"조심할게."

아마 세상 흉흉한 것에 대한 감상은 다경보다 다연이 남다르지 않을까. 헬스장 스토커 사건을 겪은 뒤론 아예 운동하는 곳도 옮기고 집에 들어갈 때도 다경이나 지원에게 전화를 하며 들어간다. 물론 대부분은 재민에게서 먼저 걸려 오는 전화가 압도적으로 많긴 했지만.

말을 하고 보니 점점 더 한숨이 나왔다. 정리하는 게 맞다고 결정 내리기까지 다연도 머리 터지게 고민했다. 그걸 번복할 생각은 없었다. 그리고 재민이 진심으로 자길 이용하라고 말해 봤자 나랑 의견이 아주 찰떡처럼 맞는다며 쌍수 들고 환영할 용기조차 없다. 그런 와중에 매일매일 일상이 쌓인다. 이제는 옆에 없는 게 이상하단 생각이 들 정도라 자꾸만 그 호의를 이용하고 있단 죄책감으로 땅을 파게 된다.

"나 화낸다!"

결국 병의 입구에서 방울방울, 말간 술이 떨어질 때가 돼서야 다경이 눈을 부라리며 덤볐다. 쓰린 속을 달랜다는 핑계로 평소 주량을 넘긴 걸 아는 고로, 다연도 두 손으로 항복 표시를 하며 순순히 잔을 뒤집었다.

"알았어. 더 안 마실게. 어차피 내일 새벽에 일도 나가야 하고."

"어디?"

"꽃 시장."

이러다 윤정이 혈압으로 쓰러진 뒤 회사 상대로 고소라도 할까 봐 이번 건만 대신 해 주기로 했다.

"이 술 먹고 새벽에 어떻게 나가게?"

"근처에서 잘 거야."

"참나, 대리도 모자라서 외박? 어차피 언니 일 아니지? 언니가 이렇게 무식하게 일정 세운 거 본 적 없는데."

"응. 다른 사람들이 바빠서 좀 도와주는 거야."

"참 요령도 없다. 이런 건 다 해 주면서 그 사람들 살살 달래서 내 편으로 만들어야겠단 생각 안 들어?"

더 늙기 전에 누가 이런 요령 없는 언니를 좀 돌봐 줘야 할 텐데. 주절주절 읊어 대는 다경의 혓소리를 듣는 동안, 또다시 재민의 얼굴이 떠올랐다. 긴 설명 없이도 만난 지 하루 만에 다연의 노력을 알아준 최초의 사람이었다. 생각하니 피식 입가가 풀렸다. 평소보다 어려 보일 만큼 두 볼이 빨개진 다연의 모습에 다경이 혀를 찬다.

"저러고 밖에 나가면 바로 잡아먹히겠네."

"걱정하지 말라니까."

"아니, 그 걱정이 아니라……."

하기야 말해 봐야 뭐 하겠냐. 보는 게 백번 낫지. 대강 견적을 낸 다경이 손뼉을 짝짝 쳐서 주의를 환기시켰다.

"나가자."

"벌써?"

"지금 나가도 뒷감당이 안 돼. 그러니까 나와, 그냥."

뒷감당은 무슨. 누가 너보고 계산하라든. 그렇게 생각하면서도 어깨를 질질 잡아끄는 다경 때문에 할 수 없이 밖으로 나섰다. 밤공기를 쐬고 나니까 확실히 평소보다 술이 더 들어갔다는 걸 알 것 같았다. 취한 것까지는 아니지만 적당히 잠은 오는, 딱 그 정도의 상태였다.

"뭘 얼마나 마셨어요?"

그래서 처음, 주차장에서 다가오는 남자를 알아보지 못하고 눈살을 살짝 찌푸린 채 바라봤다. 분명 취한 건 아닌데 왜 저 얼굴이 윤재민으로 보이지?

"사람도 못 알아볼 정도로 마셨나 보네."

말로는 타박하면서 말투는 웃음기가 묻어 있다. 밤바람에 살짝 몸을 떨자 겉옷을 벗은 재민이 그걸 다연의 어깨에 걸쳐 줬다. 어깨선이 달라서 꼭 옷에 파묻힌 기분이다. 그제야 이게 진짜 재민이란 걸 알았고, 자연스레 이 인간을 여기 부른 주범이 누군지도 알 것 같았다.

데굴데굴 구르는 눈으로 다경을 바라보자 머리를 꼬며 딴청을 피우기 시작한다. 그래 봤자 한 여사를 따라 주말 교회에 따라갔을 때나 먹히는 짓이지 나에겐 어림도 없다며 가방을 잡아당겼다. 작전을 바꾼 다경이 도리어 뭐 잘못했냐는 얼굴로 당당하게 말한다.

"뭐, 뭐. 대리 기사보단 썸남이 훨씬 낫지."

"진짜 네가 불렀어?"

"나 아니면 누가 불렀겠어? 아유, 그나저나 형부. 누가 보면 우리 언니가 회장님인 줄 알겠어요. 막 전화하면 바로 출동하시고."

재민을 방패로 삼을 작정인지 아예 다연의 손을 뿌리치고 재민의 옆으로 향한다. 새삼 저 두껍기 짝이 없는 철면피가 존경스러웠다. 여우도 이런 여우가 없다 했더니 형부 소리가 저렇게 자연스럽게 나올 줄이야.

"당연히 와야죠. 대리님 그만두면 저 백수나 다름없는데. 동생도 택시 불렀으니까 저거 타고 가요."

평소처럼 유들유들 넘어간 재민이 멀리서 다가오는 차 한 대를 보고 다경에게 덧붙여 말했다. 다경이 감격한 듯 입을 가리더니 초롱초롱하게 대답했다.

"와, 부담스럽게 저까지 챙겨 주시면."

"주시면?"

"앞으로도 이런 자리 자주자주 만들겠습니다아."

영업용 미소를 한가득 머금은 다경의 모습에 지켜보던 다연만 허, 하고 입을 벌렸다. 이쯤 되니 상담이 왜 그렇게 건성이었는지 알겠다. 따로 휴대폰 번호까지 교환한 마당에 외간 남자 B가 누군지 모를 리가 있나. 그러니 정 끊게 해 달라는 다연의 말을 얼마나 귓등으로 들었을지 알 만하다.

주차장에 차가 다가서는 걸 보고 총총히 뛰어가던 다경이, 택시에 한 발 걸친 채 황급히 다연을 불렀다.

"언니!"

빨리 오라고 아주 난리를 친다. 한숨을 내쉬며 다가가자 손으로 나팔을 만들어 다연에게 소곤소곤 귓속말을 한다.

"오늘 좋은 밤 보내."

이럴 때면 이게 여동생인지 남동생인지 알 길이 없었다. 다연은 음흉하게 웃으며 떠나는 다경의 이마에 야무지게 꿀밤을 한 대 먹이고 차로 돌아왔다.

"놀랐어요?"

부드럽게 출발하는 차 안에서 윤재민이 웃으며 말한다. 이 시간에 불려 나오고도 웃음이 나오냐고, 뭐라고 한마디 하고 싶어도 친절을 받는 입장이라 그러기도 힘들다.

"다경이랑 연락해요?"

"가끔? 처음엔 사과하다 나중엔 화내더니 오늘은 부려 먹네요."

보아하니 그야말로 의식의 흐름대로 전화를 걸어 댄 모양이다. 어디 내놓기 부끄러운 동생은 아니라고 생각했는데 이 일에 관해서만큼은 얼굴을 들 수가 없다. 미안하다는 말을 하려고 입을 열었다가 재민이 차에 좌측 깜박이를 넣는 걸 보고 황급히 말렸다.

"아니, 여기서 우회전……."

말하자마자 이놈의 주둥아리, 당장 다물라며 소리를 쳤다. 그러나 역시 한발 늦었다.

"우회전? 이 시간에 어디 가는데요?"

방향이 다른 걸 알아채자마자 윤재민이 차를 세운다. 벌써 12시가 넘은 시간이라 가게에 들렀다가 간다는 핑계도 통하질 않는다. 재민의 표정이 살짝 굳은 걸 본 다연이 차라리 순순히 말하는 편을 택했다.

"어디 안 가요. 그냥 이 근처에서 자려고요."

"왜요?"

"내일 새벽에 나와야 하는데 집 가면 나올 자신이 없어서요."

다연이 최근에 하는 일을 되짚어 보다, 자신이 건넨 화원의 주소가 근처라는 걸 떠올린 재민이 한숨을 내쉬며 핸들에 머리를 박았다.

"그거 신 대리님 일이죠?"

눈치 참 빠르다고 칭찬할 분위기가 아니란 건 다연도 안다. 알아서 대답 대신 고개만 옆으로 돌렸다. 이 시간에, 모르는 곳에서, 그것도 술을 먹고 혼자 자겠다고 하는 다연을 보고 재민이 기가 막힌다는 듯 웃는다.

"내가 그렇게 꽉 막힌 남자는 아니라고 생각했는데."

"……."

"이럴 땐 대리님이 일 열심히 하는 게 엄청 싫고 그러네요. 내가 여기를 왜 알려 줬나 싶고."

이젠 친구라고 변명도 안 한다. 다만 앓는 소리를 내다가 이쪽을 돌아보며 죽겠다는 듯 말을 잇는다.

"가요, 일단. 어디서 자려고 했는지 좀 보게."

다연은 창밖으로 시선을 돌리며 꿀꺽 침을 삼켰다. 원래는 그냥 길 가다 보이는 모텔 아무 데나 들어가서 자려고 했다. 그러나 지금은 바로 옆에 지구대가 있고 엘리베이터에 비밀번호가 있으며 무엇보다 여성 전용 모텔이나 게스트 하우스인 곳이 이 근처에 있진 않았는지, 유리를 손톱으로 깔짝거리며 생각했다.

"생각해 놓은 데도 없어요?"

그러는 동안 윤재민의 목소리가 좀 올라갔다. 아, 후회막급이로다. 왜 진작 안전한 모텔 하나 찾아 놓질 않아서 이 사달을 만들었을까. 혼날 것을 예감한 채 위를 올려다보자 뭐라고 한마디 하려다가 입을 다무는 게 보였다.

"……화도 못 내겠네, 진짜."

재민은 그 말을 끝으로 핸들에 기대 꽤 오랜 시간 다연을 쳐다봤다. 오늘따라 눈도 맑고 볼은 빨갛고 눈치 보느라 표정도 귀엽다. 늘 똑 부러지게 철벽만 치던 여자가 저러고 있으니까 이성이 마구 흔들린다.

"일단 어디든 들어가요."

나 사고 치기 전에. 뒷말을 삼킨 재민이 천천히 가리켰던 방향대로 우회전을 했다. 그 뒤로 모텔에 들어가기까진 일사천리였다. 휴대폰으로 대강 평점과 후기를 확인한 재민이 앞장서서 다연을 끌고 들어갔기 때문이다. 말이 모텔이지 비즈니스 호텔급이었다. 이런 데 묵을 생각은 아니었기 때문에 살짝 옷깃을 붙잡았지만 윤재민의 눈에서 서릿발이 날리는 순간 얌전히 발을 옮길 수밖에 없었다. 그러는 동안에도 다연의 계좌엔 빚더미가 차곡차곡 쌓여 갔다.

"대리님은 위기의식이 너무 없어요."

프런트에서 주는 카드 키를 대신 챙기고도 불안했는지 방까지 따라와서 확인하는 눈이 세심하다 못해 집요할 지경이었다. 그러는 댁은 위기의식이 너무 심하게 많다고, 다연도 한번 질러 주고 싶은 마음이 굴뚝이었으나, 이유야 어찌 됐건 세상에 날 이렇게 걱정해 주는 사람이 또 어디 있겠나 하는 마음 역시 들어서 관두기로 했다.

푹신한 침대에 걸터앉으니 이제야 하루가 끝나는 기분이 들었다. 느리게 눈을 깜박이는 다연의 얼굴에, 재민도 표정이 조금 풀렸다.

"오늘은 빨리 자요. 내일 데리러 올 테니까."

"데리러 온다고요?"

"어차피 꽃 시장 들렀다가 웨딩홀에 갈 거잖아요. 저도 같은 웨딩홀로 가야 돼요. 신 대리님 도와주러."

"그럼 여기 들르지 말고 바로 가요. 조금이라도 자야죠."

"어차피 걱정돼서 잠도 안 와요."

벌써 새벽 1시였다. 재민의 집까지 오고 가는 걸 생각하면 2시간이나 잘 수 있을지 모르겠다. 나갈 채비를 하는 재민의 등을 보던 다연이 자리에서 일어나 급하게 말했다.

"여기서 자고 가요. 윤재민 씨 방은 내가 잡아 줄게요."

"안 그래도 그러려고 했는데 방이 없대요."

"네?"

"남는 객실이 없다고요."

"……."

"못 잘까 봐 걱정되면 빨리 눕기나 해요. 5분이라도 빨리 가야 잠을 자든 말든 하죠."

말을 끝으로 나가려는 옷깃을 엉겁결에 붙잡았다. 그리고 퍼뜩 놨다. 어깨를 한번 으쓱하고 다시 나가려는 걸 또 잡았다. 그걸 세 번쯤 반복하자 재민의 얼굴에도 슬슬 인내심이 끊어지기 시작했다.

"취했어요?"

들어온다고 해도 내보내야 할 판에 안으로 끌어들이는 손이 오늘따라 버거웠다. 말려야겠단 생각에 뒤를 쳐다보던 재민이 별안간 손을 뻗어 다연의 이마를 짚었다.

"대리님 열나는데."

미간을 살짝 찌푸리고 말하는 걸 듣고서야 다연도 더듬더듬 손을 뻗어 이마 위를 문질렀다. 술집을 나설 때까진 이 정도는 아니었는데 제법 열기가 올라온 게 느껴진다. 고르고 골라 하필이면 윤재민의 앞이라니. 잠깐 한탄하다가, 문득, 이 남자가 앞에 있기 때문에 몸이 마음 놓고 아플 준비를 한 게 아닐까, 하는 생각을 했다. 불평도, 원망도 이 사람에게밖에 쏟아 낼 수 없었던 지난여름처럼.

"아파서 이러나."

다연은 뿌리치려면 얼마든지 뿌리칠 수 있는 얄팍한 힘에도 옴짝달싹 못 한 채 그대로 서 있는 윤재민의 모습을 바라봤다. 차가운 손등이 조심히 오가며 볼과 목의 체온을 잰다. 그 감촉이 간질간질해서, 좀 멍한 눈으로 대답했다.

"그런가 봐요."

목소리에 취기와 노곤함이 잔뜩 묻어 있었다. 저 손을 잡았다간 밤새 고문이 따로 없을 것을 예감한 재민이 고민 많은 눈으로 다연을 바라봤지만 어차피 술 취한 사람 설득하는 건 불가능한 얘기였다.

"다른 사람한테도 이러면 그땐 진짜 화낼 거예요."

결국 그가 겉옷을 벗어 품에 안겨 주고 난 후에야 싱거운 줄다리기가 끝났다. 재킷 밑단을 붙잡은 다연의 손이 이제야 안도하는 게 보여서 한숨이 다 나왔다. 본인이 어마어마한 떼를 쓰고 있다는 걸 알긴 할까. 이 밤 내내 한숨도 못 자겠단 생각을 하자 벌써부터 피곤한데.

"이렇게 억지 써도 내가 용서해 줄 줄 알죠?"

그러나, 그럼에도 불구하고 다연을 탓할 기분은 들지 않는다. 탓하긴커녕 도리어 기특하고 예뻐서 마구 칭찬해 주고 싶었다.

"맞아요. 용서해 줄 거예요."

피식 웃으며 발갛게 달아오른 다연의 볼에 살짝 손등을 가져다 댔다. 시원한 감촉이 좋았는지 거기에 조금 더 무게를 실어 볼을 문지른다. 취기에 감기 기운까지 겹치니 맥을 못 추고 이리 꾸벅, 저리 꾸벅 고개를 까딱이는 얼굴이 귀여웠다.

"계속 아팠으면 좋겠네."

작은 얼굴이 바닥으로 꼬꾸라질 것만 같아 두 뺨을 감쌌다. 마주친 갈색 눈이 깜박깜박, 두어 번 재민의 얼굴을 쳐다보다 감긴다. 아이같이 구는 걸 보고, 나른한 한숨을 내쉬며 베개 위를 툭툭 두드렸다.

"자요, 얼른."

멍하니 고개를 끄덕인 다연이 이불 끝으로 가서 몸을 모로 눕혔다. 뭐 하려고 저러나. 팔짱을 끼고 지켜보자 너도 올라와서 자라는 듯 천진하게 침대 한쪽을 비워 둔 채 꿈나라로 간다. 그 꼴을 다 본 재민이 신음과 함께 말을 흘렸다.

"그러게, 위기의식이 없다니까……."

오지랖 넓은 친절에 숨이 다 막혔다. 안 된다고 몇 번이나 말하다가 결국 탄력 있는 매트리스가 재민의 무릎 아래 짓눌렸다.

"잘 자요, 강 대리님."

두 팔을 뻗어, 새근새근 잠에 빠진 다연의 위를 차지한 채 한참 동안 내려다봤다. 다른 사람의 그림자에 갇혀 자고 있다는 걸 아는지 모르는지, 오늘따라 도톰하게 부푼 숨소리가 마음을 달뜨게 했다.

"……근데 진짜 봐주기 싫다."

하루를 마무리하기 직전에 보는 게 다연의 얼굴이라니. 재민은 달콤한 숨이 배어 나오는 입술 위로 살짝, 입술을 포개려다 낮게 웃으며 멀어졌다.

다음 날 아침, 다연은 눈가가 시린 느낌을 받으며 잠에서 깨어났다. 졸음이 묻은 눈을 간신히 열고 나니, 아니나 다를까. 해가 차창 사이로 길게 한 줄을 그은 후 얼굴 위로 쏟아지고 있었다.

"깼어요?"

그리고 그 옆에는 의자에 앉아 자신을 물끄러미 쳐다보는 윤재민의 눈이 보였다.

"잘 잤나 보네."

잘 잤다. 최근 들어 이렇게 푹 잔 적이 있었던가, 할 정도로. 그래서 참 멍청하게도 그대로 기지개를 켜며 끄덕였다. 반쯤 정신이 나간 다연을 보고 윤재민이 싱긋 웃는다.

"잘 잤으면 일어나요. 더 있다간 늦어요."

저 말을 듣고서야 베개에 얼굴을 파묻고 있던 그대로 굳어 버렸다. 그리고 뒤늦게야 벌떡 일어나 시계를 쳐다봤다.

"밤, 샜어요?"

벌써 7시. 재민은 이미 출근 준비를 얼추 끝낸 다음이었다. 황망한 눈으로 쳐다보는 동안 정성스레 포장된 은방울꽃 부케가 이불 위에 올라왔다.

"밤새 두 눈 크게 뜨고 대리님 지키라고 붙잡은 거 아니었어요?"

당연히 잘 줄 알았다는 얼굴로 안절부절못하는 다연을 보니 헛웃음이 다 나왔다. 금을 그은 모래밭을 넘지 않아야 한다는 생각에 강박증이 생길 지경이었는데 잠은 무슨. 놀이터를 코앞에 두고 발이 묶인 심정으로 소파에 누워, 테이블 위에 놓여 있는 잡지로 얼굴을 덮었던 게 새벽 2시 반. 자는 건 애저녁에 포기해야 할 시간이었다.

다연은 재민이 풀어 놨던 시계를 차는 걸 빤히 쳐다보고만 있다가 속으로 머리를 쥐어뜯기 시작했다. 이만큼 실수했으면 이제 그만할 때도 됐는데 왜 윤재민의 앞에서만큼은 거리 조절이 안 되는 걸까. 그 새벽에 운전해서 집까지 간다는 게, 거기다 다시 또 온다는 게 걱정돼서 붙잡았던 건데 정작 당사자는 소파에 앉아서 한숨도 못 자고 날밤을 샜다.

"땅 그만 파고 일어나요. 신 대리님 연락 왔어요. 지금 준비 안 하면 진짜 아웃이래요."

그래 놓고 원망 한마디가 없다. 때때로 자신에게 적용되는 재민의 잣대가 지나치게 너그러운 것 같아, 돌아 버릴 지경이었다.

"미안해요."

옷을 챙기던 재민이 현자 타임을 맞아 침울하게 앉은 다연의 옆모습을 힐긋 쳐다봤다.

"미안해하지 않아도 돼요. 수고비는 알아서 받아 갔으니까."

"네?"

어젯밤보다 좀 까칠하게 부푼 입술 위로 긴 손가락이 올라갔다. 그 모습을 멍청하게 바라보던 다연이 놀란 얼굴로 입을 틀어막았다. 설마, 하는 표정으로 경악하는 걸 보고 윤재민이 피식 웃으며 말을 덧붙였다.

"여기로 어제 토했거든요."

"네?!"

"밤새 대리님 뒤치다꺼리하느라 죽는 줄 알았어요. 이 정도면 나한테 빚진 거 맞죠?"

다연이 히끅, 딸꾹질을 시작했다. 처신 잘못했다는 마음이, 지금은 죽고 싶다는 마음으로 바뀌었다. 재민은 그런 다연의 모습에 유쾌하게 웃었다.

윤정은 다연과 재민이 웨딩홀에 도착하자마자 있는 원망 없는 원망 다 늘어놓을 기세로 다가와 두어 번 발을 굴렀다. 부케가 제때 도착하지 못할까 봐 전전긍긍한 얼굴이었다. 마음 같아선 재민을 붙들고 달달 볶고 싶었던 것 같은데, 이젠 그럴 시간도 없는지 낚아채듯 소품만 가지고 신부 대기실로 뛰어 들어간다. 멀찍이서 고군분투하는 신 대리를 지켜보고 있자니 여러모로 이번 예식이 아주 좋은 거름이 될 것 같단 생각이 들었다. 물론 속이야 있는 대로 다 썩었겠지만.

식이 다 끝난 후, 신 대리를 대신해 다연이 신부에게 다가가 사정 설명을 하고 부케가 늦은 걸 사과했다. 괜찮다며 짧게 답한 신부가 대리석 기둥에 기댄 채 혼이 나간 윤정을 보며 말을 덧붙였다.

"플래너님한테 감사하다고 전해 주세요."

뜬금없는 말에 옆을 돌아보자 애교 있게 살짝 웃는 모습이 보였다.

"제가 금액 면에서 까탈을 많이 부렸거든요. 고등학교 때 친부모님들이 돌아가시는 바람에 혼자 살았더니 금전적인 건 조일 때까지 조이는 게 습관이 돼서."

얼결에 개인사를 엿들은 다연의 눈이 좀 흔들렸다. 어설프게 위로하는 건 도리어 실례일 것 같아서 조용히 기다리자 저쪽에서 먼저 말을 걸어 준다.

"그렇게 안 보셔도 돼요. 시부모님들이 앞으로 남은 평생 제 부모님이 되어 주시기로 했으니까."

다연은 소박하게 꾸며 입고도 참 말갛게 빛나는 신부의 얼굴을 잠시 내려 봤다. 은방울꽃은 원래가 비싼 부케였다. 게다가 요즘엔 연예인들이 많이 드는 바람에 유행을 타서 값이 더 오른 꽃이기도 했다. 그런데도 이 부케를 고집한 이유가 궁금했다. 남들처럼 예쁘거나 마음에 들었다는 이유로 이걸 선택했을 것 같지가 않아서.

"꼭 이 부케여야 했던 이유가 뭔지 여쭤봐도 될까요?"

다연의 질문에 빙그레 미소 지은 신부가 베일이 드리워진 턱으로 옆쪽을 가리키며 말한다. 고개를 돌리자 그제야 다연의 눈에도 보이지 않는 시야로 더듬더듬 부케를 품에 안는 노부인이 보였다.

"어머님이 결혼하신 뒤에, 사고로 맹인 판정을 받으셨거든요. 이번에 제 결혼식 준비하면서 아버님이랑 결혼할 때 은방울꽃으로 부케를 하셨다고, 그게 정말 예뻤다고 하시더라고요. 그래서 향기라도 보여 드리고 싶었어요."

요즘 보기 드물게 훈훈하고 예쁜 광경이라 곁에 서 있는 다연 역시 마음이 다 뭉클했다. 내 부모는 내가 선택할 수 없지만, 새로운 가족과 새 부모는 내가 선택할 수 있다. 그건 참 엄청난 일이란 감상과 함께 또한 그게 결혼의 위대한 점이란 생각도 들었다.

사람들이 물결처럼 오가는 웨딩홀을 보는 내내 만감이 교차했다. 예전 생각도 많이 났다. 폐백 때 시어머니가 갑자기 배가 아프다고 하셔서 일면식도 없는 친척을 붙잡아다 자리에 대신 앉혀 놓은 적도 있고 부케 목이 똑 부러져서 테이프로 감은 적도 있다. 하다하다 신부 드레스가 터지는 바람에 그걸 붙잡고 사진 찍게 도와준 적도 있었다. 누군가가 계기가 되어 선택한 건 맞지만 결국 모두 다연의 삶이었다. 5년간, 재민이 곁에 있든 없든 끌고 왔던 스스로의 보람.

"뭐 해요?"

등 뒤에서 들려오는 목소리에 천천히 뒤를 돌아봤다. 여느 때처럼 웃는 얼굴이 거기 있었다. 초반엔 원망도 많이 했는데, 지금은 묻지도 않고 일을 벌인 승아가 고맙다. 재민을 다시 만나지 않았다면 이 보람이 내 것이란 걸 영영 모르고 살았을 테니까.

"그냥 보고 있는 거예요."

또 이 남자가 좋은 사람이란 것도 영영 몰랐을 테고.

"식 다 끝났잖아요."

"우리는 식이 다 끝나야 보죠."

"그것도 맞긴 하네."

가벼운 말장난이 한번 오가고 소강상태가 됐다. 신랑 신부가 폐백실로 향하다 이쪽을 보고 가볍게 인사했다. 두 사람 모두 행복에 가득 젖은 얼굴이라, 오늘 같은 날은 다연도 어깨 쫘악 펴고 그동안 참 열심히 살았다고 말할 수 있을 것 같았다.

"들었어요? 신랑 신부 서로 첫사랑이래요."

길게 늘어진 신부의 한복이 유달리 곱고 선명했다. 재민은 그곳에서 시선을 떼지 못한 채 다연에게 말을 걸었다.

"그래요?"

"네."

"잘됐네요."

"그렇죠? 저도 저 커플이 앞으로 겪어 나갈 역경과 고난이 기대돼요."

기대의 방향이 서로 다른 것 같아서 옆을 물끄러미 쳐다봤다. 그 눈과 마주친 재민이 웃으며 말을 이었다.

"군대 빼곤 처음일걸요, 저런 상관."

덕담인지 악담인지 모를 걸 중얼대는 것에 저도 모르게 웃음이 터졌다. 재민은 웃음소리를 듣고서야 할당량을 다 채운 사람처럼 만족스런 얼굴로 고개를 돌렸다.

"그래도 행복하겠네요. 이렇게 많은 사람들이 축하해 주니까."

돌아보자 서로 손을 잡은 신랑과 신부의 모습을 보며 웃는 재민이 보였다. 문득 소란과 정적이 함께 난무하던 재민의 결혼식이 떠올랐다. 그날 재민은 드레스를 입은 신부도, 그 웃음도 보지 못했다. 새삼 그 넓은 공간을 가득 채웠을 재민의 공허함이 마음 아프게 다가왔다.

그렇게 오랜 시간이 지났는데, 이 남자는 아직도 빈 곳을 채우질 못한 걸까.

다연은 그 짧은 한마디도 묻지 못한 채 그저 잔잔하게 머무는 재민의 옆모습을 바라보기만 했다.

그날 오후 다연을 통해 신부가 해 준 말을 전해 들은 윤정은 힘들다고 난리를 치고 다녔던 게 언젠가 싶을 만큼 헤죽헤죽 웃으며 그걸 블로그에도 쓰고 휴대폰에도 적고 심지어 신부와 함께 찍은 사진까지 파티션에 붙여 놓으며 좋아했다. 그동안 싫은 건 뒤로 살살 빼면서 어렵지 않은 일만 맡은 터라 저렇게까지 서로 의견 충돌을 해 가며 일한 건 처음이었다.

다연은 스스로가 대견해 어쩔 줄 몰라 하는 신 대리를 보고도 자축하도록 내버려 뒀다. 물론 지원이나 재민은 말 한마디로 산통 다 깨 놓고 싶어 했지만 다연이 만류하는 바람에 조개처럼 입을 다문 채 묵묵히 옆을 지나곤 했다.

해 줄 수 있는 조치를 다 해 주고 나서야 로비를 지나 비상구로 나왔다. 가을로 넘어가 완전히 건조해진 바람을 맞는 사이 문이 열리더니 재민의 얼굴이 보였다.

"왜요?"

조금 있으면 퇴근이라 따로 찾을 일이 없을 것 같아서 물은 건데 재민이 어깨를 으쓱하더니 아무렇지 않게 답한다.

"그냥. 강 대리님이 여기 있길래 와 봤죠."

다연이 어이가 없다는 듯 웃었다. 스토킹이 일상이 되니 이젠 변명할 생각도 안 하나 보다. 다연의 웃음을 보고 재민도 마주 웃었다.

"농담이고, 임 팀장님이 이름 없는 집에서 셋이 보자고 해서요."

"임 팀장님도 이름 없는 집 알아요?"

"거기 주인이랑 형제예요. 임성후. 임성태."

새로 접한 사실에 오호라, 하고 탄식을 뱉었다. 재민과 성후의 관계가 돈독한 게 다 이유가 있었다.

"그나저나 무슨 고민 있어요?"

"네?"

"일도 잘 끝난 것 같은데 표정이 어두워서."

난간에 기대 강바람을 쐬던 다연이 볼을 살짝 긁적였다. 식장에서 봤던 재민의 얼굴 때문에 마음이 울적했다고 대답하긴 좀 그랬다.

"그냥, 결혼이요."

"결혼이 왜요?"

"누군가는 그걸 환상이라고 하는데 또 누군가한텐 얼마나 큰 부담일까, 하는 생각이 들더라고요. 내가 이 일을 하면서 느낀 건 결혼도 결국 현실이고 책임이란 거였거든요."

식이 너무 예쁘고 신랑 신부가 행복해 보인 만큼 앞으로 좋은 날만 있을까, 그 불안도 함께 피어올랐다. 결혼 전까진 밝은 세상을 보다가 결혼 후 시력을 잃은 부인을 돌봤어야 할 남편의 고충도 떠올랐다. 한 사람의 인생을 온전히 책임진다는 것의 무게가 오늘따라 다연의 가슴을 젖어 들게 한다.

노을이 두 볼을 붉게 물들이는 시간. 가만가만 다연의 말을 곱씹던 재민이 멀리 시선을 던지고선 한가롭게 답한다.

"그게 맞죠, 현실이고 책임."

동의해 주는 걸 듣고 고개를 돌리자 바람에 재민의 머리카락이 날리고 있다. 조금 품이 낙낙한 셔츠로도 바람이 들어 그 모습이 꼭 사진 같았다. 그대로 손에 들린 캔을 내려다보던 재민이 웃음기

어린 어조로 말을 잇는다.

"근데 별것도 없으면서 오기만 남은 입장에서 말하자면, 상대가 그렇게까지 이해해 주는 것도 좀 그래요. 나는 못 가져도 내가 사랑하는 사람은 계속 꿈꾸게 해 주는 게 더 행복한 일 아닌가."

"그런가요?"

"네. 책임은 나만 느끼고 당신은 기대도 좀 하고 헛꿈도 꾸고. 푼수같이 살기도 하고. 그렇게 해 주고 싶어서 서로 악착같이 돈 모으고, 힘들다는 소리도 잘 안 하는 거죠, 뭐."

다른 때보다 어조가 훨씬 장난스럽다. 그래서 경계를 풀고, 또 마음을 놓았다. 고민이 풀려 가는 흔적은 다른 곳보다 눈가에 많이 드러나기 때문에 어느샌가 눈꼬리가 은은해졌다. 그런 다연의 표정을 보며 재민이 천천히 말을 덧붙였다.

"나만 해도 강 대리님이 그랬으면 좋겠는데."

느긋하게 풀려 있던 다연의 입꼬리가 굳었다. 재민은 그걸 알면서도 아무렇지 않은 얼굴로 남은 음료수를 마시고 캔을 구겨 쓰레기통에 던졌다.

"너무 책임감이나 현실만 보지 말고. 이렇게 하자, 저렇게 하자, 이건 왜 안 되냐, 투정 부리는 게 더 좋을 것 같아요."

"……윤재민 씨."

"원하는 건 다 들어주고 싶어요. 무섭다는 건 같이 하고, 싫다는 건 안 하게 하고."

"윤재민 씨."

떨리는 목소리에 재민이 이쪽을 돌아봤다.

"네, 강 대리님."

"……그만해요, 이제."

눈 가리고 아웅 하는 식으로 속아 주는 것도 한계가 있다. 고개를 숙인 채 말을 내뱉는 다연을 보고 재민도 잠시, 옥상에서 멀리 보이는 파란 강가로 시선을 던졌다.

"이 자리까지 뺏길 바엔 그냥 얌전히 있어 볼까. 그런 고민도 했는데……."

"……."

"더는 안 되겠어요."

"……."

"하루 종일 강 대리님 얼굴만 생각나요. 회사에서도 오늘은 끝나고 강다연이랑 뭐 할까, 그 생각밖에 안 들어요."

가장 가까운 곳에서 가장 깊은 시간을 함께 보냈다. 차라리 하룻밤을 같이 보내지 않았다면 조금 더 버텨 볼 수 있을지도 모르겠지만 조용히 잠든 다연의 얼굴을 밤새 보고 나선 그게 불가능하단 걸 깨달았다. 앞으로는 홀로 짙은 밤을 흘려보내는 내내, 다연이 생각날 것 같았다.

"대리님은 안 그래요?"

재민이 다연의 눈을 바라봤다. 그리고 어떤 표정을 지어야 할지 모른 채 서 있기만 하는 다연에게 한마디씩, 진심을 건넸다.

"그냥 안고 있었으면 좋겠다. 안아 주면 좋겠다. 붙어 있고 싶다."

"……."

"……키스하고 싶다."

다연의 눈이 흔들리는 걸 보며 다가오는 재민의 말도 젖어 들었다.

"날 보면 그런 생각 안 드는지 궁금해요. 난 지금도 미치게 닿고 싶은데."

마지막 단어가 입 밖으로 나오자마자 그때까지 꾹 참고 있던 다연이 숨을 몰아쉬었다. 나도 같은 마음이라고, 속으론 외치는데 그걸 입 밖으로 낼 순 없었다. 신부를 바라보던 재민의 눈이 계속 생각났기 때문이다.

내가 끌어안는다고 해서 이 사람이 가진 흉터가 모두 재가 되어 날아갈까. 어제도 오늘도, 내가 곁에 있는 때마저 늘 쓸쓸해 보이는데.

"……그런 생각 안 들어요."

아직도 그 봄날에 발이 묶여 있는 건 아닌지. 남이 보지 못하는 곳에선 마냥 밝게 웃지 못하고 한 번씩 우는 건 아닐지. 생각하면 가볍게 지날 수 있는 질문도 모두 묵직한 무게가 되어 다가왔다.

"안 해요, 절대."

그래서 답을 하는 다연의 마음도 꽤나 적막하고 쓸쓸했다. 그 자리에 못 박힌 듯 서서 이야기를 듣는 재민을 돌아보며 다연이 단호하게 말했다.

"헷갈리게 해 왔다면 미안해요."

"……."

"다시는 실수 안 할게요."

재민에게 말하기보단 스스로에게 몇 번이고 되새기는 말이었다. 이제 다시는 휘두르지도 휘둘리지도 않아야 한다고 다짐하는 사이 재민이 천천히 입을 열었다.

"사과 듣자고 꺼낸 말 아니에요."

생각했던 것보다 잠잠한 말이었다. 그간 몇 번이고 감정을 터뜨리던 재민의 모습을 기억하는지라 저렇게 몰아치는 바람 없이 순순히 받아들이는 게 낯설었다.

"대리님은 제대로 거절했잖아요. 내가 납득을 못한 거지."

심지어는 자못 가볍기까지 했다. 다연은 긴장으로 잔뜩 굳어 있던 어깨의 힘을 서서히 풀며 재민의 표정을 살폈다. 난간에 기대 아래를 내려 보던 재민이 먼저 앞장서서 문을 열고 다연에게 눈짓했다.

"괜찮으니까 빨리 나가요. 임 팀장님 기다려요."

조금 멍하게 서 있다가 그 말을 듣자마자 황급히 발을 옮겼다. 재민은 다연의 마른 등이 문턱을 넘을 때까지 잠자코 기다리다 그 발이 두 발짝 멀어졌을 때, 다시 입을 열었다.

"근데 참 이상하죠."

로비로 들어가는 문을 열려던 다연이 등 뒤에서 울리는 목소리에 그 자리에 멈췄다. 밤공기를 타고 넘어온 목소리가 조금 무겁게, 발밑으로 고였다.

"강다연은 다른 사람한테는 다 착하면서 나한텐 세상에서 제일 나쁜 거짓말쟁이일 때가 있네."

"……."

"그래서 항상 선을 넘게 만들어요."

말을 마친 재민이 먼저 앞장서서 걸었다. 어쩐지, 아슬아슬하게 고여 있던 물잔의 물이 넘친 것 같은 기분이라 발목부터 싸늘한 한기가 올라왔다.

이름 없는 집 앞에 도착할 때까지 두 사람은 서로 대화 한번 나

누질 않았다. 맘 같아선 그대로 집에 가고 싶었지만 그 자리에 내내 기다리고 있었을 성후를 모른 척할 순 없기에 간신히 안까지 걸음을 옮겼다.

그러나 그때까지 잘 버티던 다연의 객기도, 처음 인사한 걸 제외하면 입 한 번 열지 않고 버티는 윤재민을 앞에 둔 순간 맥없이 무너졌다. 표정이 어찌나 굳어 있는지, 각 잡고 싸움 났던 때보다 더한 냉기가 풀풀 풍겨서 에어컨이 필요 없을 지경이었다. 원인 제공자가 그러했으니 재민을 믿고 이 자리를 만든 성후는 아예 진땀을 흘리고 있었다.

"아하하, 두 사람 오늘 무슨 일 있었나?"

요 근래 집에선 승아에게 치이고 회사에선 윤재민에게 치인 불쌍한 남자가 피골이 상접한 채로 웃는다. 만년 호구 다연의 입장에선 저 사람은 무슨 죄인가 싶었고, 그리하여 웃기지도 않은 임 팀장님표 개그에 최선을 다해 맞장구를 쳐 주다 보니 술도 꽤 받아먹었다.

"강 대리 술 진짜 잘 마시네? 승아한테 얘기 듣긴 들었는데."

스스로도 알고 있다. 잘 마시는 거. 컨설팅부에서 내로라하는 술꾼 세 사람만 뽑으라면 바로 윤정과 지원과 다연의 이름이 나올 정도로 정평이 나 있었다. 분위기 타면 어지간한 남자 주량만큼 먹는 것 같다.

"네, 뭐. 그럭저럭."

다만 지금은 분위기 탈 상황이 아닌데 먹었다. 옆 좌석을 차지하신 분의 심경이 하도 살얼음판 같아서 술을 마셔 봤자 취하지도 않는다. 성후나 다연이나 말 없는 윤재민은 낯설고 무서웠기 때문에 둘이 손에 손을 잡고 술 권하는 사회로 달아나는 중이었다.

그리하여 술잔이 오간 지 15분쯤 지났을 때, 그때까지 입 다물고 있던 재민이 갑작스레 다연의 앞에 놓인 잔을 가로채 갔다.

"강 대리님 술 세시죠."

그러더니 그걸 그대로 입에 들이부으며 말했다.

"어지간해선 안 취하시더라고요."

성후는 입가를 한번 닦고 담담하게 말하는 재민의 모습에 당황이 섞인 목소리로 말을 뱉었다.

"넌 그걸 뭔 마라톤 풀코스 다 뛴 선수처럼 마시냐?"

"목말라서요."

"웃기는 놈이네. 누가 마시지 말래?"

술에 취한 건지 상황에 취한 건지 모를 만큼 성량이 커진 성후가 유쾌하게 웃었다. 어찌 됐건 드디어 세 사람이 함께 대화한단 사실이 더 기쁜 모양이었다.

"그러고 보니까 넌 주량 얼마나 됐었지?"

"저요?"

"그래, 너."

"전 대리님보다 더 세죠."

"아니, 그건 나도 알지. 그래서 정확히 얼마냐니까?"

성후의 질문을 들은 재민이 다연과 잠시 눈을 마주쳤다. 서늘한 기색이 가득 담긴 갈색 눈. 그 눈을 본 순간 어쩐지 금방이라도 폭발할 것 같은 압력솥을 눌러놓은 기분이 들었고, 그 시점이 돼서야 다연도 알 것 같았다.

"글쎄요."

저 답을 듣는 게 성후가 아니라 자신이라는 걸.

"태어나서 단 한 번도 필름 끊겨 본 적 없는 정도?"

말이 테이블 위로 쏟아진 순간 다연의 눈이 커졌다가 이내 질끈 감겼다. 그와 동시에 탁자 밑에 있던 재민의 손이 다연의 손을 붙잡았다. 깍지를 낀 손의 열기가 전해지고 도망갈 생각은 하지도 말란 뜻 역시 그대로 전해졌다.

흔들리는 눈으로 옆을 보자 태연하게 술을 마시며 성후와 이야기하는 재민의 모습이 보였다. 이 밤 내도록, 그간 미뤄 왔던 사형선고를 들은 사람과 선고를 내린 사람의 온도 차가 극명할 예정이었다.

11

성후까지 셋이 있던 시간은 재민의 폭탄 발언 이후 채 1시간이 안 돼서 끝났다. 일이 있어서 먼저 가 보겠다는 재민의 말에 그러라고 한 성후는, 당연하다는 듯 다연의 손목을 붙들고 밖으로 나가는 재민의 모습에 얼이 빠져 잘 가라는 인사도 못 했다.

다연은 술집 밖으로 나오자마자 재민이 미리 불러 놓은 택시에 끌려 들어가 도로 위를 달렸고, 말 한마디 제대로 건네 보지 못한 채 남의 집 안으로 들어갔다. 자기 공간에 다연을 밀어 넣은 순간, 재민은 입구에서부터 다연의 입술을 집어삼켰다.

"윤재민 씨, 잠깐, 잠깐만요!"

금방이라도 넘어질 것처럼 비틀대던 다연이 다급하게 외쳤다. 그래 봐야 이미 눈 감고 귀 틀어막은 남자에겐 들리지 않았다. 몇 번이고 입술이 짓눌리는 사이 다리가 풀려 벽을 타고 흘렀다. 주르륵 주저앉으려는 걸, 재민이 강한 손으로 붙들어 세운다.

"이것도 착각이에요?"

다연의 눈가가 발갰다. 누가 봐도 키스에 녹아난 얼굴이었다. 만지면 이런 얼굴을 하면서 다가가면 도망친다.

"강 대리님은 이런 것도 착각으로 해요?"

다연이 흐릿한 눈으로 앞을 바라봤다. 도망치지도 못하게 두 어깨를 붙잡은 윤재민이 한 글자씩 힘을 줘서 말하기 시작했다.

"난 처음부터 그만둘 생각 없었어요. 그냥 기다린 거예요. 몰아붙이기 싫었으니까. 그래서 진짜 별별 생각 다 들어도 참았어요. 가볍게 만나자고 말하려다가도 그건 내 마음이 아니라 그렇게 못하겠고, 진짜 진지하다고 할까 싶다가도 그건 또 생각 많은 당신한테 불안감만 줄 것 같고, 하루에도 몇 번씩 대리님 때문에 머릿속이 난리였다고요."

"……."

"그래도, 정말로 내가 남자로 안 보이는 거면 포기하려고 했어요."

다연이 눈을 세게 감았다. 다음에 나올 말이 무엇일지 이미 알 것 같았다.

"근데 내 키스 받아 줬잖아요."

직감하고 있던 것이라 해도 본인에게 확인받는 건 달랐다. 피하려고 드는 다연의 모습에 재민이 차가운 어조로 기억을 상기시켰다.

"눈 감지 마요. 말했죠, 필름 안 끊긴다고. 대리님이 나한테 키스한 것도 다 기억나요."

이 말을 하기까지 재민은 스스로의 마음속에 벽을 몇 개나 쌓으며 기다려 왔다. 그걸 다 깨부순 마당이니 어설픈 변명 같은 게 통할 리 없었다. 자꾸 그렇게 도망가지 말라는 윤재민의 말만 들어도 위기감이 몰려왔다.

"잠깐만 시간 좀 줘요."

그런 이유로 결국 다연이 뱉을 수 있는 건, 거짓말이나 회유가 아닌 애원뿐이었다. 다 말할 테니까 무슨 말을 해야 할지, 그걸 고를 시간만 달라고 부탁했다. 그러나 돌아오는 반응은 차가웠다.

"싫어요."

"난 윤재민 씨한테 항상 시간 많이 줬잖아요!"

구석에 몰린 기분이 들어서 다연의 목소리도 높아졌다. 이건 너무 불공평하다. 왜 나만, 가면을 못 쓰게 해. 자기는 세 개씩, 네 개씩, 필요할 때마다 돌려 썼으면서.

"그거야 대리님은 내가 빨리 도망갔으면 좋겠다고 생각했으니까 그런 거죠. 나는 절대 도망 못 가게 해야겠다고 생각하니까 급한 거고. 아니면, 내가 소중하게 지켜 준 다음엔 나한테 올 거예요?"

언제나 무던하게만 지나가던 얼굴에 당황이 묻는다. 손바닥에 손톱자국이 날 만큼 주먹을 세게 쥐고 있는 동안 재민이 그럴 줄 알았다는 듯, 자조 섞인 어조로 말을 이었다.

"안 올 거잖아."

다시금 입술을 겹치려는 걸 고개를 모로 돌려 간신히 막았다. 하얗게 질린 다연이 재민의 어깨를 구명줄처럼 붙든 채 달싹이는 입술을 열었다.

"잠깐만요, 진짜 1분만이라도……!"

"1시간을 준다고 해도 어차피 이 집에서 못 나가요. 내가 그 정도 각오도 안 하고 여기 끌고 들어온 줄 알아요?"

말이 바위가 돼서 그대로 몸을 짓누르는 것 같았다. 버둥거리는 것을 멈추자 도리어 그때까지 덤비던 팔이 다연의 몸을 세게 끌어안은 채 버텼다. 한동안 옅은 숨만 몰아쉬는 작은 어깨에 기대 있던 재민이 조용히 속삭였다.

"도와준다고 했잖아요."

"……."

"안 버린다며."

마지막은 조금, 물기가 묻은 어조였다. 몸 위로 놓인 재민의 무게보다 그 목소리가 이 상황을 더욱 실감 나게 했다.

"……처음 만난 게 나일 뿐이에요."

무슨 말을 할지, 생각할 시간을 달라는 건 어쩌면 애초부터 소용없는 말이었는지도 모르겠다. 언제든 재민이 다연에게 하는 말도 다연이 재민에게 하는 말도 늘 같았으니까.

"나 같은 사람 많아요. 그중에서 나보다 더 좋은 사람도 있어요. 난 그런 사람을 만났으면……."

"그런 사람이 있다고 해도 그게 강다연은 아니잖아요."

가만히 듣고 있던 재민이 더는 못 듣겠다는 듯 짓눌린 어조로 말한다.

"강 대리님이 뭘 착각하는 것 같은데 나는 상처받든 말든, 당신이 연애를 잘하건 못하건 책임감이 있건 없건 그딴 거 다 필요 없이, 당신 아니면 키스도, 자는 것도. 아무것도 하기 싫다고 말하고 있는 거예요."

"……."

"당신이 아니면 연애고 뭐고 안 한다고."

위아래로 꽉 눌려 비집고 들어갈 틈이 하나도 남지 않은 목소리였다. 그 말을 듣자마자 다연의 말문이 막혔다. 입술만 달싹이는 하얀 얼굴을 쳐다보던 재민이, 곧 손을 뻗어 가느다란 몸을 품에 집어넣었다.

"그러니까 좋은 놈 그만할래요. 체면 차리다가 뺏기는 취미 없어요, 난."

그 말을 끝으로 다연의 목을 꽉, 깨문다. 흠칫 놀란 다연이 고개를 반대로 젖혔다. 가느다란 목걸이 하나만 빛나는 목이 재민의 입술 아래 씹히고 뭉개졌다.

"아파요!"

"아프라고 하는 거예요. 나 때문에 마음이 아파서 어쩔 줄 몰랐으면 좋겠다고 했었는데, 그럴 일은 영영 없을 것 같으니까 이렇게라도 해야죠."

혀끝이 간지럽게 느껴져서 어깨를 움츠리려 하자 윤재민이 동그랗고 작은 어깨를 손바닥으로 밀었다. 두 팔 사이에 갇혀 살짝 창백해진 얼굴로 위를 올려다봤다. 어떻게 해야 할지 모르겠다. 녹을 것처럼 부드러운 느낌이 아니다. 빈 걸 채우려고 달려드는 게 느껴졌다. 감정이 너무 생생해서 금방이라도 머릿속의 퓨즈가 나갈 것 같았다.

누가 내 심장에서 머리로 올라가는 선 좀 끊어 줘.

머리에서 심장이 쿵쿵거려서 아무것도 못하겠다고.

"그만해요……."

밀어 내는 팔에 힘이 하나도 안 들어간다. 재민은 그 손목을 잡아채 손가락 하나하나에 입을 맞추며 대답했다.

"아프게 할 거라고 했잖아요."

말은 심술궂게 하지만 사실 부드럽게 내리는 입술은 아프지 않았다. 다만 내 몸이 여기 있구나. 그런 감각이었다. 뜨겁고 거친 손이 닿는 곳마다, 거기에 무엇이 있었다는 걸 떠올리게 하는.

열기에 휩싸여 멍청히 서 있는 사이, 혀끝이 작은 입술 위를 가르고 들어와 뜨거운 입 안을 헤집었다. 이미 무릎으로 다연의 다리 사이를 버티고 선 채 치맛단 근처를 서성인다. 이건 진짜로, 진짜로 사고 칠 기세였다. 술 취한 윤재민보다 맨정신의 윤재민이 열다섯 배쯤 더 무서웠다. 언제나 선량하게만 보이던 눈이 날카롭게 달라붙는 게, 그냥 편한 사람인 줄만 알았는데 사실은 한 손으로 꼼짝도 못하게 만들 수 있다는 게 다 무섭다. 체구가 크지 않다고 생각했는데 지금은 눈앞에 커다란 벽이 있는 것만 같았다.

잠시 숨을 고르던 재민이 언젠가 흔적을 남겼던 가슴 사이에 툭, 하고 손가락을 얹었다. 긴 손끝이 셔츠 단추 사이로 들어와 맨살에 닿는 순간 다연이 단말마를 내질렀다.

"알았어요!"

눈을 질끈 감고 뱉은 말에 드디어 손목을 잡고 있던 힘이 풀렸다. 다연은 맥이 죄다 빠진 목소리로 힘없이 중얼거렸다.

"알았다고요. 생각해 볼게요."

탐색하듯 한참 동안 다연을 내려다보던 재민이 짤막하게 묻는다.

"진심이에요?"

"네."

"또 이상한 핑계로 도망가는 거 아니죠?"

"아니에요."

문답을 여러 번 끝낸 후 얌전히 뒤로 물러선다.

“그럼 기다릴게요. 대신 앞으로 뭐든 솔직하게 말해 줘요.”

“……알았다니까요.”

시달리던 가락이 있어 볼멘소리가 조금 섞였다. 그걸 귀신같이 알아챈 윤재민이 또 볼을 붙들고 쪽 소리 나게 입을 맞췄다.

“윤재민 씨, 좀!”

“싫으면 대답 뜸 들이지 마요. 무조건 벌줄 거니까. 보다 보면 대리님한테 생각할 시간 많이 줘 봤자 다 내 손해인 것 같아서.”

뒤로 물러선 재민의 얼굴에 제법 만족스러운 웃음이 걸린다. 협상 테이블에서 원하는 걸 다 쟁취했으니 그럴 만도 하다. 그와 반대로, 있던 조건까지 대폭 축소한 다연은 앞으로 썩을 골머리 때문에 지금 웃을 기분이 아니었다. 침울한 다연의 눈빛을 보며 재민이 힐긋 말을 던졌다.

“어차피 대리님도 나 좋아하는 건 맞잖아요.”

“뭐라고요?”

“인정할 건 인정하자고요, 우리. 내 얼굴 매일 훔쳐보면서.”

이쪽을 향한 시선이 아주 담백하다. 사실을 있는 대로 고하는데 표정 관리 할 필요 뭐가 있냐는 듯한 눈이었다. 더듬더듬 숨만 내쉬던 다연이 엄마야, 하는 얼굴로 고개를 반대로 돌렸다. 앞에서 피식 웃는 소리가 들렸다.

“모를 줄 알았어요?”

한발 늦게 얼굴이 화르르 불타올랐다. 그사이 차곡차곡 단추를 채우고 다 번진 립스틱까지 손끝으로 지워 주던 윤재민이 조금 웃는다.

“내 얼굴이 그렇게 취향이에요?”

"……그만해요."

"잘생겨서 다행이다, 진짜."

"계속 그럴 거예요?"

"당연히 그럴 건데요."

"……."

"여자만 미인계 쓰란 법 있어요? 나도 쓸 수 있는 거 다 쓸 거예요. 대리님이 나 자빠트릴 때까지."

그러더니 아예 작정하고 눈꼬리를 접으며 사르르 녹는 말을 한다.

"꼬시기도 할 거고. 그러니까 각오해요. 이제 안 봐줘요."

귓가에 대고 속삭이는 말에 다연이 죽겠다는 얼굴로 그 자리에 웅크리고 앉았다. 이젠 안 봐준다니. 지금까지 그게 봐준 거였으면 앞으로 어떻게 살라는 거냐. 밖에서도 이럴까 봐 무서워 죽겠다.

"회사에서는……."

"당연히 회사에서도."

다연을 따라 옆에 앉은 윤재민이 머리를 쓰담쓰담 문지르며 귀엽다고 난리를 친다. 다연은 아무래도 뭔가 거하게 망한 듯한 기분을 감추지 못한 채, 무릎 사이로 고개를 파묻고 터지는 한숨을 내리눌렀다.

"재민 씨 요즘 연애 사업 잘되나 봐?"

점심시간이 끝날 무렵 하루 종일 이 주제를 벼르고 있던 한 대리가 득달같이 재민을 찾아 물었다. 오늘 아침 출근할 때 평소보다 더 반짝반짝 빛나는 윤재민의 모습에 다들 일순 하던 일을 멈추고 입을 떡하니 벌렸기 때문이다. 컨설팅부에 다시 돌아온 후에도 그 전에 워낙 흉흉했던 분위기를 기억하는지라 쉽사리 말을 걸 수 없었는데, 오늘의 윤재민은 누가 봐도 기분 좋냐고 물어봐 주길 바라는 얼굴이었다. 거기다 아예 작정하고 누구 하나 홀릴 기세로 옷도 차려입었고.

"네, 그럭저럭."

말이 끝나기 무섭게 사방에서 기쁨의 탄식이 흐른다. 질문한 건 한 대리 한 명뿐이지만 다른 사람들의 귀도 이쪽에 쫑긋 열려 있다는 걸 알고 나자 재민의 입가에도 피식, 가벼운 미소가 어렸다.

"그렇게 티가 많이 나요?"

"당연하지. 얼굴이 아주 폈는데."

누군가 자기 말에 동의해 줄 사람을 찾아 미어캣마냥 사방을 훑던 한 대리가 마침 자리에서 일어나던 다연을 보고 말했다.

"그렇죠, 강 대리님?"

딴청 피우고 있던 다연이 자신을 콕 집어 묻는 말에 어색하게 웃으며 대답했다.

"뭐가요?"

"윤재민 씨 요즘 들어 더 멋있는 것 같지 않아요?"

그 질문에 시선이 직격으로 느껴진다. 다른 여자들이 말할 땐 한 귀로 듣고 한 귀로 흘리던 재민이 지금은 세상에 다연과 자신밖에 없는 양 쳐다본다. 면접관을 앞에 둔 심정이라 절로 입 안에 침이 말랐다.

"그럼요. 잘생겼죠, 윤재민 씨."

사실을 있는 그대로 고하는데 창피할 게 뭐가 있냐고, 재민은 그렇게 말했고 실제로도 얼굴색 하나 변하지 않은 채 그 낯부끄러운 말을 줄줄 읊어 댔다. 그런데 다연에게는 이 말 한번 뱉는 게 세상천지 이보다 더 어려운 일이 있었나 싶을 만큼 곤욕이었다.

나는 왜 사회생활의 일환으로 아주 객관적인 사실만을 말하는 와중에도 등이 결리는 걸까. 저 인간은 사실이고 난 사심이었던 건가.

"애인 어떤 사람인지 물어봐도 돼? 이럼 실례인가? 근데 재민 씨 진짜 너무 잘됐다. 맘고생 많이 했잖아."

그런 다연의 모습 위로 걸려 있던 재민의 시선이 곧 호들갑과 점잖음의 중간에서 방황하는 한 대리에게 옮겨 갔다. 듣자마자 안 그래도 청량한 눈매가 빙긋, 반달로 굽는다.

"아직 사귀는 건 아니에요."

"응?"

"시간을 달라고 하더라고요."

"무슨 시간?"

"그냥. 연애할 자신이 생길 때까지 걸리는 시간."

해맑은 답을 듣고 한 대리가 잠시 고민했다. 연애할 자신이 없다는 게 무슨 소릴까. 저렇게 잘생기고 매너도 좋고, 물론 중간에 확 돌아 버릴 때가 있긴 했지만 일도 열심히 하는데 까인 건가? 맘에 안 든다는 소릴 저렇게 한 건가?

"시간을 달라고 했으면 지금은 못 만나겠네?"

혹시라도 윤재민이 상처받을까 봐, 그리하여 또다시 날뛸까 봐

조심조심 되묻는 한 대리에게 재민이 제법 투명한 눈으로 대꾸했다.

"아니요, 만나긴 해요. 이게 데이트인지 아닌지는 잘 모르겠지만."

"어딜 주로 가는데?"

"음."

한 대리의 말을 듣고 고민하던 재민이 손바닥을 펴고 하나하나 장소를 되짚으며 말했다.

"최근에 갔던 곳은 친구가 하는 술집이랑 호텔이랑 마지막은 제 오피스텔이었는데."

"……."

"이게 데이트예요?"

멀찍이서 오가는 대화를 듣던 다연이 세상 순진한 척 말하는 늑대의 얼굴에 악, 소리를 내려던 걸 참았다. 난 아무것도 몰라요, 하는 표정이 다 철저한 계산 아래 나왔다는 게 다연의 눈엔 보이는데 입을 쩍 벌리고 있던 한 대리의 눈엔 안 보였던 모양이다. 금세 격분해서 말을 잇는 걸 보니.

"뭐 그런 여자가 다 있어? 재민 씨 어장 관리 당하는 거 아니야?"

"그런 나쁜 사람 아니에요."

"아니긴 뭐가 아니야! 이래서 재민 씨가 그렇게 힘들어했던 거구나!"

"딱히 그런 건……."

"아니야, 말 안 해도 돼. 어휴, 누군지 잡아서 얼굴 한번 보고 싶네."

위로인지 격려인지 모를 것을 들은 재민이 우수에 찬 눈으로 고개를 젓는다. 돌아가는 꼴을 보던 다연만 하하, 하고 마른 웃음을 지었다. 윤재민은 이를테면 부서의 아이돌과 같은 존재였다. 그 아이돌의 심경이 살얼음과 같던 혹한기를 함께 버텼으니 상대편 여자를 잡아 죽이고 싶은 한 대리의 심정도 이해가 간다. 다만 문제는 저기서 이리 씹히고 저리 자빠지는 당사자가 바로 옆에서 식은땀을 흘리고 있는 직장 동료란 사실이었다.

슬슬 주변에서도 수군수군대는 게 들렸다. 중간중간 선수라느니 밀당이라느니 어장 같은 단어가 울린다. 이대로라면 이름을 말한 순간 나무에 묶어 화형을 시키거나 소총으로 사살할 분위기였다. 도저히 여기 더 앉아 있을 자신이 없어서 가방을 챙기는 다연을 보고, 재민이 회심의 한 방을 날렸다.

"한 대리님도 아는 사람이에요."

책상 위의 물건을 쓸어 담던 손이 그대로 삐끗한다. 서둘러 시선을 돌린 곳에선 재민이 다연을 빤히 본 채 웃고 있었다. 그리고 한 대리는 금방이라도 내가 아는 그 사람이 누구냐고 캐물으려 일발 장전을 하는 중이었다. 이대로 두면 폭탄 터지는 건 시간문제란 걸 깨닫자, 누구보다 빠르게 상황 판단이 끝났다.

"다들 일 안 해요? 점심시간 끝난 것 같은데."

자리에서 일어난 다연이 두어 번 손뼉을 치는 것으로 주의를 환기시켰다. 퍼뜩 정신을 차린 한 대리가 서둘러 자리로 돌아간다. 무표정한 얼굴 뒤로 식은땀을 흘리는 다연의 모습에 재민이 또다시 입가를 가린다. 웃고 있다는 걸 알자 열불이 터졌다. 그대로 탕비실에 들어가 차가운 벽에 머리를 기대고 있자니 이 두통의 원흉인 남자가 조용히 따라붙어 다연의 속을 박박 긁었다.

"방금 연막 친 거죠?"

문 쪽에서 들리는 말에 고개를 돌렸다. 벽에 기댄 채 빙긋 웃는 재민의 모습이 보였다. 입술이 경련하듯 떨리는 걸 꾹 참으며 부러 퉁명스레 대답했다.

"네."

"그 죽일 놈의 네 소리 좀 안 듣고 싶다, 진짜."

목소리가 참 가소롭지도 않다는 투였다. 다가온 재민이 다연의 어깨에 붙은 머리카락을 떼어 내며 말을 이었다.

"알았어요. 하고 싶으면 그렇게 해요."

"네?"

"연막 치라고요. 난 다 부수면서 다닐 테니까."

부순다는 말이 빈말로 안 느껴진다. 일단 저런 식으로 선언하면 언행일치가 뭔지 보여 주겠다는 듯 득달같이 달려든다는 걸 여러 번 경험했기 때문이다. 위기감을 느낀 다연이 침을 꼴깍 삼킨 채 진지하게 물었다.

"진짜 이럴 거예요?"

"내가 묻고 싶은 말인데요. 이럴 거라고 분명히 말했는데 왜 매번 놀라요."

내 얘기 듣긴 하는 거냐고, 부러 섭섭한 척 말한다. 그러나 힘을 빼고 말해 봤자 눈꼬리가 웃고 있다. 천년 묵은 여우가 따로 없단 생각에 말하는 쪽 진이 더 빠지고 있었다.

"홧김에 이러지 말고 신중하게 생각해요. 5년 같이 지낸 사람들이 증명하잖아요. 난 사람하고 잘 못 지내요. 그러니까 다른 사람 슬프게 하는 관계는 안 맺고 살 거예요."

밀려드는 편두통에 이마를 짚은 다연이 한숨과 함께 말했다. 그만두진 않더라도 좀 적당히 했으면 하는 바람에 한 말인데 재민에겐 씨알도 먹히지 않을 변명이었다.

"홧김에 이러는 거 아니에요. 말했죠. 난 상처 입는 것보다 강 대리님이랑 아무 관계가 아닌 게 훨씬 슬프고 무섭다고."

"……."

"그리고 우리 이미 맺은 것 같은데. 정신적으로나 육체적으로나."

말을 마친 재민이 바짝 얼어 있는 다연을 보고 빙긋 웃었다.

"관계."

한 발짝씩 다가오는 재민의 표정이 밝다. 다른 사람들은 저게 무해한 양의 표정이라고 생각할지 모르겠지만 다연은 당한 바가 있어서 늑대 새끼로밖에 보이지 않았다. 역시나 도망갈 틈도 없이 허리로 손을 뻗더니 그대로 다연의 몸을 끌어당긴다. 품에 폭 안긴 다연이 등을 퍽퍽 내리치다 작게 웃는 소리에 멈췄다. 목덜미에 얼굴을 묻은 채 안은 팔에 힘을 주는 모습이, 꼭 다연의 온몸을 느끼는 사람처럼 간절해서였다. 한들한들 뛰는 심장 소리가 좋아서 결국 어깨를 축 내렸다. 그런 다연을 보며 재민이 다정한 목소리로 물었다.

"어릴 때 개 주워 온 적 없어요?"

"없어요, 그런 적."

"하는 것만 보면 열 마리도 넘게 주워 왔을 것 같은데."

"내가 뭘요."

"약한 척하면 아무것도 못하잖아요."

다연은 허를 찌르는 재민의 말을 듣고 속으로 한숨을 내쉬었다. 이 와중에도 셔츠에 입술 자국이 남을까 봐 조심조심하는 걸 보면,

아무래도 호구력이란 건 날 때부터 타고나는 게 아닌가 싶었다. 어릴 때는 부모님에게, 고등학교 때는 다경이에게, 커서는 지원과 재민에게 저런 말을 듣는다.

고민거리를 던져 주자 그걸 덥석 물고 거기에만 집중하는 다연의 모습에 재민의 입가가 느슨하게 풀렸다.

"그나저나 부모님한테 전화해야겠네. 이런 얼굴로 낳아 줘서 고맙다고."

이마에 쪽 소리가 나게 입술 내리는 걸 보고 다연이 퍼뜩 정신을 차렸다. 효심을 일깨워 주는 일등 며느리라고 온갖 난리 다 펴는 걸 듣다가 결국 질렸다는 목소리로 대답했다.

"그렇게 잘난 척할 정도는."

"아까 잘생겼다면서요."

"……."

그랬네요, 제가. 한 치 앞도 못 보고선.

"강 대리님 여기 계세요?"

문밖에서 들리는 말에 다연의 어깨가 굳었다. 벗어나려고 해봤자 꾹 안은 팔에 힘이 들어가서 꼼짝도 못 한다. 놓으라고 눈으로 말하는 걸 보고 재민이 웃으며 고개만 도리도리 젓는다. 발소리는 점점 가까워지고 어깨를 끌어안는 재민의 손도 점점 강해졌다.

"윤재민 씨!"

거의 울 기세로 동동거리자 그제야 웃음소리와 함께 팔이 풀렸다. 십년감수한 다연의 심장이 이래도 되나 싶을 정도로 쿵쾅거렸다.

"진짜 어떡하려고 이래요!"

"뭘요. 오기 전에 놔줬잖아요."

태도가 하도 당당하니까, 추궁하는 다연만 이상한 사람이 된 것 같았다. 할 말을 잃고 벙쪄 있자 커피 티백을 꺼내며 한가로이 말한다.

"나 이번엔 목숨 걸고 들이댈 거예요. 세 번 차였으면 나도 많이 참았지."

"……."

"그런 의미에서 한 번만 더 안아도 돼요? 오후에 일 많은데 사기 증진하게."

평소보다 훨씬 나른한 목소리다. 다연은 넋을 놓은 채 멍하니 있다가, 곧 은근슬쩍 허리로 다가오는 손등을 꼬집으며 이를 갈았다.

"꿈 깨세요."

"안 먹히네."

정색하고 말하면 될 줄 알았다며 너스레를 떠는 게 오금이 다 저린다. 다연에겐 이 상황이 스릴러인데 윤재민에겐 희극인 모양이었다. 결국 아쉬운 쪽 어조가 사정하듯 바뀌었다.

"인정해요, 윤재민 씨한테 성적으로 감정적으로 끌리는 거 다 인정한다고요. 그런데 연애나 결혼이랑은 아예 다른 얘기예요."

"다를 거 없어요. 보통은 성적으로 감정적으로 끌려서 연애해요. 거기다 나한텐 정의 구현의 일환으로도 할 수 있는 게 연애고 결혼이었어요. 좋아하는 여자가 눈앞에 있는데 그런 말 같지도 않은 핑계 듣고 포기할 줄 알았어요?"

헬스장 때려치운 대신 웅변 학원이라도 다니는 모양이었다. 한마디도 못 이긴 다연이 씩씩대는 사이 탕비실에 커피 향이 가득

퍼졌다. 재민은 즐거운 얼굴로 티백만 퐁당퐁당 담그며 말을 이었다.

"저녁에 데이트할까요?"

속을 긁는 목소리에 약이 오를 대로 오른 눈이 찌릿, 하고 이쪽을 노려봤다.

"일 있어요!"

구두 굽이 부러져라 나가는 뒷모습이 분연하다. 재민은 하나로 묶은 다연의 머리가 흔들리는 걸 보며, 저 고무줄을 툭 끊어 놓고 싶은 스스로의 심보도 못됐다고, 죄책감 하나 묻지 않은 목소리로 중얼댔다.

3시쯤 외근을 나간 다연은 그대로 행방불명된 채 연락이 되질 않았다. 전화해 봤자 꺼졌다는 말만 돌아오는데 아무래도 오후에 있던 일 때문에 화가 단단히 난 모양이었다. 물론 재민의 입장에선 그게 걱정되기보단 그냥 귀여웠다. 다연의 문제에 있어선 머릿속의 회로 하나가 망가진 게 분명했다. 혹은 회로 전체가 망가졌거나.

"야야, 탄다. 빨리 저어."

옆에서 불같이 닦달하는 소리를 듣고 쥐고 있던 주걱을 휘휘 저었다. 그걸 본 성태가 눈살을 찌푸렸다.

"아무래도 넌 요리랑 안 친한 것 같은데."

"친해. 그러니까 한 번 더 알려 줘."

"알았어. 알았으니깐 눈에 힘 좀 빼라. 날 덥다."

파스타 만드는 법 좀 알려 달란 재민의 말에 일단 가게에 오라고 한 게 2시간 전이었다. 말을 하면서도 그냥 놀 핑계로 생각했지 이렇게 진지하게 임하리란 생각은 안 했다. 거기다 이렇게까지 못할 줄도 몰랐다. 이건 요리를 하는 건지 발암 물질을 만드는 건지.

"근데 너 파스타 싫어하지 않았냐?"

눈치를 살살 보던 성태가 이미 복구 불능이 된 파스타 면을 심각하게 쳐다보는 재민의 옆모습에 대고 물었다. 어쩐지 순수한 목적에서 요리를 하는 것 같진 않은데. 그런 눈빛을 읽었는지 재민이 예의 웃음을 슬쩍 지으며 대답한다.

"난 상관없어."

"왜 상관이 없어?"

"꼬시려고 배우는 거라."

"뭐?"

"이벤트란 이벤트는 다 챙기려고. 강다연 넘어올 때까지."

강다연. 올여름 내내 아주 귀에 인이 박히도록 들은 이름이었다. 뭐 그런 여자가 다 있냐는 말이 처음엔 어이없단 어조로, 그다음엔 제법 달달한 어조로, 중간에 서릿발 날리는 어조로 변했다가 마지막에는 그냥 생각하는 것만으로 행복하다는 듯한 어조로 변했었다. 어찌나 실감 나게 상황 전달을 하던지, 직접 보지 않았음에도 윤재민과 강다연의 싸움과 화해의 일대기를 옆에서 본 기분이었다.

"너 어디 아프냐?"

그런 인간들끼리 이벤트라니. 이미 드라마로 속편까지 다 찍어 놓은 주제에 웃기고 자빠졌네.

"아니."

"근데 왜 그래."

"내가 뭐 어쨌다고. 이거나 봐. 이렇게 오래 익히는 거 맞아?"

"아, 지금 파스타가 중요해?"

"중요하지, 그럼. 그렇게 안 보이겠지만 내가 진짜 사랑에 죽고 사는 남자라."

그러니까 지금은 파스타에 집중하라고 미간을 찌푸리는 재민의 얼굴에, 이미 사망하신 프라이팬을 저 멀리 치워 버린 성태가 불퉁하게 대답했다.

"오냐, 걱정 안 해도 충분히 그래 보인다."

"뭐가?"

"사랑에 죽고 사는 것 같아 보인다고. 정신도 반쯤 나갔네."

한심하다는 듯 덧붙이는 말을 듣고 조금 웃었다. 그러자 반대편에서 해장 주스를 마시던 성후까지 기가 막히단 얼굴로 쳐다본다.

"세상에 둘만 연애하지, 아주?"

"그럼 연애를 둘이 하지 셋이 해요?"

대꾸하는 윤재민의 표정이 세상없이 평온하다. 저놈 대학 때부터 말로는 이겨 본 역사가 없다. 이번에도 너희 사랑싸움에 회사 이용하지 말라고 일갈하는 게 성후가 부릴 수 있는 최대한의 심술이었다.

"뭘 그렇게 어렵게 가? 발목 잡고 싶으면 그냥 질러."

"뭘 질러요?"

"사귄다고 소문내라고. 그럼 뭘 어쩌겠어. 사내 연애 티켓은 한 장인데."

휴대폰에 하나하나 일정을 체크하던 재민이 참 놀랍다는 표정으로 고개를 들었다. 어떻게 저런 인간이 결혼까지 갔나 하는 눈빛이었다.

"사내 연애 티켓이 아니라 절삭기겠죠. 한 방에 인연 끊어 줄."

"야, 인마. 그럼 그 정도 각오도 없이 강 대리 잡으려고 했어? 5년간 일만 하던 워커홀릭을? 세상이 얼마나 흉흉해졌는지 몰라? 요즘 세상에 결혼 잘하려면 공작새의 패션 감각과 곰 같은 힘과 치타 같은 스피드가 필요해. 그리고 매의 눈도."

"그렇게 고르고 골라 얻은 게 김승아 과장이에요?"

재민의 말이 끝나기 무섭게 성후가 풀 죽은 채 대답한다.

"우리 승아가 뭐 어때서."

본인도 회사에 퍼진 김 과장 명성을 알긴 하는지, 애꿎은 안주만 뒤적인다. 혀를 차면서도 저 쓸데없는 말까지 하나하나 주워 담았다. 결혼이고 뭐고 연애에 한 발 딛기가 이렇게 어려운 상태니 어떤 조언이든 필요하다.

"그런 말 말고 좀 진지하게 조언해 줄 거 없어요?"

지금은 이쪽에다 대고 훈계를 하고 있지만 성후나 승아나 둘 다 결혼 생각 없기는 매한가지였던 인간들인데 이젠 반년 후면 부모가 된다. 아마 승아와 성후에게도 그 순간이 도래했던 게 아닐까. 집에 가기 위해 헤어지는 것이나, 상대에게 내가 모르는 일상이 있다는 것 하나하나가 섭섭하고 쓸쓸한 순간. 즉, '이 사람이다.' 싶은 순간. 요즘 들어 그 시기에 들어서면 남자가 이렇게까지 필사적으로 변할 수 있다는 걸 체감하는 차였기 때문에 꽤 골머리를 앓고 있었다.

간만에 진지하게 답변을 원하는 재민을 보고 성후도 진지하게 대답했다.

"공작새랑 곰이랑 치타까지 알려 줬는데 더 필요해?"

파스타 면을 꺼내던 재민이 이마에 힘줄 하나를 세우며 뒤를 돌아봤다. 그 표정을 미처 보지 못했는지 저쪽은 아직도 허공에 대고 포크를 휘휘 저으며 잘난 척 말을 잇는다.

"괜히 짐승남이 대세가 아니야. 동물적인 감각이 필요한 거라고."

"그놈의 동물적인 감각 때문에 머리 모양도 그런 식으로 한 거면, 난 진심으로 필요 없는데."

다시금 동물 예찬론을 펼치려는 걸 작작 하란 어투로 끊었다. 시선이 소가 핥아 놓은 듯한 앞머리로 향해 있는 걸 본 성후가 왈칵 화를 낸다.

"이건 행사 뛰고 바로 와서 이런 거고!"

"행사요?"

"그래. 회사 옆 골목 빵집 앞에서 하는 거. 아마 강 대리는 아직도 있을걸?"

그때까지 시큰둥하게 일관하던 귀가 다연의 이름이 들리자마자 쫑긋하게 변했다. 일 있다고 하더니 그게 행사였나?

"너 어디 가냐?"

성태는 서둘러 앞치마를 벗어 던지는 재민을 보며 황당하단 얼굴로 물었다.

"회사 옆 골목 빵집 앞."

같이 들어 놓고 뭘 묻느냐는 투다. 그 후로 뒤도 돌아보지 않고 떠나는 재민의 뒤통수에 성태가 기가 차단 눈을 했다.

"저게 사랑이라 참 다행이야, 그치? 아니면 그냥 스토커인데."

내 친구가 저런 놈인지 몰랐다며 중얼대는 성태에게 성후 역시 내 동생 친구가 저런 놈인 줄 몰랐다며 짧게 타박하고 말았다.

택시에서 내린 재민이 성후가 말한 회사 옆 골목 빵집을 찾는 데는 딱 30분이 걸렸다. 당연히 회사 일과 관련된 행사일 줄 알고 부스를 찾았는데 정작 다연은 다른 곳에서 발견됐다.

"거기서 뭐 해요?"

정장을 입은 사람들만 따라다니던 재민의 뒤로 다연이 다가왔다. 기대했던 것과 다른 모습에 재민의 눈도 커졌다. 회사에서 나갔을 때 차림 그대로일 줄 알았더니 위아래로 행사복을 입은 상태였다. 반짝이는 총천연색 옷은 아니었지만 평소 모노톤으로 맞춰 입는 다연의 오피스룩을 생각하면 이건 온몸에 반짝이를 바른 것과 똑같았다.

"옷이 왜 그래요?"

다연은 재민의 시선이 무릎 위에서 펄럭이는 스커트에 간 걸 보고도 아무렇지 않은 어조로 말했다.

"행사복이에요."

"무슨 행사요?"

"베이커리 개업 행사요."

그제야 주변 풍경이 눈에 들어온다. 재민이 서 있는 빵집 앞에는 화환에 형광색 글씨가 잔뜩 쓰인 보드까지 놓여 있었다. 알기 전엔 전혀 보이지 않았는데 알고 나니 이 근처에서 이 가게만 행사하는 것처럼 반짝반짝 눈에 띈다.

"나 여기 있는 거 알고 온 거예요?"

다연이 무슨 일이냐는 눈으로 묻는다. 재민은 잠깐 뜸을 들이다 한숨 쉬며 답했다.

“알고 오긴 했는데 회사 일인 줄 알았어요.”

“네?”

“임 팀장님한테 듣고 온 거거든요.”

재민 본인의 생각으로도 어이가 없는 일이라 슬쩍 시선을 피했다. 아니나 다를까 곧 기가 막히단 목소리가 코앞에서 울린다.

“회사에서 이럴 일이 뭐가 있어요. 지원이 도와주러 나온 거예요.”

돌아보니 피켓을 든 지원이 둘이 뭐 하냐는 듯 빤히 보고 있었다. 상황만 보면 저렇게 황당한 표정을 짓는 지원도 이해가 간다. 재민이 좀 민망한 얼굴로 다연에게 물었다.

“임 팀장님도 여기 있다 간 거예요?”

“네. 오후에 도와주라고 김 과장님이 보냈어요.”

아직도 승아는 지원과 사적으로 연락하거나 안부를 묻는 것은 하지 않는다. 성격상 부서에 피해를 입힌 지원을 바로 용서하긴 쉽지 않았던 모양이다. 그래도 딴엔 신경이 쓰였는지 성후를 대신 보내 일을 도우라고 하거나 혹은 반찬을 전하거나 하는 일은 종종 있었다. 지원은 뒤통수를 긁으며 도착한 성후를 거북해하면서도 승아의 낯을 봐서 돕는 걸 받아들였고, 다연은 역시 배 속의 아이가 김 과장을 조종하고 있단 생각을 감추지 못한 채 케이크 상자를 날랐다.

“……이건 내가 실수했네.”

그러나 그런 두 사람조차 설마 윤재민까지 여길 올 거라곤 생각지 못했다. 난감하게 웃던 재민이 볼을 긁적이며 말했다.

"대리님이 회사 일로 남은 줄 알았어요."

"내 일정 다 꿰고 있는 거 아니었어요?"

오후에 끓어올랐던 화가 다 안 풀린 다연이 불퉁하게 말했다. 재민은 뭐라고 변명을 덧붙이려다가 다연이 입고 있는 스커트의 길이를 보고 제자리에 우뚝 섰다.

"근데 대리님은 옷이 왜 그래요?"

하고 또 하는 재민의 질문에 다연이 살짝 인상을 썼다.

"행사복이라고 두 번 말한 것 같은데요."

"아니, 왜 이렇게 짧냐고요."

"이게 뭐가 짧아요?"

이젠 별걸 가지고 다 트집이다. 객관적으로 봐도 아주 무해한 길이의 스커트인데. 그걸 알고 있는 다연과 멀리서도 돌아가는 상황은 다 가늠하고 있던 지원이 동시에 인상을 썼다.

"짧아요."

그러나 재민에겐 타협할 수 없는 문제였다. 다연은 치마를 자주 입지만 늘 무릎 근처까지 오는 단정한 H라인 스커트를 선호하기 때문에 이런 식으로 스커트가 팔랑거린 적이 없다. 거기다 오늘은 바람까지 솔솔 불어 혹시라도 다리가 보이진 않을지 걱정이 산더미처럼 쌓인다. 그 뒤로 다연이 두 발자국 움직일 때 혼자 세 발자국 움직이며 전전긍긍하던 재민은 결국 30분도 지나지 않아 다연의 손을 붙잡고 말했다.

"차라리 내가 대신 하면 안 돼요?"

"네?"

"나 원래 좋아하는 건 서랍에 넣어 두고 아무도 못 보게 한다고요."

뭘 어쩌겠다고. 본인이 치마라도 입겠다는 건가? 내용에 비해 어조가 너무 간절해서 당황스러웠다. 눈만 깜박이는 다연 대신 식빵을 정리하던 지원이 눈썹을 치켜세우며 말했다.

"제발 그런 불상사만은 막아 주세요."

지원은 그 한마디만 남기고 쌩하니 안으로 들어가 버렸고, 재민은 차라리 의자에 앉아 있으라며 고집을 피웠다. 둘 사이에 낀 다연이 하늘을 보고 한숨만 푹푹 내쉬었다. 어쩐지 마당 한쪽엔 고양이, 다른 쪽엔 강아지를 키우는 기분이 들었다.

행사는 밤 10시가 넘어서야 끝났다. 저녁도 못 먹은 두 사람을 위해 식당에 가려고 했지만 그 근처는 거의 다 문을 닫은 뒤였다. 고민하던 다연에게 지원이 그냥 치킨이나 시켜 먹자고 말하자 재민이 알아서 치킨 배달을 끝낸 뒤 마트에서 술까지 사 왔다. 그 뒤, 공원 근처에 분수가 아직까지 가동하는 걸 보고 셋 다 벤치에 앉았다.

"이렇게 셋이 같이 보니까 참 좋네요. 아직 퇴근 못 한 것 같기도 하고. 야근하는 것 같기도 하고."

맥주 캔을 까던 지원이 무심하게 답했다. 일이 터진 후 지원과 사적으로 말하는 건 처음인데, 그 첫마디가 어지간히도 까칠했다. 그러나 오늘만큼은 입이 열 개라도 할 말이 없는 고로, 재민도 아무 말 않고 지원이 건네는 맥주 캔만 받았다.

"김지원 씨."

"말 놓으세요."

말 안 놓으면 욕이라도 할 기세였다. 마시던 맥주가 그대로 얹히는 기분에 캔을 내려놓은 재민이 담담하게 대꾸했다.

"그럼 지원아."

"네."

"그때 상담받지 않았어? 내가 아르바이트 좀 줄일 수 있는 방향으로 알려 달라고 했는데."

지원은 진지하게 말하는 재민의 얼굴을 보다 벤치 밑에 구르는 쓰레기를 툭, 하고 발로 찬 뒤 짤막하게 답했다.

"그렇게 얘기해 주셨어요."

"근데."

"이 일 계속 질질 끌었다간 강 대리님도 김 과장님도 계속 저렇게 신경 쓰실 것 같아서요."

절반쯤 예상한 말이긴 하지만, 그럼에도 이렇게까지 솔직하게 대답할 줄은 몰랐던 터라 재민의 얼굴에 쓴웃음이 어렸다.

"이러면 내가 도움을 준 건지 안 준 건지 모르겠는데."

고민하고 건넨 말인데 정작 말을 들은 지원의 반응은 정 없기 그지없었다.

"거기까진 제 알 바 아니죠."

닭다리 하나를 뜯으며 하는 말이, 아무리 봐도 스물다섯 여자애가 아니라 마흔다섯쯤 먹은 아저씨처럼 퉁명스럽고 거칠었다. 섭섭하긴 한데 그럼에도 묘하게 저렇듯 툴툴대며 말하는 게 가장 김지원답다는 느낌이 들었다. 두 손 두 발 들었단 얼굴로 말없이 술만 마시는 재민의 모습에, 지원이 고개도 돌리지 않은 채 말을 이었다.

"그렇잖아요. 내가 남의 마음까지 어떻게 해 줄 순 없는 거니까.

대신 제 마음은 확실히 편해졌어요. 길이 보이니까 전보다 훨씬 덜 힘들어요."

무덤덤하게 이어지는 말에 재민이 고개를 돌렸다. 다연을 통해 고맙다는 말을 전해 놓고도 정작 본인 앞에선 이런 식으로밖에 표현하지 못하는 지원이, 참 서툴게 느껴졌다. 서툰 한편 안쓰럽기도 했다. 원하는 말을 원하는 상대에게 할 수 없을 만큼, 스스로가 큰 잘못을 저질렀다고 생각하는 것 같아서.

"……나도 아직 다 큰 건 아니지만 스물다섯이면 너도 진짜 어린 건데."

그 죄책감이 입을 틀어막은 것 같아서.

"그런 주제에 왜 남이 주는 걸 마음 놓고 받질 못할까, 너나 나나."

지원의 모습이 거울같이 재민의 이십 대를 비췄다. 가시를 세우다, 그 후에는 적당히 속이는 것으로 스스로를 보호하던 모습과 똑같다. 그래서 더 깊은 구렁으로 가기 전에 다연을 만난 지원이 행운아라는 생각이 들었다. 나도 스물다섯에 강다연을 만났다면, 그렇게 손을 붙잡고 내 일처럼 밖으로 끌어당기려 안간힘을 쓰는 사람 곁에 있었다면 지난 5년이 그렇게 지옥 같지는 않았을까.

한가로이 읊조리는 재민의 목소리가 지원의 마음을 파고들었다. 사람에게 상처받은 경험이 있는 사람들의 대화였다. 그래서 무거운 공기가 내려앉은 상황에서도 이불을 덮고 숨은 것처럼 편했다.

"둘이 싸운 거 아니죠?"

그 두꺼운 안개를 이해할 리 없는 다연이 사 온 돗자리를 바닥에 깔며 걱정스레 물었다.

"화해했어요. 그렇지?"

방향은 다르지만, 지원과 재민에겐 다연의 존재 자체가 안정제와 똑같았다. 그러니 걱정 그만 시키자고, 눈빛으로 말하는 재민의 얼굴을 본 지원이 캔을 하나 더 건네는 것으로 답을 대신했다.

"한잔하세요."

재민이 빙긋 웃으며 건네는 술잔을 받았다. 그 뒤부턴 이게 사적인 자리인지 회식 자리인지 모를 만큼 의기투합 된 술자리가 시작됐다. 술꾼 셋이 모이니 치킨은 도통 줄질 않음에도 술병은 잘도 비어 갔다. 쓰레기가 쌓인 걸 본 재민이 봉투에 캔을 담아 쓰레기통으로 향했다. 오늘도 이 둘 중 하나가 정신을 놓을까 걱정된 다연이 홀짝홀짝 맥주를 음료수처럼 마시고 있는데, 평소보다 낮은 지원의 목소리가 들렸다.

"저요."

"응?"

"요즘 윤재민 씨가 계속 부러웠어요."

다연이 퍼뜩 놀란 눈으로 지원을 돌아봤다. 부서에서 일하는 내내 너무 얌전해서 지난번 일 때문에 주눅 들은 건 줄 알았다. 억지로 일을 돕겠다고 나온 이유 중 절반은 그런 지원의 기를 좀 살려주고 싶어서였다.

"대리님 독차지하는 것 같아서 씁쓸했거든요. 근데 오늘 보니까 그냥 두 사람 관계가 부러워요."

그런데 원인이 그게 아니었던 모양이다. 어쩐지 애처로운 말에 다연이 조금 더 지원의 곁에 가까이 가서 앉았다. 바닥에 남은 맥주를 빙빙 돌리던 지원이 그런 다연의 모습에 살짝 웃었다.

"저도 언젠가 저런 사람이 생길까요?"

이렇게 고슴도치처럼 사방팔방 가시만 세우면서 사는 나한테도 다 끌어안아 주겠다고 말하는 사람이 나타날까. 고즈넉하게 중얼거리는 지원의 말에 다연이 조용히 속삭였다.

"생길 거야."

나에게 저 사람이 다가왔듯이.

속으로 말하면서도 생경한 기분이었다. 언제 이렇게 소중해진 걸까. 인연이라는 게 정말 신기하다. 내가 생각지도 않은 곳에서 생각지도 않은 방법으로 일상을 통째로 뒤흔들며 다가온다. 자신이 예상하지 못했듯 지원도 예상하지 못한 채로 그 선물을 받을 날이 있길 바랐다.

분수에서 쏟아지는 물보라에 습한 바람이 인다. 다연의 옆머리가 날리는 걸 보던 지원이 방금 전에 말한 어조 그대로, 고저 없이 말을 이었다.

"정말 생길까요."

"그래, 생긴다니……."

"사귀면 키스도 해야 하고 잠도 자야 하잖아요. 지금은 남자 손만 잡아도 징그러운데."

다연이 콜록콜록 기침을 했다. 갑자기 대화 방향이 몹시도 즉물적으로 변한다.

"징그러워?"

"네, 왜 그럴까요?"

그러게. 왜 그럴까. 그리고 얘는 왜 갑자기 그런 문제를 나한테 고백하는 걸까. 나라고 뭐 충고할 수 있는 입장이 아닌데.

"……그냥 사람마다 속도가 다른 거겠지, 뭐."

헛기침을 한번 한 다연이 먼 산을 보며 더듬더듬 대답했다.

"그래도 그게 나쁘거나 무서운 일은 아니니까 마음 한번 열어 봐."

어떻게든 세상 남 일인 것처럼 말하는 다연의 모습에, 지원이 똘망한 어조로 묻는다.

"두 분도 아직인가 보네요."

"……."

송곳 같은 질문에 다연이 침묵했다. 지원은 다 마신 캔을 구기며 한가롭게 말을 이었다.

"제가 저번에도 말했지만, 나이 먹을 만큼 먹은 분들이 너무 밀당하시는 거 아니에요?"

이럴 때 보면 굳이 이렇게 신경 써 줄 필요가 없을 정도로 회복이 끝난 것 같아 보이는데 괜한 짓 하는 건 아닌지 의구심이 든다. 윤재민 씨도 그렇게 안 봤는데 참 패기가 없다며 타박하는 걸 듣고 있던 다연이 황급히 변호를 시작했다.

"아니, 저 사람은 확실히 말했는데."

"……."

"내가 좀."

하고 나니 슬프게도, 남의 수비에만 치중하느라 본인을 공격하는 행태가 되어 버렸다. 대강 상황을 눈치챈 지원이 말없이 맥주캔만 하나 더 까서 다연에게 건넸다.

"힘내세요."

"응? 뭐가?"

"그냥 앞으로."

그때는 저 말이 무슨 의미인지 몰랐다. 고개를 갸웃거리는 다연을 보고 지원이 픽 소리를 내며 웃는다. 뭔가 묻고 싶어도 재민이 쓰레기를 버리고 돌아올 때쯤엔 다시 시시콜콜한 잡담이 이어졌고, 그런 통에 자연스레 이 이야기는 묻히고 말았다. 다연은 표정이 풀린 재민과 그런 재민을 무뚝뚝하게 받아 주는 지원을 보며, 이 두 사람의 친목이 앞으로의 일상에 크나큰 영향을 끼칠 것 같단 생각과 함께 조용히 맥주 한 캔을 더 뜯었다.

12

"재민 씨, 오늘 저녁에 시간 돼?"

퇴근 시간이 다가올 무렵, 어디서 많이 듣던 콧소리가 사무실에 울렸다. 남아 있던 사람들이 다들 귀를 쫑긋 세우고 고개를 들자 간만에 애교를 장전한 윤정이 재민의 곁으로 다가가 꼬리를 흔든다.

"저번에 보니까 재민 씨 자주 가는 술집 있던 것 같은데 나 소개 좀 시켜 줄 수 있을까?"

최근 들어 미모에 빛을 발하는 윤재민을 보고 또 안테나가 살랑살랑 흔들렸나 보다. 그래 봤자 다연의 입장에선 위기감이나 걱정이 눈곱만큼도 들지 않는 행태였다. 이젠 저게 병이란 걸, 어느 정도 인정한 다음이기 때문이다. 게다가 평소보다 간절한 저 저녁 약속이 절반은 지금 윤정의 등 뒤로 다가가는 염라대왕을 피하려는 노력이란 걸 알기도 했고.

"신 대리님."

다연의 고개가 기다렸다는 듯 오른쪽을 향했다. 아니나 다를까, 요즘 이 시간이면 신 대리 발목을 못 잡아 안달인 지원이 더 볼 것도 없단 얼굴로 다가가 사근사근 말을 거는 게 보였다.

"대리님, 오늘도 제 일 좀 도와주실 수 있죠?"

"또?"

이미 핸드백을 옆구리에 끼고 있던 윤정이, 무심한 지원의 목소리를 듣자마자 그 자리에 발을 멈췄다. 울상을 넘어 죽을상에 가까운 얼굴을 하는데도 도자기 같은 지원의 표정은 깨질 생각을 안 했다.

"어제도 도와줬잖아."

"덜 끝났어요. 하던 사람이 하는 게 낫잖아요."

연차 높으신 분이 도와주면 내가 얼마나 든든하겠냐고, 마음에도 없는 아부를 해 대는 통에 결국 울며 겨자 먹기로 자리에 앉는 게 보였다. 재민과 화해한 게 결정타였는지 한동안 조용하게 눌려 살기만 하던 지원의 입이 슬슬 시동을 걸기 시작했다. 전처럼 기가 살아서 돌아다니는 건 참 기쁜 일이었지만 신 대리와의 입싸움을 지원이 맡자 자연히 재민과 다연이 남는 시간이 많아졌다. 게다가 한 번씩 대놓고 재민과 둘만 있는 시간을 만들어 주곤 했다. 비상구에서. 상담실에서. 가끔은 탕비실에서.

"……."

그리하여 요즘 다연의 머릿속은 '그날 윤재민과 김지원이 대체 무슨 작당을 한 걸까.'라는 문장으로 점철되기 시작했다. 공원에서 술 마실 때 친해진 것 같긴 하더라만 그게 자신을 빼놓고 얘기를 나눌 정도였던가? 이쪽은 매일매일 고민으로 주름살이 다 생길 지경인데 지원의 태도는 참 한결같이 무덤덤했다. 지원에게 묻느니 차라리 재민에게 묻는 편이 솔직하게 답해 줄지도 모른단 생각이 들 정도로 무심해서, 오늘 끝나면 재민과 이름 없는 집에 가 볼까, 그런 고민만 한가득이었다.

"김지원 씨."

그러나 다연이 몰랐던 사실 하나는, 김지원이 왜 저러는지에 대해서는 아직 재민도 완벽히 파악을 못하고 있단 것이었다.

"잠깐 시간 좀 내 줄 수 있을까?"

가슴팍에 파일을 안고 복도로 걸어가던 지원이 뒤에서 부르는 재민의 목소리에 그 자리에 멈췄다. 도망가진 않지만 꽤나 거북한 얼굴이었다. 그러면서 왜 자꾸 날 도와주냐고, 오늘쯤엔 이걸 확실히 물어봐야겠다고 생각했기 때문에 일정을 빨리 끝내고 먼저 사무실을 나섰다.

비상구로 나가자마자 재민이 먼저 난간에 기댔다. 나중에 들어온 지원이 문을 꼭 닫고 재민을 쳐다본다.

"무슨 말 할지, 너도 알지?"

따라온 순간부터 이게 일 얘기가 아니란 건 둘 다 아는지라 자연스럽게 말을 놓고 물었다. 재민의 물음에 지원이 운동화로 바닥을 슥슥 문지른다. 불편해하는 건지, 부끄러워하는 건지 잘 모르겠다.

"요즘 나랑 강 대리님이랑 붙여 놓고 없어지는 일이 잦던데."

"……."

"혹시 도와주는 거야?"

처음 하루 이틀은 심통이 나서 일부러 저러나, 그런 생각으로 지켜봤는데 시간이 지나면 지날수록 어쩐지 이게 호의에서 우러난 일들이란 생각이 들었다. 다른 것보다 지난번, 퇴근할 때 보여 준 게 컸다. 평소에 말 한마디 안 걸던 애가 사무실을 나서는 재민의 곁을 지나며 다연의 목걸이가 끊어졌다고 알려 줬다. 그리고 명함 하나를 건네줬는데 일전 다연과 함께 페어 준비를 할 때 다들 관심을 보이던 주얼리 숍이었다.

일련의 과정을 물 흐르듯 해치우고선 살짝 사라진 지원을 보고서야 이게 의도한 일이란 걸 깨달았다. 그런 일이 있었기 때문에, 지금도 말이 질문이지 거의 확신한 채로 확인 작업만 하는 셈이었다.

빤히 쳐다보는 재민의 시선을 피하지도 않고 묵묵히 바라보던 입술이 곧 까칠한 한마디를 뱉는다.

"나중에 갚으세요."

예상했던 답에 재민이 피식 웃었다. 역시나 빼는 성격이 아닌 게 이럴 때 드러난다.

"갑자기 무슨 바람이 불었어?"

"싫으면 그만할까요?"

한마디를 안 진다. 다연에게 보이는 모습이 얼마나 유한지 알 수 있는 대목이었다. 항복하는 표시로 살짝 두 손을 들자 그제야 어깨의 긴장을 푼다.

"도와준다는데 나야 고맙지."

"다행이네요."

할 말 끝났으면 가도 되냐고, 금방이라도 달아날 것처럼 일발장전한 지원을 보고 재민이 주머니를 뒤져 무언가 내밀었다.

"근데 하는 김에 좀 적극적으로 도와줬으면 좋겠는데."

뭘 내미나 해서 봤더니 지갑이다. 살짝 미간을 좁히자 윤재민이 유들유들하게 말을 잇는다.

"강 대리님 선물 하나만 사 줘. 내가 주는 건 받으려고 안 하거든. 둘이 데이트하고, 나중에 나한테 바통만 넘겨주라."

"……."

"참고로 지갑은 네 선물."

지원의 취향을 어떻게 알았는지 얌전하되 투박하지 않은 것으로 잘도 사 왔다. 애매하게 돈 봉투를 건네느니 낡은 지원의 지갑을 바꿔 주는 걸 택하는 게 참 윤재민다웠다.

"어디로 가면 돼요?"

짧은 고민을 끝낸 지원이 그걸 주머니에 넣고 바로 물었다. 긴 말 필요 없다는 듯 알아서 묻는 게 속 시원했다.

"나중에 문자로 보낼게."

재민의 말이 끝나기 무섭게 알겠다며 고개를 끄덕인다. 항상 당돌하다고만 생각했는데 오늘은 얌전히 내려뜨린 지원의 단발머리를 마구 헝클어 주고 싶을 만큼 하는 짓이 귀여웠다.

"아, 참. 그리고."

문을 열던 지원이 뒤를 돌아본다. 재민은 예의 밝은 웃음을 입가에 가득 문 채 인사를 건넸다.

"고마워, 지원아."

취조하고, 시켜 먹을 때는 아무 표정 없더니 고맙다는 말에는 무슨 벌레 씹은 얼굴을 한다. 다연과는 전혀 다른 의미로, 지원에게도 이 눈웃음이 어지간히 안 먹혔다.

"참나, 둘이 이래서 붙어 다니나."

짧은 감상을 남긴 재민은 다음 날, 퇴근 시간이 다가와 가방을 싸는 다연에게 먼저 다가가 말을 걸었다.

"오늘은 혼자 나갈래요? 약속이 있어서."

다연이 살짝 아쉽다는 얼굴을 했다. 이래 놓고 매번 친구로 지내자고 하냐고, 농담 삼아 면박을 주려다 때려치웠다. 어차피 앞에 세운 게 이런 볏짚이 아니라 벽돌이어도 다 때려 부수고 들어가는 참이니 다연도 밀어내는 데 의욕이 안 생길 법했다.

"알았어요. 빨리 약속 가 봐요."

"미안해요. 퇴근 잘 해요."

다연은 밖으로 나가는 재민의 등을 보며 살짝 입맛을 다셨다. 지원이랑 무슨 일 있었냐고 물어보려고 했는데 당사자가 일이 있다니 할 말이 없었다. 오랜만에 혼자 저녁 시간을 채우려니 막막하다. 그동안 매일매일 참 잘도 붙어 다녔네. 그걸 알아채지 못하게 한 게 제일 무섭다며 쓴웃음을 짓는데 웬일로 지원이 알바를 안 가고 사무실에 남아 있다.

"대리님, 저 옷 사러 갈 건데 도와주실 수 있어요?"

생각지도 못했던 말이라 다연의 눈이 동그랗게 변했다. 그렇게 잔소리를 해 봐야 생전 옷 사는 걸 본 적이 없는데, 갑자기 웬 쇼핑인가 싶었다.

"갑자기 왜?"

"집에 내려갈 때 입을 옷 사려고요."

순순히 뱉는 대답에 속으로 아, 하고 탄식이 흘렀다. 어찌 됐건 집에다 얘기하고 너도 네 생활 해야 하지 않겠냐고, 얼마 전에 진지하게 말해 준 적이 있다. 고민하더니 조만간 날 잡아서 집에 한 번 가 보려는 모양이었다.

"그래, 그럼 같이 가자."

앞으로 한 발씩 떼는 게 기특해서 어떻게든 도와주고 싶은 생각뿐이다. 의욕에 가득 찬 다연의 얼굴을 보면서 지원이 무심히 발을 옮겼다. 손으로는 방금 진동이 온 휴대폰을 가방 한쪽에 처박으면서.

"대리님은 이런 것도 괜찮은 것 같아요."

"그런가?"

"네. 한번 입어 보세요."

옷걸이째 건네는 원피스를 받은 다연이 속으로 한숨을 내쉬었다. 아울렛에 들어온 지 벌써 1시간이 지났다. 그리고 다연이 인형놀이를 시작한 지도 딱 1시간째였다. 분명 지원의 옷을 사자고 왔던 것 같은데 어째 시간이 지날수록 마네킹이 돼서 옷을 갈아입는 쪽은 다연이었다.

"넌 옷 안 봐?"

"보고 있어요."

입으론 잘도 말한다. 눈으로 훑는 건 전부 다 다연의 체형에 잘 어울릴 치마나 원피스뿐이면서.

"플레어스커트는 싫어하세요? 입는 걸 많이 못 본 것 같은데."

그새 구석을 뒤져 다른 치마를 가져온다. 또 입어 보라고 할까 봐 아예 손사래를 치며 말렸다.

"나 그건 별로 안 어울려서."

"어울린다던데요."

"응?"

"……가 아니라, 어울리던데요."

다연이 살짝 눈썹을 치켜뜨고 지원을 쳐다봤다. 어째 앞 문장과 뒤 문장의 주어가 좀 다르지 않았나?

"아니라니까. 너 내가 이런 치마 입은 거 본 적 있어?"

은근히 말을 돌리려고 한 말인데, 지원이 굉장히 단호하게 고개를 끄덕인다.

"네, 봤잖아요. 그때 빵집 행사 할 때."

빵집 행사라면, 설마하니 그 휘황찬란한 행사복을 말하는 걸까.

"이거 괜찮은 것 같아요."

기어이 평상시라면 입지 않을 스커트 하나를 품에 꾹꾹 밀어 넣는다. 거짓말 좀 보태서 안 사겠다고 하면 자기 손으로 택이라도 뜯어 버릴 것 같은 표정이었다. 매번 지원에게 이리 끌려가고 저리 뒤집히는 신 대리의 심정이 이럴까 싶었다. 치마에 맞춰 블라우스까지 하나 산 다연은, 이왕 산 거 입고 가자는 지원의 고집에 홀려 결국 다 늦은 저녁에 있는 힘껏 꾸민 몰골로 거리를 걸었다.

"저녁 먹고 들어가실 거죠?"

자기 몫으론 검은 정장 하나만 산 지원이 호텔 거리로 들어선 뒤 말을 꺼낸다. 주말이라 퇴근을 일찍 했는데도 옷 사다 보니 시간이 훌쩍 흘렀다.

"먹고 가는 게 좋겠네."

"그럼 오늘은 제가 살게요."

"너 옷 샀잖아."

"이건 제 거고요."

그래도 영 꺼림칙해서 쳐다보니 다연의 얼굴을 바라보며 조그맣게 속삭인다.

"제가 밥 한번 사고 싶다고 했잖아요."

어쩐지 참 씁쓸한 어조였다. 그걸 마음에 담아 두고 있나 싶어서 가엾기도 했고. 이래저래 가슴이 뭉클해진 다연은 두 번 거절하지 않고 지원을 따라 건물 안으로 들어갔다. 그러나 엘리베이터에 올라탄 뒤, 지원의 손가락이 스카이라운지 층을 누르는 걸 본 순간 뭉클함은 형체도 남지 않은 채 산산조각이 나 버렸다. 입구에 도착한 후에도 내리지 않는 다연을 보고 지원이 고개를 갸웃거렸다.

"왜요?"

"……."

글쎄. 왜일까? 나보단 네가 더 잘 알지 않니? 대답 없이 빤히 쳐다보고만 있자 지원이 무표정한 얼굴 그대로 살짝 머리를 긁적였다.

"걸렸어요?"

다연의 입에서 한숨이 터졌다. 이런 식으로 돈 쓸 만큼 아직 여유 있는 상태가 아닐 거라고 생각했더니 역시나 예상이 빗나가질 않는다.

"이왕 이렇게 된 거 전 그만 가 볼게요. 곧 윤재민 씨도 올 테고."

이젠 숨길 생각도 안 하나 보다. 속이라는 건 아니었지만 그렇다고 그걸 그렇게 바로 말하란 것도 아니었는데. 이런 곳에서 재민과 단둘이 만날 생각을 하니까 벌써부터 손끝이 저릿저릿해 오는 것 같았다. 지원은 불타오르는 다연의 옆얼굴을 쳐다보며 고개를 살짝 옆으로 젖혔다.

"강 대리님."

"왜."

"제가 미리 말씀 못 드렸는데, 여기 아래층이 호텔이거든요."

지원의 얼굴 위로 다경의 모습이 겹쳐 보였다. 무슨 생각 하는 거냐고 말하기도 전에 얇은 입술을 또렷하게 움직이며 못을 박는다.

"좋은 밤 되세요."

날이 갈수록 점점 더 잘 키운 후배가 되어 가는 지원의 모습에 다연이 식어 빠진 웃음을 지었다. 다연과 재민이 힘을 합쳐 지원의 채무 관계를 청산하려 움직이자 이제 지원이 보답으로 이쪽의 지지부진한 인간관계를 끝장내 주려는 모양이었다.

"뭐 어때요. 대리님 말씀대로 전혀 부끄럽거나 무서운 일이 아닌 거잖아요. 그렇죠?"

대체 둘이 언제 그렇게 친해진 거냐고, 이참에 멱살이라도 잡고 물으려고 했는데 지원의 눈이 다연의 등 뒤를 힐긋 가리킨다. 굳이 돌아보지 않아도 그쪽에서 재민이 걸어오고 있단 걸 알 것 같았다.

"그럼 모레 회사에서 뵙겠습니다."

지원이 총총히 걸어 엘리베이터로 사라진다. 가면서 재민과 살짝 눈이 마주친 것도 보였다. 지원에게 말을 거는 윤재민의 얼굴을 쳐다보다 반사적으로 호화찬란한 조명 아래 고기를 써는 사람들에게로 시선을 옮겼다. 저기 앉을 걸 상상만 해도 부담스러워 돌아 버릴 것 같았다.

"뭐 해요. 안 들어가고."

이런 거 드라마에서나 보던 건데. 재민의 옷이 생각보다는 캐주얼하지만 그래 봐야 이건 데이트고 저 스카이라운지의 음식들은 데이트하는 남녀만 먹을 수 있게 팻말이라도 달아 놓은 것 같았다. 결국 입고 있는 스커트의 무게감을 견디지 못한 다연이 위를 올려다보며 간절히 말했다.

"진짜 미안한데."

"네?"

"부탁 하나만 들어줄 수 있어요?"

목이 졸린 사람처럼 줄어드는 말에 재민은 살짝, 눈썹을 치켜뜬 채 귀를 기울였다.

"자요."

벤치에 죄인처럼 앉아 있는 다연을 보고 재민이 피식 웃는 게 보였다. 저렇게 웃어 주는데도 이 무거운 심경은 변할 기색이 없다. 결국 외근 나갔을 때처럼 샌드위치 하나씩 문 채 공원에 앉아 있는 게 기가 막혀서였다. 기껏 몇십만 원짜리 저녁 식사를 세팅해 줬더니 한단 소리가 밖에 나가서 편의점이나 가자는 거라니. 참 없어 보인단 생각도 들고. 그러나 거기 10분만 더 있었어도 부담감에 깔려 죽었을 거란 생각도 들고.

"예약했던 거죠?"

조심조심 흘러나오는 다연의 말에 빵을 우물거리던 재민이 태연하게 대답했다.

"그랬겠죠?"

"취소하면 수수료 같은 거 물 텐데."

"그래도 어떡해요. 거기 데려갔단 체할 기세였는데."

아, 진정 죄인이 된 기분이로다. 고개를 숙이다 못해 땅을 파고 들어갈 것 같은 표정이라 재민도 그쯤에서 놀리는 걸 그만뒀다.

"농담이에요. 예약한 것도 아니고. 게다가 거기서 나 혼자 맛있게 먹어 봐야 뭐 해요. 강 대리님이랑 여기 있는 게 낫지."

가벼운 어조로 말하더니 곧 한가로이 사족을 덧붙인다.

"뭘 하느냐보다는 누구랑 하느냐가 훨씬 중요한 거니까 상관없어요."

마음 풀어 주려는 노력을 알아서 다연도 웅크린 그대로 솔직한 심정을 말했다.

"그럼 부탁 하나만 더 해도 돼요?"

"뭔데요?"

"다음부턴 그렇게 부담스런 자리는 세팅하지 말아 줘요."

솔직히 처음 들어간 순간부터 롤러코스터를 타고 온 기분에 오바이트가 다 나올 것 같았다. 이런 부담감은 달갑지 않다며 중얼거리는 소리에, 반 정도 남은 맥주 캔에 시선을 그대로 두고 있던 재민이 피식 웃으며 말했다.

"거기 내가 고른 게 아니라 지원이가 고른 건데."

다연이 기지개를 켜던 그대로 굳어 버렸다.

"……진짜예요?"

"네."

재민이 부탁한 건 그냥 둘이 즐겁게 놀다가 저녁 시간에 바통을 넘겨 달라는 것뿐이었다. 그래서 저녁 식사 장소를 문자로 받았을 땐 재민도 좀 놀랐다. 본래 이쪽이 문자를 주기로 했었는데, 시간이 되기도 전에 지원이 먼저 보낸 데다 장소도 의외였기 때문이다.

"지원이가 무슨 돈이 있어서요?"

"모르죠. 한 달 생활비를 긁어모은 건지, 아니면 아르바이트를 또 뛰는 건지."

"……."

그럼 엘리베이터에서라도 그렇다고 말을 하지. 밥 한번 사 주고 싶단 말은 진심이라고. 그러나 생각하면 할수록 지원의 성격에 그런 말이 쉽게 나왔을 리 없다 싶어 씁쓸함이 몰려온다. 안 그래도 눈치가 그다지 좋지 않은데, 이 와중에 주변에 있는 사람들이 다 겁쟁이에 거짓말쟁이라, 진정 긴장을 늦출 수 없는 하루하루였다.

"그렇게 너무 미안해하는 것도 실례예요."

말 안 해도 다연의 표정을 다 읽었는지 재민이 조금 진지한 어조로 타박한다.

"그 돈 다 써도 아깝지 않을 만큼 강 대리님을 좋아한다는 거잖아요. 그럼 다음부터 그러지 말란 말보단 고맙다고 해 줘요. 그 말을 더 바랄 테니까."

다연은 말을 뱉는 재민의 얼굴을 물끄러미 쳐다봤다. 가끔 옆에서 2년 가까이 봐 온 다연보다도 지원의 속을 더 잘 읽는 것 같을 때가 있다. 그게 단순히 성향이나 관찰만으로 되는 일 같진 않아서 조심스레 운을 띄웠다.

"언제 그렇게 친해진 거예요?"

지난번 술자리 후 급속도로 친해졌다는 건 다연도 안다. 그래서 이쯤 되니 대체 그날 무슨 대화를 나눈 건지, 슬슬 궁금해 오기 시작한다.

"친해진 것까진 아니고. 그냥 아군 정도?"

서글서글하게 웃던 재민이 좀 난감하단 얼굴로 볼을 매만졌다.

"사실 왜 그러는지는 나도 모르겠어요. 날 좋게 보는 건 아닌 것 같거든요. 강 대리님한테 하는 거랑 나한테 하는 게 아직도 천지 차이예요."

"그래요?"

"네. 나도 그다지 편한 상대는 아니고."

그 얼굴에 얽힌 감정이 이래저래 복잡한 게 읽힌다. 말을 할까 말까 하던 그녀의 입술이, 재민의 표정을 보고 나서야 살짝 열렸다.

"지원이 보기 껄끄러워요?"

다연은 지원의 집안 사정을 알게 된 후로, 더더욱 그 작은 등에 마음이 쓰였다. 그러니 앞으로 다연과 함께 있으려면 재민 역시 지원도, 지원을 챙기는 다연도 자주 만나게 될 터였다. 좋게 엮인 사이도 아니라 어떤 대답이 돌아올지, 솔직히 알 수가 없었다. 재민은 그런 다연의 마음을 알았는지 꽤 긴 시간 고민한 끝에 신중하게 답했다.

"솔직히 말하면 질투 나요. 나는 강 대리님 안에서 대체 몇 번째 순위일까, 싶기도 하고."

"……."

"그래도 이제 김지원이 강다연한테 얼마나 중요한 사람인지 아니까 물어뜯거나 함부로 하진 않을게요."

예전에는 지원과 둥지를 공유해야 하는 게 싫었지만 지금은 다르다. 무너졌을 때 함께 고칠 수 있다는 점에선 지원이 좋게 보이기도 한다.

"난 처음엔, 강 대리님 옆엔 왜 이렇게 문제 있는 사람들만 모이나 했거든요."

재민은 자신의 말을 나름대로 가늠해 보는 다연의 얼굴을 보며, 조용히 말을 이었다.

"근데 그게 아니라 좋은 사람인 걸 알아보고, 나도 좋은 사람이 되고 싶은 사람들이 모이는 것 같아요."

까칠하지만 속내는 누구보다 여린 지원처럼. 혹은 푼수여도 결국 정이 든 곳을 못 떠나는 신 대리처럼. 승아도 성후도 그리고 마지막으로 그, 재민까지. 모두 다연의 옆에서 상처를 떨치고 일어나는 걸 봤다.

맥주 캔을 깨끗이 비우곤 싱긋 웃는 재민의 모습에, 다연이 살짝 헛기침을 했다. 저 얼굴로 거짓말을 하는 건 아닌 것 같다. 그래도 어디까지 떨쳐 낸 건진 잘 모르겠다. 생각 끝에 조심스런 어조로 재민에게 물었다.

"그럼 다음에 지원이랑 둘이서만 거기 가도 괜찮아요?"

자기랑은 못 가겠다고 이 난리 치고 나왔는데, 나중에 지원이랑 둘이 갔단 얘기 들으면 어쩐지 배신감을 느끼지 않을까 싶었다. 그러나 정작 말을 들은 재민은 입 밖으로 실소가 터졌다. 하여간, 무슨 고민을 그렇게 하고 있나 했더니.

"가요. 둘이 가서 밥 맛있게 잘 먹고 오고."

"고마워요."

어쩐지 오늘따라 다연이 얄밉게 느껴졌다. 사람 하나 만나는 것도 이렇게 자신한테 허락받으면서 대체 왜 연애는 아니라는 거야. 이대로 가다간 백 년 천 년 지나도 자기 마음을 인정 안 할 것 같아서 재민도 조금 불퉁한 척 말했다.

"근데 둘이 거기서 자고 오진 마요."

"네?"

"나 그 호텔은 진짜 아쉽거든요. 거기 있었으면 오늘 밤에 같이 있자고, 말이라도 한번 꺼내 봤을 텐데."

의도가 명확한 말에 다연의 볼이 확 붉어졌다. 옆을 힐긋 쳐다보자 단추를 두어 개쯤 푼 재민의 셔츠 너머로 살갗이 보였다. 피부가 흰 편이라 불긋하게 취기가 올라온 것까지 다 보인다. 재민도 걱정되지만 저걸 보고 이성을 놓을 스스로가, 심지어는 전적도 화려한 스스로가 더욱 걱정이었다. 좋은 밤 되라는 지원의 말이 도통 빈말로 느껴지질 않아 등골이 다 오싹하다.

"강 대리님 또 그러네."

혼자 불탔다가 혼자 사색이 되는 다연의 얼굴이 재밌었는지, 눈을 살짝 내리깔며 웃던 윤재민이 셔츠 단추에 손을 대며 장난스레 말한다.

"하나 더 풀면 넘어올래요?"

다 들켰구나. 이 쪽팔림을 감당할 길이 없는 나머지 소리 없이 절망했다. 신이시여. 제발 제 안에 있는 음란마귀를 오늘만 마취총으로 잠재워 주세요.

"대리님?"

아니면 이참에 그냥 죽이셔도 됩니다.

"힘들어요? 그만 일어날까요?"

놀릴 땐 언제고, 이젠 걱정이 된 모양이다. 아플까 봐 걱정돼서 만진 손끝에도 찌릿한 느낌이 들었다.

"안 되겠다. 정리하고 올 테니까 기다려요."

말을 끝낸 재민이 벤치 위를 정리해서 쓰레기통으로 향했다. 반대편으로 걸어가는 등이 참 넓었다. 그리고 남의 등을 보고 넓네, 어쩌네 생각하는 것 자체가 이미 글러 먹은 것 같아 속에서 천불이 일었다.

'좋은 밤 되세요.'

귓가에 지원의 목소리가 울린다. 더 도망갈 길이 없다는 걸 깨닫자 다연의 표정이 제법 비장해졌다. 술이 술을 부르고, 고민이 고민을 부르는 밤이었다.

"어차피 머리 아플 거……."

작게 읊조린 다연이 용감하게 파란 뚜껑을 돌돌 돌리기 시작했다. 그리하여 텅 빈 맥주 캔을 버리고 돌아오던 재민이 마지막으로 본 것은, 소주병을 붙잡고 입에 콸콸 들이붓는 강 대리의 용맹한 모습이었다.

"대리님. 대리님, 집 다 왔어요. 좀 일어나 봐요."

12시가 꼬박 넘어간 시각. 늦은 시간까지 운행하던 콜택시 한 대가 다연의 원룸 앞에 도착했다. 땅에 발을 딛자마자 이리 비틀 저리 비틀대는 다연을 보다 못해 결국 업고 내린 재민이 계단을 올라가는 내내 이를 바득바득 갈며 말했다.

"하여간 소주를 병나발째 불 용기도 있는 사람이 연애할 용기만 없다는 게 참 연구 대상이네."

처음엔 얌전히 맥주 캔만 비우고 있었는데 잠깐 눈 돌린 사이에 소주병을 집어 든 뒤론 그야말로 폭주 기관차가 따로 없었다. 말리면 울고 뺏으면 화내고 타이르면 삐쳤다. 전봇대 사건 이후 이렇다 할 주정이 없었던 터라 재민도 속수무책이었다.

"계단이 엄청 푹신푹신해요."

참 해맑은 대답만 골라 하는 입술을 보고 잠깐 제자리에 서서 천장을 바라봤다. 그나마 정신 줄을 안 놔서 다행이라고 해야 하나. 엘리베이터를 타기 전, 지원이 힘내라는 듯 다연의 어깨를 두어 번 두드리고 간 걸 보면 그가 모르는 새 둘이 무슨 얘길 나눴던 것 같긴 한데, 그게 대체 무슨 내용이었길래 이렇게 기절하는 방향으로 일을 친 건지.

애석하게도 다연은 이미 필름이 나갔기 때문에, 그런 재민의 고민은 1원어치도 모른 채 키득키득 웃기 시작했다.

"이번엔."

"이번엔?"

"내가 이겼어요."

세상이 기분 좋게 둥실둥실 흔들린다. 이성을 아예 놓기로 하니까 마음이 참 편해지는 거구나. 언제나 뒤처리 담당이었는데 오늘은 재민이 뒷감당을 다 해야 한다는 게 새삼 즐거웠다. 왠지 그간의 고생이 보상받는 기분이라 아주 통쾌했다.

"지금 나 이겨 먹자고 술을 그렇게 퍼마셨어요?"

그러나 정작 이 꼴을 다 본 윤재민의 입장에선 어이가 없는 걸 넘어서 좀 화가 날 정도라 도저히 한마디 하지 않고는 넘어갈 수가 없었다. 곱게 취했으니 망정이지, 이쪽은 행여라도 급성 알코올 중독 같은 애먼 병명으로 응급실 실려 갈까 봐 기함을 했는데. 인내심이 간당간당한 어조로 말하는 것에 다연이 눈가에 팔을 얹은 그대로 중얼거렸다.

"아예 필름 끊기는 게 나을 것 같아서 그랬어요."

"뭐가 나아요?"

"정신 놓은 사람한테 무슨 짓 못할 사람이잖아요."

처음엔 각오하는 의미에서 술을 마셨다. 그러나 다연이 간과한 건 보통 술을 마시면 마실수록 늘어난다는 용기가 다연의 경우엔 팍팍 줄어든다는 점이었다. 어차피 칠 사고 화끈하게 한번 치자고,

분명 시작할 때쯤엔 그런 생각이 있었던 것 같은데 막판엔 차라리 필름 끊겨서 이 상황에서 도망쳐 버리겠단 아주 극단적인 사고가 술을 물처럼 술술 넘어가게 만들었다.

취한 와중에도 맞는 말만 해 대는 다연의 모습에 침대 가에 앉은 재민만 속으로 주구장창 염불을 외워 댔다. 남을 사바세계에 던져 놓고 웃음이 나오시는지. 멱살이라도 잡고 싶은 심정이었다.

"무슨 짓의 범위를 너무 좁게 잡은 거 아니에요?"

고문할 생각으로 먹었냐고 묻던 재민이 결국, 가느다랗게 울리는 숨소리를 참지 못하고 어깨를 붙잡았다.

"그리고 나 막을 생각이었으면 최소한 나보다는 늦게 취하던가."

따뜻하게 달아오른 곳에 뺨을 기댄 채 숨을 들이켰다. 사무실에 있는 사람들은 거의 다 향수를 쓰는데 다연은 그런 냄새가 안 난다. 아주 연하게 나는 살냄새뿐이다.

"하지 마요."

평소보다 나른하게 변한 말투와 힘이 들어가지 않는 손끝이 애써 걸어 놓은 자물쇠를 하나하나 풀고 있었다. 쇄골 부분을 세게 빨아 올리자 다연의 목소리에 살짝 울먹임이 묻었다.

"하지 마요, 나 힘들어……."

결국 참지 못하고 바로 눕혀 볼을 붙잡았다. 입술 위로 꼼꼼하게 입을 맞추는 것에 응, 하고 목 안으로 울리는 소리가 나더니 살갗이 새빨갛게 변한다. 작은 가슴 위로 이마를 문지른 재민이 절반쯤 자포자기한 목소리로 물었다.

"내가 이렇게 덤비면 흔들리긴 해요?"

기다려 봤자 다연의 입술에선 아무 대꾸도 돌아오지 않는다. 언제나 답 없는 물음에 재민 역시 쓴웃음을 머금었다. 나한테 상처만 주는 이 여자를 털끝 하나 다치지 않게 지켜 주고 싶기도 하고, 빼도 박도 못하게 엉망진창으로 만들고 싶기도 했다. 한 발만 뻗으면 내 걸로 할 수 있는데, 작게 울리는 다연의 울음소리가 고양이 같아서 아무것도 못하겠다. 건들면 죄짓는 기분이었다.

"거짓말이라도 이럴 때 대답 좀 해 주면 안 되나."

바람 빠진 웃음소리를 내며 천천히 몸을 일으켰다. 연애가 사람을 바보로 만든다는 건 알았지만 인간의 3대 욕구 중 하나인 성욕까지 누를 줄이야. 차라리 식음을 전폐하는 고통이 낫겠단 생각으로 숨만 들이쉬는 사이, 작게 속삭이는 소리가 들렸다.

"흔들려요."

재민이 고개를 들었다. 조금 길어진 앞머리 사이로 시선을 던지자 마른 입술을 깨무는 다연이 눈에 들어왔다.

"어지러울 정도로, 흔들려요."

"……."

"그러니까 흔들지 말아 주세요."

멍하니 다연이 한 말을 곱씹다 더운 숨을 몰아쉬었다. 이 와중에 저 말은 기폭제나 다름없다는 걸, 진짜 모르는 건가.

"그 말 듣고 대체 어떻게 참으란 거예요. 더 죽도록 흔들 거니까 못 견디겠으면 그냥 넘어오면 돼요."

처음엔 화가 난 어조로 시작한 말이지만 끝에 가선 결국 간절하게 바뀌었다. 두 볼을 감싸서 눈을 맞춘 재민이 애원하듯 말했다.

"못 이긴 척하고 넘어와요, 좀. 나 피 말려 죽이지 말고."

물에 빠진 사람처럼 괴로워 보이는 얼굴이었다. 다연은 붉게 충혈된 눈으로 그걸 바라보다 드문드문 말을 잇는다.

"나 희망 고문 하려고 하는 거 아니에요. 튕기고 어장 관리 하고 그런 거 할 줄도 몰라요."

사무실에서 들었던 단어가 하나하나 비수가 되어 찔렀다. 그러려던 게 아니었는데 그러고 있었다는 사실 때문에 이쪽도 꽤 우울했다.

"그냥 진짜로 자신이 없어서 그래요."

손바닥으로 두 눈을 가리는 모습에, 재민이 벽을 바라보며 도 닦는 심정으로 물었다.

"대체 무슨 자신이요."

"……누군가를 행복하게 해 줄 자신."

일할 때 보였던 결벽증이 결국 연애에까지 마수를 뻗치는구나. 답답해 돌아 버릴 지경이었다. 혹시 오늘 날 죽일 생각인 걸까. 진짜. 그게 아니고선 이럴 순 없는 건데.

"연애가 과제도 아니고, 왜 본인이 그것까지 잘해야 한다고 생각하는 거예요? 잘하면 내가 더 열받을 거란 생각은 안 들어요?"

진짜 미치겠단 생각밖에 안 들어서 허공을 보고 있는데 다연이 떨리는 음성으로 말을 잇는다.

"윤재민 씨한테 똑같은 상처를 다시 주고 싶지 않아요. 같은 상처를 줄 만한 여지도 만들고 싶지가 않아요."

한 글자 한 글자 마음을 담아 말하는 게 보였다. 다연이 인간관계를 얼마나 무서워하는지 안다. 거기다 올해 여름 재민이 저지른 일들로 크게 데었다는 것도 안다. 그래서 저렇게 한 발 한 발 디뎌 오는 다연의 걸음을 기다렸지만 지금은 손을 잡아 징검다리를 건너게 해야 하는 때란 직감이 왔다.

"강 대리님."

머리를 감싸 쥐고 짧게 숨을 토한 재민이 바로 다연의 눈을 바라봤다.

"난 딱히 대리님이 주는 행복만 가지고 살 생각 없어요. 파혼 한 번 당했다고 내 인생이 무진장 불행해 보였어요?"

단단하게 울리는 말을 듣고 다연의 눈동자가 흔들렸다.

"솔직히 그날보다 오늘이 더 비참해요. 지금 날, 다른 사람을 절대 행복하게 해 줄 수 없는 사람으로 만들었잖아요."

전처럼 속을 들킨 기분이 들어 손톱만 틱, 틱 소리가 나게 뜯었다. 재민은 손톱 끝이 부러진 걸 보고 다연의 손을 붙잡았다. 그 상태로 눈을 맞췄다.

"나랑 있으면 행복하지 못할까 봐 걱정하는 거 알아요. 근데요, 대리님. 나 아직 고장 안 났어요. 자가발전 가능하다고요. 나도 상처받고 깨지고 부서지면 완전히 복구 불능 되는 건 줄 알았는데 고쳐지는 거였어요."

"……."

"대리님이 나 고쳐 놨잖아요. 그래 놓고 자꾸 도망칠 거예요?"

눈썹이 팔자로 축 늘어진다. 조금만 더 건드리면 미안하다고 울어 버릴 것 같은 얼굴이었다. 다른 때였으면 열심히 쳤을 철벽이 술기운에 묻힌 모양이다. 그래서 재민은 이 기회를 놓칠 생각이 추호도 없었다.

"나는 앞으로 누굴 만나든 무조건 강다연이라고 계속 말했잖아요. 뭘 어떻게 하면 믿어 줄 건데."

"……."

"다연아."

평소보다 훨씬 떨리는 목소리로 이름을 부르자 다연의 눈도 흔들리는 게 보였다. 작은 어깨를 끌어안은 재민이 한숨과 함께 말을 이었다.

"나 좀 한 번만 믿어 줘."

"……."

"잘할게. 진짜로. 지금보다 훨씬 더 잘해 줄게."

어디서건 말갛게 웃던 웃음이나 절절한 고백보다 저 다짐이 마음을 울렸다. 지난날의 풍경도 한꺼번에 머릿속을 스쳐 지나간다. 재민을 다시 만난 날부터 서로 상처 주던 계절. 그 상처를 돌아보던 나날. 겁이 나서 한 발도 못 떼는 자신의 손을 붙들고 하나하나 앞서 걷던 시간까지 다.

그 모든 시간이 지나는 동안, 재민은 늘 본인의 마음이 다연의 것보다 크다는 이유 하나로 상처받을 수밖에 없는 입장이었다. 상처받고, 져 주고, 싫어도 포기할 수밖에 없는 입장. 그래서 다연도, 이제 더는 아무 말 없이 버티거나 피해자인 척할 수 없었다. 자신이 언제든 이 남자에게 가해자였다는 걸 깨달았기 때문이다.

"……미안해요."

결국 고민 끝에 이 말이 흘러나왔다. 다연의 대답을 들은 재민이 힘없이 웃으며 작은 어깨에 몸을 기댔다.

"내가 무슨 말을 하든 그 말로 다 막아 버리네."

"……."

"좀 너무한 거 아닌가."

길을 잃어버린 것처럼 구는 윤재민이 마음 아팠다. 상처가 보이면 핥아 주고 싶을 만큼 아팠다. 그래서, 더는 가져가지 않을 테니까 남은 감정을 잘 모아서 더 좋은 사람을 만나길 바랐다. 돌려줄 수 있는 건 다 돌려주고 싶고 빼어 와서 미안하단 말도 하고 싶었다. 그땐 나만 아니면 행복할 수 있을 것 같았으니까. 그렇지만 이젠 내가 아니면 절대 행복하게 해 줄 수 없을 것 같단 생각이 들었다.

"그게 아니라 내가 지금 뭘 할 건데, 잘 못할 것 같으니까 미리 사과하는 거예요."

말을 마친 다연이 조심스레 다가가 재민의 어깨에 손을 얹었다. 나뭇잎처럼 가볍게 내려앉는 감각에 윤재민이 깜박, 느리게 눈을 감았다 떴다. 다연은 갈색이 옅게 섞인 그 눈을 보며 조심스레 얼굴을 가까이 했다. 이런 일 잘하지도 못하지만, 해 본 적도 없지만, 입으로는 나오지 않는 마음을 대신 전해 주길 바라며 입술을 겹쳤다.

처음엔 멍하니 앉아 있다 다음 순간 붉게 젖은 다연의 입술 위로 재민의 혀끝이 스쳤다. 물고 핥고 빨고, 질척한 소리가 제법 울린 후 어느새 재민이 위를 차지한 채 속삭인다.

"다경이가."

다경이? 이 와중에 왜 다경이를 찾냐고 묻기도 전, 다연의 허리를 끌어안은 채 조급한 한숨을 내쉬며 묻는다.

"다경이가 대리님 혼전 순결 주의자라던데 나 그거 못 들은 걸로 하면 안 돼요?"

바로 앞에 먹을 걸 두고 끙끙 앓는 강아지 같다. 그동안은 밀어붙이는 윤재민이 무섭기만 했는데 지금은 귀여워 죽겠다. 언제나 재민이 하듯 볼을 붙잡고 그 입술에 촉, 키스를 날린 다연이 조용히, 그러나 확실한 허락의 말을 뱉었다.

"나도 방금 아무 말 못 들었어요."

눈이 마주친 순간, 지금까지 본 것 중 가장 예쁘게 웃는 재민의 얼굴이 다연의 시야를 가득 채웠다. 그대로 풀잎 향이 나는 것 같은 재민의 품에 얼굴을 묻었다. 꼭 끌어안아 주는 팔은, 언제나 그렇듯 참 다정하고 따뜻했다.

13

"오늘 점심은 제가 사겠습니다."

무더위가 꺾이자마자 이번엔 금방이라도 겨울이 올 것처럼 쌀쌀한 오전이었다. 갑작스레 내려간 기온 때문에 사무실엔 벌써부터 히터가 돌아가고 있었다. 아무래도 이 나라를 뜰 때가 된 것 같다며 푼수를 떨던 신 대리 옆으로, 재민이 배달 집 전단지를 들고 지나갔다.

"재민 씨 뭐 좋은 일 있어?"

갑자기 밥을 사겠다는 소리에 한 대리가 의자를 뒤로 쭉 뺀 채 물었다. 거기에 대고 재민이 별반 고민 없이 답했다.

"좋은 일 좀 생기라고 쏘는 거예요."

넉살 좋은 얼굴로 대꾸하자 다들 까르르 소리를 내며 웃었다.

"뭐든 핑계 있음 됐지 뭐. 어디서 시키게?"

"글쎄요, 날 추워졌는데 보양식이나 먹을까요?"
"어떤 보양식?"
탁구처럼 통통 튀는 대화를 이어 가던 한 대리가 싱긋 웃으며 흘러나오는 윤재민의 다음 말에 웃는 낯 그대로 그 자리에 굳어 버렸다.
"많잖아요. 도가니탕이나 장어덮밥, 추어탕, 굴밥."
"……."
"오늘따라 이런 게 좀 당기네요. 다른 추천 메뉴 있으면 말해 주세요."
사무실에 정적이 흘렀다. 듣자마자 요즘 정력 딸리냐고 묻고 싶어지는 메뉴 선정인데, 그런 것치곤 당사자가 너무 기력이 짱짱해 보인다.
"저는 왜 저 메뉴가 이렇게나 노골적으로 들릴까요?"
마침 드레스 스크랩북을 가져와 다연에게 묻고 있던 지원이 무심한 어조로 말했다. 전후 사정 아는 사람이 보기엔 오늘 밤도 각오하라고 선전 포고 하는 거랑 다를 바가 없는 행동이었다.
"뭐, 저희야 땡잡은 거지만."
누구보다 빨리 손을 들고 장어덮밥을 외치는 지원을 보며, 다연이 고개를 푹 숙였다. 아무래도 이 나라를 뜨는 건 신 대리가 아니라 자신이 되어야 할 것 같다. 아주 낯부끄러워서 살 수가 없었다.
"대리님은 뭐 드실래요? 장어도 있고 굴도 있고 미꾸라지도 있다는데. 아주 동물농장이 따로 없네."
"고만 좀 놀려."
울상을 짓는 다연의 모습에 그제야 지원도 말을 멈춘다.
"전 아침에 보고 대리님 컨디션이 생각보다 좋아서 별일 없는 줄 알았거든요."

"응?"

"근데 윤재민 씨가 저렇게 걱정할 정도로 안 좋으신 거예요?"

저쪽에서 하는 꼴을 보아하니 아무래도 뼈와 살이 불타는 밤이었던 모양인데. 진지한 어조로 헛소리를 하는 지원을 보고 다연이 말없이 물병 마개만 땄다. 지금은 되받아칠 기력도 없다.

"농담 아니고, 정말 힘들면 말해 주셔야 돼요. 사람마다 개인차가 심하더라고요."

살짝 걱정이 담긴 눈으로 다연의 몸을 이리저리 살피는 것에 다연도 정면에 있는 지원의 몸을 훑어봤다. 저 말이 다 맞는지는 모르겠지만, 만약 자신이 지원처럼 근육이라곤 한 점 없는 사람이었다면 잠자리 다음 날이 무지하게 힘들 것 같긴 했다.

그런 이유로 무의식중에 고개를 끄덕이던 다연이 문득 떠오른 생각에 목을 뻣뻣하게 돌렸다.

"지원아."

"네?"

"그, 너도 경험 있는 거야?"

분명 남자랑 손만 닿아도 싫다고 하지 않았었나. 그런데 무심히 말하는 내용은 이미 한 번 일련의 과정을 겪어 본 사람처럼 생생하다.

"있어요."

"……."

"꽤 지나긴 했지만."

……세상에 믿을 놈 하나 없다더니.

"너 전에는 남자 못 만날 것 같다고……."

"경험 있다고 연애 잘하는 건 아니잖아요."

뒷말을 뱉지도 않았는데, 알아서 정리한 다음 말해 준다. 낙심한 다연이 두 팔 사이에 얼굴을 파묻었다. 다경이만 천년 묵은 여우인 줄 알았더니 바로 옆에 호랑이가 한 마리 있었네.

"어쨌든 힘들면 반차 쓰세요."

"괜찮아."

"참지 마시라니까요."

"진짜 괜찮아서 그래."

감정이라곤 한 톨 안 담긴, 그리하여 아주 객관적인 사실만을 말하는 것 같은 어조에 슬슬 지원의 시선에도 의아함이 어린다. 어차피 이쪽도 계속 숨길 수 있을 거라곤 생각 안 했기 때문에 그냥 사실대로 고했다.

"끝까지 못 했어."

"네?"

"끝까지 못 했다고."

허공에 대고 한숨을 내쉰 다연이 지난밤을 회상하기 시작했다.

처음 시작할 땐 아주 호기로웠다. 몸의 준비는커녕 마음의 준비도 안 하고 오긴 했지만, 노력하면 뭐든 안 되겠냔 생각에 하하 웃으면서 덤볐다. 그러나 사전 지식 없이 새로운 분야에 뛰어드는 게 얼마나 위험천만한 일인지, 다연은 그 뒤 내리 1시간이 지나도록 절감하고 또 절감해야 했다.

입술이나 몸에 키스할 때까진 그냥 붕 뜬 느낌이었는데 손가락이 아래를 파고든 순간부턴 왈칵 겁이 나기 시작했다. 아픈데, 아파도 몸은 반응하고. 그런데도 정신은 멍하다. 세 가지가 삼위일체가 되자 내 몸이 내 몸 같지가 않아서 무서웠다.

'대리님, 괜찮아요?'

그래서 아무리 다정하게 대해 줘 봤자 하얗게 질린 낯이 돌아오질 않았다. 몇 번을 물어도 대답을 못 하는 다연을 보고, 결국 재민이 강경책을 썼다.

'다연아, 힘 조금만 풀어, 응? 나중에 아파.'

억지로라도 힘을 빼게 만들려고 하는 걸 듣고 천천히 숨을 골랐다. 그러고 나니 몸은 한결 편해지는 것도 같았다. 그러나 스스로가 너무 한심해서 금세 눈꼬리가 젖어 들었다. 느낌이 아예 없는 것도 아니고, 술 때문인지 사실 평소보다 더 민감한 기분이 들기도 하는데, 이렇게 느끼는 것과 별개로 왜 아래를 만질 때면 온몸이 바짝 긴장하는 걸까.

'내가 너무 못해서 그런가.'

결국 만지기만 하면 얼굴을 굳히는 다연을 보다 못해, 재민이 한발 뒤로 물러섰다. 딴에는 무서워하는 다연의 긴장을 풀어 주려고 웃으며 말도 건넸다. 근데 다연의 입장에선 그게 너무너무 슬프게 들렸다. 딱딱하게 굳어 있는 몸을 재민이 오해하기라도 할까 봐 걱정도 밀려왔다.

'나, 너무, 흑, 바보…….'

그때쯤엔 이미 머릿속이 엉망이라, 말도 필터를 거치지 못한 채 나오기 시작했다. 눈물이 왈칵 쏟아지는 걸 보고 재민이 놀라서 얼굴을 붙잡았다. 갑작스레 우울증 환자라도 된 기분이었다. 아침에 일어나면 이것까지 포함해서 흑역사로 기억될 걸 알면서도 그때는 우는 걸 멈출 수가 없었다.

바보 같아. 결국 이렇게 될 거였으면 술이라도 취하지 말았어야 하는데. 처음 하는 경험이 이게 뭐야. 이건 상대한테도 예의가 아니잖아. 진짜 똑바로 하는 게 하나도 없어, 강다연.

'그렇게 아파?'

귓가에 걱정이 잔뜩 묻은 목소리가 들렸다. 그러면서 손가락으로, 입술로 눈물도 꾹꾹 닦아 준다. 다정하게 대해 주는 것에 서러움이 두 배로 폭발한 다연이 재민의 옷깃을 붙잡고 본인도 못 알아들을 말을 늘어놓기 시작했다.

'그게, 아니고.'

'그럼 왜?'

'내일 기억, 흐읍.'

'응?'

'기억, 흑, 못 하면 어떡……'

도대체가 무슨 말을 하는지 부모님이 와도 못 알아먹겠다고 생각했는데 재민은 그걸 어떻게 알아들었는지 바람 빠진 웃음을 지으며 다연의 머리를 끌어안고 등을 토닥여 줬다.

'술 세니까 괜찮지 않을까?'

'근데, 흡, 저번에는.'

필름이 싹 다 끊어져서 하나도 기억 안 났다고, 말하고 나니 더 슬퍼져서 아예 대성통곡을 했다.

'기억 못 해도 괜찮아.'

그 말에 다연이 고개를 도리도리 저었다. 그건 다연이 싫었다. 첫 경험인 데다 다른 사람도 아니고 재민과 하는 일인데 나중에 아무 기억도 안 나면 너무 허무할 것 같았다.

'이러다 탈진하겠다.'

난감한 얼굴로 한참 쳐다보기만 하던 재민이 다연의 몸을 얇은 이불로 둘둘 말아서 끌어안았다. 다리까지 감아서 아예 품 안에 꽁

꽁 넣어 두는 걸 보고 눈물로 짓무른 얼굴을 들어 재민을 쳐다봤다.

'그만, 하는 거예요?'

'응.'

'왜?'

자꾸 귀찮게 굴어서, 내가 이래서 싫어졌나? 진짜 그렇다고 대답할까 봐 묻지도 못하고 또 눈물만 왈칵 쏟았다. 그 모습에 한숨을 내쉰 재민이 이마에 달라붙은 머리카락을 하나하나 넘겨 줬다.

'나중에 울 것 같아서 그래.'

발갛게 달뜬 눈 위로 입술을 꾹 누른다. 다연은 그 온기에 달라붙듯 눈을 감은 뒤 완전히 잠긴 목소리로 말했다.

'어차피 지금도, 우는데.'

'그러니까. 지금도 우는데 나중에 또 울면 어떡해.'

재민의 팔을 베고 누운 순간부터 신기하게도 눈물이 조금씩 멎었다. 소란하던 숨소리가 잦아들자, 그 대신인 것처럼 잠잠한 목소리가 귓가에 울렸다.

'오늘은 그냥 이렇게 안고 자자.'

'…….'

'다음엔 제발 술 먹지 말고.'

웃음과 한숨이 절반씩 섞인 어조였다. 고뇌와 번뇌가 각각 백 프로씩 들어간 어조이기도 했고.

"……."

그 뒤부턴 기억이 없는 것으로 보아, 재민이 아예 자리를 잡고 다연을 재우기 시작했던 게 아닌가 싶었다.

"……와."

지난밤 있었던 비극사를 다 들은 지원이 볼을 긁적이며 입을 열었다. 이 정도면 윤재민 잔혹사라고 불러도 이상하지 않을 정도라 주로 비평에 특화된 지원의 입에서도 시니컬한 무언가가 나오질 않았다.

"이건 백 프로 대리님이 잘못했네요. 오늘은 윤재민 씨한테 좀 잘해 드려야겠는데요."

"……."

"그리고 대리님은 체면 차리지 말고 굴밥 드세요, 빨리."

오늘까지 거부하면 그건 진짜 사람 하나 피 말려 죽이는 거랑 똑같아요. 지극히 객관적인 어조로 말하는 지원의 모습에 앞에 굴밥을 두고 고사를 지내던 다연이 수저를 들기 시작했다.

"나도 알긴 아는데 창피해서……."

그러나 그게 목구멍으로 잘 넘어가진 않았다. 솔직히 어젯밤 일만 생각하면 도저히 재민의 얼굴을 쳐다볼 수가 없다. 외근 나가서 그대로 퇴근하거나 아니면 남아서 잔업이라도 하기만을 바라고 있는 판국이라 끝나고 재민을 만나도 제대로 된 대화가 될까 싶었다. 수능 볼 때 이후로 이렇게 도망가고 싶었던 적이 있던가.

"당사자인 윤재민 씨가 저렇게 웃는데, 대리님이 피하면 안 되죠."

그런 다연의 모습에 장어 몸통을 한 번에 두 개씩 씹어 넘기던 지원이 시원하게 강속구를 날렸다. 저 말을 듣고 나자 마음 위로 점점 더 큰 먹구름이 드리우기 시작했다.

"역시 그런가?"

"네. 역시 그래요. 그런 의미에서 이것도 드세요."

벌써 한 마리를 다 해치웠는지 꼬리만 앙상하게 남아 있는 도시락이 보였다. 그 꼬리를 두 개나 집어서 다연의 밥 위에 올려 주더니 당장 먹으라며 기합까지 넣어 준다. 심하게 노골적인 조공을 받은 터라 도저히 소화가 안 될 것 같았다. 그리고 그건 그로부터 3시간 뒤, 지하 주차장에 나가자마자 윤재민의 차가 마중 나와 있는 걸 본 순간 기정사실이 되었다.

"대리님, 여기요."

오늘따라 일도 더럽게 일찍 끝났다. 며칠 야근으로 불살랐더니 세상에나, 오후 4시가 넘자 일이 다 끝나는 기적의 시간표가 기다리고 계셨다. 어쩐지 불길한 예감을 가득 안고 밖으로 나가자마자 이렇게 허를 찔린다.

"빨리 타요."

세상 무너지는 얼굴로 보조석에 오르는 다연을 보고 재민이 조금 웃었다. 퇴근할 때쯤엔 아마 이렇게 피해 다니느라 얼굴도 못 볼 거라 미리 예상했었다. 그래서 아예 반차를 쓰고 이렇게 주차장에서 내내 기다리고 있던 거였다.

"오늘 아예 퇴근인 거죠?"

"네."

"그럼 우리 집 갈래요?"

다연이 창밖으로 꼿꼿하게 시선을 던진 그대로 하나님을 부르짖었다. 이 시간이면 보통은 밥 먹으러 가자고 말할 사람인데 오늘은 어디든 밀폐된 공간으로 가려고 안달 난 게 보였다.

"멀어서……."

"그럼 강 대리님 집은?"

"더러워서……."

안 그러려고 했는데, 그러면 안 된다고 지원의 잔소리까지 듣고 왔는데도 입이 도저히 통제가 안 된다. 몰아치는 철벽을 배경 음악 삼아 질주하던 윤재민이 기어이 전망 좋은 곳에 차를 세운 뒤 웃었다.

"그럼 가깝고 깨끗한 차에서 할까요?"

창밖을 쳐다보는 척하고 있던 다연이 쿨럭, 하고 기침을 했다.

"이 차 새 건데."

안다. 같이 샀으니까. 궁금한 건 이 차 새 거란 어필을 지금 왜 하냐는 거였다. 머릿속에 카섹스란 단어는 생각도 못 하는 순진한 다연의 얼굴에 재민이 빙긋 웃었다. 그 얼굴을 보고서야 말의 의미를 알아채고 더듬더듬 되물었다.

"그러니까 차, 에서 하자고 한 거예요?"

"네."

"……."

"왜 그렇게 봐요. 살면서 다들 한 번씩은 하는 일인데."

다연이 식어 빠진 웃음을 지었다. 이 나라에 사는 모든 성인 남녀가 살면서 한 번씩은 차에서 일을 치른다니. 그렇다면 거긴 내가 살던 평화로운 대한민국이 아닌 게 분명했다.

"어제 일 다 기억나요?"

핸들에 기댄 채 자신을 바라보는 얼굴이 눈이 부셨다. 어젯밤에 잠 못 잔 건 둘 다 매한가지일 텐데 저쪽은 얼굴만 보면 밤새 온천욕이라도 하고 온 사람처럼 반짝반짝 윤이 난다. 보다 보면 부담스러울 정도라 고개를 살짝 돌리고 답했다.

"기억나요."

"다행이네. 기억 못 할까 봐 엉엉 울더니."

햇살처럼 웃던 윤재민이, 그 말을 들은 다음부터 조용히 본색을 드러내며 말을 이었다.

"그럼 오늘은 협조 좀 해 줘요."

안 그러려고 해도 말 사이사이에 이 가는 소리가 섞인다. 다연의 문제에는 정말이지 갖은 인내심 다 끌어와서 버티곤 했지만 오늘만큼은 아니다. 오늘은 좀 참으라는 말을 밖에서 듣건 아니면 안에서 듣건 전부 입 다물라며 화를 낼 자신이 있었다. 그만큼 재민에겐 어제가 인고의 밤이었다.

'정말 안 돼요?'

우는 다연을 붙잡고 저 말을 몇 번이나 했는지 모르겠다. 질척댄다는 걸 아는데 솔직히 이쪽도 울고 싶은 심정이었다. 우린, 왜, 항상, 일 치를 때만 되면 무슨 일이든 생기는 걸까. 세상에 있는 신이란 신들이 전부 힘을 모아 그들 사이를 방해하는 기분이라 한숨으로 땅이라도 꺼트릴 수 있을 것 같았다.

'아, 진짜 죽겠네…….'

아래가 빠듯하게 조여 오는 기분에 결국 다연의 입술을 틀어막았다. 밤새 키스했더니 그래도 좀 늘었는지, 틀어막으면 살짝 혀를 문지르는 정도의 반응은 해 줬다. 그런 작은 행동 하나하나가 다 미치게 예뻐 보였다. 사랑스러워서 죽겠단 심정이 이런 거란 걸 온몸으로 체감하는 찰나였고, 이제 완벽하게 내 거라는 걸 확인하고 싶은 순간이기도 했다.

……그래도 이렇게 우는데 뭘 어쩌라고.

이대로 안았다간 평생 후회하게 할 것 같아서 말 그대로 사리 나올 것 같은 순간을 절감하며 한발 뒤로 물러섰다. 그날 재민이 할 수 있는 것이라곤 아직도 히끅, 하는 소리를 한 번씩 내며 자는 다연의 눈가가 짓무를 정도로 입을 맞추는 것뿐이었다.

"오늘까지 참으라고 하면 진짜 화날 것 같아요."

회상을 끝낸 재민이 그야말로 하얗게 탈색된 머리를 한번 뒤헝클며 말했다. 지난밤을 떠올리는 것만으로 벌써 힘들다. 아무래도 정신적 타격이 너무 컸던 모양이다.

"오늘은 진짜 안 돼요."

그리하여 지금까지 싸울 때 빼곤 이렇게 단호한 적이 있나, 싶은 어조가 입 밖으로 계속 흘렀다.

"내가 안 한다는 게 아니라 집이……."

정말로 더럽다고, 그러니까 하루만 미루자고, 시간을 벌어 보려는 다연의 눈앞에 핏대가 선 채로 웃는 윤재민의 얼굴이 보였다.

"그러니까 차에서 하자고요. 깨끗하고 가깝다니까요?"

"……."

"불편해서 그래요? 얘 넓어요. 보자, 의자 내리는 게 어디 있더라……."

천연덕스럽게 안전벨트 쪽으로 몸을 숙이는 걸 보자 위기감이 코앞까지 따라붙었다. 술 마시고 필름 끊기는 게 무섭다고 피해 놓고 차 안에서 첫 테이프를 끊는 건 말 그대로 승합차 피하다가 덤프트럭에 치이는 것과 똑같은 격이었다.

"알았어요."

그래서 결국 오늘도 진다. 애당초 이길 생각은 안 했지만 이 정도면 완패에 가까운 승점이었다.

"가요, 집에."

어깨를 꾹 잡은 채 억지웃음이 이런 것이란 걸 온몸으로 보여 주는 다연과 달리, 재민은 진심에서 우러나오는 눈웃음이 어떤 것인지 여과 없이 내비쳤다.

"잘 생각했어요."

다연은 그 얼굴을 보는 순간, 향후 10년간은 재민과의 싸움에서 단 한 번도 이기지 못할 스스로의 모습이 파노라마처럼 지나갔다고, 훗날 회상했다.

"기다려 주는 거예요. 알았죠?"

그로부터 1시간 뒤, 다연은 하얀 속옷 하나만을 남긴 채 침대 위에 앉아 재민과 대치하는 중이었다. 결국 집까지 못 가고 중간에 눈에 보이는 호텔로 질주해 들어간 것까진 좋았는데 일을 치를 두 사람의 마음가짐이 너무 달랐다. 그러니 내가 준비될 때까진 기다려 준다고 약속하라고, 호텔 방문 앞에서 드러누울 기세로 시위한 덕택에 윤재민의 고삐를 틀어쥐긴 했지만 이게 얼마나 갈지는 다연도 알 수 없었다.

"알았으니까 빨리."

왜 이런 순간에는 반말이야. 다른 땐 꼬박꼬박 존댓말을 쓰더니. 울상을 짓다가 결국 바들바들 떨리는 손으로 하나 남은 속옷을 끌렀다. 브래지어 후크가 툭, 소리를 내며 열리고 가슴이 동그랗게 떨어져 내렸다.

"이제 됐어요?"

약속한 대로 옷을 다 벗을 때까진 건들지 않던 재민이 의욕 충만한 눈으로 이쪽을 바라본다. 다연은 조금은 겁에 질린 시선 그대로 고개를 끄덕였다. 생각해 보니까 이게 스트립쇼랑 뭐가 다른가 싶었다. 벗겨 준다고 할 때 그냥 얌전히 말 들을걸.

"나 조금 섰는데, 놀라지 마요."

허락이 떨어지자마자 그도 셔츠 단추를 빠르게 풀며 침대로 다가왔다. 얇은 이불로 몸을 가린 채 앉아 있는 다연의 볼이 벌써 발개서, 참는 것도 한계가 있었다.

"그리고 짐승 같다고도 하지 말고. 남자 다 그래요."

이불깃 사이로 드러난 쇄골도, 심지어는 무릎까지 다 하얗기만 하다. 외근도 잦은 사람이 왜 이렇게 하얗지. 특히나 부드럽게 보이는 가슴. 생크림처럼 깨끗한 살갗 가운데로 작게 꽃이 핀 것 같은 분홍색 유두 때문에 눈이 뒤집혔다. 혀를 내밀어 핥자 다연의 허리가 위로 살짝 튕겼다.

"거기, 는 안 하면 안 돼요?"

고양이가 접시에 담긴 물을 핥는 것처럼 아주 미세한 느낌이었다. 감질나서 저도 모르게 허리가 뒤틀렸다. 재민은 눈을 감은 채 숨만 할딱이는 다연을 원 없이 감상하다가 다연이 한계에 달한 것 같은 때가 돼서야 힘주어 가슴을 빨아 올렸다. 혀끝에 몽우리가 딱 달라붙는 순간, 다연이 우는 소리를 내며 허리를 살짝 띄웠다.

"그걸로 간 거예요?"

입술 사이로 유두를 가볍게 문 채 웅얼거리는 말에, 다연의 얼굴이 확 빨개졌다. 더 놀렸다간 혀라도 깨물 기세라 그냥 그쯤에서 멈췄다. 재민이라고 그닥 경험이 많은 건 아닌데, 다연은 초보, 그것도 겁이 엄청 많은 왕초보라 뭘 하든 흠칫흠칫 놀랐다.

"그냥 콘돔 꺼낸 거예요."

이를테면 이런 것에도. 그리고 직설적인 단어 하나하나마다 눈 밑을 붉혔다. 그걸 바로 앞에서 보고 있는 재민의 입장에선 저러다 다 끝날 때쯤엔 얼굴에 색이 안 돌아올까 애먼 걱정이 들 정도였다.

"그렇게 깜짝깜짝 놀라지 좀 마요."

아, 귀여워. 진짜 귀엽다. 미치겠네, 뭘 믿고 저러지. 어젯밤도 그래서 진짜 죽을 맛이었는데. 속으로 말을 뱉은 끝에 지난밤 일이 떠올라 말랑한 입술을 빨았다. 차라리 안 봤으면 몰라도, 얼굴 붉히는 걸 눈앞에서 보는 와중에 만지거나 닿을 수 없다는 건 생각보다 훨씬 심한 고문이었다.

입술도, 가슴도, 배꼽 위와 발목까지. 자국이 남지 않은 곳이 없을 만큼 꼼꼼히 훑은 재민이, 다시금 가슴 위쪽에 부드럽게 입술을 가져다 댔다. 좋아서 그렇게 한 것도 있지만 다연의 몸이 조금이라도 풀어지길 바라서 한 노력이었다.

"여긴 계속 빡빡한데."

그렇게 공을 들였건만 오늘도 역시나 이게 문제다. 아, 술 마셔서 그런 게 아니라 그냥 내 몸이 문제였던 거구나. 행여라도 고통 어린 신음 소리가 나올까 봐 다연이 두 손으로 입을 꾹 틀어막았다. 재민은 다연이 하는 행동 하나하나를 유심히 살피다가 그런 식으로 입을 막는 걸 보자마자 바로 제지를 가했다.

"손 내려요."

다리 사이로 물기 젖은 소리가 계속 들린다. 두 손으로 귀를 꾹 막아 봤자 입 안을 얽어 들어오는 혀 때문에 어차피 질척대는 건 똑같았다. 이런 와중에 신음 소리까지 낼 순 없었다. 죽을 각오로 버티는 다연을 보고 재민이 한숨을 내쉬며 말했다.

"아프다고 말 안 할 거잖아. 이거라도 들어야 내가 조절을 하죠."

아니라고, 말할 거라고, 고집스레 고개를 내젓는다. 이쪽으로선 털끝만큼도 믿음이 안 가는 말이었다.

"계속 아파요?"

손톱으로 살짝, 입구를 건드리자마자 눈꼬리에서 생리적인 눈물이 떨어졌다. 그걸 본 재민이 결국 막은 손등 위에 입술을 문지르며 부탁했다.

"이것 좀 떼 보라고. 어디가 어떻게 힘든지 말을 해 줘야 알지."

"괜, 찮아요."

그러니까 그냥 해요. 빠르게 대답하고 얼른 다시 입을 막았다. 아무리 말해도 도통 들어 먹질 않는 다연의 태도에 재민의 인내심도 간당간당 끊어지기 직전이었다.

"계속 이렇게 나온다 이거죠."

그러더니 조심스레 밑을 헤집던 손가락을 한 번에 다 빼내 버린다.

"진짜 내 맘대로 해도 돼요?"

이미 충분히 자기 맘대로 하고 계십니다만. 작게 불만을 품고 궁시렁대던 다연이 갑자기 아래로 쑥 내려가는 몸을 보고 시선을 내렸다. 다리 사이에 자리 잡고 있던 재민의 모습이 보이지 않는다. 대신, 부드럽게 흔들리는 윤재민의 머리카락만 보인다.

"설마……!"

이게 무슨 상황인지 깨달은 다연이 황급히 자리에서 일어서려 했지만 재민이 빨랐다. 키스하듯, 입술이 통째로 입구에 와 닿는 감각에 결국 다연의 입에서 비명이 터져 나왔다.

"악, 악! 타임! 타임이요!"

다연으로서는 재민의 얼굴을 걷어차지 않은 것만 해도 용하다 싶은 일이었다. 그럼에도, 재민이 아예 팔로 다연의 얇은 다리를 누른 채 본격적으로 혀끝을 움직이자 이젠 소리도 못 지르는 순간이 다가왔다.

"아, 아…… 읏."

허리를 꺾고 숨만 가쁘게 쉬던 다연이 울음소리를 내고 나서야, 너무 뜨거워서 화상이라도 입을까 두려웠던 입술이 떨어진다. 멀리서도 입술이 반짝이는 게 보인다. 무언가, 처음과는 다른 게 묻어난 걸 알자 쥐구멍에 얼굴이라도 박고 죽고 싶었다.

"이렇게 하는, 거 맞아요?"

고개를 돌려, 베개에 어떻게든 눈을 가린 다연이 파르르 떨리는 목소리로 물었다. 진짜 다들 이렇게 창피한 걸 어떻게 하는 거야? 차라리 기절이라도 하면 좋을 텐데, 그것도 안 되잖아!

"모르겠어, 하, 나도, 진짜……."

좀, 미친 것 같은데. 이런 게 아니었는데. 아니면 내 기억이 잘못된 건가? 굳이 삽입이 없더라도 이렇게 마주 보고, 만지고, 온갖 곳에 다 키스할 수 있는 것. 그 자체가 좋았다. 그게 어떤 부분이든, 부드럽든 단단하든 상관없이 전부 다 크림처럼 느껴졌다. 달고, 녹아들고, 그래서 입술을 뗄 수가 없다. 허벅지를 단단히 감고 주변에 계속 자잘한 입맞춤을 남기자 결국 다연의 허리가 한 번 더 떠올랐다.

"이러다 넣기도 전에 진 다 빠지겠는데."

다연의 상태를 보면 그러고도 남았다. 몸이 아픈 것도 문제지만 저렇게 정신적으로 시달리다간 금세 나가떨어질 것 같았다. 재민은 여태껏 물고 빨았던 입구가 손가락을 부드럽게 받아들이는 걸 보고 허리를 폈다. 이로 콘돔 봉지를 찢고 나서 본인 손으로 끼우고, 다시 다연의 손가락 사이사이에 깍지를 꼈다.

"아프면 말하는 거예요. 알았죠?"

다연이 정신없이 고개를 끄덕인다. 이 이상 부끄러운 일을 하느니 차라리 아픈 게 낫다고, 이마에 대문짝만 하게 써 있었다. 저 결심을 대놓고 때려 부술 만큼 달콤한 경험만 남겨 주고 싶은데 누군가 침범하는 게 처음이라, 아마 그건 어려울 것 같았다.

숨을 한번 몰아쉬고 천천히 입구에 끝을 문지르기 시작했다. 벌어지는 느낌에도 이를 악물고 일일이 다연의 표정을 살폈다. 그러다 중간쯤 들어간 순간, 어깨를 물며 그대로 끝까지 직진했다.

"아, 읏……!"

재민의 머릿속이 새하얗게 변했다. 시작은 통증이고 나중엔 엄청나게 화끈거리는 열기였고 마지막은 끊어질 듯 조여 오는 쾌감이었다. 벼락이라도 맞은 것처럼 그대로 굳어 있다가 곧 끙끙대는 다연을 보고 재민이 천천히 허리를 움직였다.

"윤재민 씨 잠, 깐, 읏, 잠깐만!"

어설프게 움직이는 게 더 아플 것 같아서 차라리 시작부터 세게 나갔다. 그나마 키스를 좋아해서, 입을 맞추면 안쪽이 녹진하게 녹아난다. 느끼는 부분을 하나라도 찾아 놓고 시작해서 다행이다.

"좋아요?"

말캉한 혀를 여러 번 누르고 섞으면서 다연의 표정을 살폈다. 눈 밑이 발갛게 달아올라서 몽롱하게 풀린 걸 보자 귀여워서 웃음이 나왔다.

"읏, 응, 아파……."

우느라 제정신이 아닌 것 같았다. 갈 곳을 잃고 흔들리는 다리를 그의 허리에 감고 팔을 목에 감도록 도와줬다. 붙잡을 것이 생기자 그제야 꼭 매달려서 소리를 낸다. 다연이 어느 정도 안정을 찾은 후에야 재민도 마음 놓고 무아지경에 빠졌다.

"나, 흑, 나 너무……."

아픈 것도 아니고, 그렇다고 아프지 않은 것도 아니고. 무슨 말을 하고 싶어서 자꾸 입을 여는지 모르겠다. 눈을 감고 입술을 벌린 다연의 얼굴이 예뻤다. 그대로 벌어진 입술 사이의 혀를 당겨 물다가 결국 움직이는 속도가 빨라지자 입술을 짓이기듯 문지르기만 했다.

"다연아, 하……."

좋아하는 사람과 몸을 섞는다는 게 왜 경이로운 일인지 알 것 같다. 단순히 하나 된 채 열기를 나누기 때문이 아니라, 내 안에 이런 게 있었나 싶었던 온갖 감정이 몰아치기 때문이었다. 아껴 주고 싶다가도 무너뜨리고 싶었다. 솜털처럼 대하고 싶다가도 금세 이를 세워 어깨를 물어뜯는 자신이 보였다. 당장이라도 이 지독한 쾌락이 끝났으면. 그러다가도 영원히 이 순간이 끝나지 않길 바랐다.

"다연아, 강다연……."

파정의 순간 재민의 목소리가, 음성이 울렸다. 환희에 젖은 목소리인데 그게 어쩐지 울음소리 같기도 했다. 다연은 재민의 넓은 품 안으로 파고들어 목을 감은 채 정신없이 볼을 문질렀다. 처음 부끄러워하던 것이 무색할 정도로, 뜨겁게 달궈진 재민의 피부가 좋았다. 입을 벌려 살짝 깨물면 달콤했다. 영원히 이렇게 입 안에 물고 있으면 좋겠다 싶을 만큼.

시킨 것도 아닌데 입술을 내밀어 귓가에 부비는 다연의 모습에, 재민도 손에 잡히는 대로, 그리고 입술이 닿는 대로 전부 만지고 씹어 댔다. 부드러운 머리카락을 느끼며 한참 숨을 고르다 다시 입술을 겹쳤다. 그러는 사이 손은 테이블 위를 더듬어 새 콘돔을 꺼내 들고 있었다.

전날 암막 커튼을 치고 자는 걸 잊었는지 햇빛이 침대 깊숙한 곳까지 스며들었다. 통유리로 쏟아져 내리는 햇살에 재민의 밝은 머리카락이 빛났다. 눈을 살짝 찌푸리고 잠에서 깰 때쯤엔 이미 휴일 오후. 지난밤이 깊고 길어서 아침은 소리 소문 없이 지나간 모양이었다.

"어디 간 거야……."

깨자마자 옆을 더듬어 다연을 찾다가 침대에 홀로 남았다는 걸 알고선 낙담했다. 알람 시계를 뒤집으며 베개에 고개를 묻고 있자니 욕실이나 테라스 쪽에서도 다연의 흔적이 없다는 게 느껴졌다. 더 자고 싶은 욕구와 다연을 보고 싶은 욕구가 만나자 결국 후자가 이겼다. 작게 하품을 하며 침실 밖으로 나가자 벌써 샤워까지 끝내고 머리를 말리는 다연의 모습이 보였다.

"뭐 해요?"

"깼어요? 룸서비스 시켰어요. 밥은 먹어야죠."

"밥 필요 없으니까 멋대로 나가지 마요."

비틀거리면서 다가오더니 찹쌀떡처럼 말랑거리는 다연의 볼을 죽 당긴 뒤 그대로 입을 맞춘다. 눈도 제대로 못 떴으면서 입술이 어디 있는지는 아주 정확히 보이는 모양이었다. 아무 데도 가지 말라고 중얼거리는 소리에 다연이 픽, 소리 나게 웃었다.

"누가 보면 세상에 우리만 연애하는 줄 알겠네."

"응, 성후 형도 그러더라……."

옷을 찾아 자리에서 일어나자 아직도 잠에 취한 채로 다연의 등에 업히듯 기대서 이리저리 움직인다. 등 뒤에 곰 한 마리를 달고 다니는 기분이었다.

"좀 떨어지라니까요."

"그냥 둬요. 안심하게."

"뭐가요."

"가끔 그럴 때 있잖아요. 너무 행복해서 다음이 불안한 거."

말은 세상없이 진중한데 뒷목에 촉촉, 수도 없이 키스를 날리는 것 때문에 심각성이 떨어진다.

"그래서 지금 안심하는 중이에요."

그런데도 마냥 안쓰럽기만 했다. 나도 진짜 콩깍지가 제대로 씌었지. 한숨을 푹 내쉰 다연이 재민의 머리를 슥슥 쓰다듬으며 말했다.

"내가 책임질게요. 맘 놓고 행복해도 돼요."

다른 데 가서 다치고 와도 내가 다 고쳐 가며 살겠다는 결심이 불끈불끈 올라온다. 잠결에도 그 말은 웃겼는지, 등 뒤에서 웃음기 묻은 목소리가 들린다.

"누구 애인이 이렇게 멋있어. 지나가던 사람 다 반하겠네."

떨어져라, 싫다, 실랑이를 하는 사이 휴대폰 진동이 울렸다. 휴대폰을 확인한 다연이 잠깐 멈칫하더니 그걸 핸드백에 넣고 미안하단 낯으로 재민을 쳐다본다.

"어쩌죠. 오늘 미팅 잡혔던 걸 깜박했어요."

"아, 진짜요? 그거 안 가면 안 되나?"

테이블에 앉아서 아직도 비몽사몽한 눈을 억지로 비비던 재민이 필터를 전혀 거치지 않은 말을 내뱉기 시작했다.

"농담이죠?"

"다른 사람 보내요, 우리."

"아직 제정신 아닌가 보네. 빨리 가서 잠이나 더 자요. 금방 올 테니까."

자신보다 머리 하나 더 있는 남자를 낑낑대며 침대까지 옮겨다 놓는 작은 몸이 따뜻하다. 이마를 살살 문지르던 다연의 손이 떨어지고, 문이 닫히는 소리가 선명하게 들렸다. 벌써부터 외로운 기분이 든다. 재민은 하다하다 직장에까지 질투하게 될 줄은 몰랐다고 중얼거리다가 문득 고개를 들어 휴대폰 일정을 확인했다. 생각해 보니까 이번 주말엔 일이 없었던 것 같은데.

"……."

순식간에 잠이 확 깬다. 어쩐지 불길한 예감이 들었다. 다연의 일에 있어서만큼은 확실히 처녀 보살이라도 들린 것처럼 촉이 오곤 했다. 이번에도 비슷하다. 지금 당장 가지 않으면 왠지 후회할 일이 생길 것만 같다.

침대 끝에 걸터앉아 곰곰이 생각하던 재민이 바로 자리에서 일어섰다. 그리고 수화기를 들어 프런트에 전화를 걸었다.

"여기 1306호인데요, 조금 전에 불렀던 택시 다시 한번 부를 수 있을까요? 일행이 먼저 갔거든요."

프런트 여직원이 상냥하게 전하는 말에 꽃처럼 웃던 재민의 표정에도 슬슬 긴장이 서리기 시작했다.

30분이 지난 후, 다연은 지난밤 묵었던 호텔에서 얼마 떨어지지

않은 카페의 문을 열고 들어갔다. 그리고 한 잔에 만 5천 원씩이나 하는 커피를 입에 문 채 오늘 처음 본 남자의 삶과 직업에 관한 일장 연설과 간간이 섞인 입에 발린 칭찬을 10분이 넘게 듣는 고충을 맛보기 시작했다.

"듣던 대로 조용하고 얌전하시네요."

"아, 그러세요."

그쪽은 듣던 바라도 있었나 봐요. 여긴 지금 벼락 맞은 기분인데. 생각할수록 쓴웃음만 나오는 상황에, 다연이 조용히 커피 잔을 들었다.

아침에 온 전화는 한 여사에게서 온 것이었다. 지인이 웨딩 관련해서 상담하고 싶은 게 있다고 하니 당장 튀어나오라고, 휴일에 잘 쉬고 있는 큰딸에게 전화해 온갖 잔소리를 늘어놓으시는 통에 꾸역꾸역 나올 수밖에 없었다. 그러나 그렇게 찾아온 커피숍 맞은편에 권 집사 사돈의 팔촌에 친구의 아들이라는 사람이 환하게 웃고 있는 것을 봤을 땐 이 엄청난 시련을 어떻게 뚫고 나가야 할지, 막막함에 헛웃음이 다 나왔다. 사돈의 팔촌에 친구의 아들이면 그냥 남인데도 저 얼굴에서 권 집사가 보인다.

"지금 하는 일이 많이 힘들다고 하던데 건강은 괜찮으세요?"

"그 정도로 힘들진 않아요."

의미라곤 하나 없이 오가는 대화에 다연의 입술에서 절로 한숨이 터졌다. 지인 상담이라고 하니 혹시 한 여사가 따라왔을지도 모른단 생각이 들었고, 이 시점에 재민과 한 여사가 만나 봐야 좋을 일이라곤 하나 없을 것 같아 혼자 나온 거였다. 그런데 어젯밤 내내 달달하기 짝이 없던 윤재민을 두고 나와 한다는 게 한 여사에게 속아 선을 보는 거라니. 하룻밤 사이에 기분이 이렇게 우울해질 수가 있나.

"역시 취직보단 취집이 편하죠. 요즘 20대 여자들 꿈이 그거라면서요."

거기다 주제라곤 이게 말인지 방구인지 알 수 없는 것들뿐이고. 이 남자도 묘한 게, 인사를 나눈 후부터 지금까지 신기할 만큼 핀트가 어긋나는 대화 주제만 선별해서 테이블 위로 끌고 오는 재주가 있었다.

"그럼 전 20대가 아닌가 봐요."

"아! 하긴, 다연 씨는 이제 30대니까 20대랑은 좀 다르려나?"

"……."

이를테면 이런 식으로, 딱히 악의가 있는 것 같진 않은데 그냥 사람이 멍청해 보이는 말을 너무 많이 한다던가.

"전 바깥일이 많아서 내조 잘해 줄 분이 필요하거든요. 그래도 사회생활 안 한 여자는 싫고. 결혼하기 전까진 열심히 살다가 결혼 후엔 집안에 충실한 여자가 제일 좋은 것 같아요. 다연 씨도 5년간 일했으면 고생 많이 하셨네."

식어 빠진 웃음을 베어 문 다연이 '얘를 대체 어쩌면 좋지.' 라는 표정 그대로 입을 다물었다. 조금 전 들었던 이 인간의 10분짜리 인생 강연에는 평범한 집에서 태어나 의사가 되기까지 험난했던 여정이 빼곡하게 녹아 있었다. 어찌나 유창하게 이어 가는지 끊기는 부분도 없었다. 그간 사방팔방 다니며 저 자랑을 얼마나 하고 다녔을지 알 만한 대목이었다.

고로 결혼하고 나면 집에 처박혀 살림이나 해 달라는 의도 역시 바로 읽혔다. 한 여사가 이걸 알고 이 남자를 선택한 건지, 아니면 둘이 자석처럼 이끌린 건지 알 수가 없지만, 하나 확실한 건 아주 조금이라도 빌미를 주는 순간 집에선 모친이 엉덩이를 걷어차고 밖엔 이 남자가 낚싯대를 드리운 통에 강제로 직장 생활 청산하게 될지 모른다는 예감뿐이었다.

"자기 결혼을 마지막으로 은퇴하는 것도 멋있지 않나요?"

슬슬 본론으로 들어가는 남자를 보고, 그러는 댁이야말로 본인 뱃살을 마지막으로 흡입하고 은퇴하는 것도 멋지지 않겠냐고 말하려다 입술을 지그시 깨물었다. 재민을 책임지기로 한 이상 한번 잘해 보자고 으쌰으쌰, 기합을 넣는 중이었다. 그러려면 조만간 집에 재민의 이야기가 전해질 텐데, 심지어는 그 과정에서 고모네 사돈처녀 한다정 씨 이야기도 해야 하는데, 지금이라도 한 여사에게 잘 보여 놓지 않으면 집안 풍비박산 나는 건 시간문제였다. 다연은 바로 그 이유 하나 때문에, 호텔에서 자신을 혼자 기다리고 있을 재민에게 돌아가고 싶은 마음을 꾹꾹 누른 채 대화를 이어 가는 중이었다.

"전 아직 직장 그만둘 생각이……."

"부모님은 직업이 비슷한 사람 만나라고 하시는데 전 다연 씨 마음에 듭니다. 신부가 웨딩 플래너면 예식에 들어가는 비용도 확 줄 것 같고. 하하하."

뭘까. 저 애매한 칭찬은. 태어나서 이렇게 어설픈 미소를 지어 봤던가 싶은 얼굴로 웃는 다연을 보고 상대가 손사래를 친다.

"아, 농담인 거 아시죠? 아끼지 않고 팍팍 쓰세요. 전 스몰 웨딩이니 뭐니 해도 갖출 건 다 갖추고 하는 결혼식이 보기 좋더……."

"죄송하지만, 저는 이만 일어나 보겠습니다."

이쯤 했으면 많이 참았다고 스스로를 토닥인 다연이 가볍게 운을 뗐다. 말을 이어 가려던 상대편 남자가 당황스런 눈으로 이쪽을 쳐다보는 게 보였다.

"다연 씨, 갑자기 왜 그러……."

"다연아. 여기서 뭐 해?"

그러나 뭔가 덧붙이려던 남자의 입은 한 문장을 다 뱉기도 전, 어디서 많이 듣던 음성에 의해 막혀 버렸다. 설마 싶은 마음에 뒤를 돌아본 다연이 겉옷도 챙겨 입지 못한 채 서 있는 재민을 보고 자리에서 벌떡 일어섰다.

"여기서 뭐 하냐고, 강다연."

화사한 얼굴로 말을 잇는 윤재민의 모습이 지독히도 위협적이었다. 얼떨떨한 표정으로 그 얼굴을 보고 있는 다연의 목에서도 침이 꿀꺽 넘어가는 소리가 울렸다.

"여긴 어떻게……."

"여긴, 어떻게?"

말 사이사이에 돌가루가 갈려 있는 것 같은 음성이었다. 이 상황을 어떻게 알고 왔는지는 모르겠지만 지금은 그걸 가지고 대거리를 할 분위기가 아니었다. 식은땀을 죽 흘린 다연이 가방을 챙겨 드는 순간 재민의 입에서 폭탄이 터졌다.

"어떻게는 뭘 어떻게야. 자다가 옆에 없길래 놀라서 나왔지."

다연은 히끅 하고 딸꾹질을 시작하고 맞은편에 앉아 있던 남자는 앉은 채로 돌이 되어 버렸다. 찬바람이 세 사람 사이를 휩쓸고 지나갔다. 재민은 얼음땡 놀이를 하는 것처럼 다연의 손등을 꽉, 움켜쥔 채 정신 차리라는 듯 연이어 폭격을 시작했다.

"근데 우리 다연이 바쁘네? 일요일 아침부터 이런 데 앉아서 저 헛소리를 다 받아 주고 있고."

"윤재민 씨, 그게 아니고……."

"하긴, 생각해 보니까 나도 바빴네. 눈뜨자마자 누구 잡으러 이리 뛰고 저리 뛰느라."

윤재민이 바득바득 이를 갈며 약을 팔고 있다. 팔다 못해 사방에 치고 있다. 농약 세례를 받은 상대편 남자가 재민의 기세에 눌려 제대로 화도 못 낸 채 조심스레 물었다.

"실례지만 누구……?"

표정이 누가 봐도 미친놈을 보는 얼굴이다. 이마를 싸맨 다연이 눈을 감고 후, 짧고 굵은 숨을 내쉬었다. 재회한 이래로 윤재민과 함께하는 매일매일은 멋진 신세계.

"결혼할 남자예요."

……라기보단 미친 신세계에 가까웠다.

상대편 남자의 얼굴에 '아니, 이런 참신한 개새끼를 보았나?' 하는 문장이 떠오른다. 지금만큼은 다연도 그 표정 그대로 재민을 바라보고 있건만 정작 당사자는 자기가 뭘 잘못했냐는 얼굴로 방긋방긋 웃고 있었다. 여기서 불어닥칠 폭풍이나 이 만남이 끝난 후에 벌어질 폭풍이나 매한가지란 생각이 든 다연은, 잡고 튀려던 핸드백을 소파 위로 툭 떨군 채 죽겠다는 눈으로 바닥만 쳐다볼 뿐이었다.

한바탕 소란이 휩쓸고 간 카페에 정적만 남았다. 창백해진 얼굴로 나간 맞선남이 막판에 어디론가 전화 거는 걸 봤기 때문에 다연의 미귓속은 지금 폭딘이 터진 진젱터나 다름없었다.

"오해예요."

그런 심각한 와중에 단 한시도 시선을 돌리지 않은 채 이쪽을 노려보고 계신 상전 하나도 설득해야 했고.

"그렇겠죠."

팔짱을 낀 채 어디 할 수 있는 데까지 변명해 보라고, 무심하게 쳐다보는 재민의 모습이 폭발 직전의 압력 밥솥처럼 위험천만했다. 다연은 바위에 대고 계란을 집어 던지는 무력감을 느끼며 또다시 같은 말을 반복했다.

"생각하는 그런 거 아니라고요. 나도 나와서야 알았어요."

"나중에라도 알았으면 바로 자리를 떴어야죠. 아니면 나한테 연락을 하던가."

"이게 자는 사람한테 연락할 만한 일은 아니잖아요."

재민의 눈썹이 꿈틀했다. 그러더니 곧 기가 차다는 듯 말을 잇는다.

"그러게. 듣다 보니 내가 진짜 웃긴 놈이네. 대리님이 다른 놈이랑 결혼을 하든 말든 무슨 상관이라고 이럴까요. 우리 아직 사귀는 것도 아닌데."

"윤재민 씨."

"그럼 대강이라도 알려 줘요. 내가 어디까지 참견해도 되는 건지. 내 생각엔 어제 밤새 호텔방에 같이 있던 여자가 오늘 선보러 나갔다고 하면 이 정도 화내는 건 당연한데, 대리님 생각엔 아닌 것 같으니까."

"내 말 좀 들어 봐요."

"대리님이 먼저 대답해요. 나 대체 언제까지 참아야 돼요?"

다연이 무슨 말을 해도 들어 먹질 않는다. 화가 머리끝까지 난 모양이었다. 그러나 다연도 앞으로 벌어질 사태를 생각하면 막막하기 그지없는 나머지 평소처럼 부드러운 대화가 되질 않는다.

“기다릴 수 있다면서요.”

“정정할게요. 못 기다려요. 역시 난 좋은 사람인 채로는 연애를 못하는 게 맞는 것 같아요.”

재민의 눈매에도 날이 섰다. 다연은 왜 혼자 해결할 수 있는 일에 끼어들어 이 난리를 만들어 놓냐며 따지고 있지만, 이쪽은 무슨 일이든 혼자 하면 칭찬받을 줄 아는 유쾌한 다연 씨의 일방통행 덕에 몸에서 사리 나오기 직전이었다.

“내가 이기적인 걸로 보여요? 대리님 튕기는 거 아니라고 했던 것처럼 나도 이기적인 거 아니에요. 나도 불안하고 무서워요. 내가 강 대리님한테 들은 거라곤 남자로 안 보인다는 말이나 친구로 지내자는 말이나 거리 두라는 말이나 그런 것밖에 없으니까. 아직 나한테 사랑한단 말도 한 번 안 해 줬다고요, 당신.”

결국 꾹꾹 눌렀던 원망이 테이블 위로 쏟아졌다. 감정이 가득 담긴 눈으로 말을 잇던 재민이 다음 순간, 본인이 뱉은 말에 상처를 입은 채 어깨를 늘어뜨리며 말한다.

“난 그 말만 들으면 뭐든 다 할 수 있을 것 같은데.”

그리고 그건 다연의 죄책감에 불을 붙임과 동시에 기가 막히단 감정에도 시동을 거는 말이었다. 심호흡을 두어 번 한 다연이 눈을 부릅뜬 채 선전 포고를 하듯 외쳤다.

“사랑해요.”

달콤함과는 백만 배쯤 거리가 있는 어조였다. 그럼에도 재민은 황급히 고개를 들어 다연을 올려다봤다. 그게 안쓰럽기도 하고 답답하기도 하고, 그런 한편 눈에 뭐가 씌었는지 참 사랑스러워서 마음이 꽉 차는 것 같다.

"사랑한다고요. 당연한 거 아니에요? 윤재민 씨는 사랑하지도 않는 사람이랑 자요? 사랑하지도 않는 사람 때문에 그렇게 매일매일 고민해요?"

주먹까지 꾹 쥐고 얼굴이 빨개져서 말하는 다연을, 재민이 멍하니 쳐다본다. 그 얼굴에 뭐라고 말을 더 하려다가 그냥 옆자리로 건너가서 재민의 손을 붙잡고 진지하게 말했다.

"사랑하지도 않는데 부모님 얼굴에 먹칠할 각오하고 선 자리 파투 내겠냐구요. 나 그렇게 용감한 사람도 아닌데."

말이 끝나기 무섭게, 재민이 팔을 뻗어 다연을 끌어안았다. 먼저 다가가 폭 안긴 어깨가 참 넓었다. 그리고 따뜻했다. 다연이 그 상태로 카라 깃에 볼을 기대자 잠시 뒤, 커다란 손이 뒷머리를 토닥토닥 쓸어내린다. 재민의 품이 이렇게 깊은지 몰랐다. 언제나 밀어내기 급급했으니까. 그게 미안해서 둘 사이에 틈이라곤 하나 남지 않을 때까지 꼭 끌어안고 얼굴을 기댔다.

"불안하니까 그러죠."

어쩐지 말끝이 떨리는 재민의 목소리에 다연이 위를 보며 물었다.

"뭐가 불안해요."

"내가 가진 게 대리님한테 다 아무 의미가 없잖아요."

밀어붙일 때는 아무것도 안 보이는 사람 같더니 정작 판을 깔아주니까 한 발 한 발 조심스레 내딛는 게 보였다. 다연은 빙판에 선 것처럼 언제 넘어질 줄 몰라 위태롭던 자신의 발걸음을 재민이 끌어 줬단 사실을 깨닫고, 이번엔 내가 이 남자가 넘어지지 않게 돌다리를 두드려 줘야겠다고 결심했다.

"의미 있어요."

"네?"

"이렇게 잘생겨서 부서의 사기 증진에 크게 한몫하고 있고, 말도 잘해서 다경이도 벌써 넘어갔고, 지원이도 이제 윤재민 씨 좋다고 하는데 왜 의미가 없어요."

재민의 표정이 서서히 풀어진다. 그에 맞춰 다연의 입가도 느슨해졌다.

"일도 꼼꼼하게 잘하잖아요. 나 원래 남한테 일 잘 안 맡기는데 윤재민 씨한텐 많이 넘긴 거 알죠?"

"……알아요."

"거봐요."

"또. 더 없어요?"

긴 손가락이 다연의 앞머리를 살짝 매만지며 물었다. 다연은 재민의 반짝이는 갈색 눈이 예쁘다는 생각에 눈꺼풀 위로 꾹꾹 입술을 내린 뒤 대답해 줬다.

"내가 윤재민 씨의 장점이든, 단점이든 다 사랑한다는데, 더 필요해요?"

언제든 최선을 다해 칭찬하고 위로하는 다연의 습관을 안다. 그렇지만 지금은 언제나 이마 위에 달려 있던 '난감' 이란 두 글자가 보이지 않는다. 그냥 생각나는 대로, 느끼는 그대로 가감 없이 말하고 있을 다연이 고마워서 안은 팔에 힘이 들어갔다.

"난 평생 대리님한테 화 못 낼 것 같아요."

한숨 쉬듯 나른하게 하는 말에 다연이 피식 웃으며 대꾸했다.

"방금 낸 건 뭔데요."

"앞으로. 앞으로 못 낸다고."

코끝이 부딪힌다. 다연의 입술에 촉촉, 소리가 나게 입맞춤을 하던 재민이 행복해 죽겠다는 듯 이마를 문질렀다. 마음이 간질간질하고 또 너무 찡했다. 쇠뿔도 단김에 빼랬다고 고백도 먼저 한 김에 키스도 먼저 한번 해 봐야지. 그런 마음으로 다가가던 다연이, 주머니에서 울리는 진동 소리를 듣고 멈칫했다.

"누구예요?"

코앞에서 멈춘 다연의 얼굴을 애석하게 바라보던 재민이 묻는다. 다연은 그런 재민을 뒤로한 채, 액정을 쳐다보며 한숨을 내쉬었다.

"염라대왕이요."

올 것이 왔다. 한 여사의 호출이었다.

"내가 못 살아, 못 살아! 앞으로 교회 어떻게 나가라는 거야, 이 원수 같은 것아!"

현관에 들어서자마자 블라우스 단추가 떨어지도록 질질 끌려 거실로 간 다연이 등을 내리치는 한 여사 밑에서 악 소리를 참고 있었다. 못 본 사이 손바닥에 징이라도 박아 놓으신 건지 한번 후려칠 때마다 귀에서 이명이 다 들린다.

"너 이럴 거면 웨딩 플래너인가 뭔가 당장 때려치워! 남 시집장가 잘 가는 거 봐서 뭐 해! 너는 이러고 있으면서! 다른 사람들 보기 창피하지도 않아!"

가짜 눈물을 쥐어짜며 바닥에 주저앉는 한 여사를 다경이 얼른 받쳐 든다. 엉엉 우는 모습이 안쓰럽긴 해서 다연의 어조도 착잡하게 바뀌었다.
"엄마, 직업이랑 인생이 꼭 한길로만 가야 하는 건 아니야. 내 직업이 웨딩 플래너라고 해서 완벽한 예식을 할 거란 생각은……."
줄줄이 변명을 늘어놓던 다연의 등짝을 한 여사가 후려갈겼다. 맞아 본 것 중에 제일 아프다. 비명도 못 지르고 끙끙 앓는 걸 본 재민이 후다닥 뛰어와 얼른 다연을 등 뒤로 감췄다. 그 꼴에 소품으로 준비한 손수건으로 입을 틀어막고 있던 한 여사가 불쑥 궁금증을 뱉는다.
"이 사람이 그 결혼할 남자야?"
"엄마!"
"그게 아니면 왜 선 자리 파투를 내고 둘이 손에 손을 잡고 와? 내가 이번 자리 만드느라 얼마나 힘들었는지 알아?"
없는 살림에 십일조를 열두 번도 더 냈다고, 그런데 이런 질문 하나 못 하냐고 왈칵 짜증을 내는 한 여사를 보고 다연이 입술을 깨물었다.
"그런 거 아니야."
"아니면 누구냐니까!"
"누구면 뭐 어때서!"
그간 쌓였던 감정이 둘 다 폭발하기 직전이었다. 다경이 끼어들어 말리려는 찰나 담담한 재민의 목소리가 흘러들었다.
"다연이가 사랑하는 사람입니다."
적막한 가운데 한 여사가 제일 먼저 고개를 돌렸다. 방금 뭐라고? 그런 눈으로 묻고 있는 사이 다경과 다연의 시선도 그쪽을 향했다.

"다연이가 사랑하는 사람이요. 물론 저도 다연이 사랑하고요."

윤재민의 얼굴에 미소가 떠오른다. 참 보기 좋은 떡이긴 한데 그게 이 상황에는 맞질 않았다. 온 마을을 다 태울 것 같던 캠프파이어의 현장에 매머드가 찾아와 불길을 사뿐히 짓밟고 간 것 같은 느낌이랄까. 한동안 정적이 흐르는 거실에서, 그나마 셋 중 제일 빨리 정신을 차린 다경이 침착하게 말했다.

"엄마. 언니 형부 없으면 평생 혼자 살아야 돼. 그래도 좋아?"

"뭐야?"

"아니, 딸이란 걸 배제하고 봐 봐. 부모한테도 사기 치는 이런 여자를 누가 데려가겠어."

"사기라뇨?"

이번엔 재민 쪽에서 의아한 얼굴을 한다. 그에 맞춰 다경이 다연에게 물었다.

"말 안 했어?"

너 같으면 말했겠니? 다연은 매번 시기적절하게 저 이야기를 꺼내는 다경을 아주 원수가 따로 없단 얼굴로 쳐다봤다. 암만 해도 이 일을 사골마냥 기력 딸릴 때마다 우려먹는 쪽은 한 여사가 아니라 다경 쪽인 것 같았다.

"알려 드릴까요?"

흐음, 하고 입맛을 다시는 걸 보니 머릿속으로 주판 튕기는 게 보인다. 얼마나 요란뻑적지근하게 각색해서 말할지 걱정이 된 나머지 다급하게 말을 끊었다.

"내가 말할게."

그러니까 입 다물라고, 눈으로 쏘아붙인 걸 잘 알아들었는지 어깨 한번 으쓱하고 만다. 자매간의 싸움에 잠깐 정신을 빼놓고 있던 한 여사가 다시금 본연의 목적을 상기하고 다연을 들들 볶기 시작했다.

"어쨌든 너 이번 일로 교회에서는 더 선 자리 못 잡는데 어쩔 거야, 어?"

다연이 답하기도 전, 끝이 나닥나닥한 네일 팁을 뜯어낸 다경이 심드렁하게 말했다.

"뭘 어째. 엄마가 선을 포기해야지."

"강다경 넌 조용히 못 있어?"

"뭐 뾰족한 수라도 있어? 언니 이름 다 팔렸을 텐데."

맞는 말을 아주 얄밉게도 늘어놓는 둘째 딸의 행태에 한 여사의 볼이 울긋불긋 변한다. 다연은 슬슬 모친의 혈압이 걱정되는데 전부터 이런 일이 잦았던 다경에겐 씨알도 안 먹힐 일이었는지 재민을 힐긋 보고 말을 잇는다.

"아니면 언니가 이분이랑 행복하게 연애하게 그냥 두시던가."

고개를 든 다경이 턱 끝으로 재민을 가리킨다. 고개를 돌려 재민을 바라본 한 여사의 화가 한풀 꺾이는 게 보였다. 눈이 마주치자 재민의 입꼬리가 반사적으로 올라갔다. 사회생활에 최적화된 웃음을 베어 문 얼굴에 한 여사의 어깨가 또 한 뼘 내려간다.

"둘이 언제부터 만나기 시작한 건가?"

재민은 풀이 죽은 한 여사의 물음을 듣자마자 바로 답했다.

"정식으로 만난 지는 얼마 안 됐습니다."

"같은 회사 다니는 건가?"

"네."

"그럼 자네도 플래너인가?"

"아니요, 선공이랑 부서는 다릅니다."

본격적인 호구 조사가 시작됐다. 압박 면접이나 다름없는 폭정에 다연이 말려 보려 했지만 재민은 괜찮다는 듯 살짝 손사래를 치며 웃는 얼굴로 저 말을 다 받아 냈다. 그리하여 다연 본인도 몰랐던 사실, 이를테면 재민의 부모님이 지금 은퇴 후 경기도 외곽에 내려가신 일이나 외아들이란 사실이나 이 회사에 남을지 아니면 전처럼 사무실을 다시 차릴지 고민하고 있다는 이야기까지 다 전해 들을 수 있었다.

"뭐."

10여 분에 걸친 면담이 끝난 뒤, 한 여사가 조금 불퉁하게 입술을 내민 채 삐친 척 말했다.

"첫인상은 나쁘지 않구만."

다연과 다경이 동시에 안도의 한숨을 내쉬었다. 다혈질이긴 해도 속은 아직 열일곱 여고생과 다를 바 없는 모친이시기 때문에 화난 척해 봐야 재민이 마음에 쏙 들었다는 건 다연도 알고 다경도 알고 이 상황이 처음인 윤재민도 알 것 같았다.

"궁금한 거 다 물어보셨어요?"

그럼에도 재민의 파혼 경력을 듣고 난 후에 분위기가 어떻게 급변할지는 알 수 없는 노릇이라, 황급히 대화를 끊었다. 오늘은 이쯤에서 발 빼는 게 현명할 듯했다.

"그럼 이제 우리 가도 되는 거죠?"

간을 보기 시작한 다연이 살짝 눈을 치켜뜨는데 갑자기 구석에 있던 다경의 발이 이쪽으로 향했다.

"근데 엄마."

이거 진짜 특급 비밀이라는 듯 속닥대는 다경의 목소리가 들렸다. 뭘 하려고 저러나 보고 있자니 네일 팁이 잔뜩 붙은 얇은 손이 한 여사의 어깨를 꾹 잡고 가까이로 끌어당긴다.

"엄마 형부랑 아는 사이다?"

"응?"

저 말을 뱉음과 동시에 어디선가 쩌억, 하는 소리가 들려왔다. 설마 하는 마음으로 쳐다보는 다연의 눈앞에서 다경이 특급 폭탄을 내던져 버렸다.

"전에 한다정인가, 고모네 사돈처녀 뭐시기 결혼식에서 갔었잖아. 그때 결혼하려다 못 한 사람인데 기억 안 나?"

잠깐 뭐가 지나갔나 싶었다. 멍하니 있던 한 여사가 재민을 한 번 쳐다보고 다시 다경을 보고 그러다가 다연까지 본 뒤에 더듬더듬 되물었다.

"그날 파혼당한 사람?"

"응."

"그 젊은 신랑?"

"응응."

한 여사가 입을 벌렸다. 다연도 입을 벌리고 싶었다. 사실은 입을 벌리는 데서 끝이 아니라 비명도 같이 지르고 싶었다. 이왕이면 욕도 아주 찰지게 내뱉으면서.

"이것들이 부모를 아주 우습게 알아!"

한 여사는 저렇게 말했지만 다연의 입장에선 부모뿐만이 아니라 언니를 우습게 아는 것까지 더해졌기 때문이다. 모친께서 파리채까지 휘두르기 시작한 걸 본 다연이, 난생처음 올라 본 혈압 때문에 뻐뻣한 뒷목을 잡았다. 이 폭탄을 어떻게 수거해야 할지 모르겠으니 그냥 다 같이 터져 죽어 버릴까. 다연은 울기 직전의 눈으로 그 생각만 하고 있는데 성삭 활화산에 불을 붙인 다경의 어조는 한가로웠다.

“엄마, 그럼 언니 이대로 노처녀로 늙어 죽어?”

“넌 무슨 그런 험한 소리를 해!”

“내가 볼 때 언니 저 남자 아니면 그냥 혼자 살다 늙어 죽을 것 같은데.”

모녀가 손에 손을 잡고 실버타운으로 갈 생각이면 안 말린다고, 저게 딸인지 동생인지 원수인지, 정체를 모를 만큼 독한 어조로 말한다. 남의 집 싸움 구경 온 거냐고 물을 뻔한 다연이 멍청하게 서 있는 사이 그만큼 멍청한 얼굴로 둘째 딸을 바라보던 한 여사가 파리채를 든 손을 올리지도 내리지도 못한 채 더듬더듬 말을 이었다.

“아니, 그래도 파혼이.”

“열린 시야로 봅시다, 엄마. 이미 5년도 더 지난 일이잖아. 과거가 중요해, 아니면 언니 미래가 중요해?”

“그래도 파혼이.”

“혼인 신고를 했다가 이혼 서류 받아 온 것도 아니고 결혼식이 파투 난 거라는데 뭐 어때? 내 주변에 지금 그런 애들이 얼마나 많은지 알아? 언니, 언니네 회사 고객 중에도 많지? 중간에 파혼하는 사람들?”

아직 정신이 다 돌아오지 않은 터라 저도 모르게 고개를 끄덕였다. 그럼, 많지. 올여름만 해도 벌써 파투 난 커플을 두 쌍이나 봤거든. 근데 내가 지금 그걸 말해도 되는 건지 모르겠다, 동생아.

“거봐, 엄마. 요샌 별일 아니라니까?”

타이르듯 말하는 어조에 결국 한 여사의 파리채가 내려갔다. 이성과 감정 사이에 낀 모친께서 혼란스러운 눈으로 다경을 쳐다보며 대꾸한다.

“아니, 그래도 파혼이란 게.”

“얘기 들어 보니까 파투 낸 것도 형부가 아니라 그 신부 쪽이라는데, 오히려 그쪽 친척인 엄마가 미안해야 하는 상황 아니야?”

“어찌 됐건 파혼이.”

“아, 언니 형부 아니면 결혼 못한다니까? 나 연애하면서 형부처럼 잘하는 남자 본 적 없어. 저러면 비교돼서 다른 사람 못 사귄다고.”

왈칵 짜증 내는 다경을 보고 한 여사가 놀라서 눈만 끔벅끔벅거린다.

“그렇게 잘해 줘?”

저 말을 듣자마자 다연은 한 손으로 눈가를 가려 버렸다. 얼결에 혼나고 있는 모친이 눈물겨워 볼 수가 없었다. 이제는 숫제 갑을 관계가 뒤바뀌어 다경이 한 여사를 닦달하고 몰아붙이는 상황이었다.

“잘해 주는 정도가 아니라 완전 공주님 대접이야.”

어지간히 밑밥을 깔았다고 생각했는지 꼬리 아홉 개 달린 여우가 굳히기에 들어간다.

“에휴, 난 모르겠다. 이러면 다 엄마 책임이지, 뭐. 언니가 좋은 신랑 만나서 행복하게 살거나. 아니면 부모님 손 붙잡고 함께 시골에서 밭이나 매거나.”

다경이 힐긋, 곁눈질로 한 여사의 얼굴을 보며 말했다. 심각하게 턱을 괴고 있던 한 여사가 예상한 대로 다경을 보며 묻는다.

“그게 그렇게 되나?”

친동생의 능력을 하나 더 발견한 다연이 기가 막힌다는 얼굴로 다경의 옆모습을 쳐다봤다. 저건 딸이 아니라 신흥 종교 교주 내지는 최면술사네. 이게 내 문제가 아니고 저게 내 동생이 아니며, 그녀가 도움받는 입장만 아니었다면 속지 말라고 당장 손을 붙들고 도망쳐도 무방한 분위기였다.

"아이고, 나도 모르겠다."

우선 저녁이나 먹고 얘기하자고, 혼백이 빠진 얼굴로 터덜터덜 걷는 모친의 등이 유난히 작아 보였다. 다연이 폭풍우가 쓸고 지나간 거실 한복판에서 재민을 구출해 먼저 위층으로 보냈다. 널브러진 가방과 겉옷을 챙겨 걸어가다가, 계단 앞에 척 하니 버티고 서서 웃는 다경의 얼굴을 보고 발을 멈췄다.

"3만 원."

다연이 세상 무상하단 얼굴로 다경을 쳐다봤다. 친언니를 ATM 기기로 보는 이 얄팍한 가족 관계를 그만 청산할 때가 온 것 같다.

천만다행으로 오늘 부친께선 친구들과 1박 2일 낚시 여행을 떠나셨다. 56만 원이란 거금을 주고 구입한 낚싯대가 사람을 후려패는 용도로 전락하지 않아 다행이라고 중얼거리며 방문을 열자 침대에 앉아 있던 윤재민이 말을 건넨다.

"사귀자마자 인사 올 줄은 몰랐네요. 결혼 허락까지 받을 줄은 더 몰랐고."

"농담이 나와요?"

"농담 아니에요. 나 다경이한테 평생 밥 사 줄 생각인데."

바닥에 앉아서 침대에 등을 기댄 다연이 한숨을 내쉬었다. 하루 사이 전쟁을 열두 번쯤 치른 기분이었다.

"나중에 다경이 같은 딸 낳을까 봐 무서워요."

이건 진짜 진심이다. 따지고 보면 다경이 정말 적극적으로 도와준 건데, 그게 고맙기보단 찝찝했다. 어쩐지 사채업자한테 돈 맡긴 기분이고.

"그런데 사기 쳤다는 게 무슨 말이에요?"

아마 이런 질문이 돌아올 걸 알아서가 아니었을지. 조심스레 생각하던 다연이 역시나 다경 같은 딸은 낳고 싶지 않단 생각을 하며 말을 돌렸다.

"배 안 고파요?"

"딴소리하지 말고요."

"……."

"무슨 사기를 쳤는데?"

다연의 이마를 살짝 매만지던 재민이 빙글빙글 웃으며 다정하게 눈을 맞춘다. 다연은 뻗대는 것을 포기한 채 한숨 쉬듯 말했다.

"동기한테 돈 줄 테니까 남자 친구 대역 좀 해 달라고 했어요. 매달 결혼하란 소리 듣기 싫어서."

짤막한 폭탄선언을 듣자마자 재민이 침묵했다. 그러고는 곧 걱정과 황당함이 절반씩 섞인 음성으로 대꾸했다.

"가끔 보면 나보다 대책 없다니까. 그 소리가 그렇게 듣기 싫었어요?"

"그냥. 싫기도 하고 무섭기도 하고."

무릎에 기대 하는 말에, 재민이 머리카락을 쓰다듬던 손을 멈추고 살짝 귓가를 매만졌다. 고개를 들자 무슨 소리인지 알려 달라고 묻는 듯한 눈이 보였나. 다연은 재민의 손등에 이마를 댄 채 담담하게 답했다.

"걱정됐거든요. 내가 다른 사람들이랑 어딘가 다른 건가 싶어서요. 왜 사람을 안 만나냐고 할 때 겁나서 그렇다고 하면, 부모님이 실망하시지 않을까 싶기도 했고."

그때의 다연에겐 꽤 심각한 문제였다. 그러나 재민은 다연의 말이 끝나기 무섭게 손끝으로 살짝 이마를 때리며 타박했다.

"남들한테 너그러운 거 반만이라도 본인한테 너그러워 봐요. 그럼 내가 이상한 사람인가, 하는 말도 안 되는 고민 안 할 테니까."

하여간 항상 쓸데없는 생각 많이 한다고, 웃으며 말을 잇는다. 재민이 저렇게 가볍게 이야기해 주니 또 누구에게나 있을 법한 일이라고 여기며 넘어갈 수 있었다. 대답 없이 눈을 감은 채 다리에 기대자 재민이 다시금 다연의 머리를 토닥토닥 두드린다. 잔머리를 넘겨 주던 손이 따끈해서 기분 좋았는데, 갑자기 베고 있던 무릎이 조금 움직였다.

"그나저나 좀 씻어도 돼요?"

"왜요? 아침에 샤워 안 했어요?"

"씻을 정신이 어디 있었겠어요, 내가."

프런트에 전화하자마자 옷만 주워 입고 뛰쳐나왔다. 룸 키를 제대로 반납했는지도 기억이 안 나는데 샤워는 애초에 불가능한 얘기였다. 다연은 다른 때는 늘 똑 부러지면서 자신과 연관된 문제엔 눈이 뒤집히는 윤재민의 상태가 걱정도 되고, 한편으론 두근두근대기도 해서 등을 꾹꾹 밀어 욕실로 집어넣어 버렸다.

"얼른 씻고 나와요."

재민이 욕실로 들어간 뒤, 다연도 침대에 누워 잠시 숨을 골랐다. 일단락이 나긴 한 건지. 앞으로 남은 문제가 잔뜩 있는 건지.

아직 알 수 없지만, 오늘 하루가 지나치게 길단 생각에 절로 에고, 하는 신음 소리가 흘렀다.

"둘 다 아침도 못 먹었네……."

저녁이 되려면 멀었는데 물이라도 마셔야 하지 않을까. 그 생각으로 문고리를 잡던 다연은, 문소리가 나기 무섭게 욕실 문을 열며 튀어나오는 재민을 보고 눈을 둥글게 떴다.

"어디 가요?"

수건 하나 허리에 두르고 나온 모습이 퍽이나 급해 보인다. 다연도 놀라서 문을 열려던 그대로 굳은 채 대답했다.

"물 가지러 가려고요."

"……아."

"……."

"그럼 얼른 갔다 와요. 붙잡으려고 나온 거 아니에요. 배웅하려고. 배웅."

2층에서 1층 가는데 배웅은 개뿔. 누가 봐도 내려가지 말란 얼굴이다. 한숨을 내쉰 다연이 수건을 집어 들어 재민의 머리를 털어 주었다.

"진짜 놀라서 나온 거 아닌데."

"됐으니까 고개 좀 숙여 봐요."

"왜요? 감기 걸릴까 봐?"

"아니요. 거품 묻었어요."

"……."

"그것도 엄청."

적막이 한바탕 소용돌이친 후, 윤재민이 살짝 민망한 표정으로 묻는다.

"나 좀 없어 보여요?"

"많—이 없어 보이네요."

수건 아래서 눈웃음을 짓던 재민이 다연의 볼을 붙잡고 장난스레 키스를 날린다.

"큰일 났네. 멋있게 보여도 모자란데."

그만하라고 고개를 살짝 틀어도 끝까지 쫓아온다. 강아지가 하듯 입술을 물기도 하고 쪽쪽 빨기도 한다. 어느새 등이 벽에 닿았다. 말갛게 젖은 윤재민이 눈을 나른하게 깔고 다시 입술을 포개자 절로 하나님 소리가 입 밖으로 나왔다. 사랑하는 여자가 웃는 모습이 보고 싶어 비단을 찢던 왕의 고사를 책에서 읽었을 땐 둘 다 미쳤다고 생각했는데 지금 같아선 다연도 재민을 위해 수건 정도는 찢을 수 있을 것 같았다.

"이 와중에 이럴 정신이 들어요?"

다연이 숨을 할딱거리며 물었다. 아직 키스하면서 숨 쉬는 걸 잘 못 해서 막판에 가면 늘 이렇게 호흡 곤란 상태가 된다. 재민은 그런 다연이 귀여워 죽겠는지 잠깐씩 숨 쉬라고 봐주는 시간에도 눈에, 볼에 입술을 가져다 대느라 정신이 없었다.

"정신 들어서 하는 게 아니라 정신이 나가서 하는 거예요. 나 대리님이랑 키스하면 이것밖에 안 보이거든요."

그러더니 또 쉬지도 않고 쪽쪽거린다. 말로는 타박하고 있지만 다연도 그랬다. 재민과 하는 키스가 좋았다. 평소엔 창피해서 하지 못한 말을 대신 전해 주는 기분이었다. 많이 좋아해요. 이만큼 좋아해요. 그렇게 말하는 걸 상대도 알아듣는 것 같아서, 알아듣고 저렇게 웃는 것 같아서 참 행복했다.

"그날 키스 안 했으면, 우리 그대로 끝이었겠죠?"

끙끙대는 다연의 신음 소리에 자극을 받은 재민이 조금 더 힘주어 혀끝을 문지르기 시작했다. 그러다 무언가 생각났는지 다연의 목에 이마를 묻은 채 웃는다.

"알아요?"

"뭘요?"

"나 그날 한숨도 못 잔 거."

생각지도 못한 말에 다연이 잠시 재민의 어깨를 밀어 냈다.

"잠든 거 아니었어요?"

"어떻게 자요. 그렇게라도 안 하면 사고 칠 것 같아서 내보내려고 그런 거지. 그래서 다음 날 대리님이랑 얘기할 때까지도 제정신 아니었어요."

어쩐지 나사 하나 풀린 사람 내지는 감기약을 몽창 집어 먹은 사람처럼 몽롱하고 강압적이더니만 이런 속사정이 있었다.

"잠 안 자고 뭐 했어요?"

물끄러미 위를 보고 묻는 말에 재민이 다연의 눈꼬리를 살짝 문지르며 대답했다.

"그냥 누워서 계속 생각했어요."

"무슨 생각?"

"뻔하죠. 왜 받아 줬을까. 나한텐 왜 키스했을까. 지금이라도 잡으러 가면 안 되나. 내가 미쳤지. 이러다 놓칠 수도 있는데, 무슨 배짱으로 보내 줬을까……."

혼자 머리 뜯으며 고민한 게 억울하다고 생각했는데 그날 밤, 이 남자도 꽤 속 시끄러운 밤을 보낸 모양이다.

"진짜 난 대리님 만나면서 평생 할 고민 다 한 것 같아요."

다시금 우울의 바다에서 헤엄치는 재민을 보다 못한 다연이 달

곰한 한숨을 내쉬며 목을 끌어안았다.

“알았으니까, 이리 와요.”

가붓하게 내리깐 다연의 눈 밑으로 음영이 진다. 긴 속눈썹이 나풀거리는 걸 본 순간 재민의 손이 다연의 허리를 끌어안았다. 선 자리도 파투 냈고 부모님께 절반쯤 허락도 받았고 무엇보다 지금, 입 안에 젤리를 가득 문 것처럼 부드럽고 말캉한 입술을 빨고 있다. 그런 이유로 최소한 오늘 있었던 일은 고민이나 후회가 없지 않을까, 싶었으나.

“언니! 내려와서 밥 먹으래!”

한참 다연의 입술을 짓누르던 끝에 아래층으로 불려 내려갈 때는 차라리 얌전히 호텔방에서 기다릴걸, 하는 미련이 폭풍처럼 밀려왔다.

저녁 식사를 하러 내려온 재민을 볼 때까지도 표정이 탐탁지 않던 한 여사는 그 후 밥을 먹을 때도, 후식을 먹을 때도 계속 웃는 낯으로 소탈하게 대하는 재민의 모습에 한풀 꺾인 기세였다.

“아는지 모르겠지만 우리 다연이가 결혼에 대한 생각이 부정적이야.”

그래서였는지 오늘 정말 할 말 못 할 말 가리지 않고 죄다 쏟아내신다. 바나나를 우물거리던 다연이 그대로 턱을 멈췄다. 다경도 그렇고 한 여사도 그렇고 아예 돌직구를 날리자고 합의라도 보고 온 사람들 같다.

“그러다 보니까 사람을 만난다고 해도 영 탐탁지 않아. 자네도 다연이처럼 비혼주의자거나, 뭐 그런 건가?"

"엄마, 좀."

이건 진짜 도를 지나친 것 같아서 말리려는데 그때까지 입을 다 물고 있던 재민이 조용히 대답했다.

"저는 가능하면 결혼을 전제로 만나고 싶습니다."

다연은 접시 위에 포크를 내려놓다 말고 황급히 옆을 바라봤다. 언제나처럼 말간 눈이 진심을 담아내고 있다. 말의 가부를 따지듯, 한 여사의 눈이 날카롭게 변했다.

"정말인가?"

"네."

그 말이 직격타였다. 그 뒤부턴 내내 입이 귀에 걸려 있던 한 여사는 마당으로 재민의 배웅을 나올 때까지도 정신을 놓고 있다가 뒤늦게야 아직 허락한 건 아니라며 귀엽게 토라져선 현관문을 닫고 들어가 버렸다. 저쪽은 문제가 해결됐는데 오히려 다연의 마음이 무거워졌다. 아닌 척 속으로 심호흡을 내뱉으며 마당을 나서는 두 사람의 공기가 미묘했다. 큰길까지 가는 동안 다연이 먼저 입을 열었다.

"오늘 말 잘 해 줘서 고마워요."

고맙다는 뜻 말고도 다른 의미가 있다는 걸 알았는지 재민의 입가가 살짝 올라간다. 그리고 꽤 강경하게 못을 박았다.

"점수 따려고 그냥 한 말 아니에요. 결혼하고 싶다는 거."

발을 멈춘 다연이 옆을 쳐다봤다. 노을이 시멘트 길 위로 길게 늘어지는 것을 보며, 윤재민이 말을 이었다.

"진심이란 것도 빈말 아니고. 요즘 대리님이 내 일상을 굴러가게 하는 데 엄청 큰 역할을 해 주고 있거든요. 일하고 돌아왔을 때, 또 말 같지도 않게 프라이팬 두 개 휘두르고 있는 거 보면 행복할 것 같아요."

"……."

"그래서 묶어 놓고 싶어요. 아무 데도 못 가게."

이 여자가 에너지도 주고, 감정도 주고, 때로는 스트레스도 주고. 그러다가 또 호구같이 그를 기쁘게도 만든다. 하트 모양 방 안에서 열심히 발전기를 굴리는 다연의 모습을 상상하니 진짜 좀 귀여웠다.

"내가 또 상황을 너무 무겁게 하나?"

애써 웃는 재민을 보며 다연이 입을 한일자로 다물었다. 농담처럼 말하려고 해도 재민에겐 이 대화 하나하나가 다 시험이란 걸 안다. 아직도 불안한 마음이 저렇게 산재하고 있단 것도 알겠다. 그 와중에 다연이 부담을 느끼고 달아날까 봐 하고 싶은 말을 절반도 못 하고 있다는 것 역시.

"나는……."

전과 비슷했다. 아직 마음의 준비가 안 됐어도 대답해야 하냐고 물을 때, 그냥 지르려고 하던 순간과 맥이 같았다. 그때나 지금이나 저 남자의 얼굴이 일그러지는 게 제일 무섭다. 그래서 이번에도 눈 꼭 감고 입을 열려는 찰나 등 뒤에서 밝은 목소리가 들렸다.

"언니!"

돌아본 곳에서 다경이 씩 웃으며 차 키를 흔들었다.

"엄마가 데려다주라고 하시네? 형부 진짜 엄마 맘에 쏙 들었나 봐요."

다연은 재민에게 들키지 않게 안도의 한숨을 내쉬며 다경의 곁으로 다가갔다. 그 뒤를 따라 함께 차로 가는 재민의 등을, 다경이 묘하게 웃으며 바라봤다.

"저거 진짜 맛있겠다."

재민의 집으로 가는 길, 평소처럼 능숙하게 운전을 해 가던 다경이 반대편에서 반짝거리는 아이스크림집 간판을 보며 침을 흘렸다.

"나 3만 원 말고 아이스크림 사 주면 안 돼?"

차라리 오는 길에 살 것이지, 가는 중간에 갓길에 차까지 대놓고 묻는 것을 보며 다연이 한숨을 내쉬었다. 옆구리에 붙어 잉잉대는 꼴을 보느니 차라리 사다 주는 게 나을 것 같아서 바로 차 문을 열었다.

"기다려."

다연의 인기척이 사라지고 차 안에 둘만 남자 그제야 다경이 옆에 앉은 재민을 돌아봤다.

"형부."

악동같이 살살 웃으며 물꼬를 트는 것에 재민도 기다렸다는 듯 고개를 돌렸다. 차에 탈 때부터 묘하게 틈을 보는 것 같아서 계속 기다리고 있던 참이다.

"응, 다경아 왜?"

"제가 남의 연애사에 참견하는 건 정말 싫어하는데요. 어차피 형부한텐 실수한 전적도 있겠다, 그냥 실수 한 번만 더 하려고요."

재민이 애매하게 웃었다. 다연과 달리 속에 구렁이를 열 마리는 감추고 있는 것 같은 얼굴. 저 얼굴로 대체 무슨 말을 하려고 이렇게까지 공을 들이는지 살짝 긴장이 됐다. 다경은 차 안에서 흐르던 음악 볼륨을 줄이더니 속삭이는 듯한 어조로 재민에게 물었다.

"혹시 언니 회사 일 하다 생리 불순이 8개월도 넘게 왔던 거 들으셨어요?"

재민의 표정이 설핏 굳었다. 그가 컨설팅부에 처음 합류하게 된 계기도 도저히 짬을 낼 수 없을 만큼 가중된 다연의 업무 때문이긴 했지만 이 정도라곤 듣지 못했다.

"진짜야?"

"네. 일이든 인간관계든 처음부터 백이 아니면 시작 안 하려고 드는 사람인데 그때는 어쩔 수 없이 중간에 투입돼서 해야 하는 일이 있었나 봐요. 그럼 그냥 할 수 있는 데까지 하고 말 것이지, 어떻게든 하려고 무리하다가 몸이 아작 났었어요."

다경이 뭘 말하려고 하는지 완벽하게 알 것 같았다. 그 집요함을 십분 살려 일에 종사하고 있는 걸 바로 옆에서 지켜보니까. 재민의 얼굴이 어두워진 걸 본 다경이 사탕 하나를 입에 넣고 오독오독 씹으며 한가로이 말을 이었다.

"사실 처음부터 그 정도로 결벽증이 있던 건 아니었는데."

"……."

"대학 졸업한 첫해에 누구 씨 결혼식을 보고 그렇게 변했죠, 아마."

재민이 멈칫한 채 옆을 돌아봤다. 밤색으로 빛나는 다경의 눈이 유달리 차분했다.

"그날 엄마 버리고 혼자 어딜 그렇게 싸돌아다녔는지 2시간이나 늦게 집에 돌아와서는."

"……."

"사람이 사람한테 그렇게 큰 상처를 줄 수 있다는 게, 그렇게 울릴 수 있다는 게 무섭다고. 온갖 청승 다 떨더니 자데요."

차 안에 정적이 맴돌았다. 입 안에서 이리저리 구르는 사탕 소리만 정적을 깨고 맴돌았다. 쉽게 대답하지 못하고 눈을 감은 재민의 모습에 다경이 이런 얘기 꺼내서 미안하다는 듯 말을 이었다.

"언니한테 책임이란 게 그런 의미예요. 책임지지 못한다는 말이 불행하게 한다는 말이랑 똑같은 줄 알거든요."

"……."

"그러니까 형부가 언니 좀 봐주세요. 이제 막 연애하려고 걸음마 뗀 사람한테 너무 부담 주지 말자고요. 그러다 우리 언니 또 도망가면 어떡해요. 이번에 그 돌부처 맘 바꾼다고 얼마나 힘들었는데."

처음엔 못 알아들었다. 그러다 낮에 있던 촌극이 다 다연을 돌려세우기 위한 연극이란 걸 깨닫자 뒤통수를 한 대 맞은 기분이었다.

"엄마랑 나랑 둘 다 연기 좀 하죠?"

말을 못 잇고 있는 사이 뒷문이 열렸다. 커다란 드라이아이스 통을 안고 자리에 앉은 다연이 가기 전과 좀 달라진 분위기에 고개를 갸웃거린다.

"둘이 무슨 얘기 했어?"

다경이 뒷좌석으로 고개를 돌린 채 가볍게 대꾸했다.

"비밀."

재민이 못 이기겠다는 듯 고개를 살래살래 저었다. 매번 다경을 천년 묵은 여우 같다고 하는 다연의 심정을, 지금은 십분 이해할 수 있을 것 같았다.

며칠간 햇살이 화창한 가을날이 계속됐다. 비구름 하나 없이 맑은 날씨에 부서 안에서도 다들 놀러 가고 싶어서 마음이 붕 뜬 게 보였다. 슬프게도 이런 시기야말로 일이 넘치기 때문에 다연을 비롯한 몇몇 사람은 전보다 퇴근 시간이 더 늦어졌다. 윤정이 투덜투덜거리는 소리를 배경 음악 삼아 하루를 끝낸 다연이, 마지막까지 자리를 지키고 있는 재민의 등을 빤히 쳐다봤다.

"저녁에 이름 없는 집에 갈까요?"

빈 사무실에 다연의 목소리만 울렸다. 옆을 돌아보자 재민이 희미하게 웃으며 답한다.

"다음에요."

예상했던 그대로의 답에 다연의 어깨가 시무룩하게 변했다.

저번 주, 집에 다녀온 이후로 재민이 좀 이상하다. 역시 애인의 가족을 만난 충격이란 게 쉽사리 사라지지 않는 모양이었다. 하긴, 만약 다연이 그날처럼 윤재민의 집에 불려 가서 하루 종일 들들 볶이다 나왔으면 지금쯤 시댁 쪽 말뚝도 바라보기 싫을 것 같긴 하다. 그럼에도 서운한 마음이 드는 건 이것보다 더한 상황을 여러 번 직면하고도 다연에게 늘 웃어 줬던 재민의 모습을 알기 때문이었다.

혹시 그날 내가 대답을 안 해서인가.

결혼하고 싶다는 물음에 끝까지 답을 못 하고 헤어지던 밤. 그 밤에는 시간을 벌어 다행이라고 생각했다. 내일은 어떻게 하지, 하는 사소한 걱정 같은 것이 몰려들긴 했지만 간만에 잠도 참 잘 잤다. 그러나 회사에 출근한 다음부턴 차라리 그때 매듭짓는 게 낫지 않았나, 그런 후회가 밀려왔다. 그 사건 이후, 재민이 말을 걸거나 장난을 치는 횟수가 줄었기 때문이다. 결혼하고 싶다는 말에 대한 대답은, 아예 채근하지도 않고. 빚쟁이한테 독촉받듯 답을 제출하는 일상을 세 달가량 보내다 보니 이제는 저렇게 얌전히 있는 윤재민의 상태가 더 무서웠다.

"강 대리님."

손톱 끝을 틱틱 물어뜯던 다연이 갑작스런 부름에 고개를 들었다. 재민의 시선이 이쪽을 향해 있다.

"내일 나랑 잠깐 얘기 좀 할 수 있어요?"

말의 내용은 평소와 별다를 게 없는데 표정이 비장했다. 그 감정에 동화된 다연이 마찬가지로 긴장한 채 대답했다.

"알았어요."

"그럼 내일 점심에 봐요. 손톱은 이제 그만 뜯고."

말을 마친 재민이 다시 모니터로 시선을 둔 채 손끝을 움직인다. 뭘까. 저렇게 각 잡고 하는 할 얘기라는 게. 아직 권태기가 올 시기는 아니라고 생각했건만 혹시 이게 사랑싸움인가?

그때부터 다음 날 점심시간이 될 때까지 머릿속에 별별 생각이 다 들었다. 그래서 하늘정원에서 만난 재민이 결심을 굳힌 듯 단호한 어조로 다연을 부를 때는 저쪽보다 이쪽이 더 긴장한 상태였다.

"강 대리님."

"네. 말해요."

태어나 처음으로 하는 사랑싸움이었다. 그동안 했던 말다툼을 깨끗하게 노카운트로 매겨 버린지라 마음이 두근두근거렸다. 이깟 싸움, 이겨도 그만 져도 그만이지만 어찌 됐건 헤어지잔 소리는 절대 안 된다고 기합을 넣고 있는데…….

"우리 데이트도 하고 잠도 자고 기념일도 챙기고 다 하는데 결혼에 대한 얘기만 한번 빼 볼까요?"

어째 생각했던 것과는 전혀 다른 주제라 다연의 발이 살짝 삐끗했다.

"갑자기 무슨 소리예요?"

지금 자다가 봉창 두드리냐고, 표정으로 묻는 다연을 보며 난간에 기대 구름 한 점 없는 하늘을 등지고 서 있던 재민이 조금 웃는다.

"나 사실 강 대리님 입에서 결혼하겠다 소리 나올 때까지, 어떻게든 조를 작정이었어요."

말에 진심이 듬뿍 담겨 있다는 걸 알아도 별로 놀랍지 않았다. 아무 말도 안 하고 온화하게 넘어가는 재민의 모습에 신경 쇠약이 걸릴 지경이었으니 이제 저 정도 압박은 씨알도 안 먹힐 법했다.

"근데 그러다 다경이한테 한 방 먹었거든요."

그러나 다경의 이름이 나온 것에는 제법 놀랐다. 언제나 재민과 대화를 하다 보면 전혀 예기치 못한 곳에서 생각지도 못한 인물이 튀어나올 때가 있는데, 오늘은 그 인물이 다경이었다.

"다경이가 뭐라고 했는데요?"

목소리가 올라가자, 이쪽을 빤히 보던 재민이 살짝 고개를 기울이며 웃는다.

"언니 괴롭히지 말래요."

"언제요?"

"데려다주던 날."

그날 아이스크림을 사러 갔던 게 치밀한 계획하에 일어난 일임을 알자 얼이 빠진다. 재민은 입을 꾹 다문 채로 걱정스런 눈을 하고 있는 다연을 알면서도 한가로이 말을 이었다.

"다경이 입으로 듣기 전까진 괴롭히고 있단 생각 안 했는데, 그 얘기 듣고서야 정신이 들더라고요. 내 불안을 없애자고 결혼 얘기 들먹이는 게 대리님한텐 얼마나 큰 부담이었을까. 생각하면 할수록 지금까지 너무 못할 짓 한 기분도 들고."

책임지기로 한 일에는, 그리고 사람에게는, 그게 본인을 한계까지 몰아붙인다 해도 놓지 않는 것이 다연의 삶의 방식이었다. 그렇게 살았기 때문에 지금 그를 받아 줬다는 것 역시 안다.

"그러니까 결승선 없애 버릴게요. 다른 사람들은 다 결승선 보고 달려가는 연애라도 우리는 그렇게 하지 말자고요. 그냥 둘이 손잡고 길가에 뭐가 있나 자세히 보면서 가요. 당신은 백 아니면 시작 못 한다는데 난 백 아니어도 시작하고 싶고. 그러니까 서로 맞춰 가야죠."

대충 입에 발린 말로 위로하고 떠나는 것보다 같이 고민하는 삶이 어렵고 힘들다. 그래서 최소한 그만큼은, 더는 다연에게 그런 식의 짐이 되고 싶지 않았다. 짐이 되는 대신 함께 책임질 수 있는 사람이 되고 싶었다. 잠깐 쉬어 가는 휴식을 함께 책임지는 사람. 괜찮다고 말해 주는 사람이.

"괜찮겠어요?"

재민의 말을 듣고만 있던 다연이 처음으로 먼저 물었다. 항복 표시나 나름없을 만큼 주도권을 내주는 재민이 걱정되어서였다.

"괜찮아요."

그 표정을 본 재민이 안심하라는 듯, 평소보다 밝은 얼굴로 답했다.

“버려지지 않는다는 확신을 얻는 것보다, 대리님이 웃는 게 훨씬 중요해졌으니까. 거기다 결혼을 하냐 못하느냐 그 얘기만 하다가 지금을 날리는 게 너무 아깝지 않아요? 난 내일도 모레도 강다연이랑 충분히 재밌을 자신 있는데.”

생각해 보면 늘 한 달 뒤, 일 년 뒤 그런 걱정만 했던 것 같다. 그때 행복하려면 지금부터 매일매일 그날만 보면서 달려야 한다고 스스로를 채찍질했다. 그러나 어차피 그날까지 가는 매일이 행복하지 않으면 의미 없는 것이었다. 고로, 지금 다연의 오늘이 당장 행복하지 않으면 어차피 그의 일 년 뒤도 의미 없는 무채색 일색일 것이 뻔했다.

“대신 대리님도 나한테 노력해 줘요.”

재민의 말간 얼굴을 바라보던 다연이 조용히 물었다.

“어떻게 해 주면 되는데요?”

재민은 또 금세 진지해진 다연의 볼을 꾹, 하고 누르며 긴장 풀라는 듯 가벼운 어조로 답했다.

“그냥. 옆에 있어 주면 돼요. 기쁠 때나 슬플 때나.”

문득 저번 주에 보고 온 결혼식의 주례사가 생각났다. 그땐 결혼 서약이란 게 대충 멋있는 말을 짜 맞춰 만든 건 줄 알았는데 지금 보니 인생을 통달한 사람만 물을 수 있는 중요한 질문이었던 것 같다.

말 그대로 기쁠 때나 슬플 때나, 다연이 자신에게로 오는 길에 죄책감이나 책임감이 아닌 기대와 행복만 있길 원했다. 스트레스로 위장에 구멍이라도 낼 것 같은 다연의 성격이 걱정돼서이기도 했지만 지금까지 기다린 그도 그 정도의 사랑을 받을 권리가 있단 생각 역시 든다. 그래서 더더욱, 다른 책임을 만들어서 다연을 묶어 두고 싶지 않았다.

"나 행복하게 해 주려고 너무 노력하지 않아도 돼요. 같은 길 위에 서 있을 수만 있으면, 가끔 불행하거나 힘든 것도 괜찮으니까."

그날의 나를 마음 아파했던 다연이, 그 말갛고 순수하던 스물넷의 강다연이 지금 여기 있길 바랐다. 그럼 팔을 뻗어 어깨를 꽉 안아 주고 싶었다. 당신이 울어 준 것만으로 위로가 된다며 웃고 싶다.

"어차피 우린 언제 어디서든 상처받을 거예요. 살면서 상처 안 받는 사람이 어디 있어요. 그럼 최소한 상처받았을 때 바로 옆에 있는 게 낫지 않아요? 난 그렇게 생각하는데."

이야기의 끝에 선 다연이 조심스레 재민의 손을 붙잡았다.

"나도 그렇게 생각해요."

먼저 다가가 재민을 끌어안고 턱 밑에서 올려다보며 웃었다.

"그래서 많이 사랑해요."

말을 듣자마자 다연의 어깨를 당긴 재민이 웃음기 묻은 어조로 대꾸했다.

"그 말은 많이 해 줘요."

조르지 않겠다더니 금세 다른 말을 조르는 재민의 모습에 결국 다연이 웃음을 터뜨렸다.

하늘이 높고 바람이 서늘한 날이었다. 어제보다 하루를 더 보낸 오늘, 가장 철없는 선택을 했다. 그렇지만 그게 뭐 어떤가 싶었다. 어차피 전혀 모르는 두 사람의 타인이 하는 가장 철없는 선택이 연애고 결혼일지 모르는데. 그리고 사랑일지 모르는데.

"나도 정말 사랑하니까."

처음 만난 순간부터 지금까지, 단 한시도 가실 날이 없었던 구름이, 지금은 조금도 보이질 않는다. 다연은 이 선택의 끝에 행복이 아니라 재민의 이름이 있길 바라며 눈을 꼭 감았다.

외전
One fine day

창문에서 레몬 빛이 나는 토요일 오전, 모처럼 휴무를 받은 다연은 큰맘 먹고 장만한 원목 책상 위에 드러누워 해바라기를 시작했다. 강 대리도 서른 넘더니 기미가 올라온다고 놀려 대던 윤정이 떠올랐지만 이렇게 맨얼굴 그대로 햇볕을 쐬는 시간이 오랜만이라 좀 더 즐기고 싶었다.

"날씨 좋다……."

깜박깜박, 낙타처럼 오가는 속눈썹을 느리게 감았다 뜬 다연이 푸념하듯 한숨을 내쉬었다. 이대로 밖에 나가고 싶다고 중얼대면서도 눈은 다다음 주 결혼하는 예비 신부의 프로필을 살피고 있었다. 스물여덟 동갑내기 신랑 신부였는데 선 임신 후 결혼 케이스라 지금 배 속에 5개월짜리 복덩이가 자라고 계셨다. 축복받은 임신에 결혼이니 분위기는 정말 좋았지만 문제는 예비 신부의 입덧이

식욕이 폭발하는 먹는 입덧이고 이게 벌써 두 달째 계속되고 있단 거였다. 이렇게 먹어 대다간 드레스가 터질 것이 분명하여 아예 가봉 때부터 넉넉하게 했다. 정상적인 신부님이라면 임신을 했다 해도 결혼 당일엔 백이면 백 살이 빠져서 나타난다는 디자이너의 투정은, 신랑이 신부를 못 먹여서 안달이란 말 한마디로 일찌감치 정리한 지 오래였다.

드레스가 끝났으니 다음은 슈즈. 아예 플랫으로 갈까도 생각해 봤지만 그러기엔 예비 신랑과 신부의 키 차이가 30센티 가까이 난다. 별수 없이 제일 두터운 통굽으로 준비해서 숍에 보냈다. 당일 날 신부 아버님과 신랑에겐 젖 먹던 힘까지 죄다 손목과 팔꿈치에 실으라고, 안 그러면 버진 로드에서 삼대가 오열하는 사태가 벌어질 것이라고 신신당부할 예정이었다.

대강 정리를 마치고 나니 부재중 전화가 들어와 있었다. 볼 것도 없이 한 여사였다. 다연은 평화로운 주말은 오전으로 끝이었단 깔끔한 결론을 내리고 통화 버튼을 꾹 눌렀다. 수화음이 세 번 가기도 전에, 한 여사가 바로 전화를 받았다.

— 너 이번 주에도 안 올 거야?

받자마자 이렇게 본론부터 내지르는 한 여사의 호통에 시원한 책상에 볼을 대고 있던 다연이 그대로 이마를 문지르기 시작했다.

— 이노무 기집애가 빨리 대답 안 해?

“나 바빠요.”

— 바빠도 아버지 비위 맞추러 와야 할 것 아냐!

요즘 한 여사는 전화를 걸 때마다 화를 내거나 짜증을 내거나 원망만 해 댄다. 병원에서 갱년기라는 말을 듣고 오더니 진단서를 무기 삼아 아주 당당하게 변덕을 부려 대시는데, 당하는 입장에선 차라리 사춘기가 낫지 않나 싶을 만큼 진폭이 장난 아니었다. 이 정도면 높낮이가 나이아가라 폭포 정도는 되는 것 같다.

"아빠 화 풀렸어요?"

그럼에도 이렇게까지 닦달하는 한 여사 마음이 이해가 가는 것은 요즘 다연과 부친의 관계 역시 그 정도 폭을 가진 물줄기가 콸콸 흘러 대고 있기 때문이었다.

— 안 풀렸으니까 들어오라는 거지.

사건의 발단은 지난주 금요일이었다. 여느 때처럼 집 앞 평상에서 삼겹살을 구워 먹던 부친께서 친히 윤재민을 불렀다. 말려 봐야 소주가 두 병이나 들어가서 소용이 없었다. 만난 지 두 달이 넘어간 시점부터 재민은 다연의 집에 종종 출입하기 시작했는데, 대부분은 한 여사의 호출이었지만 윤재민 본인이 다연을 보러, 혹은 다경을 보러 찾아오는 때도 많았다. 재민의 자취 집이 멀지 않다는 걸 알고 나선 부친까지 재민을 불러 댔다.

다연은 이런 집안 분위기 때문에 윤재민이 부담이라도 느낄까 전전긍긍했지만 타고나길 어른한테 예쁨 받는 종자로 태어난 애인께선 어려워하는 기색 하나 없이 대문 문턱을 넘곤 했다. 그리하여 그날도 재민은 얼결에 불려 온 것치곤 제법 수월하게 아버지의 술 상대를 하고 한 여사의 말 상대를 하고 또 다연의 위로 상대까지 되어 줬다.

거기까지만 했어도 충분히 민폐인데 결정타는 재민이 돌아가기 직전에 터졌다.

'자네 말일세, 우리 다연이랑 결혼 안 할 건가?'

이 한마디를 하고 싶어서 불렀다는 걸 뒤늦게 깨달은 다연이 정색한 채 재민의 등을 꾹꾹 밀어 대문 밖으로 보내 버렸다. 그러고도 남의 귀한 딸 왜 데려갈 생각을 안 하냐고, 술에 거나하게 취해 하소연하는 아버지를 보다 못해 선언했다. 재민이 문제가 아니라 내가 비혼주의자라서 그렇다고.

"말하지 말걸……."

말의 여파는 핵폭발에 버금갔다. 그간 엄마랑 싸우면서 내공 좀 쌓인 줄 알았는데 이건 퐁퐁 솟는 온천수와 활화산의 차이였다. 한 여사가 참 귀엽게 화낸 거였구나. 그날 머리털 다 뜯길 뻔한 다연이 아직까지 아려 오는 뒷머리를 매만지며 생각했다.

— 이미 말 다 해 놓고 후회하면 뭐 해? 어쨌든 너 이번 주도 안 들어오면 아웃이야, 아웃.

아, 진짜. 요즘 들어 회사 일이 잘 풀린다 싶었더니 이번엔 집안이 난리야. 예수님도 부처님도 다 인생 거저먹을 생각 하지 말라고 한마디씩 하시는 것 같았다. 아무래도 가화만사성이란 유교적 사상에 젖기 전에 사전 작업 하시려는 모양이다.

"알았어요. 조만간 갈게요."

정확한 날짜를 대지 못하겠느냐고 열불을 내는 한 여사에게 사랑한다는 입에 발린 말을 뱉고 후다닥 전화를 끊었다. 시계를 보니 어느새 12시 반을 가리키고 있다. 다연은 보던 프로필을 전부 쓸어 가방에 담고는 재민의 집으로 향했다.

"그래서 집에 언제 가게?"

"모르겠어요."

재민은 토요일 오후 2시라는 애매한 시간에 쳐들어와 푸념 두어

마디를 던진 후 바로 주방으로 들어가 버린 다연의 뒤를 따라 식탁에 앉아 있었다. 그러곤 물 한 모금을 마시며 다연에게 넌지시 말을 건넸다.

"그거 다 먹을 수 있겠어요?"

정신 통일이란 미명하에 설거지감을 있는 대로 쌓아 가는 모습이 오늘따라 유독 살벌하다. 그러니 요리 대신 설거지를 맡은 재민의 심정이 막막한 것도 당연했다. 한 번 요리할 때 프라이팬을 다섯 개씩 써 대는 횡포는 이쯤에서 멈추자고, 눈치를 살피며 말을 꺼냈건만 다른 때면 이 말을 듣자마자 그만뒀을 다연이 오늘은 뒤를 한번 쳐다본 뒤 하던 대로 1인분짜리 팔보채를 속행한다. 이러면 별수 없다. 해 줄 수 있는 거라곤 저 과정에서 나올 어마무지한 음식들을 같이 먹어 치워 주는 것뿐.

"혼수는 무조건 프라이팬으로 해야겠다, 종류별로."

재민이 반쯤 못 말린단 어조로 말한다. 웃음기가 많이 묻은 말임에도 혼수라는 단어에 잠깐 윤재민의 얼굴을 쳐다봤다. 오전의 전화 때문에 저 단어가 곱게 들리질 않는다. 한숨 쉬는 것을 본 재민이 잔을 놓고 일어났다.

"좀 길게 말해 주면 안 돼요? 무슨 일인지."

푸념이 너무 짧아서 대강 넘어갔더니 생각보다 문제가 심각한 모양이다. 하기야 어지간한 일 아니면 군말도 안 떼는 성격인데 무려 두 마디씩이나 해 주셨다.

"응? 말을 해 줘야 알죠."

어깨에 턱을 괸 채 끌어안자 다연이 잠깐 고민하다 그대로 등을 기댔다. 품으로 무게감을 고스란히 받아 내며 볼에 촉, 입을 맞췄다. 쏟아지는 입맞춤을 받고 있던 다연이 위를 물끄러미 쳐다보며 대꾸했다.

"결혼할래요?"

앞뒤 다 자르고 나온 말에도 재민은 당황하지 않았다. 다만 다연의 얼굴을 천천히 쳐다보면서 말의 진위 여부를 판단하기 시작했다.

"진짜 일이 있긴 있었나 보네."

그러고는 한참이 지나서야 피식 웃으며 이마에 콩, 하고 꿀밤을 먹였다.

"나야 무조건 콜이죠. 근데 강다연이 진심으로 결혼하고 싶을 때 할 거예요."

든든한 한마디를 듣고서야 폭주 기관차 같던 요리가 멈췄다. 다연은 상을 차리는 재민의 뒷모습을 보며 아려 오는 머리를 감싸 쥐고 끙끙댔다.

재민이 파혼 경력이 있단 걸 들켰을 때도 사실 이 정도의 여파는 아니었다. 아주 어린 나이였고, 무엇보다 상대를 도와주려고 결심한 결혼이었다는 게 부친의 마음을 움직였기 때문이다. 다음엔 본인 생각대로 고집부리지 말고 더 오래 산 부모님들 의견을 참고하라고 잔소리 몇 마디 한 게 전부다. 아마 따로 신부 쪽 사정을 들은 게 아닌가, 싶기도 했고 그 뒤로 윤재민이 부친에게 잘해도 너무 잘했기 때문에 묻혀 버린 게 아닌가, 싶기도 했다. 뭐가 됐건, 요즘 같아선 강씨 집안 친자식 둘보다 윤재민이 더 예쁨 받을 정도라 옆에서 방패막이가 되어 줄 필요가 없었다. 오히려 재민이 다연의 방패막이가 되는 경우가 더 많을 정도니, 말 다 한 거지.

"오늘은 여기서 잘 거죠?"

식사를 마치자마자 허리를 감은 손이 어느새 단단하게 맞물렸다. 대낮부터 눈에 장난기가 가득한 재민을 보며 다연이 한숨을 내쉬었다.

"나 여기서 잤다고 하면 맞아 죽어요."

"대신 맞아 줄게요. 그럼 됐죠?"

음, 이건 쉽게 물러설 기세가 아닌데.

"저기……."

"생각할 시간 5분 줄게요."

"내가……."

"벌써 3분 지난 것 같은데."

"……오늘은 좀 그러니까 다음에."

"그건 사양할게요."

웃으면서 말허리 절단 내는 데는 하여간 따라갈 사람이 없는 남자다. 말문이 막혀서 쳐다만 보고 있자니 결국 윤재민이 먼저 안달을 내기 시작한다.

"5분 끝. 고민 다 했죠?"

5분은커녕 50초도 안 된 시간을 못 버티고 싱크대 쪽으로 다연의 몸을 밀어붙인다. 두 팔 사이에 갇혀 고양이처럼 입술 위를 핥는 재민의 입맞춤에 다연이 볼멘소리를 뱉었다.

"살살 해요. 입술 다 텄다구요."

타박하자, 재민이 사과하듯 얇은 입술 위를 조심조심 문질렀다. 다연은 워낙 살갗이 부드럽고 또 투명해서 입술 같은 곳은 금방 멍울이 지곤 했다. 지금이야 익숙해진 탓에 받아 준다고 해도 연애 초기엔 나름대로 심각한 고민이었다.

'나 고민이 있어.'

여느 때처럼 이름 없는 집에서 셋이 저녁을 마무리하던 때였다.

유리잔을 붙잡고 심각하게 말하는 재민의 모습에 성태가 힐긋, 옆을 보며 물었다.

'뭔데.'

'다연이가 키스하면서 숨을 못 쉬어.'

그리고 이야기를 듣자마자 성태와 성후가 동시에 술을 뿜었다.

'그래서 오래 못 해. 숨넘어갈까 봐.'

서로 휴지를 건넨 형제가 쓰디쓴 웃음을 베어 물었다. 연애 한 달 차. 한창 깨 볶을 놈이 갑자기 둘 다 보자고 하기에 웬일인가 했다. 애초에 이런 고민인 줄 알았으면 안 오는 건데.

'그…… 네가 좀, 틈을 안 주는 거 아니야?'

그래도 불려 온 김에 뭐라도 도와줘야겠단 생각으로 성후가 먼저 입을 열었다. 남이 듣기엔 하찮은 문제라도 연애하는 당사자들에겐 아주 중요한 문제일 수 있어서 이쪽도 접근이 조심스러웠다.

'무슨 틈?'

'숨 쉴 틈.'

술에 취한 재민이 살짝 인상을 쓰며 되물었다.

'원래 그런 거 계산하면서 하나?'

'아니. 그걸 누가 계산하면서 해.'

'근데 우린 왜.'

'왜긴 왜야. 제수씨 죽을 것 같다며.'

그런가. 그래서 그다음 날은 숨 쉴 틈을 줘 봤다. 키스하다 떨어지고 다시 키스하다 떨어지는 걸 보고 다연이 발개진 눈으로 물었다.

'뭐 해요?'

그 얼굴을 보고 강아지처럼 달려든 뒤에 깊은 깨달음을 얻었다.

아, 이건 내가 안 되겠네. 그리하여 불타는 하룻밤을 보낸 뒤 다시 이름 없는 집을 찾아서 같은 문제를 들이대니 성태가 왈칵 짜증을 냈다.

'아, 키스를 하루 종일 하는 것도 아니고 적당히 들이쉬고 뱉으면 되잖아. 뭐 수영 가르쳐?'

'우리한텐 심각한 문제야. 하루 종일은 아니지만 꽤 길게 하니까.'

'얼마나 하는데!'

곰곰이 생각하던 재민이 대답했다.

'길면 1시간?'

이번엔 대화하는 성태 대신 뒤에서 얌전히 맥주만 마시고 있던 성후 혼자 뿜었다. 성태는 꽤나 넋 나간 눈을 한 채 되묻기 바빴고.

'키스만?'

'어.'

'그렇게 오래?'

'다연이가 좋아해.'

그때 뒤통수를 얻어맞은 뒤로 다신 두 사람한테 연애 상담 안 한다.

"진짜……."

결국 윤재민의 고집에 두 손 두 발 다 든 다연이 눈을 감았다. 그 모습에 재민이 두 눈두덩 위에 입술을 촉촉, 바쁘게 내렸다.

"내 잘못 아니에요. 강 대리님 탓이지. 요즘 예쁜 짓 너무 많이 하잖아요."

놀리는 걸 듣자마자 눈을 가늘게 흘기며 혀끝을 살짝 깨물었다.

"그럼 그쪽도 이쁜 짓 좀 해 봐요."

화끈한 한마디를 남긴 다연이 재민의 품에 뛰어들었다. 재민은 화내지 말라는 듯, 다연의 가느다란 다리를 허리에 감은 채 엉덩이를 받쳐 들고 방으로 향했다. 풀잎 향이 날 것 같은 다연의 몸이 방문 사이로 사라지고, 곧 웃음소리가 벽을 타고 건너왔다.

다음 날, 다연은 재민에게 받은 기합을 잔뜩 넣고 한 여사가 기다리는 본가의 문을 두드렸다. 가화 '만' 사성까진 바라지도 않지만 최소한 '사성' 정도는 되어야 일을 해 먹겠다 싶어서 양손에 바리바리 선물까지 싸 들고 온 참이다.

"언니 혼자 왔어?"

마침 휴일이라 집에서 늘어지게 낮잠을 자던 다경이 화장기 하나 없는 채로 배를 북북 긁으며 내려온다. 돌아가는 사정을 다 아는지 왜 왔냐고 묻지도 않는다.

"응. 혼자."

"에이, 형부도 같이 오지. 그쪽이 점수 잘 먹힐 텐데."

"점수 따다 둘이 같이 맞을 일 있어?"

"맞아도 언니만 맞을걸. 형부 완전 상여우야. 엄마한테 얼마나 잘해 놨으면 언니랑 나 올 때보다 반찬이 더 많이 나온다니까?"

안 그래도 간장 종지에 죽 한 그릇 받은 다연이 씁쓸한 얼굴로 옆을 돌아봤다. 한 여사가 재민에게 줄 반찬을 아주 보자기가 터지게 싸고 있는 게 보였다. 사위 사랑이 장모란 건 알았지만 그렇다고 친자식에 대한 사랑이 이렇게나 줄어들 줄은 미처 몰랐다.

"엄마, 나도 밥 먹으면 안 될까."

나름대로 애교를 섞어 한 말에 한 여사가 싸늘하게 말했다.

"장염 걸렸다며."

"……."

걸린 지 한 달도 넘었다, 그놈의 장염. 이젠 다 나아서 흔적도 없는 질병을 두고 이런 밥상만 차려 주는 한 여사의 심보가 너무 읽혀서 불편하다. 맨날 천날 아버지랑 싸우기만 하고. 내 말 하나도 안 들어주고. 미워, 미워, 너 미워 죽겠어. 흥흥흥. 칫칫칫. 열일곱 살 여고생도 아니고, 저럴 거면 온다고 할 때 현관을 아예 걸어 잠그던가.

"권사님이 이렇게 사람 차별해도 되는 거야?"

툴툴거리다 등만 한 대 더 맞았다. 미꾸라지처럼 몸을 한번 뒤틀고 소반 앞에 앉는 다연의 등 뒤로 싸늘한 한마디가 울렸다.

"너 어제 어디서 잤어?"

다연이 침을 꿀꺽 삼켰다. 처녀 보살도 저것보단 덜 흉흉하겠다 싶은 눈초리가 목 옆으로 작열했다.

"……뭘 어디서 자. 내 방에서 잤지."

"내가 너희 집 앞까지 갔었는데 거짓말할 거야?"

바로 대답을 했어야 하는데, 하도 눈초리가 사나워서 슥 피하고 말았다. 묵비권을 행사하는 다연을 보며 한 여사가 뜨악한 목소리로 말한다.

"진짜 집에서 안 잤어? 그럼 윤 서방네 집에 간 거야?"

"……."

"이 원수야, 집에 올 생각은 안 들고 거기 갈 생각은 들디?"

유도 심문에 넘어간 걸 안 다연이 조용히 일어나 자리를 피했다. 그러나 세 발짝 가기도 전에 주방에서 날아온 주걱이 뒤통수를 가격했다. 문지를 데가 사방팔방이라 아예 포기한 다연이 애써 농담을 섞어 말했다.

"뭐 어때. 엄마도 반찬 산더미처럼 쌓아 두고선."

"입 안 다물어!"

그러나 눈물겨운 노력에도 불구하고 말에서 서릿발이 날렸다. 하루하루 히스테리의 정도가 커지는 모습을 보니 걱정이 밀려왔다. 부친이 활화산이 되자 한 여사도 용광로 정도는 되고 싶으셨는지 요즘 들어 열 올리는 데 갖은 노력을 다 하신다.

"긴말 필요 없어. 다음 주말에 너희 아버지 집에 있으니까 무조건 와서 싹싹 빌어. 내가 요즘 네 얘기 할 때마다 얼마나 눈치 보이는지 알아?"

저런 사형 선고나 듣자고 여기 온 게 아니었던지라 마음이 참착잡했다. 그러나 나 빼고 다 공범이냐며 들들 볶는 부친의 분노가 하늘을 찌른다니, 할 말이 없었다. 다연은 혹 떼러 왔다 혹 붙이고 간단 고사의 진리를 생각하며 남아 있는 죽을 후루룩 마셔 버렸다.

그날 저녁은 이름 없는 집에서 먹었다. 집에서 다녀온 다음부터 하루 종일 우울한 다연을 보다 못한 재민이 지원까지 불렀다. 지원은 알바 끝나면 가겠다고 대꾸하더니 정확히 3시간 뒤 두유 한 팩을 사 들고 이름 없는 집을 찾았다.

"아직 판 안 접은 거죠?"

다연은 품에 건네주는 두유를 안아 들고 고개를 끄덕였다. 마냥 얻어먹긴 미안하다며 지원이 내놓은 궁여지책이었다. 올 때마다 다연이 꽂혀 있는 간식을 하나씩 사다 줬는데 이번 달은 두유를 달고 살았더니 그걸 알고 이렇게 사 온다.

"넌 외근 끝나고 또 일한 거야?"

"집에서 하는 거라 괜찮아요."

"뭔데."

"번역이요."

"너 그쪽 전공 아니잖아?"

"공부하긴 했어요. 그리고 메인으로 하는 선배 보조만 해 주는 거라 괜찮아요."

최근엔 나름대로 세끼를 다 잘 챙겨 먹는 것 같긴 한데 일 끝나도 제대로 쉬질 못해서인지 여전히 살이 붙질 않는다. 아직도 지원을 볼 때면, 저 작은 어깨로 너무 큰 짐을 짊어지고 사는 것 같아서 안쓰럽기만 했다. 무뚝뚝한 눈빛 너머로 걱정이 읽혔는지 지원이 무심하게 대답한다.

"저도 마른 거 알아요. 찌울 거예요."

"진짜?"

"네. 가슴이 이것도 여자 건가 싶을 정도로 작아져서 더는 선택의 여지가 없어요."

저라고 이 나이에 벌써 여성성을 포기하고 싶진 않거든요. 시큰둥하게 덧붙이는 말과 함께 방울토마토를 집어 입에 넣는다. 예전엔 고기, 탄수화물, 뭐가 됐건 포만감이 오래가는 음식만 먹었는데 요즘은 취향대로 먹는 게 보기 좋았다. 알고 보면 지원이 좋아하는 음식은 사실 간이 세지 않고 밍숭맹숭 넘어가는 것들뿐이었다.

"어머니랑은 얘기 잘 된 거야?"

다연과 긴 대화를 나눈 뒤, 지원은 연차를 쓰고 고향 집에 다녀왔다. 매달 돈은 보내도 직접 찾아가 본 건 3년 만이라고 했다. 가기 전에도 갔다 온 후에도 표정 변화 없이 할 일만 해치우는 통에 다연도 이번이 처음 묻는 거였다.

"얘기한다고 빚이 없어지나요. 그래도 지금까지 하던 대로는 안 한다고, 그 말은 했어요. 이젠 나도 하고 싶은 일 하면서 돕겠다고."

집안에서 돈 버는 게 지원밖에 없으니까 당연히 시선이 곱진 않았다. 그래도 꿋꿋하게 할 말 다 하고 나왔다. 다연이 앞에서 끌어주고 재민이 등 뒤에서 절벽으로 밀지 않았다면 할 수 없는 선택이었다. 아무렇지 않게 대답하는 걸 보고 있던 다연이 잠깐 뜸을 들인 후 봉투 하나를 내밀었다.

"이게 뭐예요?"

겉에 아무것도 써 있지 않은 하얀 봉투. 다연은 그걸 받아서 요리조리 살펴보는 지원을 보며 대답했다.

"받아. 나중에 돈 생기면 갚고."

"뭔데요."

"용돈."

"용돈이요?"

"응. 내가 주는 용돈. 그러니까 가계부 써서 나한테 제출해. 내역 다 확인할 거야. 밥값, 술값, 화장품값 제대로 찍혀 있는지. 다른 데 쓰지 말고 무조건 그런 데만 써."

답을 못한 채 눈만 깜박이는 지원을 보고 다연도 진지하게 말했다.

"너 필요한 거 아니고는 백 원도 안 쓰고 살았잖아. 애들처럼 놀기도 하고 맛있는 것도 먹고 그러고 싶다며. 연습해. 그래야 나중에 나랑 놀러 가지. 해외여행 같은 것도 가고."

"……대리님 해외여행 같은 거 관심도 없으면서."

"아냐, 관심 있어. 신혼여행 패키지 준비 중이라."

일중독자의 한마디에 재민과 지원이 동시에 고개를 내저었다. 금세 성태와 이야기를 시작하는 다연을 보고, 지원이 빳빳한 흰 봉투를 바라봤다. 고작해야 5만 원. 어찌 보면 별것도 아닌 돈이지만 그래도 마음 쓰지 않으면 줄 수 없는 돈이었다. 그러니 이렇게 쥐여 줘 봤자 아까워서 쓸 수나 있을까.

"빨리 알바 더 늘려야겠어요. 여행 가게."

지원이 봉투를 흔들며 농담처럼 읊조렸다. 말을 듣자마자 다연의 얼굴이 살짝 딱딱하게 변한다. 쉬라고 돈 줬더니 일을 늘리냐고, 타박하는 걸 듣고 있자니 지원의 입매가 절로 느슨하게 변했다. 부모님한테도 받아 본 적 없던 용돈을 피 한 방울 안 섞인 직장 선배에게 받을 줄이야. 이건 정말 상상도 못 했던 일인데.

"그나저나 지원이 너 시골 가서 살겠다고 한 거 진짜야?"

기계에서 맥주를 따르던 성태가 등을 뒤로 돌린 채 물었다. 가게 정리할 때쯤 되면 귀농하려고 준비 중이라 시골 얘기에 관심이 생긴 듯했다. 지원은 그런 성태를 힐긋 보며 무던하게 답했다.

"그땐 가려고 했죠."

"젊은 사람이 가서 뭐 하게."

"삼촌이 시골 와서 산 좀 봐 달라고 하시더라고요. 그럼 그 김에 약초도 캐고 버섯도 캐고 뱀도 잡고 고라니도 잡고."

빈집 수리도 하고 냇가에서 고기도 건지고 운 좋으면 산삼도 발견하고……. 의식의 흐름대로 중얼거리는 지원을, 다연이 황망한 시선으로 바라봤다.

“좋지 않아요, 수렵 생활? 전 가장 인문학적인 삶이란 생각이 드는데.”

그런 눈으로 보는 걸 알았는지 본인도 나른하게 웃으며 농담을 한다. 요즘 들어 전보다 웃는 걸 자주 본다. 마냥 밝진 않지만 그렇다고 아주 어둡지도 않은 미소. 무채색이 감도는 지원의 곁으로 남자들의 시선이 모여드는데 정작 본인은 그걸 다연을 보는 데 다 쓰고 있다.

“그러게, 심하게 철학적인 삶이네.”

그리하여 강다연에 관한 문제라면 단 한 톨도 양보하기 싫은 대형 견 한 마리가 입을 열기 시작했다. 선선하게 말을 꺼내는 걸 보고 지원이 경계한다. 고양이처럼 털을 잔뜩 세운 모습에 윤재민의 눈웃음도 한층 깊어졌다.

“그러니까 힘들면 시골 내려가는 것도 진지하게 고려해 봐.”

지원의 입술이 조금 불퉁하게 나온다. 하루 종일 붙어 다니면서 저녁에 잠깐 보는 걸 가지고도 질투하는 윤재민이 짜증 나기도 하고 부럽기도 하고, 그랬다.

“자꾸 그렇게 긁으면 악착같이 돈 모아서 윗집으로 이사 갈 거예요.”

말술이라 안 취하는 걸 빤히 아는데 취한 척 막말하는 지원을 보고 재민이 피식 웃었다. 저렇게나 가느다란 팔뚝으로 사내대장부처럼 말하니 웃긴다. 다연이 이 조그맣고 당돌한 후배를 왜 예뻐하는지 알 것도 같다.

“야, 야. 오늘 다연 씨 우울하다고 모인 거잖아. 니들이 싸우고 있으면 어떡해.”

어느새 다가온 성태가 맥주잔 바닥으로 지원과 재민의 머리를 가볍게 콩콩 쳤다. 고맙다고 작게 웃던 다연은 서비스로 칵테일 한 잔 주겠다는 성태의 말에 와인 바 쪽으로 향했다. 그 등에서 시선을 못 떼는 지원을 두고 재민이 시비를 걸었다.

"그만 봐. 닳아."

"아, 좀."

"억울하면 너도 하나 만들던가."

"세상에 강 대리님 같은 사람이 또 있을 것 같아요?"

"없겠지, 아마?"

그래도 내 거니까 넘보지 말라며 빙긋빙긋 웃는 게 오늘따라 얄밉다. 맥주잔을 둥글게 잡고 입술을 비죽이던 지원이 툭, 하고 심술궂은 말을 뱉었다.

"강 대리님이 남자였으면 내가 뺏어 왔을 텐데."

"뭐?"

"내가 남자이기만 해도 뺏어 올 수 있었을 텐데. 저 그런 거 잘하거든요. 동정심으로 사람 주저앉히는 거."

저게 뭐 좋은 일이라고 당당하게도 말한다. 앞에 건 그냥 넘겨도 뒤에 건 그냥 넘겨지질 않아서 재민도 웃으며 바로 대꾸했다.

"그건 나도 잘하는데?"

"둘 다 참 자랑은 아니네요."

대리님도 불쌍해. 이런 사람만 걸리다니. 무표정한 얼굴로 맥주를 쭉 들이켠 지원이 퉁명스레 말한다.

"조심하세요. 강 대리님은 평생 그런 데 약할 사람이니까."

"너만 조심하면 돼, 너만."

물을 마시며 피식 웃는 얼굴이 느슨하다. 지원은 그런 재민의 얼굴을 물끄러미 쳐다봤다. 자신에겐 이렇게 심술을 부려도 다연에겐 한없이 유하다는 걸 안다. 그래서 지원도, 이제 다연과 함께 할 수 있는 시간이 많이 없어졌다는 걸 아쉬워하지 않기로 했다. 두 사람이 든든하게 뒤에 버텨 주기 때문에 다른 쪽으로 한 걸음씩 뗄 수 있는 거니까. 거기다 재민이 아닌 사람에게 다연을 맡기는 건 더 싫었다.

"그나저나 여기 사람 진짜 많네요. 주인이 운영을 잘하나 봐요."

손이 모자랄 정도로 바빠서 이리저리 불려 다니는 성태의 뒷모습에, 재민이 당연하단 투로 이야기했다.

"잘해야지. 여기 오기 전에 거하게 하나 말아먹었으니까."

재민의 말에 지원이 눈을 살짝 크게 떴다. 저쪽에서 성태와 다연이 뭐라고 얘기하면서 다가온다. 지원은 성태가 자리에 앉자마자 궁금증을 참지 못하고 직구를 던졌다.

"전에 하던 데 망했어요?"

성태의 시선이 바로 재민에게 향했다. 이런 일이 터지면 일단 저놈부터 잡고 보는 터라 지원에게 대꾸도 안 한 채 고개를 돌렸다.

"야, 넌 그게 뭐 좋은 얘기라고 사방팔방 떠들어!"

맥주를 받아 먹던 재민이 못 들은 척 안주를 집었다. 잘하면 둘 사이에 불이 붙을 것 같아서 지원이 먼저 말을 걸었다.

"지금 열심히 하고 있으면 됐죠, 뭐."

"아니, 지금이랑 똑같이 열심히 했는데 망했다고. 그래서 나한텐 트라우마란 말야."

재민은 풀이 죽어 말하는 성태를 힐긋 본 뒤 심드렁하게 대꾸했다.

"이름이 안 좋았다니까."

성태가 또 왈칵 짜증을 내려는 걸 지원이 막았다.

"이름이 뭐였는데요?"

뚱하니, 한동안 대답하지 않던 성태가 사방에서 시선이 모이는 걸 보고 한숨을 내쉬며 대답했다.

"깊이가 있는 집."

가게 이름을 듣자마자 셋 다 동시에 미간 사이를 굳혔다.

"뭐가 있다고요?"

"깊이."

"……."

"나랑 잘 어울리지 않아? 난 아직도 왜 망한 건지 모르겠어."

과거 파리만 날리던 주점을 생각하며 골똘히 생각에 잠겨 있는 성태에게 지원이 지극히 담백한 어조로 말했다.

"가게 주인의 깊이에 비해 이름이 과하긴 했네요."

단출한 대답에 재민은 웃고 성태의 미소는 썩어 들어갔다. 얘가 스물다섯이 아니라 서른다섯이었으면 머리채를 잡아도 백 번은 잡았을 텐데. 그렇게 말하는 얼굴이었다. 언제 어디서건 폭탄을 쟁여 놓고 다니는 것 같은 지원을 보며 다연이 가슴을 쓸어내렸다. 누구한테 맞고 다닐 성격은 아닌 게, 차라리 다행이라고 해야 하나. 그러나 그 생각은 지원의 손에 잡혀 있던 종이컵이 빠각, 하고 구겨진 순간 끝이 났다.

"저 사람들 뭐예요?"

지하에서 올라온 것처럼 음산한 어조에 다연의 목이 뻣뻣하게 돌아갔다. 사실 아까 전부터 다연도 듣긴 했다. 이 시끌벅적한 곳에서도 들릴 만큼 크고 찰진 욕설을. 시비를 건 남자는 아직 10시도 되지 않은 초저녁에 술에 진창 취해 있는 상태였고, 캡 모자를 눌러쓴 채 시비가 걸린 남자는 뒤통수만 보이는 그대로 이리저리 휘둘리고 있었다.

"저러다 큰 싸움 나는 거 아니에요?"

그리고 지금 지원의 시선은 명확히 그 둘을 향해 있었고.

옆을 보니 어느새 성태가 말리러 다가가고 있었다. 그러나 사람 좋게 웃으며 팔을 잡아 봐야 돌아오는 건 취객의 주먹질이었다.

와장창!

턱을 얻어맞은 성태가 옆 테이블 위로 엎어졌다. 술집에 일순 정적이 흐를 만큼 큰 소리가 나자 지원이 자리에서 벌떡 일어났다. 재민이 급하게 붙잡으려 했지만 이미 늦었다.

"넌 뭐야?"

재떨이를 들고 성태에게 다가가던 남자가 갑자기 팔에 달라붙은 자그마한 여자애를 보고 인상을 구긴다. 지원은 눈이 벌게진 남자를 마주하고도 서늘한 기색을 죽이지 않은 채 똑바로 말했다.

"그만하세요. 남의 영업장에서 지금 뭐 하시는 거예요?"

"이거 봐라? 네가 여기 주인이야? 그럼 이 새끼는? 야, 니가 주인이라며."

얻어맞은 충격이 컸는지 성태가 머리를 붙들고 있는 게 보였다. 코피까지 흐른다. 재민도 표정이 완전히 굳어서 다가가려는데 지원의 입에서 차가운 말이 흘렀다.

"그러는 댁은 뭔데. 깡패야?"

순간 성태의 뺨을 두어 번 내리치던 손이 멈췄다. 곧 탁한 눈동자가 지원을 빤히 향했다.

"너 뭐라고 했냐."

지원은 그 시선을 한순간도 피하지 않은 채 경멸 어린 어조로 대답했다.

"깡패냐고."

한동안 지원을 쳐다보던 남자가 욕설을 내뱉고 이내 맥주병을 찾았다. 몸을 쓰는 방식이나 깨진 물건부터 찾는 폼이 아무래도 단단히 잘못 걸린 것 같았다. 시선이 지원에게 향한 걸 보고 성태가 황급히 외쳤다.

"야, 재민아, 빨리 경찰……!"

그러나 뒷말을 뱉기도 전 남자가 성태의 머리를 주먹으로 후려쳤다. 테이블 아래로 와장창 술이 쏟아지는 소리가 들렸다.

"그래, 불러 봐, 씨발."

비릿하게 웃은 남자가 손을 쳐들었다. 그걸 본 지원이 남자의 팔에 매달리듯 달려들고 재민이 앞서 나가려는 순간 커다란 등이 한발 먼저 그 앞으로 향했다.

"어쭈?"

허공에서 손목을 붙잡힌 남자가 자신을 보고 씩, 웃는 얼굴에 표정을 구겼다. 상대는 조금 전 자신에게 멱살이 잡힌 채 이리 휘둘리고 저리 휘둘리던 인간이었다. 눌러쓴 모자 탓에 한 대 후려치면서도 표정이 안 보여서 영 찝찝하던 그놈. 그때는 그렇게 맥없이 당하던 인간이 지금은 손목을 붙들린 것만으로 그를 꼼짝달싹 못하게 만든다.

"여자 앞이라고 폼 잡냐? 한주먹에 나가떨어진 게, 아예 죽고 싶어?"

당황한 티를 내지 않으려고 남은 한 손을 들어 상대편 이마를 툭툭 친다. 그래 봤자 그마저도 싸대기를 날리듯 후려치는 남자의 손에 의해 저 멀리 날아가 버렸다.

"나 불러서 왔는데."

"뭐?"

"경찰 부르라며."

쓰고 있던 모자를 조금 올리며 하는 말을 듣자마자 그제야 행패를 부리던 얼굴이 조금씩 굳어 갔다. 안경을 낀 남자의 눈이 호선을 긋는다 싶더니 품을 뒤적여서 네모난 신분증을 꺼낸다.

"여기 있다고, 경찰."

그러고는 약 올리듯 손을 한들한들 흔들다가 그대로 앞에 놓인 멱살을 틀어쥔 채 밖으로 나갔다.

지원은 한순간에 소강상태가 된 듯 조용한 공기를 뒤로한 채 성태에게 다가가 얼굴을 살폈다. 피가 난 걸 보고 재민이 황급히 어깨를 부축해 밖으로 나갔다. 다연과 지원도 알바에게 부탁해 적당히 정리하고 폐점하란 말과 함께 짐을 챙겼다. 계단을 올라가자 어느새 상황이 끝난 건지 그 난리를 치던 남자가 차렷 자세가 돼서 지갑을 뺏긴 채 서 있는 게 보였다.

"우리 먼저 가서 연락 줄 테니까 지원이 넌 저분이랑 대화 좀 하고 와."

재민과 함께 택시를 타던 다연이 황망한 가운데도 침착하게 당부했다. 지원은 고개를 끄덕인 후 등만 보이는 남자에게 다가갔다.

"저기."

구석에 처박혀 무언가 끄적이던 남자가 고개도 들지 않은 채 대답했다.

"고맙다는 인사는 됐으니까, 이따 가서 증언 좀 해 주시겠습니까? 저분 치료비는 받아야죠."

성격 한번 까칠하네. 입에 발린 말을 싫어하는 성격이 아니었다면 기껏 도움을 받고도 애먼 감정이 생길 뻔했다. 마디가 두꺼운 손이 참 전형적이라고 생각하던 지원이 조용히 대답했다.

"네, 알겠습니다."

"그럼 지금……."

잘 이어지던 목소리가 갑자기 멈췄다. 어두운 골목 안에서 이쪽을 빤히 보는 시선이 느껴졌다.

"김지원?"

그러더니 이름을 부른다. 눈만 깜박이는 지원을 보고 상대가 모자와 안경을 벗는다. 맨얼굴을 보고 나니까 그제야 기억이 선명해졌다.

"윤도경?"

끝이 올라간 지원의 말을 듣자마자 상대가 피식 웃는다.

"졸업해서도 반말이네. 나보다 네 살이나 어린 게."

세상 좁다고는 하지만 여기서 저 인간을 만날 줄은 몰랐다. 전보다 선이 굵어진 도경의 얼굴을 보며 지원의 입술이 조금 벌어졌다.

성태의 부상은 다행히 그리 심하지 않았다. 코피도 금세 멈췄고 두부 쪽에 큰 충격을 받은 것도 아니라고 했다. 일련의 사태에 놀란 가슴이 진정되자마자 다연의 시선은 경찰서에 들렀다가 경과보고 차원에서 이쪽으로 온 지원에게 향했다.

"너 진짜 다시는 그러지 마."

"……."

"김지원, 내 말 듣고 있어?"

이쪽은 심장이 열두 번도 넘게 바닥으로 떨어졌는데, 정작 잔소리를 듣는 지원은 고즈넉한 얼굴로 무언가를 생각하는 것 같았다. 다연의 목소리가 올라간 후에야 지원이 퍼뜩 놀라 이쪽을 본다.

"아, 죄송해요. 다시는 사고 안 칠게요."

어째 대답에 평소보다도 영혼이 들어 있질 않다. 팔짱을 끼고 그런 지원을 바라보던 다연이, 취조하는 형사 같은 얼굴로 물었다.

"그 경찰이랑 무슨 일 있었어?"

분명 헤어지기 전까진 멀쩡하던 애가 다연이 병원 갔다 온 사이에 혼이 나가 버렸다. 그때 같이 있었던 건 그 경찰밖에 없었는데.

"그냥, 알고 보니 아는 사람이더라고요."

"아는 사람을 만났는데 표정이 왜 그래."

머리 굴리지 말고 숨기고 있는 것까지 낱낱이 고하라는 듯 쳐다보는 것에 결국 지원의 입가에 한숨이 맴돈다.

"좋게 헤어진 사람이 아니거든요."

독설이라면 남부러울 데가 없던 대학 시절 중에서도 제일 심하게 다퉜던 사람이었다. 태반이 지원의 성격 탓이었지만 남의 약점을 앞발로 툭툭 치는 도경의 말버릇 때문이기도 했다. 도경은 그 사람 좋아 보이는 얼굴이 무색할 만큼 고집이 지독할 때가 있었다. 그리하여 스물둘밖에 안 됐던 지원에게 지랄은 참신해 봐야 그냥 지랄이라는 놀라운 신조를 남긴 인간이기도 했다.

"뭐, 어차피 다시 만날 일은 없겠죠."

그때도 결국 둘 다 아무 말 없이 헤어졌듯이, 이번에도 사라지고 말 정도의 얄팍한 인연이었다. 고민해 봐야 아무런 득도 없다.

"대리님, 저 이만 갈게요."

회상을 다 끝냈는지, 작은 발이 현관문을 열고 밖으로 나선다. 운동화를 툭툭 꺾어 신고 가는 등이 한 줌밖에 안 된다. 말만 독하지, 아직도 못 먹고 못 자란 것처럼 작기만 한 지원이 늘 마음에 걸린다.

"대체 김지원 어디가 그렇게 예뻐요?"

아픈 강아지를 지켜보듯 그 옆을 떠나지 못하는 다연의 어깨에 재민이 턱을 척, 하고 걸쳤다. 나도 좀 봐 달라는 것 같아서 머리를 슥슥 문지르며 대답했다.

"왜요, 하는 짓이 귀엽잖아요."

"둘이 붙여 놓으니까 귀여운 거지 김지원 혼자 있으면 하나도 안 귀여워요."

어느새 옆에 앉은 재민이 말랑말랑한 다연의 볼을 양쪽으로 꼬집으며 웃는다.

"물론 강다연은 혼자 있어도 귀여워요."

"하지 마요."

"나야말로 왜요? 좋아하는 건 옆에 두고 살아야죠."

같은 침대에 눕자마자 팔다리를 칭칭 감아 오는 재민의 손에 숨이 다 막혔다. 웃는 걸 쳐다보고 있자니 낡다 못해 터지기 직전이던 강아지풀 인형이 떠올랐다. 재민의 애착 인형과 애착 담요를 아직까지 버리지 않고 계신 어머님 덕택에 그 사진을 본 적이 있는데 그거 들고 전쟁터라도 갔다 온 거냐고 묻고 싶을 정도로 너덜너덜해져 있었다. 지금 재민은 그 애착 담요를 좋아하던 것보다 백배쯤 더 다연을 좋아하기 때문에 머지않은 미래에 나도 그렇게 터지는 게 아닐지, 심각하게 고민하게 된다.

"그런 의미에서, 이번 주말은 본가에 같이 가요."

재민의 손에 이리 뒹굴, 저리 뒹굴 인형처럼 움직이던 다연이 이불 속에 얼굴을 파묻었다. 이불을 끌어 내린 재민이 다연의 귓불을 매만졌다.

"못 들은 척하지 말고."

"혼자 맞는 게 나아요."

"하나도 안 나아요. 어차피 결혼 안 하겠다는 말로는 못 막는다고요."

걱정스런 눈으로 바라보는 이마에 부드러운 입술이 닿았다. 끝이 둥글게 휘어지는 걸 느끼고 위를 쳐다보자 재민이 눈을 반짝이며 대답했다.

"항상 당근과 채찍을 번갈아 드려야죠."

수수께끼 같은 말의 답을, 다연은 다음 주 주말이 돼서야 알 수 있었다.

평소보다 화창한 토요일, 재민은 기어이 만류하는 다연의 말을 무시한 채 집까지 따라왔다. 괜찮다고 아무리 말해 봤자 먹히질 않아서 중간쯤엔 이쪽도 깔끔하게 포기했다. 눈 가리고 달리기 시작하면 경주마보다 고집이 센 사람이란 걸, 그간의 연애로 깨달았으니까.

"너무 걱정하지 마요."

얼굴이 아주 울상이라고, 이 와중에 장난치는 걸 무시한 채 대문 앞에서 초인종을 눌렀다. 평소라면 바로 문이 열렸을 텐데 오늘은 어쩐 일인지 늦다. 다연은 단정하게 서 있는 재민의 옆모습을 보며 그래도 형부가 같이 오는 게 나았을 거란 다경의 말을 떠올렸다.

그래, 어쩌면 진짜 같이 와서 나을지도 모르잖아?

그런 식으로 위안을 삼았지만, 그 위안은 대문이 열림과 동시에 멀리 다경이 보이는 순간 가루가 되어 허공으로 흩어졌다.

"언니 도망가!"

함께 들어선 다연과 재민을 보고 다경이 소리를 질러 댔다. 그 뒤에 거대한 그림자가 다가오는 것에 재민의 얼굴이 웃고 있던 그대로 '어라?' 하고 난감하게 변했다. 어디 가서 빠지는 사교성은 아니라고 생각했지만 그건 최소한 상대의 손에 배드민턴 채가 잡혀 있지 않을 때 얘기였다.

"아빠!"

외마디 비명과 함께 화분이 작살났다. 콧김을 뿜는 부친의 상태가 심상치 않다는 걸 깨달은 다연이 그대로 재민의 손을 붙들고 큰길로 달리기 시작했다. 가는 날이 장날이라고, 하필이면 윤재민과 함께 온 날 이렇게 집안이 풍비박산 날 줄 상상도 못 했다. 작전상 후퇴라고 외치며 택시를 잡으려는 다연의 손을, 재민이 붙들었다.

"이렇게 도망가선 안 끝난다니까요."

"도망 안 가면 우린 확실히 끝나요!"

지금은 그냥 유유자적 낚싯대나 휘두르고 사는 아저씨라 해도 젊었을 때는 농구, 배구, 축구, 테니스까지 여하튼 스포츠란 스포츠는 다 섭렵하느라 정신이 없던 양반이셨다. 친척끼리 계곡에 놀러 갔을 때 우렁찬 기합과 함께 수박을 박살 내던 부친의 모습이 아직도 생생하다. 이번엔 그 손날에 부서지는 게 윤재민의 머리가 될지도 몰라서 발만 동동 구르는 다연을 보고도 재민은 고집을 피웠다.

"돌아가요."

다연의 얼굴에 죽겠다는 표정이 드리웠다. 돌아갈 필요도 없었다. 이미 등 뒤로 어두운 그림자 하나가 드리운다. 안 본 사이 다른 손엔 빗자루까지 든 수문장 하나가 친히 지옥문을 열고 두 사람을 맞이했다.

"둘 다 당장 집으로 들어와!"

재민은 진짜 도망 안 갈 거냐고, 마지막으로 묻는 다연의 팔목을 잡은 채 지옥 입구로 발을 옮겼다.

그 후, 비장한 표정을 한 채 두 사람을 안방에 들인 부친께선 물 한 잔 마실 틈도 주지 않은 채 이 말부터 뱉었다.

"결혼해."

"아빠."

"아, 긴말 필요 없어. 무조건 올해 안으로 날짜 잡아."

냉수를 벌컥벌컥 들이켜는 손에 힘줄이 올라와 있었다. 평생 목소리 큰 아버지 밑에서 눌려 살던 한 여사가 조그맣게 엑스 자를 그으며 이건 답이 없는 싸움이라고 신호를 보낸다. 그 모습을 본 다연이 천장을 향해 한숨을 내쉬었다. 들키면 이 난리가 날 것 같아서 그간 숨겨 왔던 건데 한 여사라면 몰라도 아버지가 안 이상 이 문제에 못을 박기 전까진 대화를 끝내지 않을 게 자명했다.

수심 어린 다연의 얼굴을 한번 본 재민이 말을 듣기 전이나 후나 똑같이 사람 녹이는 웃음을 지으며 답했다.

"그건 어렵겠습니다, 아버님."

세상 해맑게 나오는 말에 다연이 황급히 옆을 돌아봤다. 그런데 평상시의 윤재민과는 뭔가 달랐다. 옷차림이나 표정이 달라진 것도 아닌데 웃는 얼굴에 살짝 강경한 기운이 있다.

"아니, 뭐 매번 말로만 아버님이야? 그리고 자네는 얘가 비혼주의자니 뭐니 이상한 소리를 해 대는데 그걸 가만히 듣고만 있으면 어떡하나? 뜯어고쳐 살 생각을 해야지."

오늘만큼은 부친도 순순히 물러날 생각이 없는지 꽤 위협적으로 컵을 내려놓고 재민을 쳐다봤다. 그 탓에 그냥 내 핑계 대고 도망치라고 눈으로 거의 석판을 지지듯 시선을 보내는데도 싱긋 웃은 재민의 입은 다른 말을 뱉었다.

"저희한테 시간을 좀 주세요. 제가 아직 다연이한테 믿음을 못 주고 있는 것 같은데 결혼하자고 조르다 이 사람 놓치면 후회할 것 같습니다."

분위기가 슬슬 윤재민 쪽으로 기운다. 늘 웃고 다니던 남자가 깍듯하게 말하는 건 매일매일 화내던 남자가 똑같이 화내는 것보다 파괴력이 강했다. 즉, 이건 누가 봐도 부친이 열세였다. 궁지에 몰린 다연의 아버지가 마지막 한 방을 날리듯 외마디를 내뱉었다.

"그러다 혼기 다 놓치면!"

"다연이가 시집갈 사람 없어지면 저야 정말 좋죠."

대본이라도 준비한 것 같은 재민의 대답에 옆에서 다경이 박수를 친다. 김연경 선수가 와도 이런 블로킹은 못한다고 중얼대는 주둥이를 한 여사가 막자 방 안엔 잠시 정적이 맴돌았다. 재민은 이겨 놓고도 마음이 좋질 않은지 한쪽에서 풀이 죽은 다연의 부친을 보고 조심스레 말했다.

"고집 세워서 죄송합니다."

"아니, 뭐, 자네가 꼭 고집을 세운다기보다는……."

암만 봐도 다경보다는 다연이 희망이 있어서 그랬다고, 자기도 이제 곧 정년인데 그 전에 딸아이 결혼식은 한번 봐야 하지 않겠냐고, 더 늙으면 애도 못 봐 준다고 궁시렁궁시렁대기 시작하는 통에 다연이 조용히 팔을 걷어붙였다. 윤재민이 이만큼 판을 깔아 줬으니 뒤처리는 내가 하겠다는 일념으로 일어서는데 옆에서 옷깃을 살짝 당긴다.

"그럼요, 불안해하시는 어른들 마음도 십분 이해합니다."

그리고 시선은 여전히 부친을 향한 채 사근사근 말을 잇는다.

"그래서 말인데, 혹시 두 분 다음 주말에 시간 되십니까?"

"응?"

"그냥 가족끼리 밥 한번 드시면 어떨까 해서요. 상견례 같은 형식적인 자리 아니니까 부담 없이 나오세요."

잠깐 이해가 가질 않았다. 그러다 분명히 상견례가 아니라고 했음에도 부친의 얼굴에 온화한 미소가 어리고, 멀리서 입이 찢어져라 웃는 한 여사도 보이는 것에 뭔가 일이 이상하게 돌아간다는 걸 알았다.

"처제도 오고."

멀리서 관전하던 다경이 재민의 말 한마디에 상황이 정리되는 꼴을 보며 다연에게 조용히 중얼거렸다.

"내가 볼 때 언니 코 꿰였어."

다연은 제법 위로가 가득한 다경의 말을 들으며 내가 저 상여우를 데리고 평생 살 수 있을지, 깊은 고찰을 시작했다.

그리하여 다음 주말, 거국적인 만남이 성사되었다. 언제 이런 데를 찾은 건지, 조경이 깔끔한 한정식집 안에 들어가자 미리 와 있던 재민의 부모님이 앉아 있는 게 보였다. 그 옆에 평소보다 반짝반짝 빛나게 차려입은 재민이 웃으며 다연을 맞는다.

"길 안 어려웠어요?"

"금방 오던데요."

일상적인 대화를 두루뭉술하게 나누는 중에, 한 여사가 살짝 헛기침을 한다. 소개시켜 달라는 눈빛이라 손발이 곱는 걸 억지로 펴 가며 서로 인사를 시켜 드렸다. 재민도 웃으며 자기 부모님을 소개했는데 호탕하게 웃으며 이야기하는 아버지와 달리 어머님은 수줍음을 너무 타는 게 보였다. 웃긴 건 상대의 그런 소녀 같은 모습을, 한 여사가 제법 마음에 들어 했다는 거다.

"너 시집살이할 일은 없겠다, 얘."

다연이 짜게 식은 눈으로 모친을 바라봤다. 내가 재벌 집에 시집가는 것도 아니고, 그렇다고 저 집에서 날 반대하는 것도 아닌데 이 와중에 모든 사고가 시집살이로만 튀는 한 여사의 두뇌도 분명 연구할 가치는 있을 듯했다.

걱정한 것에 비해선 대화가 제법 유들유들 흘렀다. 중간에서 가교 역할을 하는 재민의 입담이 톡톡히 한몫한 덕분이었다. 거기다 말을 안 했다 뿐이지, 재민의 부모님도 은근히 결혼을 바라는 투였기 때문에 양가 어르신들이 합심해서 목에 핏대를 세웠다. 화합의 대가로 제물로 바쳐진 다연과 재민이 눈을 마주치며 피식 웃었다.

밥을 먹고 두런두런 대화를 나눈 후 다 같이 분수가 놓인 마당으로 나왔다. 어느덧 저녁이 되면 꽤 쌀쌀한 날씨라 다연이 옷을 벗어 한 여사의 무릎을 덮어 줬다. 재민의 모친이, 그런 다연의 모습을 말없이 쳐다보고 있다. 어쩐지 할 말이 있는 것 같은 얼굴. 그렇지만 더 말을 걸지 않길래 옆에 놓인 테이블로 갔더니 와인잔을 들고 한가로이 음주를 즐기던 다경이 다연에게 빙긋 웃으며 말을 건다.

"축하해. 인생의 무덤으로 들어간 거."

제법 발갛게 달아오른 다연의 볼을 보고 말없이 물잔만 건넸다. 상대 쪽 기를 죽이겠다고 네일 팁을 있는 대로 붙이고 오더니, 재민과 똑같은 얼굴로 순둥순둥 웃는 저쪽 부모님을 보자마자 칼 한번 휘둘러 보지 못하고 그대로 무장 해제 되어 먹고 마시고 수다 떠느라 바빴다. 시종일관 방실방실 웃고 있는 재민의 아버님을 보면 윤재민의 선천적 눈웃음이 어디서 나온 것인지 알 법했다.

"이런 자리 자주 있었으면 좋겠습니다, 사돈."

거나하게 취한 부친의 말에 한 여사가 옆구리를 꾹 찌르며 데려간다. 사돈이란 말을 들은 재민의 부모님도 기분 좋은 얼굴이었다. 다연은 말수가 적은 어머님을 유심히 보고 있다가 자리가 파하고 서로 차로 돌아갈 즈음이 돼서야 그 옆에 다가갔다.

"어머님, 혹시 하실 말씀 있으세요?"

할 수 있는 한 최대한 다정하게 물었다. 오늘 하루 종일 눈이 마주친 걸 보면 분명 하고 싶은 말이 있는 것 같은데 뭐가 신경 쓰이는지 제대로 말을 못하시는 것 같았다. 겁이 많은 재민의 모친이 머뭇거리다 다연의 옷깃을 붙들고 차 뒤로 가서야 입을 연다.

“재민이가, 요새 일주일에 한 번씩 꼬박꼬박 연락해요.”

기껏 으슥한 곳까지 와서 듣는 말이 너무 한가로웠다. 당황해서 눈만 깜박이고 있던 다연의 귓가에 곧 먹먹한 음성이 울린다.

“늘 미안하단 말만 들었는데 요즘엔 매일매일 행복한 이야기만 해 주네요.”

마주 본 눈가의 주름이 재민과 닮았다. 곧 그곳에 은은하게 가로등 빛이 어렸다.

“고마워요, 강 대리님.”

“…….”

“정말 고마워요.”

모두 결혼 이야기를 할 때, 다연에게 고맙다는 말 한마디를 하고 싶어서 전전긍긍했던 천진한 마음이 여기까지 전해진다. 다연은 얼굴이 발개진 채 아니라고 작게 속삭이며, 반짝반짝한 정원의 오솔길로 돌아가는 등을 배웅했다. 반대편에서 다연의 부모님을 배웅한 재민이 웃으며 걸어오는 게 보였다.

“하루하루가 전쟁이 따로 없네요.”

본인이 일으켜 놓고선 죽겠다며 푸념을 한다. 그래도 싸움마다 상대편이 백기 들고 성문을 열게 만드는 이 남자의 능력이, 오늘은 꽤 위로가 됐다.

“부모님들은 즐거우셨던 것 같은데요.”

다연의 말에 재민이 빙긋 웃는다.

"좋은 거죠. 우리나라 제도는 어떻게 보면 부모님한테 좀 잔인하잖아요. 자식들이 볼모로 잡혀 있으니까 저쪽 집안이 마음에 들지 않아도 다 받아들여야 하고."

저렇게 사이 좋아 보이다가도 싸울 일도 있고 험담하는 일도 있을 거라고 말하더니 기지개를 쭉 켜며 웃음기 어린 목소리로 말을 잇는다.

"그래도 우리 부모님들은 친구는 못 돼도 메이트나 전우는 될 수 있을 것 같은데요. 지금 자식들이 공공의 적이라."

결혼 안 하겠다고 버티는 자식들 덕택에 부모님들의 술자리가 이렇게 흥겨울 수가 있나 싶을 만큼 흥했다. 안주가 되어 잘근잘근 씹히는 게 마음 편한 건 태어나서 처음이었다.

"물론 나도, 강다연 발에 수갑 하나 더 채웠고."

기껏 멋있는 말을 하던 와중에 애교도 잊지 않는다. 다연은 저 잔망스러움을 감당할 자신이 없어 고개를 살래살래 저으며 웃었다.

"한 여사가 들들 볶을 핑계 하나 늘었네요. 상견례까지 했는데 결혼 안 하냐고."

"그냥 볶이면 되죠. 그 정도도 안 하고 비혼주의자 생활을 영위할 수 있을 줄 알았어요?"

참 간도 크다고 놀리는 걸 듣고, 그 눈을 빤히 보며 물었다.

"윤재민 씨는, 이제 결혼 얘기 정말 안 하네요?"

처음 얼마간 걱정했던 게 무색할 만큼 재민은 편안하고 안정됐다. 그게 무리해서 나온 감각은 아닐지 늘 살피는데, 잘 숨기는 건지 아니면 정말로 괜찮은지 힘든 티는 잘 나지 않는다.

"해 줄까요?"

원하면 하루에도 수십 번씩 말해 주겠다며 덤비는 것에 황급히 거절 의사를 밝혔다. 재민은 아쉽다는 듯 입맛을 다시다 또 아무렇지 않게 대답했다.

"생각보다 괜찮던데요? 나도 깨달았거든요. 평생 연애만 하는 이 생활도, 그닥 나쁘진 않다는 걸."

다연이 장난삼아 눈을 흘겼다. 그게 귀여웠는지, 재민이 이쪽을 빤히 바라보면서 은은하게 웃는다.

"거기다 뭐, 강다연도 고객 결혼 백 건쯤 성공시키면 깨닫겠죠. 아, 나 같은 할머니를 데려갈 사람은 이 남자밖에 없겠구나. 그렇게."

"……."

"그때까지 나는 당신의 책임감을 이용하는 것보단 그걸 나눠 지고 가는 사람이 되어 보려고요."

다정한 말에 마음이 간질간질한다. 다연은 부러 불퉁한 어조로 말을 이었다.

"커플 백 명 하는 건 금방이거든요."

근데 누굴 호호 할머니로 만드냐며, 작게 윽박지르는 걸 듣고 재민이 은은하게 웃었다.

"그래서, 강 대리님은 지금 어디까지 왔어요?"

다연의 입가에도 웃음이 매달렸다. 정말이지 말도 많고 탈도 많은 연애다. 또, 따뜻한 눈으로 보는 사람 역시 많은 연애였다. 그 많은 사람들이 관계란 단어에 얽혀 모두 만나고, 또 이야기한다.

"윤재민 씨랑 같은 자리에 있어요."

다연은 어깨가 무거울 만큼 여러 감정이 교차했던 오늘을 떠올리며 기지개를 쭉 켰다. 이때까지만 해도 다음 달 승아와 성후의 아이까지 다 포함된 상견례를 또 한 번 치를 줄 몰랐던지라, 이 어느 날이 한동안 일상의 페이지에 예쁘게 남았다.

— *fin*

플라워 걸

flower girl

1판 1쇄 찍음 2018년 11월 12일
1판 1쇄 펴냄 2018년 11월 19일

지은이 | Urabi
펴낸이 | 정 필
펴낸곳 | **(주)뿔미디어**

기획 · 편집 | 박경희, 권지영, 문지현
표지 디자인 | 김수진

출판등록 | 2002년 9월 11일 (제1081-1-132호)
주소 | 경기도 부천시 원미구 소향로 17, 303(두성프라자)
전화 | 032)651-6513 / 팩스 032)651-6094
E-mail | scarlets2012@hanmail.net
블로그 | http://blog.naver.com/dahyangs
비북스 | http://b-books.co.kr

값 10,000원

ISBN 979-11-315-9364-6 03810

※파본은 구입하신 서점에서 교환하여 드립니다.

※이 책은 (주)뿔미디어를 통해 독점 계약되었습니다.
저작권법에 의해 보호를 받는 저작물이므로 무단 전재와 무단 복제를 엄금합니다.

세상의 모든 장르소설

B북스

장르소설 전용 앱 'B북스' 오픈!

남자들을 위한 **판타지 & 무협,**
여자들을 위한 **로맨스 & BL**까지!

구글 플레이에서 **B북스**를 다운 받으시고, 메일 주소로 간편하게 회원 가입하세요.
아이폰 유저는 **B북스 모바일 웹**에서 앱 화면과 똑같이 이용하실 수 있습니다.

http://www.b-books.co.kr

이제 스마트폰에서 B북스로 장르소설을 편리하게 즐기세요.

Scarlet
스칼렛
www.b-books.co.kr

Scarlet
스칼렛
www.b-books.co.kr